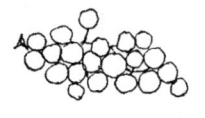

대망 21 무사시 4
차례

二天
괴문(槐門) …… 13
쥐엄나무 고개 …… 25
발광사건 …… 35
정(情) …… 55
발목(撥木) …… 65
마(魔)의 무리 …… 74
단풍 …… 86
하행하물(下行荷物) …… 106
칠통 …… 116
형제 제자 …… 123
대사(大事) …… 134
석류의 상처 …… 150
몽토(夢土) …… 157
피는 꽃 지는 꽃 …… 174
도수기(逃水記) …… 186

영달(榮達)의 문 …… 206
하늘소리 …… 221

圓明

봄을 알리는 새 …… 233
소 …… 244
삼씨의 파란싹 …… 255
초진(草塵) …… 271
동심(童心)의 지도(地圖) …… 283
대일여래(大日如來) …… 293
고금소요(古今逍遙) …… 302
끈 …… 314
봄비 …… 324
항구 …… 346
열탕 …… 362
무가선생(無可先生) …… 378

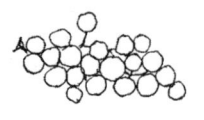

무위(無爲)의 껍질 …… 388
역습 …… 400
원(圓) …… 423
식마염색(飾磨染色) …… 433
풍문 …… 445
관음(觀音) …… 467
세상의 물결 …… 482
기다리는 배 …… 496
매와 여인과 …… 512
13일 전 …… 524
말짚신 …… 538
해 뜰 무렵 …… 557
그 사람 이 사람 …… 567
어가수심(魚歌水心) …… 593

요시카와 에이지를 생각한다 …… 620

괴문(槐門)

1

아침에 일어나 보니 사람이 보이지 않는다.
"아케미!"
마타하치는 부엌에서 목을 길게 빼고 불러 봤다.
"……없는데?"
고개를 갸웃거린다.
전부터 예감이 없지 않던 일이라 장롱을 열어보니, 여기 와서 지은 그녀의 새 옷가지도 보이지 않는다.
마타하치는 얼굴빛이 변해 가지고 바로 봉당의 짚신을 끌고 밖으로 나갔다. 이웃집인 우물 파는 인부 두목 운페이의 집도 들여다보았지만 보이지 않는다. 마타하치는 더욱 당황한 듯 판잣집에서 길거리 모퉁이까지 물어보고 다녔다.
"우리집 아케미 보지 못했습니까……?"
"봤어, 아침에."
"아, 숯가게 아주머니시군. 어디서 보셨나요?"

"여느 때와 달리 예쁘게 치장을 했기에 어디 가느냐고 물었더니 시나가와의 친척 집에 간다던데."

"예? 시나가와로?"

"거기 친척이 있나요?"

이 부근에서 그를 남편인 줄 알고 그도 남편인 척하고 있었기 때문에 그는 대답했다.

"예……그럼, 시나가와로 갔는지 모르겠군."

쫓아 가야할 만큼 강한 집착이 있는 것은 아니다. 어쩐지 입맛이 쓰다. 혀를 마구 차고 싶은 괘씸한 생각이 자꾸만 치밀어오른다.

"……마음대로 하라지."

마타하치는 침을 뱉고 혼잣말로 중얼댔다.

그러면서도 얼빠진 듯 멍청한 얼굴로 바닷가를 향해 걸었다. 해변은 시바우라(芝浦) 대로를 질러 나가기만 하면 바로 가까운 곳에 있었다.

어부들의 집이 띄엄띄엄 흩어져 있다. 아침 시간, 아케미가 밥을 짓고 있는 동안, 이곳에 나와 그물에서 떨어진 고기를 대여섯 마리 주워 억새풀에 꿰어 돌아오면 알맞게 밥상이 차려져 있었던 것이다.

그 고기가 오늘 아침에도 모래 위에 떨어져 있었다. 아직 살아 있는 놈도 보였다. 그러나 마타하치는 줍고 싶은 생각이 나지 않았다.

"어떻게 된 거야. 마타하치?"

등을 치기에 누굴까 하고 뒤돌아보니 쉰네댓 되어 보이는 장사꾼이 복스럽게 살찐 얼굴에 주름을 잡으며 웃었다.

"아, 거리 전당포 어른이셨군요."

"아침은 좋군, 맑고 시원해서."

"예."

"매일 아침 식사 전에 이렇게 해변을 산책하는가. 건강에는 제일 좋으니까 말이야."

"뭘요, 어른 같은 처지라면 걷는 것도 도움이 되겠지요만……."

"얼굴빛이 좋지 않군그래?"

"예."

"무슨 일이 있었나?"

"……."

마타하치는 모래 한 줌을 움켜쥐고 바람을 향해 뿌렸다.

다급히 돈이 필요할 때마다 마타하치와 아케미는 언제나 이 전당포 주인과 그의 가게에서 얼굴을 대하곤 했다.

"그렇군. '언젠가 기회가 있으면' 하고 몇 번이나 생각하면서도 마침 좋은 기회가 없어 지나가 버렸는데, 마타하치, 오늘 임자 장사하러 나가나?"

"글쎄요. 장사고 뭐고 수박이나 배 같은 건 팔아봤자 어차피 별수가 있어야지요."

"보리멸(바다물고기)을 낚으러 가지 않겠나."

"어른——"

마타하치는 사과라도 하는 듯이 머리를 긁으며 말했다.

"전 낚시는 질색인데요."

"싫다면 하지 않아도 좋아. 저기 있는 게 우리집 배인데 다만 앞바다까지 나가 보는 것만으로도 기분이 풀리지. 삿대질은 할 수 있겠지?"

"예."

"따라와. 임자에게 돈 천 냥쯤 벌게 해 줄 만한 의논이 있지. 싫은가?"

2

시바우라(芝浦) 해변에서 다섯 마장이나 바다 가운데로 저어갔지만 그래도 그곳은 노가 땅에 닿을 만큼 얕았다.

"어른, 제게 돈벌이를 시켜 준다고 하신 건 대체 무슨 말씀이십니까?"

"천천히 하자구……."

전당포 주인 영감은 묵직하게 배 한가운데 도사리고 앉으며 말했다.

"마타하치, 낚싯대를 거기 뱃전에 걸쳐 놓는 게 좋겠군."

"어떻게 걸쳐 놓을까요?"

"낚시를 하고 있는 것처럼 보이면 되지. 바다 위라도 저렇게 사람 눈이 많지 않나. 일도 없이 배 안에서 두 사람이 얼굴을 맞대고 있으면 의심받지 않을까 해서 말일세."

"이렇게 말입니까?"

"음 음, 그만하면 됐어……."

영감은 도자기로 만든 담배 물뿌리에 고급 담배를 재고 연기를 내뿜으면서 말했다.

"내 속을 말하기 전에 마타하치에게 묻겠는데, 임자가 살고 있는 판자집 사람들이 이 나라이야(奈良井屋)를 뭐라고 하는지?"
"어른을 말입니까?"
"그렇지."
"전당포라면 악질 영업이라고 정해져 있는데, 나라이야는 돈을 잘 빌려 준다. 주인인 다이조(大藏)님은 고생을 많이 하셔서 사리에 밝다고……."
"아니, 그런 전당포 영업 말고 이 나라이 다이조에 대해서 말이야."
"좋은 분이다, 자비심이 많은 분이라고 정말로 모두들 치하를 합니다만."
"내가 신앙심이 깊다는 건 아무도 말하지 않던가."
"글쎄, 그러니까 가난한 사람들을 위해 주시는 분이라고, 그 일에 대해서는 갸륵한 분이라고 말하지 않는 사람이 없지요."
"행정관 관리들이 혹시 나에 대해서 수소문하고 묻는 일은 없던가."
"그런 일은……천만에요. 그런 일이 있을 리가 있나요."
"하하하하, 실없는 일을 묻는구나 싶겠지. 하지만 사실을 말하자면 이 다이조는 전당업을 하는 사람이 아니야."
"……네에?"
"마타하치."

"예."

"돈도 자그마치 천 냥쯤 되는 큰 돈이라면 임자 평생에 두 번 다시 그런 행운은 만나기 힘들걸."

"……아마 그거야 그럴 테지요."

"한밑천 잡아보지 않겠는가, 한 번?"

"어떻게 해서 말입니까."

"그 거금의 돈줄을 말이야."

"어, 어떻게 하는 겁니까."

"내게 약속만 하면 돼."

"예……예."

"하겠나?"

"하지요."

"도중에 엉뚱한 소리를 하면 목숨이 없어지네. 돈은 필요하겠지만 잘 생각해서 대답하는 게 좋을 거야."

"뭣을——대체——하는 겁니까?"

"우물 파기야. 일은 쉬운 일이지."

"그럼 에도성 안의?"

다이조는 바다를 둘러보았다.

재목이며 이즈 지방의 돌이며 축성 공사에 쓰이는 재료를 실은 배가, 과장해서 말한다면 뱃머리가 줄지어 이어졌다고 할 만큼 에도만(江戶灣)에는 수많은 영주들의 깃발이 나부끼고 있었다.

도도, 아리마, 가토, 다테——그 중에는 호소가와 가문의 깃발도 보인다.

"……눈치가 빠르군, 마타하치."

다이조는 담배를 다시 재고 나서 말했다.

"그렇지. 바로 자네집 앞에는 우물 파는 인부 두목인 운페이가 살고 있지. 그 운페이로부터 늘 우물을 파도록 하라고 권고를 받았겠지. 마침 안성맞춤이 아닌가."

"그뿐입니까. ……우물을 파기만 하면 뭣이 내게 큰 돈벌이를 시켜 준단 말씀인가요?"

"글쎄……성급히 굴지 말게. 의논이란 건 지금부터야."

3

――밤에 남몰래 오너라. 선금으로 황금 서른 닢을 주마.
그런 약속을 하고 헤어졌다.
마타하치의 뇌리에는 다이조가 말한 그 말밖에 남아 있지 않다.
그 값으로
'하겠나.'
마타하치는 다이조가 꺼낸 조건에 대해서는 그 내용을 막연히 듣고 대답한 것만이 기억난다.
'하겠다!'
그러나 그런 대답을 했을 때 야릇하게 떨린 입술이 희미하게 마비되었던 것 같기도 한데――
뭐니뭐니해도 마타하치로서는 돈에 매력을 느꼈다. 더구나 어처구니없으리만큼 큰 액수인 것이다.
몇 해 동안의 불운은 그 돈만으로도 메워진다. 그리고 평생 동안의 생활을 보증받는다.
아니, 그의 마음 속에는 그러한 욕망보다도 오늘날까지 자기를 얼간이 취급한 세상의 모든 사람들에게――
'어때!'
이렇게 보여줄 셈으로 있는 쪽이 더욱 강했는지도 모른다.
배에서 뭍으로 돌아와 판잣집에 돌아온 다음 벌렁 드러누운 뒤에도 머리 속에 가득한 것은 돈꿈이었다.
"그렇지, 운페이 두목에게 부탁해 둬야지……."
그는 생각이 나서 이웃집을 들여다봤으나 운페이 두목은 나가고 없었다.
"그럼, 밤에 다시."
집으로 돌아왔으나 열병에 걸린 듯이 마음이 들떠 있었다.
그리고 나서 간신히 그는 바다 위에서 전당포 노인 다이조에게서 명령받은 일이 생각나, 벌벌 떨면서 사람이 없는 뒤편 숲과 바깥 골목을 휘둘러보았다.
"대체 뭘까? 저 사람은…… ?"
지금에 이르러서야 그것을 생각해 보는 것이었다. 그와 함께 배 위에서 다이조가 명령한 것도 생각해 보았다.

우물 파기 인부들은 에도성 안의 서성(西城)이라고 불리는 작업장으로 들어간다——고 그런 일까지도 다이조는 알고 있었다.
'기회를 보아 새 장군인 히데타다(秀忠)를 총으로 쏘아 죽여라.'
이런 것이었다.
그리고, 그때 사용할 단총은 이편에서 성내에 파묻어 놓겠다.
그 장소는 모미지(紅葉) 산 밑의 서성 뒷문 안에 있는 수백 년 묵은 큰 느티나무 밑으로, 거기다 총과 화승을 묻어 둘 테이니 파가지고 아무도 모르게 죽이라는 말도 했다.
물론 작업장의 감시는 엄중할 것이다. 행정관, 감찰관 등의 경계도 물론이거니와 히데타다 장군은 젊고 활발하다. 자주 측근무사들을 거느리고 공사장에 나타난다고 한다. 그럴 때에 총을 가지고 있으면 한순간에 목적을 달성할 수가 있으리라.
갑작스러운 소동을 틈타 곧 불을 지르고 서성 바깥 해자로 뛰어든다면 거기서 우리 패들이 대비를 하고 있다가 꼭 구해 준다.
멍청히 천정을 바라보며 마타하치는 다이조가 속삭이던 소리를 머릿속에서 되뇌어 보았다.
소름이 오싹 끼쳤다.
황급히 일어났다.

"그렇지, 당치도 않은 일! 당장 가서 거절하고 와야지!"
 그리고 정신을 차렸으나 또 그때 다이조의 소리가, 배 위에서 말할 때의 무서운 눈초리와 함께 자기를 노려보고 있는 것 같았다.
 "이렇게 말한 이상에는, 만일 자네가 싫다고 하면 안됐지만 우리 동료들이 사흘 안으로 꼭 목숨을 없애러 갈 거야."

4

 니시쿠보(西久保)의 네거리를 다카나와(高輪) 대로 쪽으로 구부러져 벌써 한밤중인 바다가 골목 끝에 보이는 네거리 모퉁이.
 늘 보는 전당포 창고벽을 옆으로 쳐다보며 마타하치는 골목 쪽에 난 뒷문을 살며시 두들겼다.
 "열려 있어."
 안에서 곧 대답이 있었다.
 "오……주인 어른이세요?"
 "마다하친가? 잘 왔네. 광으로 가세."
 그는 뒷문으로 들어가 복도를 따라 곧 광으로 안내되었다.
 "자, 앉지."
 주인 다이조는 촛대를 장롱 위에 얹어놓고 앉는다.
 "옆집 운페이 두목에게 갔었나?"
 "예."
 "그래서 어떻게 됐지?"
 "승낙해 주었습니다."
 "언제 성 안으로 넣어 주겠다던가?"
 "모레 새로 채용한 인부가 열 사람 가량 또 들어간답니다. 그때에 데려가 주겠다고 하시더군요."
 "그럼 그쪽 일은 정해졌군그래."
 "동장(洞長)과 동네 다섯 장로들이 보증서에 도장을 찍어 주시기만 하면 되게 됐어요."
 "그래, 하하하……나도 올봄부터 동장의 청으로 억지로 그 다섯 장로의 한 사람으로 되어 있지. ……그쪽은 염려 없이 통과다."
 "예! 어른도?"

"뭘 놀라는 거야."
"별로 놀란 건 아닙니다만."
"하하하하, 그렇겠지. 나 같은 위험 인물이 동장 밑에서 일을 본다. 다섯 장로에 끼어 있어서 질렸다는 건가. 돈만 있으면 세상은 나 같은 인간을 기특하다느니 자비심이 많다느니 하며 이편에서 싫다고 해도 그런 감투까지 갖다 주는 거야. 마타하치, 자네도 이젠 돈을 잡는 거야."
"예……예."
마타하치는 왠지 모르게 몸을 떨면서 빠른 말로 더듬어가며 말했다.
"해, 해보겠습니다! 그, 그러니까 선금을 주십시오."
"잠깐."
촛대를 들고 일어나 다이조는 광 속 깊이 들어가 선반 문갑에서 황금 서른 닢을 거머쥐고 왔다.
"넣을 걸 가지고 있나?"
"없습니다."
"여기다 싸가지고 허리에 단단히 차고 가는 게 좋겠지."
그 옆에 떨어진 무명 조각을 던져 주었다.
마타하치는 세어 보지도 않고 허리에 감고 나서 물었다.

괴문 21

"뭔가 영수증 같은 거라도 써가지고 올까요?"
"영수증?"
문득 웃고서 말했다.
"귀여운 소릴 하는 정직한 자로군. 영수증은 필요없어. 잘못되면 자네가 갖고 있는 목을 저당 잡으러 가면 되지."
"그럼, 어른. 가 보겠습니다……"
"잠깐 기다려. 선금을 받았다고 신이 나서 잊으면 안 돼, 어제 바다에서 말한걸."
"기억하고 있습니다."
"성내 서성 뒷문 안의 큰 느티나무 아래다."
"총 말입니까?"
"그렇지. 며칠 사이에 묻어 놓을 테니까."
"예? 누가 묻으러 갑니까?"
마타하치는 의아스러운 얼굴로 눈이 휘둥그레졌다.

5

소개자 두목 운페이의 손을 거쳐 동장과 다섯 장로의 보증을 받아 몸뚱이 하나만 성 안에 들여놓는 것조차도 예삿일이 아닌 엄중한 판국에, 어떻게 해서 외부에서 총이니 탄환 같은 것을 운반해 성 안으로 들어갈 수 있을까.
그리고 약속대로 반 달 안으로 서성 뒷문 안에 있는 느티나무 아래 묻어 둔다는 것은 귀신이 아니고서는 해낼 수 없는 일이었다.
마타하치가 의아해하며 다이조의 얼굴을 뚫어지게 지켜보았다.
"뭘 그런 일은 자네가 염려할 것까지 없으니까 자네는 자네가 맡은 일만 명심하고서 틀림없이 해 주게."
다이조는 더는 말하지 않았다.
"맡기는 해도 아직 떨리겠지만, 성 안에 들어가서 반 달 가량 일하고 있다 보면 자연히 뱃심도 생기게 될 거야."
"저도 그걸 믿고 있습니다만."
"배짱이 두둑하게 생기고 난 다음에 좋은 기회를 잡는 거야."
"예이."
"그리고 빈틈은 없겠지만 지금 준 돈 말인데, 일이 끝날 때까지는 어딘지

사람 눈에 띄지 않는 장소에 감추어 두고 손을 대서는 안 돼……어쨌든 사전에 발각되는 건 언제든지 돈 때문이니까 말이야."
"그것도 생각하고 있으니까 염려 마십시오. 하지만 어른, 일이 깨끗이 끝난 다음에 잔금을 못 주느니 하는 군소리는 없겠지요?"
"허허……마타하치, 큰소리를 치는 것 같네만 이 나라이야의 광에는 돈 정도야 천냥들이 상자로 저렇게 쌓아 두었네. 눈요기로 봐 두기나 하게."
손에 불을 들고 다이조는 먼지가 잔뜩 끼어 있는 광 속을 한 바퀴 돌았다.
소반이 들어 있는 상자니, 갑옷 상자니, 또 무슨 상자인지도 알 수 없는 것들이 뒤섞여 있었다. 마타하치는 자세히 보지도 않고 말했다.
"의심을 한 게 아닙니다."
그는 변명을 하고 다시 한 시간 가량 거기서 밀담을 나누다가 다소 기운을 차린 다음, 들어왔던 뒷문으로 살짝 빠져나갔다.
그가 나가자마자
"이봐, 아케미."
다이조는 불빛이 있는 장지문 안으로 얼굴을 들이밀고 불렀다.
"이 길로 곧장 돈을 묻으러 갔을 거야. 시험삼아 뒤를 밟아 보지."

괴문 23

그때 목욕탕 어귀에서 누군지 나가는 발소리가 났다. 그것은 오늘 아침 마타하치의 집에서 자취를 감춘 아케미가 아닌가.
이웃 사람들을 보고
"시나가와의 친척집에 간다."
이렇게 말한 것은 물론 그녀의 거짓말이었다.
저당잡을 것들을 들고 몇 번인가 이 집을 출입하는 동안, 주인 다이조의 눈은 어느 사이엔지 아케미를 사로잡아 아케미의 지금의 환경이나 심경까지도 알아낸 것이다.
물론 다이조와 아케미와는 요즘 처음으로 만난 것도 아니다. 다이조가 나카센도(中山道)를 에도로 내려가는 창녀패와 함께 시치오지 주막까지 왔을 때, 마침 함께 묵은 여관에서 아케미는 조타로의 동행이라는 다이조를 본 적이 있으며, 다이조는 이층에서 활기 넘치는 일행 중에서 아케미의 모습을 본 일이 있기 때문에 희미하나마 기억을 하고 있었던 것이다.
'여자 손이 없어서 난처한 판인데……'
다이조가 수수께끼를 걸자, 아케미는 두말도 없이 이곳으로 도망쳐왔다.
다이조로서는 그날부터 아케미도 도움이 되었고 마타하치도 써먹게 되었다. 마타하치에게 일을 시켜 주겠다고 앞서부터 말하던 것을 생각해 보면 그게 바로 오늘 일인 모양이었다.
아무것도 모르는 마타하치는 아케미의 앞을 걸어갔다. 그는 일단 자기 집으로 돌아가서 괭이를 들고 나와 밤새 뒷산 덤불께를 쏘다니더니 이윽고 니시쿠보(西久保) 산으로 올라가 거기다 돈을 묻었다.
아케미가 그것을 확인하고 와서 다이조에게 일러주자 다이조는 바로 나갔다.
그리고 다이조가 돌아온 것은 날이 샐 무렵이었다. 파 가지고 온 돈을 광 안에서 세어보니, 서른 닢 준 황금이 아무리 세어봐도 두 닢이 모자라므로 손해라도 본 것처럼 연신 고개를 갸웃거리는 것이었다.

쥐엄나무 고개

1

비원(悲願)이 풀리지 않는 어둠, 슬픈 어머니의 미망(迷妄), 풍류를 아는 노파는 아니었지만 가을 벌레 소리, 갈댓잎, 눈 앞에 천천히 흐르는 큰 강물의 흐름. 이러한 가운데 몸을 두고서는 그녀도 뭔가 삶의 구슬픔을 아니 느낄 수가 없다.

"계시오?"

"누군가?"

"야지베에의 집에서 왔습니다. 가쓰시카(葛飾)에서 채소를 많이 보내왔다고 할머니 댁에도 나눠 드리라고 두목이 말씀하셔서 한짐 지고 왔지요."

"늘 생각해 주셔서 고맙소. 야지베에님에게 잘 말씀 전해 주오."

"어디다 둘까요?"

"우물 앞에다 놔둬요. 나중에 치울 테니까."

작은 책상 위에 불을 켜놓고 그녀는 오늘밤에도 붓을 들고 있다.

경문을 1천 부 베끼겠다는 비원을 세우고 예(例)의 〈부모은중경〉을 계속 써 나가고 있는 터였다.

이 하마마치(浜町) 들의 외딴집을 빌려 낮에는 병자에게 뜸을 놓아 그것으로 입에 풀칠을 하는 생업을 삼고, 밤에는 조용히 경을 베끼기도 한다. 혼자 이런 생활에 익숙해지자, 지병도 한동안 도지지 않았고 올 가을에 와서는 몸도 한결 젊어진 것 같았다.

"아, 할머니."

"뭔가?"

"저녁때 젊은 사내가 찾아오지 않았나요?"

"뜸 손님 말인가?"

"아뇨, 그렇진 않아 보였는데……. 뭔가 볼일이 있는 듯이 목수 거리 집에 와서 할머니가 이사한 곳을 가르쳐 달라고 하던데요."

"몇 살쯤 된 남자던가?"

"글쎄요, 27, 8쯤 됐을까?"

"얼굴은?"

"어떤 편인가 하면 둥글고——그다지 키는 크지 않던데……."

"흠……."

"오지 않았어요? 그런 사람이."

"오지 않았는데……."

"말씨가 할머니와 아주 비슷해서 한고향 사람이 아닌가 싶었는데. ……그럼, 안녕히 주무세요."

심부름 온 사내는 돌아갔다.

그 발소리가 사라지자 다시 멎었던 벌레 소리가 비 오듯이 이 집을 감쌌다.

노파는 붓을 놓고 등심지를 바라보았다.

문득 노파가 생각해 낸 것은 등불 점이었다.

자나 깨나 전쟁이 많았던 노파의 처녀 시절에는 싸움터에 나가 있는 남편이나 아들, 그리고 형제들의 소식을 알 길 없었고, 또한 자기들의 내일도 알 수 없는 운명에 떨었다. 흔히 그때 사람들은 '등불 점'이라는 것을 입에 담았다.

밤마다 켜 놓은 등불을 보고 불길이 환하게 비치면 좋은 일이 있다거나, 불빛에 보라빛 그늘이 졌으니 누가 죽은 것이 분명하다느니, 불이 타닥타닥 튀면 기다리던 사람이 온다든가…….

그렇게 되면 걱정도 하고 기뻐하기도 했다.
　아득한 처녀 시절에 유행했던 일이어서 노파는 벌써 그 점치는 방법마저 잊어버렸다. 그러나 오늘밤의 불빛은 어쩐지 노파에게 좋은 일이 있을 것처럼 흔들렸다. 그렇게 생각한 탓인지 불꽃 환하게 무지개 빛으로 아름답게 비친다.
　"혹시나 마타하치가 아닐까."
　그런 생각이 들자 붓조차 더 들 수가 없었다. 노파는 황홀한 기분으로 어리석은 아들의 모습을 그리며, 한두 시간 동안 자신도 세상도 잊고서 그것만 생각했다.
　'바시락' 하고 집 뒤켠에서 뭐가 떨어지는 소리가 나자 노파는 비로소 꿈결에서 깨어났다. 혹시 장난꾸러기 족제비가 들어와 부엌을 어지럽히고 있지나 않나 싶어 노파는 등불을 들고 나갔다.
　아까 사나이가 두고 간 채소 다발 위에 뭔가 편지 같은 것이 보였다. 별 생각 없이 펼쳐보자 두 닢의 황금이 싸여 있고 그 싼 종이에 이렇게 씌어 있었다.

　　아직 뵐 낯이 없어 남몰래 이 창가에서
　　이별 인사를 고하고 떠납니다.
　　앞으로 반년 만 더 불효를 용서하십시오.
　　　　　　　　　　마타하치

　　　　　　　　2
　풀을 차며 달려온 한 사람의 살벌하게 보이는 무사가 있었다.
　"하마다(浜田), 틀렸다."
　그는 다가오자마자 헐떡이며 말했다.
　오가와(大川) 기슭에 서서 강변을 바라보고 있는 무사는 두 사람으로, 하마다라고 불린 자는 아직 합숙소에서 묵고 있는 젊은 자였다.
　"음……틀렸어."
　그는 신음 소리를 내며 아직도 누군가를 찾는 듯이 번쩍번쩍 눈알을 굴렸다.
　"분명히 그놈이었는데."
　"아냐, 뱃사공이었어."

"뱃사공이야?"
"쫓아갔더니 그 배 안으로 들어가 버렸어."
"그렇지만 뭔지 모르지."
"아니, 조사해 봤어. 전혀 다른 사람이야."
"누굴까?"
이번에는 셋이 어울려 강변에서 하마마치 들판을 뒤돌아보고 말했다.
"저녁 때 목수 거리에서 흘낏 보고서 분명 이 근처까지 몰아 넣었는데, 무섭게도 빨리 줄행랑을 치는 놈이로군."
"어디서 사라졌나?"
강물결 소리가 귓전을 때린다.
세 사람은 아직도 멈추어 선 채 저마다 어둠 속으로 눈과 귀를 보내고 있었다.
그때였다.
마타하치……마타하치…….
잠시 사이를 두고 다시 들판 어딘가에서 똑같은 소리가 들린다.
"마타하치야……마타하치……."
처음에는 잘못 들었는 줄 알고 세 사람이 모두 가만히 있었는데 이윽고 갑작스레 마주보며 수군댔다.

"이봐, 마타하치라고 부르지 않나."

"노파의 목소린데."

"마타하치라면 그 녀석 아닌가."

"그렇지."

하마다라는 합숙소 친구가 맨먼저 뛰기 시작하자 나머지 두 사람도 연이어 달렸다.

목소리가 나는 쪽으로 뛰어가는 것은 어려운 일이 아니었다. 저쪽은 노파의 걸음이다. 거기다 그들의 발소리를 듣고 오히려 오스기 노파 쪽에서 달려와서 말을 건넸다.

"그 가운데 마타하치는 없나요?"

세 사람은 노파의 두 손과 목덜미를 세 방향에서 거머잡고 물었다.

"그 마타하치를 우리들도 뒤쫓고 있는데 대체 늙은이는 누구야?"

대답에 앞서——

"뭣들 하는 거야!"

노파는 성난 물고기처럼 가시 돋친 듯이 그들의 손을 뒤틀어 뿌리치고 말했다.

"당신들이야말로 누구요?"

"우리말인가, 우리들은 오노(小野) 가문의 제자. 나 하마다 도라노스케(濱田寅之助)야."

"오노가 뭐야?"

"장군가(將軍家) 히데타다 공(秀忠公)의 사범 오노파 일도류(一刀流)의 오노 지로에몬(小野治郎右衛門)님을 모르나?"

"모른다."

"이 늙은이가."

"잠깐만, 그보다도 이 노파와 마타하치와의 연고를 먼저 물어 봐라."

"나는 마타하치의 어미인데 그게 어떻게 됐다는 거야?"

"그럼, 네가 수박 장수 마타하치의 어미란 말인가."

"무슨 소리, 다른 지방 사람이라고 업신여겨 수박 장수라니 잘도 지껄였겠다. 미마사카(美作) 나라 요시노(吉野) 땅 다케야마(竹山) 성주 신멘 무네쓰라(新免宗貫)에게 종사한 버젓한 혼이덴(本位田) 가문의 자식, 나는 그의 어머니야."

그들은 듣지도 않고 그 중의 하나가 말했다.

"어이, 귀찮다."

"어떻게 하지?"

"둘러메라."

"인질이야."

"어미가 있다면 찾으러 오지 않을 수 없겠지."

그 말을 듣자 노파는 깡마른 몸을 뒤로 젖히며 갯가재처럼 버둥거렸다.

3

불쾌하기 짝이 없다. 사사키 고지로는 불만으로 잔뜩 부어 있었다.

눕는 버릇이 생겨서 요즘에 와서는 드러누워 있기만 한다. 이사라고에 있는 예의 그 저택이었다. 누워 있다고는 하나 자리를 깔고 누워 있는 것은 아니었다.

"바지랑대가 울고 있겠군."

그것을 끌어안고서 다다미 위를 뒹굴면서 혼잣말로 중얼거렸다.

"이 명도(名刀)의 주인이 5백 섬도 안 되는 봉록을 얻지 못해서 언제까지나 남의 신세를 지고 썩고 있다니."

그런 말을 하면서 분연히 끌어안고 있는 바지랑대의 칼손잡이를 울리며 드러누운 채 허공을 후렸다. 그리고 나서 큼직한 반원을 그린 빛은 곧 번쩍하며 칼집 안으로 생물처럼 숨어 들어가고 있었다.

"장님 같은 놈!"

"솜씨가 희한하시군요."

마루 끝에서 이와마 가문의 집사가 말했다.

"칼 뽑기 연습입니까."

"멍청이 같은 소리."

고지로는 배를 깔고 엎디며 다다미 위에 떨어져 있는 벌레를 손가락 끝으로 툭 튕겨 날렸다.

"이놈이 불에 날아들어 귀찮아서 사형을 한 거야."

"아, 벌레를."

집사는 얼굴을 가까이 갖다 대더니 눈이 둥그레졌다. 모기 비슷한 벌레였

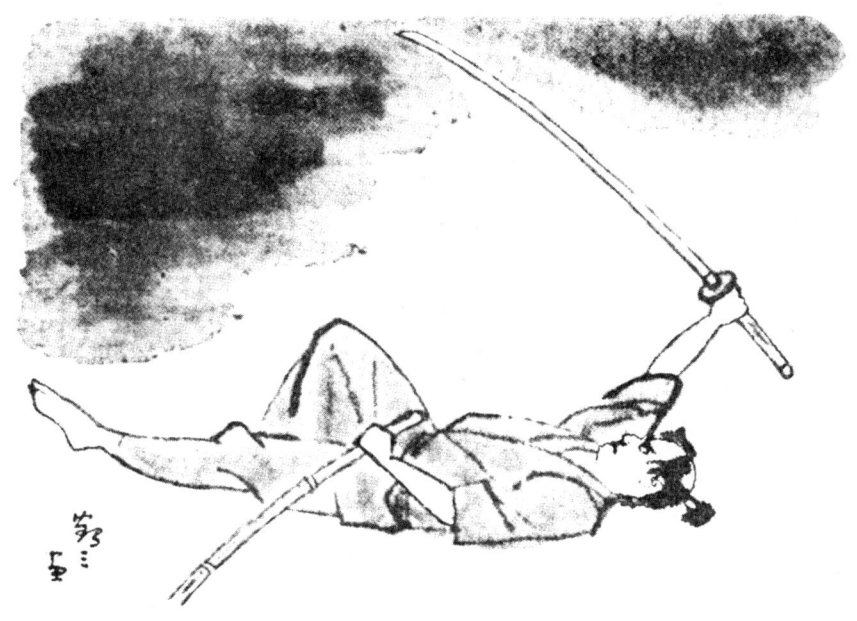

다. 부드러운 날개도 배도 두동강이 나 있었다.
"잠자리를 깔러 왔나."
"아니……말씀이 늦었습니다. 그렇지 않습니다."
"뭔가?"
"목수 거리의 심부름꾼이 편지를 두고 갔습니다."
"편지……어디."
한가와라 야지베에에게서였다.
요즘은 거기에 대한 관심도 별로 없다. 다소 귀찮아졌다. 드러누운 채 그는 펼쳤다.
얼굴빛이 약간 달라졌다. 어젯밤부터 오스기 노파의 행방이 불명하다는 것이다. 그 때문에 오늘 하루 종일 집안의 모두가 총출동해서 찾은 결과 간신히 그 소재는 알았지만 자기들의 손이 미치지 않는 곳으로 끌려갔기 때문에 의논드린다는 사연이었다.
그걸 알게 된 것은, 예의 주먹밥집의 발에다가 언젠가 고지로가 써 둔 문구를 누가 지워버리고 이렇게 새로 씌어 있었다는 것이다.

사사키님에게 말한다.

마타하치의 어미를 맡은 자는

오노 가문의 하마다 도라노스케(浜田寅之助)다.

야지베에의 편지에는 그런 말까지 자세하게 씌어 있었다. 고지로는 다 읽고 나서 눈길을 천정으로 보내면서 입 속으로 중얼댔다.

"……나타났군."

오늘날까지 그 오노 가문에서 소식이 없는 것이 불평스러웠다. 두 사람의 그럴듯한 무사를 주먹밥집 옆에 있는 빈터에서 베어버렸을 때 공명정대하게 그 집 밭에다가 훗날을 위해 자기 성명을 적어 두었었는데 하고 은근히 기다리고 있는 처지다.

──나타났군.

중얼거린 것은 그 반응이 가까스로 나타난 만족의 웃음에서 절로 새어나온 소리인 것이다. 그는 마루 끝에 서서 밤하늘을 올려다보았다. 구름은 끼어 있지만 비가 내릴 것 같진 않다.

그러고 나서 얼마 후.

다카나와(高輪) 대로에서 삯말을 타고 가는 고지로의 모습이 보였다. 말은 밤늦게야 야지베에 집에 이르렀다. 그는 야지베에에게서 자세한 말을 듣고 이튿날의 결심을 한 다음 그날 밤은 그대로 그들 방에서 묵은 모양이었다.

4

이전에는 미코가미 덴젠(神子上典膳)이라고 불렸지만 세키가하라 전쟁 이후, 히데타다 장군의 출진 때에 검술 강화를 해드린 것이 기회가 되어 막부 직할 무사에 끼어 들었으며, 에도의 간다산(神田山)에 저택을 얻어 야규 가문과 어깨를 나란히 하여 사범의 열에 끼었고, 이름도 오노 지로에몬 다다오키(小野治郎右衞忠明)라고 바꾸었던 것이다.

그것이 간다산의 오노 가문이었다. 간다산에서는 후지산도 잘 보였으며, 근년에 이르러 스루가(駿河) 사람들이 옮겨와서 저택 분할이 있자, 이 산 일대를 요즈음에 와서는 수루가다이(駿河臺)라고 부르기 시작했다.

"……이런, 쥐엄나무 고개라고 들었는데."

고지로는 고개를 다 오르자 걸음을 멈추었다.

오늘은 후지산이 보이지 않는다.

벼랑 위에서 깊은 골짜기를 내려다보았다. 나무숲 사이를 골짜기 물이 시원스레 흐르고 있는 것이 보였다. 오차노미즈(お茶の水) 강 줄기였다.

"선생님, 좀 찾아볼 테니까 여기서 기다리시지요."

길 안내차 따라온 야지베에의 부하는 혼자서 어디론가 달려갔다.

얼마 후 되돌아와서 말한다.

"찾았습니다."

"어딘데?"

"역시 지금 올라온 고개 중턱이었습니다."

"그럴 만한 저택이 있던가."

"장군가 사범이라고 들었기 때문에 저는 야규님만한 저택인 줄 알았더니, 아까 오른편에 보이던 더러운 헌집 흙담이 그거였습니다. 거기는 이전에 뭐라던가 말 행정관이 살던 곳인 것 같은데."

"그럴 테지. 야규 가문은 1만 1,500섬. 오노 가문은 단지 300섬이니 말이야."

"그렇게 차이가 납니까?"

"솜씨는 다르지 않지만 문벌이 달라. ──야규 따위는 그런 점으로 볼 때 조상이 녹봉을 7할은 따준 셈이지."

"여기에요······."
걸음을 멈추고 가리키는 곳을 바라보며 말했다.
"딴은, 여기인가."
고지로도 멈추어 서서 우선 그 집 구조부터 잠시 바라보았다.
말 행정관 시대의 묵은 흙담이 언덕 중턱에서 뒷산 숲에 걸쳐 둘러쳐져 있다. 대지는 꽤 넓은 모양으로 문짝이 없는 문으로 안을 들여다보니 안채 뒤에 도장인 듯한 새로 지은 집채가 보인다.
"돌아가도 좋아."
고지로는 길 안내를 해온 사나이에게 그렇게 말하고 다시 말을 이었다.
"밤까지 오스기 노파를 찾아오지 않으면 고지로도 백골이 된 줄 알라고 야지베에에게 전해 둬."
"예."
사나이는 뒤돌아보며 쥐엄나무 고개 밑으로 달려 내려갔다.
야규와는 접근해도 소용이 없다. 그를 이겨내어 그의 명성을 자기 것으로 바꾸려고 해봤자 야규류는 일반에게 금지된 검술, 장군 가류(將軍家流)라는 구실이 있기 때문에 낭인 검객의 그런 수에 그가 넘어갈 리가 없다.
그에 반해서 오노 가문 쪽은 녹이 없는 자나, 강하다고 소문난 자나 가리지 않고 시합에 응한다고 듣고 있다. 고작해야 녹봉 300섬 짜리이다. 야규의 영주 검법과는 달리 여기서는 살벌한 실전적(實戰的) 단련을 목표로 하고 있기 때문이다.
그러나 오노 가문에 가서 오노파 일도류를 짓밟고 왔다는 자가 있다는 전례는 없다.
세상에서는 야규 가문을 존경하고 있다. 그러나 강한 것은 오노라고 누구나 말한다.
고지로는 에도에 나와 그러한 사정을 알게 되면서부터 이 쥐엄나무 고개의 문을 남몰래 눈독 들이고 있었다.
'언젠가는······.'
그 문이 지금 그의 눈 앞에 있는 것이다.

발광사건

1

하마다 도라노스케(浜田寅之助)는 미카와(三河) 출신의, 이른바 대대로 내려온 가신으로서 녹은 적으나 지금의 에도(江戶) 땅에서는 꽤나 큰소리 칠 수 있는 직할 무사의 한 사람이었다.

지금——

별다른 생각 없이 도장 옆에 있는 준비실이라 불리는 방 창가에서 밖을 내다보고 있던 동문인 누마다 가주로(沼田荷十郎)라는 자가 '앗' 하고 그 도라노스케의 모습을 찾으며 작은 소리로 몹시나 성급히 알려주면서 도장 한가운데 있는 그의 곁으로 달려와 거듭 외쳤다.

"왔다, 왔어. 하마다, 온 모양이다. 온 모양이야."

하마다는 대답이 없다.

마침 목검을 겨누고 어떤 후배에게 연습을 시키고 있던 참인지라 그 말을 등 뒤로 들으며 '됐나!' 하고 정면을 향해 이렇게 공격의 예고를 주고 목검을 곧장 내밀어 '탕탕탕' 하고 마루를 울리며 밀고 나갔다.

그리고 도장 북쪽 구석까지 그 기세로 밀고 갔다 싶자 후배는 통탕거리며 벌렁 나자빠져 목검을 놓쳐 버렸다.

도라노스케는 그제서야 뒤돌아보고 말했다.

"가주로, 왔다니 사사키 고지로 말인가?"

"그래, 지금 문 안으로 들어왔어……곧 나타날 거야, 이리로."

"뜻밖에도 빨리 왔군그래. 역시 인질을 잡은 것이 효과가 있었군."

"하지만 어떻게 하지."

"뭘?"

"누가 나가서 인사를 하는가 말이야. 충분히 대비를 하지 않으면 혼자서 여기까지 나타날 만큼 간담이 큰 녀석이니 갑자기 무슨 짓을 저지를지 모르잖나."

"도장 한가운데로 데려다 놓으면 돼. 인사는 내가 한다. 여러 사람들은 주변에 둘러앉아 대기하고 있어."

"음, 이 정도 있으면……."

가주로는 함께 있는 자들을 휘둘러보았다.

가메이 효스케(龜井兵助), 네고로 하치구로(根來八九郞), 이토 마고베에(伊藤孫兵衞) 등의 얼굴들은 그의 마음을 든든하게 해 주었다. 그밖에 모두 합쳐서 20명이 채 못되는 동료들이 이 자리에 있다.

그 동료들은 모두 지난 번의 경위를 잘 알고 있었다. 주먹밥집 앞 빈터에서 베어 죽은 두 무사 중의 하나는 이 자리에 있는 하마다 도라노스케의 형이었다.

도라노스케의 형이라는 자는 대단한 인물이 아니었던 모양으로 이 도장에서도 평판이 좋지 못한 사나이긴 했으나, 어쨌든 사사키 고지고로에 대한 노여움만은 오노파의 사람으로서 '그냥 둘 수 없다'는 정도로 흥분해 있었다.

더군다나 하마다 도라노스케는 오노 지로에몬이 어릴 때부터 키워온 문하생 중에서도 앞서 말한 가메이, 네고로, 이토 등과 더불어 쥐엄나무 고개의 맹장이라 일컬어지고 있는 한 사람이기도 하며——고지로가 주먹밥 집의 장지문에다가 불손한 글귀를 적어 뭇사람들 앞에 공개했는데도——도라노스케가 그것을 방치해 두었대서야 오노파 일도류의 명예에 관한 일이라면서 사건의 진전에 주의를 기울임과 동시에 은근히 분격하고 있던 참이기도 했었다.

그런 데다가 어젯밤의 사건.

도라노스케와 가주로 등이 어디에서인지 노파 한 사람을 메고 들어와 실은 여차여차하다는 이야기를 하자 그들 동료들과 후배들은 손뼉을 치며 모두들 이렇게 말했다.

'그것참, 좋은 인질을 잡아왔소. 고지로 쪽에서 오도록 한 것은 과연 병법에 뛰어난 자라고 할 수 있소. 오거든 실컷 두들겨 패서 코를 베어, 간다 강가의 나무에다 매달아 놓읍시다.'

그러나 오게 될까 오지 않을까 따위로 오늘 아침에도 내기처럼 숙덕거렸던 것이다.

2

대부분의 사람들이 오지 않으리라고 예상했던 사사키 고지로가 '지금 문안으로 들어왔다'고 가주로가 말했다.

"뭐, 왔다고?"

함께 있던 자들의 얼굴은 하얀 판자처럼 굳어졌다.

하마다 도라노스케 이하 모두들은 넓은 도장 마루에서 잠잠하게 침을 삼키고 있었다.

이제나 도장 현관에 부르는 소리가 날까, 저제나 고지로가 안내를 청할까 하고 기다리고 있었던 것이다.

"……이봐, 가주로."

"음?"

"문 안으로 들어오는 것을 분명히 보았나?"

"봤지."

"그럼, 벌써 여기에 나타나야 하지 않나?"

"……오지 않는데."

"이상한걸."

"사람을 잘 못 본 게 아냐?"

"그럴 리가 없어."

엄숙하게 마루를 점령하고 앉아 있던 자들도 문득 긴장이 풀려 자기의 긴장에 자기가 꺾인 느낌을 가졌을 때, 질질 짚신 끄는 소리가 대기실 창 밖에서 멈추더니 밖에서 동료의 얼굴이 하나 발돋움을 하고 안을 들여다보았다.

"여러분."

"오, 뭔가?"

"기다려도 사사키 고지로는 이곳에 오지 않을 거야."

"이상하다. 하지만 가주로가 금방 문 안으로 들어오는 것을 봤다는데."

"그런데 그는 안채로 들어가 안방으로 어떻게 전갈을 했는지 객실에서 큰 스승님과 이야기를 하고 있어."

"뭐, 큰 스승님과?"

그 말에 하마다 도라노스케는 혼이 빠진 듯한 표정이 되었다.

형이 칼에 죽은 사건도 원인을 따지면 시원치 못한 형의 잘못이 필연코 나타난 것이다. 그래서 스승인 오노 다다오키에게는 적당하게 말해 두었을 뿐 어젯밤 하마마치에서 노파를 인질로 잡아왔다는 것도 알리지 않았던 것이다.

"이봐, 정말인가."

"왜 거짓말을 하겠나. 거짓말이라고 생각되면 뒷산을 돌아 뜨락 너머로 큰 스승님의 서재 옆 객실을 들여다봐."

"야단났는데."

그러나 다른 사람들은 그의 탄식 소리를 오히려 분하게 생각했다.

고지로가 스승인 다다오키의 거처로 직접 가든, 또는 어떤 궤변을 토해서 자기 스승을 농락하려 하든지 간에 당당히 대결하여 그의 잘못을 들어 이쪽으로 끌어내면 되지 않는가.

"뭘 곤란해 하나. 우리가 가서 형편을 보고 오지."

도장 어귀에서 가메이 효스케(龜井兵助)와 네고로 하치구로(根來八九郎) 두 사람이 짚신을 신으려고 하는 순간이었다.

저택 쪽에서 무슨 일이 일어난 모양으로 얼굴빛을 달리하며 이쪽으로 달려오는 처녀가 있었다.

"아아, 오미쓰님!"

중얼거리며 두 사람은 발을 멈추었으며 도장 안에 있던 자들도 와글와글 그곳에서 나와 그녀의 찢어지는 듯한 목소리를 들었다.

"여러분, 와 줘요. 아저씨가 손님하고 칼을 뽑아 들고 밖으로 나가셨어요. 뜨락에서 칼싸움을 시작했어요."

3

오미쓰는 다다오키(忠明)의 질녀였다. 그가 물려받은 일도류 스승인 이토 잇토사이의 첩의 자식을 얻어다가 기른 것이라고 숙덕거리는 자들도 있었다. 어쩌면 그럴는지도 모를 일이며 거짓말인지도 몰랐다.

그것은 어쨌든 간에 그녀는 얼굴이 희고 예쁜 처녀였다. 모두들 놀라자 오미쓰가 말했다.

"아저씨가 손님과 뭔가 큰소리로 다투시더니 금새 뜰로 나가서 칼싸움을 하고 계세요. 아저씨니까 만일의 일은 없겠지만."

이르는 말을 끝까지 듣지도 않고 가메이, 하마다, 네고로, 이토 등 중견 문하생들은

"엣?"

외마디 소리를 지르고 물어볼 틈도 없이 달려 갔다.

도장과 저택은 떨어져 있었으므로 저택으로 가는 도중에는 울타리와 대나무로 짠 중문이 있었다. 한 담장 안에 있으면서도 이렇게 건물이 떨어져 있거나 울타리가 쳐 있는 것은 성곽 생활의 관습으로서, 다소 신분이 높은 무사 저택쯤 되면 여기에다 부하들의 행랑채니 뭐니 하는 것들이 더 있는 것이다.

"아, 닫혀져 있다."

"뭐, 열리지 않는다고?"

　웅성대던 제자들의 힘은 대나무 문을 밀어 부수어 버렸다. 그리고 뒷산을 안고 있는 약 400평 가량의 잔디를 심은 뜰을 바라보니, 스승인 다다오키는 평소 손에 익은 유키히라(行平) 칼을 뽑아 들고 청안(靑眼)——이라기보다는 조금 높게 들고 움직이지 않고 겨냥하고 있었으며, 상당한 거리를 둔 저편에는 틀림없는 고지로가 바지랑대의 긴 칼을 거만스럽게 높이 쳐든 채 눈을 불빛처럼 번뜩이고 있었다.

　그 광경에 놀라 모두들 한순간 아찔한, 현기증을 일으켰다. 그리고 400평이나 되는 잔디밭의 넓고 긴장된 공기는 선이라도 그은 듯이 다른 자들의 접근을 허락지 않았다.

　"……."

　황급히 달려오기는 왔으나 제자들은 멀찌감치서 지켜보며 소름이 끼친 채 서 있을 수밖에 없었다.

　맞서고 있는 두 사람 사이에는 결코 옆에서 손을 내밀 수 없을 만큼 삼엄한 것이 있었다. 무지몽매한 자들이라면 돌을 던지든가 침이라도 뱉을는지 모른다. 그러나 무사의 집안에서 태어나 어린아이 때부터 교양을 지닌 자들로서는 진검(眞劍) 승부의 장엄함에 눌려 이 순간에는 애증의 감정도 잊고 다만 지켜볼 수밖에 없는 것이었다.

"아아."

그러나 그것은 한순간의 망실적(忘失的)인 작용에 지나지 않는다. 곧 감정이 온몸을 일깨워 두세 사람이 고지로의 뒤로 달려가려 했다.

"이놈이!"

"돕겠습니다."

그러자 다다오키가 소리쳤다.

"가까이 오지 마라!"

목소리도 여느 때와는 다르다. 서릿발 같은 기운을 띠고 있었다.

"······아!"

그들은 내밀었던 몸을 물리며 또다시 덤비지도 못하면서 공연히 칼자루를 거머잡고 있을 뿐이었다.

그러나 조금이라도 다다오키 편에 패색이 나타나기만 하면 눈을 딱 감고 사방에서 고지로를 포위하여 단숨에 베어 버릴 작정인 듯한 그들의 눈길이었다.

4

오노 지로에몬 다다오키(小野治郞右衞門忠明)는 아직 건장했다. 쉰네댓 살쯤 되리라. 머리도 검고 언뜻 보기에는 아직 40대로밖에 보이지 않는다.

몸은 자그마했으나 허리가 꼿꼿하며 사지는 시원스럽게 쭉 뻗어 몸 전체가 조금도 굳어지지 않았으며 또한 작게 보이지도 않는다.

고지로는 그를 향해 아직 한칼도 내리치지 않고 있다. 아니, 내리지 못하고 있다고나 할까.

하지만 다다오키는 그를 칼 앞에 세워 놓고 본 순간에——

'이건——' 하고 호락호락 얕볼 수 없다는 것을 느끼고 은근히 긴장하면서 이런 생각마저 들었다.

'젠키(善鬼)가 다시 나타났구나!'

젠키——그렇다. 젠키 이래로 이렇게 당할 수 없는 패기를 가진 검은 오랫동안 본 일이 없다.

젠키라는 자는 그가 아직 청년이었을 무렵 이름도 미코가미 덴젠(神子上典膳)이라고 하며 이토 잇토사이를 따라 수행을 다닐 때 함께 스승을 모시던 무서운 선배였다.

젠키는 구와나(桑名)의 뱃사공 아들로 별다른 교양은 없었지만 천성적으로 강했다. 나중에는 잇토사이마저 젠키의 칼을 어찌할 바 몰랐다.

스승이 늙어가자 젠키는 그 스승을 멸시하고 일도류가 자기의 독창인 것처럼 장담을 했다. 잇토사이는 젠키의 검술이 닦이면 닦일수록 사회에 해가 있을 뿐 이익이 없을 것이라는 장래를 내다보고

"나의 평생의 과오는 젠키에게 있다."

이렇게 한탄했을 정도였다.

그리고 또 이렇게 술회를 한 적도 있다.

"젠키를 보면 내 속에 있는 나쁜 것을 모두 가지고 춤추고 있는 도깨비처럼 보인다. 그렇기 때문에 젠키를 보면 나라는 인간까지가 꺼림칙해진다."

그러나 덴젠으로서는 그 젠키가 있었기 때문에 좋은 거울이 되고 격려도 되어 마침내 시모우사(下總)의 고가네(小金) 들에서 그와 시합을 하여 그를 죽였다. 그리고 나서 잇토사이에게서 일도류의 인가 목록을 받은 것이었다.

──지금.

사사키 고지로를 보고서 덴젠은 젠키를 회상하였다. 젠키에게는 강한 점은 있었지만 교양이 없었는데, 고지로에게는 그 위에 현대적인 예지가 번뜩였고 무사의 교양도 몸에 붙어 그것이 그의 칼날에 혼연일체가 되어 있었다.

그를 지그시 주시하며

'나로선 당하지 못하겠구나.'

다다오키는 곧 깨끗이 마음 속으로 단념했다.

야규에 대해서도 그는 결코 비굴감을 느끼지 않았다. 지금도 다지마 노카미 무네노리의 실력 정도는 그렇게 비싸게 사지 않는 그였으나, 오늘이라는 이 시점에서 사사키 고지로라는 일개 청년에 대해 그는 솔직하게——

'나도 이제 시대에 뒤떨어져 가는 것일까?'

자기 검술이 낡은 것을 느끼는 것이었다.

"옛사람을 앞지르는 것은 쉬우나 후세 사람에게 처지지 않는 것은 어렵다."

누군가가 이런 말을 했는데 그 말이 지금처럼 통절하게 느껴진 적은 없었다. 야규와 아울러 이름이 높았고, 일도류의 전성기를 보이고 늙어가며, 삶에 편안을 느끼고 있는 동안, 세상에서는 벌써 이런 기린아(麒麟兒)가 태어났구나 하고 커다란 놀라움으로 고지로를 보았던 것이다.

5

쌍방이 다 꼼짝 하지 않았지만 그 자세에는 언제까지나 아무런 변화도 보이지 않았다.

그러나 고지로도 다다오키도 육체 내부에서는 무서운 생명력을 소모하고 있었다.

그 생리적 변화는 귀밑머리를 타고 흘러내리는 땀이 되고, 거친 숨결이 되어 창백한 얼굴빛으로 금시라도 달려들 듯 하면서도 칼과 칼은 여전히 최초의 자세를 지속하고 있다.

"항복!"

다다오키가 외친 것이었다. 그는 외치면서 칼과 몸을 그대로 성큼 뒤로 물렸다.

그러나 그 말이 '기다려'라고 들렸는지도 모른다. 고지로의 몸은 그 순간, 동물적인 도약을 허공에 그리고 있었다. 그와 함께 휘두른 바지랑대는 다다오키의 모습을 두 동강으로 내리친 것 같은 선풍을 일으켰고, 다다오키의 상투는 그것을 미처 피하지 못해 상투 끈이 잘리고 말았다.

그러나 다다오키가 어깨를 낮추면서 쳐올린 유키히라(行平)의 칼끝도 고지로의 옷자락을 다섯 치 가량 날려 버렸다.

"당치도 않은 말씀!"

제자들의 얼굴에 삽시간에 분노가 타올랐다.

다다오키가 금방 '항복'이라고 한 말로 두 사람의 대결이 싸움이 아니고 시합이었다는 사실은 명백하다.

그런데도 고지로는 오히려 그 틈을 노려 덮어놓고 내리친 것이다.

그가 그러한 부덕을 감히 저지른 이상 이제는 팔짱을 끼고 있을 필요가 없었다.

──순간 그런 기분이 일치하여 행동으로 옮겨간 것이었다.

"앗!"

"꼼짝 마라."

고지로를 향해서 모두가 일시에 몰려들었다. 고지로는 가마우지가 날 듯이 위치를 바꾸었다. 큰 대추나무가 뜰 한구석에 서 있었다. 그 줄기 그늘에서 몸을 반쯤 내보이며 무섭도록 민첩한 눈을 번뜩였다.

"승부를 보았겠지?"

내가 이겼노라는 말을 하고 싶은 것이리라.

다다오키가 저편에서 대답했다.

"보았다."
그리고 제자들을 향해 말했다.
"물러가!"
꾸짖는 말투였다.
다다오키는 칼을 칼집에 넣고 서재 앞 마루로 돌아가 걸터앉았다.
"오미쓰."
그는 질녀를 불렀다.
"상투끈을 매 다오."
그는 흩어진 머리칼을 쓰다듬어 올렸다.
오미쓰에게 머리를 손질시키고 있는 동안, 그제야 정말 가슴이 헐떡거리는지 다다오키의 가슴은 땀으로 번들거렸다.
"대충 해라."
오미쓰의 어깨 너머로 말했다.
"저기 계신 젊은 손님에게 냉수를 드리고 먼저 앉았던 방으로 모셔라."
"네."
다다오키는 그러나 그 객실로 가지 않았다. 짚신을 신고 제자들의 얼굴을 휘둘러보고
"도장에 모여라."
명령을 하고 스스로 앞서 걸어갔다.

6

어떻게 된 까닭인가?
제자들로서는 알 수가 없는 일이었다. 첫째로 도대체 스승인 다다오키가 고지로에게 항복했다고 외친 것이 뜻밖이었다.
'그 한 마디가 어제까지의 무적 오노파 일도류의 자랑을 땅바닥에 짓밟아 버린 것이다.'
노여움에 겨워 눈물을 삼키며 다다오키의 얼굴을 노려보는 창백한 얼굴의 제자도 있었다.
도장으로 모이라는 소리에 그 자리에 모여 있던 약 20명이 잔뜩 긴장한 채 세 줄로 마룻바닥에 도사리고 앉았다.
다다오키는 상좌인 높은 자리에 조용히 앉아 그들의 얼굴을 한동안 내려

다보았다.
 "정말 나도 나이를 먹었구나. 눈 깜짝할 사이에 세월도 변천해 가는군."
 이윽고 이 말이 다다오키의 입술에서 흘러나왔다. 맨처음에 꺼낸 말이었다.
 "지난 날, 내가 걸어온 길을 돌이켜보니 스승 이토 잇토사이님을 모시고 젠키를 쓰러뜨리던 무렵이 내 검술이 최고의 날카로움을 보인 때였고, 이 에도에 집을 지니고 장군의 사범 대열에 서서 세상에서 무적 일도류니 쥐엄나무 고개의 오노패니 하는 말을 듣기 시작할 때는, 이미 내 자신의 검은 내리막길로 들어선 것이었다.
 "……."
 제자들은 스승이 무엇을 말하려는 것인지 아직 그 뜻을 짐작하지 못했다. 그래서 가만히 있긴 하지만 그 얼굴에는 한결같이 불평과 의혹이 서려 있었다.
 "생각건대……."
 다다오키는 거기서부터 갑자기 소리를 높여 지금까지 내리깔았던 눈을 크게 부릅떴다.
 "이건 누구에게나 있는 인간의 공통성이다. 안식에 수반되는 초로(初老)

의 징조야. 이러는 동안에 시대는 변천해 간다. 후배는 선배를 뛰어넘어 간다. 젊은 사람들이 새로운 길을 개척해 간다. 그것으로 족한 거야. 세상은 변천하는 가운데 발전하는 것이니까. 그러나 검법에서는 그것을 용납하지 않는다. 늙음이 없는 길이 검(劍)의 길이어야만 하는 거야."

"……."

"가령 예를 들자면 이토 잇토사이 선생님. 지금은 이미 살아 계신지 어떤지 그 소식조차 모르고 있지만, 고가네 들에서 내가 젠키를 베었을 때 즉석에서 일도류의 면허를 내게 허락하시고, 그 길로 중이 되어 입산해 버리셨다. 그리고 더욱 검(劍), 선(禪), 생(生), 사(死)의 길을 탐구하시어 대오(大悟)를 깨쳐야 하겠다는 말씀이셨다. 그에 반하여 이 다다오키는 너무나도 빨리 늙는 징조를 나타내어 오늘과 같은 패배를 당했으니, 스승 이토 잇토사이님에 대해 무슨 면목이 있겠는가. ……오늘까지의 나의 생활 따위는 부끄럽기 짝이 없는 것이었다."

견딜 수 없었던 모양으로

"서, 선생님."

네고로 하치구로가 말했다.

"패배를 하셨다고 하시는데 그렇게 젊은 자에게 패배할 선생님이 아니시란 것을 우리들은 평소부터 믿고 있습니다. 오늘 사건은 무언가 사정이 있었던 게 아닙니까?"

"사정?"

그는 일소에 부치고 고개를 저으며 말했다.

"적어도 진검과 진검의 시합, 그 사이에 어떻게 정실(情實) 따위가 허락되겠는가. 젊은 사람이라고 했지만 그 젊은 사람인 까닭에 나는 그에게 졌다고 생각하지 않는다. 옮겨가는 시대에 졌다고 생각하는 거야."

"그, 그렇다고는 하나."

"글쎄, 잠깐."

잔잔히 네고로의 말을 눌러 놓고 또 많은 사람들의 비슷한 표정을 눈여겨 보면서 말했다.

"빨리 이야기해 치우자. 저쪽에 사사키님을 기다리시게 해 두었다. 그러니 너희들에게 새삼스럽게 일러두려는 말과 나의 청을 들어 주기 바란다."

7

——나는 오늘부터 도장에서 물러날까 생각한다. 사회에서도 몸을 숨기겠다. 은퇴가 아니다. 산속에 들어가 이토 잇토사이가 헤쳐간 발자취를 찾는 심정으로, 말하자면 늦게나마 깨달음을 얻고자 한다.
"이것이 하나의 희망."
다다오키는 제자들에게 고하는 것이었다.
——제자 중의 이토 마고베에(伊藤孫兵衞)는 생질이 되므로 아들 다다나리(忠也)의 후견을 부탁한다. 막부에는 그 사유를 청원하고, 출가(出家)하여 세상을 버렸다고 신고해 주기 바란다.
"이것이 두 번째 부탁이다."
다음으로 이 기회에 말해 둘 것은
"나는 젊은 사사키 고지로에게 진 것을 그렇게 원망스레 생각지 않는다. 그러나 그와 같은 신진(新進)이 다른 데서는 나오고 있는데 아직 오노 도장에서는 한 명의 수재도 나오지 않았다는 것을 크게 부끄럽게 생각한다. 그것도 그럴 것이 나의 문하에는 역대의 직할 무사들이 많아 자칫하면 위세를 믿고 교만해져서 조금의 수행을 가지고 벌써 무적 일도류니 하며 과장하여 만족해하는 탓이라고 생각한다."
"아니, 선생님. 말씀 도중입니다만 결코 저희들이 그렇게 거만하게 나태한 생활만 한 것은……."
가메이 효스케가 그때 떨리는 목소리로 제자 사이에서 말하자
"닥쳐라."
다다오키는 그의 얼굴을 노려보며 스승의 자리에서 한 마디로 눌러 놓고 말했다.
"제자의 게으름은 스승의 게으름이다. 나는 내 스스로가 부끄러워 자신을 심판하고 있는 것이다. 너희들 모두가 교만 나태하다고 해서 하는 말이 아니야. 허나 이 가운데는 그런 자도 있다고 봤다. 그런 악풍을 일소하고 오노 도장은 올바르고 싱싱하고 젊은, 시대의 온상이 되어야 한다. 그렇게 되지 않고는 다다오키가 물러난다 하더라도 개혁하는 뜻이 없어지고 말 것이다."
침통한 그의 성의는 가까스로 제자들의 폐부에 스며들어갔다.
좌석에 즐비하게 늘어앉은 제자들은 모두 목을 늘어뜨리고서 스승의 말을

되씹으며 반성했다. 다다오키가 잠시 후 말했다.
 "하마다."
 하마다 도라노스케는 갑자기 지명을 받고 스승의 얼굴을 쳐다보았다.
 "예."
 다다오키의 눈은 그를 무섭게 노려보고 있었다.
 도라노스케는 그 시선에 그만 고개를 숙여 버렸다.
 "일어서!"
 "예."
 "일어서."
 "예……."
 "도라노스케, 일어서지 못하겠나."
 다다오키는 더욱 크게 소리를 질렀다.
 세 줄로 앉아 있는 제자들 가운데서 도라노스케만이 일어나 꼿꼿이 섰다. 그의 친구들과 후배들은 다다오키의 속셈을 알 수가 없어서 조용히들 하고 있었다.
 "도라노스케, 임자는 오늘부터 파문한다. 앞으로 마음을 고치는 수행에 힘써 병법의 뜻에 맞는 사람이 되었을 때 다시 사제로 만날 날도 있으리라.
―― 떠나라!"
"서, 선생님, 까닭을 말씀해 주십시오. 제게는 파문당할 만한 이유가 없습니다."
"병법의 길을 잘못 밟고 있는 까닭에 이유가 없다고 생각하겠지. ―― 훗날 가슴에 손을 얹고서 생각해 보면 알게 된다."
"말씀해 주십시오! 말씀을! 말씀해 주시지 않으면 도라노스케, 이 자리를 물러날 수가 없습니다."
흥분한 얼굴에 핏대를 세우고 그는 마구 대들었다.

8

"그렇다면 말하지."
다다오키는 하는 수 없이 도라노스케에게 파문을 선언한 이유를 도라노스케를 세워 둔 채 제자들에게도 해명했다.
"비겁한 것은 무사가 가장 멸시하는 행위이다. 또한 병법상으로도 확실히 경계하고 있다. 비겁한 행위가 있을 때에는 파문에 처한다는 것이 이 도장의 철칙이다. 하마다 도라노스케는 형이 베어 죽었는 데도 실없이 날을 보냈으며 더구나 당자인 사사키 고지로에게 복수할 생각은 하지 않고 마다하친가 하는 수박 장수 따위 사내를 원수라고 쫓아다니며, 그자의 노모를 인질로 잡아와 이 저택 안에 감금한다는 것은, 적어도 무사가 하는 짓이라고 할 수 있겠는가."
"아니, 그것은 고지로를 이리로 유인하기 위한 수단이었습니다."
도라노스케가 기를 쓰고 항변을 했다.
"봐라, 그것이 비겁하다는 거야. 고지로를 치려면 자신이 고지로의 집으로 찾아가든가 결투장을 보내어 왜 당당히 나서지 않았나."
"……그, 그것도 생각하지 않은 건 아닙니다만."
"생각한다? 그 마당에 이르러 무얼 우물쭈물한단 말인가! 많은 사람을 의지하여 사사키님을 이리로 유인하여 죽이려고 한 비열함은 임자가 지금 말한 것으로 자백하고 있지 않는가. 그와는 반대로 사사키 고지로라는 자의 태도는 실로 훌륭한 것이라고 나는 생각한다."
"……"

"그는 혼자 내 앞으로 와서 비열한 제자 따위는 상대할 필요조차 없다. 제자의 비행은 스승의 비행, 시합하자고 하며 도전해 왔었다."

제자들은 그제야 아까 그 경위는 그러한 동기에서 일어난 일이었구나 하고 수긍이 간 것 같았다.

다다오키는 말을 이었다.

"더군다나 그와 같이 진검과 진검의 대결을 해본 결과, 이 다다오키 자신 속에서도 분명히 수치스러운 잘못을 발견하게 되었다. 나는 그 잘못에 대하여 근신하는 뜻으로 항복이란 말을 했다."

"……."

"도로노스케, 이래도 너는 자신을 돌이켜보고 부끄러운 점이 없는 병법자라고 생각하는가."

"……죄송스럽습니다."

"떠나라."

"떠나겠습니다."

도라노스케는 고개를 숙인 채 도장 마루를 열 걸음 가량 물러나 두 손을 짚고 다시 앉았다.

"선생님께 건승 있으시기를."
"음……."
"여러분들도."
그는 목소리가 어두워지더니 조그맣게 이별 인사를 고했다. 그리고 기운 없이 어디론가 떠나 버렸다.
"나도 세상을 떠나겠다."
다다오키는 일어섰다. 제자들 중에서 흐느끼는 소리가 들렸다. 엉엉 소리 내어 우는 자도 있었다.
처연히 목을 늘어뜨리고 있는 제자들의 머리를 바라보며
"힘써라, 모두들."
다다오키는 마지막 스승의 말로써 사랑을 간직하고 말했다.
"무얼 슬퍼하는가. 너희들은 너희들의 시대를 이 도장으로 활발하게 맞아 들여야 한다. 내일부터는 겸손해져서 더욱 애써 단련을 쌓아야 하느니라."

9

이윽고 도장 쪽에서 저택으로 돌아와 객실에 얼굴을 나타낸 다다오키는
"실례했습니다."
아까부터 기다리고 있는 고지로를 향해 자리를 비운 것을 사과하며 조용히 앉았다.
그 얼굴빛에는 아무런 동요도 없었다. 여느 때와 조금도 다른 점이 없다.
"그런데……."
다다오키는 입을 열어 말했다.
"제자 하마다 도라노스케는 지금 저기서 파문을 선고하고 앞으로 마음을 고쳐 수행하도록 잘 훈계해 두었습니다. 그리고 도라노스케가 인질로써 숨겨 두었던 노파도 마땅히 돌려 드릴 생각인데 그대가 바로 데리고 가시겠소, 아니면 이편에서 보내 드릴까요?"
고지로는 당장에라도 가겠다는 듯이 일어서려고 했다.
"좋습니다. 제가 곧 데리고 가지요."
"이쯤 되었으니 모든 것을 물에 떠내려 보내고 한 잔 나누고 싶습니다. 오미쓰, 오미쓰."
다다오키는 손뼉을 치며 질녀에게 일렀다.

"술상을……."

아까의 진검 시합으로 고지로는 모든 정신을 다 소모해 버린 듯한 느낌이었다. 그러고 나서 혼자 우두커니 기다린 시간도 지루했으므로 곧 돌아가고 싶었지만 겁을 내고 있는 듯이 보일까 봐 주저앉아서 말했다.

"그럼, 대접을 받고 갈까요."

고지로는 어디까지나 다다오키를 눈 아래로 깔보았다. 마음속으로 깔보면서도 입으로는――자기는 오늘날까지 상당한 명인들과 시합을 해 보았지만 아직도 귀공과 같은 검을 만난 적은 없다. 과연 일도류의 오노파라고 소문날 만하다――는 등 칭찬을 늘어놓으며 자신의 우월감에 더욱 부채질을 했다.

젊고 강하고 패기만만하다. 술을 마셔도 도저히 당할 수가 없다는 것을 다다오키는 몸으로 느꼈다.

그러나 어른인 다다오키의 눈으로 볼 때 고지로는 자기로서는 대적할 수가 없으나 실로 위험한 젊음과 강함이라고 생각했다.

'그 소질을 잘 갈고 닦으면 천하의 기풍은 이 사람을 향해 나부낄 것이다. 하지만 자칫 잘못하면 젠키가 될 우려가 있구나.'

그렇게 아까워하면서 다다오키는 '제자라면' 하고 그 충고가 목구멍까지

치밀어 올라왔으나 끝내 아무 말도 하지 않았다.

그리고 고지로의 말에는 뭐든지 겸손하게 웃으며 대답했다.

잡담을 하는 가운데 무사시의 소문도 나왔다.

최근에 다다오키가 들었다면서 호조 아와노카미(北條安房守)와 다쿠안 스님의 추천으로 또 새로이 미야모토 무사시라는 무명의 검객이 발탁되어 사범의 대열에 낄는지도 모른다는 말이 나왔다.

"……호?"

고지로는 그렇게 말했을 뿐이었지만 불쾌한 듯한 얼굴빛을 보였다.

"돌아가겠습니다."

해가 기울자 그가 말했다. 다다오키는 질녀 오미쓰에게 일렀다.

"할머니의 손을 잡고 고개 밑까지 모셔다 드려라."

담담하고 꼿꼿해서, 야규처럼 정객들과의 교제 같은 것도 없고 소박한 무인 기질로 생애를 일관해 온 다다오키의 모습이 에도에서 사라진 것은 그로부터 얼마되지 않아서였다.

'장군님에게도 가까이 접근할 수 있는 신분인데…….'

'잘 하면 얼마든지 출세할 기회가 있었는데…….'

그가 세상을 버린 일에 대하여 의아스럽게 생각한 세상 사람들은 얼마 후에 사사키 고지로에게 그가 졌다는 사실을 과장되게 받아들여

'오노 지로에몬 다다오키는 발광을 했단다.'

이렇게 전했다.

정(情)

1

무서웠다, 어젯밤의 바람은.
그런 폭풍우는 난생 처음이라고 무사시조차 말했다.
태풍이 불어오는 계절.
그러한 공포에 대처하는 데는 무사시보다도 세심하게 잘 알고 있는 이오리(伊織)는, 어젯밤의 폭풍이 몰아쳐오기 전에 지붕으로 올라가 대나무 가지에 지붕 끝을 잡아매기도 하고 돌을 얹기도 했지만, 그 지붕도 한밤중에 날아가 버렸는지 오늘 아침에 보니 어디로 갔는지 지붕의 행방을 알 수가 없었다.
"아이쿠, 이젠 책도 못 읽게 됐구나."
벼랑이니 풀덤불 여기저기에 젖은 채 흩어져 있는 책조각을 바라보며 이오리는 섭섭한 듯이 중얼거렸다.
그러나 피해는 책 정도가 아니었다. 그와 무사시가 살고 있는 집마저 흔적도 찾아볼 수 없으리만큼 짓눌려져 손도 쓸 수 없는 형편이다. 그걸 그대로 내버려두고 무사시는 어디로 갔는지 '불을 피워라' 말하고 나간 후 아직 돌아오지 않는다.

"태평이로군. 논에 물 찬 걸 구경하러 가시다니."

이오리는 불을 피우기 시작했다. 장작은 자기 집 마루와 판자벽이었다.

"오늘밤 자야 할 집이었는데."

이런 생각을 하니 연기가 눈 속으로 스며든다. 불은 피워졌다.

그러나 무사시는 돌아오지 않는다.

문득 시선을 돌리니 근방에는 아직 벌어지지 않은 밤송이와 바람을 맞아 죽은 참새 시체 따위가 눈에 띄었다.

아침밥 대신 이오리는 그런 것들을 불에 구워서 먹었다.

점심 때가 되어서야 무사시는 돌아왔다. 그러고 나서 한 시간 가량 지나자 뒤따라 도롱이 삿갓을 걸친 마을 사람들이 떼를 지어 나타났다. 그리고 덕분으로 빨리 홍수가 빠졌다느니, 병자가 기뻐하고 있다느니 하면서 번갈아 인사를 하였다. 뒤처리에는 늘 자기 말만 주장하여 승강이가 벌어지게 마련이었는데, 이번에는 말씀하신 대로 누구의 논이니 누구의 집이니 하는 구별 없이 힘을 모아 처리하기로 했기 때문에, 뜻밖에도 피해 복구가 빨리 될 것 같다고 하면서 그 중의 늙은 농부 하나가 거듭거듭 인사를 되풀이했다.

"아, 그런 일을 시키려고 갔었구나."

이오리는 그제야 무사시가 첫 새벽에 나갔던 일을 이해할 수 있었다.

이오리는 무사시를 위해, 죽은 참새의 털을 벗겨서 구워 놓았다.

"먹을 건 우리에게 얼마든지 있어."

무사시는 단것 짠것 할 것 없이 날라왔다.

이오리가 좋아하는 떡도 있었다.

죽은 참새 고기는 맛이 없었다. 자기 자신만 생각하고 서둘러 죽은 새고기로 배를 채운 이오리는 뉘우쳐졌다. 자신을 버리고 많은 사람을 생각하고 도우면 먹을 것은 자연히 누군가가 주게 된다는 것을 배웠다.

"집도 이번에는 쓰러지지 않도록 우리들 손으로 지어 드리겠으니, 오늘밤에는 저의 집에서 주무시지요."

늙은 농부가 말했다.

그 늙은 농부의 집은 이 근처 마을에서 가장 오래된 집안이었다.

어젯밤에 흠씬 비를 맞은 속옷이니 겉옷을 말리게 하고 무사시와 이오리는 그날 밤 늙은 농부네 집의 식객이 되어 잠들었다.

"……뭘까?"

잠들고 나서였다.

이오리는 옆에서 자고 있는 무사시 쪽으로 돌아누우며 조그마한 소리로 말했다.

"선생님."

"……음?"

"멀리서 신사의 신악(神樂) 소리가 들리지 않아요? 먼 곳에서."

"들리는 것 같기도 하고 그렇지 않은 것 같기도 한데."

"이상한데. 이렇게 심한 폭풍우가 지나갔는데 굿소리가 들리다니?"

"……."

숨소리는 들리지만 무사시의 대답이 없었으므로 이오리도 어느새 잠들어 버렸다.

2

아침이 되어 이오리가 물었다.

"선생님, 지치부의 미쓰미네(三峰) 신사는 그다지 멀지 않다지요?"

"여기서 얼마 안 될 거야."

"데려다 주어요. 참배하러."

무엇이 생각났는지 아침에 갑자기 이오리가 말했다.

까닭을 물어본즉, 그는 어젯밤의 신악 소리가 마음에 걸려 일어나자마자 이 집 늙은 농부에게 물어보았다. 여기서 얼마 되지 않는 아사가야(阿佐谷) 마을에는 옛날부터 이사가야 굿이라는 오래된 굿집이 있어서, 매월 미쓰미네 신사의 제사에는 그 집에서 굿 준비를 해서 지치부로 출장 나가기 때문에 아마도 그것이 들려왔을 것이라는 설명이었다.

이오리는 음악과 무용에 대해 웅장한 것이라고는 신악밖에 모른다. 더군다나 미쓰미네 신사의 신악은 일본 3대 신악의 하나라고 일컬어질 만큼 고전적이라고 들었기 때문에 그는 못견디게 지치부에 가 보고 싶어졌다.

"네, 선생님. 네, 선생님."

이오리는 응석을 부리며 떼를 썼다.

"집은 어차피 닷새 엿새 사이에 지어지는 것도 아닌데……."

이오리가 이렇게까지 응석을 부리는 걸 보니 무사시는 문득 헤어져 있는

정 57

조타로가 생각났다.

　조타로를 데리고 다니느라면 조타로는 곧잘 응석을 부렸다. 조르기도 하고 심술을 부리기도 하며 고집을 피워 애를 먹이기도 하고——그러나 이오리는 좀처럼 그런 일이 없었다. 때에 따라서 문득 무사시 편에서 그 냉정함에 쓸쓸해질 만큼 이오리에겐 그런 아이다운 점이 없었다.

　조타로와는 태생이나 성격의 차이도 있겠지만 대부분 그것은 무사시가 교육시킨 것이었다. 제자와 스승의 구별을 이오리에게는 엄격히 훈련시켰기 때문이었다.

　마냥 내버려두고 그저 데리고 다니기만 했던 조타로에 대한 결과를 비추어 보고 이오리에게는 의식적으로 스승이 되려고 노력했기 때문이었다.

　그 이오리가 보기 드물게도 응석을 피우며 졸라댔다

　"……음."

　무사시는 건성으로 대답하고 생각에 잠겼다가 허락했다.

　"좋아, 데려가 주지."

　그러자 이오리는 춤을 출 듯이 좋아했다.

　"날씨도 좋아."

이오리는 벌써 그저께 밤에 하늘을 향해 원망하던 일도 말끔히 잊어버리고 성급히 그집 노인에게 도시락과 짚신을 얻어다 놓고 무사시를 재촉했다.

"자아, 가요."

늙은 농부는 '돌아오실 때까지는 초가집을 다시 세워 놓겠습니다' 하고 전송을 했다. 홍수 진 뒷자리의 물은 아직도 군데군데 작은 호수를 이루고 있었지만 그저께의 폭풍은 거짓말처럼 가셨다. 때까치가 나직이 날아다니고 하늘은 높고 푸르렀다.

미쓰미네 신사의 제사는 사흘간이라고 한다. 이렇게 안 이상 이제는 이오리도 그다지 서두르지 않았다. 시기를 놓칠 염려가 없기 때문이었다.

그날은 다나시(田無) 여인숙에서 일찍 자고 이튿날도 역시 무사시 들판을 걸었다.

이리마(入間) 강물은 세 배로 불어나 있었다. 평상시의 흙다리는 강 한가운데 떵그라니 남아 아무 소용도 없었다. 가까운 주민들이 배를 내기도 하고 말뚝을 박기도 하며 양편에서 다리를 이어붙이고 있었다.

지나갈 수 있을 때를 기다리고 있는 동안 이오리가

"저런, 화살촉이 많이 떨어져 있군. 투구쇠도 있고. 선생님, 이 근처는 전쟁터였나 봐요. 꼭 그랬던 것 같아요."

홍수에 씻긴 강모래를 파헤치며 이오리는 녹슨 칼 조각이랑 무엇인지 알 수 없는 옛날 돈 같은 것을 주워 흥겨워하고 있으나, 그러다가 손을 움츠리며 자지러지게 놀랐다.

"아……? 사람 뼈!"

3

무사시는 그것을 보자 말했다.

"이오리, 그 백골을 이리 가져와 봐."

이오리는 한 번은 모르고 만졌지만 다시는 손댈 생각이 없는 양 가져갈 생각은 하지 않고 물었다.

"선생님 뭘 하시려구요?"

"사람이 밟지 않도록 묻어 주는 거야."

"하지만, 하나 둘이 아닌걸요."

"다리가 다시 다 놓여질 동안의 일거리로서는 알맞다. 사람 뼈를 있는 대

로 모두 모아서……."
그는 강변 둑을 휘둘러보고 말했다.
"저 용담꽃이 있는 데다 묻어라."
"괭이도 없는데."
"그 부러진 칼로 파."
"예."
이오리는 먼저 구덩이를 팠다.
그리고 주위 모은 활촉이니 투구쇠도 백골과 함께 모두 묻었다.
"이러면 됐어요?"
"음, 돌을 얹어 놔라. 그럼, 됐다. 좋은 공양이 됐구나."
"선생님, 이 근처에 싸움이 있은 건 언제쯤일까요?"
"잊어 버렸나? 책에서 읽었을 텐데."
"잊었습니다."
"태평기 안에 있는, 겐코 3년과 쇼헤이 7년에 있었던 두 번의 싸움──닛타 요시사다(新田義貞), 요시무네(義宗), 요시오키(義興) 등 일족과 아시카가 다카우지(足利尊氏)의 대군이 살을 깎다시피 하며 싸운 고데사시(小

手指) 들판이란 곳이 이 근처야."
"아, 고데사시 들판 싸움이 있었던 곳이구나. 그건 몇 번이나 선생님 이야기를 들어 알고 있어요."
"그렇다면."
이오리의 평소 실력을 시험해 보려는 듯이 무사시는 물었다.
"그때에 무네나가 친왕(宗良親王)이——동편에 오래 머물러 한결같이 무사도에 종사할 때 정동장군(征東將軍)이라는 임명을 받았는데, 너무나 뜻밖으로 생각되어 노래를 읊었노라고 하시면서 읊으신 노래, 이오리는 기억하고 있나?"
"예."
이오리는 대뜸 그러고서 푸른 하늘에 한 마리 새가 나는 것을 쳐다보면서
"생각해 보니, 만져 보지도 않은 이 활이 자나 깨나 이 몸과 친숙한 것이라니."
무사시는 싱긋 웃으며
"그렇지. 그럼——같은 무렵 무사시 나라를 넘어 고데사시 들에서——라는 머리글로 된 그 친왕의 노래는?"
"……?"
"잊어버렸구나."
이오리는 지지 않으려고
"잠깐, 잠깐."
고개를 흔들었다. 그리고 생각이 났는지 제 마음대로 묘한 곡을 붙여서 낭랑히 읊었다.

　군주를 위해
　세상을 위해 바친 이 몸
　무엇이 아까우랴
　버려서 보람 있는
　목숨일진대

"……그렇지요? 선생님."
"뜻은?"

"알고 있어요."
"어떻게, 알고 있나?"
"그렇게 묻지 않더라도, 이 노래를 모르면 무사라고도 일본인이라고도 할 수가 없겠지요."
"음……하지만 이오리. 그렇다면 너는 어째서 백골을 만진 그 손을 몹시 더러운 것처럼 아까는 역겨워했나?"
"그렇지만 백골은 선생님이라도 좋은 기분이 들지 않을 거예요."
"이 옛 전쟁터의 백골은 모두, 무네나가 친왕의 노래에 눈물을 흘리며 친왕의 노래 그대로 분전하다가 전사한 사람들이다. 그런 무사들의, 흙 속에 있던 백골이, 눈에 보이지는 않지만 지금도 아직 주춧돌이 되어 있기 때문에 몇 천 년이 된 이 나라가 존재할 수 있는 것이 아니겠느냐."
"참 그렇겠군요."
"때때로 전란이 일어나도 그건 그저께의 폭풍우 같은 것이니까 나라 자체는 끄덕도 하지 않지. 거기에는 지금 살아 있는 사람들의 힘도 크지만 흙 속에 묻힌 백골들의 은혜도 잊어서는 안 되는 거야."

4

무사시의 한 마디 한 마디에 이오리는 몇 번이나 고개를 끄덕였다.
"알겠습니다. 그럼, 지금 묻어 준 백골에 꽃을 바치고 절을 하고 올까요?"
무사시는 웃으며 말했다.
"뭐, 절까지 할 건 없어. 마음속에 지금 말한 것을 새겨 두기만 한다면."
"……그렇지만."
이오리는 역시 마음이 풀리지 않는 모양이었다. 가을 들꽃을 꺾어 모아 돌 앞에 바쳤다. 그리고 합장하려다가 문득 뒤돌아보면서
"선생님."
부르면서 뭔가 주저하는 표정으로 말한다.
"이 흙 밑의 백골들이 정말로 선생님이 지금 말씀하신 것처럼 충신이라면 몰라도 만일 아시카가 다카우지(足利尊氏) 쪽 군사라면 안 되는데……. 손을 합장해 준다는 건 화가 나는 일이야."
그 말에는 무사시도 대답이 궁했다. 이오리는 무사시의 분명한 답이 없는 한 쉽사리 합장을 하지 않겠다는 태도를 보인다. 그의 얼굴을 바라보면서 답

을 기다리고 있다.
　문득 여치 소리가 귀를 찌른다. 바라보니 낮에 보이는 희미한 달이 눈에 들어왔다. 그러나 이오리에게 줄 대답은 좀처럼 생각나지 않았다.
　이윽고 무사시는 말했다.
　"십악오역(十惡五逆)의 무리에게도 부처의 길에서는 구원이 있다. 즉심즉보리(卽心卽菩提)——보리에 눈을 뜨게 되면 악역무도한 무리에게도 부처는 용서를 베푸신다고 했다. 하물며 백골이 되어버린 이상에는 벌써."
　"그럼, 충신이나 반역배들도 죽으면 똑같아집니까?"
　"그렇진 않지."
　엄숙하게 강조를 해 놓고 말했다.
　"그렇게 쉽게 생각해서는 안 돼. 무사는 이름을 소중히 여긴다. 이름을 더럽힌 무사는 두고두고 영원히 구원이 없는 거야."
　"그렇다면 어째서 부처님은 악인도 충신도 똑같이 취급하는 것처럼 말씀하세요?"
　"사람의 본성 그 자체는 모두, 원래는 똑같은 것이지만 명리(名利)나 욕망에 눈이 어두워 반역배가 되고 난적이 되기도 하는 거야. 그것을 미워하

정 63

지 않고 부처가 즉심즉불(卽心卽佛)을 권장하며 보리의 눈을 뜨라고 천만 가지 불경으로 설득하고 계시지만, 이도저도 다 살아 있는 동안의 일. 죽어서는 구원의 손길을 의지할 수가 없다. 죽어서는 모두 무(無)로 돌아가는 거야."
"아아, 그렇구나."
이오리는 알아들은 듯한 얼굴로 갑자기 말소리에 힘을 주었다.
"그렇지만 무사는 그렇지 않지요. 죽어도 무가 아니지요?"
"어째서?"
"이름이 남으니까."
"음."
"나쁜 이름을 남기면 나쁜 이름이, 좋은 이름을 남기면 좋은 이름이."
"음."
"백골이 되고서 말입니다."
"……하지만."
무사시는 그의 순진스런 지식욕이 단순하게 이해해 버릴 것이 두려워 그 말에다 다시 덧붙였다.
"하지만 무사에게는 역시 인정이라는 게 있어야 해. 인정을 모르는 무사는 달도 없고 꽃도 없는 허허벌판과 같은 거야. 단지 강하다는 것뿐으로는 그저께 밤의 폭풍우나 마찬가지지. 검, 검, 검하며 자나깨나 그것을 도로 삼는 몸은 더더구나 인정――자비심이 없어서는 안 되는 거야."
이오리는 벌써 입을 다물고 있다.
말 없이 흙 속에 묻은 백골에게 꽃을 바치고 순순히 두 손을 모으는 것이었다.

발목(撥木)

1

 지치부(秩父) 산 기슭에서 개미처럼 끊임없이 산길을 올라가는 작은 그림자는 산을 둘러싸는 짙은 구름 속에 모두 한 차례 숨어 버린다.
 그 사람들은 마침내 산꼭대기에 있는 미쓰미네 신사에 이르렀다. 그리고 거기서 하늘을 바라보니 하늘에는 한 점의 구름도 없었다.
 이곳은 반도(坂東)의 네 나라에 걸쳐 구모토리(雲取), 시라이시(白石), 묘호(妙法) 세 산으로 통하는 하늘 위의 도시였다. 신사 불각(神社佛閣)의 즐비한 건축물 일곽(一郭)에 이어 관리자니 신관 집이니 토산품 선물 가게니, 참배자 찻집이니 하는 문전 거리가 있고, 흩어져 있기는 하지만 농가도 70호 이상이나 있다고 한다.
 "아, 큰 북소리가 울렸다."
 어젯밤부터 무사시와 함께 관리자의 집에서 묵고 있던 이오리는 먹기 시작한 팥밥을 허겁지겁 입으로 밀어 넣으며
 "선생님, 벌써 시작했어요."
 내던지듯이 젓가락을 놓았다.

"굿 말인가?"

"보러 가요."

"어젯밤에 봤으니 난 괜찮다. 혼자 갔다 오너라."

"그래도 어제는 두 막밖에 안 했는데."

"글쎄, 서두를 건 없어. 오늘밤에는 밤새도록 한다니까."

과연 무사시의 밥그릇에는 아직 먹다 만 팥밥이 남아 있었다. 그게 다 없어지고 난 다음에 가자는 모양이다. 이오리는 생각을 고치고 점잖게 말했다.

"오늘밤에도 별이 총총하군요."

"그렇구나."

"어제부터 이 산 위에는 몇천 명이나 되는 사람들이 올라와 있는데 비라도 내린다면 보통 일이 아니지요."

무사시는 기특한 생각이 들어 말했다.

"그럼, 가볼까."

"예, 가요."

벌떡 일어나 이오리는 앞장서서 현관으로 달려나가 짚신을 빌려 가지고 와서 대령했다.

관리소 앞에도 산문(山門) 양편에도 화톳불을 크게 피웠다. 문전 거리에는 집집마다 대문간에 횃불을 피워 몇천 자나 되는 산꼭대기인데도 낮이 무색할 만큼 밝았다.

호수처럼 짙은 색깔인 밤하늘에는 은하수가 아련히 반짝였다. 그 아름다운 별빛과 불빛에 휩싸여 움직이는 군중들은, 신악전(神樂殿)을 둘러싸고 산꼭대기인데도 불구하고 추위도 잊은 채 꽉 차 있었다.

"……이런?"

이오리는 그 혼잡 속에서 이리저리 밀리면서 두리번두리번 찾는다.

"선생님은 어디 가셨을까? 방금 계셨는데."

피리와 북이 산바람을 타고 메아리를 부르자 사람들의 발걸음은 마침내 이곳으로 몰려왔지만, 신악전에는 아직 조용히 불그림자와 포장만이 흔들릴 뿐 춤추는 사람들은 나와 있지 않았다.

"선생님……."

이오리는 사람 사이를 빠져 다녔다. 그리고 간신히 무사시의 모습을 발견했다.

 무사시는 거기서 얼마 떨어지지 않은, 신전 대들보에 나란히 붙여 둔 수많은 시주판을 쳐다보고 있었다. 이오리가 달려와 소매를 끌어도 말없이 얼굴을 치켜든 채 쳐다만 본다.
 "선생님."
 수많은 시주자와는 동떨어지게 액수도 많고 시주판도 배나 큰 것에 이렇게 씌어 있는 것이 그의 시선을 단번에 끌어들였다.

　부슈(武州) 시바우라 마을(芝浦村)
　　　　　　　나라이 다이조(奈良井屋大藏)

 '…… ?'
 나라이 다이조라 하면 지난 몇 해 동안, 기소(木曾)로부터 스와(諏訪) 쪽으로 얼마나 찾아다녔는지 모르는 이름이다.
 그 다이조가 길 잃은 조타로를 데리고 타국으로 여행을 떠났다는 말을 듣고——
 "부슈의 시바우라라면?"
 장소도, 바로 얼마 전까지 자기가 머물던 에도가 아닌가. 뜻밖에도 이제 다이조의 이름을 발견하고 무사시는 망연히 헤어진 사람들을 회상하는 것이었다.

2

 평소에도 잊고 있지는 않았지만.
 이오리가 날로날로 성장해 가는 것을 볼 때마다, 기회가 있을 때마다 생각은 났지마는——
 '벌써 꿈처럼 3년 남짓 흘러갔구나.'
 무사시는 조타로의 나이를 마음 속으로 헤어 보았다.
 신악전의 큰 북이 그때 소리 높이 울리기 시작하였다. 무사시가 정신을 차리자 이오리가 말했다.
 "아, 벌써 춤을 춘다."
 이오리는 마음이 벌써 그곳으로 쏠려 있었다.

"선생님, 뭘 보고 있나요?"

"별로, 아무 것도 아니지만——이오리, 넌 혼자서 굿을 보고 있거라. 난 조금 볼 일이 생각났으니 나중에 가마."

그렇게 말하여 그를 쫓아 보내고 나서 무사시는 혼자서 신관집 쪽으로 걸어왔다.

"시주에 대해서 조금 물어볼 말이 있는데."

"여기서 취급하지 않으니 관리인 사무실로 안내해 드리지요."

약간 귀가 먼 노신관(老神官)이 앞서서 안내한다.

'총관리처 고운사 평등방(高雲寺平等坊)'이라는 큰 글자가 입구에 어마어마하게 붙어 있다. 보물광인 듯한 흰벽도 안에 보인다. 신사와 절간의 일을 합쳐서 일체 여기서 관리하고 있는 듯했다.

늙은 신관이 현관에서 긴 말로 뭔가 보고하였다.

이윽고 담당인 듯한 승려가 대단히 정중하게 안으로 안내한다.

"이리로."

차가 나왔다. 훌륭한 과자도 나왔다. 이어 두 번째 상이 들어왔다. 그리고 예쁘게 생긴 동자가 술병을 가지고 와서 시중을 들어 주었다.

잠시 후 총관리인이라는 자가 나타나 점잖게 말했다.
"잘 올라오셨습니다. 산채뿐이라 아무 것도 대접할 것은 없습니다만 편히 ......"
이상하다?
무사시는 약간 얼떨떨한 기분이었다.
그래서 잔도 들지 않고 다시 말했다.
"실은 시주에 대해서 좀 조사해 주셨으면 하고 왔는데요."
쉰 살 정도 되어 보이는, 살찐 총관리인은 눈을 끔벅이며 물었다.
"예, 조사라니요?"
몹시 의아스럽다는 듯 갑자기 눈빛을 바꾸고 무뚝뚝한 태도로 무사시의 모습을 훑어본다. 무사시가 시주판에 적혀 있는 부슈 시바우라 마을의 나라이 다이조라는 사람이 언제 여기에 올라왔던가, 또는 자주 오는 사람인가, 혼자 오는가, 동행이 있는가? 하고 차례차례 묻자 총관리인은 매우 불쾌한 얼굴로 덤빌 듯이 말했다.
"그럼 뭐요? 귀하는 시주하겠다는 게 아니고 시주의 신원을 조사하러 왔단 말이오?"
노신관이 잘못 들었는지 이 관리인이 잘못 알았는지——이건 당치도 않다는 듯한 표정을 지어 보였다.
"잘못 들으셨겠지요. 저는 시주하겠다는 것이 아니고 나라이의 다이조라는 분에 대해서."
채 말이 끝나기도 전에 총관리인은 말을 꺼냈다.
"그럼, 그렇다고 현관에서 분명히 말씀해 주셔야지 보아하니 낭인이신 모양인데 신분도 모르는 자에게 시주의 신원 같은 걸 함부로 말해서 난처한 일이 생기면 곤란하오."
"결단코 그런 일은."
"우선 담당 승려가 뭐라고 하는지 먼저 물어 보오."
총관리인은 뭔가 손해라도 본 듯이 옷소매를 뿌리치며 일어서 버렸다.

3

담당 승려가 시주의 대장을 들고 나와 대충 조사는 해 주었지만 그 역시 냉정했다.

"여기에도 별로 자세한 것은 적혀 있지 않소. 산에는 자주 참배하시는 모양이오만 동행자가 몇 살인지 그런 것까지는 알 수가 없소."
그래도 무사시는
"수고하셨습니다."
인사말을 한 다음 밖으로 나왔다.
그리고 신악전 앞으로 나와서 이오리의 모습을 찾아보니 이오리는 군중 뒤편에 있었다. 키가 작은 이오리는 나무 위에 올라가 가지에 걸터앉아 신전굿을 구경하고 있다.
그는 무사시가 나무 밑에 와 있는 것도 몰랐다. 완전히 넋을 잃고 신악전의 춤을 바라본다.
검은 노송나무 무대 위에 오색의 막이 내려져 있었다. 용마루 사방에 걸친 굵은 새끼 장식에 산바람이 산들산들 불어 화톳불의 불똥이 때때로 튀어 흩어졌다.
"……"
무사시도 어느새 이오리와 함께 무대로 시선을 던졌다.
그에게도 이오리와 같은 시절이 있었다. 고향 땅의 사누모(讚甘) 신사의 밤축제가 이러했던 것 같다. 군중의 무더운 숨결 속에는 오쓰우의 하얀 얼굴이 있기도 하고, 마타하치가 무얼 먹고 있기도 하고, 곤 아저씨가 돌아다녔고——그리고 자기가 늦는 것을 걱정한 나머지 자식을 찾는 어머니의 모습이 방황하기도 하고——그 무렵의 어린 환상이 마치 눈 앞에 나타난 듯 그를 휩싸는 것이었다.

무대에 앉아 피리를 들고 발목(撥木)을 잡고 있는 고풍 어린 신악사(神樂師)들의 괴상스러운 옷차림이나 금수술도, 화톳불은 그것을 먼 고대의 것으로 보이게 하는 것이었다.

느릿느릿한 북소리가 주변의 삼나무 숲에 메아리쳤다. 그 소리에 곁들여 피리와 북의 박자가 흐르는 무대에는 신악사의 우두머리가 고대인의 가면을 쓰고, 칠이 벗겨진 그 얼굴을 점잖게 움직이며 '신(神)놀이'라는 노래를 부른다.

그 노래의 가사를 유심히 들으면서 무사시의 눈은 북을 치고 있는 악사의 손을 지그시 주시하다가

"앗, 바로 저것이다! ……두 칼(二刀)을 쓰는 법은!"

갑자기 주위를 잊고 큰소리로 신음했다.

4

나뭇가지 위에서 이오리가 무사시의 신음 소리에 깜짝 놀라 내려다보았다.

"아, 선생님 오셨군요."

무사시는 그를 올려다보지도 않았다. 신악전 마루를 바라보고 있긴 했으나 남들처럼 춤과 음악에 도취되어 있는 눈은 아니었다. 오히려 무서울 정도의 눈길이었다.

"……음, 두 칼, 두 칼. 저것도 두 칼 쓰는 법과……."

무사시는 지그시 응시하며 팔짱을 풀지 않는다. 그러나 그의 미간에는 오랫동안 가슴에 서려 있던 의문이 풀리는 빛이 떠올랐다.

그것은 두 칼을 쓰는 연구였다.

태어날 때부터 인간에게는 두 개의 손이 있다.

그러나 검(劍)을 쥘 경우에는 그것을 하나밖에 사용하지 않는다.

적도 그랬고 뭇사람들도 모두 그것을 습성으로 생각했다. 그런데 손을

　완전히 두 개의 검으로써 활용시켰을 경우에 하나만을 쓰는 사람은 어떻게 될 것인가.
　실지의 예는 이미 무사시의 체험 속에 있다. 그것은 일승사 앞에서의 싸움에서 요시오카 편의 다수에 대해 단신으로 대항했을 때인 것이다. 그때 싸움이 끝나고 정신을 차려보니 자기는 두 손에 칼을 쥐고 있었다. 오른 손에 큰 칼과 왼손에 작은 칼을.
　그것은 본능이 시킨 것이었다. 자기도 모르는 사이에 두 개의 손이 각각 있는 힘을 다하여 몸을 지켜낸 것이다. 생사의 갈림길이 그렇게 가르친 것이었다.
　대군(大軍)과 대군의 전투에도 좌우 양편의 군사를 쓰지 않고서 적에게 대항하는 병법이 있을 수 없는 것이다. 하물며 하나의 몸으로서는 더욱 그러하다.
　일상 생활의 습성은 모르는 사이에 부자연스러운 것을 자연스러운 것으로 생각하게 하여 이상하게 여기지 않게 만드는 것이다.
　'두 칼을 쓰는 것이 옳은 것이다. 오히려 두 칼을 쓰는 것이 자연스러운 것이다.'

무사시는 그때부터 그렇게 믿게 되었다.

그러나 일상 생활에서는 늘 하는 동작이지만, 생사지경(生死之境)에서는 그렇게 흔히 있는 일이 아니다. 뿐만 아니라 검술의 극치는 그 생사결단의 준비를 일상화시키는 데 있다.

무의식 아닌 의식을 가지고 하는 활동.

그리고 그 의식이 무의식처럼 자유스럽게 움직이는 것.

두 칼을 쓰는 것이란 그런 것이어야 한다. 무사시는 늘 그 연구를 가슴에 간직하고 있었다. 그는 자신의 신념에 이념을 더하여 두 칼을 함께 쓰는 확고부동한 원리를 파악하려고 했다.

그는 지금 순간에도 놀라며 그것을 받아들인 것이다. 신악전 위에서 북을 치는 악사가 두 개의 발목(撥木)을 쥔 손, 그 쌍칼의 진리를 그 소리 가운데에서 들은 것이다.

북을 치는 발목은 두 개이지만 나는 소리는 하나이다. 그리고 좌와 우, 우와 좌를 의식하면서도 의식이 없다. 이른바 거침없는 무애자유(無碍自由)의 경지이다. 무사시는 가슴이 확 트이는 것 같은 심경이었다.

다섯 막의 신악은 우두머리의 노래로 시작되어 어느새 춤으로 바뀌었다. 점잖은 이와도(岩戶) 굿도 지나고 칼춤을 따라 빠른 박자의 피리가 울리며 방울이 딸랑딸랑 흔들리며 울었다.

"이오리, 더 보려느냐?"

무사시가 나뭇가지를 쳐다보고 말했다.

"예, 아직."

이오리는 건성으로 대답을 했다. 신악에 넋을 잃고 자기도 춤을 추고 있는 듯한 심경이었다.

"내일은 또 깊은 절까지 큰 산을 올라가야 하니까 너무 늦기 전에 돌아와 자거라."

말을 남기고 무사시는 관리인 집 쪽으로 혼자 걸음을 옮겼다.

그때 그의 등 뒤로부터 커다란 검은 개에 고삐를 달고 느릿느릿 따라가는 사나이가 있었다. 무사시가 관음원 안으로 들어가자 검은 개를 끌고 온 그 사나이는 뒤를 돌아보고 작은 소리로 어둠 속을 향해 손짓했다.

"여어, 여어."

발목 73

마(魔)의 무리

1

 개는 미쓰미네(三峰) 신사의 신의 사자라고 해서 이 산에서는 신의 일족이라 부른다.
 산개〔山犬〕의 부적이니 나무 조각(彫刻)이니 산개 도자기 같은 것을 참배자들이 하산할 무렵에 사가지고 가는 것도 그 때문이다.
 또 정말로 신주처럼 취급하는 개들도 이 산에는 많았다.
 사람에게 사육되고 우러러 받들어지기도 하지만, 이러한 산 속에 있기 때문에 자연히 날것을 먹게 되어 아직도 산개의 본질이 가시지 않은 날카로운 이빨을 가진 개들뿐이다.
 이러한 무리들의 조상은 1,000여 년 전에 대집단으로 바다 저편에서 무사시 들로 이주해 온 고려민(高麗民)의 가족과 함께 옮겨온 것들과, 그보다 앞서부터 지치부 산에 있던 순 반도종(坂東種)의 산개 두 종류가 결합된 피를 가진 맹견인 것이다.
 그것은 각설하고——무사시의 모습을 관음원 앞까지 미행해 온 사나이의 손에도 한 마리의 개가 삼줄에 매여 끌려왔다. 지금 그 사나이가 어둠 속으로 손짓하자 송아지만한 검은 개도 동시에 어둠 속을 바라보고 끙끙거리면서 코를 울리기 시작했다.

그가 늘상 익숙해 있는 사람 냄새가 가까워진 탓이리라.

"쉿!"

개 주인은 고삐를 잡아당겨 꼬리를 치는 개 엉덩이를 한 대 후려쳤다.

그 개 주인의 얼굴도 그 개에 못지않은 사나운 용모였다. 얼굴에는 깊게 주름이 패어 있고 50세 정도로 보였으나 굵직한 뼈대는 젊은 사람에게서도 보기 드물 정도로 건장하고 날카로웠다. 키는 다섯 자 남짓했으나 사지 마디마디에는 어딘지 대적하기 힘든 탄력과 투지가 담겨져 있어, 말하자면 이 개 임자는 데리고 있는 개와 마찬가지로 아직 산개의 습성이 다분히 가시지 않은—야수로부터 가축으로 순치되어 가는 과도기에 있는 것과 같은—산무사의 한 사람이었다.

그러나 절에 근무하고 있는 탓인지 복장은 단정하였다.

"바이켄(梅軒)님."

살그머니 어둠 속에서 다가온 여인이 말했다.

개가 그 옷자락에 장난을 치려 들자 여인은 그 때문에 가까이 다가오지 못했다.

"이 새끼!"

바이켄은 줄 끝으로 좀 세게 개의 머리를 때렸다.

"오코……용케 발견했구나."

"역시 그놈이지요?"

"음, 무사시다."

"……"

"……"

두 사람은 그 말뿐 입을 다물었다. 갈라진 구름 사이로 별을 바라보았다. 신악전의 빠른 박자가 거무스름한 삼나무 숲 속에서 한창 요동친다.

"어떻게 하지요?"

"어떻게 해야지!"

"모처럼 산에 올라왔는데."

"그렇지, 그냥 돌려보내긴 아깝지."

오코는 연신 눈짓으로 바이켄의 결심을 촉구한다. 그러나 바이켄은 좀처럼 결심이 서지 않는 모양이었다. 눈동자 속에서 번쩍번쩍, 무언가 초조하게 생각하고 있다.

무서운 눈초리다.

얼마 후

"도지는 있나?"

"네, 잔치 술에 취해서 초저녁부터 자고 있는데요."

"그럼, 깨워 둬."

"당신은?"

"아무튼 나는 일이 있는 몸이야. 보물 창고를 둘러보고 볼일을 끝낸 다음 가기로 하지."

"그럼, 집으로."

"음, 임자 가게로."

붉은 화톳불이 흐늘거리는 어둠 속으로 두 사람의 그림자는 따로따로 사라져 갔다.

2

산문을 나서자 오코의 발걸음은 종종걸음이 되었다.

문전 거리에는 집이 2, 30호 있다.

대부분이 선물 가게와 쉬어 가는 찻집이었다.

간혹 찌개며 술냄새 속에 사람들 떠드는 소리가 법석거리는 집도 있었다.

오코가 들어간 집도 그런 식의 집으로 봉당에는 걸상이 놓여 있고 추녀 끝에는 '휴게소'라고 씌어 있었다.

"우리집 양반은?"

돌아가자마자 오코는 걸상에서 졸고 있는 고용인 하녀에게 물었다.

"자니?"

소녀는 꾸중을 들을 줄 알고 황급히 몇 번이나 고개를 흔들었다.

"너 말고, 우리집 양반을 묻고 있는 거야."

"아, 바깥 주인은 주무시고 계세요."

"그것 봐."

오코는 혀를 차며 말했다.

"축제라는데 이렇게 멍청하게 있는 집은 우리집뿐이야, 정말."

오코는 그런 말을 하면서 어두운 봉당을 둘러보았다.

밖에서 하인과 노파가 내일 쓸 팥밥을 짓고 있었다. 거기서 붉은 장작불이 이글거리고 있다.

"여보."

오코는 평상 위에 길게 늘어져 잠들어 있는 모습을 보고 그곳으로 가까이 갔다.

"좀 일어나요. 여보, 이 양반이."

가볍게 어깨를 잡고 흔들자

"뭐야?"

잠을 자던 사나이는 벌떡 일어났다.

오코는

"저런……."

뒤로 물러서면서 사나이의 얼굴을 지켜 보았다.

사나이는 오코의 남편 도지가 아니었다. 동그스름한 얼굴에 큰 눈을 가진 시골 청년이었다. 갑자기 낯선 여자가 깨웠으므로 땡그란 눈으로 오코를 쏘아보았다.

"호호호."

사나이는 자기의 경솔함을 웃음으로 얼버무리면서 말했다.
"손님이셨군요, 죄송합니다."
시골 청년은 걸상 밑으로 미끄러져 떨어진 거적을 주워 들고 그것을 얼굴에 쓰자 또 곧 잠들어 버렸다.
목침 앞에 뭔가 먹다 남은 접시와 찻잔이 놓여 있다. 거적 자락에서 불쑥 나와 있는 두 발에는 흙투성이 짚신이 매여 있고 벽 쪽으로는 이 청년의 소지품인 듯한 괴나리봇짐과 갓과 지팡이 하나가 놓여 있다.
"손님인가, 저 젊은 양반은?"
소녀에게 물었다.
"네, 한잠 자고 나서 안쪽 원으로 올라간다면서 재워 달라기에 목침을 빌려 드렸어요."
"그러면 그렇다고 왜 미리 말을 하지 않나 말이야. 우리집 양반인 줄 잘못 알았지 않나. 대체 이 양반은 어디에……."
이때 옆방의 찢어진 미닫이 안에서 다리 하나를 봉당에 내려놓고 몸을 돗자리 바닥에 눕혔던 도지가
"엉터리 같은 것. 여기 있는 나를 모른 단 말이야. 너야말로 가게를 비우고 어딜 어슬렁거리고 다니나!"
잠이 모자라는 듯한 소리로 말하며 일어났다.
물론 이 사나이는 옛날의 기온 도지. 그도 무척 변했지만 아직도 저 저주스러운 인연을 끊지 못하고 함께 사는 오코도 어지간히 변해, 그 옛날의 요염한 모습은 조금도 없었다. 남자와 같은 여자가 되어 있었다.
도지가 게으름뱅이여서 자연히 여자가 그렇게라도 하지 않고서는 살아갈 수 없는 탓도 있으리라. 와다 고개에서 약초 캐는 집을 짓고서 나카센도를 오가는 길손들을 죽여서는 욕심을 채우고 있던 무렵은 그래도 괜찮았는데——
그 산 속의 집도 불이 나 버렸기 때문에 손발로 부려 먹던 부하들도 흩어지고 지금 도지는 겨울 동안 사냥을 해서 벌고, 오코는 찻집 여주인이 되어 있다.

3

선잠에서 깨어난 탓도 있겠지만 도지의 눈은 뻘겋게 충혈되어 탁한 빛을 보이고 있었다.

그 눈이 봉당의 물단지를 보고 일어나더니 술이 깨는지 국자로 벌컥벌컥 물을 퍼마셨다.

오코는 걸상에 한손을 짚고 몸을 비스듬히 흔들며 말했다.

"아무리 축제날이라고 하지만 술도 어지간히 마셔요. 목숨이 위태한 줄도 모르고. 용하게 밖에서 칼침도 맞지 않았군."

"뭣이?"

"마음을 놓지 말란 말예요."

"무슨 일이 있었나?"

"무사시가 이 축제에 와 있는 걸 당신은 알고 있나요?"

"뭐, 무사시가?"

"그럼요"

"무사시라니 그 미야모토 무사시 말인가?"

"그렇지요. 어제부터 관음원에 와서 묵고 있단 말예요."

"저, 정말이야?"

물동이에 가득한 물을 다 뒤집어쓴 것보다도 무사시라는 한 마디는 도지의 술기운을 한꺼번에 깨게 하였다.

마의 무리 79

"이거 큰일 났는데 오코, 너는 가게에 나가 있지 않는 게 좋을 거야. 그놈이 산에서 내려갈 때까지는."
"그럼, 당신은 무사시가 와 있단 말을 듣고 숨어 있을 작정인가요?"
"또 다시 와다 고개의 일을 재연할 건 없지."
"비겁하군요."
오코는 비웃으며 말했다.
"와다 고개에서는 그랬지만, 무사시와 당신은 교토에서 요시오카와의 사건 이후로 원한이 쌓여 있는 상대 아닌가요? 여자인 나까지도 그놈 때문에 뒷손을 묶여 정든 집을 태워버린 때의 원한을 잊지 않고 있는데."
"하지만……그때는 부하들도 많았잖나."
도지는 자신을 알고 있었다. 그는 일승사 때 한패 가운데 끼진 않았으나 무사시의 솜씨는 그 후에 요시오카의 잔당들에게서 듣기도 했고——와다 고개에서 경험도 했으므로——도저히 그에 대한 승산을 상상할 수도 없었다.
"그러니까."
오코는 바싹 다가섰다.
"당신 한 사람으로서는 무리이겠지만, 이 산에는 무사시에게 원한이 있는 자가 또 하나 있지 않아요."
"…… ?"
그런 말을 듣고서야 도지도 생각이 났다. 오코가 말하는 사람은 산 총관리소, 고운사 평등방의 절 무사——관리소의 보물 창고지기를 하고 있는 시시도 바이켄(宍戸梅軒)을 가리키는 모양이었다.
여기서 찻집을 차리게 된 것도 그 바이켄의 주선에 의해서였다.
와다 고개에서 쫓겨나 돌아다니던 끝에 이 지치부에서 바이켄을 알게 된 것이 인연이었다.
나중에 차츰 이야기를 나누어 보니 그 바이켄은 옛날 이세(伊勢) 땅 스즈카 산의 아노 마을(安濃鄕)에 살면서 한때는 수많은 야무사들을 거느리고 전국의 혼란한 틈을 타고 들을 쏘다니며 벌었다. 그 후 싸움이 그치자 이가(伊賀) 산 속에서 낫대장장이 노릇을 하기도 하고 농사꾼 노릇도 해 보았으나, 영주인 도도(藤堂) 가문의 정치가 통일됨에 따라 그러한 존재도 용납되지 않게 되어 마침내 시대의 유물인 야무사 집단을 해산하고 혼자 에도를 향해 나왔다. 그리고 그 에도에도 없는 올바른 일자리가 있다는, 미쓰미네 신사에 연고 있는 자의 소개로 몇 년 전부터 관리소의 보물 창고지기로 고용되었던 것이다.

 여기서부터 더 깊은 부코(武甲)의 심산에는 아직도 야무사보다 더 살벌하고 미개한 인간들이 무기를 갖고 살고 있다고 해서—— 요컨대 그는 독으로써 독을 제거키 위해——보물 창고에는 알맞은 인물로서 임용된 것이었다.

4

 보물 창고에는 사찰의 보물뿐만 아니라, 시정인(市井人)들의 기부금인 현금도 보관되어 있다.
 이 산 속에서 그것은 늘 산도둑 떼들로부터 습격의 위협을 받는다.
 그 보물 창고의 개로서 시시도 바이켄은 안성맞춤인 인물임에 틀림없다.
 야무사, 산도둑들의 습성이라든가, 습격법이라든가 하는 것에도 밝았고, 보다 중요한 자격으로서 그는 시시도 야에가키류(八重垣流)의 사슬낫의 발명가였으며 사슬낫을 쓰는 데 있어서는 천하무적의 명인이라는 말을 듣고 있었다.
 출신만 좋았던들 그럴 듯한 수군도 섬길 수 있는 사람이었다. 그렇지만 그의 혈통은 너무나도 검었다. 그와 피를 나눈 형도, 쓰지가제 덴마(辻風典馬)라고 하는 이부키 산에서 야스강(野洲川) 지방에 걸쳐 평생 동안 피비린내 속을 춤추던 도둑의 두목이었다.
 그 쓰지가제 덴마는, 벌써 10년이나 전의 일이지만 무사시가 아직 '다케조'라고 불릴 무렵——마침 세키가하라 전쟁 이후——이부키 산 기슭에서 무사시의 목검 때문에 피를 토하고 죽었다.
 시시도 바이켄은 자기들의 몰락의 원인이 시대의 추이에 있다고 생각하기보다도, 그 형의 죽음에 있는 것으로 생각하였다.
 그리하여 무사시의 이름을 그는 원한 어린 가슴에 새기고 있었다.
 그 뒤.
 바이켄과 무사시는 이세 가도를 여행하는 도중, 아노의 산가(山家)에서 우연히 만나게 되었다. 그는 무사시가 필살의 함정에 걸려든 줄만 알고 그가 자는 틈을 노렸다.
 그러나 무사시는 사지(死地)를 피해 자취를 감추어 버렸다. 그 이래로 바이켄은 무사시의 모습을 보지 못했던 것이다.

오코는 그로부터 그 이야기를 수없이 들었다. 동시에 자기들의 신상 이야기도 그에게 들려 주었다. 그리하여 바이켄과의 친밀함을 더욱 두텁게 하기 위해 무사시에의 원한을 더더욱 강조해서 말했다. 그럴 때면
'두고 보자. 기나긴 평생 동안에는 반드시.'
바이켄은 주름 속에서 눈동자를 무섭게 반짝이며 중얼거리는 것이 버릇이었다.
그러한 사람들이 있는 이 산. 무사시로서는 아마 이보다 더 위태로운 땅이 없을, 저주의 산에 이오리를 데리고 올라온 셈이다.
오코는 가게 안에서 그 모습을 흘깃 보았을 때 이상하다고 생각되어 유심히 살폈으나 축제의 혼잡 속에서 곧 잃어버리고 말았다.
그리하여 도지에게 의논하려고 했으나 도지는 돌아다니며 퍼마시기만 했다. 그래도 마음에 걸려 견딜 수 없어서 초저녁 무렵 관리인 집 현관을 살펴보고 있느라니, 때마침 무사시와 이오리가 굿하는 전각 쪽으로 나가는 것이었다.
무사시임이 분명했다.
오코는 관리소로 가서 바이켄을 불러냈다.

바이켄은 개를 끌고 나왔다. 그리고 무사시가 관음원으로 돌아올 때까지 뒤를 밟아 확인한 것이었다.

"……음, 그래."

도지는 그 말을 듣고서야 겨우 힘을 얻은 기분이 되었다. 바이켄이 달려들 셈이라면——하고 다소 승산이 섰다. 미쓰미네 신사의 축젯날 시합에서 바이켄이 야에가키류 사슬낫의 비책을 다하여 반토 지방의 검객들을 거의 무더기로 쓰러뜨린 재작년의 기억을 더듬고 있었다.

"……그래. 그렇다면 바이켄님에게도 그 일을 얘기했단 말이지."

"나중에 일이 끝나면 이리로 온다고 했어요."

"다 짜 두었나?"

"그야 말할 것도 없지요."

"하지만 상대는 무사시다. 이번에야말로 여간 잘 하지 않고서는……."

그는 몸을 부르르 떨면서 자기도 모르게 큰소리가 나왔다. 오코는 눈짓을 하며 컴컴한 봉당 한 구석을 뒤돌아보았다. 그곳에 있는 걸상에서는 거적을 뒤집어쓴 시골 청년이 아까부터 코를 골며 깊이 잠들어 있었다.

"쉿……."

오코가 입에다 손가락을 대자

"아, 누가 있었나……?"

도지는 자기 입을 막았다.

5

"……누구야?"

"손님이래요."

오코는 개의치 않았다.

하지만 도지는 상을 찌푸리고

"깨워서 내보내라구. 거기다 벌써 바이켄님이 올 때가 되지 않았는가."

이렇게 말했다.

그러는 게 좋겠다. 오코는 소녀에게 넌지시 말했다.

소녀는 구석 의자로 가서 코를 고는 청년을 흔들어 깨웠다. 그리고 벌써 가게를 닫을 때가 됐으니 나가 달라고 무뚝뚝하게 말했다.

"어, 잘 잤다!"

　기지개를 켜고 청년은 봉당에서 일어섰다. 차림새나 사투리로 보아 가까운 시골의 농사꾼 같지는 않았다.
　아무튼 일어나자마자 혼자 싱글벙글 동그란 눈을 깜빡거렸다. 터질 듯한 젊은 몸을 빙글빙글 움직여 순간에 거적을 걸치고 갓을 썼다. 지팡이를 끌고 보따리를 목에 매어 달자
　"감사합니다, 아주머니."
　절을 하고 밖으로 뛰어나갔다.
　"찻값은 두고 갔니? 이상한 녀석이로군."
　오코는 소녀를 뒤돌아보고
　"걸상을 치워 버려."
　이렇게 일렀다.
　그리고 오코와 도지는 발을 말아올리고 가게의 물건들을 치우기 시작했다.
　거기에 느릿느릿 송아지만한 검은 개가 들어왔다. 바이켄의 모습이 그 뒤를 따랐다.
　"아, 오십니까?"

"저 안방으로 드세요."

바이켄은 묵묵히 짚신을 벗는다.

검은 개는 사방에 떨어져 있는 먹을 것을 찾느라 부산스러웠다.

퇴락한 벽에 허름한 툇마루지만 따로 떨어져 있었다. 그 방 한칸에 등불이 켜졌다. 바이켄은 앉자마자 곧 말했다.

"……아까 신악당(神樂堂) 앞에서 무사시가 동행한 아이에게 말한 바에 의하면 내일은 산 위의 절로 올라갈 셈인 모양이야. 앞서 확인해 두려고 살며시 관음원(觀音院)에 들러 살피고 오느라고 늦어졌지."

"그럼, 무사시는 내일 아침 산 위로……."

오코와 도지는 숨을 삼키고 추녀 저쪽 별이 보이는 하늘로 오다케(大岳) 산의 검은 그림자를 쳐다보았다.

예사 방법으로는 무사시를 칠 수 없다는 사실은 바이켄도 도지 이상으로 잘 알고 있었다.

보물 창고지기 가운데는 그 외에 억센 승병이 두 사람 더 있다. 요시오카의 잔당으로서 이 신역(神域) 안에 조그만한 도장을 세워 놓고 부락 청년들을 가르치고 있는 사나이도 있다. 더욱 규합한다면 이가(伊賀)에서 온 야무사로서 지금은 직업을 바꾼 자들까지 10명 이상은 당장에라도 끌어 모을 수 있으리라.

도지는 손에 익은 총을 드는 것이 좋을 것이며, 자기는 늘 쓰는 사슬낫을 준비해 왔다. 다른 두 사람의 창고지기 중은 창을 들고 벌써 한 발 앞서 나갔을 것이다. 또한 있는 대로 더 많이 편을 모아 날이 새기 전에 오다케 산으로 올라가는 길목 고자루자와 늪(小猿澤)의 다니가와(谷川) 다리에서 우리들을 기다리도록 수배가 되어 있으니, 만의 하나라도 소홀한 점은 없을 것이라고 시시도 바이켄은 말하는 것이었다.

도지는 깜짝 놀라며

"예에? 벌써 그렇게 손을 써 두었나요?"

의아스러운 눈치를 보였다.

바이켄은 씁쓸하게 웃었다.

바이켄을 단순한 절의 중이라고 보아왔기 때문이겠지만, 앞서 말한 쓰지가제 덴마의 동생 고오헤이로서 볼 때는, 이 정도의 약빠른 솜씨쯤은 잠에서 깨어난 멧돼지가 싸리덤불에서 바람을 일으킨 정도밖에 안 되는 일이었다.

단풍

1

아직도 안개가 깊다.

조그만 새벽달도 골짜기에서 높이 떨어져 있다.

오다케 산은 잠들어 있었다.

우렁찬 소리를 내며 다만 시끄러운 것은 고자루자와 늪 밑을 흐르는 물뿐이다.

거기 다니가와 다리에 시꺼멓게 안개에 싸인 그림자들이 뭉쳐 있었다.

"도지."

나지막한 소리가 부른다.

바이켄의 목소리이다. 낮은 소리로 패거리 속에서 도지가 대답했다.

"화승을 적시지 마라."

바이켄이 주의를 준다.

승복을 걷어 붙인 산법사(山法師) 그대로인 중이 창을 들고 두 사람이나 이 살벌한 패거리 가운데 섞여 있었다. 나머지는 지방의 시골 무사나 무뢰한의 무리이리라. 복장은 잡다했지만 감발 등 어느 사람을 보아도 민첩한 행동에 익숙한 차림새였다.
"이것뿐인가?"
"그렇습니다."
"몇 명?"
서로 머릿수를 세어 보았다. 모두가 자기를 포함해서 13명이라고 한다.
"됐어……."
바이켄은 행동할 순서를 다시 한 번 거기서 각자에게 되풀이해 주었다. 저마다 가만히 끄덕였다. 그리고 이제 출발하자는 듯이 다니가와 다리에서 오솔길 근처를 향하여 구름 속으로 사라져 버렸다.
여기서부터 31마장.
오쿠노인(奧之院) 길.
다니가와 다리 절벽 가에 있는 이정표 돌의 글씨가 하얀 새벽 달빛으로 희미하게 읽혀질 뿐 그외에는 다만 골짜기의 물소리와 바람뿐이었다.
사람이 사라지자 그동안 숨어 있던 것들이 얼마 후 나와서 나뭇가지를 건너다니며 떠들어대기 시작했다. 여기서부터 오쿠노인까지 무수하게 볼 수 있는 원숭이 떼였다.
원숭이는 벼랑 위에서 잔돌을 굴리기도 하고 칡넝쿨에 매달리기도 하면서 길가로 나왔다.
다리 위를 뛰어다닌다. 다리 밑으로 숨어든다. 골짜기로 날아다닌다.
안개는 그 그림자를 쫓듯이 원숭이와 서로 희롱한다. 만일 여기에 한 사람의 신선이 내려와 그들에게 선어(仙語)로써
'그대들은, 생(生)을 받고 태어나 어찌하여 이 좁은 산골짜기에서 구름과 노니느냐. 구름이 이미 일어났으니 구름을 타라. 서방(西方) 삼천 리를 가면 노산(盧山)에 누워 아미봉(峨眉峰)을 가리키며 발을 장강(長江)에서 씻고 호흡을 큰세계에서 쉴 것이니 진정 생명이 늘어나리라. 나와 더불어 가지 않겠는가.'
이렇게 부르기만 한다면, 구름은 모두 원숭이가 되고, 원숭이는 모두 구름이 되어 막막한 곳 하늘로 올라가 버릴는지도 모른다.
그런 환상마저 일어날 만큼 원숭이는 놀고 있었다. 새벽 달빛에 그 원숭이들의 모습이 안개 속에 비쳐서 한 마리가 두 마리로도 보였다.
멍!

멍멍멍!

개가 짖는 소리였다.

그 소리는 메아리쳐 골짜기 멀리 울렸다.

순간, 마치 늦가을 누런 잎이 바람에 날리듯이 원숭이들은 눈 깜짝 할 사이에 자취를 감추어 버렸다. 그리고 그 자리에 꽤 높은 발 소리를 울리며 보물 창고를 지키기 위해서 바이켄이 기르고 있는 검은 개가 줄을 끊고 달려왔다.

"검둥아, 검둥이 놈!"

뒤에서 쫓아오는 것은 오코였다.

바이켄들이 오다케 산으로 간 것을 알고 줄을 깨물어 끊고 달려온 모양이다.

2

오코는 검둥이가 끌고 가는 줄 끝을 간신히 잡았다. 검둥이는 잡히자 오코에게 거대한 몸을 비벼대며 장난을 걸어왔다.

"이 새끼가."

오코는 개를 좋아하지 않는다. 뿌리치면서 줄로 때렸다.

그리고 오코는 왔던 쪽으로 끌어 돌리려고 하였다.

"돌아가!"

검둥이는 또 귀까지 입을 찢어대며 짖어대기 시작했다.

멍!

줄은 잡았으나 오코의 힘으로는 움직일 수가 없었다. 무리하게 당기기만 하면 늑대처럼 무서운 소리로 짖어댔다.

"무엇하러 이런 건 데리고 왔을까. 보물 창고에 있는 개집에 붙들어 매두면 좋았을 텐데."

오코는 화가 났다.

이러는 동안, 만일 관음원을 오늘 아침에 떠나기로 되어 있는 무사시가 오기라도 한다면 이상하게 생각할 것이 틀림없다. 이런 개가 이 길가에 건들거리고 있는 것만 해도 기민한 그가 눈치챌 염려가 충분히 있는 것이다.

"이, 이놈이……야단났는데."

오코는 어쩔 줄을 몰랐다.

검둥이는 연거푸 짖어대기만 했다.

"하는 수 없군. 이리와. 그 대신 오쿠노인에 가서는 짖는 게 아니야."
 할 수 없이 오코는 개를 끌고, 아니 개에게 끌려서 먼저 올라간 사람들이 간 길을 헐떡이며 올라갔다.
 검둥이가 짖는 메아리는 다시 들려오지 않았다. 검둥이는 좋아라며 주인의 냄새를 뒤따라 갔을 것이다.

 밤새 흐르며 움직이던 안개가 골짜기 사이에 두꺼운 눈처럼 가라앉아 부코의 산들과 묘호산, 시라이시산, 구모토리산의 모습이 드러나기 시작하자 오쿠노인 도로도 밝아지며 짹짹 짹짹 짹짹……하고 참새 소리가 귓가를 맑게 흐른다.
 "선생님, 왜 그럴까요?"
 "뭣이?"
 "맑아졌는데도 해님이 보이지 않으니까 말예요."
 "네가 보고 있는 방향은 서쪽이 아니냐."
 "아, 그렇군."
 이오리는 그 대신 달을 발견했다. 봉우리 저편으로 떨어져 가고 있는 희미한 달을.

단풍 89

"이오리."
"예."
"이 산에는 네 친구들이 많구나."
"어디 말입니까?"
"저봐, 저기에도……."
무사시가 가리키는 골짜기의 나무를 들여다보니 어미 원숭이를 한가운데 둘러싸고 새끼 원숭이들이 뭉쳐 있었다.
"있지. 하하하……."
"뭐야……. 그렇지만 선생님……원숭이는 참 부럽군요."
"어째서?"
"부모가 있으니까."
"……."
길은 몹시 가파르다. 무사시는 묵묵히 앞장서서 기어 올라갔다. 조금 올라가니 다시 조금 평평한 곳이 나왔다.
"저, 언젠가 선생님에게 맡겨 둔——지갑, 아버지 유물인——그걸 선생님은 아직 가지고 계시지요?"
"잃어버리진 않았어."
"지갑 속을 보셨어요?"
"못 봤어."
"그 속에 부적 외에 글로 쓴 것도 들어 있으니까 이번에 읽어 봐 주세요."
"음."
"그걸 가지고 있을 때엔 저는 아직 어려운 글을 읽지 못했지만, 지금 같으면 넉넉히 읽을 수 있을는지도 모르겠어요."
"언젠가 네가 열어 보는 게 좋겠지."
한 걸음 옮길 때마다 날은 밝아 왔다.
무사시는 길가의 풀을 내려다보면서 밟았다. 자기가 밟기 전에 누구의 발자국인지, 그 풀 이슬은 수없이 더럽혀져 있었다.

3

꾸불꾸불 길은 산허리를 돌고 돌아 이윽고 동쪽이 바라보이는 평지로 접어들었다.

순간 이오리는
"앗, 해가 뜬다!"
손으로 가리키며 무사시를 뒤돌아보았다.
"오오."
무사시의 얼굴도 빨갛게 물들여졌다.
보이는 것은 모두 구름바다였다. 반토의 평야도 고슈, 조슈의 산들도 구름의 물결 속에 떠 있는 전설의 섬들이었다.
"……"
이오리는 입을 다물고 자세를 가다듬어 엄숙하게 해를 바라보았다.
너무나도 큰 감동은 소년을 벙어리로 만들어 버렸다. 이오리는 무슨 말을 해야 할지 알 수가 없었다.
자기 몸 안을 돌고 있는 혈액과 그 태양의 붉은 빛이 하나로 여겨지는 것이었다.
그래서 이오리는
'태양의 아들이다.'
자기를 이렇게 생각했지만 그것만으로는 아직 그의 감동과 인간 정신이

단풍 91

일치되지 않았다.

그리하여 그는 그저 말없이 황홀해 있다가 돌연 큰소리로 외쳤다.

"국조신(國祖神)이시다!"

뒤돌아보고 무사시에게 물었다.

"네, 선생님, 그렇지요?"

"그렇다."

아오리는 두 손을 높이 쳐들어 열 개의 손가락을 햇살에 비쳐 보았다. 그리고 또 소리쳤다.

"해님의 피도 내 피도 똑같은 색깔이다."

그 손으로 이오리는 손뼉을 쳤다. 그리고 꿇어 엎드려 절하면서 마음 속으로 지그시 생각했다.

──원숭이에게는 부모가 있다.

──내게는 없다.

──원숭이에게는 국조신이 없다.

──내게는 있다!

기쁨이 넘쳐왔다. 눈물이 흘러나왔다. 그 눈물의 감동이 갑자기 이오리의 손과 발을 움직이기 시작했다. 이오리의 귀에는 어젯밤의 신악 소리가 구름 저편에서 들려오고 있는 것이다.

"땡 땡 땡땡. 둥 둥 둥……."

아오리는 대나뭇가지를 주워 들고 춤을 추기 시작했다.

신악식(神樂式)으로 박자를 맞추어 발을 구르고 손을 놀리며, 그리고 어제 갓 외운 신악가(神樂歌)를 불렀다.

　　활시위
　　당길 때마다
　　역대 천황의
　　풍년놀이
　　보고지고
　　풍년놀이 보고지고…….

정신을 차리고 보니 무사시는 벌써 저만치서 걸어가고 있다. 이오리는 황급히 달려갔다.

길은 또다시 숲 속으로 들어간다. 벌써 참배길이 가까운 것이 아닐까. 나무들의 모습에 자연히 통일성이 있어 보인다.

큼직한 나무들은 모두 두터운 이끼를 입고 있었다. 이끼에는 하얀 꽃이 피어 있다. 500년이나 1,000년을 두고 살아 왔으려니 싶자 이오리는 나무들에게 절을 하고 싶어졌다.

발치는 차츰 작은 대나무로 좁혀져 간다. 새빨간 담쟁이 넝쿨이 단풍져서 눈길을 끌었다. 나무가 우거진 숲 속은 아직 새벽녘의 어둠이었다. 아침 햇빛은 조금밖에 볼 수 없었다.

순간 갑자기 두 사람이 밟고 있는 대지가 흔들리는 것 같았다. 그렇게 여긴 순간 '탕!' 하고 격렬한 소리가 났다.

"앗!"

이오리는 귀를 막고 대밭 속에 엎드렸다. 순간 흐릿한 연기가 흐른 나무 그늘에서 '꽥' 하고 생물이 마지막을 고하는 찰나의 그 무시무시한 외마디 비명을 울렸다.

4

"이오리, 일어서지 마라!"

대나무 덤불 속에 머리를 틀어박고 있는 이오리에게 무사시는 삼나무 그늘에서 말했다.

"밟히더라도 꼼짝 마라."

"……"

이오리는 대답도 하지 않았다.

화약내 나는 연기가 엷은 안개처럼 이오리의 등을 스쳐갔다. 그 저편 나무, 무사시 옆에 있는 나무, 그리고 길 앞쪽, 길 뒤쪽 사방에 창 끝인지 칼날인지가 숨어 있었다.

"…… ?"

그늘에서 살피고 있는 자들은 눈 깜짝할 사이에 무사시의 모습이 어디로 갔는가 하고 어리둥절해하였다. 그리고 총의 효과도 확인하고 있겠지. 바스락 소리도 내지 않고 한동안 서로 살피기만 했다.

방금 '으악' 하고 지른 신음 소리가 무사시에게 준 반응인 줄 알았으나 그

　무사시가 있던 근처에 무사시는 쓰러져 있지 않았으니, 그것도 그들의 다음 동작을 주저케 만들었던 것이 틀림없었다.
　총소리와 함께 대밭 속에서 곰새끼처럼 엉덩이만 내놓고 꼼짝 않고 있는 이오리의 모습은 누구의 눈에도 잘 보였다. 이오리는 마침내 사방의 눈과 칼 한가운데 놓여 있었다.
　"……."
　일어서지 말라는 말이 어디에선가 들려온 것 같은데 모골이 서늘해지는 듯한 두려움과 고막이 찢어지는 것 같은 소리가 난 다음 한 순간의 죽은 듯한 정적에 그만 머리를 살며시 들어보니, 바로 옆의 굵은 삼목 그늘에서 큰 구렁이와도 같은 큰 칼이 번쩍 눈에 띄었다.
　정신 없이 이오리는 외쳤다.
　"서, 선생님. 누가 거기 숨어 있어요!"
　그리고 벌떡 일어나서 무작정 뛰어나가려 하자 그가 본 칼이 나무 그늘에서 튀어나와 악귀처럼 이오리를 내리쳤다.
　"이놈의 새끼가!"
　그 옆얼굴에 푹하고 작은 칼이 꽂혔다. 무사시가 뛰어나올 틈이 없어 던진 것은 두말할 것도 없다.

"윽, 이놈이!"

창을 내지른 중이다. 무사시는 그 창을 한쪽 손으로 잡고 있었다. 그러나 오른손은 금방 작은 칼을 던졌을 뿐 완전히 비어 있어서 다음 일에 대비하고 있었다.

대체 어느 정도가 적의 수인지 굵직굵직한 나무줄기에 막혀 그것이 분명하지 않은 것이 그로서는 성급하게 움직일 수 없는 원인이었다.

그러자 또 어디에서인지 '꽥' 하고 돌이라도 입 속에 틀어박힌 듯한 신음소리가 났다.

동시에 뜻하지 않은 방향에서, 무사시와는 관계 없이 저희들 중에 배신자라도 나타났는지 맹렬한 격투가 벌어지기 시작했다.

"뭘까?"

무사시가 그리로 시선을 돌린 순간, 잔뜩 노리고 있던 한 명의 법사가 창과 함께 기세 좋게 그를 향해 돌진해 왔다.

"이크!"

무사시는 두 손에 창을 거머쥐었다. 서로 창과 창 사이에 그의 몸을 끼우게 된 두 사람의 법사는 소리 지르며 자기 편들에게

"달려들어!"

"뭣들 하나!"

이렇게 질타했다.

그러자 노호보다도 더 큰소리로

"어떤 놈인가. 어떤 놈이 이 무사시를 치려고 하는가. 이름을 밝혀라. 밝히지 않는다면 모두 적으로 취급하겠다. 이 신역(神域)을 피로 더럽히는 두려움이 있긴 하다만 어쩔 수 없는 일, 네놈들의 시체를 쌓아 올리겠다."

무사시는 무섭게 말했다.

거머쥐고 있던 두 자루의 창을 휘두르자 법사 두 사람은 다 날라가 버렸다. 무사시는 펄쩍 뛰어들어 칼을 뽑으면서 그 한 사람을 베어 눕힌 다음, 몸을 홱 돌려 다시 칼을 뽑아 덤비는 세 사람의 칼날을 막았다.

5

길은 좁다.

무사시는 그 길을 온몸으로 밀고 나갔다.

　칼날을 나란히 한 세 사람에다 또 두 사람이 늘어나 상대는 어깨를 움츠리고 뒷걸음질치며 뒤로 뒤로 물러났다.
　당장 걱정되는 일은 이오리의 모습이 보이지 않는 것이었다. 무사시는 당면한 적에게는 단순한 대비 정도로 막아 놓고 그를 불러 보았다.
　"이오리……."
　문득 시선을 돌리니 삼나무 숲속에서 쫓겨다니는 자가 있었다. 이오리였다.
　"앗, 이놈!"
　그를 구원하기 위해서 그쪽으로 몸을 빼돌리려고 하자
　"자아!"
　한꺼번에 앞에 있는 다섯 사람이 칼날을 나란히 바싹 후려쳐 왔다.
　무사시는 바람을 일으키며 달려드는 칼날을 향해 스스로 대항해 나갔다. 노도에 대해서 노도로써 부닥친 것이다. 물방울처럼 피가 튀었다. 무사시의 몸은 적보다도 나직이 태세를 취했으며 그의 등은 마치 소용돌이처럼 보였다.
　피의 소리, 근육의 소리, 뼈의 소리까지가 들렸다. 두 마디 세 마디 연이어 단말마의 소리가 그 가운데 섞여 들었다. 썩은 나무처럼 좌로 우로 쓰러지는 자 모두가 허리를 잘렸다. 무사시의 손에는 오른편에 큰칼, 왼편에 작은 칼이 쥐어져 있었다.
"왁!"
두 사람은 엎어지듯이 도망치기 시작했다. 뒤쫓았다.
"어딜 가나!"
한 사람의 뒷머리에 왼편 칼을 덮씌웠다.
'퍽' 하고 솟아나온 피가 무사시의 눈으로 튀었다.
무사시는 왼편 손을 자기도 모르게 눈으로 가져갔다. 순간 이상한 금속 소리가 뒤에서 바람을 찢으면서 나더니 그의 얼굴로 날아왔다.
'앗' 하고 무의식중에 그의 오른편 칼이 그것을 뿌리쳤다.
아니, 뿌리쳤다고 의식한 것은 단순한 의식뿐이었다. 손잡이 근처에 두루룩 감아든 쇠뭉치를 보고 그가
'아뿔싸!'
맘 속에서 소리쳤을 때에는 '자르럭' 하고 칼날에 가는 쇠줄이 새끼를 꼬듯이 감겨버린 것이다.
"무사시."
낫을 손에 잡고 사슬로 상대의 칼을 감아버린 시시도 바이켄은, 그 사슬을 팽팽히 잡아당기며 이름을 불렀다.
"잊었는가, 나를?"
"오!"
무사시는 눈을 부릅뜨고서 물었다.
"쓰치가제 덴마의 동생이지?"
"아, 그럼."
"그것을 모르고 올라온 것이 네 운이 다 된 거지. 바늘산, 지옥 골짜기에서 형인 덴마가 부르고 있으니 빨리 가거라."
얽혀 붙은 사슬은 무사시의 칼에서 떨어지지 않았다.
바이켄은 서서히 그 사슬을 잡아당기기 시작했다. 그것은 손에 쥐고 있는 날카로운 낫을 던질 준비인 것은 말할 것도 없다.
그 낫에 대해서 무사시는 왼편의 작은 칼로 대비하고 있었지만, 지금에 와서 생각해 보니 만일 오른편 칼뿐이었다면 이미 몸을 막아낼 아무 것도 없었을 것이다.

"에잇!"
 바이켄의 목줄이 부풀어올라 얼굴만큼 굵어졌다. 이렇게 하여 힘을 다해 한 마디 내지르자 사슬은 무사시의 오른편 칼을 몸둥이째 앞으로 확 끌어당겼다.
 그와 함께 바이켄의 몸도 사슬을 감아쥐며 다가왔다.

6

 뜻하지 않게 무사시는 하필 이런 날에 일생의 실수를 저지른 것이 아닐까.
 쇠사슬낫이라는 특수한 무기, 그에 대비하는 예비 지식이 없었던 것도 아니었는데.
 어느 때인가.
 이 시시도 바이켄의 아내가 아노의 대장간에서 그 실물을 가지고 시시도야에가키류의 시범을 무사시에게 보여 준 일이 있었다.
 그 무렵 무사시는
 '아아, 훌륭한 솜씨.'
 넋을 잃고 구경했던 것이다.
 아내가 이 정도라면 남편인 바이켄의 솜씨는 어느 정도일까 하고 생각했을 것이다.
 동시에 이와 같이 좀처럼 만날 수 없는, 천하에 그 사용자도 드문 특수한 무기의 성능이 무섭다는 것도 충분히 알고 있었을 것이다.
 쇠사슬낫에 대한 지식은 자기로서도 오늘날까지 알 만큼 알고 있다는 생각이었다.
 그러나 지식이라는 것은 생사를 판가름하는 중요한 시점을 맞이하는 순간, 얼마나 무력한 것인가. 그렇게 깨달았을 때 벌써 무사시는 쇠사슬낫이 가진 무서운 성능에 완전히 사로잡혀 있었다.
 더군다나 그는 바이켄에게만 전력을 기울일 수 없었다. 배후에서 다가오는 적도 있다.
 바이켄은 자랑스러웠다.
 쇠사슬을 조여대면서 히죽이 이빨을 드러냈다.
 무사시는 그 쇠사슬에 감겨 있는 자기의 큰 칼을 내던져야 한다는 것을 깨달았다. 그는 기회를 노리고 있었다.

두 번째로 '에잇' 하고 외친 소리가 바이켄의 입에서 새어 나왔다. 그의 왼손에 쥐었던 낫이 그 소리와 함께 무사시의 얼굴을 향해 날아왔다.
"옷!"
무사시는 오른손의 칼을 놓았다.
낫은 그의 머리 위를 스쳤고 낫이 사라지자 이번에는 쇠뭉치가 날아왔다. 쇠뭉치가 스치자 낫이 날아왔다.
낫이냐, 쇠뭉치냐.
그 어느 것에 대해서도 몸을 피한다는 것은 매우 위험했다. 왜 그러냐 하면 낫을 피한 위치에 알맞게 쇠뭉치가 다시 습격해 오도록 되어 있기 때문이었다.
무사시는 쉴 사이 없이 몸의 위치를 바꾸었다. 그나마도 눈에 보이지 않을 만큼의 속도가 아니면 안 된다. 그리고 또 뒤로 뒤로 노리고 다가오는 다른 적에 대해서도 경계가 필요했다.
'나는 끝내 지고 마는가.'
무사시의 온몸이 차츰 굳어지기 시작했다. 그것을 의식한 것은 아니다. 그것은 생리적으로 일어난 현상이었다. 기름땀도 흘러나오지 않을 정도로 살갗과 근육이 본능적으로 싸우는 것이다. 그리고 머리털도 온몸의 털구멍도

단풍 99

모두 곤두섰다.

낫과 쇠뭉치에 대해서 가장 뛰어난 전법은 나무등치를 방패로 삼는 것이다. 그러나 그 나무에 접근할 틈이 없었다. 그리고 또 그 나무 뒤에는 적이 있었다.

그때 어디선가 '꽥' 하고 날카로운 비명이 들렸다.

"앗, 이오리?"

그러나 무사시는 뒤돌아볼 수가 없었다. 마음속으로 명복을 빌었다. 그러는 사이에도 눈 앞에서는 낫이 번뜩이고 쇠뭉치가 춤을 추고 날뛰었다.

"죽어라!"

바이켄의 외침이 아니다.

무사시가 소리 지른 것도 아니다. 무사시 뒤에서 누군가가 이렇게 외친 것이었다.

"무사시님, 무사시님. 뭐 이따위 적에게 시간을 보냅니까? 뒤편은 제가 맡았습니다."

그리고 또 같은 소리가 들렸다.

"죽어라, 짐승 같은 놈."

땅 울림──절규──대밭을 짓밟는 소리──. 누군지는 모르나 아까부터 저만치 떨어져서 무사시를 돕고 있던 자가 이제야 그 사이의 상대를 격파하고 무사시 바로 뒤로 옮겨온 모양이다.

7

'누굴까?'

의아스러운 생각이 났다. 생각지도 않았던 뒤의 조력자가 아닌가. 하지만 확인할 틈은 물론 없다.

무사시는 뒤쪽에 마음을 놓았다.

이제 바이켄을 향해 한쪽에만 신경을 모을 수 있었다.

하지만 그의 손에는 이미 작은 칼 하나밖에 없었다. 큰 칼은 바이켄의 쇠사슬에 감긴 채 빼앗겼다.

접근해 가려 하면 바이켄은 곧 눈치를 채고 뒤로 물러난다.

바이켄으로서는 무엇보다도 중요한 것은 적과 자기와의 거리였다. 낫과 쇠뭉치로 나누어진 쇠사슬의 길이가 그의 무기의 길이였다.

　무사시로서는 그 거리보다 한 자만 더 멀어도 좋다. 아니면 한 자 가까이 들어가기만 해도 좋은 것이다. 하지만 바이켄은 그렇게 못하게 했다.
　무사시는 바이켄의 비술에 참으로 혀를 내둘렀다. 난공불락인 성을 눈 앞에 놓고 어쩌지 못하고 지쳐 피로를 느꼈다. 그러나 무사시는 그의 기묘한 기술이 무엇에 의하여 났을까 하는 것을 깨달았다. 그것은 두 칼을 함께 쓰는 원리와 같았기 때문이다.
　쇠사슬은 하나였지만 쇠뭉치는 오른편 칼이고 낫은 왼편 칼이다. 그리고 그 두 개의 무기를 그는 하나처럼 쓰고 있는 것이었다.
　"알았다! 야에가키류!"
　무사시는 그렇게 외쳤다. 그 소리는 이미 자기의 승리를 확신하는 것이었다. 날아온 쇠뭉치에서 다섯 자나 뒤로 물러나면서 오른손으로 바꿔 쥔 작은 칼을 적을 향해 던졌던 것이다.
　바이켄의 몸은 그를 쫓아 앞으로 달려오는 자세였다. 날아오는 작은 칼에 대하여 바이켄은 그것을 뿌리칠 아무 것도 가지지 못했다.
　자기도 모르게 '앗' 하고 몸을 뒤틀었다.
　작은 칼은 맞지 않고 저편 나무 뿌리에 꽂혔다. 그러나 바이켄의 쇠뭉치는 그가 급각도로 몸을 뒤틀었기 때문에 그 자신의 몸에 휙 감겨들었다.
　"윽."
　비장한 외침이 바이켄의 입에서 새어나온 순간 무사시는

"에잇!"

쇠덩어리처럼 바이켄의 몸을 향해 자기 몸을 부딪쳐 갔다.

바이켄의 손은 칼을 잡으려 했다. 무사시의 손이 그 팔목을 쳤다. 그의 손이 놓친 칼은 벌써 무사시의 손에 쥐어져 있었다.

'아까운 놈.'

마음속으로 그런 생각을 하면서 무사시는 바이켄의 큰칼을 가지고 바이켄을 두 쪽으로 쳐내려갔다.

칼날 중간쯤을 힘껏 내리쳤기 때문에 생나무를 자르는 벼락처럼 칼날은 정수리에서 늑골 몇번 째까지 깊숙이 베어버렸다.

"……아아!"

누군가 뒤에서 무사시의 그 호흡을 이어받기나 하듯이 탄성을 발한 자가 있었다.

"대쪼개기 수법, 처음 봤습니다."

"…… ?"

무사시는 그제야 뒤를 돌아보았다.

넉 자 가량의 지팡이를 짚은 한 사람의 젊은 시골 무사가 서 있었다. 살이 두툼하게 오른 어깨를 반듯이 하고 둥글둥글한 얼굴에 흥분으로 땀이 밴 그는 하얀 이를 드러내 보이면서 웃는다.

"아니…… ?"

"접니다. 오래간만입니다."

"기소(木曾) 땅의 무소 곤노스케(夢想權之助)님이 아니오?"

"뜻밖이시지요?"

"정말 뜻밖이오!"

"미쓰미네 신령님의 인도인 줄 생각합니다. 또 제게 친히 봉술을 가르쳐 주신 돌아가신 어머님의 인도도 있었겠지요."

"……그럼, 어머님은?"

"돌아가셨습니다."

망연한 심정으로 두서 없이 이야기하다가

"아, 그렇지! 이오리가?"

무사시의 눈은 곧 이오리의 모습을 찾기 시작했다.

그러자 곤노스케가

"염려하지 마십시오. 제가 구출해서 저기로 올라가게 해 두었습니다."
그러고는 하늘을 가리켰다.
이오리는 나무 위에서 수상스럽게 두 사람을 지그시 지켜보고 있다가 그때 삼나무 숲에서 '멍멍!' 하고 맹견이 짖어대는 소리가 울려왔기 때문에
"뭘까?"
이오리는 눈을 돌렸다.

8

이오리가 손을 이마에 갖다 대고 나무 위에서 맹견이 짖어대는 방향을 찾아보았다. 숲 깊은 곳, 삼나무 숲 사이에서 늪으로 가는 도중에 조그마한 평지가 있는데 그곳에서 한 마리 검은 개의 모습이 보였다.

검둥이는 나무에 매여 있었다.

개는 옆에 있는 여인의 옷자락을 물고 있었다. 여인은 필사적으로 도망 가려고 하지만 검둥이가 놓지 않는다. 그러자 옷소매를 잘라 버리고 여인은 내리구르듯이 풀밭을 뛰어내려갔다.

바이켄을 돕기 위해 왔다가 아까 이오리를 삼나무 숲 안에서 뒤쫓던 법사가 머리에서 피를 흘리며 창을 지팡이 삼아 비틀거리면서 여인보다 앞서 걸어가고 있었는데, 여자는 단숨에 부상자를 앞질러 산기슭을 향해 달려가 버렸다.

멍 멍 멍!

아까부터 피비린내 나는 바람이 검둥이를 미치도록 흥분시켰는지도 모른다. 메아리가 소리를 부르고 소리가 메아리를 불러 음산한 개 짖는 소리는 좀처럼 멈추지 않았다.

그러는 동안에 드디어 맹견은 그 줄을 끊고 새까만 공처럼 여인이 도망친 쪽으로 달려갔으나, 길 가운데를 비틀거리며 걸어가던 부상당한 법사가 자기를 물려는 줄 알고 대뜸 창을 휘둘러 개의 얼굴을 후려갈겼다.

창 끝으로 갈겼기 때문에 검둥이의 얼굴이 조금 베였다.

깽!

개는 옆길로 피하여 삼나무 숲으로 뛰어들어갔다. 그러고나서 다시 짖는 소리도 들리지 않고 그림자조차 보이지 않게 되었다.

"선생님."

이오리가 위에서 알렸다.
"여자가 도망가요. 여자가."
"내려와, 이오리."
"삼나무 숲 저쪽에 또 한 사람 부상당한 중이 도망가는데요. 쫓아가지 않아도 괜찮아요?"
"이젠 그만해."
이오리가 거기서 내려왔을 무렵, 무사시는 무소 곤노스케에게서 대충 사정 이야기를 듣고 있었다.
"여자가 도망갔다니까 틀림없이 어제 말씀드린 오코일 것입니다."
곤노스케는 어젯밤 오코의 찻집 평상에서 잠을 잤다. 하늘의 도움이라 할지 우연히도 오늘 벌어질 그들의 흉계를 모두 들었기 때문에 곧 사정을 알게 되었다는 것이다.
무사시는 깊은 감사를 표했다.
"그러면 맨먼저 그늘에서 총 쏜 자를 쳐죽인 자도 임자였군."
"아니, 제가 아닙니다. 이 막대지요."
곤노스케는 농을 섞어 웃으면서 말했다.

"그들이 아무리 치려고 해도 다른 사람이 아닌 귀하이기 때문에 어지간한 것은 보고만 있으려고 했는데, 총을 든 자가 있기에 날이 새기 전에 여기 먼저 와서 총을 든 자 뒤에 있다가 겨냥을 하고 있는 것을 뒤에서 이 막대기로 쳐 죽였지요."

그러고 나서 일단 그 근처의 시체를 살펴보니 막대기로 타살된 자가 일곱 명, 무사시가 벤 자가 다섯 명으로 막대기 편이 많았다.

"이쪽에 잘못은 없다 하더라도 여기는 신성한 곳이니 아무일 없이는 끝나지 않을 것이오. 신령 행정관에게 자수하려고 생각하오. 그 뒤의 일들도 궁금하고 이쪽 이야기도 하고 싶지만 그러나 안정된 뒤에 하기로 하고 일단 관음원까지 되돌아갑시다."

그렇지만 그 관음원까지 되돌아가기도 전에 신령 행정관 관리들이 다니가와 다리에 주둔하고 있었기 때문에 무사시는 그들에게 자수했다. 관리들은 다소 뜻밖인 표정이었으나 즉석에서

"포승으로 묶어라."

부하에게 명령했다.

"포승을?"

무사시는 예기치 않았던 일에 놀랐다. 자수한 자에게 무례하다고 생각했다. 점잖은 처사를 폭력으로 대접받는 느낌이었다.

"앞으로 가!"

벌써 죄수 취급이다. 무사시는 노했으나 어떻게 해 볼 틈이 없었다. 관리들의 차림새부터가 어마어마했지만 갈수록 군데군데 주둔하고 있던 포졸들이 많은 데 놀랐다.

하행하물(下行荷物)

1

"울지 마라, 울지 마."

곤노스케는 그 울음 소리를 눌러버리려는 듯이 이오리의 얼굴을 품에 안았다.

"울지 않아도 돼. 사내가 아닌가, 사내가 되어 가지고."

곤노스케가 달래자

"사내니까……사내니까 울지요. ……선생님이 잡혀 갔는데. ……선생님이 묶여 갔는데."

이오리는 그 품안을 빠져나와 더욱 입을 크게 벌리고 하늘을 향해 울어댔다.

"잡힌 게 아냐. 무사시님이 스스로 자수하신 거야."

말은 그렇게 했으나 곤노스케도 마음 속으로는 불안스러웠다.

다니가와 다리까지 나와 있던 관리 떼들은 아무튼 어마어마하게 살기가 등등해 있었으며, 그밖에도 10명, 20명씩의 포졸들이 몇 패나 동원되어 있었다.

'점잖게 자수한 자를 그렇게까지 하지 않더라도.'
그런 생각도 들고 의아심도 났다.
"자아, 가자."
이오리의 손을 잡아끌자
"싫어요."
이오리는 고개를 흔들며 더 울고 싶은 양으로 다니가와 다리에서 꼼짝을 않는다.
"빨리 와."
"싫어요, 싫어. 선생님을 불러오지 않으면 싫어요."
"무사시님이 곧 돌아오실 건 뻔해. 오지 않으면 두고 갈 테다."
그래도 이오리는 움직이지 않았지만 그때 아까 본 맹견 검둥이가 그 삼나무 숲 근처의 생피를 빨아먹고 배가 불렀는지 기운차게 거기를 빠져 달아나는 바람에
"아, 아저씨!"
곤노스케 곁으로 달려갔다.
곤노스케는 이 조그만한 소년이 그전에는 광야의 외딴집에서 외톨이로 살면서 그 아버지의 시체를 혼자서는 들 수 없으므로 자기 손으로 칼을 갈아 그 유해를 두 동강으로 도막 내어 장사지내려 했을 정도로 대담한 아이였다는 것을 모르기 때문에
"피곤하지."
위로해 주었다.
그리고 말했다.
"무서웠지? 무리도 아니지. 업어 줄까."
이오리는 울음을 그치고
"응."
응석을 부리며 그의 등에 달라붙었다.
축제는 어제 저녁으로 끝났다. 그렇게도 많은 사람들이 몰렸으나 잎을 쓸어낸 듯이 하산하여 미쓰미네 신사의 경내도, 문전 거리 부근도 이젠 적적했다.
군중들이 남기고 간 대껍질이나 종이 조각들이 회오리 바람에 이리저리 날리고 있을 뿐이었다. 곤노스케는 어제 저녁에 의자를 빌려 잠을 잤던 찻집

봉당 안을 슬그머니 들여다보면서 지나갔다.
 그러자 등에 업힌 이오리가
 "아저씨——아까 산에 있던 여자가 저 집에 있던데."
 "있을 거야."
 곤노스케는 발걸음을 멈추며
 "무사시님이 묶일 정도면 그 여자가 먼저 묶여가야 하는데."
 이렇게 말했다.
 금방 집으로 도망쳐 온 오코는 돌아오자마자 바로 가지고 있는 돈과 소지품을 챙겨서 길떠날 준비에 부산했다. 그러나 문득 문 앞에 선 곤노스케의 그림자를 보자
 "개새끼."
 집 안에서 뒤돌아보고 중얼거렸다.

2

 이오리를 업은 채 추녀 밑에 선 곤노스케는 오코의 증오에 가득한 눈을 향해
 "도망갈 준비를 하나?"
 웃으며 말했다.
 안에 있던 오코는 발칵 하며 나와서 소리쳤다.
 "쓸데없는 참견 말아요. 그보다도 이봐, 젊은 친구."
 "허, 뭐야?"
 "괘씸하게 오늘 아침 우리들의 틈을 노려 무사시에게 쓸데없는 원조를 했지. 그리고 내 남편 도지를 패 죽였지."
 "자업자득. 할 수 없는 일이 아닌가."
 "잊지 말라구."
 "어떻게 하겠다는 거야?"
 곤노스케가 말하자 등 뒤에서 이오리까지도
 "악질."
 욕을 퍼부었다.
 "……"
 오코는 홱 몸을 돌려 안으로 들어가 거기서 비웃었다.

"내가 악질이라면 너희들은 평등방 보물 창고를 턴 도둑놈이 아니냐. 말해 봐, 너희들은 그 큰도둑의 부하 놈들이지?"
"뭐?"
등에 업힌 이오리를 내려놓고 곤노스케는 봉당으로 들어섰다.
"도둑놈이라고?"
"시치미 떼지 마."
"다시 한 번 말해 봐."
"두고 봐, 알게 될 테니까."
"말해."
그녀의 팔을 움켜잡자 오코는 감추고 있던 비수를 확 뽑아들고 곤노스케를 찌르려 했다.
예의 막대기는 왼손에 쥐고 있었지만 그것도 쓸 수가 없었으므로 오코의 팔을 뒤틀어 장도칼을 뺏어 들고 오코를 추녀 밑으로 밀어 던졌다.
"산에 계신 분들, 와 주세요. 보물 창고 도둑의 한패가……."
무엇 때문에 아까부터 그런 소리를 하는 것인지 아무튼 그렇게 외치면서 오코는 거리로 뛰쳐나갔다.

곤노스케는 순간 피가 거꾸로 솟구쳐올라 빼앗은 장도칼을 오코 등에다 던졌다. 장도칼은 오코의 폐를 꿰뚫었다. 오코는 '꽥' 하고 얼굴이 시뻘겋게 되어 앞으로 쓰러졌다.

그러자 어디에 숨어 있었던지 맹견 검둥이가 한 마디 크게 짖으면서 오코의 몸에 달려들었다. 그리고 상처에서 흐르고 있는 피를 빨면서 음산하게 구름을 향해 짖어댔다.

"앗, 저 개의 눈!"

이오리는 깜짝 놀랐다. 그것은 미친 개의 모습을 하고 있었기 때문이었다.

그러나 개 눈 따위는 문제가 아니었다. 이 산 위에 있는 사람들은 오늘 아침부터 모두가 그와 비슷한 눈빛으로 뭔가 떠들어대고 있었던 것이다.

밤낮 할 것 없이 사람과 등불과 굿 소동으로 열띤 축제의 혼잡을 틈타, 어젯밤부터 오늘 아침 사이에 관리소인 평등방의 보물 창고가 누군가의 손으로 파괴되었다는 것이었다.

물론 외부인의 소행인 것이 분명했으며 보물 창고 안에 있는 고물 칼이니 거울이니 하는 것은 이상이 없었지만 다년간 쌓아 두었던 사금이니, 금화니, 합치면 도합 몇 관에 이르는 돈이 일시에 없어졌다고 했다.

단순한 소문은 아닌 모양이었다. 이 산 위에 아까 그렇게도 많은 관리와 포졸이 와 있었던 사실도 생각해 보면 원인은 그런 데 있었는지도 모른다.

아니, 좀더 뚜렷한 증거로는 오코가 거기에서 지른 소리 하나로 벌써 와글와글 달려온 부근에는 주민들이

"여기야, 이 안이다."

멀리서 둘러싸고 기물을 꺼내 오기도 하며 돌을 주워 집 안으로 던지기 시작했다.

"보물 창고 도둑 패거리가 숨어 있대."

그것을 보아도 산 위에 있는 주민들의 흥분이 예사롭지 않다는 사실을 알 수 있었다.

3

두 사람은 산길을 따라 간신히 도망쳐 나왔다. 그곳은 지치부에서 이루마 강으로 내려가는 쇼마루(正丸) 고개였다. 여기까지 오자 그제야 자기들을
'보물 창고를 턴 도둑의 한패.'

　이렇게 알아채고 대나무 창이나 사냥 총을 가지고 뒤쫓아오던 주민들도 보이지 않게 되었다.
　곤노스케와 이오리는 자신들의 안전은 얻었지만 무사시의 안부는 알 수가 없었다. 아니, 더더욱 불안감은 짙어만 갔다. 지금 와서 생각해 보니 무사시는 보물 창고 도둑의 두목으로 오인되어 포승에 묶인 모양이었다. 그렇게 하여 그가 다른 뜻으로 자수한 행위를 오인당하여 지치부 감옥에 끌려간 것이 틀림없다는 생각이 들었다.
　"아저씨, 무사시들이 멀리 보여요. 하지만, 선생님은 어떻게 됐을까. 아직 관리들에게 잡혀 있을까?"
　"음……지치부 감옥으로 보내어져 지금쯤 몹시 어려운 일을 당하고 계시겠지."
　"곤노스케님, 선생님을 구할 수가 없나요?"
　"구할 수 있지. 애매한 죄니까."
　"꼭 선생님을 구해 주세요. 꼭 부탁해요."
　"이 곤노스케로서도 무사시님은 스승과 같은 분. 부탁하지 않아도 꼭 도와 줄 생각이지만, ……이오리!"
　"예."
　"조그마한 네가 있어서는 방해가 된다. 벌써 예까지 왔으니 무사시 들의 초가집인가 하는 데로 혼자서도 돌아갈 수 있지?"
"예, 돌아갈 수야 있지만……."
"그럼, 혼자 먼저 돌아가 있어."
"곤노스케님은?"
"나는 지치부 거리로 돌아가 무사시님의 형편을 살펴보고, 만일 관리들이 터무니 없이 언제까지나 선생님을 감옥에 가두어 둔 채 애매하게 죄를 뒤집어 씌울 것 같으면 감옥을 부수고라도 구출해 올 테다."

그렇게 말하면서 곤노스케가 품에 안고 있던 예의 막대기로 땅을 두들겨 보이자 이오리는 벌써 그 막대기의 위력을 알고 있었기 때문에 두말 없이 끄덕였다. 이오리는 여기서 헤어져 혼자 무사시들의 초가집으로 돌아갈 것을 승낙했다.

"똑똑하군."
곤노스케는 칭찬해 주고
"무사시님을 구출해서 함께 돌아올 때까지 얌전하게 집을 보며 기다려라."
이렇게 덧붙였다.

그렇게 타이르고 나자 그는 막대기를 겨드랑에 고쳐 끼고 또다시 지치부 방면으로 향해 가는 것이었다.

그리하여 이오리는 외톨이가 되었다. 그렇지만 쓸쓸하다고는 생각하지 않는다. 원래가 광야에서 자란 자연아이다. 게다가 미쓰미네로 갔던 길을 돌아오는 것이므로 길을 잃을 염려도 없었다.

다만 그는 몹시 졸렸다. 미쓰미네로부터 산등성이를 타고 도망하는 동안 어젯밤은 한잠도 자지 못했다. 밤이랑, 송이버섯, 참새 고기 따위를 먹긴 했지만 고갯마루로 나올 때까지 전혀 한잠도 자지 못했던 것이다.

가을 햇빛을 따끈따끈 받으며 말 없이 걷고 있는 동안, 그는 너무나도 졸려서 마침내 사카모도까지 오자 길 옆으로 들어가 풀 속에 벌렁 드러누워 버렸다.

이오리의 몸은 뭔가 부처 이름이 새겨진 돌그늘에 가려져 있었다. 이윽고 그 돌 위에 석양빛이 흐려져 갈 무렵, 돌 앞에서 누군가 숙덕숙덕 이야기 소리가 들렸다. 이오리는 그 기척에 문득 눈을 떴으나 갑자기 뛰어 나가면 그 사람들이 놀랄 것 같았으므로 가만히 자는 척하고 있었다.

4

한 사람은 돌에, 한 사람은 그루터기에 걸터앉아 잠시 쉬고 있는 모양이었다.

그 두 사람이 타고 온 것으로 보이는 두 마리의 짐 실은 말이 조금 떨어진 곳에 매어 있었다. 안장에는 옻칠을 한 두 개의 통이 양편에 실려 있었다. 한쪽 통에는

서성(西城) 공사 청부
야슈 옻칠 관리소

이런 패찰이 붙어 있었다.

그 패찰을 두고 짐작해 보건대, 두 사람의 무사는 에도성 개축에 관계가 있는 책임자의 부하이거나 옻칠 담당 행정관 소속인 것 같았다.

그러나 이오리가 풀그늘에서 살며시 고개를 들어보니 그 두 사람은 모두 험상궂은 눈매와 인상이어서 점잖은 관리라고 할 수 없는 골격이었다.

한쪽은 벌써 50이 넘은 노무사로 이 자는 몸집이나 살집이 젊은 자들을 능가할 만큼 완강하게 생겼다. 삿갓에 석양빛이 강하게 반사하고 있었으므로 삿갓 끝 밑은 어두워서 얼굴이 잘 보이지 않았다.

또 그와 마주보고 앉아 있는 무사는 17, 8세 가량의 깡마른 청년으로 앞머리 모습이 잘 어울리는 얼굴에 염색한 수건을 턱 밑으로 묶어 썼다. 그는 뭔가 좋은 일이 있는지 끄덕이면서 싱글벙글 웃는다.

"어떻습니까, 두목님. 옻칠통 일은 잘 됐을까요?"

그 앞머리가 말하자 두목이라고 불려진 삿갓 쓴 노무사는

"아니, 너도 꽤 똑똑해졌구나. 어지간한 다이조도 옻칠한 통까지는 생각하지 못했지."

이렇게 말했다.

"차례차례 훈련을 시켰으니까요."

"이놈이 놀리는군. 앞으로 4, 5년쯤 지나면 이 다이조가 네 턱 끝에 부려 먹힐는지도 모르겠구나."

"그야 당연히 그렇게 되겠지요. 젊은이들은 눌러도 자라나고 늙어가는 사람은 아무리 초조해해도 늙어가기만 하니까."

"초조해 보이냐, 네 눈에도?"
"안됐습니다만 앞날이 멀지 않다는 것을 알고 일을 하시려는 심정이 가련해 보입니다."
"내 마음을 꿰뚫어볼 정도로 네놈도 어느새 청년이 됐군그래."
"자아, 가볼까요."
"그렇군, 길이 어두워지기 전에."
"무슨 불길한 말씀. 길은 아직 충분히 밝습니다."
"하하하하, 너는 젊은데도 미신을 찾는군."
"그거야 아직 이런 일에 경험이 적으니까 충분히 배짱이 크지 못한 탓이겠지요. 바람 소리도 어쩐지 안절부절못하게 견딜 수가 없어요."
"자기 행위를 단순한 도둑질이나 마찬가지로 생각하기 때문이야. 천하를 위한다는 생각을 하면 겁이 생기지 않는 거야."
"언제나 하시는 말씀이라 그렇게 생각해 보기는 하지만 역시 도둑질은 도둑질이 아닙니까. 어딘가 께름칙한 생각이 듭니다."
"뭘, 용기가 없어서 그렇지."
삿갓을 쓴 노무사는 자기 마음에도 다소 그런 생각이 있어 언짢은 듯 자신에겐지 동행에겐지 분간할 수 없는 태도로 중얼거리며 옻칠통이 실려 있는 짐 있는 안장 위에 올라탔다.

　얼굴을 수건으로 싼 청년은 앞머리도 가볍게 몸을 날려 말 위에 올라탔다. 그리고 앞으로 나가려는 말을 앞질러 가며 말했다.

　"제가 앞장을 서지요. 뭔가 보이면 곧 신호를 할 테니 조심하셔서."

　그는 짐 걱정을 했다. 길은 무사시 들을 향해 줄곧 남으로 내려가기만 하여 사라져갔다.

칠통

1

 돌 뒤에 누워 있던 이오리는 뜻밖에도 두 사람의 이야기를 그대로 듣기만 했다. 그러나 그저 수상하구나 하고 의문을 가졌을 뿐 대화의 내용을 풀이할 수는 없었다.
 하지만 짐 실은 말을 탄 두 사람이 그곳을 떠나가자 이오리도 바로 뒤에서 걷기 시작했다.
 "…… ?"
 한두 번 의심스러운 듯이 앞서가는 두 사람은 말잔등에서 그를 뒤돌아보았으나 나이나 모습을 확인하고서 경계할 필요가 없는 자라고 생각했는지 그리고 난 다음부터는 조금도 개의치 않는 모양이었다.
 그러자 곧 밤이 되어 앞뒤도 보이지 않게 되었다. 그리고 길은 무사시들 한모퉁이로 나갈 때까지는 거의 내리막길만 계속되었다.
 "어, 두목님. 저기 오기야의 불빛이 보이기 시작하는군요."
 수건을 쓴, 젊은 앞머리의 그림자가 안장 위에서 손가락으로 가리켰을 무렵, 그제사 길도 다소 평평해지고 눈 앞 평야에는 이루마 강물이 어둠 속에 풀어 놓은 띠처럼 꾸불꾸불 보였다.

앞서 가는 두 사람은 아무런 경계심도 없는 듯했으나 뒤따라가는 이오리는 어린 마음에도 세심한 주의를 기울여 두 사람에게 의심받지 않으려고 노력했다.

'저 두 사람은 도둑놈에 틀림없다.'

그것만은 이오리도 알 수 있었기 때문이다.

도둑이라는 것이 얼마나 무서운 것인가. 이것은 그가 태어난 호텐 마을이 일 년 걸러씩 들도둑에게 습격을 받아 그 후에는 계란 한 개도, 팥 한 됫박도 남지 않게 되어버리는 참상이었기 때문에 잘 알고 있었다. 또 도둑은 예사로 사람을 죽인다는 막연한 관념이 어릴 때부터 머리에 박혀 있었기 때문에 발견되기만 하면 살해될 것같이 여겨지는 것이었다.

그렇게도 무서운 자들인 데도 어째서 이오리는 대뜸 옆길로 굽어들지 않을까 하고 의심스럽겠지만, 오히려 두 짐바리 그림자에 바싹 붙어 어디까지라도 미행해 가는 것이었다. 그 이유는 극히 간단했다.

'미쓰미네 신사의 보물 창고를 털고 많은 돈을 훔쳐낸 도둑은 반드시 이 두 사람일 것이다.'

마음속으로 단정을 해버렸기 때문이다.

아까 돌 뒤에서 수상스럽다고 생각한 순간, 이오리의 뇌리에 번쩍인 것은 바로 그런 생각이었다. 소년의 직감은 그런 것을 다시 반복해 보거나 달리 돌이켜보는 망설임이 없다. 틀림없이 이놈이다 하는 생각이 들면 곧 이 두 사람은 미쓰미네의 괴도(怪盜)가 되어야 했던 것이다.

이윽고 그도, 짐바리의 그림자도 오기야의 여인숙 거리를 걸어가고 있었다. 뒤쪽의 짐바리에 탄 삿갓을 쓴 노무사가 앞서가는 수건 쓴 청년에게 손을 들어

"조타로, 조타로, 이 근처에서 요기를 하고 가는 게 어때. 말도 꼴을 먹여야 하고 나도 담배를 한 대 피우고 싶다."

안장 위에서 말했다.

희미한 등잔불이 새어 나오는 식당 밖에다 짐바리를 매어 놓고 두 사람은 안으로 들어갔다. 젊은 쪽인 앞머리를 내려뜨린 사나이는 입구 끝자리에 걸터앉아 밥을 먹으면서도 줄곧 짐바리를 감시하고 있는 모양이었다. 그리고 자기 것을 다 먹자 곧 밖으로 나가 이번에는 두 필의 말에게 마른 꼴을 먹이

고 있었다.

2

그 동안에 이오리도 다른 곳에서 밥을 사 먹었다. 그리고 두 사람이 짐바리를 끌고 다시 주막 거리를 떠나는 것을 보자 입을 우물거리면서 뒤에서 쫓아갔다.

길이 다시 어두워졌다. 무사시 들판의 풀만 가득한 평지였다.

안장 위에서 서로 바라보며 짐바리에 탄 두 사람은 때때로 이야기를 건넸다.

"조타로."

"예."

"기소 쪽엔 미리 알리는 파발군을 보내뒀겠지?"

"손을 써 두었습니다."

"그럼, 목무덤이 있는 소나무 아래에서 기소 패가 오늘밤 기다리고 있겠군."

"예."

"시간은?"

"밤중이라고 해 뒀으니까 지금부터 가면 꼭 알맞은 시간이 될 겁니다."

늙은 쪽이 동행을 조타로라고 부르고, 젊은 쪽은 한쪽을 두목님이라고 부른다.

'이 도둑은 부자간일까.'

이오리는 그런 생각을 하면서 더더욱 두렵게 생각했다. 그리고 물론 자기 힘으로는 도저히 체포하기 어렵겠지만 두 사람이 들어가는 집을 알아놓고 나중에 관가에 호소를 하면 자연히 무사시의 애매한 죄도 밝혀져 감옥에서 풀려나올 것이 틀림없다고 믿어지는 것이었다.

그가 생각한 대로 그렇게 잘 되어 갈는지 어떤지는 의심스러운 일이었지만, 미쓰미네 신사의 도둑이라고 직감한 그의 동심적(童心的) 영감은 그렇게 빗나간 것은 아닌 모양이었다.

사방에 사람이 없다는 생각에서인지 큰소리로 주고받는 말투라든가 또한 그때부터 이 두 사람이 하는 행동은 모두가 더욱 의심스러운 것뿐이었다.

가와고에 거리는 벌써 호수처럼 고요히 잠들어 있었다. 불빛이 없는 집들

을 지나치면서 두 필의 짐바리는 목무덤이 있는 언덕으로 올라갔다. 길가 어귀에

    목무덤의 소나무
    이 언덕 위에 있음.

글이 새겨진 돌이 있었다.
이오리는 그 근처에서 벼랑 밑으로 숨어들었다.
언덕 위에는 커다란 소나무 하나가 서 있었다. 그 소나무에는 말 한 마리가 매여 있었다. 그리고 소나무 뿌리 쪽에 세 사람의 사나이가, 나들이 차림을 한 낭인 같은 자들이 무릎을 껴안은 채 기다리고 있다가 문득 일어서서
"오, 다이조님이시다."
올라오는 두 필의 짐바리를 맞아 몹시 다정스럽게 옛정을 나누며 서로 무사함을 기뻐하는 것이었다.
이윽고 '날이 새기 전에'라고 하면서 갑자기 서두르기 시작하더니 다이조의 지휘로 소나무 밑에 있는 큰 돌을 들어내자 한 사람이 괭이를 가지고 거

칠통 119

기를 파기 시작했다.

묻혀 있던 금과 은이 흙덩이와 함께 파헤쳐졌다. 훔칠 때마다 여기에다 숨겨 놓은 모양으로 그것은 엄청난 수량이었다.

머리에 수건을 쓴 조타로라고 불린 청년도 역시 이곳까지 타고 온 말 등에서 옻칠을 한 통을 모두 내려놓고 뚜껑을 열어 안에 든 것을 흙 위에다 쏟았다.

옻칠을 한 통에서 나온 것은 옻이 아니었다. 미쓰미네 신사 보물 창고에서 자취를 감춘 사금이랑 해삼 모양의 금덩이였다. 구멍에서 파낸 것과 그것을 합치니 몇만 냥이 될 듯한 금덩이 은덩이가 거기에 수북이 쌓였다.

그들은 그것을 다시 몇 개의 가마니에 나누어 넣은 다음, 세 마리의 말등에 싣고 단단히 잡아맸다. 그리고 빈 옻통과 쓸데 없는 물건은 모두 구덩이 속에 차 넣고서 말끔히 흙으로 덮어 버렸다.

"이만하면 됐어, 됐어. 아직 날이 새려면 꽤 있어야 한다. 우선 담배나 한 대 피울까."

다이조는 그렇게 말하며 소나무 둥치에 앉았고 다른 네 사람도 흙을 털고서 둘러앉았다.

3

신앙을 널리 전파하기 위해 이곳저곳을 다닌다면서 기소의 약초 도매상인 다이조가 나라이의 본가를 떠난 지 올해로 4년째가 된다.

다이조의 발길은 간토의 구석구석에 미치어 신사 불각(神社佛閣)이 있는 곳이라면 나라이 다이조의 시주 현판이 없는 곳이란 없을 정도였다. 그러나, 이 갸륵한 인물이 그 돈을 어디서 가져왔는지에 대해서는 아무도 밝혀본 이가 없다.

그뿐만 아니라 그는 지난 해부터 에도성 아래 시바 근처에다 거처를 마련하여 전당포를 열고, 동네 다섯 장로 중의 한 사람이 되어 점잖게 동네의 신망을 모으고 있기도 했다.

그 다이조가 지난 번에는 혼이덴 마타하치를 시바우라 앞바다로 유인하여 새 장군인 히데다다를 저격하지 않겠는가고 돈으로 유혹했고, 지금은 다시 미쓰미네 신사의 축제를 틈타 보물 창고의 금은을 털어내어, 목무덤의 소나무 밑에 묻어 두었던 수년 동안 번 돈까지 합쳐서 가마니에 넣어 세 필의 말에 잔뜩 싣고 있는 것이다.

　세상은 무섭다. 그리고 참으로 알 수 없는 것이 사람의 표리(表裏)이다. 그렇지만 모든 것을 그렇게 의심만 하고 있으면 끝이 없고 나아가 자기 자신에게까지 회의를 품게 된다.
　그러기에 총명하게 되려고 누구나 애를 썼지만 때마침 어리석은 마타하치는 어처구니없게도 다이조의 감언에 끌려서 돈 때문에 무서운 모험을 하려고 발걸음을 내딛게 되었다.
　아마도 마타하치는 지금쯤 에도 성안에 있을 것이다. 그리고 다이조와 약속한 대로 느티나무 밑에 감추어져 있는 총을 꺼내어 히데다다 장군을 한 방으로 쏘아 넘어뜨릴 날을 기다리고 있을 것이다.
　그것이 자기 파멸의 날인 줄은 모르고.
　어찌되었건 다이조는 괴인(怪人)이다. 마타하치 따위가 속절없이 걸려든 것은 당연하였다. 아케미도 지금은 그를 받드는 특별한 측녀가 되어 있었고, 더욱 놀라운 일은 무사시가 애써 몇년 동안 길러 놓은 조타로 소년까지 어느새 18살 난 씩씩한 젊은이가 되어 더구나 다이조를
　'두목님'
　이라고 존대하는 형편이 되어 버린 사실이었다.

조타로는 그렇게 도둑인 다이조를 받들어 두목님이라고 부를 만한 사람이 되었다. 이런 조타로의 변화를 알게 된다면 오쓰우가 얼마나 한탄할 것일까.

그것은 그렇고, 빙 둘러앉은 다섯 명은 한 시간 가까이나 거기서 여러가지 의논에 열중하고 있었다. 그 결과 나라이의 다이조는 이제 이 근처에서 기소로 자취를 감추고 에도에는 돌아가지 않는 것이 안전하리라는 것으로 낙착되었다.

그러나 시바의 전당포 쪽은, 가재도구 같은 것은 고사하고 불태워 버려야 할 서류 따위도 있으며, 아케미도 남겨 두었기 때문에 누군가 그 뒷처리를 위해서 한 사람쯤 가야 할 것이라고 하였다.

"조타로가 좋아. 그 일에는 조타로를 보내는 것이 제일입니다."

그들은 이구동성으로 결정하여 버렸다. 그리하여 얼마 후 가마니를 실은 세 필의 말에다 다이조를 보탠 네 사람의 기소 패들은 아직 날이 새기 전 어두울 때 거기서부터 고슈 대로 쪽으로 떠나 버렸고, 조타로는 혼자서 에도 쪽을 향해 출발했다.

"자, 어느 편을 미행해야 좋을까?"

이오리는 주저하는 눈으로, 아직 어느 쪽을 보아도 깜깜한 옻칠통 속 같은 천지를 둘러 보았다.

형제 제자

1

오늘도 가을 하늘은 맑게 개어 있다. 강한 햇살이 살갗 밑까지 스며드는 것 같았다. 밤도둑 같은 패들은 대체로 이렇게 밝은 백일하에서는 활개를 치고 다닐 수 없는 것이지만 조타로에게는 그러한 그늘이 조금도 없다.

그는 마치 지금부터 다가오는 시대에 큰 뜻을 펴려고 하는 이상이 넘치는 청년처럼 무사시 들판을 내로라하며 당당히 걸어가는 것이었다.

다만 때때로 조타로의 눈은 뭔가 걱정이 되는 듯이 뒤돌아보았다. 그나마도 결코 꺼림칙한 그늘로 해서 무서워하는 눈이 아니고, 묘한 소년이 오늘 아침 가와고에를 출발했을 때부터 끊임없이 자기를 졸졸 뒤따라 오기 때문이었다.

'길을 잃은 게 아닐까.'

그렇게 생각은 했으나 좀처럼 길을 잃을 것 같은 멍청한 얼굴이 아니었다.

'뭔가 볼일이라도 있는가.'

그런 생각으로 기다리고 있으면 어디론가 자취를 감추고 뒤따라오는 기척이 없었다.

그래서 조타로도 이건 조심해야 되겠구나 하는 생각으로 일부러 길이 없는 갈대 덤불에 숨어서 소년의 거동을 살펴보았다. 갑자기 앞서 가는 사람을 잃은 이오리는

"……이런?"

그 자리까지 오자 당황한 듯한 시선을 성급하게 움직이며 열심히 조타로의 그림자를 찾고 있는 모양이었다.

조타로는 어제처럼 예의 염색한 수건으로 얼굴을 감싸 턱 아래서 매고 있었는데 갈대밭 속에서 불쑥 일어나

"야, 이놈아!"

당돌하게 불렀다.

'야, 이놈' 하고 자주 불린 것은 바로 4, 5년 전까지의 조타로 자신이었다. 지금은 남을 그렇게 불러도 좋을 만한 키가 되어 있다.

"……앗!"

이오리는 깜짝 놀라 무의식적으로 도망가려고 하다가 필경 도망갈 수 없는 사실을 깨달은 모양으로

"뭐야?"

태연한 얼굴로 일부러 앞서서 성큼 성큼 걸어갔다.

"이봐, 이봐. 어딜 가나? 이봐, 꼬마. 기다리지 못하겠어?"

"무슨 일인데?"

"볼일은 네가 있지. 감추면 안 돼. 가와고에서부터 나를 뒤따라왔지?"

"아아니."

이오리는 고개를 저으며 말했다.

"나는 주니소의 나카무라 마을까지 돌아간단 말이야."

"아니, 그게 아닐 거야. 분명 나를 미행해 왔어. 대체 누구의 부탁이냐?"

"몰라."

이오리가 도망칠 자세를 취하자 조타로는 손을 내밀어 그 목덜미를 거머잡고 윽박질렀다.

"말 못하겠나!"

"그렇지만……그렇지만 난……아무 것도 모른다니까."

"이 새끼가."

그는 조금 더 죄며 물었다.

"네놈은 관청의 부하들이나 누구에게 부탁을 받았지? 첩자지? 아니 첩자의 아들이지?"

"그럼……내가 첩자 아들로 보인다면……넌 도둑놈이야?"

"뭐?"

찔끔해서 조타로가 그 얼굴을 노려보자 이오리는 그의 손에서 빠져나와 머리와 몸을 빼고 땅 위로 움츠렸다 싶자 후닥닥 바람을 일으키며 저쪽으로 도망쳤다.

"앗, 이놈이."

조타로는 곧 그 뒤를 쫓았다.

풀 저편에 벌통을 나란히 놓은 것 같은 초가 지붕이 몇 개 보였다. 들불을 막는 마을이었다.

2

이 마을에는 괭이 대장장이가 살고 있는 모양으로 어디선가 쇠망치 소리가 들려왔다.

가을 들풀 뿌리께에는 두더지가 파헤친 흙이 말라붙어 있고 민가 추녀에 널린 빨래에서 물방울이 뚜둑뚜둑 떨어졌다.

"도둑이야, 도둑이야!"

길가에서 갑자기 고함치는 아이가 있었다.

곶감이 매어달린 추녀 밑에서, 어두운 마구간 옆에서 와글와글 사람들이 뛰어나왔다.

이오리는 그 사람들에게 손을 흔들며

"저쪽에서 지금 날 쫓아오는 수건을 쓴 사내는 지치부 신사의 보물 창고를 턴 도둑놈 중의 하나니까 모두들 잡아줘요. 저런 저런 이리로 온다."

큰소리로 외쳤다.

마을 사람들은 너무나도 당돌한 그의 고함 소리에 처음에는 어처구니없어 했으나, 이오리가 가리키는 쪽을 보니 과연 염색한 수건을 턱 밑으로 맨 젊은 무사가 이쪽을 향해 마구 달려왔다.

그러나 농사꾼들은 여전히 가까이 오는 것을 그냥 바라보기나 하는 것 같아서 이오리는 다시

"보물 창고 도둑, 보물 창고 도둑. 거짓말이 아니에요. 정말 저 녀석은 지

치부의 큰 도둑패의 하나야. 빨리 잡지 않으면 도망쳐요!"

크게 외쳤다.

그러고서 이오리는 용기 없는 군사들을 지휘하는 장수처럼 목청을 돋우었지만, 마을의 잔잔한 공기는 좀처럼 흔들리지 않는다. 태평스런 얼굴을 나란히 한 농사꾼들은 그저 그의 외침에 당황해하는 눈빛과 겁먹은 거동을 약간 보일 뿐 팔짱을 끼고 있는 것이었다.

그러는 동안 벌써 조타로의 모습이 바로 눈 앞에 나타났기 때문에 이오리는 어쩔 수 없이 다람쥐처럼 재빨리 어디론가 숨어버렸다. 조타로는 그것을 아는지 모르는지 알 수 없었으나, 힐끗 눈알을 굴려 길 양편에 늘어선 마을 사람들을 노려보면서 여기서는 발걸음도 천천히

'대항할 놈이 있으면 나오너라……'

침착하게 유유히 지나가 버렸던 것이다.

그동안에 마을 사람들은 숨도 쉬지 않고 그의 거동을 바라보았다. 보물 창고를 턴 도둑이니 얼마나 사나운 들무사인가 싶었던 모양이었으나 생각과는 달리 아직 열일곱, 아니면 여덟 가량의 반듯하고 늠름하게 생긴 청년이었으므로 뭔가 이건 잘못됐구나 싶어 아까 소리친 소년의 장난이 오히려 얄밉게

느껴졌을 정도였다.

한편 이오리는 그렇게 목청을 돋우어도 아무도 도둑놈에게 대항하려는 정의의 사람이 없었기 때문에 어른들의 비겁함에 정나미가 떨어졌지만, 그러나 자기의 힘으로는 어쩔 수 없다는 사실을 알고 있으므로 빨리 서둘러 나카노 마을의 초가집으로 돌아가 친숙한 이웃집 사람들에게 일러 관청에라도 호소를 해서 잡아야겠다는 생각을 했다.

그래서 들불을 막는 마을 뒤편으로 해서 얼마 동안은 밭이랑 길이 없는 풀더미 속을 서둘러 갔다. 그리고 얼마 안 가서 눈에 익은 삼나무 숲을 저만치서 발견하였으므로 이제 열 마장만 더 가면 언젠가 폭풍우로 쓰러진 초가집 터——하고 가슴을 설레며 달려갔던 것이다.

그런데 그때 그의 앞에서 두 팔을 벌리는 자가 있었다. 옆길에서 갑자기 튀어나온 조타로였다. 이오리는 순간 머리에 찬물을 끼얹힌 듯한 기분이었지만 여기까지 오면 벌써 자기 고향처럼 마음 든든한 생각도 들었고 도망가도 소용없다는 생각이 들었으므로 뒤로 물러나며 허리에 찬 칼을 뽑아 들고

"아, 이 새끼가."

짐승이 나온 것처럼 허공을 가르며 욕을 퍼부었다.

3

칼을 뽑아들긴 했으나 별 수 없는 꼬마라고 얕보고 조타로는 맨손으로 후닥닥 달려들었다.

목덜미를 잡을 셈이었지만 이오리는

"——에잇!"

소리와 함께 조타로의 팔 밑을 빠져나가 옆으로 열 자나 뛰었다.

"개새끼!"

조타로는 괘씸하다는 듯이 쫓아갔으나 문득 자기 오른손의 손가락 끝에서 뜨듯한 것이 뚝뚝 떨어졌기 때문에 별생각 없이 팔꿈치를 들어보니 어느새 팔 근처에 두 치 가량의 칼자국이 나 있었다.

"음, 쳤구나."

조타로는 이오리를 새삼스레 노려보았다.

이오리는 평소에 무사시에게서 배운 대로 칼을 겨누었다.

눈.

눈.

눈.

언제든지 스승에게 귀가 따갑도록 듣던 힘이 이오리의 눈동자에서 자기도 모르는 사이에 솟아났다. 온 얼굴이 눈동자로 변해 버린 것 같은 이오리의 얼굴이었다.

"살려 둘 수 없다."

눈싸움에 진 것처럼 조타로가 중얼거리며 꽤나 긴 칼을 뽑아들었을 때였다. '설마' 하고 그렇게 된 다음에도 다소 얕보고 있던 이오리가 먼저 적의 팔을 벤 사실에 완전히 자신을 가진 모양으로 '와락' 칼을 휘두르며 쳐들어 왔다.

그 뛰는 법도 늘 무사시에게 달려들던 방법과 같은 것이어서 그것을 받아내기는 했지만 조타로는 뜻밖의 압박감을 팔에도 받은 듯 여겨졌다.

"건방진 녀석."

이젠 조타로도 전력을 쏟았다. 이상하게도 보물 창고를 턴 사건을 알고 있는 이 꼬마는 자기 패를 위해서도 살려 둘 수가 없다고 생각했다.

기를 쓰며 정면으로 내리치려고 밀고 나갔다. 하지만 이오리의 민첩함은 조타로보다 훨씬 뛰어났다.
"벼룩 같은 녀석이로군."
조타로는 생각했다.
그러는 사이 이오리가 불현듯 달리기 시작했다. 도망을 가는가 하면 멈추어서서 또 달려든다. 이번에는 조타로가 기를 쓰면 교묘하게 피하여 또 도망을 치는 것이었다.
약삭빠르게도 이오리는 그렇게 해서 서서히 적을 마을 쪽으로 유인해 가려는 모양이었다. 그리하여 마침내 초가집이 가까운 잡목 숲속까지 끌어들였다.
석양이 어둠에 묻히고 숲속은 이미 컴컴했다. 먼저 뛰어든 이오리를 뒤쫓아 조타로는 날카로운 얼굴에 핏대를 세우고 쫓아갔으나 그의 모습이 보이지 않아서 숨을 돌리고
"꼬마 녀석, 어딜 갔을까."
사방을 두리번거리고 있었다.
그러자 옆에 있는 큰 나무의 높은 가지 끝에서 나무껍질 먼지가 뚝뚝 흘러내려 그의 목덜미에 떨어졌다.
"저기로군."
조타로는 하늘을 쳐다보고 소리쳤다. 가지 끝의 하늘은 짙은 어둠이 깃들어 하얀 별이 한두 개 보일 뿐이었다.

4

나뭇가지 끝에서는 아무 대답도 없다. 물방울만이 떨어질 뿐이었다. 조타로는 궁리 끝에 이오리가 도망쳐 기어올라가 있는 것이 틀림없다고 확신한 모양으로 큰 나무 둥치에 달라붙었다 싶자 조심조심 기어 올라갔다.
과연 '바싹' 하고 나무 끝 하늘에서 무엇인가가 움직였다.
쫓겨 올라간 이오리는 가지 끝을 향해 원숭이처럼 기어 올라갔으나 이젠 더는 잡을 가지도 없었다.
"이 녀석아."
"……."
"날개가 없는 한 이젠 도망도 못 간다. 살려 달라고 빌어. 그러면 살려 줄 용의는 있어."

"……."

이오리의 그림자는 나뭇가지에 원숭이 새끼처럼 쪼그리고 있었다.

조타로는 밑에서 슬슬 다가갔다. 하지만 끝내 이오리가 침묵을 지켰기 때문에 그 발 근처로 팔을 뻗어 발꿈치를 잡으려고 했다.

"……."

이오리는 그래도 가만히 더 위의 가지로 발을 옮겼다. 그러자 조타로는 그가 발을 치운 가지에 두 손을 걸어

"이놈."

소리치며 몸을 내뻗었다. 이오리는 기다리고 있었다는 듯이 오른손에 감추어 들었던 칼로 그 옆가지를 위에서 탁 후려쳤다.

생나무 가지는 칼을 대자마자 조타로의 몸무게를 보태어 '우지끈' 하더니, '악' 하는 그의 그림자가 나뭇잎 속에서 휘청거렸다 싶자 줄기를 떠난 가지와 조타로의 몸은 한덩어리가 되어 땅 위로 떨어졌다.

"어때, 도둑놈아."

이오리가 허공에서 소리쳤다.

우산을 펴들고 떨어진 것처럼 나무 가지가 가지에 걸리면서 떨어졌기 때

문에 조타로는 땅바닥에 부딪히지는 않았다.
"주둥아릴 놀렸겠다!"
그는 다시 허공을 노려보면서 이번에는 표범이 나무를 기어오르는 듯한 기세로 이오리의 발 밑을 향해 육박해 갔다.
이오리는 칼을 밑으로 겨냥하여 가지 사이로 마구 휘둘러댔다. 두 손을 함께 쓸 수 없기 때문에 조타로는 방패 없인 가까이 갈 수가 없었다.
몸집은 작지만 이오리에게는 지혜가 있었다. 조타로는 나이가 위인만큼 상대를 깔보았다. 그러나 나무 위에서는 언제까지나 해결은 나지 않았다. 아니, 몸집이 작은 이오리 편이 위치상으로 보아 오히려 유리했다.
그러고 있는 동안, 숲의 삼나무 저편에서 퉁소 소리가 들려왔다. 물론 사람의 모습은 보이지 않아 어느 곳인지 알 수는 없으나, 아무튼 그 소리가 두 사람의 귀에 들려서 그날 밤 퉁소를 불고 있는 자가 있다는 것만은 틀림없었다.
이오리도 조타로도 그 소리를 들은 순간 싸움을 멈추고 깜깜한 나뭇잎 속에서 숨을 죽이고 있었다.
"꼬마."
조타로는 침묵에서 깨어나자 또다시 이오리의 그림자를 향해서 이번에는 조금 타이르듯 말했다.
"보기보다 고집이 세구나. 감탄했다. 누구에게 부탁을 받고 나를 미행해 왔나. 그 말만 바로 대어 주면 목숨만은 살려 주겠다. 어떤가?"
"다 털어놔."
"뭐?"
"난 이래 봬도 미야모토 무사시의 수제자, 미사와 이오리가 내 이름이다. 도둑놈에게 살려 달라고 빌었다간 선생님의 이름을 더럽히지 않나. 바로 말해, 바보."

5

조타로는 깜짝 놀랐다. 그 큰 나무 위에서 땅 위로 내던져졌을 때보다도 더욱 놀랐다. 너무나 뜻밖이어서 자기 귀를 의심했을 정도였다.
"뭐, 뭐라고. 다시 한 번 말해 봐, 다시 한 번!"
그렇게 되묻는 그의 말이 몹시 떨렸으므로 이오리는 그의 이름을 댄 것이 자랑스럽기까지 해서 다시 말했다.

"잘 들어 둬. 미야모토 무사시의 수제자 미사와 이오리라고 했다. 놀랐나?"
"놀랐다!"
조타로는 점잖게 항복했다. 그리고 의심과 친밀감이 범벅이 되어 물었다.
"이봐, 스승님은 잘 계신가? 그리고 지금 어디 계시지?"
"뭐라고?"
이번에는 이오리가 기분 나빠하며 다가오는 그를 피하면서 말했다.
"스승님이라니, 무사시님에게는 도둑놈 제자 같은 건 없어!"
"도둑이라니 창피하지 않나. 이 조타로는 그런 나쁜 마음은 안 가졌어."
"뭐, 조타로?"
"정말로 네가 무사시님의 제자라면 언젠가 들었을 거야. 내가 아직 너처럼 어렸을 때 몇 년 동안 나는 무사시님을 곁에서 모시고 있었던 거야."
"거짓말, 거짓말 마라."
"아니, 정말이야."
"그런 수에 넘어갈 줄 알어?"
"정말이라는데."

스승 무사시가 지니고 있는 평소의 정열을 그대로 드러내 보이며 조타로는 갑자기 이오리 곁으로 다가와 그 어깨를 끌어안으려 했다.

이오리로서는 믿을 수가 없었다. 조타로가 자기 어깨에 손을 걸치고 너와 나는 형제 제자라고 한 말을, 꾀 많은 이오리는 그것을 곧 나쁘게 해석하고 아직 칼집에 꽂지 않고 있던 칼로 조타로의 옆구리를 콱 찔러 버리려고 했다.

"앗, 기다리라는데!"

조타로는 비좁은 가지 틈새에서 간신히 그 손을 잡았으나, 순간 나무에서 손을 떼고 몸 전체로 이오리가 달려들었기 때문에 이오리의 목덜미에 매달린 채 가지 끝에 우뚝 서 버렸다.

결국 두 몸은 함께 쓰러져 공중에서 수없이 많은 가지와 잎을 분질러 흩뜨리며 땅 위에 털썩 떨어졌다.

이번에는 앞서 조타로가 떨어졌을 때와는 달리 대단한 중량과 속도로 추락했기 때문에, 두 마리의 젊은 새는 '음' 하고 가슴을 젖힌 채 모두 그 자리에서 언제까지나 정신을 잃고 있었다.

이 잡목 숲은 삼나무 숲에 잇닿아 있으며, 그 삼나무 숲이 다하는 곳에 언젠가 폭풍우로 쓰러진 채 그대로인 무사시의 초가집이 있었다.

그러나 무사시가 지치부로 떠나던 아침 마을 사람들은 자기들이 말한 대로 그날부터 모두가 협력하여 파괴된 초가집을 다시 세우기 시작했다. 벌써 지붕과 기둥만은 새 것으로 바뀌었다.

무사시는 아직 돌아오지 않았는 데도 벽과 문도 없는 지붕 아래, 오늘 밤에는 불이 켜졌다.

어제 에도에서 홍수가 났다는 소문을 듣고 찾아온 다쿠안이, 무사시가 돌아올 때까지 기다리겠다면서 혼자 머물고 있는 것이었다.

그러나 혼자라는 것은 이 세상에는 있을 수 없는 일인 모양이다. 지난 밤은 그야말로 혼자서 지냈는데 다쿠안이 이곳에 조용히 불을 켜고 있으려니까 오늘밤에는 벌써 그 불빛을 보고 한 사람의 탁발승이 저녁을 먹겠으니 더운 물을 좀 달라면서 들렀다.

아까 잡목 숲까지 달려온 통소 소리는 이 늙은 거지중이 다쿠안에게 들려준 것이리라. 시간도 마침 그가 참나무 잎에 싼 도시락 밥알을 다 주워 먹은 무렵이었다.

대사(大事)

1

 눈병이 났는지 노인이 되어 시력이 쇠했는지 탁발승은 무엇을 하거나 손으로 더듬는 것이었다.
 늙은 거지중은 통소를 다쿠안이 청한 것도 아닌데 한 곡 불겠다고 하더니 서투른 자의 연습보다도 더 못 불었다.
 그러나 다쿠안은 이러한 것을 그 동안에 느꼈다. 그가 불고 있는 통소는 시인 아닌 여느 사람의 시처럼 기교가 없는 대신 진정이 있었다. 곡조가 맞지는 않았으나 어떤 기분으로 불고 있는지 그 마음은 충분히 이해할 수 있는 것이었다.
 그렇다면 이 늙고 시든 탁발승은 대체 그 통소를 통해 무엇을 호소하려고 하는 것일까. 그것은 오직 참회라는 두 글자로 다할 수 있는 것이었다. 통소의 첫머리부터 불기가 끝날 때까지 거의 참회로 울부짖는 것 같은 소리였다.
 다쿠안은 지그시 듣고 있는 동안, 이 탁발승이 살아온 생애가 어떤 것이었을까 하는 것을 알 것 같은 느낌이 들었다. 훌륭한 인간의 생애와 그렇게 다를 것이 없었다. 위인과 범인의 차이는 그와 같은 인간적인 내용이나 번뇌를 초월하여 나타나는 표시의 모습으로서, 이 탁발승과 다쿠안 역시 한 자루의 통소를 통해서 형태 없이 마음과 마음을 접촉시켜 보면 두 사람 다 과거는 마찬가지로 번뇌에 껍질을 씌운 사람에 지나지 않는 것이다.

"누굴까, 어디서 본 것 같은데······."

그런 뒤에 다쿠안이 혼잣말로 중얼거렸다. 그러자 탁발승도 눈을 깜박이며 대꾸했다.

"그렇게 말씀하시니까 저도 말씀드립니다만, 아까부터 어쩐지 어디선가 들은 것 같은 목소리같이 여겨지는군요. 혹시 당신은 다지마의 슈호 다쿠안님이 아니신가요. 미마사카의 요시노 마을에서는 칠보사에 오래 머물러 계셨던······."

그렇게 말을 꺼내는 도중 다쿠안은 깜짝 놀라며 그 말에 생각난 모양으로 구석에 있던 침침한 불접시의 심지를 돋우어 한참 동안 탁발승의 희끗희끗하게 빛나는 수염과 움푹 팬 볼을 지켜보다가 물었다.

"아······아오키 단자에몬님이 아니오?"

"오오. 그럼 역시 다쿠안님이셨군요. 쥐구멍이라도 있으면 들어가고 싶습니다. 몹시 변해 버린 이 모습. 다쿠안님, 옛날의 아오키 단자에몬으로 생각하지 마십시오."

"뜻밖이로군. 이런 데서 뵙게 될 줄이야. 벌써 10년 전이 되겠군. 그 칠보사 때는."

"그 말씀을 들으니 진눈깨비를 맞는 것처럼 괴롭습니다. 이제는 들판의 백골 같은 단자에몬이지만 다만 자식을 생각하는 옹졸한 생각으로 목숨을 잇고 있습니다."

"자식 때문에? 그 자식은 대체 어디서 무얼하고 있는데?"

"소문에 의하면 그 옛날 이 아오키 단자에몬이 사누모 산으로 몰고 가서 천 년 묵은 삼나무에 매달아 괴롭힌 그때의 다케조. 그후에 미야모토 무사시라고 부르는 사람의 제자가 되어 이 간토에 와 있답니다."

"뭐, 무사시의 제자."

"예──그것을 들었을 때의 참회──부끄러운 마음──무슨 얼굴을 들고 그분 앞에, 하고 한때는 자식도 잊고 무사시에게도 이 꼴을 보여 주지 않기 위해서 깊이 두려워하고 있었습니다만 역시 보고 싶어서······이제 손꼽아 보면 조타로도 올해 18살. 그가 성장한 모습을 한 번만 본다면 죽어도 한이 없겠다고 부끄러움도 고집도 내버리고 얼마 전부터 이 동쪽 지방을 찾아다니고 있는 겁니다."

2

"그럼, 조타로라는 그 어린 제자가 임자의 자제였소?"

이 사실은 다쿠안으로서는 전혀 처음 듣는 일이었다. 어찌된 영문인지 그렇게 잘 아는 사이면서도 끝내 오쓰우에게서도 무사시로부터도 그 출생에 대해서는 아무 것도 들은 바가 없었다.

탁발승인 아오키 단자에몬은 말없이 끄덕였다. 이 말라빠진 모습에선 왕년의 미꾸라지 수염을 길렀던 무사 대장의 위풍이나 왕성한 욕망의 그림자는 찾아볼 수도 없었다. 다쿠안은 오직 말없이 바라보는 수밖에 위로할 말도 없었다. 이미 사람의 기름진 껍데기에서 빠져나가 삭막한 들판에 서 있는 만종(晩鐘)의 인생에서 즉흥적인 위로의 말은 할 수가 없는 것이기 때문이다.

그렇다고 해서 과거를 참회하는 데에만 상심을 하고, 앞으로는 희망이 없는 것처럼 생각하여 뼈와 가죽만을 지니고 있는 모습도 차마 보고 있을 수 없는 심정이 든다. 이 사람은, 자기의 사회적 지위에서 전락되어 모든 것을 상실하였을 때, 불타의 구원이라든가 법열(法悅)의 경지가 있다는 것마저 잊어버리고 만 모양이다. 세력이 있을 때, 세도를 믿고 남달리 권세를 부리고 함부로 거들먹거렸지만, 이러한 사람일수록 속으로는 완고할 정도로 도덕적 양심을 지니고 있기 때문에 실각함과 동시에 자기 양심으로, 자기의 여생을 그야말로 자기 자신이 목졸라 죽이고 있는 것 같은 심리가 되어버리는 모양이다.

그렇기 때문에 잘못되면 그는 지금, 평생의 소원으로 삼고 있는 무사시를 만나 한 마디 사과를 하는 것과 자기 아들의 성장을 보고 그 장래에 마음을 놓을 수 있게 된다면, 바로 가까이에 있는 근처 잡목 숲속에 들어가 내일 아침에는 목맨 시체가 되어 있을지도 모르는 일이었다.

다쿠안은 그렇게 생각했다. 이 사나이에게는 자식을 만나게 해 주기보다도 그보다 앞서 부처를 만나게 해 주어야 되겠다. 아무리 악한 인간이라도 구원을 청하면 구해 주는 자비의 빛인 아미타불에게 대면시켜 준 다음 조타로를 만나게 해주어도 늦지 않다. 무사시와 만나는 일은 더구나 그러고 나서 하는 편이 이 사나이를 위해서도 좋고 무사시로서도 마음이 편할 것이다.

　이렇게 생각했으므로 다쿠안은 우선 단자에몬에게 에도에 있는 일선사(一禪寺)를 가르쳐 주었다. 내 이름을 대고 거기서 며칠이라도 머물러 있으라고 했다. 그럭저럭하는 동안 내가 틈이 나면 찾아가서 천천히 이야기도 하고 듣기도 하겠다. 아들인 조타로에 대하여 마음 짚이는 곳이 없지도 않으니 후일 반드시 애써서 만나게 해 주겠다. 너무 비관하지 말고 50, 60부터라도 오래 살 수 있는 낙토(樂土)도 있고 할일이 있는 인생도 있으니 내가 갈 때까지 일선사에서 스님에게 그런 설법이라도 들어두는 것이 좋을 것이다.

　——이런 식으로 타이른 다음 다쿠안은 일부러 몰인정스럽게 아오키 단자에몬을 얼마 후 그곳에서 떠나 보냈던 것이다. 그 마음씨가 단자에몬에게도 스며든 모양으로 단자에몬은 몇 번이나 인사를 하고 걸적과 퉁소를 등에 메자 부자유스러운 몸을 대나무 지팡이에 의지하여 벽이 없는 집 추녀 밑을 떠나갔다.

　그곳은 언덕이어서 밑으로 내려가는 길이 미끄러워 단자에몬은 숲 쪽으로 들어갔다. 발은 자연히 삼나무 숲 오솔길로 이끌려 들어갔다.

　"…… ?"

　얼마간 나가자 단자에몬의 지팡이 끝에 뭔가 걸리는 것이 있었다. 완전한

대사 137

소경이 아니었으므로 단자에몬은 몸을 꾸부려 휘둘러보았다. 얼마 동안은 아무 것도 보이지 않았지만 그러는 동안 나무 사이로 끼어든 푸른 별빛에 두 사람의 몸이 이슬에 젖은 채 땅 위에 누워 있는 것을 희미하게나마 알 수 있었다.

3

어떻게 생각했는지 단자에몬은 길을 되돌아왔다. 그리고 먼젓번 초가집 등불을 들여다보며 말했다.

"다쿠안님……지금 작별한 단자에몬이오만 이 앞 숲속에 젊은 사람이 둘, 나무에서 떨어져 정신을 잃고 쓰러진 채 있습니다."

이렇게 고하자 다쿠안은 등불 그늘에서 몸을 일으켜 밖으로 얼굴를 내밀었다. 단자에몬은 말을 이었다.

"마침 약도 가진 게 없는 데다 이처럼 눈이 부자유스러워 물도 줄 수 없습니다. 가까이 사는 시골 무사의 아들들이 아니면, 들놀이 나왔던 무가집 형제인 듯한 소년들입니다. 수고스럽지만 구원해 주셨으면 하는데요."

다쿠안은 승낙하고 곧장 짚신을 신었다. 그리고 언덕 위에 보이는 집을 향해서 큰소리로 누군가를 불렀다.

지붕 밑에서 사람 그림자가 나오더니 언덕 위의 초가집을 쳐다보았다. 그 집에 살고 있는 농부 영감이었다. 다쿠안은 그림자를 향해서 횃불과 대나무통에 물을 준비해 오라고 일렀다.

그 횃불이 이리로 올라올 무렵 단자에몬은 다쿠안이 길을 가르쳐준 대로 이번엔 언덕길을 내려갔다. 그리하여 내려가는 단자에몬과 올라오는 횃불이 언덕 도중에서 엇갈리게 되었다.

만일 단자에몬이 맨처음 길을 잘못 들었던 대로 갔더라면 횃불 아래서 자기 아들인 조타로를 발견할 수가 있었을 텐데, 에도로 나가는 길을 고쳐 물었기 때문에 오히려 먼 인연에서 더욱 먼 인연의 암흑으로 자기 스스로 더듬게 되고 말았다.

하지만 그것이 불행인지 다행인지는 뒷날에 가야만 알 수 있는 일로서, 인생에 관한 모든 일은 회고할 만한 때가 되지 않고는 진정한 불행이라고는 말할 수 없을 것이다.

대나무통의 물과 횃불을 들고 서둘러 온 농사꾼은 어제 오늘 할 것 없이

초가집 수리 작업을 돕던 마을 사람 중의 하나로, 무슨 일이 일어났을까 하며 의심스런 얼굴로 다쿠안을 따라 숲 속으로 들어갔다.

이윽고 그 횃불의 빨간 빛은 앞서 탁발승 단자에몬이 발견한 것을 똑같은 장소에서 발견했다. 그러나 바로 조금 전과 지금과는 그 형편이 조금 달라져 있어 단자에몬이 발견했을 때에는 조타로도 이오리도 겹쳐져 쓰러져 있었지만 지금 보니 조타로는 소생하여 그 자리에 멍하니 앉아 그 옆에 쓰러져 있는 이오리의 정신을 차리게 하여 물어볼 것을 더 물어봐야 할 것인지, 또는 이대로 도망가는 것이 좋을지를 망설이고 있는 모양으로 이오리의 몸에 한 손을 갖다 댄 채 가만히 생각에 잠겨 있는 것이었다.

그때 횃불빛과 사람 소리를 느끼고 조타로는 대뜸 밤짐승처럼 날카롭고 재빠른 자세로 언제든지 후닥닥 일어날 수 있는 자세를 갖추었다.

"······아니?"

다쿠안이 서 있는 옆에서 농부 영감은 '푸지직 푸지직' 타고 있는 횃불을 내밀었다. 조타로는 순간적으로 상대가 그다지 경계할 만한 사람이 아니라는 것을 알고 안심했는지 침착하게 오직 사람 그림자만 올려다보았다.

──아니?

대사 139

다쿠안이 말한 것은 정신을 잃고 있을 터인 자가 그 자리에 앉아 있었기 때문이었는데 쌍방이 서로 쳐다보고 있는 동안, 그 '아니?'라는 한 마디는 그대로 양쪽에 중대한 놀라움을 갖는 말이 되고 있었다.

다쿠안이 본 조타로는 몸집이 너무 많이 자랐고 얼굴도 모습도 달라져 있었으므로 잠시 알아볼 수가 없었으나, 조타로가 본 다쿠안은 단번에 다쿠안이라는 것을 알 수가 있었다.

4

"조타로가 아니냐?"

이윽고 다쿠안은 눈을 부릅뜨며 말했다.

자기를 올려다본다 싶자 조타로가 흠칫하며 손을 짚고 엎드려버린 모양을 보고 다쿠안은 비로소 그라는 것을 알았던 것이다.

"예……예, 그렇습니다."

다쿠안을 보자 옛날의 코흘리개로 돌아가 그저 기가 눌려 어쩔 줄 몰라하는 것 같았다.

"흠, 네가 조타로인가. 어느새 어른같이 커서 매우 날쌘 청년이 됐군그래."

그의 성장에 놀라 다쿠안은 찬찬히 그를 바라보고 있었으나 어찌 되었건 이오리를 돌봐 주지 않으면 안 되었다.

이오리를 안아 일으키니 체온은 있었다. 물통의 물을 먹이자 곧 의식을 회복했다. 이오리는 사방을 두리번거리더니 갑자기 큰소리로 울기 시작했다.

"아프냐, 어디가 아프냐?"

다쿠안이 묻자 이오리는 고개를 설레설레 저으며 아무 데도 아픈 곳은 없지만, 선생님이 없다, 선생님은 지치부의 감옥으로 끌려가 버렸다, 그래서 무섭다면서 자꾸만 울부짖으며 하소연하는 것이었다.

그가 너무도 갑작스레 울어대면서 하는 말이었다. 다쿠안은 쉽사리 그 뜻을 알아들을 수가 없었으나 차츰 내용을 듣고 보니 과연 보통 일이 아닌 사건이 일어났구나 싶어 그제야 이오리와 같은 근심을 갖게 되었다.

그러자 그 말을 옆에서 듣고 있던 조타로는 온 몸에 소름이 끼치는 것처럼 갑자기 놀라움이 얼굴에 가득해지며 말했다.

"다쿠안님, 말씀드리고 싶은 게 있습니다. 어딘가 사람이 없는 곳에서 한

말씀……."

그는 떨리는 목소리로 말했다.

이오리는 울음을 그치고 의아스러운 눈을 번뜩이며 다쿠안 곁으로 바싹 다가서서

"저놈은 도둑놈과 한패예요. 저놈이 말하는 건 거짓말이에요. 마음을 놓으면 안 됩니다, 다쿠안님."

귀띔을 해 주었다.

조타로가 노려보자 이오리는 다시 언제까지나 싸우겠다는 듯한 시선으로 응수했다.

"둘 다 싸우지 마라. 너희들은 원래 형제 제자가 아닌가. 내가 재판을 할 테니 따라와."

길을 되돌아가더니 다쿠안은 두 사람에게 명하여 초가집 앞에 모닥불을 피우게 했다. 농사꾼 영감은 볼일이 끝나자 자기 집으로 돌아갔다. 다쿠안은 불 옆에 걸터앉아 너희들도 사이 좋게 모닥불에 둘러앉으라고 말했지만 이오리는 좀처럼 가까이 오지 않는다. 도둑놈인 조타로와 형제 제자가 되기를 거부하는 듯한 표정이었다.

그러나 다쿠안과 조타로가 사이 좋게 옛날 이야기를 늘어놓는 것을 보자 이오리는 가벼운 질투가 느껴져 어느새 그도 모닥불 옆으로 와서 불을 쬐었다.

그리고 다쿠안과 조타로가 낮은 목소리로 주고받는 이야기에 조용히 귀를 기울였다. 조타로는 부처 앞에서 참회하고 있는 여인처럼 눈시울에 눈물까지 보이면서 묻지 않는 일까지 순순히 자백하는 것이었다.

"……예, 그렇습니다. 선생님 옆을 떠난 지 햇수로 4년이 됩니다. 그동안 저는 나라이의 다이조라는 사람의 손에 자라나 그 사람에게 가르침을 받고, 또한 그분이 가진 큰 희망이나 세상 되어가는 형편을 들을 때마다 이분을 위해서라면 목숨을 내버려도 아깝지 않다는 생각을 갖게 됐지요. 그래서 이날 이때까지 다이조님의 일을 도와 왔습니다만, 그래도 도둑이란 소리를 듣는 것은 전혀 뜻밖입니다. 저도 무사시 선생님의 제자, 선생님 곁에서 떠나 있어도 스승님의 정신과는 하루도 떨어져 있지 않았습니다."

5

조타로는 말을 계속했다.

"다이조님과 저는 천지신명 앞에 맹세하고 우리들의 목적을 남에게 누설하지 않겠노라고 약속을 했기 때문에, 그것이 무엇인지는 설사 다쿠안님이라 할지라도 말할 수 없습니다만 스승인 무사시님이 보물 창고 도둑이라는 누명을 쓰고 지치부 감옥으로 끌려가셨다면 그냥 있을 수 없습니다. 내일이라도 당장 지치부로 가서 하수인은 나라고 자수하여 스승님을 감옥에서 풀어 내겠습니다."

조타로의 말을 다쿠안은 말없이 고개를 끄덕이기만 하고 듣고 있다가 문득 얼굴을 쳐들고 말했다.

"그럼, 보물 창고 사건은 너와 다이조가 한 짓에 틀림없단 말이지."

"예."

조타로의 그 대답은 천하에 부끄러움이 없다는 듯이 힘이 있었다.

다쿠안은 그 눈을 힐끗 쏘아보았다. 조타로는 말과는 달리 그만 눈을 깔아 버렸다.

"그럼, 역시 도둑놈이 아닌가."

"아니……아니, 결코 보통 도둑은 아닙니다."

"도둑에도 두 가지, 세 가지 종류가 있나?"
"그렇지만 우리들은 사욕이 없습니다. 백성들을 위해서 공금이 필요하다는 것뿐입니다."
"모를 일이군."
다쿠안은 불쑥 내던지듯이 말했다.
"그렇다면 네가 하고 있는 도둑질 종류는 의적(義賊)이라고 하는 건가? 중국 소설 같은 데 잘 나오지. 검협이라든가 협도(俠盜)라는 괴물 말이야. 말하자면 그와 비슷한 거지."
"그 변명을 하자면 자연히 다이조님의 비밀을 말해야 하니까 뭐라고 해서도 가만히 있겠습니다."
"하하하하, 걸려들지 않겠단 말이지."
"아무튼 스승님을 구하기 위해서 저는 자수하겠습니다. 아무쪼록 나중에 무사시님에게도 스님께서 잘 말씀해 주십시오."
"다쿠안은 그런 주선은 못한다. 무사시님의 몸은 원래가 애매한 재화, 임자가 가지 않더라도 풀릴 것은 뻔해. 그보다도 임자는 좀더 불타 앞으로 솔직하게 나가야 돼. 다행히 이 다쿠안을 중개인으로 삼아 속속들이 마음을 부처님에게 자수해 볼 생각은 없나?"

대사 143

"부처님에게요?"

그는 생각해 본 일도 없는 말을 들은 듯이 되물었다.

"그렇지."

다쿠안은 당연한 말을 타이르는 듯 말했다.

"임자의 말투를 듣고 있으니 세상을 위한다든가 사람을 위한다든가, 꽤나 훌륭한 것같이 말하는데, 우선 급한 건 남보다도 자기 일이야. 임자 주변에 아무도 불행한 사람은 없는가?"

"자기 한 몸만을 생각하고 있으면 천하의 대사를 할 수가 없습니다."

"새파란 녀석이."

다쿠안은 일갈하며 조타로의 뺨을 철썩 후려쳤다. 조타로는 갑자기 얻어맞는 바람에 얼른 뺨을 감싸면서 질린 듯 어쩔 줄을 몰라했다.

"자기 자신이 근본이 아닌가. 어떠한 일이건 자신의 발현(發顯)이야. 자기조차 생각지 않는 인간이 남을 위해서 무얼 할 수 있단 말인가."

"아니, 저는 자신의 욕심을 돌보지 않는다고 했습니다."

"닥쳐라, 너는 네 자신이 인간으로서 아직도 미숙한 놈이란 것을 모르는가. 세상 끝도 들여다보지 못하는 녀석이 세상을 다 아는 듯한 얼굴로 터무니없는 야망에 정신을 잃고 있는 것만큼 무서운 것은 없다. 조타로, 너와 다이조가 하고 있는 일이 대체 무엇인지, 알았다. 더 물을 필요가 없다. 바보 같은 녀석이로군. 몸집은 컸지만 마음이 자란 흔적은 없다. 뭘, 우나! 뭣이 분한가, 코나 풀어라!"

6

자라고 한다. 그러니 잘 수밖에 없어 조타로는 근처에 있는 가마니를 뒤집어 쓰고 드러누었다.

다쿠안도 잤다. 이오리도 잤다.

하지만 조타로는 좀처럼 잠들 수가 없었다. 감옥에 있는 스승인 무사시의 일이 생각나서 밤새도록 '죄송합니다' 하고 가슴 위에 두 손을 모아 빌었다.

드러누워 있기 때문에 눈에서 흘러나온 눈물이 귓구멍으로 흘러들어갔다. 모로 누워 다시 생각했다. 오쓰우님은 어떻게 되었을까. 오쓰우님에게는 더욱 얼굴을 대할 면목이 없다. 다쿠안의 주먹도 아팠지만 오쓰우님이었다면 때리는 대신 자기 가슴팍을 쥐어뜯으며 나무랐을 것이다.

 그렇긴 해도 남에게는 누설하지 않겠다고 다이조에게 맹세한 비밀은 누구에게든 말할 수 없다. 날이 새면 또 다쿠안에게 맞을는지 모른다. 그렇다, 이 틈에 여기를 빠져나가자.
 "……."
 조타로는 그런 생각을 하며 살며시 몸을 일으켰다. 벽도 천정도 없는 초가집은 빠져나가기는 쉽다. 그는 곧장 문 밖으로 나갔다. 별을 바라본다. 서두르지 않으면 곧 날이 샐 것 같았다.
 "이놈, 잠깐!"
 걸음을 옮겨가던 조타로는 등 뒤에서 나는 소리에 흠칫했다. 자기의 그림자처럼 다쿠안이 서 있었다. 다쿠안은 곁으로 오더니 조타로의 어깨에 손을 얹었다.
 "아무래도 자수할 셈인가?"
 "……."
 조타로는 가만히 고개를 끄덕였다. 다쿠안은 가련하다는 듯이 말했다.
 "그렇게도 개죽음 당하고 싶나. 생각이 모자라는 놈이로군."
 "개죽음?"

"그렇지. 너는 네가 하수인이라고 자수를 하면 무사시님이 용서받을 것이라고 생각하는 모양이지만 세상일은 그렇게 쉽지 않다. 네가 내게 말하지 않았던 것도 관청에 나가면 남김 없이 실토해야 돼. 그렇지 않으면 관리는 납득하지 않는다. 무사시는 무사시대로 감옥에 둔 채로. 너는 1년 2년이라도 살려 놓고 고문을 하게 된다. 뻔한 일이야!"

"……"

"그래도 개죽음은 아닌 것 같다. 진정 스승의 억울한 죄를 씻으려면 우선 너부터 몸을 깨끗이 해야 되는 거야. 관청에서 고문받는 게 좋겠나, 아니면 이 다쿠안에게 말하는 게 옳겠나?"

"……"

"다쿠안은 부처의 제자, 내가 들었다 한들 내가 재판을 하는 것은 아니다. 미타 부처의 가슴에 물어 본다. 나는 그저 주선을 해 볼 뿐이야."

"……"

"그래도 싫으면 또 한 가지 방법이 있다. 나는 뜻밖에도 어젯밤 아오키 단자에몬을 여기서 만났다. 어떤 부처님의 연고인지 모르겠지만 그러고 나서 곧 아들인 너를 만나게 되다니……단자에몬의 행방은 내가 잘 아는 에도의 절, 어차피 죽을 바엔 그 아버지를 한 번 만나고 가는 것이 좋을 거야. 그리고 내 말이 옳은지 틀리는지 아버지한테 물어 보아라."

"……"

"조타로, 네 마음에는 세 가지 길이 있을 거야. 내가 지금 말한 세 가지 방법 말이야. 그 중 뭐든지 택하는 게 좋겠어."

다쿠안은 말을 마치자 잠자리로 돌아갔다. 조타로는 어제 저녁에 이오리와 나무 위에서 싸우면서 들었던 통소 소리를 귀로 회상하였다. 그 소리를 들으니 아버지가 어떤 모습으로, 어떤 기분으로 세상을 헤메고 다녔는지, 묻지 않아도 가슴에 치밀어오는 것이 있었다.

"자, 잠깐……다쿠안님, 말하겠습니다! 하겠어요. 남에게 말하지 않겠다고 다이조님과 맹세한 일이기는 하지만 부처님께……부처님에게 모든 것을."

갑자기 그렇게 외치면서 그는 다쿠안의 옷깃을 거머쥐고 숲속으로 끌고 갔다.

7

조타로는 자백했다. 어둠 속에서, 혼자 긴 넋두리를 하는 것처럼 가슴 속의 모든 것을 말로 해서 토해 버렸다.

다쿠안은 그것을 처음부터 끝까지 아무 말도 없이 들었다.

"더 말씀드릴 것이 없습니다."

조타로가 입을 다물었다.

"그뿐인가?"

"네, 그뿐입니다."

"좋아."

다쿠안은 또 입을 다물었다. 한 시간 동안이나 잠자코 있었다. 삼목 숲 위가 물빛으로 동이 터 왔다.

까마귀 떼가 소란스러웠다. 사방은 환히 이슬로 젖어 보였다. 다쿠안을 바라보니 피곤한 듯이 삼목 나무 뿌리에 걸터앉아 있었다. 조타로는 그의 매라도 기다리는 것처럼 비스듬히 나무에 기대어 머리를 숙이고 있었다.

"……굉장한 놈들 패 속으로 끌려들어 갔구나. 이 크나큰 천하의 움직임이 어떻게 되어 가는지 보이지 않는다니 불쌍한 집단이다. 하지만 사건이

대사 147

일어나기 전이어서 정말 다행이다."

다쿠안은 그렇게 중얼거리며 이제는 아무 것도 염려하지 않는 얼굴이었다. 그는 그런 것은 들어 있을 것 같지 않은 품속에서 두 닢의 황금을 꺼냈다. 그리고 조타로에게 지금부터 곧 길을 떠나라고 말하는 것이었다.

"한시라도 빨리 서두르지 않으면 네 한몸뿐만 아니라 부모님에게도, 스승에게도 화를 미치게 될 거야. 먼 나라로 도망가거라. 아주 먼 곳으로. 그것도 고슈의 대로나 기소 길은 피해야 한다. 왜냐하면 오늘 오후부터는 벌써 어느 관문도 엄중해질 테니까."

"스승님은 어떻게 될까요? 저 때문에 그렇게 됐다고 생각하니 이대로는 다른 나라로."

"그런 일은 다쿠안이 처리한다. 2년이든 3년이든 연기가 다 개고 난 다음, 다시 무사시님을 찾아 사과를 드리면 되겠지. 다쿠안도 그때는 주선을 해 줄 테니."

"……그럼."

"잠깐."

"예?"

"가는 길에 에도를 들러가거라. 아자부(麻布) 마을의 정수암(正受庵)이라는 절에 가면 네 아버지 아오키 단자에몬이 어제 저녁에 먼저 도착해 있을 거야."

"예."

"여기 대덕사 무리의 인가장이 있다. 정수암에서 갓이니 가사를 받아 너도 단자에몬도 잠시 승려로 가장하여 길을 서두르는 게 좋을 거야."

"어째서 승려로 가장해야 합니까?"

"한심한 녀석이로군. 자신이 범하고 있는 죄도 모르겠나. 너는 도쿠가와 가문의 장군을 저격하고 그 소란을 틈타 오고쇼가 계시는 순푸에도 불을 놓고, 단번에 이 간토를 혼란의 도가니로 몰아넣어 거사를 하려는 못난 자의 앞잡이가 아닌가. 크게 말하자면 치안을 혼란케 하려는 반란자의 한 사람. 잡히기만 하면 교수형은 당연하지 않나."

"……."

"가거라, 해가 더 높아지기 전에."

"다쿠안님, 한 마디만 더 묻겠습니다. 도쿠가와 가문을 쓰러뜨리려는 것이

어째서 반역자가 될까요. 도요토미 가문을 치고 천하를 뺏은 자는 어째서 반역자가 아닙니까?"

"……몰라."

다쿠안은 무서운 눈으로 따져묻는 그를 다만 노려보기만 했다. 그 설명은 아무도 할 수 없는 것이다. 조타로를 승복시킬 정도의 이론을 내세우는 것은 다쿠안으로서 할 수 없는 일은 아니었으나 그 자신이 납득할 수 있는 이유가 아직 뚜렷하지 못했다.

그러나 하루하루 도쿠가와 가문에 활을 겨누는 자를 반역자로 불러도 아무 이상한 것이 없는 세상이 되어가고 있다는 사실만은 무시할 수 없다. 그리고 그 큰 변화에 거슬러 나가려고 하는 자는 반드시 오명과 비운을 안고 시대의 밖으로 쫓겨나가 멸망해 가는 것도 명백한 사실이었다.

석류의 상처

1

그날 다쿠안은 이오리를 데리고 있었다. 아카사카 언덕의 호조 이와노카미 저택 안으로 들어갔다. 현관 옆의 단풍이 언젠가 보았을 때와는 아주 딴판으로 붉게 물들었다.

"계시오?"

아이에게 물었다.

"예, 잠깐."

아이는 안으로 들어갔다. 잠시 뒤 나온 사람은 아들인 신조였다. 아버지는 성으로 나가 안 계시는데 우선 올라오시지요, 하고 청해 올리는 것이었다.

"성에 가셨다니 마침 잘 됐군."

다쿠안은 그렇게 말하고 이어 자기도 지금부터 성내로 들어가니까 이 이오리를 당분간 여기에 있게 해 달라고 부탁했다.

"그야 어렵지 않지요."

신조는 이오리를 힐끗 쳐다보고 웃는다. 이오리와는 모르는 사이가 아니기 때문이었다. 그리고 스님께서 등성하시겠다면 가마를 부르지요, 하고 신경을 써 주었다.

"부탁하오."

가마 준비를 하고 있는 동안 다쿠안은 단풍나무 밑에서 단풍가지를 올려다보고 있더니 생각난 듯이 말했다.

"그래, 에도의 행정관은 누구라고 하더라?"

"시 말씀입니까?"

"그렇지, 시 행정관이라는 직제가 새로 마련되지 않았소?"

"호리 시카부 쇼유(堀式部少輔)님입니다."

가마가 왔다. 옻칠을 한 가마였다. 장난하지 마라, 하고 이오리에게 일러 놓고 다쿠안은 그 위에 올라탔다. 가마는 흔들흔들 단풍나무 그늘을 지나 몹시 태평스럽게 문 밖으로 나갔다.

이오리는 이미 그곳에 없었다. 마구간을 들여다보았다. 마구간은 두 채나 되었다. 밤색말, 백말, 적토마 등 좋은 말이 많았고 모두 살쪘다. 이오리는 밭에 나가 일도 하지 않는 말을 왜 이렇게 많이 먹이고 있을까 하고 무사집의 살림이 이상스럽게 여겨졌다.

"그렇군, 싸움할 때 쓰겠구나."

간신히 혼자 해석을 하고 자세히 말 얼굴을 보고 있느라니 말 얼굴도 무사들이 기르는 말과 들에 놓아 두는 들말과는 얼굴이 달랐다.

말은 어릴 때부터 친구였다. 이오리는 말을 좋아했다. 아무리 보고 있어도 싫증나지 않았다.

그때 현관 쪽에서 신조의 커다란 목소리가 들려왔다. 이오리가 혹시 자기를 꾸중하는 소리가 아닌가 하고 뒤돌아보니, 현관 앞에 금방 대문에서 들어온 듯한 깡마른 노파가 지팡이를 세운 채, 고집 센 얼굴로 지그시 현관 마루에 버티고 선 신조와 마주 서 있었다.

"없다고 핑계를 대다니, 무슨 말을 지껄이는 거야? 너같이 알지도 못하는 늙은이에게 아버지가 없다느니 뭐니 가장할 필요가 뭐 있담. 없으니까 없다는 거지."

노파의 태도가 신조를 노엽게 한 모양이었다. 그 말투에 노파 역시 나이답잖게 화를 내며 말했다.

"기분 나쁘오? 이와님을 아버지라고 부르는 걸 보니 임자는 이 집의 아들이로군. 지난 번부터 이 노파가 대체 몇 번이나 이 문을 드나들었는지 알고나 있나요. 다섯 번 여섯 번이 아니오. 그때마다 안 계셨으니, 거짓말이라고 생각하는 것도 무리가 아니지 않소?"
"몇 번 찾아왔는진 모르지만 아버지는 사람을 만나는 걸 싫어하시는 편이오. 만나지 않겠다는데 무리하게 오는 쪽이 나쁘지."
"사람 만나는 것을 좋아하지 않는다는 말, 기분 좋지 않군. 그럼, 어째서 임자의 아버지는 사람 가운데서 살고 계시는 거요?"
오스기 노파는 또다시 여느 때처럼 이빨을 드러내고 오늘밤은 만나지 않고서는 돌아가지 않을 것 같은 얼굴 표정을 지었다.

2

끄떡도 하지 않는다는 말이 있다. 노파의 얼굴이 바로 그것이었다.
노파라고 해서 얕잡아본다는 공통된 비뚤어진 감정이 오스기 노파에게도 있다. 아니, 남보다 한층 더 강한 편이다. 그러기에 얕잡아보이지 않겠다는 긴장이 끄떡도 하지 않는 얼굴을 만들어 버리는 것이다.
젊은 신조로서는 퍽 거북한 상대였다. 자칫 잘못했다간 약점을 잡히게 된다. 한두 마디 고함을 쳐봐야 놀라지도 않는다. 때때로 조소 어린 이빨을 내밀고 비웃는다.
무례한 자.
노파는 칼집 소리라도 한 번 '철거덕' 내주고 싶었지만, 성급한 것은 오히려 지는 것이라 생각되었고 또한 그렇게 한다 해서 효과가 있을까 하는 의심도 들었다.
"아버지는 안 계시지만 우선 거기 앉으시오. 내가 알 만한 이야기라면 들어 두지."
참으면서 말하자 이건 신조가 예기하고 있던 이상으로 효력이 있었다.
"오카와 강기슭에서 우시고메까지 걸어오는 것도 예삿일이 아니라오. 실은 피곤했었는데 잠시 걸터앉을까요?"
노파는 대뜸 현관 마루에 앉아 발을 문지르기 시작했으나 혀뿌리는 피곤을 모르는 양 쉬지 않고 말을 쏟아냈다.
"지금처럼 부드럽게 말씀을 하시니 이 노파도 이제 큰소리를 친 게 면목 없게 되었는데, 그렇다면 용건을 말하겠으니 아와님께서 돌아오시거든 잘 전해 주오."

"알았소. 그런데 아버님에게 들려드리겠다느니, 주의하라느니 하는 용건이란 뭐요?"
"다름이 아니오. 사쿠슈 낭인 미야모토 무사시의 일이오."
"음, 무사시가 어떻게 됐단 말이오?"
"그자는 17살 때 세키가하라 전쟁에 출전하여 도쿠가 가문을 상대로 싸운 인간이오. 그뿐만 아니라 고향에서 별별 나쁜 짓을 해서 마을에서는 누구 하나 무사시를 좋게 여기는 자가 없소. 거기다 수많은 사람을 죽여 이 노파에게서조차 원수라고 지탄을 받아 여러 나라를 피해 다니는 나쁜 신분인 부랑자요."
"자, 잠깐만. 노인!"
"아아니, 우선 들어 봐요. 그뿐 아니오. 내 아들의 약혼자인 오쓰우, 오쓰우를 유혹하여 친구의 마누라로 정해진 여자를 납치해서……."
"잠깐, 잠깐!"
신조는 손으로 제지하고서 물었다.
"대체 노파의 목적은 뭐요? 무사시의 욕을 하기 위해 돌아다니는 거요?"
"무슨 바보 같은. 천하를 위하는 생각으로 하는 거요."
"무사시를 참소하는 것이 어째서 천하를 위하는 일이 되는 거요?"

"안 된단 말이오?"
노파는 정색을 하고서 다시 말했다.
"듣자 하니 이집 호조 아와노카미님과 다쿠안님의 추천으로 그 말재주 좋은 무사시가 어떻게 줄을 잡았는지는 모르나, 가까운 시일 안에 장군님 사범역의 한 사람이 된다고 하는 소문이 있는데."
"누구에게 들었나, 그런 내정(內定)을?"
"오노의 도장에 갔던 사람에게서 분명히 들었소."
"그러니 어떻단 말인가?"
"무사시라는 인간은 지금도 말해 드린 바와 같이 나쁜 일로 소문난 자, 그런 무사는 장군님 측근에 들여놓는 것조차도 꺼림칙한 일인데 하물며 사범역이라니 천부당하다고 이 노파는 말하는 거요. 장군가의 사범이라면 천하의 스승. 정말이지 무사시라니 생각만 해도 끔찍하오. 치가 떨리오. ……나는 그 말을 아와님께 간하러 온거요. 아시겠소, 아드님."

3

신조는 무사시를 믿고 있다. 아버지나 다쿠안이 장군의 사범으로 추천한 것도 물론 좋은 일이라고 기뻐하고 있었다.
그래서 노파의 군소리를 참고 듣는 것만 해도 절로 얼굴색이 변할 일이다. 입가에 침을 바르면서 지껄이기 시작하더니 오스기 노파는 상대방의 안색 따위는 아랑곳없이
"그러니까 아와님에게 간언드려 이를 중지시키는 것이 천하를 위하는 일이라고 생각하오. 아드님께서도 아무쪼록 무사시의 말재주에 넘어가지 않도록 주의하시는 게 좋을 거요."
노파는 좀처럼 혀끝을 쉬지 않았다.
신조는 더이상 듣는 것이 불쾌하여 닥쳐, 귀찮다, 하고 크게 소리쳐 줄까 싶었으나 그러면 또 주저앉아 늑장을 부릴까 두려워서
"알았소."
울분의 침을 삼키며 노파를 내쫓으려 했다.
"이야기 내용 잘 알았소. 아버지에게도 그 내용을 전해 주지."
"잘 부탁합니다."
그렇게 다짐을 놓고서야 노파는 간신히 목적을 달성한 것처럼 짚신을 끌

면서 문 밖으로 나갔다.
 그러자 어디선가
 "개똥 같은 할멈."
 소리친 자가 있다.
 노파는 발을 멈추고
 "뭐라고?"
 눈을 부라리며 사방을 찾아보자 나무 그늘에 있던 이오리가 '히힝' 하고 말흉내를 내어 보이며
 "이거라도 처먹어라."
 딱딱한 것을 던져 주었다.
 "아이쿠, 아야!"
 노파는 가슴을 누르면서 땅에 떨어진 것을 보았다. 그 근방에 여러 개 떨어져 뒹굴고 있는 석류 하나가 터져 있었다.
 "이 놈이!"
 노파는 딴 석류를 하나 주워 들고 팔을 쳐들었다. 이오리는 욕을 퍼부으면서 도망쳤다. 마구간 모퉁이까지 뒤쫓아갔으나 거기서 옆으로 고개를 돌리는 순간 이번에는 물컹한 것이 얼굴에 철썩 부딪혔다.

말똥이었다. 노파는 '퉷 퉷' 하고 침을 뱉었다. 얼굴에 붙어 있는 것을 손으로 긁어내자 눈물이 줄줄 흘렀다. 이런 기막힌 꼴을 당하는 것도 나그네 신세이기 때문이고 자식 때문이다. 그런 생각이 들자 늙은 몸을 부르르 떨며 분하게 생각하는 것이었다.

"……."

이오리는 멀리 도망쳐 집 뒤에서 얼굴을 내밀고 있었다. 처연히 노파가 우는 모습을 보자 그는 갑자기 맥이 풀리면서 큰 죄를 지은 것처럼 겁이 났다.

노파 앞으로 나가 사과를 하고 싶었다. 하지만 이오리의 가슴에는 스승 무사시의 욕을 심하게 들은 분노가 아직 사라지지 않았다. 그러나 역시 노파가 우는 모습은 그로서도 슬펐다. 이오리는 복잡한 감정에 사로잡혀 손톱을 깨물었다.

높은 벼랑 위에 있는 방에서 신조가 불렀다. 이오리는 살았다는 듯이 벼랑을 따라 뛰어올라갔다.

"이봐, 저녁 무렵의 후지산이 빨갛게 보인다. 이리 와서 봐라."

"아, 후지산!"

그러나 이오리는 모든 것을 잊었다. 신조 역시 잊어버린 듯한 얼굴이었다. 물론 오늘 노파에게서 들은 이야기를 아버지에게 전하려는 생각은 처음 들을 때부터 아예 없었다.

몽토(夢土)

1

 히데타다 장군은 이제 30을 갓 넘은 나이였다. 부친 오고쇼는 일대의 패업(霸業)을 9할까지는 완성했다는 태도로 지금은 순푸 성에서 여생을 보내고 있었다. 여기까지는 아버지가 했으니 나머지는 네가 하라고 히데타다는 서른이 될까말까할 때 장군직을 아버지에게서 물려받았다.
 아버지의 업적은 평생을 통하여 전쟁뿐이었다. 학문도, 수양도, 가정 생활도, 혼인도 모두 전쟁 가운데서 치렀다. 그 전쟁은 특히 천하를 두고 겨루는 다음의 대전쟁을 오사카 편과의 사이에 내포하고 있긴 했으나, 그러나 그것은 벌써 오래된 전쟁의 종국적인 것이라, 그 일전으로 기나긴 일본 땅의 춘추 시대도 진정한 평화로 돌아갈 것이라고 일반 사람들은 보고 있는 것이었다.
 오닌의 난(亂) 이래로 오래 계속된 전란이다. 세상 사람들은 평화의 도래를 갈망했다. 무사는 고사하고 서민, 농사꾼들까지도, 도요토미든 도쿠가와든 좋다, 참된 평화가 건설된다면…… 하는 것이 거짓 없는 백성들의 심정이었다.

이에야스는 장군직을 물려줄 때에
"네가 할 일이 뭔가."
물어 봤다고 한다.
히데타다는 대뜸
"건설에 있다고 생각합니다."
이렇게 대답해서 이에야스가 크게 안심했다는 말이 측근을 통해서 전해졌다.

히데타다의 신조는 그대로 지금의 에도에 나타나 있다. 오고쇼가 인정하고 있으니만큼 그의 에도 건설은 한껏 대규모였으며 급속도로 진행된다.

그에 반하여 다이코의 유자(遺子) 히데요리를 둘러싼 오사카 성에서는 전쟁에 이어 또다시 전쟁 준비에 골몰하였다. 장군들은 모두 모의하는 장막 속에 숨어들고 명령서는 밀사의 손에 의해 여러 지방으로 날아다녔으며, 제한도 없이 낭인이나 일터 없는 장수들을 포섭하고 포탄을 쌓아올리며 창을 갈고 해자를 깊이 파 대비를 게을리하지 않는 것이었다.

'당장에라도 또 싸움이 벌어지지 않을까.'

민심이 흉흉한 것은 오사카 성을 중심으로 하는 교토 지방 주민의 공통된 공기였으며 또한

'이 정도라면 마음 놓고 살 수 있겠지.'

이것이 에도성을 둘러싼 일반 시민들의 심리였다.

필연적으로──

서민들의 흐름은 연이어 불안한 교토 방면에서부터 건설의 에도로 이동하기 시작했다.

그것은 또한 일반 백성들이 도요토미를 저버리고 도쿠가와를 흠모하여 그의 치하에 모여들고 있는 것같이도 보였다.

사실 난세에 시달린 백성들은 도요토미가 이겨 다시 전란이 계속되기보다는, 이쯤에서 도쿠가와 가문이 끝장을 내주기를 바라는 것이었다.

이러한 세상 형편은 간토나 교토 쪽 어느 편에 자손을 맡길까 하고 지금도 거취를 정하지 못하고 있는 여러 나라의 영주들이나 그 가신들의 눈에도 반영되어, 날로 에도성을 중심으로 하는 도시 계획과 하천 토목 그리고 축성 공사에는 새로운 시대의 힘이 편을 들었다.

오늘 히데타다는 들나들이 차림으로 옛성의 본성에서 새 성의 공사장 쪽

으로 바람이 올려 부는 언덕을 따라 나와서 작업장을 한 바퀴 돌고, 눈에 귀에 가슴에 울려오는 희망 어린 건설의 소음 속에서 시간 가는 줄을 모르고 있었다.

측근에는 도이, 혼다, 사카이 등의 중신과 근위무사를 비롯하여 승려의 모습도 보였는데 히데타다는 조금 높은 곳에 의자를 놓게 하여 잠시 숨을 돌렸다.

그러자 목수들이 일하고 있던 모미지 산기슭 근처에서
"이놈의 새끼!"
"이놈!"
"이놈 서라!"
이 소리와 함께 빠른 발걸음 소리가 소란스러웠다.
빙빙 돌며 도망가는 우물 파기 인부 하나를 뒤쫓아 7, 8명의 목수들이 소란 속에서 튀어나와 달려갔다.

2

우물 파기 인부는 날쌘 토끼처럼 도망쳤다. 목재 사이로 숨고, 미장이 숙소 뒤로 달리고, 또 거기서 뛰쳐나와 벽을 쌓아올리는 통나무로 기어올라 밖으로 뛰어나가려고 한다.
"괘씸한 놈."
뒤쫓아 몰고온 목수 가운데서 두세 명이 곧 통나무 위에 있는 그의 발을 잡았다. 우물 파기 인부는 대팻밥 더미 속으로 굴러 떨어졌다.
"이놈의 새끼."
"엉큼한 놈."
"죽여 버려라."
그들은 인부의 가슴팍을 짓밟고, 얼굴을 차고, 목덜미를 잡아 질질 끄는 등 마구 두들겨팼다.
"……"
우물 파기 인부는 아프다는 소리도 지르지 않았다. 다만 땅바닥만 의지할 것인 듯 바싹 붙어 있었다. 차 던져도, 목덜미를 잡혀도 곧장 필사적으로 땅에 달라붙는다.
"무슨 일인가."

곧 작업장의 우두머리 무사가 왔다. 감독관도 달려왔다.
그리고
"조용히 해."
사람을 헤치고 들어왔다.
목수 하나가 흥분된 말투로 감독에게 호소했다.
"쇠자를 짓밟아 버렸어요. 쇠자는 우리들의 혼입니다. 무사님들 허리의 칼과 마찬가지지요. 그걸 이 녀석이."
"글쎄, 조용히 말해."
"그걸 조용히 말할 수 있습니까. 무사가 칼을 흙발로 짓밟히면 어떻게 하지요?"
"알았다. 그렇지만 장군께서 지금 작업장을 한 바퀴 순시하시고 저기 언덕 위에다 잠시 의자 놓고 쉬고 계신데 방해가 된다. 삼가라."
"……예."
일단 조용해졌다.
"그럼, 이 녀석을 저쪽으로 끌고가자. 이놈에게 목욕재계를 시켜 밟힌 쇠자에 두 손을 짚고 빌게 해야 해."
"처벌은 이쪽에서 한다. 너희들은 일터로 가서 일이나 해."
"남의 쇠자를 밟아 놓고도 조심하라는 말에 빌지도 않고 말대꾸를 했습니다. 그냥 이대로로는 일할 수 없어요."
"알았다, 알았어. 꼭 처벌해 준다."
감독은 엎드려 있는 우물 파기 인부의 목덜미를 거머잡고 말했다.
"얼굴을 들어."
"……예."
"이런, 너는 우물 파기 인부가 아니냐."
"……예, 그렇습니다."
"모미지 산 아래 작업장에서 서류 창고 공사와 서쪽 대문 작업장 때문에 미장이, 정원사, 토공 목수들은 들어와 있지만 우물 파기 인부는 한 사람도 없을 텐데."
"그렇지."
목수들은 감독의 의심에 덧붙여 말했다.
"이놈이 어제도 오늘도 남의 일터에 와서 빈들빈들 돌아다니다가 끝내 소중한 쇠자를 흙발로 짓밟기에 따귀를 한대 후려갈겨 줬지요. 그랬더니 건방지게 말대꾸를 했기 때문에 동료들이 패주라고 떠들어대기 시작한 거지요."
"그런 일은 어떻게 됐건 상관 없지만……이봐, 우물 파기 인부, 무슨 볼일로 너는 일도 없는 서성의 뒷문 작업장 같은 델 돌아다니고 있었나?"
작업 감독관 무사는 우물 파기 인부의 새파랗게 질린 얼굴을 쏘아보았다.
우물 파기 인부 치고는 미끈하게 생긴 마타하치의 용모와 대체로 호리호리한 몸매를 유심히 보고 있으니 그에게 수상스런 생각이 들기 시작하는 것이었다.

3

측근 무사나 중신들 그리고 승려니 다도 무리들이니 히데타다의 의자 주변에는 물론 많은 경호원이 붙어 있었으며, 그 위에 이 높은 장소를 중심으로 멀찌감치 요소요소에는 감시의 경계가 겹겹이 둘러싸고 있다.

그 감시 임무를 띤 자는 작업장 안의 사소한 사고에도 대뜸 눈을 부라리기 때문에 뭔가 하고 마타하치가 몰매를 맞은 현장으로 달려왔다.

그리고 작업 감독에게서 설명을 듣자
"장군의 방해가 되니까 눈에 띄지 않는 쪽으로 가는 게 좋겠다."

　주의를 주었다.
　당연한 말이므로 작업 감독은 목수 우두머리 무사와 의논해서 모두들 각자의 일터로 쫓아 보내고
　"이 우물 파기 인부는 달리 좀 조사해 볼 것이 있으니까."
　마타하치는 감독이 처치하기로 하고 끌고 갔다.
　공사 총감독 휘하에 있는 작업 감독 사무실은 공사장마다 몇 개나 있다. 현장 감독인 관리가 쉬기도 하고 교대로 기거도 하고 있는 간단한 판잣집이었다. 봉당 화로에 큰 주전자를 걸어두고 손이 빈 무사들이 차를 마시러 오기도 하고 짚신을 갈아 신기 위해서 돌아오기도 한다.
　마타하치는 그 판잣집 뒤에 잇닿아 있는 장작 창고 안에 갇혔다. 그곳에는 장작뿐만 아니라 다쿠안 통이니, 짠지 통이니 숯부대 따위가 쌓여 있었다. 그곳으로 출입하는 자는 밥을 짓는 하인들이었다. 그 하인들은 창고 하인이라고 불리었다.
　"이 우물 파기 인부는 수상한 점이 있는 자니까 조사가 끝날 때까지 놓치지 마라."
　하인은 마타하치의 감시를 명받았으나 그렇게 엄중하게 묶어두지는 않았다. 죄인이라고 낙인이 찍힌 자라면 바로 당국의 손으로 넘어갈 것이며, 또한 이 공사장 자체가 이미 에도성의 엄중한 해자와 성문 안에 있기 때문에 그럴 필요성을 느끼지 않기 때문이기도 했다.

작업 감독은 그동안에 우물 파기 인부 두목과 그쪽 감독에게 교섭하여 마타하치의 신원이라든가 평소의 소행을 캐물어 볼 작정이었던 모양이다. 그러나 그것도 그의 용모가 원래부터 우물 파기 인부 같지 않다는 의문뿐이고, 별로 나쁜 짓을 했다는 이유도 없기 때문에 광에 처넣은 마타하치에 대해서는 그대로 며칠 동안 조사가 없었다.

그러나 마타하치 자신은 그 순간 순간이 죽음으로 다가가는 듯한 공포에 휩싸여 있었다.

그는 혼자서

"그 일이 발각됐을 것이다."

결론을 내리고 있었다.

그 일이라는 것은 다시 말할 필요도 없이 그가 나라이 다이조의 선동으로 기회를 엿보고 있는 '새 장군 저격 음모'였다.

다이조에게 그 실행을 요구받고 우물 파기 인부 두목인 운페이의 소개로 성내에 들어온 이상 이미 마타하치의 흉중에는 죽기 아니면 살기라는 각오가 서 있었다. 그러나 마타하치는 그때부터 오늘에 이르기까지 몇 번이나 히데타다 장군의 공사장 순시의 기회를 맞았으면서도 느티나무 밑에 묻어두었다는 총을 파내어 장군을 저격하는 엄청난 일을 그로서는 할 수 없었던 것이다.

다이조에게 협박당했을 때는 거절하기만 하면 즉시 살해될 것 같았고 또 돈도 탐이 났으므로 '하겠다'고 맹세를 했지만 막상 에도성 안에 들어와 보니 설사 그대로 평생을 우물 파기 인부로 끝내는 한이 있더라도 장군을 노리는 그런 엄청난 일은 자기로서는 할 수 없다고 생각을 고쳐 먹고, 다이조와의 약속을 될 수 있는 한 잊으려고 흙투성이가 되어 다른 인부들 틈새에서 일만 해 온 것이다.

그런데 그렇게만 하고 있을 수 없는 이상한 일이 일어났다.

4

그것은 서쪽 문 안에 있는 큰 느티나무가, 모미지 산 서고(書庫)를 짓게 된 관계로 다른 곳으로 옮겨 심어지리라는 것이었다.

우물 파기 인부가 많이 들어와 있는 작업장과 그곳은 꽤 떨어져 있었지만, 마타하치는 느티나무 아래에 나라이 다이조가 손을 써서 이미 총을 묻어 두었다는 사실을 알고 있었기 때문에 늘 그 장소에 대해서는 남몰래 주의를 기울여 왔었다.

그래서 그는 점심 시간이라든가 아침, 저녁 작업 틈틈이 서쪽 뒷문 가까이 와서 느티나무가 아직 그대로 있는 것을 보면 마음을 놓곤 했다.

그래서 언젠가 사람이 보지 않을 때에 그 나무 밑을 파서 총을 내다버리려고 혼자서 고심하였다.

그렇기 때문에 그는 거기서 실수하여 목수의 쇠자를 짓밟아 그들의 노여움을 사서 쫓겨다닐 때도, 몰매를 맞는 것보다도 사건이 발각되는 것을 더 두려워했다. 그러한 두려움은 그 뒤에도 사라지지 않고 어두운 광 속에서 매일 계속되었다.

느티나무는 벌써 파 옮겨졌는지도 모른다. 뿌리를 파게 되면 땅 밑에서 총이 발견된다. 당연히 조사가 시작될 것이다.

'이번에 끌려나가면 죽을 거야.'

마타하치는 매일 밤 꿈결에 식은 땀을 흘렸다. 저승에 간 꿈을 몇 번이나 꾸었다. 저승에는 느티나무만이 무성했다.

어느날 밤 그는 또 어머니의 꿈을 생생하게 꾸었다. 노파는 지금의 자기 처지를 불쌍하다고 하지도 않고 누에 광우리를 내던지고 뭔가 화가 나서 소리를 질렀다. 광우리 속에 가득했던 하얀 누에를 머리에 뒤집어쓰고 마타하치는 도망을 다녔다. 그러자 그 누에의 귀신같이 흰머리가 치솟은 노파는 어디까지나 뒤쫓아왔다. 꿈 속에서 마타하치는 땀에 흠씬 젖어 벼랑에서 뛰어내렸지만, 몸은 어디까지나 끝도 없이 나락의 어둠 속에 둥실둥실 떠 있었다.

——용서해 주십시오!

——어머니!

어린 아이처럼 비명을 올리다가 문득 그는 눈을 떴다. 눈을 뜨자 또다시 오히려 꿈보다도 더욱 절실하고 두려운 현재로 돌아와 가슴 아프게 스스로가 책망되는 것이었다.

'그렇다……'

　마타하치는 이 공포감에서 자신을 구원하기 위해 한 가지 모험을 감행하기로 했다. 그것은 느티나무가 무사히 있는지 파 옮겨졌는지 확인하는 일이었다.
　에도성의 요해서(要害處)는 판잣집 그 자체에 있지 않았다. 에도성 밖으로 나가는 것은 도저히 할 수 없는 일이지만 이 판잣집에서 느티나무 옆까지 가보는 것은 그다지 곤란한 일이 아닐 것같이 생각되었다.
　물론 광에는 열쇠가 걸려 있었다. 그러나 불침번이 계속 붙어 있는 것은 아니었다. 그는 짠지 통을 발판으로 하여 밝은 빛이 스며드는 창 밖으로 나왔다.
　목재가 놓인 장소라든가 파 엎은 흙더미 그늘로 기어나가 마타하치는 서편 뒷문 근처까지 갔다. 그곳에서 둘러보니 큰 느티나무는 아직도 먼저 있던 곳에 그대로 서 있었다.
　"……아아."
　마타하치는 마음을 놓고 가슴을 쓰다듬었다. 아직 이 나무를 파 옮기지 않았기 때문에 자기 목숨도 붙어 있었구나 하고 생각했다.
　"지금이다……."

몽토 165

그는 얼마 후 어딘가에서 괭이를 들고 왔다. 그리고 느티나무 밑을 파기 시작했다. 자기 생명을 거기서 주워내는 듯이.

"……."

괭이질을 한 번 하고 나서는 그 소리가 울리는데 가슴을 죄어 가며 날카로운 눈으로 사방을 휘둘러보았다.

마침 경비병도 돌아보지 않았다. 괭이질은 차츰 대담하게 계속되었다. 그리고 구덩이 둘레에는 흙더미가 쌓여 갔다.

5

흙을 파내는 개처럼 그는 정신 없이 그 근처를 파 뒤집었다. 그러나 아무리 파도 그 속에서는 흙과 돌밖에 나오지 않았다.

'누가 먼저 파낸 게 아닐까?'

마타하치는 걱정이 되었다.

그리고 더더욱 실없는 괭이질을 멈출 수 없게 되었다.

얼굴도 팔도 땀에 젖었고 그 땀에 흙이 붙어 흙탕물을 뒤집어 쓴 것처럼 온몸은 헐떡헐떡 숨이 거칠었다.

숨가쁜 괭이질과 숨가쁜 호흡이 차츰 얽혀 현기증이 일어날 것같이 되어서도 마타하치는 손을 멈추지 않았다.

그러는 동안, 뭔가 툭하고 괭이 끝이 닿았다. 기다란 물건이 구덩이 바닥에 놓여 있었다. 그는 괭이를 내던지고

"있었구나."

구덩이에 손을 집어넣었다.

그러나 총이라면 녹슬지 않게 기름 종이에 싼다든가 상자에 넣어서 봉했을 터인데 손끝에 닿는 물건은 좀 이상한 느낌이 드는 것이었다.

그래도 다소의 기대를 걸며 우엉 뿌리를 뽑아내듯이 당겨 보니 그것은 사람의 종아리나 팔인 듯 싶은 하나의 백골이었다.

"……."

마타하치는 더이상 괭이를 놀릴 기력도 없었다. 뭔가 또다시 꿈을 꾸고 있지나 않나 하고 자기를 의심해 보았다.

느티나무를 올려다보니 밤이슬과 별이 반짝이고 있었다. 꿈은 아니었다. 느티나무 잎 하나하나를 똑똑히 셀 수 있었다. 분명 아라이 다이조는 이 나

무 밑에 총을 감추어 두겠다고 했다. 그것으로 히데타다를 쏘라고 했다. 거짓말일 수가 없다. 그런 거짓말을 해봤자 그에게 아무런 덕이 되는 것도 아니니까. 그러나 총은커녕 고철 조각도 나오지 않는 것은 어찌된 영문일까.

"……."

없으면 없는 대로 마타하치의 불안은 사라지지 않았다. 파헤친 느티나무 주변을 돌아다녔다. 그리고 발로 흙을 차 던지며 다시 찾아 보았다.

그때 누군가 그의 뒤로 걸어오는 자가 있었다. 금방 온 것이 아니라 심술궂게도 아까부터 그늘에 숨어 그가 하는 거동을 바라보고 있었던 것 같다. 그는 마타하치의 등을 툭 치며

"있을 리가 있나."

귓가에서 웃었다.

가볍게 두들겼는데도 마타하치는 그만 등에서부터 온몸이 마비되어 자기가 판 구덩이 속으로 미끌어질 뻔했다.

"……?"

뒤돌아보고 한참 동안 지그시 공허한 눈으로 쏘아보고 있다가 '앗' 하고 그 순간에야 비로소 정상으로 돌아가 놀라움을 입으로 나타냈다.

"이리와."

다쿠안은 그의 손을 잡아끌었다.

"……."

마타하치의 몸은 굳은 채 움직이지 않았다. 다쿠안의 손을 차디찬 손가락 끝으로 뿌리치려고 했다. 그리고 발꿈치서부터 벌벌 떨기 시작했다.

"안 오겠나?"

"……."

"오라니까?"

다쿠안이 무섭게 눈으로 꾸짖듯 말하자 마타하치는 벙어리처럼

"저, 저기를. ……저기……뒤를……."

혀꼬부라진 소리로 말하며 발 끝으로 흙을 구덩이 안으로 밀어 넣어 자기 행동을 감추려 하는 모양이었다.

다쿠안은 가련하다는 듯이 말했다.

"그만둬, 쓸데없는 일은. 사람이 땅에서 살 동안 남겨 놓은 행동은 좋건 나쁘건 모두 백지에 먹을 떨어뜨린 것처럼 수년이 지나도 지워지지 않는 법이야. 지금 한 짓도 발끝으로 흙을 덮어 버리면 곧 사라진다고——그런 사고방식이니 너는 인생을 되는 대로 살아가는 거겠지. 자! 오라. 너는 엄청난 죄를 범하려고 했던 큰 죄인. 다쿠안이 톱으로 토막을 내서 피못에다 차 넣어 버리겠다."

마타하치가 움직이려 하지 않았기 때문에 다쿠안은 그의 귀를 잡아당겨 끌고갔다.

6

그가 도망쳐 나온 판자 창고를 다쿠안은 알고 있었다. 마타하치의 귀를 잡아당기면서 다쿠안은 하인들이 자는 방을 들여다보고

"일어나, 일어나라니까."

문을 두들겼다.

하인들은 일어나 수상스러운 듯이 다쿠안을 바라보고 있었으나 언제나 히데타다 장군 옆에서 장군이나 중신들과도 거침없이 말을 주고받던 스님이구나 하고 얼마 후에는 이해가 간 듯 물었다.

"예, 뭡니까?"

"뭔가가 아니야."
"예……?"
"된장광인지 짠지광인지는 모르지만 저기 문을 열어."
"그 광에는 수상한 우물 파기 인부를 가두어 두었는데 뭔가 꺼낼 것이라도 있습니까?"
"잠꼬대 하지 마라. 그 사람이 창을 부수고 도망나와 있지 않느냐. 내가 잡아왔다. 벌레초롱에 찌르레기를 잡아넣듯이 할 수는 없으니까 문을 열란 말이야."
"아, 그놈이?"
하인들은 깜짝 놀라 당번인 작업 감독을 깨우러 갔다.
감독 무사도 당황하여 태만한 잘못을 몇 번이고 사과했다. 중신들 귀에 들어가지 않도록 해달라는 말까지도 다쿠안에게 거듭거듭 부탁하는 것이었다.
다쿠안은 끄덕여 보이고서 열려 있는 광 안으로 마타하치를 밀어넣었다. 그리고 자기도 함께 들어가 안에서 문을 닫아 버렸기 때문에 감독과 하인들은
"어떻게 된 거야?"

얼굴을 마주보며 가지도 못하고 밖에서 서성대고 있었다.

그러자 다쿠안이 다시 문 틈새로 얼굴만 내밀며

"임자들이 쓰는 면도칼이 있지? 미안하지만 그걸 잘 갈아 하나 빌려 주지 않겠나."

이렇게 말했다.

무엇에 쓸 것일까 하고 수상스럽게 생각되었으나 이 스님에게 그런 말을 물어도 괜찮을지 어떤지조차 판단할 수 없었다. 아무튼 면도 칼을 갈아서 갖다 주었다.

"됐어, 됐어."

다쿠안은 그것을 받고는 이제는 할 일이 없으니 안에서 자라고 한다. 명령하는 듯한 말이니 그에 거슬러서는 안 되겠다 싶어 감독과 하인들은 저마다 물러갔다.

안은 캄캄하였다.

부서진 창에서 아련히 별빛이 비쳤다. 다쿠안은 장작 다발 위에 걸터앉고 마타하치는 멍석 위에 앉아 고개를 늘어뜨렸다. 언제까지나 말이 없었다. 면도칼이 다쿠안의 손에 들려 있는지 근처에다 놓아 두었는지 신경을 쓰는데도 마타하치의 눈에는 뜨이지 않았다.

"마타하치."

"……"

"느티나무 밑을 파니까 뭣이 나왔지?"

"……"

"나 같으면 파내겠다. 그렇지만 총은 없어. 무(無)에서 유(有)다. 허공인 몽토에서 세상 모습이 말이야."

"……예."

"예라고 해도 임자는 그 실상을 전혀 모르지 않나. 아직 꿈을 꾸고 있을 테지. 어차피 너는 어린애 같은 호인. 씹어 먹이듯이 가르칠 수밖에 없겠지. 이봐, 임자 올해 몇인가."

"28살입니다."

"무사시와 동갑이로군."

그런 말을 듣자 마타하치는 두 손으로 얼굴을 감싸고 훌쩍훌쩍 울기 시작했다.

7

울 만큼 실컷 울라는 듯이 다쿠안은 입을 다물었다. 그리고 마타하치의 오열이 겨우 끝나자 다시 입을 열었다.

"무섭다고 생각하지 않는가? 느티나무는 바보 놈의 묘비가 될 뻔했구나. 너는 스스로 자신의 무덤을 파고 있었다. 거기다 머리까지 집어넣던 참이었다."

"사, 살려 주십시오, 다쿠안님."

마타하치는 갑작스레 다쿠안의 무릎에 달라붙어 소리쳤다.

"누, 눈을……이제야 떴습니다. 저는 나라이 다이조에게 속았어요."

"아니, 아직 진정으로 눈을 뜬 게 아니겠지. 나라이 다이조가 너를 속인 게 아니야. 욕심 많고 호인이고 소심하면서도 보통 사람으로서 해낼 수 없는 일을 대담하게 해낼 만한 천하 제일가는 바보를 발견했기 때문에 능란하게 그걸 부려 먹으려고 했던 거야."

"아, 알았습니다. 제 자신이 바보라는 것을."

"대체 임자는 그 나라이 다이조를 누군 줄 알고 부탁을 받았나?"

"모르겠습니다. 그게 지금 생각해 봐도 알 수 없는 수수께끼입니다."

"그놈은 세키가하라에서 패한 이시다 미쓰나리(石田三成)와 둘도 없는 친구였던 오다니 요시쓰구(大谷吉繼)의 가신인 미조구치 시나노(溝口信濃)라는 사람이야."
"예? 그럼, 찾고 있던 잔당이었나요?"
"그렇지 않고서야 히데타다 장군의 목숨을 노릴 리가 있겠나. 새삼 놀라는 임자의 머리를 난 도대체 알 수가 없군."
"아니, 제게 말한 건 단지 도쿠가와 가문에 원한이 있다. 도쿠가와 가문의 세상이 되는 것보다 도요토미 가문의 세상이 되는 편이 만백성을 위하는 것이다. 그러니까 자기의 원한일 뿐 아니라 세상을 위한 일이라는 투로……."
"그럴 때 어째서 임자는 그 사람의 마음속을 밑바닥까지 깊이 생각해 보지 않았는가. 막연히 듣고 막연히 이해해 버렸다. 그리고 자기 무덤을 파기 위해 용기를 냈다. 무섭구나. 임자의 용기는."
"아아, 어떻게 해야 하나?"
"어떻게 하다니?"
"다쿠안님."
"이것 놔. 아무리 내게 달라붙어도 이미 소용이 없어."
"하, 하지만 아직 장군님에게 총을 겨냥한 건 아니니까 부디 살려 주십시오. 다시 새 사람이 되어서 반드시 반드시……."
"아아니, 총을 묻으러 오던 자에게 도중에서 사고가 생겼기 때문에 시간에 맞추어 오지 못했다는 것뿐이야. 다이조에게 속아서 그의 무서운 음모에 실려 그 지시를 받고서 조타로가 지치부에서 무사히 에도로 돌아왔더라면 그날 밤에라도 느티나무 밑에 총이 묻혔을는지 모른다."
"예? 조타로라니요. ……혹시……."
"아니, 그런 일은 상관 없는 일이야. 아무튼 임자가 품었던 대역죄는 법은 물론 신불도 용서치 못할 일이야. 살아날 생각은 아예 하지 마라."
"그럼, 그럼, 아무래도."
"당연하지."
"자비를."
다쿠안은 달라붙어 울부짖는 마타하치를 일어나면서 차 던지고
"이 바보 녀석."

다쿠안은 창고 천정이 날아갈 듯한 큰소리로 일갈하고 노려보았다.

의지할 수 없는 부처님. 참회해도 구원의 손길을 뻗쳐 주지 않는 무서운 부처님.

원망스러운 듯이 마타하치는 그 눈을 들여다보고 있다가 그만 단념한 듯 머리를 늘어뜨리고 죽음을 두려워하며 다시 소리내어 울었다.

다쿠안은 장작 위에 두었던 면도칼을 들어 그 머리에 살며시 가져갔다.

"마타하치, 어차피 죽을 바엔 모습이라도 부처님의 제자가 되어서 가거라. 옛정이 있으니 부처님에게 인도만은 해 주겠다. 눈을 감고 조용히 책상 다리를 하고 앉아 있으면 죽음도 삶도 눈꺼풀 한 장, 그렇게 울 만큼 두려운 것도 아니야. 선동자(善童子), 선동자, 슬퍼 말지어다. 편안하게 죽도록 해 주마."

피는 꽃 지는 꽃

1

중심의 방은 하나의 밀실이기도 하다. 이곳에서 하는 정치에 대한 의논이 누설되지 않도록 다른 방과의 거리를 두었고 툇마루가 둘러져 있다.

얼마 전부터 다쿠안과 호조 아와노카미(北條安房守)는 자주 이 자리에 나와 종일 무언가 의논을 거듭하고 있었다.

히데타다의 결재를 얻기 위해 함께 히데타다 앞으로 나가기도 하고 또 내전과 이 방 사이를 서류함을 가지고 내왕하기도 하였다.

"기소에서 사자가 돌아왔습니다."

그날 밖에서 그곳으로 보고가 들어왔다. 중신들은

"직접 듣자."

기다리기나 한 듯이 그 사자를 다른 방으로 들게 했다.

사자는 신슈(信川) 마쓰모토(松本) 번(藩)의 가신이었다.

며칠 전에 중신실(重臣室)에서 급보가 있어 기소 나라이주쿠(木曾奈良井宿)의 약초 도매상인 다이조를 체포하라는 명령이 내렸었다. 그래서 곧 수배를 한 결과 나라이 다이조 일가는 벌써 가게를 닫고 교토 방면으로 이사했으며 그 행방을 아는 자가 없었다.

 가택 수색을 한 결과, 장사꾼 집에는 있을 수 없는 무기니 탄약 등 오사카 편과 주고받은 편지 따위마저 정리를 못하고 도망을 가서 남은 물건이 다소 있었으므로 그것은 증거품으로 나중에 짐바리에 실어 성중으로 보내겠으며, 우선 급한 대로 이와 같은 사실을 파발마 편으로 대답하러 왔습니다, 하는 것이었다.

 "늦었구나."

 충신들은 혀를 찼다. 던진 그물에 송사리도 걸려들지 않았을 때의 느낌과 같은 것이었다.

 다음날.

 이것은 중신 사카이 공에게 그의 가신이 가와고에에서 와서 한 보고이다.

 "본부에 의하여 당일 미야모토 무사시라는 낭인을 지치부 감옥에서 석방하였습니다. 때마침 마중나온 무소 곤노스케라는 자에게 오해된 점을 정중하게 일러서 인도했습니다."

 이 사건은 곧 사카이 다다카스(酒井忠勝)로부터 다쿠안에게 전해졌다.

 다쿠안은

 "그렇게까지 해서."

 가볍게 감사를 표했다.

 자기 영지 안에서 일어난 실수였기 때문에 다다카스는 오히려

 "무사신가 하는 자에게도 나쁘게 생각하지 않도록."

 이렇게 사과를 돌렸다.

 다쿠안이 가슴에 품고 있던 일은 이렇게 하여 에도성에 머물고 있는 동안에 한 가지 한 가지 처리되어 갔다. 아주 가까운 시바 어구의 전당포——다이조가 살고 있던 저택에는 물론 시 행정관이 바로 달려가서 가재와 비밀서류 따위를 남김없이 몰수하고 아무것도 모르고 집을 지키던 아케미는 행정관 사무실에서 보호를 받고 있었다.

 어느날 밤 다쿠안은 히데타다의 거실로 가까이 가서 히데타다에게

 "이렇게 되었습니다."

 일체의 전말을 보고했다.

 그리고

 "천하에는 아직도 무수한 나라이 다이조가 있다는 것을 꿈에도 잊어서는

안 됩니다."
이렇게 말했다.
히데타다는 '음' 하고 힘있게 끄덕였다. 이 사람은 이해심이 있다는 것을 알고 있기 때문에 다쿠안은 이어서 말했다.
"그 무수한 자들을 일일이 붙들어 조사 취조만 하고 있다가 조사에 세월을 보내어 오고쇼의 뒤를 이은 2대 장군의 사업을 다하지 못할 것입니다."
히데타다는 그렇게 소심한 사람은 아니었다. 다쿠안의 한 마디를 백 마디로 새겨 듣고 자기 반성으로 삼고 있기 때문에
"가볍게 처치해라. 이번은 스님의 진언에 의한 일, 처리도 맡기겠소."
단호히 말했다.

2

다쿠안은 그에 대해서 친히 인사말을 올렸다. 그러고 나서
"소승도, 뜻하지 않게 한 달이 넘도록 에도에 머물렀으니 가까운 시일에 걸음을 옮겨 야마토의 야규성에 들러 세키슈사이님에게 병문안을 드리고 센난(泉南)에서 대덕사로 돌아갈까 합니다."
아울러 작별 인사도 해 두었다.
히데타다는 문득 세키슈사이라는 말을 듣자 생각이 난 모양으로 물었다.
"야규의 영감은 그 후 형편이 어떤가?"
"이번에는 다지마노카미님도 고별인 줄 각오하고 다녀오신 줄 압니다."
"그토록 위독한가."
히데타다는 어릴 때 상국사 진중에서 아버지 이에야스 곁에 앉아 만나본 세키슈사이 무네요시의 모습과 자기의 어린 시절을 회상했다.
"그리고……."
그런 침묵 속에서 다쿠안은 한 마디 더 덧붙였다.
"미리 중신들과도 의논하고 허락도 얻어둔 일입니다만 아와노카미님과 소승으로부터 추천해 둔 미야모토 무사시, 사범역으로써 발탁해 주실 것도 삼가 부탁드립니다."
"음, 그 말도 듣고 있어. 호소가와 가문에서도 평소 눈독을 들이고 있었던 인물이라니 야규, 오노도 있지만 다시 한 사람 더 임명해도 좋겠지."
이로써 다쿠안은 볼일이 모두 끝난 것 같은 심정이 들었다. 곧 그는 히데

타다 앞을 물러나왔다. 히데타다로부터는 여러가지 정성어린 하사품이 있었다. 그러나 다쿠안은 그 전부를 성내에 있는 선사(禪寺)에 기탁하고 여느 때와 같이 지팡이 하나, 갓 하나의 모습으로 돌아갔다.

그러나 아무튼 사람의 입이란 험한 것이었다. 다쿠안이 정치에 기어든다느니 그자는 야심을 품고 있다느니, 아니면 도쿠가와 가문에 농락되어 오사카 편의 정보를 때때로 전하는 승복 입은 첩자니 하며 그늘에서는 여러가지 쑥덕공론이 있었다. 그러나 다쿠안 자신은 흙 속에 파묻혀 사는 서민들의 행불행은 늘 마음에 있었지만, 한갓 에도성이나 오사카성의 성쇠 같은 것은 눈앞에서 꽃이 피고 지는 정도로밖에 보지 않았다.

이렇게 장군 가문에 당분간의 이별을 고하고 에도성에서 나오기 전에 다쿠안은 한 사나이를 제자라고 하며 데리고 왔다.

그는 히데타다로부터 위임된 권한으로 돌아가는 길에, 발걸음을 공사장 감독의 판잣집으로 옮긴 것이다. 그리고 그 뒤편의 창고를 열게 했다.

어둠 속에는 깨끗이 머리를 밀어 버린 젊은 스님이 호젓이 머리를 숙이고 앉아 있었다. 그 법의는 지나번 다쿠안이 이곳을 찾아온 다음날 사람을 시켜서 보내 준 것이다.

"……아."

젊은 불제자는 문 밖의 빛을 보자 눈이 부신 듯이 얼굴을 들었다. 그자는

피는 꽃 지는 꽃 177

혼이덴 마타하치였다.
"이리 와."
다쿠안은 밖에서 손짓으로 불렀다.
"……."
불제자는 일어섰으나 발이 썩어가는 것처럼 비틀거렸다.
다쿠안은 그 손을 잡아 주었다.
"……."
드디어 형을 받을 날이 왔다고 하며 마타하치는 각오한 듯 눈을 감았다. 무릎의 관절이 덜덜 떨렸다. 사형장의 멍석이 눈 앞에 아른거렸다. 수염을 밀어낸 파란 볼에 눈물이 줄줄 흘렀다.
"걸을 수 있겠나?"
"……."
무엇인가를 말한 것 같았으나 소리는 나지 않았다. 붙잡아 주는 다쿠안의 팔 위에서 마타하치는 힘없이 끄덕였을 뿐이었다.

3

중문을 지나고 아래채의 문을 지나 정문을 나섰다. 몇 개의 문과 해자 다리를 마타하치는 정신없이 건넜다.
다쿠안의 뒤를 따라 힘없이 걸어가는 그의 발걸음은 도살장으로 끌려가는 양을 그대로 연상케 하는 모습이었다.
——나무아미타불
——나무아미타불, 나무아미타불
——나무아미타불……
마타하치 불제자는 한 걸음 한 걸음이 사형장으로 다가가는 것으로 알고 입 속으로 염불을 외우고 있었다.
그것을 외우면 죽음에 대한 두려움이 다소 잊혀지기 때문이었다.
드디어 바깥 해자로 나갔다.
높은 지대의 저택 거리가 보였다. 히비야 마을 근처의 밭이며 강물 위에 떠 있는 배가 보였다. 저지대 상인 거리에는 사람들이 오고 갔다.
'아아, 이승이로구나.'
마타하치는 다시 한 번 그렇게 보지 않을 수가 없었다. 그리고 또다시 저

현세 속으로 들어가고 싶은 집착으로 눈물이 주르르 흘러내렸다.
　——나무아미타불
　——나무아미타불
　그는 눈을 감았다. 염불 소리가 점점 크게 입술을 뚫고 나왔다. 끝내 꿈결이었다.
　다쿠안은 뒤돌아보고 말했다.
　"이봐, 빨리 걸어."
　해자를 따라 다쿠안은 오데 방면으로 돌아갔다. 그리고 벌판을 비스듬히 질러 걸었다. 마타하치는 천 리 길을 걷는 것 같은 심정이었다. 이대로 길이 지옥으로 이어져 있는 것처럼 대낮인 데도 캄캄하게 여겨졌다.
　"여기서 기다려."
　다쿠안의 말을 듣고 그는 들판 속에서 멈추어 섰다. 들 옆으로 도키와 다리 문에서부터 이어진 해자 물이 흙을 스쳐 녹이며 흘렀다.
　"예."
　"도망가면 안 돼."
　"……."
　마타하치는 벌써 반은 죽어 있는 것 같은 얼굴을 슬프게 찌푸리고 끄덕였다.

피는 꽃 지는 꽃　179

다쿠안은 들을 떠나 거리 건너편으로 갔다. 바로 앞에 아직 일꾼들이 백토를 칠하고 있는 흙담이 있었다. 흙담에 이어 높은 울타리가 있고 그 안에는 여느 장사꾼 집이나 저택 구조와는 다른 검은 건물 몇 동이 연이어 있었다.

"……아, 저건."

마타하치는 흠칫 놀랐다. 새로 세운 에도 시 행정처의 감옥과 관리 저택이었다. 다쿠안은 어느 편인지 알 수는 없었으나 어떤 문안으로 들어갔다.

"…… ?"

다리가 다시 갑자기 와들와들 떨리기 시작하더니 그의 몸뚱이마저 주체하지 못하고 털썩 그 자리에 주저앉아 버렸다.

어디선가 메추라기가 울고 있다. '호로로' 하고 대낮 풀덤불 속에서 우는 메추라기 소리마저도 벌써 저승길의 길가에서 들리는 것 같았다.

"……이틈에."

그는 도망칠 생각을 해 보았다. 자기 몸에다 오랏줄이나 수갑을 채워 놓진 않았다. 도망가려면 못 갈 것 같지도 않았다.

아니 아니, 이젠 틀렸다. 이 들판에 메추라기처럼 숨었다 한들 장군의 위엄 있는 명령 하나로 수색작전이 시작되면 숨어낼 풀뿌리 하나도 없으리라. 거기다 머리털도 밀었고 법의도 입었으니 이 모양으로서야 어쩔 수도 없었다.

——어머니

그는 마음 속으로 절규했다. 이제 와서 새삼스럽게 어머니의 품이 그리웠다. '어머니 손에서 떠나지 않았더라면 이런 데서 목이 떨어지는 지경으로 몰리지도 않았을 것을'…….

오코, 아케미, 오쓰우, 또 누구 누구 아무개 하고 그의 청춘의 상대로 그리워하기도 하고 놀아나기도 한 여자들의 목숨도 지금 죽음을 눈 앞에 두고 생각나지 않는 것은 아니었건만, 가슴 밑바닥으로부터 외치고 있는 이름은 오직 하나뿐이었다.

"어머니, 어머니……."

4

다시 한 번 살아날 수 있다면 이번에야말로 어머니를 거스르지 않겠다. 어떤 효도라도 다 해 보이겠다.

 마타하치는 맹세하며 그런 생각을 했으나 그것도 실없는 후회에 지나지 않았다.
 지금 당장 떨어질 목——
 목덜미가 시려서 마타하치는 구름을 올려다보았다. 가을비가 내릴 것 같은 날씨였다. 기러기 두세 마리가 날개를 퍼덕이며 근처의 가까운 삼각주(三角洲)에 내렸다.
 '기러기가 부럽구나!'
 도망치고 싶은 생각이 욱신욱신 몸을 쑤셔댄다. 그렇다, 다시 붙잡혀 본들 밑져야 본전이다. 그는 무서운 눈으로 거리 저편 문을 바라보았다. 다쿠안은 아직 나오지 않는다.
 "이때다!"
 그가 일어섰다.
 그리고 뛰기 시작했다.
 그러자 어디선가
 "이놈!"
 소리 치는 자가 있었다.
 그 소리만으로도 마타하치는 벌써 필사적이었던 기가 단번에 꺾여 버렸

피는 꽃 지는 꽃 181

다. 뜻하지 않았던 곳에 방망이를 든 사나이가 있었다. 행정청의 형리(刑吏)였다. 그는 달려오자마자 대뜸 마타하치의 어깻죽지를 내리치고
"어딜 도망가!"
방망이 끝으로 개구리 등을 누르듯이 찔렀다.
그때 다쿠안이 나타났다. 그 외에 행정처 형리들. 우두머리에서 하인까지 줄줄이 나타나는 것이다.
그들이 마타하치 곁으로 다가왔을 때, 또 한 사람의 포승에 묶인 사람을 끌고 4, 5명의 옥리인 듯한 사람들이 나타났다.
우두머리인 듯한 관리는 처형 장소를 선정하여 그 자리에 엉성한 멍석을 두 장 깔게 하고
"그럼, 입회를."
다쿠안을 재촉했다.
형 집행인들은 줄줄이 멍석 주변을 둘러쌌다. 관리 책임자와 다쿠안에게는 의자가 주어졌다.
방망이 끝으로 눌려 있던 마타하치는
"일어서!"
고함 소리에 몸을 일으켰다.
그러나 이미 걸을 힘은 없었다. 그것이 답답했는지 형리는 그의 승복 옷깃을 거머쥐고 질질 끌어 멍석 위까지 끌고 갔다.
새 멍석 위에 앉아 마타하치는 가느다란 목을 늘어뜨렸다. 메추라기의 울음 소리도 귀에 들어오지 않았다. 다만 주위 사람들이 와글대는 소리를 벽 너머에서 듣는 것처럼 아득한 심정으로 의식할 뿐이었다.
"……아, 마타하치님?"
그때 누군가가 옆에서 불렀다. 마타하치는 흘깃 옆을 보았다. 보니 자기와 나란히 멍석에 앉아 있는 여자 죄수였다.
"아……아케미!"
그렇게 말한 순간이었다.
"이야기해서는 안 돼!"
두 사람의 형리가 이들 사이로 들어와 길다란 국수 방망이같이 생긴 참나무 방망이로 두 사람을 떼어 놓았다.
그때 다쿠안 곁에 있던 관리 우두머리가 의자에서 일어나 뭔가 엄숙한 말

투로 두 사람의 죄상을 선언했다.

아케미는 울지 않았으나 마타하치는 체면도 없이 울었다. 그래서 관리가 선언하는 죄상도 귀에 잘 들어오지 않는 것이었다.

"쳐라!"

의자에 앉자 그 관리는 곧 엄숙한 소리로 말했다. 그러자 아까부터 대나무 조각을 가지고 그들 뒤에 앉아 있던 두 사람의 하인이 뛰쳐나와

"하나, 둘……셋!"

숫자를 세면서 마타하치와 아케미의 등을 치기 시작했다.

마타하치는 비명을 질렀다. 아케미는 새파랗게 질린 얼굴로 엎드린 채 이를 악물고 견디는 모양이었다.

"일곱! 여덟! 아홉!"

대나무는 쪼개어지고 그 끝에서 연기가 이는 듯이 보였다.

5

들 밖 거리에서는 지나가던 사람들이 슬슬 발걸음을 멈추고 멀리서 바라보았다.

"뭘까요?"

"처형이지."

"아, 곤장을 백 대씩 맞는 건가 보지요."

"아프겠지."

"정말 아프겠군요."

"아직 백 대를 치려면 반이나 남았어."

"세고 있었나요?"

"……아, 이젠 소리도 못 지르는군."

방망이를 가진 형리가 왔다. 그 방망이로 풀밭을 치면서

"서 있으면 안 돼."

통행인들은 걷기 시작했다.

뒤돌아보니 곤장 백 대의 형벌도 끝난 모양으로 곤장 치던 하인은 산산이 쪼개어져서 대솔처럼 되어버린 대막대를 내던지고 팔뚝으로 땀을 닦았다.

"수고했습니다."

"수고를."

다쿠안과 관리 책임자는 깍듯이 인사를 나누고 그 자리에서 헤어졌다.

그밖의 형리와 하인들은 떠들썩하게 행정처로 들어가고 다쿠안은 아직 한동안 두 사람이 엎어져 있는 멍석 옆에 서 있었으나 묵묵히 있다가 아무 말없이 들판을 가로질러 저편으로 사라져 버렸다.

"……"
"……"

가을비를 머금은 구름 사이로 희미한 햇빛이 풀 위에 흘렀다.

사람이 사라지자 메추라기가 또 울어댄다.

"……"
"……"

아케미도 마타하치도 언제까지나 꼼짝도 하지 않았다. 그러나 완전히 기절해 버린 것은 아니었다. 온몸은 불처럼 타고 있으며 또 하늘이 부끄러워 얼굴을 들 수가 없었다.

"……아, 물이."

아케미가 먼저 중얼거렸다.

자기들이 앉은 멍석 앞에는 조그마한 통에 대국자가 함께 놓여 있었다. 이 물통은 곤장으로 벌을 주는 행정 관청에도 약간의 인정은 있다는 듯이 말없는 모습으로 놓여 있었다.

벌컥……

물어뜯듯이 아케미는 그것을 마셨다. 마타하치에게 권한 것은 그런 다음이었다.

"……마시지 않겠어요?"

마타하치는 간신히 손을 내밀었다. 벌컥벌컥 물이 목구멍을 넘어갔다. 관리도 없다, 다쿠안도 없다, 그는 아직도 정신을 못 차린 듯한 얼굴이었다.

"마타하치님……중이 되셨군요."

"……이젠 됐을까."

"뭣이 말이에요."

"처벌은 이것으로 끝났을까. 우리들은 아직 안 죽었지 않나."

"죽긴 왜 죽어요. 의자에 앉아 있던 관리가 언도를 내렸잖아요."

"뭐라고?"

"에도에서 추방을 명한다고. 사형이 아니어서 다행이에요."

"아……그럼 목숨은."

얼빠진 소리를 질렀다. 어지간히도 기뻤던 모양이다. 마타하치는 일어나 걷기 시작했다. 아케미 쪽은 바라보지도 않았다.

아케미는 손을 들어 헝클어진 머리를 쓸어올렸다. 옷깃을 여미고 띠를 고쳐 매었다. 그러고 있는 동안 마타하치의 모습은 벌써 풀 저편으로 조그마하게 사라져 갔다.

"……겁장이."

아케미는 입을 씰룩이며 중얼거렸다. 대나무로 맞은 곳이 아파올 때마다 아케미는 더욱 세상에서 굳세어지리라고 마음먹었다. 그 마음 밑바닥에는, 기구한 운명에 비뚤어져 온 성격이 가까스로 나이를 먹으면서 요염한 꽃을 피우기 시작했던 것이다.

도수기 (逃水記)

1

벌써 이 저택에 맡겨진 지도 여러 날.
이오리는 장난에도 지쳤다.
"다쿠안님은 어떻게 된 일일까?"
그런 의문을 가지는 그의 마음속에는 다쿠안이 돌아오는 일보다는 스승인 무사시를 염려하는 근심이 깃들어 있었다.
호조 신조는 그 마음씨가 갸륵해서 말했다.
"아버님께서도 아직 성을 나오시지 않는 것을 보니 계속 성 안에서 머물고 계신 것 같구나. 이제 곧 돌아오실 테니 마구간의 말이나 타고 놀아라."
"그럼, 저 말을 타도 좋아요?"
"좋아."
이오리는 마구간으로 달려갔다. 그는 좋은 말을 골라 끌어냈다. 어제도 그제도 그 말을 탔지만, 신조에게 아무 말도 않고서 타고 놀았던 것이다. 그렇지만 오늘은 허락을 받았으니 크게 뽐낼 수가 있었다.
이오리는 말 등에 올라타자 질풍처럼 뒷문으로 달려나갔다. 어제도 그저께도 그의 행선지는 정해져 있었다.

저택 구역——밭길——언덕——논이니 들과 숲의 늦가을 풍경이 말 뒤로 흐르듯이 물러갔다. 그리고 이윽고 은빛으로 반짝이는 무사시 들의 갈대밭이 바다처럼 눈 앞에 펼쳐졌다.

이오리는 말을 세우고

"저 산 너머에——"

스승의 모습을 생각했다.

지치부까지 연이은 산봉우리가 들 끝에 가로누웠다. 감옥 속에 갇혀 있는 스승을 생각하면 이오리의 볼은 어느새 젖어들었다.

눈물에 젖은 볼을 들바람이 차디차게 스치고 지나갔다. 가을이 깊어졌다는 것은 주변의 풀그늘에 빨간 쥐참외니 단풍든 풀을 보아도 알 수가 있었다. 곧 산 저편에는 서리가 내리겠군 하는 생각이 들었다.

"그렇군! 만나고 와야지."

이오리는 생각하자마자 채찍으로 말 엉덩이를 갈겼다.

말은 갈대의 물결을 누비며 순식간에 오 리나 달려나갔다.

"아니다, 어쩌면 초가집으로 돌아오셨는지도 몰라."

그날 따라 어쩐지 그런 생각이 드는 것이었다. 이오리는 초가집으로 가 보았다. 지붕도 벽도 부서진 곳이 모두 수리되어 있었다. 그러나 집 안에 사람이 사는 기척은 없었다.

"우리 선생님을 누구 모르세요?"

추수를 하는 논 가운데 사람 그림자를 향해 소리를 질러 보았다. 부근의 농사꾼들은 그의 모습을 보자 모두 슬픈 듯이 고개를 저었다.

"말이라면 하루에 달려갈 수 있겠지."

아무래도 그는 지치부까지 멀리 말을 몰 것을 결심해야 했다. 가기만 한다면 무사시를 만날 수 있으리라는 생각으로 곧장 들을 달렸다.

언젠가 조타로에게 쫓겨 다닌 기억이 있는 들불 방지 초소 앞의 나그네 휴식소까지 왔다. 그러나 마을 어귀에는 말이니, 짐바리니, 궤짝이니 가마가 가득했다. 길을 막아놓고 40~50명의 무사들이 점심을 먹고 있는 모양이었다.

"쳇, 지나갈 수가 없구나."

길이 막혀 있는 건 아니지만 지나가려면 안장에서 내려 말을 끌어야 한다. 이오리는 귀찮아져서 말을 되돌렸다. 길을 가기에 불편한 무사시 들이 아니기도 했지만……
 그러자 밥을 먹고 있던 무사들이 그의 말을 뒤쫓아 왔다. 이오리는 말머리를 돌리고
 "뭐야?"
 화를 내 보였다.
 차림새는 꼬마였으나 타고 있는 말이나 안장은 당당한 것이었다.

2

 "내려!"
 무사들은 안장 옆으로 다가와 이오리를 올려다보았다.
 이오리는 무슨 영문인지 몰랐지만 무사들의 인상이 아니꼬워서 말했다.
 "뭐야? 내리라고 할 것까진 없지 않아. 되돌아가는 것인데."
 "어쨌든 내려. 잔소리 말고."
 "싫어."
 "싫다고?"
 말하자마자 한 무사가 그의 발을 쳐들었다. 등자에 발이 닿지 않는 이오리의 몸은 쉽사리 말 저편으로 굴러 떨어졌다.
 "너를 만나고 싶어하는 분이 저편에서 기다리고 계신단 말이야. 울상 짓지 말고 빨리 와!"
 목덜미를 잡혀 휴식소 쪽으로 질질 끌려갔다. 그러자 저쪽에서 지팡이를 쳐들고 오는 노파가 있었다. 손을 들어 무사들을 제지하면서
 "호호호, 잡혔군그래."
 만족스러운 듯이 웃었다.
 "아!"
 이오리는 정면으로 노파 앞에 섰다. 언젠가 호조 가문의 저택에 왔을 때 석류알을 던져 주었던 노파가 아닌가. 보아하니 그때와는 옷차림도 달라져 있다. 이렇게 많은 무사들 틈에 끼어 대체 어디로 가는 것일까.
 아니, 그런 일은 이오리로서는 생각하고 있을 겨를이 없었다. 그는 다만 찔끔하여 노파가 자기에게 무슨 짓을 할 셈일까 하는 두려움뿐이었다.
 "이 녀석, 너 이오리라고 했지. 언제인가 이 할멈에게 잘도 고약한 짓을 했겠다."

"……."
"이봐."
지팡이 끝으로 노파는 그의 어깨를 툭 쳤다. 이오리는 전투적인 태세로 몸을 가누었으나 마을 어귀엔 무사들이 가득했다. 그들이 모두 이 노파의 편이 된다면 당할 수가 없으리라고 생각하며 눈에 눈물이 가득 괸 채 꾹 참았다.
"무사시는 좋은 제자만 가지는군. 너도 그 하나인가. 호호호……."
"뭐, 뭐라고……?"
"아니. 무사시에 대해서는 요전에 호조님의 아들과 입이 쓰도록 말했으니까."
"나, 나는 할머니에게 볼일이 없단 말예요. 돌아간단 말이야, 돌아가."
"아니, 아직 볼일이 끝나지 않았어. 대체 오늘은 누가 시켜서 우리 뒤를 따라왔나?"
"누가 너희들 뒤를 쫓아가!"
"입이 사나운 녀석이로군. 네 스승은 그렇게 예의를 가르쳐 주더냐?"
"쓸데없는 간섭 말아요!"
"그 입을 갖고 울지나 말아라. 자아, 이리와."
"어, 어디로 말이야?"

"어디든."

"돌아간단 말이야. 난 돌아가요."

"누가……."

노파의 지팡이는 순간, 바람을 일으키며 세차게 이오리의 종아리를 쳤다. 이오리는 부지중에

"아야!"

주저앉고 말았다.

노파의 눈짓으로 무사들은 다시 이오리의 목덜미를 거머쥐고 마을 입구의 방앗간 옆으로 데려갔다.

거기 있는 자는 분명 어느 영주의 가신인 듯했다. 나들이 옷을 차려 입었으며, 크고 작은 훌륭한 칼을 차고 갈아 탈 말을 비끌어 맨 나무 그늘에 앉아 있었다. 그는 방금 점심 식사를 끝낸 모양으로 하인이 가져온 더운 물을 마셨다.

3

잡혀온 이오리를 보자 그 무사는 히죽이 웃었다. 기분이 썩 좋지 않은 사람이었다. 이오리는 선 채로 질려서 눈을 부릅떴다. 사사키 고지로였기 때문이다.

그 고지로에게 노파는 자랑스럽게

"보시오, 역시 이오리 놈이었지요. 무사시 놈이 뭔가 엉큼한 생각으로 우리들 뒤를 밟게 한 걸 거야."

턱을 내밀며 말했다.

"……음."

고지로도 그런 생각이 든 모양으로 맞장구를 치며 끄덕였다. 그리고 옆에 있는 하인들을 곧 물리쳤다.

"도망치면 안 된다. 고지로님, 도망 못 가게 묶어 두어요."

고지로는 또 희미한 웃음을 머금고 고개를 가로저었다. 그 웃음 앞에서는, 도망치기는커녕 일어날 수도 없다고 이오리는 단념했다.

"꼬마."

고지로는 평범한 말투로 말을 걸었다.

"지금 할머니가 저런 말을 했는데 그대로인가, 그것이 틀림없나?"

"아아니, 틀려요."
"어떻게 틀려?"
"나는 단지 말을 타고 들을 달렸을 뿐이에요. 뒤따라온 게 아녜요."
"그렇겠지."
고지로는 일단 납득한 듯했으나
"무사시도 무사라면, 설마 그렇게 비겁한 짓은 하지 않겠지. ……그렇지만 갑자기 내가 할머니와 함께 호소가와 가신들 속에 섞여 여행을 떠난 걸 안다면 분명히 무슨 일일까 싶어서……이상한 의심을 품고……뒤를 밟아보고 싶어지는 것이 인정이지. 무리도 아니다."
혼자 단정하며 이오리의 변명 같은 것은 듣지도 않았다.
이오리는 그런 말을 듣자 비로소 그와 노파에 대해서 새삼스레 의심이 생겼다. 최근 두 사람의 신변에 무언가 변화가 일어난 모양이었다.
고지로의 특징이었던 머리와 복장이 먼저와는 몰라볼 만큼 달라졌으며 그 앞머리도 밀어버리고, 이보란 듯이 차려 입었던 화려한 옷도 수수한 검은 나들이 옷으로 변했다.
다만 변하지 않은 것은 애도(愛刀) 바지랑대뿐으로, 이것은 모양을 보통

도수기 191

것으로 고쳐서 옆구리에 차고 있었다.
 노파도 나들이 차림이었고 고지로도 나들이 차림이었다. 그리고 들불 방지 초소 앞의 나그네 휴식소에는 호소가와 가문의 중신인 이와마 가쿠베에 이하 열 명가량의 가신들과 그들의 졸개니 짐꾼들이 지금 한낮의 휴식을 취하고 있는 것이 보였다.
 그러한 여행자 무리 가운데 고지로가 역시 일개 가신으로서 섞여 있는 것을 보니 그가 전부터 희망하던 것이 드디어 이루어져——바라던 1000섬까지는 못되더라도——400석이나 500섬쯤으로 타합을 보아 추천한 이와마 가쿠베에의 체면도 세워 주게 되었으며, 아울러 호소가와 가문에 포섭된 것이라 짐작해도 틀림없을 것이리라.
 그렇게 생각해 보니 역시 얼마 전에 호소가와 다다도시가 가까운 부젠의 고쿠라로 돌아간다는 소문이 있었다. 다다오키(忠興) 공의 나이가 많으므로 다다도시의 귀국 청원이 꽤 오래 전부터 막부에 제출되어 있었던 것이다. 그 허가가 나왔다는 것은 즉 막부가 호소가와 가문을 두 가지 마음이 없는 것으로 확신한 증거라고도 세상에 알려졌다. 이와마 가쿠베에니, 신참인 고지로 등 일행은 그 선발대로서 본국 부젠의 고쿠라로 가는 도중이었다.

4

 또한 노파의 신상에도 아무래도 한 번 고향으로 돌아가지 않으면 안 될 사정이 생겼다.
 상속자인 마타하치는 집을 나가고 대들보라고 할 수 있는 노파는 이 몇년 동안이나 돌아간 일이 없으며, 친척 가운데 유일하게 의지할 수 있는 가와라의 곤 숙부는 여행길에서 죽어 버렸기 때문에 고향에 있는 혼이덴 가문에도 그동안 여러가지 문제가 쌓여 있을 것이다.
 그래서 노파는 아직도 무사시나 오쓰우에게 여전히 뒷날의 보복을 계획하고 있긴 하지만, 고지로가 부젠 고쿠라까지 내려가는 것을 길동무 삼아 도중에서 오사카에 맡겨 둔 곤 숙부의 유골을 찾아 가지고 돌아가 고향의 일들을 정리하고, 겸사 겸사 오랫동안 걸렸던 조상의 제사와 곤 숙부의 제사를 올리고서 목적하는 여행을 다시 계속하기로 결정한 것이었다.
 그렇지만, 이러한 노파이니만큼 무사시에 관련된 일은 조금도 놓치려 하지 않았다.

　오노 가문에서 고지로에게 누설되고 고지로에게서 노파의 귀에 들어간 소문에 의하면, 무사시는 가까운 시일 안에 호조 아와노카미와 다쿠안의 추천으로 야규, 오노의 두 가문과 함께 장군의 사범 중 한 사람이 되리라는 것이었다.

　그 말을 고지로로부터 들었을 때의 노파의 불쾌한 얼굴빛은 이루 말로 표현할 수가 없었다. 그렇게 된다면 앞으로는 손을 쓰기가 어렵게 될 것이며, 또한 노파의 신념을 두고 보더라도 이것을 제지시키는 것은 장군을 위한 일일 뿐만 아니라 그런 인간의 출세를 뒤집어엎는 것은 세상의 본보기라고도 생각했다.

　그래서 노파는, 다쿠안은 만날 길이 없었으나 호조 아와노카미 저택의 현관에 서기도 하고, 일부러 야규 가문을 찾아 가기도 하여 무사시를 기용하는 것은 잘못이라는 것을 주장했다. 추천자인 두 가문뿐 아니라 줄이 닿는 한 중신들의 저택에도 찾아갔다. 그리하여 무사시에 대하여 그런 식으로 참소를 하고 다녔던 것이다.

　물론 고지로는 그것을 말리지도 않았으며 또 선동도 하지 않았다. 그러나 노파는 일단 그러한 일에 기를 쓰기 시작하자 이를 관철시키지 않고는 그만

두려 하지 않았다. 시 행정소나 중신 회의소에도 무사시의 출생이나 행동 따위를 나쁘게 써서 투서하였을 정도였다. 고지로조차 별로 기분이 좋지 않을 만큼 그 방해 운동은 철저했다.

'내가 고쿠라로 가더라도 언젠가 한 번은 무사시를 만날 날이 반드시 찾아올 것이다. 또 여러가지 관계가 숙명적으로 그렇게 되어 있는 것 같아. 지금은 잠시 내버려 두어 그가 출세하는 디딤돌을 놓친 후에 어떻게 될 것인지 보아 두는 것이 좋으리라.'

이번에는 고지로도 고쿠라로 함께 갈 것을 권했던 것이다. 노파의 마음에는 아직 마타하치에의 미련이 있었지만

'그 녀석도 언젠가는 정신을 차리고 뒤쫓아오겠지.'

무사시 들판의 가을도 깊어가는 지금──우선 모든 미망에서 벗어나 여기까지 길을 떠나왔던 것이다.

그렇지만──

그러한 두 사람의 일신상의 변화 따위는, 이오리로서는 물론 알 바 없는 일이었다.

도망가자니 갈 수도 없고 눈물 따위를 보인다면 스승의 수치가 된다는 생각으로 그는 두려움을 꾹 참으며 고지로의 얼굴만 지켜보았다.

고지로도 의식적으로 그 눈을 노려보았다. 그러나 이오리는 눈을 돌리지 않는다. 언젠가 초가집에서 혼자 집을 지키고 있을 때 다람쥐와 노려보기를 했던 것처럼 콧구멍으로 가벼운 숨을 몰아쉬며 어디까지나 고지로의 얼굴을 정시(正視)하였다.

5

어떤 일을 당하게 될지 모르겠다는 이오리의 공포심은 어린아이의 부질없는 염려에 지나지 않았다.

고지로에게는 노파처럼 아이들과 맞대꾸를 할 생각 따위는 추호도 없었다. 이제 그에게는 지위도 있다.

"할머니."

고지로가 불쑥 불렀다.

"왜 그러오. 무슨 일이오?"

"붓통을 갖고 계시오?"

"붓통은 있으나 먹물병이 말랐소. 붓으로 뭘 하려고?"
"무사시에게 편지를 쓰려고."
"무사시에게?"
"그렇소. 네거리마다 팻말을 세워도 언제까지나 나타나지 않고 또 있는 곳도 전혀 알 수 없는 무사시에게——마침 이 이오리가 알맞은 심부름꾼이 아닐까. 에도를 떠남에 있어 몇 자 그에게 알려두고 싶소."
"뭐라고 쓰려오?"
"어렵게 쓸 건 없소. 또 내가 부젠으로 내려가는 것은 인편으로 듣게 되겠지. 요는 검술을 연마하여 그쪽에서도 부젠으로 내려오라는 것이지요. 평생 동안이라도 이쪽은 기다리겠다, 자신을 가지는 날 오라고 하는 것으로 의사는 전달되겠지."
"그렇게……."
노파는 손을 흔들며 말했다.
"마음이 태평해서는 곤란해. 사쿠슈의 집으로 돌아가도 나는 곧 다시 여행을 떠날 작정이야. 그리고 이 2, 3년 동안에는 꼭 무사시를 쳐야 해."
"내게 맡겨 둬요. 할멈의 소원도 나와 무사시와의 일을 치르는 가운데 다

이루어 줄 테니 그만하면 될 거요."

"그렇지만 뭐니뭐니 해도 나이가 많지 않소. 살아 있는 동안에 일을 치러야……."

"편히 쉬어요. 오래 살아서 내 필생의 검으로 무사시를 죽이는 날을 볼 수 있도록."

붓통을 받더니 고지로는 가까운 시냇물에 손을 담가 손가락 끝으로 먹통에 물방울을 떨어뜨린다.

선 채로 종이에 술술 붓을 움직인다. 그의 글솜씨는 흐르는 듯했으며 문장에도 재주가 있었다.

"여기 밥풀이 있소."

노파가 도시락 통에 묻은 밥알을 나뭇잎 위에 얹었다. 고지로는 편지를 봉하고 겉에다

〈호소가와 가문의 가신 사사키 간류〉

이렇게 썼다.

"꼬마."

"……."

"무서워할 것 없다. 이걸 가지고 돌아가라. 그리고 안에는 중요한 내용이 적혀 있으니까 즉시 스승인 무사시에게 전하는 거야."

"…… ?"

이오리는 가져가야 할지 깨끗이 거절하는 것이 좋을지 생각하는 모양이더니

"……응."

끄덕이고서 고지로의 손에서 그것을 뺏어 들었다.

그리고 정신을 바짝 차리고 일어나 물었다.

"이 안에 뭐라고 써 있지, 아저씨?"

"지금 할머니에게 얘기한 내용이야."

"봐도 되나요?"

"봉한 걸 뜯어선 안 돼."

"그렇지만. 만일 선생님에게 무례한 말을 써두었다면 안 가져가겠어."

"안심해. 무례한 말은 쓰지 않았으니까. 언젠가의 약속을 잊지 말라는 것과 비록 부젠 땅으로 내려가더라도 반드시 재회할 날을 기다리겠다는 걸

썼을 뿐이야."
"재회라는 건 아저씨하고 선생님이 만나는 거야?"
"그렇다. 죽느냐, 사느냐 하는 마음으로 말이지."
끄덕이는 고지로의 볼에 희미하게 핏기가 일었다.

6

"꼭 전할게요."
이오리는 편지를 품 안에 넣었다.
그리고 재빨리
"안녕!"
노파와 고지로가 있는 곳에서 예닐곱 칸이나 뛰어나가
"바보!"
소리쳤다.
"뭐, 뭐라고?"
노파는 이오리를 잡으려고 했다.
그러나 고지로가 손을 잡고 놓지 않았다. 고지로는 쓰게 웃으면서 말했다.
"지껄이게 내버려 둬요. 어린아이 아니오……."
이오리는 또 뭔가 가슴에 치밀어 오르는 것을 외치려고 멈추어 서긴 했으나, 눈에 분한 눈물이 치밀어 올라 갑자기 입술이 움직여지지 않았다.
"뭐야, 꼬마. 바보라고 한 것 같은데 그뿐이냐?"
"그, 그뿐이야."
"하하하하, 괴상한 놈이로군. 빨리 가."
"쓸데없는 간섭 말아요. 두고 봐요, 이 편지는 선생님에게 꼭 전할 테니까."
"오, 갖다 주어야 해, 꼭."
"뒤에 후회할걸. 너희들이 이를 갈아도 선생님이 질 줄 알아?"
"무사시를 닮아 큰소리를 잘 치는 꼬마로군. 그러나 눈에 눈물이 가득해 가지고서도 선생을 편든다는 건 갸륵한데. 무사시가 죽거든 날 찾아와. 마당 쓸기라도 시켜 줄 테니."
야유를 하는 것이었다. 그것에 이오리는 뼛속까지 치욕을 느꼈다. 대뜸 발치게에 있는 돌을 주워 던지려고 했다.

그 손을 자기도 모르게 들어 올린 순간
"이 녀석."
고지로의 눈이 무섭게 자기를 노려 보았다.
본다기보다는 눈알이 달려드는 것 같은 충동을 느꼈다. 언젠가 밤에 나타난 다람쥐의 눈 같은 건 터무니없이 약할 정도였다.
"……."
할 수 없이 돌을 버리고 이오리는 다짜고짜 도망치기 시작했다. 아무리 도망을 가도 두려움은 사라지지 않았다.
"……."
이오리는 숨이 끊어질 듯이 되어 무사시 들판 한가운데 주저앉았다.
네 시간 동안이나 그렇게 앉아 있었다. 그 동안에 이오리는 스승이라고 부르며 의지하는 사람의 처지를 비로소 생각해 보기 시작했다. 적이 많은 사람이라는 것은 어린 마음으로도 알 것 같았다.
'나도 훌륭하게 되어야지.'
언제까지나 스승의 몸을 무사하게, 그리고 길이 받들기 위해서는 자기도 함께 훌륭해져서 스승을 지킬 힘을 빨리 가져야만 한다고 생각했다.

"······훌륭하게 될 수 있을까, 나 같은 게."

솔직하게 그는 자신을 생각해 본다. 그러자 잠시 전 고지로의 눈빛이 생각나 또다시 소름이 쫙 끼치는 것이었다. 자칫하면, 자기 스승이 그 사람에게 이기지 않을까? 그런 불안까지 생기기 시작했다. 그러다가는, 자신도 스승도 아직 좀더 공부를 하지 않으면──하고 그답게 실없는 걱정을 했다.

"······."

풀 속에서 무릎을 끌어안고 있는 동안, 들불 방지 역참도, 지치부의 산봉우리들도 하얀 저녁 안개에 휩싸여 갔다.

그렇다, 신조님이 걱정하실지는 모르지만 지치부까지 가자. 감옥에 있는 선생님에게 이 편지를 전해 드리자. 해가 지더라도 저 쇼마루 고개를 넘기만 하면······.

이오리는 일어나 들을 둘러보았다. 갑자기 말을 생각해낸 것이다.

"어디로 갔을까, 내 말은?"

7

호조 가문의 마구간에서 끌고 나온 말이다. 자개를 박은 안장이 달려 있다. 들도둑이 보면 가만두지 않을 물건인 것이다. 이오리는 찾다 못해 휘파람을 불면서 한동안 풀이 마른 들을 둘러보았다.

물인지 안개인지 연기처럼 흐릿한 것이 풀 사이를 낮게 움직였다. 가까이에 말굽 소리가 나는 것 같아 달려가 보니 말 그림자는커녕 물도 흐르지 않았다.

"아니? 저기에······."

그곳에서 뭔가 시꺼먼 것이 움직이는 것을 보고 또다시 달려가 보니 그것은 먹이를 주워 먹고 있는 멧돼지였다. 멧돼지는 이오리의 옆을 스쳐 싸리덤불 속으로 회오리 바람처럼 도망쳐 버렸다.

뒤돌아보니 멧돼지가 지나간 뒤에 마술사가 그어놓은 것 같은 뿌연 한 가닥의 안개가 하얗게 땅에 깔렸다.

"······?"

안개인 줄만 알고 바라보고 있는 동안, 안개는 졸졸 물소리를 냈다. 이윽고 흘러가는 시냇물 위에 찬란한 달 그림자가 비쳤다.

"······."

 이오리는 겁이 났다. 그는 어릴 때부터 여러 가지 들판의 신비를 안다. 깨알만한 무당벌레에도 신의 뜻이 깃들어 있다고 믿었다. 움직이는 마른 잎도, 흐르는 물도, 부는 바람도 이오리의 눈에 무심하게 보이는 것은 하나도 없었다. 그리하여 유정(有情)한 천지에 있노라면 그의 어린 마음은 가을풀이나 벌레나 물과 함께 쓸쓸하게 떨려오는 것이었다.
 이오리는 문득 큰소리로 훌쩍이며 울기 시작했다. 아니다. 갑자기 부모가 없는 몸이 슬퍼진 것 같지도 않다. 팔을 굽혀 얼굴에 손을 대고 얼굴과 어깨를 훌쩍이며 걷는 것이었다.
 이럴 때 소년의 눈물은 자신에 대해 무척 상냥스럽다.
 사람 이외의 별이나 들의 요정(妖精)이 만일 그를 향해
 ──왜 우는가.
 묻는다면 그는 울음을 그치지도 않고 말할 것이다.
 ──몰라. 안다면 왜 운담.
 이를 좀 더 달래며 묻는다면 그는 끝내 이렇게 대답할 것이다.
 ──나는 넓은 들에 나가면 불쑥 울고 싶은 때가 자주 있단 말이야. 그리고 언젠가 호텐 들판의 외딴 집이 이 근처에 자꾸만 있는 것 같아 못 견디겠

단 말이야.

 혼자서 곧잘 우는 병이 있는 소년에게는 혼자 우는 영혼의 즐거움이 함께 있는 것이다. 울고 울고 또 울면 온 천지가 가련하다고 위로해 주는 듯이 느껴진다. 그리고 눈물이 마르면 구름 속에서 나온 것처럼 마음이 후련하게 맑아오는 것이다.

 "이오리, 이오리가 아니냐?"
 "오오, 이오리로군."
 뒤에서 불현듯 이런 소리가 들렸다. 이오리는 퉁퉁 부어오른 눈으로 뒤돌아보았다. 두 사람의 모습이 밤하늘에 짙게 떠올랐다. 한 사람은 말을 타고 있었으므로 동행보다도 더욱 그 모습이 높아 보였다.

8

 "아, 선생님!"
 이오리는 말을 탄 사람의 발치로 쓰러질 듯이 굴러가서 다시 한 번
 "선생님, 서……선생님!"
 등자에 매달리면서 그렇게 외쳤다.
 그러나 문득 꿈이 아닌가 싶어 의심스러운 눈으로 무사시의 얼굴을 올려다보고 또 말 옆에 지팡이를 짚고 선 무소 곤노스케를 쳐다보았다.
 "어떻게 된 거냐?"
 말 위에서 내려다보고 말하는 무사시의 얼굴은 달빛 탓인지 몹시 수척해 보였다. 그렇지만 그 목소리는 그가 요즘 늘 마음속으로 갈망하고 있던 스승의 부드러운 목소리임에 틀림없었다.
 "어떻게 이런 곳을 혼자 돌아다니고 있었나?"
 이것은 그 다음으로 입을 연 곤노스케의 말이었다. 곤노스케의 손이 선뜻 이오리의 머리 위로 와서 자기 가슴에 끌어안았다.
 만일 앞서 울지 않았더라면 이오리는 여기서 울어 버렸을지도 모른다. 그의 볼은 달빛에 반들반들 빛을 반사한다.
 "선생님이 계시는 지치부로 가려고……."
 말하려다 말고 문득 이오리는 무사시가 타고 있는 말과 안장을 유심히 살피고서 말했다.
 "아니, 이 말은……내가 타고 온 말인데."

곤노스케가 웃으며 물었다.
"네 것이냐?"
"그럼."
"누구 것인지는 모르지만 아리마 강 근처에서 헤매고 있길래 몸이 피로하신 무사시님에게 하늘에서 내리신 것이라고 타시기를 권했지."
"아아, 들판 신령님이 선생님을 마중하라고 일부러 그쪽으로 도망보냈었구나."
"그렇지만 네 말이라고 하는 것도 우습지 않나. 이 안장은 1000섬 이상의 무사 것인 것 같은데."
"호조님의 마구간 말이거든."
무사시는 말에서 내려 물었다.
"이오리, 그럼 너는 오늘까지 아와노카미님 댁에 폐를 끼치고 있었느냐?"
"예, 다쿠안님이 데려다 주셨어요. 다쿠안님이 거기 있으라고 했어요."
"초가집은 어떻게 되었나?"
"마을 사람들이 말끔히 고쳐 주었어요."
"그럼, 지금 돌아가더라도 이슬과 비는 면할 수가 있겠군."

"······선생님."

"음, 뭐냐?"

"야위셨어······어째서 그렇게 야위셨어요?"

"감옥 안에서 좌선을 했으니까."

"그 감옥에서 어떻게 나왔나요?"

"뒤에 곤노스케한테서 천천히 듣는 것이 좋을 거야. 한 마디로 말하면, 하늘의 도우심인지 갑작스레 어제 무죄를 언도받고 지치부 감옥에서 석방되었다."

곤노스케가 덧붙였다.

"이오리, 이젠 걱정 마라. 어제 가와고에의 사카이 집안에서 급사(急使)가 와서 손이야 발이야 빌며 사과를 했기 때문에 애매한 누명이 벗겨진 거야."

"그럼, 다쿠안님이 장군님에게 부탁한 것인지도 몰라. 다쿠안님은 성으로 나가신 채 아직도 호조님 댁에 돌아오시지 않았으니까."

이오리는 갑자기 말이 많아졌다.

그리고서, 조타로를 만난 일과 그 조타로가 자기 아버지인 탁발승과 도망간 일과 또 호조 가문 현관에 때때로 오스기 노파가 나타나 욕을 늘어놓았던 일들을 걸어가며 지껄여댔다. 그 노파 말을 하다가 이오리는 생각난 듯

"아, 그리고 선생님, 또 큰일이 있어요."

품안을 뒤져 사사키 고지로의 편지를 꺼냈다.

9

"뭐, 사사키 고지로의 편지라고?"

서로 원수라고 부르는 사이이긴 하나 소식이 없는 자는 그리운 법이다. 하물며 서로 숫돌처럼 되어 검술을 갈고 닦는 원수간이다.

무사시는 오히려 몹시 기다리고 있었기나 한 듯이

"어디서 만났느냐?"

겉봉에 씌어진 글씨를 보며 이오리에게 물었다.

"들불 방지의 역참에서."

이오리는 대답하고 말을 멈추었다.

"저어, 무서운 노파도 함께 있었어."

"노파라니 혼이덴의 그 늙은이 말이냐?"
"부젠으로 간대요."
"허……?"
"호소가와 집안의 무사들과 함께 말이지요. 자세한 건 그 안에 씌어 있을 거예요. 선생님도 마음 놓으시면 안 돼요. 정신을 바짝 차려야 해요."
무사시는 편지를 품 안에 넣었다. 그리고 이오리에게 끄덕여 보인다. 그러나 이오리는 그것만으로는 마음이 놓이지 않는지
"고지로라는 사람, 세지요? 선생님은 뭔가 그에게 원한이라도 사고 있나요?"
연이어 묻지도 않는 말을 해 가며 오늘 일을 지껄여댔다.
이윽고 오랜만에 초가집에 이르렀다. 곧 필요한 것은 불과 음식. 밤이 깊었지만 곤노스케가 나무와 물을 구하고 있는 사이 이오리는 마을 농사꾼 집으로 달렸다.
불이 피워졌다. 화로에 둘러앉았다.
새빨갛게 타오르는 화로를 둘러싸고 오래간만에 서로의 무사함을 보는 즐거움은 파란에 휩싸여 보지 않고는 맛볼 수 없는 인생의 열락(悅樂)이었다.

"뭐야?"

이오리는 옷 소매에 감춰진 스승의 팔이며 목덜미 등에 아직도 상처 자국이 몇 개나 있는 것을 발견하였다.

"선생님, 어떻게 된 거예요? 온몸에……그렇게."

몹시 쓰라린 듯이 이맛살을 찌푸리며 무사시의 소매 속을 들여다보려고 하였다.

"아무 것도 아냐."

무사시는 화제를 돌려 물었다.

"말에게 먹을 것을 주었나?"

"예, 꼴을 먹였어요."

"그 말은 내일 호조님 댁에 돌려 드려야지."

"예, 날이 새면 다녀 오겠습니다."

이오리는 늦잠을 자지 않았다. 아카기의 저택에서 신조가 걱정하고 있을 것을 생각하고 이른 아침에 맨먼저 일어나 문 밖으로 뛰어나갔다.

그리고 '아침 식사 전에 한 번' 하고 말 등에 걸터앉아 달리기 시작하자, 마침 무사시 들 바로 동쪽에서 두둥실 커다란 태양이 풀바다 위로 떠오른다.

"아아!"

이오리는 말을 멈추고 놀라운 눈빛을 지었으나 곧 말을 돌려 초가집 밖에서 소리쳤다.

"선생님, 선생님, 빨리 일어나 보세요. 언젠가와 똑같은——지치부의 산에서 절을 했을 때와 같은——그야말로 큰 해님이 오늘은 풀 속에서 땅을 굴러오듯이 올라오고 있어요. 곤노스케님도 일어나 절을 해요."

"오오"

어디선가 무사시의 목소리가 들렸다. 무사시는 벌써 일어나 참새 소리 속을 걷고 있었다.

'다녀오겠습니다.'

기운차게 달려가는 말굽 소리에 무사시는 숲에서 나와 눈부신 풀바다를 바라보았다. 그러자 이오리의 그림자는 까마귀 한 마리가 태양의 불꽃 한가운데를 향해 날아 들어가듯이 순식간에 작아져 검은 점이 되더니 이윽고 타 버린 듯 녹아들었다.

영달(榮達)의 문

1

밤마다 낙엽이 쌓였다. 문지기가 집안을 쓸고 문을 열어젖혀 낙엽 더미에 불을 지르고 아침밥을 먹고 있을 때, 호조 신조는 아침 글읽기와 가신들을 상대로 하는 검술 연습을 끝내고 땀에 젖은 몸을 우물가에서 닦았다. 신조는 이어 마구간으로 말을 보러 갔다.

"이것 봐."

"예이."

"밤색말은 아직도 안 돌아왔나?"

"말보다도 그 아이는 대체 어딜 갔을까요?"

"이오리 말이냐?"

"아무리 아이는 바람의 자식이라지만 설마 밤새 달리며 돌아다니지는 않았을 텐데요."

"염려 마라. 그 녀석은 바람의 자식이라기보다 들판의 자식이니까, 때때로 들판에 나가고 싶은 모양이야."

그때 문지기 영감이 그곳으로 달려와 신조에게 알렸다.

"작은 대감님, 친구분들이 많이 오셨습니다만."
"친구들이?"
신조는 걸어가 현관 앞에 떼지어 있는 대여섯 명의 청년들에게 말을 건넸다.
"오오……."
그러자 청년들도 대꾸했다.
"야아!"
바람도 상쾌한 아침, 환한 얼굴로 그에게로 다가오며 인사를 했다.
"오랜만입니다."
"어떻게, 이렇게 함께."
"안녕하시오?"
"보는 바 대로 이렇지."
"다쳤다는 소문이던데……."
"뭐, 별일은 아니야. 아침 일찍부터 함께들 뭔가 볼일이라도?"
"음, 조금."
그들은 얼굴을 마주 보았다. 이 청년들은 모두 직할 무사의 자제나 아니면 유학자의 자제로서 저마다 그럴 듯한 가문의 자손들이었다.
또한 얼마 전까지는 오바타 간베에(小幡勘兵衛)의 병학소(兵學所) 학생이기도 했었으므로 그곳의 교감이었던 신조로서 본다면 병학의 아우 제자에 해당하는 자들이다.
"저리로 갈까."
신조는 편평한 뜨락 한구석에서 타고 있는 낙엽 더미를 가리켰다. 그 모닥불을 둘러싸고
"추우면 아직도 이 상처가 쑤셔서 말이야……."
그는 목덜미로 손을 가져갔다.
목덜미의 그 칼상처를 청년들은 저마다 교대로 들여다보고
"상대는 역시 사사키 고지로라고 들었습니다만."
"그 자야."
신조는 눈에 스미는 연기 때문에 얼굴을 돌리며 입을 다물었다.
"오늘 의논하러 온 것은 그 사사키 고지로에 대해서입니다만……돌아가신 간베에 선생님의 아들 요고로님을 죽인 것도 고지로의 짓인 것이 겨우 어

제에야 밝혀졌습니다."

"설마……하고 생각했는데. 뭔가 증거라도 있나?"

"요고로님의 시체가 발견된 곳은 예의 시바 땅 이사라고 절 뒷산이었습니다. 그때부터 우리들이 손을 나누어 조사한 결과 이사라고 언덕 위에는 호소가와 가문의 중신으로 이와마 가쿠베에라는 자가 살고 있는데, 그 가쿠베에의 저택 별채에 사사키 고지로가 기거하고 있었다는 걸 알게 되었지요."

"……흠, 그렇다면 요고로님은 혼자서 그 고지로가 있는 곳에."

"역습을 당한 겁니다. 시체가 되어 뒷산 벼랑에서 발견된 전날 저녁 때 꽃집 주인이 그 분인 듯한 모습을 부근에서 발견했답니다……. 고지로가 벼랑에다 시체를 차 던져 둔 것은 의심할 여지가 없는 일입니다."

"……."

말은 거기서 중단되어 몇 사람의 젊은 눈동자에는 단절된 스승 가문의 원한이 어린 채 낙엽 연기 속을 비통스럽게 바라보았다.

2

"그래서……?"

신조는 불에 익은 얼굴을 들고 물었다.

"내게 의논할 일이란?"

청년 한 사람이 말했다.

"스승 가문의 뒷일입니다. 그것과 고지로에 대한 우리들의 각오를."

다른 자가 또

"귀하를 중심으로 하여 결정하고 싶다는 겁니다."

이렇게 덧붙였다.

신조는 생각에 잠겨 버렸다. 청년들은 연신 입을 모아 말했다.

"들으셨는지 모르겠지만 사사키 고지로는 때마침 호소가와 다다도시 공에게 포섭되어 이미 영지를 향해 출발했다고 합니다. 우리 스승님은 끝내 분사하시고 아드님은 역습당하고 아울러 수많은 동문들이 그에게 유린된 채 그가 영달하는 명예스러운 에도 출발을 멍청히 바라보고 있어야만 하겠습니까……?"

"신조님, 분하지 않소. 오바타의 제자로서 이대로 있는다는 건."

누군가가 연기 때문에 기침을 했다. 낙엽 불에서 하얀 재가 날아올랐다.
 신조는 여전히 입을 다물고 있다가 끝이 없는 동료들의 비분에 못이겨 대꾸했다.
 "아무튼 나는 고지로에게서 받은 칼의 상처가 낫지 않아 아직도 욱신욱신 쑤시고 아픈 몸. 말하자면 부끄럽기 이를 데 없는 패자의 한 사람이오. ……당장에는 아무런 방책도 없으나 여러분들은 대체 어떻게 했으면 좋겠소?"
 "호소가와 가문과 담판을 할까 싶습니다."
 "뭐라고?"
 "하나하나 경위를 말씀드리고 고지로를 우리들 손에 넘겨 달라고."
 "넘겨 받아 가지고 어떻게 하겠소?"
 "돌아가신 스승님과 아드님의 묘소에 그놈의 목을 바치겠소."
 "순순히 들어준다면 모르겠거니와 호소가와 가문에선 그렇게 하지 않을 거요. 우리들 손으로 칠 수 있는 상대라면 벌써 죽였을 것이오. 그리고 호소가와 가문으로서도 무예에 뛰어난 것을 인정하고 포섭한 사사키 고지로. 여러분들이 내놓으라고 한다면 오히려 고지로의 무예에 금박을 붙이는 것과 같은 일이므로, 그런 용자라면 더더욱 내놓지 못하겠다고 나올 것이 틀림없소. 일단 가신으로 삼은 이상은 설사 새로 포섭한 자라도, 호소가와 가문이 아니라 어떤 영주일지라도 그리 쉽사리 내놓지 않을 것이라고 보오."

"그렇다면 할 수 없지요. 마지막 수단을 취할 뿐입니다."

"달리 수단이 있겠소?"

"이와마 가쿠베에와 고지로 일행이 출발한 것은 어제의 일. 뒤쫓아가면 도중에 곧 뒤쫓을 수 있을 거요. 귀하를 선두로 여기 있는 여섯 사람, 그밖에 오바타 문하생 중 정의감이 있는 자를 규합해서……."

"여행길 도중에 죽이겠다는 거요?"

"그렇지요. 신조님, 귀하도 일어나 주시오."

"나는 싫소."

"싫다니?"

"싫소."

"무, 무슨 까닭이오? 듣자니 귀하는 오바타 가문의 이름을 이어 돌아가신 스승의 가명(家名)을 다시 일으킨다는 말이 있는 몸인데."

"자기의 적인 인간에 대해서는 누구나 자기보다도 뛰어났다고 인정하고 싶지 않은 것이지만, 그는 도저히 우리들이 대항할 수 있는 적이 못되오. 설사 동문을 규합해서 몇십 명이 달려든다 해도 더욱 더 수치만 더할 뿐."

"그럼, 손가락을 물고."

"아니, 이 신조도 분한 마음은 마찬가지요. 다만 나는 시기를 기다리자는 생각이오."

"태평스럽군."

한 사람이 혀를 차며 야유를 보냈다.

"피하자는 수작이야."

그렇게 욕하는 자도 있었으며, 더 이상 의논할 것이 없다면서 낙엽의 재와 신조를 그 자리에 남겨둔 채 혈기에 찬 아침 손님들은 떠들썩하게 돌아가 버렸다.

그들과 엇갈리어 문 앞에서 말을 내린 이오리는 말재갈을 끌며 달각달각 저택 안으로 들어왔다.

3

마구간에다 말을 매어 두고
"신조 아저씨, 여기 계셨어요?"
이오리는 모닥불 곁으로 달려왔다.
"오, 돌아왔느냐?"
"뭘 생각하고 계세요. 싸웠나요, 아저씨?"
"어째서?"
"어째서라니요. 금방 내가 돌아오니까 젊은 무사들이 막 화를 내면서 나가던데요. 잘못 봤다느니 겁장이라느니 문을 뒤돌아보고 욕을 하면서 갔어요."
"하하하하, 그 일 말이냐?"
신조는 웃어젖히고서 말했다.
"그보다도 우선 불이나 쬐라."
"모닥불 같은 건 쬘 필요 없어요. 무사시 들에서 단숨에 달려왔기 때문에 몸에서 이처럼 김이 나는데."
"씩씩하군. 그래, 어제는 어디서 잤느냐?"
"아 참, 신조 아저씨. 무사시님이 돌아왔어요."

영달의 문 211

"그래, 그렇겠군."
"아니, 알고 있었군요?"
"다쿠안님이 말씀하셨어. 지치부에서 석방되어 돌아와 있을 것이라고."
"다쿠안님은?"
"안방에."
눈짓으로 가리키며 불렀다.
"이오리."
"예."
"들었느냐?"
"무얼요?"
"너희 선생님이 출세하는, 좋은 일이야. 말할 수도 없이 기쁜 일이지. 아직 모르지?"
"뭐, 뭐예요? 가르쳐 줘요. 선생님이 출세하다니 어떤 일인데요?"
"장군님의 사범으로 뽑히어 일류 검종(劍宗)으로 우러러 받들릴 때가 왔단 말이야."
"옛, 정말?"
"좋으냐?"
"좋지요. 그럼, 한 번 더 말을 빌려 줘요."
"뭘 하려고?"
"선생님한테 알리고 올 테야."
"그럴 필요는 없어. 오늘 중에 정식으로 중신으로부터 무사시 선생에게 초정장이 가게 되어 있어. 그걸 가지고 내일은 다쓰(辰) 문 안의 대기소까지 나가 등성의 허락이 내리면 그날로 장군을 배알하게 될 거야. 그러므로 중신들의 사자가 오는 대로 무사시님을 맞으러 나갈 거야."
"그럼, 선생님이 여기로 오시나요?"
"음."
신조는 끄덕이고서 그 자리를 떠나 걸음을 옮기며 물었다.
"아침 먹었나?"
"아니."
"아직 못 먹었으면 빨리 가서 먹고 오너라!"
그와 말을 나누고 있는 동안 신조는 다소 기분이 풀렸다. 화를 내고 떠나간 친구들의 전도에 대해 아직 약간의 근심이 없진 않았지만.

그러고 나서 두어 시간이 지나자 중신에게서 사자가 왔다. 다쿠안에게 보낸 서한과 함께 내일 다쓰 문 대기소까지 무사시를 데리고 출두하라는 전갈이었다.

신조는 사자로서 그 뜻을 받들어 말을 타고 따로 훌륭한 말 한 필을 하인에게 끌게 하여 무사시의 초가집으로 출발했다.

"모시러 왔습니다."

무사시는 마침 양지쪽에서 고양이 새끼를 무릎 위에 올려놓고서 곤노스케를 상대로 뭔가 이야기를 나누고 있었다.

"이쪽에서 먼저 인사하러 갈 참이었소."

무사시는 그대로 곧장 마중 나온 말에 올라탔다.

4

감옥에서 풀려나온 무사시에게는 장군의 사범역이라는 영달이 기다리고 있었다.

그러나 무사시는 그보다도 다쿠안이라는 벗, 아와노카미라는 지기(知己), 신조라는 호감이 가는 청년이 자기와 같은 일개 나그네를 위해 따듯한 자리를 마련하고 기다려 준다는 것이 더욱 고마웠으며, 인간 세상에서 가질 수 있는 한 없는 이웃의 정을 느꼈다.

이튿날.

이미 호조 부자는 그를 위해서 옷 한 벌과 부채, 휴지까지도 갖추어 놓고

"좋은 날, 유쾌하게 다녀오시오."

아침 밥상에 팥밥과 도미를 마련하여 마치 자기집 아들의 성인식이라도 축하하는 듯이 마음을 써 주었다.

이 온정에 대해서, 또한 다쿠안의 호의를 생각해서라도 무사시는 자기 생각만을 고집하고 있을 수가 없었다.

지치부 감옥에서도 골똘히 생각해 본 일이었다.

호텐 벌판을 개간하면서 약 2년간 흙과 친하고, 농부들과 함께 일하며 자기의 병법을 큰 치국(治國)이나 경륜(經綸)의 정치로 활용해 보고 싶다는 야심은 품어 본 일이 있었다. 그러나 에도의 실정과 천하의 풍조는 아직도 그가 이상으로 생각하고 있는 곳까지는 되지 못했다.

　도요토미와 도쿠가와, 이러한 숙명적인 관계로서도 큰 전쟁은 일어나고야 말 것이다. 이상(理想)이나 인심은 그 때문에, 아직 혼돈 속에서 폭풍우의 계절을 꿰뚫어 가지 않으면 안 되리라. 그리고 간토, 오사카의 어느 편에서든 통일을 이룰 때까지는 성현의 길이나 치국의 병법도 단지 이론일 뿐 행해질 리가 없다.
　내일에라도 그러한 큰 난리가 일어난다고 하자. 그런 경우 자기는 어느 쪽을 편들 것인가.
　간토 편에 가담할 것인가. 오사카 쪽으로 달려가 편들 것인가.
　아니면, 세상 일을 무시하고 산 속으로 들어가 풀을 뜯어먹으며 천하가 진정되기를 기다려야 할 것인가.
　"아무튼 지금 장군의 일개 사범이 되어 그것으로써 만족해 버린다면 자기의 병법 수업이 어떻게 되어 갈지는 뻔한 노릇이다."
　무사시는 아침 햇살이 찬란한 길을 예복을 갖추어 입고 훌륭한 말에 올라 영달의 문을 향해 한 걸음 한 걸음 가까이 간다. 그러면서도 아직 마음 한 구석에는 만족스럽지 않은 것이 있었다.
　"하마(下馬)."

큰 팻말이 보였다.

대기실이 있는 저택 문이었다.

자갈을 곱게 깔아놓은 문 앞에 말을 대는 곳이 있었다. 무사시가 거기서 내려서니 곧 관리 한 사람과 말담당인 듯한 하인이 달려왔다.

"어제 중신님에게서 급보가 있어 부름을 받고 나온 미야모토 무사시입니다. 대기소 관리에게 도착했다는 전갈을 부탁합니다."

무사시는 이날 물론 혼자였다. 잠시 기다리고 있으려니까 곧 안내하는 사람이 와서 앞장을 섰다.

"전갈이 있을 때까지 여기서 기다려 주십시오."

난초방이라고나 할까. 장지문 전면에 가득히 봄 난초와 작은 새들이 그려져 있는 길이 20조의 넓은 방이었다.

다과(茶菓)가 나왔다.

사람의 얼굴을 본 것은 그것뿐으로 그러고 나서 거의 반나절을 기다렸다.

장지문의 새는 울지도 않았고 그려진 난초는 향기가 없다. 무사시는 하품이 나왔다.

5

이윽고 중신 중의 한 사람인 듯한, 얼굴에 주름이 많고 백발인, 범상치 않아 보이는

"무사시님이오? 오래 기다리게 한 무례를 용서하시오."

이렇게 말하더니 노무사가 성큼 그곳에 앉았다.

고개를 들고 바라보았다. 가와고에의 성주인 사카이 다다카쓰였다. 그러나 여기서는 에도성의 한 관리에 지나지 않기 때문에 근위 무사 한 사람만을 데리고 왔을 뿐 격식에는 극히 구애를 받지 않는 듯한 모습이었다.

"부르심을 받고."

무사시는——그는 상대방이 위엄을 부리거나 말거나——윗사람에 대한 은근한 예의를 취하고 바싹 부복하면서 말했다.

"사쿠슈의 낭인, 신멘(新免) 씨의 일족 미야모토 무니사이(宮本無二齋)의 아들 무사시라고 하는 자, 장군님의 뜻을 따라 성문 앞까지 출두하였습니다."

다다카쓰는 살진 턱을 몇 번이나 끄덕이며

영달의 문 215

"수고, 큰 수고를 하셨소이다."
절을 받았다.
그리고 그는 다소 말하기 거북한 듯한 얼굴 표정과 애석함을 담은 눈으로 말했다.
"그런데 앞서 다쿠안 스님과 아와노카미님 등으로부터 천거가 있었던 그대의 임관에 대해……지난 밤에 이르러 어떤 형편의 변화인지 갑자기 보류라는 말씀이오. 우리들도 다소 납득이 가지 않았으므로 그 사정에 관하여 다시 재고가 계셨으면 하고, 실은 바로 직전까지도 의논을 하고 있었소. 그러나 모처럼의 일이긴 하나 이번 일은 역시 인연이 없는 일이 되어 버렸소."
다다카쓰는 위로할 말도 없다는 듯이 또 말했다.
"남을 헐뜯기도 하고 칭찬을 하기도 하고 이것은 뜬세상에 흔히 있는 일, 너무 마음 상하게 생각하지 마오. 인간의 일은 모두 눈 앞만 보고선 무엇이 행인지 불행인지 판단할 수 없으니까."
무사시는 부복한 채
"……예."

아직 꿇어엎드린 채 있었다.

다다카쓰의 말은 오히려 귀에 따뜻하게 들렸다. 동시에 가슴 깊숙한 곳에서 솟아오르는 감동이 온몸을 휩쌌다.

반성을 한다 해도 그 역시 인간이다. 만일 무사히 임명이 되었다면 그대로 막부의 한 관리가 되어 오히려 큰 봉록이나 영광이, 검술 수업을 아직 새파란 잎인 채 말려 버리게 되는지도 모른다.

"분부하신 뜻, 잘 알았습니다. 감사하게 생각합니다."

자연히 그렇게 말했던 것이다. 면목이 없다는 기분은 전혀 없었다. 야유도 아니다. 그는 장군 이상의 사람에게서 한 사범역 이상의 더 큰 임무를——그때 신의 말로써 가슴에 받아들이고 있었다.

'점잖구나' 하고 다다카쓰는 그 모습을 유심히 바라보고 말했다.

"여담이지만, 듣자니 그대에게는 무사에게는 어울리지 않는 풍아한 취미가 있다지. 뭔가 장군에게 보여드렸으면 싶소. 속인들의 중상이나 험구에는 대꾸할 필요도 없지만 이러한 때, 오욕을 초월하여 취미 있는 예술에 자기 마음의 지조를 말없이 남기고 가는 것은 조금도 지장이 없을 것이며, 고상한 인사의 답이라고 나는 생각하는데."

"……."

무사시가 그의 말을 마음 속으로 되새기고 있는 동안에 다다카쓰는

"그럼, 이따가 다시."

자리에서 일어났다.

다다카스의 말 가운데는 명예니 부끄러움이니 속인들의 중상이니 험구니 하는 말이 몇 번이나 의미 깊게 되풀이되었다.

그 말에 대꾸할 필요는 없으나 결백한 무사의 뜻만은 보여 둬라!

암암리에 그렇게 말한 것으로 무사시에게는 해석되었다.

"그렇다. 나의 체면에는 설령 때가 묻더라도 나를 추천해 준 사람들의 체면을 상하게 해서야……."

무사시는 넓은 방 한구석에 있는, 아무것도 그려지지 않은 여섯 폭짜리 병풍으로 시선을 돌렸다. 얼마 뒤 이 전주(傳奏 : 다른 사람을 시켜서 상주함) 저택 대기실에 근무하는 졸개를 불러 사카이님의 말씀에 의해서 일필(一筆)을 여기에 남겨 놓고 가고 싶으니, 좋은 먹과 오래된 빨간 물감과 파란 물감 조금을 빌려 달라고 청했다.

영달의 문 217

6

 아이들 시절에는 누구든지 그림을 그린다. 그림을 그리는 것은 노래를 부르는 것과 마찬가지이다. 그런데 어른이 되면 정해 놓은 것처럼 한결같이 못 그리게 된다. 섣부른 지혜나 안목이 방해가 되기 때문이다.
 무사시도 어릴 때에는 곧잘 그림을 그렸었다. 환경이 외로웠던 그는 특히 그림을 좋아했다.
 그러나 그 그림도 열서너 살에서 스무 살이 될 때까지는 거의 잊고 있었다. 그 후 여러 나라를 돌아다니며 무사 수업을 하던 중에 하룻밤 묵는 절에서, 때로는 귀한 신분을 가진 자의 저택에서 자주 도코노마의 족자나 벽화를 접하는 기회가 많아져서 그리지는 못하나 흥미를 가지게 되었다.
 언제였던가.
 혼아미 고에쓰의 집에서 본 료카이(梁楷)의 다람쥐에다 땅에 떨어진 밤을 곁들인 그림을 보고, 그 소박한 가운데에서 느껴지는 왕자의 기품과 먹의 깊은 아취를 언제까지나 잊을 수 없게 된 일도 있었다.
 아마 그 무렵부터였을 것이다. 그가 또다시 그림에 눈을 뜨기 시작한 것은.
 북송(北宋), 남송(南宋)의 진귀품. 또는 히가시야마도노 이후 명장들의 그림. 그리고 현대화로서 널리 퍼지고 있는 산라쿠(山樂)니 유쇼(友松)니, 가노(狩野) 가문 사람들의 작품 등을 기회가 있을 때마다 무사시는 보아왔다.
 자연히 그 중에는 좋은 것과 싫은 것이 있었다. 료카이의 호탕스러운 필치는 검객의 안목으로 거인(巨人)의 힘을 받아들일 수가 있었으며, 유쇼는 원래가 무사였던만큼 만년의 절개도 그림 그 자체로도 족히 스승으로 받들 만하다고 생각했다.
 또 교토 교외의 다키노모도(瀧本) 승방에 있다는 숨은 예술인 쇼카도쇼조(松花堂昭乘)의 담담한 즉흥풍의 것에도 마음이 끌렸다. 다쿠안과도 절친한 친구라고 들었기 때문에 더욱 흠모하는 마음을 그 그림에 대하여 가지고 있었다. 그러나 자기가 걷고자 하는 길이란 결국은 같은 길을 걸어가려 하면서도 그들이 아득히 먼 딴 세상에 사는 사람들 같은 느낌이 들기도 하는 것이었다.

　그리하여 때때로 남에게는 보이지 않기로 하고 남몰래 자기도 그려 보는 일이 있었다. 그러나 그는 어느 틈에 역시 그릴 수 없는 어른이 되어 버린 것이었다. 지혜는 약동했지만 기품이 동하지 않았다. 잘 그려 보려고만 했지, 참된 멋을 나타낼 수가 없었다.
　싫증이 나서 그만두었다. 그렇지만 다시 어쩌다 무언가 감흥이 일어나면 남몰래 그려 보았다.
　료카이를 흉내내고 유쇼를 본받기도 하고 때로는 쇼카도의 풍(風)을 모방하기도 했다. 그러나 조각은 두세 사람에게 보여 주었으나 그림은 아직 한 번도 남에게 보인 적이 없었다.
　"……좋아!"
　지금 그는 그것을 그렸다. 더구나 여섯 폭 병풍에다 단숨에.
　시합이 끝난 다음 마음을 놓고 숨을 몰아 쉬듯이 가슴을 펴고, 조용히 붓을 씻기 위해 붓끝을 그릇에 담그자 다 그려진 자기 그림은 쳐다보지도 않고 저택 대기실의 넓은 방에서 성큼 나와 버렸다.
　"──문."
　무사시는 그 웅장한 문을 지나자 문득 뒤돌아보았다.

영달의 문　219

들어가는 것이 영달의 문인가,
나오는 것이 영달의 문인가, 하고.
사람은 없고 아직 마르지 않은 병풍 그림만이 남겨져 있었다.
전면에 무사시 들판이 그려져 있다. 큼직한 해만이 자기의, 일편단심을 과시하는 듯이 붉은 색으로 칠해져 있을 뿐 나머지는 먹 일색인 가을 들판이었다.
사카이 다다카스는 그 앞에 앉은 채 묵묵히 팔짱을 끼고 한동안
"아, 호랑이를 들로 놓쳤구나."
혼자 탄식했다.

하늘소리

1

무사시는 무언가 생각한 바 있었는지 그날 다쓰노구치(辰の口) 문을 나서자 우시고메(牛込)의 호조(北條) 저택에 들르지 않고 무사시 들판의 초가집으로 돌아가 버렸다.

집을 지키고 있던 곤노스케가

"오, 돌아오십니까."

말재갈을 잡으려고 밖으로 뛰어나왔다.

여느 때와는 달리 반듯한 예복 차림의 무사시와 아름다운 자개 안장 등, 분명 오늘 등성(登城)도 끝나고 결과도 좋아 사범역으로 임관된 것이라고 곤노스케는 손쉽게 이해를 하고서

"축하드립니다. ……내일부터 나가시게 되는 겁니까?"

무사시가 앉자 그도 돗자리 가장자리에 앉아서 손을 짚으며 축하 말을 할 셈으로 곧 입을 열었다.

무사시는 웃으며 대답했다.

"아니, 분부가 취소되었다."

"예……?"
"기뻐해라, 곤노스케. 오늘이 되어 갑자기 취소하라시는 분부."
"이상하다. 납득할 수 없는 일인데. 대체 어떻게 된 일일까요?"
"물을 것 없어. 이유 같은 건 따져서 뭘 하나. 오히려 하늘의 뜻에 감사를 드리는 게 좋지."
"그래도."
"임자까지도 나의 영달이 에도 성문에만 있다고 생각하나?"
"……."
"그렇긴 하지만, 나도 한때는 야심을 품었었다. 그러나 나의 야심은 지위나 봉록이 아니야. 억지 소리 같지만 병법의 이치로 정치의 길을 이룰 수 없을까? 검술의 깨달음으로써 안민(安民)의 방책을 세울 수 없을까. 검과 인간, 검과 불도(佛道), 검과 예술, 모든 것을 하나로 본다면 검술의 진수(眞髓)는 정치의 정신과로 일치된다. ……그것을 믿었었다. 그것을 해 보고 싶어서 막부의 가신이 되어 주리라고 생각했던 것이다."
"어떤 자의 참소가 있었는지, 분합니다."
"또 말하나. 잘못 듣지 마라. 한때 그런 생각을 품었던 것은 사실이지만 그 후에 더욱이 오늘은 눈이 번쩍 떠지듯이 깨달았다. 내 생각은 꿈이나 마찬가지야."
"아니, 그럴 리가 없습니다. 좋은 정치는 높은 검의 도(道)와 그 정신에 있어서는 하나라고 저는 생각합니다."
"그건 틀림없는 사실이지만 그것은 이론일 뿐 실제가 아니야. 학자가 있는 방의 진리는, 세속 속의 진리와는 반드시 같지 않은 거야."
"그렇다면 우리들이 연구해 가려고 하는 진리는 실제 세상을 위해서는 쓸모가 없습니까?"
"바보 같으니."
무사시는 노여운 듯이 말을 이었다.
"이 나라가 존속해 있는 한, 세상이 어떻게 변해가든 검술의 도——무사 정신의 도——가 필요 없는 기술에서 끝나 버리겠나?"
"……예."
"그러나 깊이 생각해 보면, 정치의 도(道)란 무(武)만이 근본은 아니야. 문무(文武) 양도(兩道)의 대원명(大圓明)의 경지에만 흠이 없는 정치가 있고 세상을 살리는 대도(大道)로서 검의 극치가 있다. 그러므로 아직 젖비린내 나는 나 같은 자의 꿈은 단지 꿈에 지나지 않으나 자신을 좀더 문무 두 길에 겸양하게 종사하여 연마를 하지 않으면 안 된다. 세상을 다스리기 전에 좀더 세상에서 배우고 와야지……."

그렇게 말한 다음 무사시는 빙그레 웃었다. 누를 길 없는 자기 조소를 나타내는 듯이.

"그렇군. 곤노스케, 벼루는 없나?. 벼루가 없다면 붓통을 빌려 다오."

2

무사시는 뭔가 편지를 쓰고 나서 부탁의 말을 했다.

"곤노스케, 수고스럽지만 심부름을 좀 가 주었으면 좋겠는데."

"우시고메의 호조님 댁에 말입니까?"

"그렇지. 자세한 내용, 무사시의 뜻은 이 글 속에 있다. 다쿠안님, 아와노 카미님에게 임자도 잘 말씀 드려다오."

무사시는 그렇게 이르고서 무언가 생각이 난 듯 말했다.

"아, 그렇군. 그 김에 이오리에게서 맡은 것도 임자의 손으로 되돌려 주었으면 좋겠군."

무사시가 꺼내어 편지와 함께 곤노스케 앞에 내민 물건을 보니 그것은 언젠가 이오리가 무사시에게 맡긴——아버지의 유물이라는 헌 지갑이었다.

"선생님."

곤노스케는 미심쩍은 얼굴로, 무릎을 가까이 가져가며 물었다.

"무슨 까닭입니까? 새삼스럽게 이오리가 맡긴 물건까지 갑자기 돌려주시다니."

"무사시는 누구와도 헤어져 다시 한동안 산으로 들어가고 싶다."

"산이라면 산, 도시라면 도시로, 어디까지나 제자로서 이오리와 저는 함께 따를 생각입니다."

"오랫동안은 아니야. 2, 3년 동안 이오리의 신변을 네게 부탁한다."

"예?……그럼, 정말 숨어 버리실 생각이신가요?"

"그럴 리야……."

무사시는 웃으면서 다리를 펴고 팔을 등 뒤로 돌려 짚고서 말을 이었다.

"젖버린내 나는 내가 지금부터 뭣 때문에 벌써……앞서 말한 대망도 있다.

이것저것 욕망도 지금부터지, 미망(迷妄)도 지금부터고. 누구의 노래인지 이런 것이 있었지."

이제야 인가가 가까워졌네.
너무나도 깊은 산속을 헤매다 보니.

곤노스케는 무사시가 읊조리는 노래를 고개를 숙이고 듣고 있다가 그냥 심부름시킨 두 가지 물건을 집어들었다.
"어쨌든 밤이 되니, 빨리 다녀오겠습니다."
"음, 빌려온 말도 마구간으로 돌려드려라. 의복은 무사시가 때를 묻힌 것이니까 이대로 입겠다고 말하고."
"예."
"실은 다쓰노구치에서 오늘 곧장 아와노카미님 댁으로 돌아가야 할 것이었지만 이번 일이 취소된 이상은 무사시의 신변을 장군께서 수상쩍게 생각하신 무슨 이유가 있기 때문일 거야. 장군님 앞에 직접 출사하시는 아와노카미님에게 이 이상 가까이 하는 것은 도움이 되지 않으리라는 생각에서 일부러 초가집으로 돌아왔다. ……이것은 편지 속에 씌어 있지 않으니까 임자 입으로 오해하지 않으시도록 전해다오."

"알았습니다. ……아무튼 저는 오늘밤 안으로 돌아올 테니까."

벌써 들판의 지평선 너머로 뻘겋게 석양이 내려앉았다. 곤노스케는 말재갈을 잡고 길을 서둘렀다. 스승을 위해 빌린 남의 말이므로 돌려 주는 길에도 그 말은 타지 않는다. 아무도 보는 사람이 없으며 또한 빈말이지만 끌고 가는 것이다.

아카기에 도착한 것은 밤 10경이나 된 시각이었다.

어째서 여태껏 돌아오지 않을까? 호조 집안에서는 염려를 하고 있던 참인지라, 곤노스케는 곧 안방으로 안내되어 다쿠안의 손으로 즉석에서 편지가 개봉되었다.

3

심부름꾼으로서 곤노스케가 이리로 오기 전에 이 자리에 앉은 사람들은 무사시의 임관 취소 사건을 이미 어느 인편으로 들어 알고 있었다.

어느 인편이란 역시 중신의 한 사람으로서 그 자가 말하는 바에 의하면 갑자기 무사시의 등용이 중지된 것은 중신과 여러 행정관들로부터 무사시의 신분이나 동향에 대해서 여러가지 좋지 못한 자료가 장군에게 제출되었기 때문이라는 것이었다.

임관이 취소된 가장 좋지 않은 이유는 '그는 원수를 갖고 있다'는 소문이 파다한 데 있었다고 한다.

더구나 잘못은 그에게 있었으며 그를 원수로 노리며 긴 세월을 고생하는 자는 이미 60고개를 넘어선 노파라는 말에, 동정심은 삽시간에 그 늙은이에게로 쏠려 채용하려는 순간 일시에 무사시를 반대하는 자가 나타난 모양이라는 말이었다.

어떻게 해서 그러한 오해가 생겨난 것인가에 대해서는 호조 신조가 말했다.

"아니, 그 일이라면 바로 그러한 수를 쓰기 위해서 우리집 현관에도 짓궂게 찾아왔더군요."

그러면서 아무도 없는 사이에 혼이덴 가문의 노파가 무사시의 욕설을 늘어 놓고 간 사실을 비로소 아버지와 다쿠안에게 들려주는 것이었다.

그래서 원인을 알게 되었다.

그러나 이해할 수 없는 것은 그 노파의 중상 모략을 그대로 믿어버리는 세상 사람들이었다. 그것도 선술집이나 우물가에 모여드는 사람들이라면 또 모르거니와, 분별 있는 척하는 상당한 인물들이, 더더구나 위정자라는 작자들이──하며 오늘 반나절을 아연해 있는 판국이었다.
그러자 무사시의 심부름꾼이라고 하며 곤노스케가 편지를 가져왔으므로 분명 그런 불평스런 말이려니 하고 펼쳐 보았다.

자세한 말씀 곤노스케로부터 들어주시기 바랍니다. 어떤 사람의 노래 가운데

이제야 인가가 가까워졌네.
너무나도 깊은 산속을 헤메다 보니.

요즈음 그것이 재미있게 생각되어 또 언제나의 고질병인지, 여행길을 떠나게 되었습니다. 다음의 한 수는 또다시 떠나는 여행길에서 즉흥적으로 읊은 것이니 웃어 주시기 바랍니다.

하늘과 땅을
그대로 뜨락이라
본다 할진대
이 몸은 뜬세상과
집 문턱 사이에 있네.

그리고 곤노스케가 구두로 전했다.
"다쓰노구치에서 일단 이 댁으로 돌아와 자세한 말씀을 드리는 것이 순서이겠으나, 이미 막부 중신들로부터 수상스런 눈으로 보이는 몸이 저택을 출입하는 것도 어떨까 싶어 일부러 삼가고 초가집으로 돌아왔다는, 스승 무사시님으로부터의 전언입니다."
그 말을 듣자 더한층 호조 신조와 아와노카미는 이별이 아쉬웠다.
"어쩌면 이렇게도 생각이 깊을까. 그대로라면 이쪽에서 미안하기 그지없소. 다쿠안님, 부르러 가도 오지 않을는지 모르오. 지금부터 함께 말을 몰고 무사시 들판까지 찾아가 볼까요?"
그들이 불쑥 일어나려 하는데
"아, 기다려 주십시오. 저도 동행하겠습니다만 이오리에게 돌려주라고 스승님으로부터 분부를 받은 물건이 있으니, 죄송합니다만 이오리를 이리로 불러 주실 수 없습니까?"
곤노스케는 이오리에게 줄 예의 케케묵은 가죽 지갑을 품안에서 꺼내어 그 자리에 놓았다.

4

이오리는 곧 불려와서 인사를 했다.
"부르셨습니까?"
이오리는 눈치 빠르게도 시선은 벌써 그 자리에 놓인 자기 가죽 지갑에 가 있었다.
"선생님께서 이것을 네게 돌려주라고 말씀하셨다. 아버지의 유품이니까 소중히 간직하라고 하시면서."
곤노스케는 그 말에 이어 스승 무사시가 자기들과 헤어져 수행길에 오르

기 때문에 너는 앞으로 나와 함께 살게 될 것이라는 말도 해 주었다.

이오리는 조금 불만스런 얼굴이었다.

그러나 다쿠안이 있고 아와노카미도 있으므로

"예."

못마땅한 표정으로 끄덕였다.

다쿠안은 그 가죽 지갑이 부친의 유물이라는 곤노스케의 말을 듣고 이오리의 신분에 대해서 캐어 물어보니, 할아버지는 모가미 가문의 옛 가신이었으며 대대로 미사와 이오리를 칭하는 가문이라고 했다.

몇 대 전에 주군 가문이 몰락하자 전란 속에서 일가가 서로 흩어져 여러 나라를 떠돌아다녔으며, 아버지 산에몬의 대에 이르러 간신히 시모우사의 호텐 벌판에 밭을 일구어 농사꾼이 되어 정착했다는 말도——이오리는 대답 끝에 덧붙였다.

"그리고 또 내게 누나가 있었다는데, 아버지도 자세한 말을 일러주지 않았고 엄마는 일찍 돌아 가셨기 때문에 어느 곳에 있는지, 살아 있는지 죽었는지도 알 수가 없어요."

솔직한 이오리의 대답을 들으면서 다쿠안은 그 유서 깊은 듯한 가죽 지갑을 무릎에 올려놓고 아까부터 그 속에 좀먹은 서류니, 부적이니 하는 것들을 알뜰히 살피며 들여다보더니, 갑자기 놀란 듯 눈이 휘둥그레지면서 한 조각의 문서와 이오리의 얼굴을 뚫어질 듯이 번갈아 본 다음 말했다.

"이오리, 그 누나에 대해서라면 아버지 산에몬의 글씨인 듯한 이 문서에 자세히 씌어 있는데."

"씌어는 있지만 덕원사의 주지 스님도 잘 모르시던데요."

"난 알고 있어……."

그 한 장의 종이 조각을 사람들 앞에 펼치더니 다쿠안은 읽어내려 갔다. 문장은 몇 십 줄이나 되었으나 앞부분을 생략하고 읽었다.

──굶어 쓰러질망정 두 주군을 섬길 뜻이 없어 내외가 함께 오랜 유랑 끝에 천한 직업을 가지고 떠돌아다니는 동안 어느 해 주고쿠의 한 절에 조상 대대로 내려오는 천음(天音)이라는 피리 하나를 강보에 넣어 딸을 버리고, 대자대비하신 절 추녀 밑에서 딸의 장래를 빈 다음 다시 다른 나라로 향하다.

그 뒤 이 시모우사에서 한 채의 초가집과 논을 얻어 살아가는 동안, 생각은 간절했으나 멀리 떨어져 있고, 또한 소식조차 끊어온 이 마당에 새삼스레 딸을 찾는다는 것은 오히려 그 애의 행복에 지장이 있으리라 생각하면서 어느덧 세월 가는 대로 살아오고 말았노라.

한심하도다, 자식을 가진 어버이의 심사. 가마쿠라 우대신(右大臣)도 노래 불렀노라.

　　기특하여라,
　　말 못하는 짐승마저
　　어버이로서 새끼를
　　생각하니.

그러나 두 주군을 섬기고 사사로운 명예를 다투어 무사 가문의 이름을 더럽히기보다는 조상들도 이 처지를 갸륵하다고 내려다보시리라. 내 자식 또한 이 아비의 자식이니 이름을 아껴 구차한 밥은 먹지 말라.

"만날 수가 있어. 그 누나라면 젊었을 때부터 잘 알고 있어. 무사시도 알고 있지. 이오리, 자, 너도 가자."

다쿠안은 자리에서 일어났다.

그렇지만 그날 밤 무사시의 초가집으로 서둘러 간 사람들은 끝내 그와 만나지 못했다. 다만 날이 밝아오는 지평선 끝에서 한 조각의 흰 구름을 발견했을 뿐이었다.

圓明

봄을 알리는 새

1

여기는 꾀꼬리로 이름난 곳.
야규성이 있는 야규 골짜기.
무사 대기실의 하얀 벽에 2월의 햇볕이 포근히 내리쬐며 매화 가지 그림자 하나가 정물화처럼 보인다.
양지쪽의 매화꽃은 활짝 피었어도 아직 꾀꼬리의 첫울음 소리는 이따금밖에 들리지 않건만 들길과 산길의 눈이 녹아내림과 동시에 부쩍 늘어난 것은 지금 천하를 편력하는 무사 수행자라는 나그네들이었다.
──이리 오너라. 이리 오너라.
이렇게 부르거나
──권위 있는 세키슈사이 선생님께 한 수를.
또는 이랬다.
──저로 말씀드리자면 아무개 유파를 배운 아무 데의 누구.
이러면서 예의 닫혀 있는 축대 언덕의 문을 실없이 두들겨대는 자가 계속해서 찾아오는 것이었다.

"누구의 글을 가져오더라도, 세키슈사이님께서는 연로하셔서 일절 뵈올 수가 없습니다."

이곳 문지기는 10년을 하루같이 똑같은 말로 그런 말을 해 오는 손님을 사절하고 있었다.

그 가운데는

"무예의 도에 있어서는 귀천의 차이나 달인과 초보자의 차이가 없을 텐데요."

쓸데없는 이유를 늘어놓으며 울분에 차서 돌아가는 무예자도 있지만, 어찌 알리오, 세키슈사이는 이미 지난 해에 세상을 떠나고 없었다는 것을.

에도에 나가 있는 맏아들 무네노리가 이번 4월 중순이 아니면 장군에게서 휴가를 얻어 귀국할 수 없는 사정에 놓여 있었기 때문에, 아직 장례식을 거행하지 않고 비밀에 붙여 둔 것이었다.

그런 생각을 하면서 바라보니 웬일인지 요시노 조정 이전부터 내려온다는 이 구식 성채 형식인 성을 둘러싼 사방의 산에 봄이 찾아왔건만 그래도 어쩐지 한적하고 냉랭한 기운만 감돈다.

"오쓰우님."

안채 뜨락에 서서 조그마한 아이 중이 사방을 두리번거렸다.

"오쓰우님, 어디 계세요?"

그러자 어느 방의 장지문이 열렸다. 방 가운데 피워 놓은 향 연기가 오쓰우와 함께 밖으로 흘러나왔다. 백 날 기일이 지나도 아직 햇빛을 쬐지 않은 탓인지 배꽃처럼 하얗게 수심 어린 얼굴이었다.

"지불당(持佛堂)에 있어요."

"오, 또 거기에."

"무슨 일인가요?"

"효고(兵庫)님이 잠깐 다녀가시랍니다."

"네."

마루를 따라 나가 건널 복도를 지나 거기서 꽤 먼 효고의 방으로 찾아간다. 효고는 마루에 걸터앉아 있었다.

"오오, 오쓰우님, 오셨소? 나 대신 잠깐 인사하러 나가 줬으면 싶은데."

"누가……객실에?"

"아까부터 기무라 스케구로(木村助九郞)가 인사를 하기 위해 들어가 있는

데 나는 그 긴 이야기가 질색이란 말이야. 특히 중과 병법 따위를 토론하는 건 더욱 질색이거든."
"그럼, 늘 오시는 보장원의 주지 스님이십니까?"

2

나라(奈良)의 보장원(寶藏院)과 야규 마을의 가문은 지리적으로도 멀지 않았으며 창술과 검술로 보아서도 인연이 얕지 않았다.

돌아간 세키슈사이와 보장원의 초대 인에이(胤榮)는 생전에 퍽 친숙한 사이였었다. 세키슈사이의 장년 시대에 참으로 도를 깨닫게 해 준 은인은 가미이즈미 노부쓰나(上泉伊勢守)였으나, 그를 처음으로 야규 마을에 데리고 와서 소개해 준 사람은 인에이였던 것이다.

그렇지만 그 인에이도 이젠 고인이 됐고 대를 이은 인슌이 스승의 병법을 이어받게 되어 보장원류라는 창법(槍法)은 그 후 더욱 더 무도 진흥의 물결을 타고 시대의 한모퉁이에서 하나의 집결 장소를 이루고 있었다.

"효고님이 보이지 않는데, 인슌이 오셨다는 사실을 전하셨소?"

오늘도 서원 객실에 두 사람의 제자를 데리고 나와 아까부터 이야기를 하고 있는 자는, 그 보장원의 이세 인슌이며 아랫자리에 앉아 그를 응대하고 있는 자는 야규의 네 고제(高弟) 중 한 사람인 기무라 스케구로인 것이다.

고인과의 관계로 해서 곧잘 이곳에 찾아오는 것이다. 그것도 제삿날이나 불교 행사 따위의 의논이 아니라, 아무래도 효고를 붙잡고 병법 이야기를 하고 싶은 것이 그의 목적인 것 같았다.

그리고 가능하면 돌아간 세키슈사이가 '숙부인 무네노리도 미치지 못하고 조부인 나보다도 뛰어난 놈'이라고 하며 눈 속에 넣어도 아프지 않을 만큼 총애하여 가미이즈미 노부쓰나로부터 자기가 받은 신카게류의 비전(秘傳), 비결을 기록한 세 권의 책, 한 권의 그림 목록 등, 이것을 모두 생전에 전수했다고 들은 고인의 손자 야규 효고에 대하여 인슌은 자기가 받드는 창술로써 한 번 시합하기를 바라는 듯한 눈치도 보이는 것이었다.

그것을 눈치챘음인지 효고는 그가 방문해도 두세 번이나

'감기가 있어서.'

'불가피한 사정으로.'

이런 말로 피하고 있었다.

 오늘도 인슌은 좀처럼 돌아갈 기색을 보이지 않으며 그 동안에 효고가 객실에 나타날 것을 은근히 기대하고 있는 모양이었다.
 기무라 스케구로는 눈치를 채고
 "예, 아까 전해 드렸으니 기분만 괜찮으시면 인사하러 나오실 텐데요."
 말꼬리를 흐렸다.
 "아직 감기가 낫지 않았나요?"
 인슌이 물었다.
 "예, 아직……."
 "평소에 몸이 약하신가?"
 "건강하신 편인데 오랫동안 에도에 나가 계셨으므로 산골에서 겨울을 지내시기는 요즘 드문 일인지라 익숙하지 못한 모양입니다."
 "건강하다고 하니, 효고님을 히고 땅의 가토 기요마사 공이 눈독을 들여 높은 봉록으로 초빙했을 무렵, 손자를 위해서 고인인 세키슈사이님이 재미있는 조건을 붙였다지요."
 "글쎄요, 듣지 못했습니다만."
 "소승도 선사 인에이에게서 들었소마는 기요 마사님에게, 손자 놈은 특히 성질이 급한 놈이라 일을 잘못하더라도 세 번까지는 죽을 죄를 용서해 주신다면 내보내겠다고 말씀하셨답니다. ……하하하하, 그렇게도 효고님은 성질이 급하신 데도 노영주께서는 무척 귀여우셨던 모양이지요."

3

거기에 오쓰우가 나타나
"이런, 보장원 주지님이셨군요. 때마침 효고님은 무언가 에도성에 바칠 목록을 만드시느라 실례인 줄 알면서도 뵙지 못하신다는 말씀입니다."
그렇게 말하고 옆방으로 준비해온 다과(茶菓)를 차려와서 내놓았다.
"변변치 못합니다만……."
그러면서 인슌에게 먼저——그리고 나란히 앉은 제자 스님들에게도 권한다. 인슌은 실망한 얼굴빛으로 말을 꺼냈다.
"그것 참, 유감스러운걸. 실은 만나 뵙고 말씀드릴 중대한 일이 있는데."
"혹시 제가 대신 들을 수 있는 일이라면 전하겠습니다만."
기무라 스케구로가 말하자
"할 수 없지. 그럼, 임자가 전해 주오."
인슌은 그제야 용건의 본론을 끄집어냈다.
효고에게 들려주고 싶다는 이야기는 이러한 것이었다.
이 야규 마을에서 10리 가량 동쪽——매화나무가 많은 쓰키가세(月瀨) 근처는 이가(伊賀) 우에노성(上野城)의 영지와 야규 영지의 경계선이 되어 있으나, 그 근처는 산사태가 일어나 개울물이 종횡으로 흘러내려 마을도 띄엄띄엄 흩어져 있는지라 뚜렷한 국경선이라는 것이 없었다.
그런데, 이가 우에노성은 원래 쓰쓰이 사다쓰구(筒井定次)의 영지였던 것을 이에야스가 몰수해서 이것을 도도 다카도라(藤堂高虎)에게 주었는데, 그 도도가 지난 해 성에 들면서부터 우에노성을 개축하고 공물 제도를 뜯어고치기도 하고 사방 공사며 국경 정비를 하기도 하며 눈부신 새정치를 펴고 있었다.
그 힘이 지나쳤는지 쓰키가세 근처에 최근 수많은 무사들을 파견하여 함부로 판자집을 세우기도 하고 매화나무 숲을 쳐내고 또한 함부로 통행인들을 방해하곤 해서 야규 가문의 영토를 침범하고 있다는 소문이 연거푸 들려왔다.

"생각건대 이 집안이 상중에 있음을 기화로 도도 가문이 일부러 국경을 밀고 나와 곧 아무데나 제멋대로 초소를 만들려는 속셈인지도 모르겠소. 다소 노파심이 지나칠 것 같지만 지금 항의를 해놓지 않으면 후회하게 되지 않을까."

인슌의 말에 스케구로는 가신의 한 사람으로서

"잘 알려 주셨습니다. 곧 조사해서 항의하도록 하지요."

정중하게 감사를 표했다.

손님이 돌아가자 스케구로는 곧 효고의 방으로 찾아갔다. 효고는 듣자마자 일소에 붙이며

"내버려 둬. 그동안에 숙부가 귀국하시게 되면 처리하실 테지."

이렇게 말했다.

그러나 국경에 대한 시비라면 한 치의 땅도 문제를 소홀히 다룰 수는 없었다. 어떻게 해야 할 것인지, 다른 중신이나 네 명의 고제들과 의논해서 대책을 강구해야만 될 것이다. 상대가 도도라는 대영주이니만큼 중대사로서 취급해야 할 필요가 있다.

그렇게 생각하고 다음날을 기다리고 있노라니 그날 아침.

신카게당의 도장에서 여느 때와 다름없이 문하생들에게 연습을 시키고 나

서 스케구로가 나오자 밖에 서 있던 숯 굽는 산의 아이가
"아저씨."
뒤따라 와서 그에게 절을 했다.
쓰키가세에서 훨씬 깊이 들어앉은 핫도리 촌 아라키(荒木) 마을이라는 벽지에서 늘 숯이며 멧돼지 고기 같은 것을 어른들과 함께 성내로 날라오는 우시노스케(丑之助)라는 열서너 살 난 산골 아이였다.
"오오, 우시노스케냐. 또 도장을 들여다보고 있었구나. 오늘은 참마 선물이 없나?"

4

그가 가지고 오는 참마는 이 부근에서 나는 것보다 맛이 좋았다. 그래서 스케구로가 장난삼아 물었다.
"오늘은 참마를 갖고 오지 않았지만 이걸 오쓰우님에게 드리려고 온 거예요."
우시노스케는 손에 들고 있던 짚둥지를 치켜들어 보였다.
"머위 잎인가?"
"그런 것이 아녜요. 살아 있는 거예요."
"살아 있는 것?"
"내가 쓰키가세를 지날 때마다 고운 목소리로 우는 꾀꼬리가 있길래 눈여겨 두었다가 잡은 거예요. 오쓰우님에게 주려고요……."
"그렇군. 넌 언제나 아라키 마을에서 이리로 나올 때는 쓰키가세를 넘어서 오겠군."
"네."
"그럼, 묻겠는데……요즈음 그 근처에 무사들이 많이 드나드느냐?"
"그렇진 않지만, 있긴 있어요."
"뭘 하고 있지?"
"판자집을 짓고 살던데요."
"울타리 같은 걸 세우지는 않던?"
"그런 일은 없었어요."
"매화나무를 베어 내거나 길 가는 사람을 조사하더냐?"
"나무를 벤 것은, 집을 짓거나 눈사태로 떠내려간 다리를 새로 놓거나, 장

작으로 쓰겠지요. 길가는 사람을 조사하는 건 못 봤는데."
"흐음……?"
보장원 사람들의 말과 다르기 때문에 스케구로는 고개를 갸웃거렸다.
"그 무사들은 도도 번(藩)의 사람들이라고 들었는데, 그렇다면 무엇 때문에 그런 곳에 나와 집을 짓고 사는지? 아라키 마을 같은 데서는 소문이 어떻더냐?"
"아저씨, 그런 게 아녜요."
"어떻게?"
"쓰키가세에 있는 무사들은 나라에서 쫓겨난 낭인들뿐이야. 우지(宇治)에서나 나라로부터도 행정관에게 쫓겨나 갈 데가 없으니까 산 속으로 들어간 거예요."
"낭인들이란 말인가?"
"그래요."
스케구로는 그 말을 듣고서 의심이 풀렸다.
오쿠보 나가야스(大久保長安)가 나라 행정관으로 부임한 뒤에 세키가하라 전후(戰後)에 아직 무사직 임관도 하지 못하고 직업도 없이 도시에서 처치가 곤란한 유민(流民)인 이들 낭인 무사들을 각지에서 내쫓은 적이 있었다.

"아저씨, 오쓰우님은 어디 있어요? 오쓰우님에게 꾀꼬리를 드리고 싶은데."

"안채에 있을 거야. 그렇지만 이봐, 우시노스케, 성내를 함부로 뛰어다니면 안 돼. 넌 농사꾼의 자식답지 않게 무예를 좋아하기 때문에 밖에서 도장을 들여다보는 것만은 특별히 허락해 주고 있지만."

"그럼, 불러 주시지 않겠어요?"

"오……마침, 잘 됐군. 뜨락에서 저쪽으로 가는 것이 오쓰우님 같은데."

"아, 오쓰우님이다."

우시노스케는 달려갔다.

언제나 과자를 주기도 하고 상냥한 말을 해주는 오쓰우였다. 거기다 산 속에 사는 소년의 눈으로 볼 때에 이 세상의 사람이 아닌 것 같은 신비스런 아름다움이 느껴지는 것이었다.

오쓰우는 뒤돌아보고 저만치서 생긋 웃었다. 우시노스케는 달려 가서

"꾀꼬리를 잡아왔어요. 오쓰우님에게 드리겠어요. 이거……."

짚둥지를 내밀었다.

"어머, 꾀꼬리!"

분명 기뻐할 줄 알았는데 뜻밖에도 오쓰우는 이맛살을 찌푸리며 손을 내밀지 않았다. 우시노스케는 불만스러운 얼굴이 되었다.

"굉장히 좋은 목소리로 우는 놈이야. 오쓰우님은 새 기르는 걸 싫어하나 봐."

5

"싫진 않지만 짚둥지에 넣거나 새장에 넣으면 꾀꼬리가 불쌍하거든요. 새장에 넣어 기르지 않더라도 넓은 천지에 놓아주면 얼마든지 아름다운 소리를 들려 줄 텐데……."

오쓰우가 타이르자 자기의 호의를 받아 주지 않아 불만스러웠던 우시노스케가 물었다.

"그럼, 놓아줄까요?"

"그래야지."

"놓아주는 것이 오쓰우님은 좋지?"

"그럼, 네가 갖다 준 그 마음만은 간직할 테니까."
"그럼 놓아주지, 뭐."
우시노스케는 시원스럽게 말하며 짚둥지를 떨었다. 그 속에서 한 마리의 꾀꼬리가 튀어나왔다. 그리고 그 새는 화살처럼 성 밖으로 날아갔다.
"그것 봐요. 저렇게 좋아하면서 가는걸!"
"꾀꼬리를, 봄을 알리는 새라고도 부른다지요."
"어머, 누가 가르쳐 주었을까."
"그런 것쯤은 나도 알고 있어요."
"저런, 미안해요."
"그러니까 반드시 오쓰우님에게 뭔가 좋은 소식이 있을 거야."
"어머나! 내게도 봄을 알려 주는 좋은 소식이 있단 말이지. ……정말 마음속으로 기다리고 있는 일이 있긴 하지만."
오쓰우가 걷기 시작하자 우시노스케도 걸음을 옮겼다. 그러나 그 부근은 본성 깊은 숲 속이었다. 우시노스케가 물었다.
"오쓰우님, 어디로 뭘 하러 가는 거예요? 여긴 벌써 성채 산 속인데."
"너무도 지루하게 방에만 처박혀 있었으므로 소풍삼아 이 근처의 매화나 보려고."

"그럼, 쓰키가세로 가요. 성에 있는 매화 따위는 시시해."
"멀지요?"
"바로 저긴걸요, 10리쯤만 가면."
"가 보고 싶지만……."
"가요. 내가 장작을 싣고 온 소가 저 밑에 매여 있으니까."
"소 잔등에?"
"응, 내가 끌고 갈 테야."
문득 오쓰우의 마음이 움직였다. 짚둥지 속의 꾀꼬리처럼 이 겨울 동안 성 밖으로 나가 보지 못했다.
본성에서 산을 따라 방책을 친 일반 통행문까지 내려갔다. 그 문에는 고정된 보초가 언제나 창을 들고 서 있었으나 오쓰우의 모습을 보자 보초는 먼 데서 웃으며 끄덕일 뿐이었다. 우시노스케는 물론 통행 감찰을 가지고 있었다. 그렇지만 그 감찰을 보일 필요가 없을 만큼 그 역시 보초와 친숙했다.
"장옷을 걸치고 왔더라면 좋았을걸."
소 잔등에 올라타자 오쓰우는 그렇게 생각하며 혼잣말로 중얼거렸다. 알 건 모르건 간에 길가 추녀 밑에서 오쓰우를 쳐다보는 사람이나 지나치는 농사꾼들은
"좋은 날씨군요."
정중하게 인사를 했다.
그러나 얼마 가지 않아서 벌써 성 아래 집들이 드문드문해졌다. 그리고 등 뒤로 저만치 야규성이 산기슭에 하얗게 보이는 것이었다.
"아무 말 없이 나왔는데, 해가 지기 전에 돌아올 수 있겠지."
"돌아오고 말고요. 내가 또 바래다줄 테니까요."
"그렇지만 너는 아라키 마을로 되돌아 가야지."
"10리쯤이야 몇 번이나 왕복해도……."
그들이 이야기를 하면서 걷는 동안, 성마을 끝에 있는 소금 장수 집 처마 밑에서 소금과 새끼 멧돼지 고기를 바꾼 낭인 모습의 사나이가 어슬렁어슬렁 뒤따라왔다.

봄을 알리는 새 243

소

1

길은 쓰키가세의 개울물을 따라간다. 갈수록 길은 험해졌다. 겨울을 넘긴 눈 녹은 길을 지나가는 행인도 드물었으며 이 근처까지 매화를 찾아오는 사람도 거의 없었다.

"우시노스케, 마을에서 내려올 때는 언제든지 이리로 지나다니나요?"

"그래요."

"아라키 마을에서는 야규로 나가는 것보다 우에노성으로 나가는 것이 무얼 하더라도 가깝지요?"

"하지만 우에노에는 야규님처럼 검술을 하는 댁이 없거든요."

"검술을 좋아하나요?"

"네."

"농사꾼에게는 검법이 필요 없을 텐데."

"지금은 농사꾼이지만 옛날에는 농사꾼이 아니었어요."

"무사?"

"그럼요."

"우시노스케도 무사가 될 셈이야?"

"아."

우시노스케는 쇠고삐를 내던지고 개울가로 뛰어내려갔다.

바위와 바위 사이에 걸쳐져 있는 통나무 끝이 물 속으로 떨어진 것을 고쳐 놓고 되돌아왔다.

그러자 뒤따라 걸어오던 낭인이 먼저 다리를 건너갔다. 다리 중간에서도, 건너편으로 건넌 다음에도 뒤돌아보면서 성큼성큼 산 속으로 숨어 들어갔다.

"누굴까?"

오쓰우는 소 잔등에서 잠시 무시무시한 생각이 들어 혼잣말을 했다. 우시노스케는 웃으며 물었다.

"저런 자가 무서워요?"

"무섭진 않지만……."

"나라에서 쫓겨난 낭인이야. 여기서 더 가면 산 속에서 사는 저런 사람들이 많이 있어요."

"많이?"

오쓰우는 그냥 돌아갈까 하고 망설였다. 매화 꽃은 벌써 눈 앞에 피어 있었다. 그러나 산골짜기의 냉기가 살갗에 스며들어 매화꽃을 즐기기보다 마음은 벌써 마을 쪽으로 쏠렸다.

그렇지만 우시노스케가 끌고 가는 고삐는 무심하게도 앞으로 나아가기만 했다.

"오쓰우님, 기무라님에게 부탁해서 나에게 성의 마당 청소나 물 푸는 일이라도 시켜 주지 않겠어요?"

우시노스케가 말했다.

우시노스케가 가진 평소의 소원은 그것인 모양이었다. 조상의 이름은 기쿠무라(菊村)라고 하며 대대로 마다에몬이라는 이름을 이어왔기 때문에 자기도 무사가 되면 마다에몬이라고 고쳐 부르려고 마음먹고 있었다. 그리고 기쿠무라라는 이름으로 훌륭한 조상이 나타난 적이 없으니, 자기가 검술로 집안을 일으킨다면 고향 마을 이름 아라키를 성으로 삼아 아라키 마다에몬 (荒木又右衛門)이라고 할 작정이라고 말하며 몰골에 어울리지 않게 포부를 펴놓는다.

오쓰우는 이 소년의 꿈을 들으면서 조타로는 어떻게 되었을까 하고 동생이나 되는 것처럼 헤어진 그의 몸을 염려하는 것이었다.
 '벌써 19살이나 20살.'
 조타로의 나이를 헤아려 보다가 문득 오쓰우는 견딜 수 없는 고독감에 사로잡혔다. 자기 나이를 생각했기 때문이었다. 쓰키가세의 매화는 이른 봄을 맞고 있건만 자기의 봄은 이미 지나려 하고 있다. 여자 나이 스물다섯을 넘으면……
 "이제 돌아가요, 우시노스케. 오던 길을 되돌아가요."
 우시노스케는 어처구니없다는 얼굴이 되었지만 그 말대로 쇠머리를 돌렸다. 그러자 어디선가 "이봐" 하고 부르는 소리가 들렸다.

2

 아까 본 낭인과 또 다른 두 사람, 똑같은 모습의 사나이가 가까이 와서 소를 둘러싸고 버티어 서서 팔짱을 끼었다.
 "아저씨들, 불러 세워 놓고 뭔가 볼일이 있나요?"
 우시노스케가 말했으나 그를 돌아보는 자는 없었다. 세 사람이 모두 한결같이 음탕스러운 시선을 오쓰우에게로 보내며
 "과연!"
 서로 말을 주고 받았다.
 그 가운데 하나가 또——
 "음, 미인이야."
 예의 없이 말한다.
 "이봐!"
 그러고는 패거리들을 둘러보았다.
 "난 이 여자를 어디선가 본 기억이 있어. 아마도 교토인 것 같은데."
 "교토가 틀림없어. 보아하니 산골 마을의 여자는 아니야."
 "길거리에서 만났는지, 요시오카 선생의 도장에서 만났는지, 아무튼 분명히 본 일이 있는 여자야."
 "임자, 요시오카 도장 같은 데 있어 본 일이 있나?"
 "그럼, 있었지. 세키가하라 전쟁 후에 3년 가량 거기서 밥을 먹었었지."
 무슨 볼일인지 알 수가 없다. 사람을 세워 놓고 이런 잡담을 하다니. 그리고 힐끔힐끔 오쓰우의 몸으로부터 얼굴을 탐욕적인 눈초리로 훑어보았다.

우시노스케는 화가 나서 소리쳤다.
"에이, 산에 있는 아저씨들! 볼일이 있으면 빨리 말해요. 돌아가는 도중에 해가 저물면 안 되니까."
낭인 하나가 비로소 우시노스케를 흘끔 바라보고 말했다.
"네놈은 아라키 마을에서 나오는 숯쟁이 집 새끼 아냐?"
"그런 일에 볼일이 있나요?"
"시끄러워! 볼일은 네게 있는 게 아냐. 네놈은 갈 테면 가!"
"말하지 않아도 가요. 비켜요."
그는 쇠고삐를 잡고 걷기 시작하였다.
"이리 내놔!"
한 사람이 그 고삐를 잡아 낚더니 우시노스케에게 무서운 눈초리를 보냈다.
우시노스케는 고삐를 놓지 않으며 소리쳤다.
"어쩌자는 거야?"
"볼일이 있는 사람을 빌려 가는 거다!"
"어디로?"

"어디로든 잔말 말고 고삐를 내놔!"
"안 돼!"
"안 된다고?"
"그럼."
"이 새끼가, 무서운 걸 모르는 모양이로구나. 뭘 지껄여대냐!"
그러자 그밖의 두 사람도 협박조로 눈을 부라리고 어깨를 으쓱대며
"뭐라고!"
"뭣이 어째!"
우시노스케를 둘러싸고 소나무 마디 같은 주먹을 들이댔다.
오쓰우는 벌벌 떨면서 소등에 엎드렸다. 그리고 우시노스케의 눈썹에서 예사롭지 않은 일이 일어난 기색을 눈치채고
"저런!"
그를 말리려고 했다.
그러나 우시노스케는 오쓰우의 그 소리에 오히려 감정이 폭발하여 대뜸 한 발로 맨 앞에 선 자를 걷어찬 순간, 그의 돌같은 머리가 비스듬히 서 있던 낭인의 가슴에 부닥쳤다 싶더니, 그 가슴에서 칼을 뽑아내어 뒤를 향해 덮어놓고 휘둘러댔다.

3

오쓰우는 우시노스케가 미치지나 않았나 싶었다. 우시노스케의 동작은 그만큼 빨랐고 두려움이 없어 보였다. 그리고 자기보다 훨씬 키가 큰 세 낭인에게 그가 한순간에 보여준 행동은 동시에 상대에게 큰 타격을 주었다.

육감의 작용이라 할까, 소년의 철부지 행동이라고나 할까, 사리(事理)나 법을 가리는 어른이 질려 버린 형세가 되었다.

뒤로 돌면서 후려친 칼은 뒤에 서 있던 낭인의 가슴을 힘차게 쳤다. 오쓰우는 놀라서 무언가 소리를 질렀으나, 그 낭인이 노하여 질러댄 소리는 그녀가 타고 있던 소를 움찔 놀라게 할 만한 정도였다.

더구나 쓰러진 그 낭인의 몸에서 솟아오르는 피가 소의 뿔과 얼굴로 안개처럼 뿌려졌다. 부상당한 낭인의 신음 소리에 이어 소가 한 마디 울었다. 우시노스케의 칼은 두 번째로 소의 꼬리를 후려쳤다. 소는 또다시 크게 울부짖으며 오쓰우를 태운 채 맹렬하게 달리기 시작했다.

"이놈이."
"이 새끼가."
두 사람의 낭인은 다급하게 우시노스케를 쫓아왔다.
우시노스케는 개울로 뛰어내려 바위에서 바위로 도망치며
"내가 나쁜 게 아니란 말이야!"
이렇게 말했다.
어른들이 뛰는 것은 도저히 그를 당해내지 못했다.
어리석었다 싶었던지
"꼬마 놈은 나중에."
두 사람은 서둘러 오쓰우를 태운 채 달려간 소 뒤를 쫓기 시작했다.
그것을 보자 우시노스케는 그 뒤를 마구 달려가며
"도망가지 마라!"
두 사람의 등을 향해 소리 질렀다.
"뭐라고?"
분한 듯이 한 사람이 멈춰서서 뒤돌아보았다.
"꼬마 녀석은 나중에 처치해."

그러나 패거리가 또 같은 말을 되풀이하며 곧장 앞질러 달려가는 소를 향해 날쌔게 달려나갔다.

아까 끌려오던 때와는 달리 소는 어두운 밤길을 눈을 감은 채 달리기나 하는 듯이 계곡을 따라 뻗은 길에서 벗어나 낮은 산등성이와 마루턱을 돌아――가사기 가도라고 부르는 샛길을 끝없이 달려가는 것이었다.

"서라!"

"기다려라."

그들은 소보다도 자기들 걸음이 빠르리라고 자신하고 있었지만 평상시의 소에 대한 생각은 당치도 않은 것이었다.

달리는 소는 순식간에 야규 마을 가까이――아니, 야규 마을보다 나라에 더 가까운 큰 길거리까지 숨도 쉬지 않고 달려가 버렸다.

"……."

오쓰우는 눈을 감은 채였다. 만일 소 잔등에 숯가마니나 장작을 묶는 안장이 없었다면 떨어져 버렸을는지도 모른다.

"오오, 누구야?"

"살려 줘라. 여자가 불쌍하구나."

벌써 행인들이 있는 큰 길가를 달리고 있는 듯, 정신없이 소 잔등에 매달려 있는 오쓰우의 귀에 지나가는 행인들의 목소리가 들려왔다.

"저런, 저런!"

그러나 그들은 소리만 지를 뿐 그러한 사람들의 소란도 순식간에 뒤로 뒤로 밀려가 버리는 것이었다.

4

벌써 반야 들에 가까웠다.

이제 살아 있다는 느낌도 없는 오쓰우였다. 아예 멈추려 들지 않는 소의 뜀박질이었다.

어떻게 될 것인가?

오가는 사람들도 엉겁결에 뒤돌아보고 오쓰우 대신 크게 소리를 질러 주었다. 그때 저편 네거리에서 가슴에 문갑을 안고서 걷고 있던 어느 집 하인인지 알 수 없는 한 사나이가 소 앞으로 다가왔다.

"위험해!"

 누군가가 주의를 주었으나 그 하인은 곧장 앞으로 다가가는 것이었다. 그러더니 맹목적으로 돌진해 오는 소의 콧등과 하인의 몸뚱이가 무서운 기세로 부딪쳤다.
 "아! 쇠뿔에 받혔다."
 "저 바보!"
 질려서 바라보고 있던 자들은 오히려 그 하인의 멍청한 태도를 나무라는 것이었다.
 그러나 들뜬 소의 뿔에 박혔다고 생각한 것은 사람들의 착각이었다. '철썩' 하고 무슨 소리가 난 것은 하인이 힘차게 손바닥으로 소의 얼굴을 갈겼기 때문이었다.
 어지간히 세게 때린 모양으로 소는 굵다란 목을 옆으로 쳐들며 휙 반 바퀴나 몸을 돌리는 것이었다. 소는 뿔을 들었다 싶더니 전보다도 더 세찬 힘으로 다시 달리기 시작했다.
 그러나 날뛰던 소는, 이번에는 열 자도 못가서 우뚝 멈추어 서 버렸다. 그리고 입에서 질질 침을 흘리며 큼직한 몸에 거친 물결을 지으며 얌전하게 되어 버리는 것이었다.
 "아가씨, 빨리 내려요……."
 하인은 소 뒤에서 말했다.

이 놀라운 광경에 길 가던 사람들이 와글와글 모여들었다. 그리고 모두 하인의 발치로 눈길을 보냈다. 그의 한쪽 발이 소의 고삐를 밟고 있었기 때문이었다.

"…… ?"

어느 집 하인일까. 무사 집의 종 같지도 않고 장사꾼의 하인 같지도 않았다.

둘러싼 자들은 그가 누굴까 하고 이리저리 궁리하는 듯한 얼굴이었다. 그리고 다시 하인의 발에 밟힌 고삐를 보고는

"굉장한 힘이로군."

혀를 내둘렀다.

오쓰우는 소 잔등에서 내려와 그 하인에게 머리를 숙였으나 아직 제정신이 아닌 모양이었다. 그리고 주위 사람들에게 위축되어 얼굴도 몸짓도 좀처럼 평온을 되찾지 못했다.

"이렇게 순한 소가 어떻게 그렇게 사납게 날뛰었을까?"

하인은 곧 소의 고삐를 길가 나무에다 비끄러매었다. 그리고 비로소 알게 된 모양이었다.

"이크, 엉덩이에 큰 부상을 입었군! 칼로 후려친 것 같은 큰 상처인데. ……그러면 그렇지, 이래 가지고서야!"

그가 소의 엉덩이를 바라보며 이렇게 중얼거리고 있을 때였다. 둘러싼 사람들을 헤치고 나와 구경꾼들을 쫓아내면서

"야, 너는 언제나 인슌 스님을 모시고 다니는 보장원의 신발 당번이 아닌가."

그 자리로 나서는 무사가 있었다.

서둘러 달려온 모양으로 그 말하는 호흡이 거칠었다. 야규 마을의 기무라 스케구로인 것이다.

5

보장원의 신발 당번은

"마침, 잘 만났습니다."

가슴께에 달고 있던 가죽 문갑을 끌러, 자기는 주지님의 심부름으로 이 편지를 가져가는 길인데 여기서 펴볼 수 없을까요, 하면서 그 편지를 내밀었다.

"내게 말인가?"

스케구로는 다짐을 하고 편지를 펼쳤다. 어제 만난 인슈으로부터 온 것이다. 그는 편지를 읽어 내려갔다.

'쓰키가세에 있는 무사들에 대해서 어제 드린 말씀은 그 후 다시 알아보니 도도 가문의 무사가 아니라 부랑자들의 겨우살이인 모양이오. 아무쪼록 소승의 지난번 말씀은 잘못 들은 것으로 아시고 잊어 주시기 바라오. 다짐을 위해 우선 몇 자 드리오.'

스케구로는 편지를 소매 속으로 거두어 넣고 말했다.
"수고했어. 편지 내용은 이쪽에서도 알아본 결과 잘못 들으신 것이라고 알게 되었으니 염려 마시라고 전해 다오."
"그럼, 길거리에서 실례를 했습니다. 저는 이쪽에서."
신발 당번이 가려고 하자
"아, 잠깐 기다려."
스케구로는 그를 불러 세워 놓고 다소 말투를 은근하게 바꾸어 물었다.
"임자, 언제부터 보장원 하인으로 들어가 있었나?"
"최근의 일입니다."

소 253

"이름은?"

"도라조(寅藏)라고 합니다."

"이상한데?"

스케구로는 지그시 그를 쏘아보고 나서 다시 물었다.

"장군님의 사범인 오노 지로에몬 선생의 고제(高弟) 하마다 도라노스케님이 아니오?"

"예?"

"저는 처음 뵙소만 성 안에 어렴풋이 임자의 얼굴을 아는 자가 있어서 인슈 스님의 신발 당번은 오노 지로에몬의 제자 하마다 도라노스케야, 아무래도 그런 것 같다고 하는 말을 주고받는 것을 귓결에 들었소이다."

"……예?"

"잘못 봤는가요?"

"……실은."

하마다 도라노스케는 새빨갛게 물든 얼굴을 숙였다.

"좀……생각하는 바가 있어 보장원의 하인으로 들어왔습니다만 스승 가문의 면목으로도 그렇고 저로서도 수치이오니……아무쪼록 비밀로 해 주시기 바랍니다."

"아니, 뭘, 깊은 사정까지 들으려는 것은 아니오. ……다만 혹시나 싶어서 드려본 말씀이오."

"벌써 들으셨을 줄로 압니다마는 사정이 있어서 스승 지로에몬께서는 도장을 버리고 산 속으로 숨으셨습니다. 그 원인이 이 도라노스케의 잘못에 있기 때문에, 저도 신분을 감추고 장작을 패거나 물심부름을 하는 한이 있더라도 보장원에서 한 번 수양을 해볼까 해서 들어왔지요. 부끄럽습니다."

"사사키 고지로라는 놈에게 오노 선생님이 지셨다는 사실은 그 고지로가 나팔을 불며 부젠 땅으로 내려갔기 때문에 이제는 숨길 수 없는 천하의 소문이 되어버렸지만, 그렇다면……스승 가문의 오명을 씻기 위한 결심이시군요."

"언젠가……언젠가는 다시."

마음으로부터 몹시 부끄럽게 여기는 듯 신발 당번인 도라조는 그렇게 말하자 그 자리를 급히 떠나가 버렸다.

삼씨의 파란싹

1

"아직도 안 돌아 왔나?"

야규 효고는 바깥 중문께까지 나가 오쓰우의 몸을 걱정하였다.

오쓰우가 우시노스케의 소를 타고 어디론지 가버린 채 꽤 시간이 지난 뒤의 소동인 것이다.

오쓰우가 성 안에 보이지 않는다고 알게 된 것은 에도에서 온 편지가 있어 그것을 효고가 오쓰우에게 보여 주려고 그녀를 찾기 시작하고서부터였다.

"쓰키가세 쪽에는 누구누구가 갔나?"

효고의 물음에

"염려 없습니다. 7, 8명이나 달려갔으니까요."

곁에 있는 가신들이 이구동성으로 대답했다.

"스케구로는?"

"성 아랫거리로 나갔습니다."

"찾으러 나갔나?"

"네, 반야 들로 해서 나라까지 나가 보고 오겠다고 하셨습니다."

"어떻게 되었을까?"

잠시 사이를 두고 효고는 크게 한숨을 쉬며 말했다.

그는 오쓰우에 대해 깨끗한 연정을 품고 있었다. 특히 깨끗하다고 자각하고 있는 것은 오쓰우가 누구를 사랑하고 있는지, 오쓰우의 가슴 속을 잘 알고 있기 때문이었다.

오쓰우의 가슴 속에는 무사시라는 자가 살고 있다. 그런데도 효고는 오쓰우가 좋았다. 에도의 히가쿠보에서 야규까지 오는 동안의 긴 여로에서——그리고 조부 세키슈우사이의 임종 때까지 베개맡에서 시중을 들어 주었을 동안에도——효고는 오쓰우의 성품을 잘 알고 있었다.

'이만한 여성한테서 사랑을 받는 사나이는 사나이로서의 행복 한 가지를 가진 자이다.'

그래서 그는 무사시를 부럽게까지 생각하였다.

그러나 효고는 남의 행복을 뺏겠다는 야심은 품을 수가 없었다. 그의 생각이나 행동의 모든 것은 무사도의 철칙에 의해 이루어져 있기 때문이다.

사랑을 하는 것도 무사도를 떠나서는 할 수 없었다.

아직 만나본 일은 없지만 오쓰우가 선택한 남성이라는 것만으로도 효고는 무사시의 인물을 상상할 수가 있을 것 같았다.

그리고 언젠가는 오쓰우를 무사히 그에게로 넘겨 주는 것이 조부의 뜻이기도 했을 것이고 그것이 자기의 무사도——무사의 자랑이라고도 혼자 생각하였다.

그런데, 오늘 그의 손에 들어온 편지는 에도에 있는 다쿠안 스님에게서 온 편지로서 날짜는 작년 10월말로 되어 있는 데도 무엇 때문에 늦어졌는지 해를 넘긴 지금에야 그의 손에 들어 오게 된 것이다.

그것을 보니

'무사시는 숙부인 다지마노카미님, 야라이(矢來)의 호조님 등의 추천을 받고 드디어 장군님의 사범으로 등용되게 되어……운운.'

이런 구절이 보였다.

그뿐만 아니라 무사시가 취임을 하게 되면 곧 집을 갖게 되니 그를 돌봐 주는 사람이 없어서는 안 된다. 오쓰우 하나만이라도 먼저 에도로 내려가 있도록 하라, 여러가지 자세한 것은 또 다음 편지에 알리겠다는 사연이 적혀 있었다.

'얼마나 기뻐할까!"
 효고는 자기 일처럼 들떠 그 편지를 가지고 오쓰우의 방을 찾아갔던 것인데 그의 모습이 아무 데도 보이지 않았던 것이다.

2

 그 오쓰우는 얼마 안 되어 스케구로를 따라 집으로 돌아왔다.
 또 쓰키가세 쪽으로 간 무사들은 우시노스케를 만나 그를 데리고 곧 돌아왔다.
 우시노스케는 자기가 죄라도 지은 듯이
 "용서해 주십시오. 미안하게 됐습니다."
 한 사람 한 사람에게 사과만 하고 있다.
 그러고는 곧 또
 "어머니가 걱정을 할 테니까 난 아라키 마을로 돌아가겠어요."
 이렇게 말하는 것이었다.
 "못난 소리 하지 마라. 지금 돌아가면 또 도중에 쓰키가세의 낭인들에게 잡혀서 죽게 된다."
 그러나 스케구로에게서 꾸중을 듣고 무사들에게서도
 "오늘밤은 성 안에서 재워줄 테니 내일 돌아가도록 해."
 이런 말을 듣고 하인과 함께 바깥 성채의 장작 창고 쪽으로 쫓기어 갔다.
 한 방에서는 효고가 에도에서 온 편지를 오쓰우에게 보이며
 "어떻게 하시겠소?"
 그녀의 심중을 물어본다.
 머지않아 4월이 되면 숙부인 무네노리가 휴가를 얻어 에도에서 귀국한다. 그때를 기다려 숙부와 함께 에도로 갈 것인가. 아니면, 당장에라도 혼자서 떠날 생각인가.
 그렇게 물어 보는 것이었다.
 다쿠안의 편지라는 말을 듣고 보니 그 먹향기마저 오쓰우에게는 그립게 느껴졌다. 게다가 그 편지에 따르면, 무사시는 곧 막부의 사범역으로서 에도에 집을 갖게 된다는 것이 아닌가.
 만날 수 없었던 몇 년보다도 이렇게 소식을 알고 보니 하루가 천추(千秋) 같은 생각이 들었다. 어떻게 4월까지 기다릴 수가 있으랴.

오쓰우는 날아서라도 가고 싶은 심정을 얼굴빛에 숨길 수가 없었다.
"……내일이라도."
이곳을 떠나고 싶다는 마음을 작은 소리로 말했다.
효고도 역시
"그렇겠지."
고개를 끄덕이는 것이었다.

자기도 이곳에 오래 있지는 않을 것이다. 해마다 초대를 받고 있는 오와리의 도쿠가와 요시나오 공의 초빙에 응하여 어쨌든 한 번 나고야까지 갈 작정이다.

그렇지만 그것도 고향으로 돌아올 숙부를 기다렸다가 조부의 정식 장례식을 치른 다음이 아니고는 떠날 수가 없다. 될 수만 있으면 도중까지라도 바래다 주고 싶지만 이러한 형편인지라 오쓰우가 먼저 떠나게 된다면 혼자서 여행을 해야 되는데 그래도 상관 없겠는가.

작년 10월 말에 띄운 에도의 편지가 해를 넘겨 이제야 도착한 것만 봐도, 중간 중간의 역참 질서가 표면적으론 평온하게 보이지만 아직 완전하지 못한 사회이다. 여자 혼자서 길을 떠난다는 것은 불안스럽다. 그러나 오쓰우에

게 각오만 있다면——이렇게 효고가 다짐을 하자
"……네."
"여행길에는 익숙해 있고 고생도 조금은 해봤으니 거기 대해서는 걱정하지 마세요."
그렇다면——하고 그날 밤에는 오쓰우의 길 떠날 준비를 하고 조그만한 송별회도 가졌다. 다음 날 아침.
오늘도 따뜻한 봄날이었다.
스케구로를 비롯하여 얼굴이 익었던 가신들은 모두 오쓰우가 길 떠나는 것을 전송하려고 중문 양켠에 줄지어 서 있었다.

3

"그렇지……."
스케구로는 중얼거리며 오쓰우의 모습을 보자마자 옆에 있는 사람에게 말했다.
"하다못해 우지(宇治) 근처까지라도 소 잔등에 태워서 보내 드리자. 마침 어젯밤에는 우시노스케도 성 안에서 묵고 있을 테니……."
그리고 곧 우시노스케를 부르러 보냈다.
"그것 참, 좋은 생각이야."
다른 사람들도 작별 인사는 나누었으나 오쓰우를 만류했으므로 중문께에서 잠시 기다리게 되었다. 그러나 이윽고 돌아온 무사의 말을 들으니
"우시노스케가 보이지 않습니다. 하인에게 물어 보니 어젯밤에 쓰키가세를 넘어 아라키 마을로 돌아갔다는군요."
"……무엇이? 어젯밤에 돌아가 버렸다고!"
스케구로는 어처구니가 없어 소리를 질렀다.
어저께의 사정을 들은 사람은 누구나 모두 우시노스케의 대담성에 놀라지 않는 자가 없었다.
"그럼, 말을 끌고 와."
스케구로의 명령에 무사 한 사람이 곧 마구간으로 뛰어갔다.
"아니에요. 여자의 몸으로서 말 같은 것을 타고 가다니 죄송스러워요."
오쓰우는 사양했으나 효고가 굳이 권하기 때문에 젊은 무사가 끌고 온 밤색말에 올라탔다.

"그럼, 죄송하지만."

말은 오쓰우를 태우고 중문에서 정문께의 팽팽한 고갯길을 내려가기 시작했다.

물론 우지까지는 한 명의 젊은 무사가 고삐를 잡고 말을 따라갔다.

오쓰우는 말등에서 사람들을 돌아보며 답례를 했다. 그 얼굴에 벼랑에서 뻗어나온 매화가지가 닿았다. 꽃 두세 송이가 향기를 뿜으며 떨어졌다.

"……안녕히."

목소리로는 내지 않았으나 효고의 눈은 분명 그렇게 말하고 있었다. 고갯길 도중에서 진 매화꽃 향기가 그 근처까지 아련히 흘러왔다. 효고는 견딜 수 없는 쓸쓸함과 동시에 그 괴로운 심정과는 반대로 오쓰우의 행복을 빌었다.

바라보고 있는 동안 그녀의 모습은 성 아랫길로 차츰 멀어져 갔다. 효고는 언제까지나 서 있었기 때문에 그를 거기에 남겨 놓고 다른 사람들은 모두 가 버리고 없었다.

'무사시라는 자가 부럽구나.'

쓸쓸한 가슴 속에서 저도 모르게 중얼거린다. 그런데 그 뒤에 어느 사이엔지 어젯밤에 아라키 마을로 돌아갔다던 우시노스케가 서 있었다.
"효고님."
"오……너냐."
"예."
"어젯밤에 돌아갔었느냐?"
"어머니가 걱정하시기 때문이었어요."
"쓰키가세를 지나서 갔나?"
"예, 그 길을 지나지 않고는 마을로 돌아갈 수가 없지요."
"무섭지 않더냐?"
"아뇨……."
"오늘 아침에는?"
"오늘 아침에도요."
"낭인들에게 들키지 않았나?"
"이상해요, 효고님. 낭인들은 어저께 산에서 자기들이 나쁜 짓을 한 여자가 야규님의 성에 있는 시녀라는 것을 알자 틀림없이 야규 패들이 들이닥칠 것이라 생각하고 밤동안에 모두들 산을 넘어 어디론가 가버렸대요."
"하하하, 그래?……그런데 너 오늘 아침엔 또 무엇하러 왔지?"
"나 말인가요?"
우시노스케는 약간 수줍어하며 대답했다.
"어저께 기무라님이 우리 동네 참마를 칭찬해 주시기에, 오늘 아침 일찍 어머니에게 거들어 달래서 캐어 왔지요."

4

"그래……?"
효고는 그제야 쓸쓸한 그림자를 얼굴에서 지웠다. 오쓰우를 잃은 순간의 공허감을 이 순박한 산골짜기 소년으로 하여 잊을 수 있었던 것이다.
"그럼, 오늘은 맛 좋은 참마국을 먹을 수 있겠군."
"효고님이 좋아하신다면 또 캐어 오지요."
"하하하하, 그렇게 일부러 마음을 쓸 것까지는 없어."
"오늘 오쓰우님은?"
"방금 에도로 떠났다."

"예, 에도로?……그럼, 어저께 부탁해 놓은 것을 효고님에게도 기무라님에게도 말씀드리지 않았겠군요."
"무엇을 부탁했나?"
"성의 하인으로 써 달라고요."
"하인 노릇을 하기엔 아직 어리다. 더 커지거든 써 주기로 하마. 왜 성에서 일을 하려고 하지?"
"검술을 배우고 싶어요."
"흠……."
"가르쳐 주세요. 어머니가 살아 있는 동안에 훌륭한 검술가가 되어 보여야 해요."
"배우고 싶다고 말하지만 넌 벌써 누군가에게서 배우고 있지 않니?"
"나무를 상대로 하거나, 짐승을 때려 보거나 혼자서 목검을 휘둘러 보거나 할 뿐이에요."
"그러면 돼."
"하지만."
"그럭저럭하다가 나 있는 데로 찾아오너라."
"계시는 데가 어딘데요?"

"아마 나고야에서 살게 될 거야."
"나고야, 오와리의 나고야 말인가요? 어머니가 살아 계실 동안에는 그렇게 먼 곳으로 갈 수가 없어요."
어머니라는 말을 할 때마다 우시노스케의 눈에는 눈물이 글썽해진다.
효고는 왠지 모르게 감동이 되어 갑자기 말했다.
"따라와."
"…… ?"
"도장으로 들어가 병법가로서 의젓하게 될 수 있는지 어떤지를 봐 주마."
"예?"
우시노스케는 이게 꿈이 아닌가 하고 의아한 표정이 되었다. 이 성에 있는 도장의 오래된 지붕은, 이 어린 영혼이 평생의 동경으로서 항상 우러르는 희망의 전당이다.
——그 도장으로 들어오라고 분명히 들었다. 더구나 야규 가문의 문하생도 가신도 아닌 친척인 사람으로부터.
우시노스케는 너무나 기뻐 그저 가슴이 부풀어올라 말도 할 수가 없었다. 효고는 벌써 앞장서서 걸어가고 있다. 우시노스케는 부지런히 쫓아갔다.
"발을 씻어라."
"예."
빗물이 고여 있는 연못에서 우시노스케는 발을 씻었다. 발톱에 묻어 있는 흙까지 말끔히 문질러 씻었다. 그리고 난생 처음으로 밟는 도장 마룻바닥에 섰다.
마룻바닥은 거울 같았다. 자기의 모습이 비칠 것만 같았다. 사면의 튼튼한 판자벽과 굵은 서까래에 그는 위압감이 느껴졌다.
"목검을 들어라."
여기에 들어오니 효고의 목소리까지가 달라진 것 같았다. 정면 옆 무사 대기실에 목검이 걸려 있는 벽이 보였다. 거기로 가서 우시노스케는 떡갈나무 목검을 골라 들었다.
효고도 목검을 들었다.
효고는 그것을 수직으로 내려뜨리고 마루 한복판으로 나갔다.
"……알겠나?"
우시노스케는 들었던 목검을 팔과 평행하게 쳐들며 대답했다.

"예!"

5

효고는 목검을 쳐들지 않았다. 오른손으로 쥔 채 몸을 조금 비스듬히 돌렸을 뿐이었다.

"……"

그것에 대해 우시노스케는 목검을 중단(中段)으로 들고 온몸을 고슴도치처럼 부풀렸다.

그리고 '무엇을!' 하고서 고집 센 얼굴을 들며 소년의 피를 들끓게 했다.

──간다!

목소리로서가 아니라 눈을 확 부릅뜨며 효고가 태세를 취해 보이자 우시노스케는 어깨를 잔뜩 긴장시키며 신음했다.

"음."

순간 효고의 발이 마루를 박차며 우시노스케를 몰아쳐 한 손의 목검으로 우시노시스케의 허리께를 후려갈겼다.

"아직 멀었어요!"

우시노스케는 소리쳤다.

그리고 그도 판자벽을 차는 듯한 소리를 내며 효고의 어깨를 훌쩍 뛰어넘었다.

효고는 몸을 굽히면서 왼손으로 그 다리를 가볍게 쳤다. 우시노스케는 날쌘 재간과 스스로의 힘으로 잠자리처럼 공중 회전을 하고는 효고의 뒤로 나가떨어졌다.

손에서 떠난 목검이 얼음 위를 미끄러지듯 때그르르 소리를 내며 저편으로 굴러갔다. 우시노스케는 벌떡 일어나 여전히 굴하지 않고 목검을 쫓아가 주우려고 했다.

"이제 그만!"

효고가 말하자 우시노스케는 뒤돌아보며 말했다.

"아직 멀었어요!"

그리고 고쳐 쥔 목검을 쳐들고 이번에는 독수리 새끼 같은 기세로 효고를 향해 육박해 왔으나, 효고가 그를 향해 목검 끝을 딱 겨누자 우시노스케는 그 자세 그대로 도중에서 움츠러들고 말았다.

"……."
분해서 못 견디겠다는 듯이 눈에 눈물이 그렁거렸다. 효고는 지그시 그 태도를 바라보며
'이 아이에겐 무혼(武魂)이 있군.'
마음 속으로 생각했다.
그러나 일부러
"우시노스케!"
눈을 부릅뜨며 소리쳤다.
"예……."
"고약한 놈이로군. 이 효고의 어깨를 뛰어넘었지?"
"…… ?"
"봐주니 토민의 주제에 불칙한 짓을 하는구나. ……거기 앉거라."
우시노스케는 앉았다.
그리고 무언지 이유는 모르겠으나, 사과를 하려고 손을 짚으려 하자 효고는 그 눈 앞에서 목검을 획 던져버리고 허리에 찬 칼을 뽑아 우시노스케의 얼굴 앞에 쑥 내민다.
"죽여 버리겠다. 떠들어대면 이것으로 벨 테다!"

"아, 저를?"

"목을 빼어라."

"…… ?"

"병법자가 첫째로 중히 여기는 것은 예의범절이다. 농사꾼 자식이라고 하나 이제의 그 소행은 용서할 수 없다!"

"……그럼, 무례한 행동을 했다고 저를 죽이시겠다는 것인가요?"

"그렇다!"

우시노스케는 효고의 얼굴을 잠시 쳐다보더니 체념했다는 듯이

"……어머니, 나는 이 성의 흙이 된대요. 나중에 한탄하시겠지만 불효자를 가졌다 생각하고 용서해 주세요."

효고 앞에 짚었던 손을 아라키 마을 쪽으로 돌려 짚더니 조용히 목을 내밀었다.

6

효고는 싱긋 웃었다. 그리고 곧 칼을 칼집에 꽂자 우시노스케의 등을 두드리며

"됐다, 됐어."

말했다.

"지금 한 말은 장난으로 한 것이다. 무엇 때문에 너 같은 아이를 죽이겠느냐."

"그럼, 그 말씀은 농담이었나요?"

"그래, 안심해라."

"예의범절을 중히 해야 한다면서, 그 병법자가 지금 한 그런 농담을 해도 괜찮나요?"

"화내지 마라. 네가 검으로 출세할 만한 인간이 될 수 있는가 없는가를 시험하기 위한 것이었으니까."

"하지만 저는 정말인 줄만 알았어요."

우시노스케는 그제야 안도의 숨을 내쉬며 말했다. 동시에 화가 났던 모양이었다. 효고는 무리가 아니라고 생각하면서 타이르는 얼굴로 다시 물었다.

"너는 아까 아무에게도 검술을 배우지 않았다고 말했는데 그건 거짓말이지? 처음에 내가 일부러 판자벽까지 너를 밀고 나갔을 때, 어른들이라도

대개는 그대로 판자벽을 등진 채 항복을 할 판인데 너는 내 어깨를 훌쩍 뛰어넘었다. 그건 3년이나 4년쯤 목검을 쥐었던 사람이라도 못하는 것이야."
"하지만……저는 아무에게도 배운 일이 없어요."
"거짓말 마라."
효고는 믿지 않았다.
"아무리 숨겨도 누군지 너에게 좋은 스승이 있었던 것이 틀림없어. 왜 스승의 이름을 대지 못하나?"
효고가 다그쳐 물었다. 우시노스케는 입을 다물고 말았다.
"잘 생각해 봐. 누군가에게 배운 적이 있겠지."
그러자 갑자기 우시노스케는 얼굴을 쳐들었다.
"아, 있어요, 있어요. 그리고 보니 나에게도 가르쳐 준 것이 있었어요."
"누구냐?"
"사람이 아니에요."
"사람이 아니라면 도깨비냐?"
"삼씨예요."
"무엇이?"

삼씨의 파란싹 267

"삼씨 말예요. 그 왜 새들에게 모이로도 주는 그 삼씨 말예요."
"이상한 말을 하는 놈이로군. 삼씨가 어떻게 너의 스승이냐?"
"우리 마을에는 없지만 좀더 골짜기로 들어가면 이가 무리니, 고가 무리니 하는 닌자(忍者)의 집이 많이 있는데——그 이가 무리들이 수업하는 것을 보고 나도 그것을 본떠서 수업을 했지요."
"흠……삼씨로 수업을 했단 말이지?"
"예, 이른 봄에 삼씨를 뿌리지요. 그러면 땅 속에서 파란 싹이 나오지 않아요?"
"그것을 어떻게 하느냐?"
"뛰지요. 날마다 그것을 뛰어넘는 것이 수업이에요. 날씨가 따뜻해지면 삼만큼 빨리 자라는 것도 없어요. 그것을 아침에 뛰어넘고 저녁에 뛰어넘고 하면——삼은 한 자, 두 자, 석 자, 넉 자, 마구 자라기 때문에 게으름을 부리고 있다가는 사람이 져서 나중에는 뛰어넘을 수 없을 만큼 키가 커져 버리지요……."
"허! 너는 그것을 했단 말이냐?"
"그래요. 저는 봄부터 가을까지, 작년에도 그랬었고 그러께도……."
"그래서 잘 뛰는군."
효고가 무릎을 치며 감탄하고 있을 때였다. 도장 밖에서 스케구로가
"효고님, 에도에서 또 다시 이런 편지가 왔는데요……."
손에 편지를 들고 들어왔다.

7

편지는 역시 다쿠안으로부터 온 것으로서
'전번에 편지로 알렸던 건 별안간 사정이 달라지게 되어……'
이렇게 서두가 되어 있는데 앞서 낸 편지에 뒤이어 보낸 두 번째 편지였다.
"스케구로."
"예!"
"아직 오쓰우님은 얼마 가지 못했겠지?"
효고는 편지를 읽고나자 무언가 조급한 표정으로 갑자기 말했다.
"글쎄요……. 말을 탔더라도 말구종이 따라갔으니 아직 20리도 채 못갔겠지요."

"그럼, 곧 쫓아갈 수 있을 테니 얼른 갔다 오겠다."
"아니…… 무슨 갑작스러운 일이라도?"
"글쎄, 이 편지에 보니 장군이 포섭하겠다던 건은 무언가 무사시님의 신상에 의아스러운 점이 있어 취소가 되었다는군."
"취소가 되었다고요?"
"그것도 모르고 그토록 반갑게 떠나간 오쓰우님에게 알리고 싶진 않지만 알리지 않을 수도 없지 않은가."
"그럼, 제가 쫓아갔다 오지요. 이 편지를 가지고."
"아냐, 내가 가겠다…… 우시노스케, 갑자기 볼일이 생겼으니 나중에 다시 오도록 해."
"예."
"때가 될 때까지 뜻을 닦고 있거나. 어머니에게 잘 효도하고."
효고의 몸은 벌써 바깥에 서 있다. 마구간에서 말을 한 마리 끌어내자마자 그것을 타고 우지 쪽으로 곧장 달렸다.
그러나 그는 가다가 문득 생각을 고쳤다.
무사시가 장군의 사범이 되고 안 되고는, 오쓰우의 사랑에 있어서는 아무런 문제도 되지 않는다. 오쓰우는 오직 한결같이 무사시를 만나고 싶어하는

삼씨의 파란싹 269

것이다.

4월도 기다리지 않고 혼자 떠나가는 것만 보더라도 그렇다.

그런데 편지를 보이며

'일단 돌아가면 어떨까요.'

권해 본들 허무하게 돌아올 리가 없을 것이다. 모처럼 길 떠난 오쓰우의 마음만 암담하게 만들어 버릴 것이 틀림없다.

"⋯⋯가만 있자."

효고는 말을 멈추었다. 야규 성에서 이미 10리나 달려왔다. 10리만 더 달리면 따라잡을 수 있을 것이다. 그러나 효고는 그것이 쓸데없는 짓임을 깨달았다.

'무사시와 만나서 두 사람이 더할 수 없는 기쁨 속에서 이야기를 주고받는다면 이런 것은 사소한 문제에 지나지 않는다.'

효고는 천천히 야규 마을 쪽으로 말을 되돌렸다.

길가에 싹트기 시작한 봄빛은 화창하였고 그의 모습도 한가로워 보였으나, 그만이 아는 가슴 속에는 어쩐지 뒷머리를 끌어당기는 듯한 것이 없지 않았다.

'한 번만 더 만났으면.'

그러한 미련이 있었기 때문이다. 그 자신이 말을 달려 오쓰우의 뒤를 쫓아왔던 것이 아니던가.

그렇게 묻는 자가 있다면

'아니!'

효고는 결백하게 고개를 저을 수 없을 것이 틀림없다.

그렇기는 하지만 효고의 가슴 속은 오쓰우의 행복을 비는 심정으로 가득했다. 무사에게도 미련이 있고 또 불평이 있다. 그렇지만 그것은 무사도적(武士道的)으로 체념해 버리기까지의 순간에 지나지 않는다.

번뇌의 경지에서 한 걸음 옮기면 봄바람이 가볍게 몸을 스치고 버드나무의 푸르름이 눈을 번쩍 뜨이게 하는 또 다른 천지가 있다. 사랑만이 청춘을 불태우는 것일소냐. 시대는 지금 크게 손을 쳐들어 세상의 젊은이들을 부르고 있다.

'길가의 꽃을 거들떠 보지 마라! 세월을 아껴라! 그리고 이 시대의 물결에 뒤떨어지지 마라!'

초진(草塵)

1

오쓰우가 야규 마을을 떠난 지 벌써 20일이 넘었다.
길을 오가는 사람들은 날로 나른해지고 녹음은 날로 짙어지는 것이었다.
"나들이 나온 사람들이 많군."
"그렇군요. 오늘은 마침 이곳 나라 땅도 날씨가 꽤 좋은 편이에요."
"들놀이 삼아 나온 거겠지요."
"그렇지요."
야규 효고와 기무라 스케구로였다.
효고는 갓을 쓰고 스케구로는 수도사의 두건 비슷한 것을 얼굴에 쓰고 있었다. 물론 은밀한 나들이였다.
'들놀이 삼아'라고 한 말은 자기네들을 두고 하는 말인지, 길 가는 사람들을 두고 하는 말인지 얼른 알 수가 없으나 두 사람의 얼굴에는 가볍게 쓴웃음이 흘렀다.
수행원은 아라키 마을의 우시노스케. 요즈음 우시노스케는 효고의 귀여움을 받아 전보다도 자주 성 안에 나타났다. 오늘은 두 사람을 따라 등에 도시락 보따리를 메고 효고가 갈아신을 짚신 한 켤레를 허리에 찬, 나이 어린 짚신 당번――이라고나 할 만한 모습으로 뒤따라온다.

이 주종(主從)과 오가는 사람들은 의논이나 한 듯이 모두가 곧 넓은 들판으로 흘러들어갔다. 들 옆에는 흥복사(興福寺) 가람이 숲에 에워싸여 있으며 탑이 우뚝 솟아 있다.

그리고 들 저편 언덕 밭에는 승려 숙소와 신관 저택이 있고 나라 거리와 집들은 그 너머 평지에 어슴푸레하게 자리잡고 있다.

"벌써 끝났을까?"

"아니, 식사 시간일 겁니다."

"딴은, 스님들도 도시락을 쓰지. 스님들도 밥을 먹는 모양이로군."

효고가 그런 말을 하자 스케구로는 웃음을 터뜨렸다.

사람들은 약 500명쯤 들판에 모여 있으나 들이 워낙 넓었으므로 띄엄띄엄 흩어져 있어 그다지 많아 보이지는 않았다.

마치 가스가 들(春日野)의 노루처럼 어떤 자들은 서 있고 어떤 자는 앉고, 어떤 자는 건들건들 걸어다녔다.

그러나 여기는 가스가 들이 아니고 옛날 헤이안(平安) 산조의 나이시(內侍) 들판이다. 그 나이시 들판에 오늘은 무슨 구경거리가 있는 모양이었다.

흥행이라고는 하나 도시를 제외한 다른 곳에서는, 임시 건물 같은 것은 좀처럼 보기 힘들다. 신기한 환술사(幻術師)가 오거나, 마술사가 오거나, 활이나 검술가의 재주놀이가 있어도 들판에서 하기 마련이었다.

오늘의 행사는 그런 인기 흥행이 아니라 좀더 진지한 것이었다. 보장원의 창술 스님들이 모여 1년에 한 번씩 공개해 보이는 시합날이었다. 이 시합으로 평상시의 보장원 도장의 앉는 자리 순서가 결정되는 데다, 뭇사람들 앞이기도 하므로 수많은 스님들과 무사들은 몹시 격렬한 전투를 벌인다는 것이었다.

그러나 지금은 텅빈 채 들판의 공기는 극히 한산하다.

다만 들 한쪽으로 서너 군데 쳐 놓은 천막 근처에 승복을 걷어붙인 스님들이 참나무 잎에 싼 도시락을 먹거나 물을 마시고 있을 뿐인――태평스럽다는 말이 그대로 들어맞는 듯한 풍경이었다.

"스케구로."

"예."

"우리들도 어딘가에 앉아서 도시락을 풀까. ……아직 시간이 있을 것 같은데."

"잠깐 기다리십시오."

스케구로는 알맞는 장소를 찾았다.

그러자 우시노스케가

"효고님, 여기 앉으시지요."

어디선지 곧 가마니 한 장을 갖고 와서 알맞은 곳에다 깔았다.

'눈치 빠른 녀석.'

무슨 일에든지 효고는 그의 기민함에 감탄을 해 왔지만, 또한 그 기민성이 장차의 대성(大成)을 위해서는 염려가 되는 점이기도 했다.

2

주종 세 사람은 가마니 위에 앉아서 대나무 껍질에 싼 도시락을 펼쳤다.

현미로 지은 주먹밥.

매실 짠지와 된장이 곁들여져 있었다.

"맛이 좋군!"

효고는 푸른 하늘을 들이마시듯이 들판에서의 도시락을 즐겼다.

"우시노스케."

스케구로가 불렀다.

"예."

"효고님에게 뜨거운 물을 한 그릇 드리고 싶은데."

"그럼, 얻어올까요? 저기 스님들이 모여 있는 데로 가서."

"음, 얻어 와. ……그렇지만 보장원 패들에게 야규 가문 사람들이 와 있다는 말은 하지 마라."

효고도 옆에서 주의를 주었다.

"귀찮으니까 말이야, 인사라도 하러 오면."

"예."

우시노스케는 가마니에서 일어나려 했다. 그러자 아까부터 저만치서

"이상하다?"

들판 잔디밭을 휘둘러보며 무엇을 찾는 자가 있었다.

"가마니가 없어졌어, 가마니가……."

초진 273

　그것을 찾고 있는 나그네 차림의 두 사람이 중얼거렸다. 효고들이 앉아 있는 곳에서 열 발자국쯤 떨어진 곳에는 낭인들이니 여자들이니 거리 사람들이 띄엄띄엄 앉아 있었지만, 나그네들이 잃은 가마니는 아무도 깔고 있는 자가 없었다.
　"이오리, 됐어."
　찾다 못해 한 사람이 말했다. 튼튼한 몸매로 울퉁불퉁 굳센 근육을 가졌으며 넉 자 두 치의 참나무 막대기를 들고 있는 사나이였다.
　이오리의 동행이라면 말할 것도 없이 무소 곤노스케일 것이다.
　"이젠 그만둬, 안 찾아도 돼."
　곤노스케가 거듭 말했지만 이오리는 아직도 단념이 안 되는 모양이었다.
　"어떤 놈일까. 누군가 분명히 가져갔을 텐데."
　"괜찮아. 가마니 한 장쯤이야."
　"가마니 한 장이라도, 말없이 가져간 심사가 괘씸하지 않아요."
　"······."
　곤노스케는 곧 잊어버리고 풀 위에 주저앉아 붓통을 끌러 아침에 쓴 노잣돈의 액수를 기입해 넣었다.
　곤노스케가 여행하는 동안 이러한 것을 꼬박꼬박 기록하게 된 것은 이오리와 여행을 하면서 이오리에게 감동을 받았기 때문이다. 이오리는 때때로 아이답지 않을 만큼 생활에 알뜰했다. 물건을 낭비하지 않는 꼼꼼한 성질이어서 자연히 밥 한 그릇에나, 그날 그날의 날씨에도 감사할 줄 아는 생활을 하고 있었다.

그렇기 때문에 남에 대해서도 잘못된 일은 용서하지 않는 결벽성이 있었다. 이 결벽성은 무사시의 곁을 떠나 사람들 사이에서 살아갈수록 더욱 자라는 것이었다. 그래서 가마니 한 장이라고 해도 남의 불편을 생각하지 않고 말없이 가져간 사람의 심사를 이오리는 미워하는 것이었다.

"아, 저놈이로구나."

이오리는 끝내 찾고 말았다.

곤노스케가 여행길에 가지고 다니는 가마니를 태연히 깔고 앉아 도시락을 먹고 있는 세 사람의 주종(主從)을.

"이봐, 이봐!"

이오리는 그 자리로 달려갔다. 그러나 열 걸음쯤 앞에서 우선 멈추어 서서 항의할 문구(文句)를 생각하고 있노라니 때마침 더운 물을 얻으러 가려고 일어선 우시노스케가 가까이 다가서며

"뭐야?"

그에게 대꾸했다.

3

이오리는 올해 14살, 우시노스케는 13살이었다. 그러나 우시노스케 편이 훨씬 나이 들어 보였다.

"뭐야가 뭐야?"

이오리는 우선 우시노스케의 버릇 없는 태도를 나무랐다. 우시노스케는 이 고장 사람이 아닌 듯한 어린 나그네를 코 끝으로 다루면서 말했다.

"그렇게 말한 게 나쁜가. 네가 그렇게 불렀으니까 '뭐야' 하고 물은 거야."

"남의 것을 말없이 가져가면 도둑놈이지 뭐야."

"도둑놈? 이 녀석, 나를 도둑놈이라고 했지!"

"그렇지. 내 동행이 저기다 둔 가마니를 말없이 가져갔지 않아!"

"저 가마니 말야? 그 가마니는 저기 떨어져 있길래 가져온 거야. 뭐야, 가마니 한 장 따위로……."

"가마니 한 장일지라도 나그네에게는 비를 피하게 해 주고 밤에는 이부자리가 되는 소중한 물건이야. 돌려줘."
"돌려줘도 좋지만 부아가 나서 돌려주지 못하겠어. 도둑놈이란 말을 사과하면 돌려 주지."
"자기 물건을 되찾는데 사과하는 바보가 어디 있담. 돌려주지 않으면 실력으로 뺏는다."
"뺏어 봐. 아라키 마을의 우시노스케다, 네까짓 놈에게 질 줄 아나."
"건방진 소리 마라!"
이오리도 지지 않는다. 조그마한 어깨를 으쓱대며 대꾸한다.
"이래 봬도 나는 병법자의 자식이야."
"좋다. 이따가 절로 와. 옆에 사람이 있다고 큰소리 치지만 사람 없는 곳에 가면 못 달려들걸."
"뭐야, 그 말 잊지 마."
"꼭 오지?"
"어디로?"
"흥복사 탑 밑으로 와. 도와줄 사람 따위는 데리고 오지 말고 혼자 와."

"좋아."

"내가 손을 들거든 오는 거야. 알았지? 잊지 마."

입씨름만 하고 우선 헤어졌다. 우시노스케는 그 길로 더운 물을 얻으러 갔다.

어디선지 그가 더운 물을 들고 돌아왔을 때에 들 한복판에서는 벌써 먼지가 일었다. 스님들의 시합이 시작된 것이다. 군중은 커다란 원을 그리며 구경거리를 둘러쌌다.

주전자를 든 우시노스케가 원 뒤를 지나갔다. 곤노스케와 나란히 서서 시합을 보고 있던 이오리가 고개를 돌려 우시노스케 쪽을 바라보았다. 우시노스케는 눈으로 도전했다.

'이따가 와!'

이오리도 눈으로 대답했다.

'가고말고, 잊지 마.'

나이시(內侍) 들판의 한가로운 봄기운도 시합이 시작되면서부터 일변하여 때때로 피어오르는 노란 먼지 속에서 군중들은 아우성을 쳤다.

이기느냐, 지느냐.

이기는 쪽으로 자신의 몸을 솟구쳐 올린다.

시합은 그런 것이었다.

아니, 시대가 그런 시대인 것이다.

소년의 가슴에도 그것이 반영된다. 시대 속에서 자라난 그들이었다. 설사 태어난다고 하더라도 날 때부터 허약해서는 떳떳이 자랄 수 없는 것과 마찬가지로, 열서너 살부터 벌써 함부로 굽히지 않는 기골이 길러져 있었다. 가마니 한 장이 문제가 아니었다.

그렇지만 이오리도 우시노스케도 어른 동행이 있었기 때문에 얼마 동안은 그 사람들 옆에 붙어서서 들판에서 벌어지는 시합을 보고 있어야만 했다.

4

장대같이 긴 창을 세워 놓고 들 한복판에 아까부터 서 있는 스님이 있다.

그 스님에게 몇 사람이나 창을 겨누었으나 모두 날려가 버리거나 두들겨 눕혀져서 거의 다시 대드는 자가 없었다.

"대항해 오시오."

스님은 다음 사람을 독촉하였다.
그러나 좀처럼 나타나지 않았다.
이런 때에는 나오지 않는 것이 현명하다는 듯이 동쪽 천막에서도, 저편 무리 속에서도 침만 삼키며 다만 스님을 혼자서 지껄이게 내버려 두는 것이었다.
"나올 사람이 없다면 소승은 물러나겠소. 오늘 들 시합에서는 십륜원(十輪院)의 난코보(南光坊)가 제일이라는 데 이의가 없소?"
광고를 하듯이 서쪽을 향하고 또 동쪽을 향하여 스님은 도전하였다.
십륜원의 난코보는 보장원의 유파를 선대인 인에이로부터 직접 배운 다음, 어느 틈엔가 일파을 일으켜 십륜원의 창이라고 자칭하여 지금의 2대인 인슌과 서로 반목하고 있는 자였다.
무서워서인지, 싸움을 피해서인지 인슌은 오늘 모습을 보이지 않았다. 병중이라는 것이 그 이유였다. 난코보는 마음껏 보장원의 제자들을 유린한 것처럼 이윽고 세웠던 창을 옆으로 고쳐잡았다.
"그럼, 나는 물러가지. 이젠 무적이야!"
그때였다.
"잠깐!"
후닥닥 한 승려가 창을 비스듬히 거머쥐고 뛰쳐나왔다.

"인슌의 문하생 다운(陀雲)."
"오!"
"상대하겠소?"
"나오시오!"
두 사람의 발치에서 흙먼지가 확 일었다. 훌쩍 뛰어 물러선 찰나, 창과 창은 벌써 짐승처럼 상대를 노렸다.
"벌써 끝났다."
실망하고 있던 구경꾼들은 다시 환호성을 올리며 떠들어댔다.
그렇지만 군중은 곧 질식한 것처럼 입을 다물었다. '탁!' 하는 소리를 들었을 때 그것은 창이 창대를 친 소리인 줄만 알았더니, 다운이라는 스님의 머리가 난코보의 창에 맞아 날아가 버린 것이었다.
태풍을 맞아 쓰러진 허수아비처럼 다운의 몸은 옆으로 쓰러져 있다. '와글와글' 하고 보장원 무리 속에서 서너 명의 스님이 뛰어나왔으므로 싸움이구나 싶었으나 알고 보니 다운의 몸을 옮기기 위한 것이었다.
다음은, 또다시 자랑에 넘친 난코보가 더더욱 어깨를 으쓱대는 모습밖에 없었다.
"용기 있는 자들이 아직도 조금 있는 모양이로군. 계신다면 빨리 나오시오. 세 사람, 네 사람, 다발이 되어도 괜찮소."
바로 그때였다.
진막 대기실 뒤에 등에 짊어진 궤짝을 내려놓는 행각승이 있었다. 짐을 내려놓자 보장원 무리들 앞으로 나가
"시합은 보장원에 계신 제자 분들만 하시게 되어 있습니까?"
이렇게 물었다.
보장원 사람들은 입을 모아 그렇지 않다고 대답했다.
동대사 앞과 사루자와(猿澤) 못가에 간판을 세워 놓은 바와 같이 무도를 희망하는 무예의 벗이라면 누구든 시합에 참가할 수 있다. 그러나 왕년의 사나운 무사 승려 이상으로 창술의 수행에 거친 스님투성이로 소문난 보장원의 야외 시합이니만큼
'나야말로.'
자진해서 여러 사람 앞에 수치를 드러내고 끝내는 병신이 되는 어리석은 짓을 감히 나서서 해보겠다는 바보는 없다는 설명이었다.

행각승은 즐비하게 늘어선 스님들에게 일단 절을 하고서
"그렇다면 제가 한 번 그 바보가 되어 볼까 하는데 목검을 빌려 주실 수 있겠습니까?"
이렇게 말했다.

5

사람들 틈에 끼어 들판의 시합을 바라보던 효고는
"스케구로, 재미있게 되어 가는군."
뒤돌아보며 말했다.
"행각승이 나오는 모양입니다."
"글쎄, 벌써 승부는 뻔한데."
"난코보가 우승할까요?"
"아니, 아마도 난코보는 시합을 안 할 거야. 시합을 해본들 그도 별 수 없을 테니까."
"글쎄요? ……그럴까요."
스케구로는 의아스러운 눈치였다.
난코보라는 인물을 잘 알고 있는 듯한 효고의 말투이지만 어째서 지금 나온 행각승과 시합을 하면 별수 없는 인간이란 말일까.
이상하게 생각했으나 스케구로는 곧 그 뜻을 알 수 있었다.
그때 저편에서는——
행각승이 목검을 빌려 들고 난코보 앞으로 나와
"자아."
도전해 들어갔다.
그 모습을 보고서야 스케구로는 비로소 알게 되었다.
오미네(大峰) 사람인지 성호원파(聖護院派)인지 알 수 없는 행각승이었으나 나이는 40 안팎인 사나이로 무쇠 같은 몸은 수행으로 단련되었다기보다 전장에서 다져진 것 같았다. 생사달관(生死達觀)을 거쳐 만들어진 육체인 것이다.
"부탁드릴까요."
행각승의 말씨는 잔잔했다. 눈매도 부드러웠다. 그러나 이 사나이의 눈은 생사를 초월한 것이었다.

"외부 사람인가?"

난코보는 새로운 적수를 보자 그렇게 말했다.

"예, 밖에서 뛰어든 자입니다만."

그리고나서 절을 했다.

"잠깐!"

난코보는 창을 세워버렸다. 이건 안 되겠다고 깨달은 모양이다. 기술로서는 이길 수 있을는지 모르나 절대로 이길 수 없는 무엇을 이 새로운 상대에게서 느꼈던 것이다. 거기에다 이러한 행각승 가운데는 신분을 감추고 다니는 사람도 많으므로 피하는 게 현명하다고 생각한 모양이리라.

"외부 사람과는 시합 않겠다."

난코보는 고개를 저었다.

"아니, 저쪽에서 규칙을 들었습니다."

행각승은 자기 입장이 부당하지 않다는 점을 점잖게 설명하고 그냥 버티었으나 난코보는 다시 말했다.

"남은 남, 나는 나. 소승의 창은 실없이 여러 사람을 이기기 위한 것이 아니오. 창으로 승려된 몸을 단련시키는 것은 하나의 불행(佛行)이오. 남과의 시합은 반기지 않소."

"……그러시오?"

행각승은 쓰게 웃었다.

뭔가 더 말하고 싶은 것 같았으나 사람들이 많은 데서 말하는 것을 싫어하는 모양으로, 그렇다면 할 수 없다는 듯이 대기소의 승려에게 목검을 돌려주자 묵묵히 어디론지 가 버렸다.

그것을 기회로 난코보도 퇴장했다. 그의 평계를 대기소 쪽의 승려들과 구경꾼들은 비겁하다고 속삭였으나, 난코보는 개의치 않고 두세 명의 제자를 데리고 개선 장군처럼 돌아가 버렸다.

"어때, 스케구로?"

"잘 보셨습니다."

"당연하지."

효고는 말했다.

"저 행각승은 아마도 구도산(九度山) 일당일 거야. 두건과 흰 옷을 갑옷으로 바꿔 입는다면, 아무 데 아무개라고 할 수 있는 상당히 이름 있는 옛 무사임에 틀림없어."

군중들은 제멋대로 뿔뿔이 흩어져 갔다. 시합이 끝난 모양이었다. 스케구로는 사방을 둘러보고

"아니, 어딜 갔을까?"

중얼거렸다.

"뭐야, 스케구로."

"우시노스케의 모습이 보이지 않는군요."

동심(童心)의 지도(地圖)

1

약속이다. 두 사람만이 시합한다는 약속이었다.

동행한 어른들이 모두 들판의 시합에 정신을 빼앗기고 있는 틈에 우시노스케가 먼저

'와!'

눈신호를 하자 이오리는 동행인 곤노스케에게 아무 말 없이 사람들 틈에서 빠져나왔다.

그와 동시에 우시노스케 역시 효고와 스케구로가 눈치채지 않게끔 거기서 빠져나와 흥복사 탑 아래까지 갔다.

"야!"

"뭐야?"

높은 오층탑 밑에서 두 사람의 작은 병법자는 서로 노려보고 섰다.

"목숨이 끊어져도 후회하지 마라."

이오리가 말하자 우시노스케는

"건방진 소리 마라."

막대기를 주워 들었다.
칼이 없었기 때문이다.
이오리는 칼을 가지고 있었다. 그 칼을 뽑아 들자마자 이오리는
"이놈이!"
번개같이 달려들었다.
우시노스케는 펄쩍 뛰어 물러났다. 이오리는 그가 겁을 낸 것으로 보고 부딪치듯이 곧 뒤따라 또 칼을 내리쳤다.
우시노스케는 그 순간 이오리를 삼씨쯤으로 여겼는지 껑충 뛰어올랐다. 그리고 허공에서 이오리의 얼굴을 걷어찼다.
"으윽!"
이오리는 한손으로 귀를 눌렀다. 나뒹굴다가 그 힘으로 곧 또 일어섰다.
일어서자마자 칼을 후려쳤다. 우시노스케도 막대기를 휘둘렀다. 이오리는 무사시의 가르침도 곤노스케로부터 늘 배워온 것도 잊어버렸다. 이쪽에서 쳐 나가지 않으면 그에게 당하리라는 생각이 그를 조급하게 만들었다.
눈, 눈, 눈 하고 그렇게까지 무사시로부터 지겹도록 들은 것은 염두에도 두지 않고 눈을 감아버리자 맹목적으로 칼과 함께 상대방에게 부딪쳐 간 것이었다. 대기하고 있던 우시노스케는 슬쩍 몸을 피하며 다시 힘껏 이오리를 막대기로 후려갈겼다.
"으음......"
이오리는 이번에는 일어날 수가 없었다. 칼을 쥔 채 땅바닥에 엎어지고 말았다.
"이겼지, 내가."
우시노스케는 으스댔으나 이오리가 꼼짝달싹하지 못하게 되자 갑자기 겁이라도 난 듯이 산문 쪽으로 달리기 시작했다.
"이놈!"
사방을 둘러싼 나무들이 짖어대듯이 누군가가 그의 등을 향해 외쳤다. 그리고 그 소리와 함께 넉 자 가량의 지팡이 하나가 바람을 가르며 '횡' 하고 날아와 우시노스케의 허리께를 탁 쳤다.
"아야!"
우시노스케는 옆으로 굴러떨어졌다.
바로 지팡이를 뒤따라 달려온 사람이 있었다. 말할 것도 없이 이오리를 찾

아 나선 무소 곤노스케였다.
"잠깐!"
소리친 사람이 다가오자 우시노스케는 허리의 아픔도 잊고 토끼처럼 팔딱 일어났다. 그리고 대여섯 걸음 달려나가다가 그때 산문에서 들어오는 다른 사람과 정면으로 부딪쳤다.
"우시노스케가 아니냐?"
"……아?"
"어떻게 된 거야?"
기무라 스케구로였다. 우시노스케는 당황하여 스케구로의 뒤에 숨었다. 그러므로 당연히 그를 뒤쫓아온 곤노스케와 스케구로는 아무런 예고도 없이 대뜸 눈과 눈을 격돌시키면서 곧 대결하는 자세가 되어 버렸다.

2

눈과 눈.
이렇게 두 사람 사이에 험악한 한순간이 연출되는 찰나, 꼭 무슨 싸움이 일어날 것만 같았다.
스케구로의 손이 칼로, 곤노스케의 손은 막대기로, 쌍방이 함께 정확하게.
그러나——
이 일이 아무 탈 없이 다음과 같은 대화로 옮겨지고 그 장면의 진상을 알게 된 것은, 상대방 사람을 볼 줄 아는 직관력을 다행히도 두 사람이 다 지니고 있었기 때문이라고 할 수 있으리라.
"나그네 선생. 자세한 사정은 모르나 어째서 이렇게 작은 아이를 어른답지 않게 두들겨 눕히려는 거요?"
"외람스런 질문. 그보다도 저기 탑 밑에 쓰러져 있는 나의 동행을 좀 보시오. 이 아이에게 몹시 맞아 정신을 잃고 말았소."
"저 소년은 임자의 동행이오?"
"그렇소."
곤노스케는 대뜸 내던지듯이 물었다.
"이 아이는 임자의 하인이오?"
"하인이 아니라 소인의 주인이 돌봐 주고 있는 우시노스케라는 소년……. 이봐, 우시노스케. 무슨 까닭으로 저 나그네의 동행을 두들겨 눕혔나?"

등 뒤로 돌아가 아까부터 말없이 서 있는 그를 돌아보며
"똑바로 말해."
스케구로가 힐문하자 우시노스케가 입을 열기도 전에 탑 밑에 쓰러져 있던 이오리가 고개를 쳐들고 저편에서
"시합했어요, 시합!"
이렇게 외쳤다.
이오리는 그러면서 억지로 몸을 일으켜 걸어오면서
"시합을 해서 내가 진 것이니까 그 아이가 나쁜 게 아녜요. 내가 약해서 그래요."
이렇게 말했다.
스케구로는 이오리가 비굴하지 않게 졌다고 시인하는 모양을 보고 감탄이라도 하고 싶은 듯이 눈을 부릅떴다.
"오오, 그럼 약속을 하고 정식으로 한 시합이었나?"
미소 어린 눈길로 등 뒤의 우시노스케를 돌아보자 우시노스케는 그제야 다소 난처한 듯이
"내가 저 아이의 가마니를 말없이 가져온 게 나빴어요."
사정을 털어 놓았다.

이오리도 벌써 기운을 회복했다. 물어보니 아이들다운 경위였다. 웃음이 치밀 것 같은 이 일이, 만약 조금 전에 곤노스케가 이곳으로 쫓아오고 스케구로가 달려왔을 때, 바로 한 치의 양보도 없이 무기로써 어른과 어른이 시비를 가렸다면 지금쯤은 아깝게도 실없는 피를 사방에 뿌렸을 것이다.

"정말, 실례했소."
"피차에 마찬가지지요. 저야말로 실례를."
"그럼, 저편에서 주인이 기다리고 계시므로 이만 실례……."
"안녕히."

서로 웃으며 산문을 나왔다. 스케구로는 우시노스케를 데리고 곤노스케는 이오리를 데리고, 흥복사 문 앞에서 좌우로 헤어지려다가 곤노스케가 문득 되돌아와 물었다.

"아, 한 마디만 묻겠습니다. 야규 마을은 어느 길로 갑니까. 이 길을 곧장 가면 될까요?"

스케구로는 뒤돌아보고
"야규 마을 어디로 가시오?"
물었다.
"야규 성을 찾아 갑니다."
"예? 성으로?"

발을 멈춘 스케구로는 곤노스케 쪽으로 되돌아왔다.

3

이 사건으로 뜻밖에도 서로의 신분과 처지를 알게 되었다.

다른 곳에서 스케구로와 우시노스케 두 사람을 기다리며 서성대고 있던 야규 효고도 얼마 후에 합류하여 사정을 듣고서

"그것 참, 애석하게 됐군."

이렇게 탄식했다.

그리고 멀리——에도에서 이 야마토까지 찾아 온 곤노스케와 이오리를 위로하는 듯한 눈으로 바라보며

"20일만 일찍 왔더라면."

스케구로도 연달아 몇 번이나 말하는 것이었다.

"애석하게 됐군, 애석해."

거듭 말하며 지금은 어느 하늘 아래 있는지도 모르는 사람의 행방을 더듬 듯이 구름을 바라보는 것이었다.
 더 말할 것도 없이 무소 곤노스케가 이오리를 데리고 여기까지 온 것은 야규 성에 있다는 오쓰우를 찾아서였다.
 그 오쓰우가 지난 번 호조 댁에서 뜻밖에도 이오리의 누이에 대한 이야기가 나와 그것은 바로 오쓰우라는 여성이라고, 동석한 다쿠안에게 듣고서 찾아나선 것이었다.
 그러나, 길이 엇갈려 그 오쓰우는 약 20일 전에 무사시를 찾아 에도로 떠났다고 한다. 불운할 때에는 할 수 없는 모양이다. 지금 곤노스케로부터 에도의 소식을 듣고 보니 무사시도 역시 곤노스케가 떠나기 전에 벌써 에도를 떠나버려 가까이 있던 사람들마저 그 행방을 모른다는 것이었다.
 "혼자 헤매고 있겠군."
 문득 효고가 혼잣말로 중얼거렸다.
 그리고 언젠가 한 번 오쓰우를 우지 도중까지 쫓아갔다가 불러 세우지도 못하고 도로 돌아온 사실을——가볍게 뉘우치면서
 "가련하게도 어디까지나 불행한……."

자기의 아련한 미련을 그리운 생각 속에 깃들이며 생각에 잠겼다.

그렇지만 가련한 자는 이 자리에도 한 사람 있었다. 그런 이야기를 옆에서 들으면서 맥없이 옆에 서 있는 이오리.

'태어나면서부터 얼굴도 모르는 누이.'

생각하고 있는 동안에는 만나고 싶거나 적적하지 않았으나

'세상에 살아 있다.'

이런 말에 이어

'야마토의 야규 성에 있다.'

또 이런 소식을 듣고 나서부터는 둥둥 떠돌아다니던 바다에서 육지를 발견한 듯이 생전 처음으로 솟아난 사모와, 육친에 대한 그리움이 누를 길 없었다. 그래서 동행인 곤노스케를 몹시도 괴롭힐 만큼 서둘러 오늘날까지 잔뜩 기대를 걸고 여기까지 온 것이었다.

"……."

금방이라도 울 것 같은 얼굴이었으나 이오리는 울지 않았다.

운다면 어딘가 사람이 없는 곳에 가서 큰소리로 울고 싶었다. 곤노스케가 효고로부터 질문을 받고 언제까지나 에도 이야기를 하고 있었기 때문에, 이오리는 근방의 들꽃 따위에 눈길을 보내면서 어른들 쪽에서 점점 멀리 떨어져 갔다.

"어딜 가니?"

우시노스케가 뒤따라왔다. 위로하려는 듯이 이오리의 어깨로 손을 돌리면서 물었다.

"울고 있니?"

이오리는 고개를 힘차게 저었다. 눈에서 눈물이 방울져 튀었다.

"울기는. 봐, 난 울지 않아."

"아, 저기 참마 넝쿨이 있군. 참마 뿌리를 캘 줄 알지?"

"응, 알고 있어. 우리 고향에도 참마가 있는걸."

"캐기 시합할까?"

우시노스케의 말을 듣고 이오리는 참마 넝쿨을 발견하고 그 앞에 주저앉았다.

4

숙부 무네노리(宗矩)의 근황과 무사시에 대한 일들.

그리고 에도 거리의 변모라든가 오노지로에몬(小野治郎右衞門)의 실종 소문이라든가.

물으면 한이 없고 말을 꺼내면 끝이 없었다.

이 야마토(大和) 산골에서는 때때로 에도에서 오는 사람만 있으면 그 사람의 한 마디 한 마디가 모두 새로운 화젯거리였다.

그러나 뜻밖에도 시간을 보내고 보니 효고도 스케구로도 짧은 해가 염려되었다.

"아무튼 성내에서 당분간 묵으시면 어떻겠소?"

그들은 권했으나 곤노스케는 고맙다는 말을 할 뿐으로

"오쓰우님도 안 계시는데……."

그대로 길을 떠나겠다는 뜻을 알렸다.

길을 떠난다고는 하나 물론 한결같은 수행길로서, 실은 고향인 기소에서 돌아가신 어머니의 유발(遺髮)과 위패를 지금껏 몸에 지니고 있어 늘 마음에 걸렸었다.

그래서 이 야마토까지 온 김에, 이렇게 말하면 죄송한 일이지만 기슈의 고야산이나 기와치의 여인 고야라고 불리는 금강사(金剛寺)에 가서 위패를 맡기고 유발을 불탑에 모셔 두겠다는 생각이었다.
"정말 섭섭한 일이오……."
억지로 붙들 수도 없어서 '안녕히' 하고 이별을 고하려다가 문득 보니 곁에 있던 우시노스케가 없었다.
"이런……."
곤노스케도 휘둘러보고 역시 이오리를 찾고 있다.
"아, 저기 있군. 둘 다 뭘 캐내는지 땅바닥에 주저앉아 있군."
스케구로가 가리키는 곳으로 시선을 던지니 과연 이오리와 우시노스케는 조금 떨어진 곳에서 곁눈질도 하지 않고 흙을 파고 있었다.
어른들은 미소를 지으며 살며시 등 뒤로 가서 섰다.
두 사람은 눈치채지 못하고 있다. 아까부터 참마 넝쿨을 캐내려간다. 부러지기 쉬운 뿌리를 꺾지 않으려고 둘레를 조심조심 싸 주면서 한 팔이 다 잠길 만큼 깊이 구덩이를 판다.
"……아."
그러다가 뒤에서 나는 인기척에 우시노스케가 먼저 뒤돌아보았다.
자기들의 경쟁을 어른들이 보고 있다는 사실을 알자 두 소년은 더욱더 기를 썼다. 이윽고 우시노스케가
"빠졌다."
기다란 뿌리를 하나 땅 위로 내던졌다.
이오리는 어깻죽지까지 구덩이 속에 넣고 묵묵히 흙을 파낸다. 끝이 없는 그 동작에 곤노스케가
"아직 멀었나, 간다."
말하자 이오리는 노인처럼 허리를 두들기며
"틀렸어, 틀렸어. 이건 밤까지 걸리겠어."
흙 속에 미련을 남겨놓고 옷에 묻은 흙을 털었다.
우시노스케가 들여다보고 한마디 했다.
"뭐야, 이렇게 깊이 파놓고……. 겁쟁이로군. 내가 뽑아 줄까?"
그러더니 달려들려 하였다.
"안 돼 안 돼, 부러져!"

이오리는 모처럼 거의 다 파내려간 구덩이 속에 둘레의 흙을 발로 밀어넣어 원래의 모습으로 파묻어 버렸다.
"용용 죽겠지!"
우시노스케는 이미 파낸 참마 뿌리를 자랑하면서 그의 어깨에 걸쳤다. 그러나 그 참마 뿌리 끝은 완전하지 못했다. 부러진 자리에서 하얀 진액이 우유처럼 흘렀다.
"우시노스케, 졌지. 시합에서는 네가 이겼지만 참마 파기에선 네가 졌어."
효고는 그의 머리를 꾹 눌렀다. 키만 자라는 보리의 싹을 밟아 주듯이 꾹 목을 누르는 것이었다.

대일여래(大日如來)

1

요시노의 벚꽃도 졌으리라. 길가 엉겅퀴도 꽃을 한창 피웠다. 걷는데 조금 땀은 났으나, 쇠똥 마르는 냄새에도 나라의 옛시절과 그 변화되는 모습이 생각나서 그다지 지치지 않았다.

"아저씨, 아저씨……."

이오리는 뒤돌아보고 곤노스케의 소매를 당기기도 하고 연신 뒤를 힐끔거리면서

"또 따라와요. 어젯밤의 행각승이."

속삭였다.

곤노스케는 일부러 그가 주의(注意) 주는 것을 무시하고 똑바로 앞을 향한 채 말했다.

"보지 마. 바라보지 마라. 모르는 척하고 있어."

"그래도 이상하지 않아요?"

"어째서?"

"어제 야규 효고님과 흥복사 앞에서 헤어진 지 얼마 안 되어서부터 앞서거

니 뒤서거니 하면서……."

"괜찮지, 뭐. 사람들은 모두 저마다 걷고 싶은 대로 걸으니까."

"그렇다면 여인숙은 다른 데로 가서 들어도 좋을 텐데 여인숙까지 같은 데로 오니."

"아무리 뒤따라와도 도둑맞을 만한 돈도 없으니 걱정할 것 없어."

"그래도 목숨이라는 걸 가지고 있으니까 빈털터리라고는 할 수 없지요."

"하하하, 목숨이야 단단히 지키고 있지. 이오리는 어떠냐?"

"나도."

보지 말라고 말리면 말릴수록 뒤돌아보고 싶어진다. 이오리는 왼손을 칼손잡이 밑에서 떼어 놓지 않는 것이었다.

곤노스케로서도 별로 기분이 좋지는 않다. 행각승의 얼굴이 기억에 있었다. 그것은 어제 보장원의 야외 시합 때에 뛰어들었다가 거절을 당한 바로 그자였다. 아무리 생각해도 이쪽으로서는 미행당할 만한 이유가 없었다.

"저런, 어느 틈에 사라져 버렸는데."

또 이오리가 뒤돌아보고 말했다. 곤노스케도 뒤돌아본다.

"아마 지친 것이겠지. 에이, 시원해졌다."

그날 밤은 가쓰라기(葛木) 마을의 민가에서 잠을 잤다. 다음날은 일찍 일어나 남가와치의 아마노(天野) 마을로 들어가 시냇물을 따라 서 있는 거리의 나지막한 추녀 밑을 들여다보면서

"기소의 나라이 마을에서 이곳 양조장 우두머리에게 시집 온 오안이라는 분의 집을 아십니까?"

막연하게 찾아다녔다.

오안이라는 여자는 그가 고향에서 알고 있던 사람이다. 이 아마노산 금강사 부근에 시집와 있다는 말을 듣고 그녀를 찾아서 돌아가신 어머니의 위패와 유발을 금강사에 보내어 공양을 해 달라는 부탁을 하려는 것이었다.

만일 알 수가 없다면 고야산으로 가자. 고야산은 귀인들의 공양소로서 이름난 대가(大家)의 혼백들을 많이 모셔놓았다니 가난한 나그네로서는 불안한 심정도 들지만 여기서 오안을 못 찾는다면 좌우간 고야산으로 맡기러 가자.

그런 생각을 하고 있는데

"아, 오안님 말이오. 오안님은 도지 저택의 행랑채에 있을 텐데."

뜻밖에도 알아낼 수가 있었다.

절 앞 거리에 있는 어떤 가겟집 아낙이었다. 친절하게도 앞장서서

"이 문을 들어가셔서 왼편으로 네 번째 집에 가서 양조장 우두머리 도로쿠(藤六)님 댁이냐고 물어 봐요. 오안님의 서방님이니까."

이렇게 가르쳐 주었다.

2

어느 절에나 '마늘과 부추와 술은 산문 안으로 들어오지 못함'이라는 것이 사찰의 법률처럼 되어 있으나 그 아마노산 금강사에서는 술을 빚는다.

물론 세상에 내어놓는 것은 아니지만 도요토미 히데요시가 이 절에서 만든 술을 즐겼으며, 영주들 사이에서도 '아마노 술'이라고 하며 알려져 히데요시가 죽은 후에는 그 바람이 다소 약해지기는 했으나 아직도 해마다 빚어서 청하는 신도들의 집으로 보내는 관습이 남아 있었다.

"그래서 나를 비롯하여 열 명 가량이 산에 고용되어 있는 겁니다."

오안의 남편인 양조장 우두머리 도로쿠는 그날 밤 손님인 곤노스케의 의아심을 풀어주며 그렇게 말했다.

그리고 곤노스케의 부탁에 대해서는

"쉬운 일이지요. 효심(孝心)이 있어 하시는 일이니 내일 주지 스님에게 말씀드리지요."

이렇게 말하는 것이었다.

이튿날 그 집 한칸 방에서 일어났을 무렵, 벌써 도로쿠는 보이지 않더니 이윽고 점심때가 지나서 나타나 말한다.

"주지님께 말씀 올렸더니 대뜸 승낙하셨습니다. 나를 따라 오십시오."

곤노스케는 안내를 받아 도로쿠를 뒤따랐고 이오리는 곤노스케 옆을 따라갔다. 사방은 깊숙하고 아늑한 산봉우리라 지다 남은 벚꽃이 하얗게 보이고 아마노 강의 흐름이 굽이치는 기슭 골짜기에 칠당가람(七堂伽藍)이 있었다. 산문으로 건너가는 다리 밑을 내려다보니 봉우리에서 떨어져 내린 벚꽃 잎이 물에 쫓기듯이 흘러내려간다.

이오리는 옷깃을 여미었다.

곤노스케도 긴장했다. 어쩐지 산맥의 기운과 사찰 가람의 장엄함에 엄숙해지는 것이었다.

그러자 뜻밖에도
"그댄가, 어머니의 공양을 부탁한 사람은."
본당 위에서 정다운 말을 던지는 스님이 있었다.
살이 찌고 키도 크며 발이 큰 스님이다. 대사라고 해서 분명 금빛 찬란한 가사에 불자(拂子)를 들고 위엄을 부리는 사람인 줄만 알았는데, 이건 그야말로 해진 갓과 지팡이를 들게 하여 여느 처마 밑에 세워도 부끄럽지 않을 정도의 사람이었다.
그렇지만 도로쿠가
"예, 부탁드린 것은 이분입니다."
법당 앞 땅 위에 납작 엎드려 곤노스케를 대신해서 대답하는 모습을 보니 역시 이 사람이 주지 스님인 모양이었다.
"······."
곤노스케도 뭔가 인사말을 하며 도로쿠처럼 꿇어엎드리려고 하자 대사는 벌써 큼직한 발로 계단 밑에 놓여 있는 짚신을 신으며
"그럼, 대일여래(大日如來)님 쪽으로 오시지요······."
염주 하나만 들고 앞서간다.

오불당(五佛堂)이니 약사당(藥師堂)이니 식당이니 하는 건물 사이를 누비며 승려 숙소에서 훨씬 떨어진 곳에 이르자 그곳에 금당(金堂)과 다보탑이 있었다.
뒤미처 따라온 상좌가
"열까요?"
묻더니 끄덕이는 대사의 눈을 보자 큰 열쇠로 금당의 커다란 문을 열었다.
"앉으시지요."
곤노스케와 이오리는 재촉을 받고서 두 사람만이 넓은 가람 안으로 들어가 앉았다. 바라보니 대좌(臺座) 위에는 한 발 남짓이나 되어 보이는 금빛의 대일여래가 천장 쪽에서 미소를 머금고 있었다.

3

이윽고 주지 스님은 본존을 모셔 둔 곳에서 가사를 새로 걸치고 나왔다. 그러고서 대좌에 앉아 낭랑한 목소리로 경을 읽기 시작했다.
조금 전에는 짚신을 신은 하나의 초라한 중으로밖에 보이지 않았는데 그 자리에 앉고 보니 듬직한 권위가 등에 나타나 보였다.
"……"
곤노스케는 두 손을 가슴 앞에 모으고 돌아가신 어머니의 모습을 생생하게 그렸다.
그러자 한 가닥의 흰 구름이 눈 앞을 흘러갔다. 그리고 거기에는 시오지리 고개의 산들과 다카노의 풀이 보였다. 무사시가 산들바람을 받으며 칼을 뽑아들고 서 있다. 자기는 몽둥이를 잡고 그와 대진하고 있다.
들판의 외딴 삼나무 아래에 있는 지장보살처럼 덩그러니 늙은 어머니가 앉아 있었다.
노모의 눈길은 몹시도 염려스러운 듯, 그리고 금방이라도 칼과 막대기 사이로 뛰어들 것만 같은 그 눈의 광채.
자식을 염려하는 사랑의 눈길. 그때 어머니의 처절한 조언의 한 마디 말에서 배우게 된 '도모(導母)의 일수(一手)'.
"……어머니, 지금도 당신과 같은 눈으로 저의 앞날을 염려해 주십니까. 그러나 염려하지 마십시오. 그 후 무사시님은 다행히도 저의 뜻을 받아들여 검술을 가르쳐 주셨으며, 저도 일가를 이룰 날은 아직 먼 것 같습니다

 만 설사 어떤 어려운 일에 부닥칠지라도 자식의 길, 세상의 도리에 벗어나는 일은 하지 않겠습니다."
 이렇게 다짐을 하면서 조용히 숨을 죽이자 자기 앞에 높이 앉은 대일여래의 얼굴이 마치 어머니의 얼굴같이 보였으며, 그 미소까지도 생시의 어머니가 잘 웃으시던 웃음이 되어 가슴 속으로 스며들었다.
 "오……."
 문득 정신을 차려 손을 놓으니 대사는 이미 자리에 없었다. 독경이 끝난 것이었다. 곁에 있는 이오리도 멍청히 부처님의 얼굴만 바라볼 뿐 일어나는 것을 잊고 있는 모양이었다.
 "이오리."
 그를 불러 정신을 차리게 하고는
 "어쩌자고 그렇게 골똘히 바라보고 있나?"
 물어보자 그제사 제정신으로 돌아온 얼굴로 이오리는 말했다.
 "어쩐지 이 부처님이 우리 누나와 닮은 것 같아서요."
 곤노스케는 자기도 모르게 '허허' 웃으며 아직 만난 적도 없는 오쓰우님인가 하는 네 누님의 얼굴을 어떻게 아느냐, 또한 대일여래님은 부처님이라,

이렇게 자비하고 부드러운 얼굴을 가진 사람이 이 세상에 있을 턱이 없다. 그것은 오직 운케이(運慶)라는 명장(名匠)이 칼로 다듬어낸, 어쩌다가 나타난 기적과도 같은 것으로 결코 속세에 있을 수 있는 것이 아니라고 말했다.

그러자 이오리는

"그렇지만, 그렇지만……."

연신 힘을 주어 고개를 저었다.

"난 한 번 에도의 야규님 저택에 심부름갔다가 밤중에 길을 잃어 헤매고 있을 때 그 오쓰우님이라는 사람을 만났었어요. 그때 누님인 줄 알았더라면 좀더 자세히 봐둘걸. 지금으로서는 기억이 나지 않아요. ……그런 생각을 하면서 지금 대사님이 경을 읽고 있는 동안 합장을 하고 있으니까 대일여래님이 누님처럼 보이던걸요. 정말로 뭔가 내게 말을 하는 것만 같았어요."

"……흐음."

곤노스케는 어쩐지 부정할 수가 없었다. 그리고 언제까지나 금당 마루에서 떠나기 싫은 심정이었다.

골짜기에는 해가 일찍 진다. 고개 밑에는 벌써 해가 지고 다보탑 지붕 위의 안개만이 칠보 구슬을 뿌린 듯이 석양빛을 받아 반짝반짝 빛나고 있다.

"아아, 돌아가신 어머니에게 부족한 공양이긴 하나 오늘은 살아 있는 인간으로서의 착한 하루를 보냈구나……. 피비린내 나는 세상은 마치 거짓말인 것만 같다."

황혼의 검푸른 허공을 향해 두 사람은 아직도 마루 끝에 걸터앉아 있었다.

4

어디선가 낙엽을 쓰는 것 같은 소리가 났다.

곤노스케가

"아니."

오른편 벼랑을 쳐다보니 벼랑 중턱에 아시카가 시대풍의 우아로운 관월정(觀月亭)과 사당이 있고 이끼가 끼어 보이는 좁다란 자갈길이 그 부근을 감돌아 조용한 산꼭대기로 이어져 있었다.

한 사람은 기품 있는 여승처럼 보이는 나이든 부인.

또 한 사람은 보기 좋게 살이 찐 쉰 살 가량의 인물로 검소한 무명옷에 소

 매 없는 겉옷을 입고 가죽 버선에 새 짚신을 신었으며, 상어 가죽을 입힌 칼을 한 자루 허리에 찬, 무사인지 장사꾼인지 분간할 수는 없으나 고상한 품격이 있어 보이는 사람이 빗자루를 들고——문득 허리를 펴고 서 있다.
 나이든 여승은 흰 명주 두건을 썼으며 역시 빗자루를 손에 쥐고서
 "호, 조금은 깨끗해졌을까."
 쓸어낸 산길과 벼랑 근처를 여기저기 휘둘러보고 있는 모양이었다.
 그 부근에는 좀처럼 사람이 다니지 않고 관리하는 사람도 없는 모양으로 겨우내 눈의 무게와 바람에 꺾어진 나뭇가지와 낙엽, 그리고 죽어 있는 날짐승들이 농가의 퇴비처럼 봄풍경답지도 않게 썩은 채 쌓여 있었다.
 "어머님, 무척 피곤하시지요. 해도 넘어갔으니 뒷일은 제게 맡기시고 이제 그만 쉬십시오."
 살찐 사람이 말했다.
 늙은 여승은 쉰 살 가까운 그 사람의 어머니인 것 같았으나 아들의 말에 오히려 웃어 보이면서 말했다.
 "나는 집에 있어도 늘 일을 해온 탓인지 피곤하지 않다. 너야말로 살이 찐 데다 이런 일에는 습관이 안 되어 흙으로 손이 거칠어졌겠지."

"예, 그래요. 하루 종일 비를 들었더니 손바닥에 물집이 생겼습니다."
"호호호……좋은 선물이야."
"그렇지만 어머니 덕분에 오늘 하루는 참으로 깨끗한 마음으로 지냈습니다. 우리 모자의 보잘 것 없는 봉사로 천지의 뜻에 조금은 보답이 되었겠지요."
"어차피 오늘도 하루 더, 본전에서 신세를 져야 하니까 나머지는 내일로 미루고 슬슬 돌아가자."
"어두워졌습니다. 어머니, 발치를 조심하십시오……."
그러면서 아들은 여승인 어머니의 손을 잡고 관월정의 오솔길을 걸어 곤노스케와 이오리가 쉬고 있는 금당 옆으로 내려왔다.
인기척이 없을 줄 알았던 황혼의 금당 마루에서 문득 사람 그림자가 일어났으므로 늙은 여승과 그 아들은
"……뉘시오?"
놀란 듯이 멈추어 섰으나──늙은 여승은 나그네들인 줄 알자 곧 눈 가장자리에 부드러운 미소를 지으며
"참배하러 오셨나요? 오늘은 초하룻날이라 좋은 날이지요."
지나가는 인사말을 했다.
곤노스케도 절을 하였다.
"예, 어머님의 공양을 드리러 왔습니다만 너무나도 조용한 저녁 나절이라 왠지 넋을 잃고 있었지요."
"거 참, 효심이 지극하시군요."
여승은 이오리에게로 눈을 돌렸다.
"똑똑한 아이구나……아우님인가요?"
머리를 쓰다듬어 주더니 아들을 돌아보고
"고에쓰, 산에서 먹던 보리과자가 아직 네 소매 속에 조금 남아 있을 게다. 그것을 이 아이에게 주거라."
넌지시 말했다.

고금소요(古今逍遙)

1

고에쓰(光悅)라고 불린 늙은 여승의 아들은 종이에 싼 과자를 옷소매에서 꺼내어 이오리(伊織)에게 주며 말했다.
"남은 것이 돼서 안됐지만 괜찮다면 먹게나."
이오리는 손바닥에 놓은 채 어떻게 해야 좋을지 모르겠다는 표정으로
"아저씨, 이거 받아도 괜찮아?"
곤노스케에게 묻는다.
"받아 둬."
곤노스케가 이오리를 대신하여 인사를 하자, 늙은 여승은 또다시 물었다.
"말씀하시는 모습을 보니 형제분은 아닌 모양이로군요. 간토 분인 모양인데 어디로 여행하시는 길인가요?"
"끝없는 길을 끝없이 여행하고 있습니다. 짐작하신 바와 같이 우리 둘은 육친이 아닙니다. 나이는 다르지만 검도에 있어서 형제 제자 사이입니다."
"검술을 배우시는가요?"
"예."

"참 대단한 수행을 하시는군요. 스승은 어떤 분인가요?"
"미야모토 무사시라고 합니다."
"예?……무사시님?"
"아십니까?"
대답하는 것을 잊고 노여승은
"호오……."
눈을 휘둥그레 뜨고 무언가 생각하는 모습이 아무래도 무사시와 모르는 사이가 아닌 듯 싶었다.
그러자 노여승의 아들도 보고 싶은 사람의 이름이라도 들은 것처럼 가까이 다가오면서 물었다.
"무사시님은 지금 어디에 계십니까. 그 후의 형편은……?"
이런 말을 여러 가지 물었으므로 곤노스케가 모든 이야기를 들려주자 어머니인 여승과 얼굴을 마주보며 일일이 끄덕이는 것이었다.
그러자 이번에는 곤노스케가 물었다.
"그런데 당신들은?"
"이거 늦었군요."
고에쓰는 사과를 하면서 말했다.
"저는 교토의 혼아미 거리에 사는 고에쓰라는 자. 또 이분은 어머니인 묘슈(妙秀)님입니다. 무사시와는 6, 7년 전에 우연히도 친하게 되어 기회만 있으면 늘 이야기하고 있지요."
고에쓰는 그 무렵의 추억담을 두세 가지 들려주었다.
고에쓰의 이름은 오래 전부터 도검사로서 유명하므로 곤노스케도 알고 있다. 또 무사시와의 교제는 그 무사시로부터 초가집 모닥불 가에서 들은 적도 있었다. '뜻하지 않은 곳에서 뜻하지 않은 사람을 만나는군' 하고 곤노스케도 내심 놀랐다.
그 놀라움 가운데는 교토에서도 이렇다 할 가문 출신이라 일컬어지는 묘슈 여승과 혼아미 고에쓰 정도의 모자가, 무엇하러 이런 산골짜기의 사람도 찾지 않는 절간에 와서 더구나 빗자루를 들고 절머슴들도 게을리하고 있는 썩은 나뭇잎 따위를 이렇게 어두워질 때까지 쓸고 있는 것일까?
그런 의아심도 무의식 속에 작용하고 있었던 것이 틀림없으리라.
어느 틈에 어스름달이 다보탑 지붕 근처에 떠오른다. 지나가는 사람일망

정 사람이 그리운 밤인지라 곤노스케는 떠나기 싫은 심정이 되어
"두 분게서는 저 위의 산과 벼랑길을 종일 쓸고 계셨던 모양인데, 누구신지 친척되시는 분의 비석이라도 있습니까, 아니면 유람 오신 길에 심심풀이로……."
이렇게 물어보았다.

2

"뭘요, 아무것도 아니오."
고에쓰는 고개를 내저으며 말한다.
"이렇게 엄숙한 성지에서 심심풀이라니 당치도 않은 말씀."
상대인 곤노스케가 아무것도 모르고 말했다 한들, 오해조차 매우 두려운 듯 그는 심심풀이로 비질을 하지 않았다는 것을 열심히 변명하면서 대답했다.
"당신은 이 금강사에 참배하러 처음 오셨소? 그리고 이 산의 역사에 대해서 스님에게서 아무것도 못들었는가요?"
곤노스케는 사실 그대로 대답했다.
"예."
그런 일에 대한 무식은 무사로서는 별로 수치가 아니라는 생각으로 대답했다. 고에쓰는 다시 말을 이었다.
"그럼, 건방진 말씀 같지만 제가 스님을 대신하여 알고 있는 대로 안내를 해 드리지요."
사방을 둘러보며 말했다.
"마침 어스름달이 돋았으니 여기 선 채로도 그림 지도를 보시듯이 저 위에 있는 절의 묘지, 혼백 사당, 관월당──그리고 저기 있는 허공장보살당(虛空藏菩薩堂), 호마당(護摩堂), 대사당(大師堂), 식당(食堂), 니우 고야 신사(丹生高野神社), 보탑(寶塔), 누문(樓門) 등을 한 눈에 바라볼 수가 있을 것입니다."
한 바퀴 손으로 가리키고 고에쓰는 함께 정토의 밤풍경에 젖어드는 듯한 태도로 설명해 주는 것이었다.
"보십시오. 저 소나무, 저 돌, 나무 하나, 풀 한 포기에 이르기까지 모두가 어딘지 이 나라 백성과 같이 불굴의 지조와 전통의 미를 지니고, 또한

　무언가를 구하는 이에게 들려주려 하고 있는 것 같지 않습니까. 고에쓰는 초목의 요정을 대신해서 초목이 하고자 하는 말을 술회해 볼까 하는 것입니다.

　그것은, 겐코(元弘), 겐무(建武) 때부터 쇼헤이(正平) 연간에 이르는 오랜 난세에 걸쳐서 이 산이 때로는 모리나가 친왕(護良親王)의 전승 기원 장소도 되고 작전 회의장도 되었으며, 또한 때로는 구스노키 마사시게(楠正成) 등이 충성스럽게 지키던 곳이었는가 하면, 교토 로쿠하라(六波羅)의 적군이 대거 공격해 오는 목표가 되기도 했을뿐더러, 뒷날 아시카가 장군이 세상을 약탈한 난세 시대에 이르러서는 생각만 해도 황송스러운 일이지만, 고무라카미 천황(後村上天皇)께서 오도코 산(男山)을 탈출하신 이래 군마(軍馬)의 사이를 이리저리 헤매시던 끝에 이 금강사를 거처로 삼으시고 오랫동안 승려 생활 못지않은 부자유스런 생활을 하셨지요.

　그리고 그보다 앞서는 이 산에 고곤(光嚴), 고묘(光明), 수코(崇光) 등 세 상황(上皇)께서 납신 일이 있었으므로 온 산에 경비 무사와 숱한 공경들이 들어오게 되어 적군의 습격에 대비할 병마, 병량은 물론이요, 오랜 세월이 흐르는 동안 조석으로 드실 끼니마저 떨어지게 되었으며, 그 당시의 형편을 직접 목격한 젠에(禪惠) 법사의 기록을 보면, 사찰승방은 모두 헐대로 헐어서 그 손실은 이루 말할 수가 없었다고 탄식을 했답니다.

　더군다나 그 동안 천황께서는 절의 식당을 정청(政廳)으로 삼으시고 추운 겨울날에는 불도 없는 곳에서, 더운 날에는 쉬시지도 못하고 정무를 집행하셨다더군요."

고에쓰는 그러고 나서 문득 목소리를 다시 가다듬어

"이 근처와 저 식당을 마니원(摩尼院)이라고 하며 모두 그러한 유적이 아닌 곳이 없소. 이 위에 있는 묘지도 고곤인(光嚴院) 상황(上皇)의 뼈를 묻은 영지(靈地)라고 전해지고 있습니다만 아시카가 치세 이후 울타리는 쓰러져 낙엽 속에 묻혀 버리고 너무나도 황폐해 있어서——오늘은 우연히 아침부터 어머님과 의논한 끝에 절의 묘소 근처로부터 여기저기를 청소하게 된 겁니다. ——하기야 그것도 심심풀이라고 하신다면 그만이긴 합니다만."

고에쓰는 웃음을 띠었다.

　　　　　　　　　　　3

　곤노스케는 자기도 모르게 온 몸이 죄어드는 것 같은 느낌이 들었다. 옷깃을 여미며 고에쓰의 설명을 듣고 있었다. 아니, 그보다도 이오리는 더욱더 엄숙하게 긴장된 얼굴을 하고서 말하는 고에쓰의 얼굴에서 한번도 한눈을 팔지 않는다.

"그러니 호조 씨로부터 아시카가 씨에 이르는 기나긴 난세 동안에 저 돌, 이 근처의 초목에 이르기까지 모두가 왕실을 지키기 위해 싸운 것들이지요. 돌은 호국(護國)의 성채가 되고 나무는 천황을 공궤(供饋)하는 장작이 되고 풀은 병사들의 이부자리가 되어……."

고에쓰도 진지하게 들어주는 상대를 만나 감추었던 지성을 토해 내면서——자리를 떠나기가 아쉬운 듯이 밤하늘과 적적해진 둘레를 돌아보면서

"아마 그 무렵 적군과 싸워 여기서 풀뿌리를 먹으면서 농성했던 병사 중의 한 사람인지, 아니면 칼을 잡고 일어나 군사들 틈에서 일하던 승병인지도 모르지요. ……이렇게 말하는 것은 오늘 우리 모자가 절의 묘소 근처에서부터 산길을 쓸고 있느라니 어떤 풀덤불 속의 돌에 누가 새겼는지 이런 노래가 새겨져 있는 것을 문득 발견했기 때문이오……."

　　백 년을 싸운대도
　　봄은 찾아오나니.
　　백성들이여,
　　노래하는 마음 잊지 말진저

　이런 노래입니다. 이것을 보고 나는 가슴이 뭉클했습니다. 몇 십 년이라는 전쟁 속에서도 얼마나 여유 있는 마음입니까. 이 얼마나 굳센 호국의 신념일까요. 일곱 번 다시 태어나 이 나라를 지키겠다고 하신 마사시게 공의 뜻은 이름도 없는 졸개에게까지 스며 들었던 것 같습니다. 이와 같은 우아함과 도량이 있는 까닭에 끝내 백 년 전쟁을 거치고서도 이곳 가람과 탑은 지금껏 이 땅에 엄연히 존재하는 겁니다. 감사한 일이 아닙니까."
　그러고서 말을 맺는다.
　곤노스케는 그제야 다시 숨을 몰아쉬면서 한마디했다.
　"아니, 이 산이 그처럼 거룩한 싸움터인 줄을 비로소 알았습니다. 몰랐다고는 하지만 아까 드린 말씀을 용서해 주십시오."
　"아니, 그건……."

고에쓰는 손을 내저으며 말했다.
"사실을 말씀드리자면 저야말로 사람을 그리워하던 차라 늘 마음에 덮어 두었던 것을 누구에겐가 말씀드리고 싶었소이다."
"또 실없는 말씀을 여쭈어 웃음을 살는지 모르겠습니다만 고에쓰님께서는 이 절에 오래 머무셨습니까?"
"예, 7일째가 됩니다."
"역시 신앙으로."
"아니, 어머니께서 이 근처를 여행하시기 좋아하시기도 하고 또 이 절에 오시면 나라, 가마쿠라 시대 이후의 그림이니 불상이니 칠기(漆器) 따위 여러 가지 명인들의 작품을 볼 수가 있기 때문에……."
어스름한 땅 위에 그림자를 끌며——고에쓰와 묘슈, 곤노스케와 이오리는 서로 짝이 되어 어느 틈엔가 금당에서 식당 쪽으로 걸어간다.
"그렇지만 내일 아침에는 떠날까 합니다. 무사시님을 뵙게 되거든 부디 한 번 교토의 혼아미 네거리에 들러 주십사고 전해 주십시오."
"알았습니다. 그럼, 부디 안녕히."
"오오, 안녕히 주무십시오."
산문 그늘의 달빛이 들지 않는 어두운 경계에서 헤어져 고에쓰와 묘슈는 승려 숙소로, 곤노스케는 이오리와 함께 산문 밖으로 나갔다.
흙담 밖에는 자연의 해자를 두른 듯한 시냇물이 흘렀다. 그 흙다리를 밟자마자 그늘에서 무언지 하얀 것이 느닷없이 곤노스케 뒤로 덮쳐들었다. 이오리는 '앗' 하는 소리와 함께 다리 난간 밖으로 떨어져 갔다.

4

——풍덩!
물보라 속에서 이오리는 벌떡 일어났다. 물살이 세었으나 물은 얕았다.
'뭘까?'
눈 깜짝할 사이였다. 어떻게 해서 떨어졌는지 자기 자신도 모른다. 그런데 다리 위를 올려다보니 거기서 자기를 내동댕이친 자가 진공(眞空)의 한 권내(圈內)를 만들고 대치하고 있었다.
그것이 곤노스케에게 느닷없이 덤벼든 하얀 물체인 것이다. 이오리가 떨어진 찰나, 하얗게 보인 것은 그의 흰 옷이었다.

"아, 행각승?"

이오리는 드디어 올 것이 왔구나 하고 생각했다. 무슨 까닭에서인지 엊그제부터 자기들을 줄곧 미행해 온 그 행각승이었던 것이다.

행각승의 몽둥이.

곤노스케도, 손에 익은 몽둥이.

불쑥 쳐들어왔으나 곤노스케는 그것을 슬쩍 피하여 몸의 위치를 바꾸었기 때문에, 행각승은 다리를 두고 거리 쪽을 가로막아 서고 곤노스케는 산문을 배경으로 서서

"누구냐?"

일갈을 해 놓고

"사람을 잘못 봤다."

날카로운 소리로 나무랐다.

상대는 아무 말도 없었다. 사람을 잘못 보다니 천만에……하는 듯한 몸짓이었다. 등에는 궤짝을 메어 민첩하게 움직일 수 없는 차림인데도, 버티고 선 발은 땅에서 나무가 나 있는 것처럼 확고부동하다.

'이것은 예사 적이 아니구나'라고 생각하자 곤노스케는 전신이 긴장되었

고금소요 309

다. 그는 몽둥이를 뒤로 돌리면서 물었다.
"누구냐? 비겁하지 않나. 이름을 대라. 이 무소 곤노스케에게 무슨 이유로 달려드는지 그 이유를 말해라."
"……."
행각승은 귀라도 먹은 듯이 다만 눈알만 번뜩이며 이글이글 불길을 일으켰다. 짐승의 발가락이 지네 등처럼 꾸물꾸물 땅바닥으로 기어나왔다.
"이놈, 그렇다면!"
이것은 곤노스케의 마음 속에서 인내의 둑이 무너질 때의 신음 소리였다.
——그의 동그란 몸이 투지로 팽팽해졌다. 바싹바싹 다가오는 행각승에 대하여 이편에서도 다가갔다.
——다음 순간 '툭' 하는 소리가 나자, 행각승의 몽둥이는 곤노스케의 몽둥이에 맞아 두 동강으로 부러지면서 허공으로 날아버렸다.
그러나 행각승은 손에 남은 반쪽의 몽둥이를 곤노스케의 얼굴을 향해 재빨리 던지고서, 곤노스케가 문득 피하는 순간 허리의 칼을 뽑아들어 나는 제비처럼 달려들었다.
그때 그 행각승이
"앗!"
소리를 발하는 것과 이오리가 시냇물 속에서 '이 새끼' 하고 외친 것이 동시였으며, 행각승은 통통통 소리를 내며 대여섯 걸음 다리 위에서 거리 쪽으로 물러났다.
이오리가 던진 돌멩이가 행각승의 얼굴을 세게 때린 것이다. 어쩌면 왼쪽 눈인지도 모른다. 어찌 되었건 그로서는 뜻하지 않았던 방향에서 치명적인 공격을 받았으므로, 아뿔싸 하고 놀랐는지도 모른다. 허물어진 자세를 그대로 홱 돌리자마자 절의 흙담과 시냇물을 따라 거리 쪽으로 화살처럼 도망쳐 버렸다.
기슭으로 뛰어오르는 이오리는
"이놈, 섯거라!"
아직도 손에 돌을 쥔 채 뒤따라 가려다가 곤노스케가 말리는 통에
"꼴 좋다."
그 돌을 사람 그림자도 없는 어스름 허공을 향해 멀리 던졌다.

5

양조장 우두머리 도로쿠의 집으로 돌아가 얼마 후 잠자리에 들었으나 두 사람은 좀처럼 잠이 오지 않았다.

산봉우리에서 '쏴쏴' 내려부는 바람이 집채 주변을 돌며 밤이 깊어갈수록 요란스레 귀를 울리는 탓만은 아니었다.

선잠이 든 곤노스케는 고에쓰가 한 말을 머릿속에서 되새기면서 겐무(建武), 쇼헤이(正平)의 옛날을 생각하고 또 오늘날의 세상을 생각하였다.

'오닌의 난으로부터 아시카가 막부의 붕괴, 노부나가의 통일사업, 히데요시의 출현, 이렇게 세상은 변해왔고, 그리고 그 히데요시가 사라진 지금은 간토, 오사카의 두 패가 다음의 패권을 둘러싸고 내일을 예측할 수 없는 풍운을 안고 있으니——생각하면 지금, 세상의 모습이 겐무, 쇼헤이의 옛날과 비교하여 무슨 차이가 있을까.'

이런 생각들을 하는 것이었다.

'호조, 아시카가의 무리들이 나라의 대본(大本)을 어지럽힌 가장 저주스러운 시대에는 그 반면에 구스노키(楠氏) 일족이나 또한 여러 나라의 충성스런 무인족들이 나타났었는데——오늘은——오늘의 무사들은——또 무사도는?'

이래도 된단 말인가.

민심은 천하의 지배권이 노부나가, 히데요시, 이에야스, 이렇게 숨가쁘게 쟁탈되는 것을 구경하는 동안에 참된 주군이 계시는 것조차도 어느 틈에 잊어 버리게 되어 백성의 통일이 총체적으로 이루어지지 않고 있지 않은가.

무사도(武士道)도, 상도(商道)도, 농민의 도(道)도 모두가 무사 가문의 패권을 위해 있고 천황의 백성이어야 할 국민의 본분을 잃고 있지 않은가.

정신을 차리자 그는

'사회가 번창해지고 개개인의 생활은 활발해졌겠지만 이 나라의 근본은 겐무, 쇼헤이 무렵부터 그다지 잘 되어 오고 있지는 않았던 것이다. 구스노키 마사시게가 받든 무사의 길, 그가 품었던 이상(理想)과는 아직도 먼 세상인 것이다.'

이런 생각을 하니 잠자리 속에 누워 있는 몸이 뜨겁게 불타오르며 가와치의 산봉우리니, 금강사의 초목이 한밤중에 울부짖는 소리조차도 무언가 뜻이 있기나 한 것같이 꿈결처럼 들려오는 것이었다.

이오리는 이오리대로 또

'누굴까, 아까 그 행각승은?'

그 하얀 환상이 좀처럼 눈 앞에서 사라지지 않는 모양이었다. 그리고 내일의 여행이 어쩐지 자꾸만 걱정되었다.

'무섭다.'

이오리는 중얼거리며 산에서 불어대는 바람에 이불 자락을 뒤집어썼다.

이 때문에 꿈에선 대일여래 보살의 미소도 볼 수 없었으며, 찾고 있는 누나의 얼굴도 나타나지 않은 채로 새벽에 잠이 깨고 말았다.

오안과 도로쿠는, 두 사람이 아침 일찍 떠난다는 말에 꼭두새벽부터 아침식사와 도시락 준비를 해 주며, 대문을 나서자

"먹으면서 길을 가요."

이오리에서 술찌꺼기 볶은 것을 종이에 싸 주었다.

"신세를 졌습니다. 또 인연이 있으면······."

대문을 나서니 산봉우리에는 무지갯빛 아침 구름이 뭉게뭉게 피어 오르고 아마노 강물에서는 끓는 물에서 피어오르는 김 같은 수증기가 자욱이 일었다.

그 아침 안개 속을 헤치며 가까운 집에서 튀어나온 어떤 나그네 장사꾼이 곤노스케와 이오리의 뒤에서
"참 일찍 떠나시는군요."
힘차게 아침 인사말을 던졌다.

끈

1

보지도 못한 사나이인지라 곤노스케는 적당히 인사를 했을 뿐이고, 이오리 역시 어젯밤의 일도 있고 해서 입을 다문 채 걸어갔다.

"손님은 지난밤 도로쿠의 집에서 주무셨군요. 도로쿠에게는 나도 오랫동안 신세를 졌지요. 내외가 모두 참 좋은 분들이지."

이런 말을 하면서 나그네 장사꾼은 금시 동행이라도 된 듯이 친숙한 척했다. 그 말에 대해서도 적당히 귓가로 흘려 버리자 또

"기무라 스케구로님도 단골로 거래를 해 주셔서 때로는 야규 성내에도 물건을 드리러 가지요."

이야기의 실마리를 끄집어낸다.

"여인 고야(女人高野)의 금강사에 참배한 이상 기슈 고야산 쪽에도 올라가실 테지만, 이제는 산길 눈도 녹았고 길을 덮었던 눈사태도 없어져 등산하시기에는 지금이 알맞은 계절이지요. 아마미(天見), 기미(紀伊見) 고개를 슬슬 넘어서 오늘밤은 하시모도(橋本)나 가무로(學文路)에서 푹 쉬시면 좋을 겁니다."

하는 말 하나 하나가 너무나도 이쪽 형편을 자세히 알고 있으므로 곤노스케는 수상한 생각이 들어 물었다.
"임자, 무슨 장사를 하시오?"
"저는 끈 장수지요. 이 짐 속에……."
장사꾼은 등에 멘 조그마한 보따리를 가리키며 말했다.
"여러가지 끈의 견본을 가지고 다니며 가까이 혹은 멀리, 여러 곳으로 주문을 받으러 다니고 있지요."
"아하, 끈 장수란 말이지."
"도로쿠님의 소개로 금강사의 신도들 집에도 꽤 많이 팔았지요. 어제도 실은 여느 때처럼 도로쿠님 댁에서 묵을 셈으로 들렀더니, 오늘밤은 어쩔 수 없는 손님이 두 분이나 계시니 이웃집에서 신세를 지라고 해서, 같은 행랑채에서 신세를 졌습니다만……아니, 당신들 탓이라는 게 아니라, 도로쿠님 댁에서 잘 때는 언제나 좋은 술을 주시기 때문에 사실은 잠자는 것보다 그게 더 좋단 말씀이야……하하하하."
듣고 보니 별로 수상스러울 것도 없었다. 곤노스케는 그보다도 이 사나이가 부근의 지리나 풍속에 익숙한 것을 다행으로 알고 공부 삼아 이야기를 들어 두려고 걸어가면서 여러 가지를 묻기도 했다. 그러다 보니 어느 틈에 말동무가 되어 버렸다.
이윽고 아마미 고원에 접어들어 기미 고개에서 멀리 고야의 큰 산봉우리가 정면으로 바라보였다. '이보오' 하고 뒤편에서 부르는 자가 있었다. 뒤돌아보니 동행인 끈 장수와 같은 차림인 행상꾼이 또 한 사람 달려오며
"스기조(杉臓), 너무 하지 않나."
따라붙자마자 숨을 헐떡이며 말했다.
"오늘 아침 떠나면서 불러 준다는 말을 믿고 아마노 마을 어구에서 기다리고 있었는데, 어째서 말없이 가 버렸지?"
"아아, 겐스케(源助)로군. ……정말 미안하다, 미안해. 도로쿠님 댁 손님과 동행이 돼서 그만 깜빡 잊었지. 하하하."
그는 머리를 긁으면서
"너무 나으리와의 이야기에 정신이 팔려서!"
곤노스케의 얼굴을 보며 다시 웃었다.
역시 끈 장수 동료인 모양으로 도중의 매상고니 시장 시세니 하는 말을 연

신 주고받으며 가다가
"아, 위험해."
두 사람이 함께 우뚝 멈추어 섰다.
태고적 대지진으로 갈라진 흔적처럼 벌어진 단층에 통나무가 아무렇게나 두어 개 걸려 있었다.

2

"어떻게 된 거야?"
두 사람 뒤로 다가온 곤노스케는 그 자리에 섰다.
행상꾼인 스기조와 겐스케가 대답했다.
"나으리, 잠깐 기다려 주시오. 이 통나무 다리가 부서져서 흔들립니다."
"사태가 났나?"
"뭐, 그 정도는 아닙니다만 눈이 녹으면서 돌이 굴러내린 채 고쳐지지 않았군요. 오가는 사람들을 위해 잠시 움직이지 않도록 해 놓을 테니까요. 잠시 쉬시지요."
두 사람은 곧 단층의 벼랑 기슭으로 몸을 굽혀 걸려 있는 두 개의 썩은 나무 다리 축대에 돌을 끼우고 흙을 쌓아 올리는 모양이었다.
'기특한 마음씨로군.'
곤노스케는 마음 속으로 감탄하고 있었다. 여행의 괴로움은 늘 여행을 하는 자라면 알고 있어야 하는 것이나, 여행에 익숙할수록 다른 여행인의 고통 같은 것은 생각하지 않는 자가 많다.
"아저씨, 돌을 좀더 날라올까."
이오리도 두 사람의 착한 행동을 도와 부지런히 근처에서 돌을 날랐다.
단층의 계곡은 꽤 깊었다. 들여다보니 두 길 남짓이나 될 것 같았다. 고원 지대라 물은 흐르지 않았으나 돌과 나무 토막으로 바닥이 메워져 있었다.
그러는 동안
"이만하면 되겠군."
행상인 겐스케가 통나무 다리 끝을 밟고 흔들어 본다. 그리고 나서 곤노스케에게
"그럼, 먼저."
자신이 건넌다고 말했다.

몸을 흔들거려 중심을 잡으면서 건너편으로 재빨리 건너갔다.

"자, 건너시지요."

뒤에 선 스기조의 재촉으로 다음으로 곤노스케가 건너고, 그 허리께에 붙어서 이오리도 건너갔다.

썩은 나무 다리 위를 발걸음 수로 세 발자국인가 네 발자국쯤 나갔을 때에 바로 단층의 계곡 위에서

"앗?"

"꽥!"

이오리와 곤노스케는 소리를 지르며 바싹 껴안고 그 자리에 서 버렸다.

——그것은 먼저 건너간 젠스케가, 미리 준비해 두었던 모양인지 그 앞의 풀덤불 속에서 한 자루의 창을 꺼내 들고는 아무런 생각도 없이 건너오는 곤노스케 쪽을 향해 불쑥 번쩍이는 창 끝을 들이밀었기 때문이다.

——흐음, 들도둑이로구나.

깜짝 놀라 뒤돌아보니 뒤에 처졌던 스기조도 어느 틈에, 어디서 가져왔는지 똑같은 창을 들고 이오리와 곤노스케의 배후를 위협하고 있었다.

"아뿔싸!"

끈 317

어지간한 곤노스케도 후회감으로 입술을 깨물었다. 순간의 놀라움에 머리털이 빳빳이 섰다.

앞에도 창.
뒤에도 창.
두 개의 썩은 통나무가 놀라움에 떨고 있는 몸을 간신히 단층의 허공에서 지탱해 주고 있을 뿐이었다.
"아저씨!"
무리도 아니지만, 이오리는 연신 소리를 지르며 곤노스케의 허리를 붙들었다. 이오리를 감싼 곤노스케는 순간 눈을 감으며 목숨을 하늘에 맡기고 말했다.
"쥐도둑 놈들, 사전에 계획을 했었구나."
그러자 어디선가
"닥쳐, 나그네."
굵은 목소리로 소리치는 자가 있었다.
그것은 그들을 포위하여 창을 겨루고 있는 겐스케나 스기조가 아니었다.
"……뭐야?"
곤노스케가 문득 쳐다보니 건너편 벼랑 위에 왼쪽 눈이 시퍼렇게 부어 오른 행각승의 얼굴이 보였다. 그 상처는 지난 밤 금강사 계곡에서 이오리가 던진 돌팔매를 순간 생각나게 하였다.

3

"당황하지 마."
곤노스케는 이오리에게 그렇게 말하고서 그 상냥한 말씨와는 전혀 딴판으로
"에잇!"
무서운 적의를 내뿜으며 다리 좌우로 번뜩이는 눈길을 번갈아 보내면서 소리쳤다.
"알고 보니 지난밤의 행각승의 계교였구나! 더럽고도 비열한 도둑놈! 사람을 잘못 보고 아까운 목숨 헛되이 버리지 마라."
──그와 이오리를 앞뒤에서 막아 서 있는 창을 든 적수들은 창 끝에 힘을 주어 겨냥을 한 채 위태로운 나무 다리 위로는 한 발도 나오지 않았으며 입도 열지 않았다.

　절체절명, 몸도 꼼짝하지 못하는 계곡, 공중의 통나무 다리 위에 놓인 곤노스케가 노발대발하며 사지(死地)에서 소리 소리 지르는 모습을 행각승은 한쪽 벼랑에서 매정스럽게 내려다보며
　"도둑이라니 무슨 소리야?"
　날카롭게 꾸짖는다.
　"몇 푼 안 되는 너희들의 노잣돈을 노릴 우리라고 생각하나. 그렇게 시원치 않은 눈으로써야 어떻게 적지에서 첩자 노릇을 할 자격이 있겠나?"
　"뭣이, 첩자라고?"
　"간토 놈!"
　행각승은 대갈했다.
　"골짜기에다 그 몽둥이를 버려라. 허리에 찬 큰 칼, 작은 칼도 버려라. 그리고 두 손을 뒤로 돌려 점잖게 오랏줄을 받고서 따라와."
　"아아."
　곤노스케는 크게 한숨을 몰아쉬며 순간 투지를 다 잃은 것처럼 소리쳤다.
　"잠깐, 기다려! 지금의 그 말 한 마디로 비로소 알았다. 뭔가 잘못 알았겠지. 나는 간토에서 온 사람임엔 틀림없으나 결코 첩자는 아니다. 무소류의 몽둥이 하나를 의지하고 여러 나라를 수행하러 다니는 무소 곤노스케

끈 319

라는 자."

"시끄러워. 군소리와 핑계는 필요없어. '내가 첩자다' 하고 나팔을 불고 다니는 자가 어디 있나?"

"아니야, 진실이다."

"실없는 소리. 이제 와서."

"그럼, 끝까지 그럴 작정인가?"

"묶은 다음에 묻기로 하지."

"아무 이득도 없는 살생은 하고 싶지 않다. 한 마디만 더 해 봐라. 어째서 내가 첩자란 말이냐, 그 이유를 대라."

"수상쩍은 사나이가 동자 하나를 데리고 에도성의 병학가 호조 아와노카미의 밀명을 받들어 교토 방면으로 잠행한다고 간토의 우리 편에게서 벌써 소식이 와 있다. 뿐만 아니라 여기로 오기 전에 야규 효고와 그 가신들과도 은밀히 만나 협의한 사실까지 확인했다."

"모두가 근거 없는 소리다."

"두 말 하는 게 아니야. 같이 가서 그곳에서 얼마든지 말해라."

"행선지는?"

"가면 알게 돼."

"내 의사에 달려 있지. 만일 불응한다면……?"

그러자, 다리 좌우를 막고 서 있던 행상꾼 차림의 스기조, 겐스케 두 사람이 창 끝을 번쩍하고 햇빛에 번뜩이며

"찔러 죽일 뿐이지."

접근해 온다.

"뭐라고?"

말하자마자 곤노스케는 옆에 끼고 있던 이오리의 등을 손바닥으로 툭 쳤다. 간신히 발을 디디고 건널 수 있는 폭밖에 안 되는 두 개의 통나무 위에서 이오리는 몸을 휘청거리며

"얏!"

이 소리와 함께 두 길 남짓이나 되는 단층 바닥으로 나는 듯 떨어져 내려갔다.

순간 또

"얏!"

곤노스케는 높이 쳐든 몽둥이에서 바람을 일으키며 자기 몸뚱이를 내던지듯이 한쪽 창 앞으로 날렸다.

4

"야앗!"

그렇게 목구멍 소리를 질렀을 뿐, 스기조는 완전히 허공을 찔러 버렸다. 그리고 다음 순간 몸뚱이째 자기 앞으로 달려든 곤노스케와 겹쳐진 채
——털썩
벼랑 기슭에 엉덩방아를 찧고 말았다.

나뒹구는 찰나 곤노스케의 몽둥이는 왼손에 쥐어 있었다. 스기조가 벌떡 일어나려 하자 그의 오른쪽 주먹은 스기조의 얼굴 한복판을 두들겼다.

"꽥!"

얼굴 어느 부분에서인지 피가 솟아나고 이빨을 드러낸 얼굴은 실제로 움푹 들어간 듯이 보였다. 곤노스케는 그 얼굴을 짓밟아 놓고 몸을 날려 고원의 평지에 섰다.

그리고 머리털을 곤두세우고

"덤벼라!"

다음 녀석에게로 몽둥이를 겨냥했으나 사지(死地)의 운명을 타개했다고 생각한 그 순간이야말로 실은 그를 기다리고 있던 진짜 사지였던 것이다.

가까운 덤불 속에서 두세 가닥——촌충 같은 끝이 풀잎을 스치며 휙 날아왔던 것이다. 한쪽 가닥의 끈 끝에는 칼받이가 매달려 있었다. 그리고 다른 한 가닥의 끈에 달린 것은 칼집째 묶인 작은 칼이었다. 쇠뭉치 대신 쓴 모양이었다. 힘차게 날아온 끈은 곤노스케의 발목과 목에 감겨 들었다.

동료인 스기조가 실패한 것을 보고 바로 단층의 다리를 건너온 겐스케와 행각승을 향해 겨누었던, 몽둥이와 팔목에도 한 가닥 빙빙 넝쿨처럼 감겨 버렸다.

"앗!"

거미줄에서 피해 도망치려는 곤충처럼 곤노스케의 온몸은 본능적으로 마구 허우적댔으나 와락 떼지어 달려든 5, 6명의 패거리는 그의 허우적거리는 몸을 완전히 덮씌워 버렸다.

손발이 꽁꽁 묶인 것이다. 그들이 곤노스케의 몸에서 손을 떼면서

"과연, 센데."

 흘린 땀을 훔쳤을 때 곤노스케의 몸은 벌써 공처럼 똘똘 감기어 자포자기한 모습으로 땅 위에 아무렇게나 내던져져 있었다.

 그 두 손과 가슴을 겹겹이 감아 버린 포승줄은 이 근처——아니, 이 근처에뿐만 아니라 그 먼 나라까지 알려진 튼튼한 무명의 납작한 끈으로서 구도산(九度山) 끝이라고도 하고 사다다(眞田) 끈이라고도 불리며, 판로를 개척하려고 다니는 장사치들이 어디로 가나 눈에 뜨일 정도로 보급된 것이었다.

 조금전 덤불 속에서 갑자기 일어나 곤노스케를 함정에 빠뜨린 자들 예닐곱 명도 모두 그 끈 행상 차림을 했으며 단 한 사람 행각승 차림의 사나이만이 다를 뿐이었다.

"말이 없나, 말."

 행각승은 곧 이렇게 신경을 쓰며

"구도산까지 끌고 가기에는 도중의 길이 번거롭다. 말 잔등에 매달아 가마니라도 뒤집어 씌워서 가는 것이 어떨까?"

 의논하였다.

"그게 좋겠군."

"이 앞의 아마미 마을까지 가면."

모두가 이의 없이 곤노스케를 몰아대며 시꺼멓게 한패가 되어 구름과 풀더미 너머로 서둘러 가버렸다.
　그러나 그러고 난 다음.
　땅 밑에서 차디찬 바람이 불어 올라올 때마다 사람 외치는 소리가 고원의 하늘을 흘러갔다. 단층 골짜기 밑으로 떨어진 이오리의 외침인 것은 말할 것도 없다.

봄비

1

새 우는 소리도 우는 곳과 듣는 곳에 따라 다른 법이다. 또 사람의 마음가짐에 따라서도 달라진다.

고야(高野) 깊숙이 울창한 고야 삼나무 숲은 극락의 새라고 하는 희한한 새소리로 그득하다. 여기서는 속세에서 말하는 때까치나 직박구리 새나 모든 잡새들도 한결같이 희한한 고운 소리로 우짖었다.

"누이노스케(縫殿介)."

"예."

"……참으로 무상하군."

미오(迷悟)의 다리라고 불리는 다리 위에서 발길을 멈춘 노무사(老武士)는 동행인 누이노스케라는 젊은이를 뒤돌아 보았다.

어느 시골의 늙은 무사.——일견 그렇게 볼 수밖에 없는 무명 겉옷에 흔한 들나들이 아래옷을 입은 옷차림——그러나 허리에 찬 크고 작은 칼은 뛰어나게 훌륭한 것이었다. 그리고 수행한 젊은 하인의 골격도 좋았으며 말하자면 상스러운 여느 뜨내기 하인과는 달리 어릴 때부터 단단히 훈련된 것 같앉다.

"보았지. 오다 노부나가 공의 묘지, 아케치 미쓰히데님의 묘, 또는 이시다 미쓰나리님이나 긴고 주나곤(金吾中納言)님이나 이끼 낀 묵은 돌에는 미나모도(源) 가문이나 다이라(平) 가문 패들에 이르기까지……아아, 수없이 이끼 낀 인생들이."

"여기선 적도 없고 내 편도 없군요."

"모두가 한결같이 하나의 돌에 지나지 않는다. 대단했던 우에스기, 다케다의 이름도 꿈과 같군 그래."

"이상한 생각이 듭니다."

"어떤 생각이 들지?"

"어쩐지 세상의 모든 일이 있을 수 없는 거짓말 같기만 합니다."

"여기가 거짓말을 하나 세상이 거짓말을 하나."

"모르겠습니다."

"누가 이름을 지었는지. 안 건물과 바깥 건물 사이의 경계가 되는 곳을 미오의 다리라고 말이야."

"이름을 잘도 지었군요."

"미망(迷妄)도 진실, 깨달음도 진실. 나는 그렇게 생각한다. 거짓이라고 봐 버리면 이 세상은 없는 것이 아닌가. 아니, 주군에게 한 목숨을 바친 무사의 생활엔 조금이라도 허무감이 곁들여서는 안 돼. 나의 선(禪)은 그래서 활선(活禪)이지. 사바선(娑婆禪)이고 지옥선(地獄禪)이야. 인생무상에 떨어 세상을 싫어하는 마음이 있다면 무사 봉공을 할 수 있을까."

노무사는

"나는 이리로 건너가겠다. ──자아, 우리가 살던 세상으로 서둘러 돌아가자."

발길을 재촉하며 앞서 걸었다.

나이에 비해서 발걸음에는 힘이 있다. 목덜미에 투구끈 자국도 보인다. 산 위의 명승지나 가람과 탑을 한 바퀴 돌아보고 산 위의 원(院)까지 참배를 끝낸 듯 그 발길은 곧장 산문 어구로 접어들었다.

"저런, 나와 있군그래."

산문까지 오자 노무사는 혼잣말로 중얼거리고 문득 난처하다는 듯이 미간을 찌푸렸다. 거기에는 청암사(靑岩寺)의 주지를 비롯하여 기숙사의 젊은

봄비 325

승려들까지 20여 명이나 좌우로 줄을 지어 기다렸다.
 노무사의 전송이었다. 노무사는 그런 번거로움을 피하기 위해서 벌써 오늘 아침, 떠날 때 금강봉사(金剛峰寺)에서 모두들에게 고별인사를 했으며, 또한 숨은 여행을 하고 있는 몸으로서는 거듭 수많은 자들의 전송을 받는다는 것은 호의에서 감사하나 거북스러운 일이었다.
 그렇지만 그 자리의 인사도 끝이고 아흔아홉 골짜기라는 계곡을 눈 밑에 굽어보며 다 내려오자 그제야 간신히 마음이 편해진 듯, 또 그가 말한 소위 사바선이나 지옥선도 필요하다는——속세의 내음이나 자신의 인간다운 마음의 때도 어느 틈엔가 마음 속에 되돌아와 있었다.
 "앗, 나으리는?"
 어느 산길 모퉁이에서 소리가 났다.
 마주 치는 찰나 몸집이 크고 얼굴이 흰——그렇다고 해서 미소년은 아니다——천박해 보이지 않는 젊은 무사가 눈이 휘둥그레지며 우뚝 발길을 멈추어 섰다.

2

 "아, 나으리는."
 소리에 노무사와 젊은 하인 누이노스케가 발을 멈추고
 "뉘시오?"
 물었다.
 "구도산, 아버지의 분부로 심부름 온 사람입니다만,."
 젊은 무사는 정중히 절을 한 다음 말했다.
 "혹시 틀렸다면 용서하시기 바랍니다. 길가에서 실례입니다만 귀하는 혹시 부젠 고쿠라에서 오신 호소가와 다다도시 공의 중신, 나가오카 사도님이 아니십니까?"
 "엣, 나를 사도라고?"
 노무사는 몹시 놀란 듯 물었다.
 "이런 곳에서 나를 알아보는 임자는 대체 누구요? 나는 그 나가오카 사도임에 틀림없소만."
 "그럼, 역시 사도님이셨군요. 저는 이 산기슭인 구도산에 살고 있는 은사(隱士) 겟소(月叟)의 장남 다이스케(大助)입니다."

"겟소……누구던가?"

생각이 떠오르지 않는 듯한 얼굴을 짓자 다이스케는 사도의 그 이마를 쳐다보며 말했다.

"이미 아버지께서 버리신 이름입니다만 세키가하라 전쟁까지는 사나다 사에몬노스케(眞田左衞門佐)라고 불렸던 자입니다."

"아?"

그는 깜짝 놀라며 물었다.

"그럼, 사나다님──그 유키무라님 말인가?"

"예."

"그대는 아드님이오?"

"예……."

다이스케는 그 늠름한 몸매와는 어울리지 않을 정도로 수줍은 얼굴이 되어

"오늘 아침 아버지 숙소에 잠시 다녀간 청암사의 스님 말씀으로 산에 오셨다는 것을 아시고 암행(暗行)이신 줄은 압니다만 다른 분 아닌 귀하의 지나치시는 걸음, 바로 이 기슭을 지나가신다니 아무것도 대접할 건 없으나 사립 문가에서 하찮은 차라도 한 잔 대접하고 싶다고 아버지께서 말씀하

셨습니다. 그래서 마중을 나왔지요."
"허, 이것 참 감사하오."
사도는 실눈을 떠보였으나 동행인 누이노스케를 뒤돌아 보고
"모처럼의 호의이신데 어떻게 할까?"
의논한다.
"글쎄요."
누이노스케는 선뜻 대답을 하지 못했다.
다이스케는 거듭 말했다.
"그리고 혹시 괜찮으시다면 아직 해가 높긴 합니다만 하루 저녁 묵어 주신다면 큰 기쁨. 아버지도 몹시 좋아하시리라 생각합니다."
생각에 잠겼던 사도는 뭔가 결심한 듯이 혼자 끄덕여 보였다.
"그럼, 신세를 질까. 하룻밤 묵는 건 그때 다시 생각하기로 하고. 이봐, 누이노스케, 아무튼 차를 한 잔."
"예, 그러지요."
주종은 슬쩍 시선을 교환하고 다이스케가 안내하는 대로 따라갔다.
가까운 구도산 마을로 갔다. 그 마을 민가에서 조금 떨어진, 가파른 언덕을 의지하고 돌축대를 쌓아 올려 잡목 울타리를 두른 집이 있었다.
마치 토호의 산집이라고나 할 만한 구조였다. 그러나 잡목 울타리나 문(門)의 구조도 나지막한 것이 고상한 품위를 잃지 않고 있다. 은사의 집이라고 할 만큼 안성맞춤인, 어딘가 품위 있는 모습이었다.
"문 앞에 아버지가 나와 기다리고 계시군요. 저 누추한 집입니다."
다이스케가 손 끝으로 가리켰다. 그리고 나서 손님을 앞세우고 자기도 뒤따라 집 앞으로 나갔다.

3

토담 울 안에는 아침 저녁 상의 국거리로 쓸 만한 배추라든가 파 등의 야채가 가꾸어져 있었다.
안채는 벼랑을 뒤로 지고 있어 방에서 구도산 마을 지붕들과 가무로(學文路) 역참이 나직이 내려다보였다. 또 옆으로 돌아가는 마루 옆에는 시퍼런 대밭이 시냇물을 끼고 있으며 대밭 건너편에도 집채가 있는 모양으로 두어 채의 집이 훤히 들여다보였다.

　사도가 안으로 들어가 풍아스럽게 꾸민 한 방에 자리잡자 동행인 누이노스케는 마루에 걸터앉았다.
　"조용하군."
　사도는 중얼거리며 방안을 구석구석 살폈다.
　——주인 유키무라와는 문에 들어오면서 벌써 만났다.
　그러나 안내를 받아 이 방에 앉기만 했지 아직 정식 인사는 나누지 못했다. 다시 옷차림을 가다듬고 손님 앞으로 나올 모양이었다. 차는 아들인 다이스케의 아내인 듯한 여인이 방금 얌전한 태도로 놓고 갔다.
　한참 기다렸다……
　그러나 지루하지는 않았다.
　이 객실의 모든 물건들이 주인의 부재에도 불구하고 손님을 접대해 주는 것이었다. 뜰 너머로 먼 풍경, 보이진 않으나 시냇물 흘러가는 소리, 초가 지붕 추녀 끝에 피어 있는 이끼풀의 꽃.
　그리고 손님 가까이에 이렇다 할 화려한 가구들은 하나도 없었지만, 과연 우에다성(上田城) 3만 8,000석의 성주 사나다 마사유키(昌幸)의 차남이라고 할 만한 흔적——어디선지 모르게 풍기는 향나무 향기도 민가에는 흔히 없는 값진 나무인 듯. 기둥은 가늘고 천정은 나직했으며, 적막한 도코노마(床間)에는 메밀꽃 한 송이에 배꽃 한 가지를 꽂아 놓았다.

梨花一枝春雨帶
'배꽃 한 가지 봄비를 머금도다.'

"……."
손님인 사도는 백낙천(白樂天)의 시 한 구절을 상기하고 또 장한가(長恨歌)에 불리는 양귀비와 한 나라 황제의 사랑 등, 소리 없는 흐느낌을 듣는 것 같았는데——문득 거기에 걸려 있는 한 줄의 글씨에 시선이 가자 깜짝 놀랐다.

다섯 자 한 줄이다. 굵고 진한 먹글씨로 대담하게, 그러나 어딘가 순진하게 치졸한 점을 엿보이며 단숨에

豊國大明神
내려 써 있다.
그리고 큰 글자 옆에 자그마하게 '히데요리 8세에 씀'이라고 있다.
——과연.
사도는 그 글씨에 등을 돌리고 앉은 것이 죄송해서 조금 앉음새를 옆으로 옮겼다. 좋은 향나무를 피운 것은 손님을 위해서 갑자기 태운 것이 아니라 조석으로 이 자리를 정결하게 하고, 늘 신주(神酒)를 바친 것이 어느새 벽이나 장지문에도 밴 것이리라.
"……흐음, 과연 소문과 틀림이 없는 유키무라의 마음이로구나."
사도는 대뜸 그것을 생각해냈다. 구도산의 덴신 겟소(傳心月叟)——즉 사나다 유키무라야말로 마음놓을 수 없는 사나이로구나. 그야말로 실로 악당이라고 할 수 있을 것이다. 어떤 풍운으로 어떻게 변할는지 모르는 혹성(惑星)이다. 깊은 물 속의 용이다——하고 세상의 꽤나 시끄러운 소문을 자주 들어온 터였다.
"……그 유키무라가."
사도는 집주인의 속셈을 짐작할 수가 없었다. 원래가 애써 감추어야 할 물건을 손님 눈에 띌 만한 장소에 걸어두는 것은 무슨 까닭일까. 달리 뭐든지 대덕사(大德寺)의 물건을 걸어두는 편이 좋을 텐데.

이때 마루를 밟고 오는 인기척에 사도는 태연히 눈길을 외면하고 있었다. 아까 문 앞에서 무언(無言)으로 마중 나왔던 몸집이 작고 깡마른 인물이 소매 없는 겉옷에 짧은 단도 하나를 허리에 차고 몹시도 겸손하게

"실례했습니다. 자식 놈을 내보내서 뜻하지 않게 여행길을 멈추게 한 것을 용서하시기를."

사과하는 것이었다.

4

이곳은 은거자의 집. 주인은 낭인.

물론 사회적 지위를 가리지 않는 주객 사이라고는 하나 손님인 나가오카 사도(長岡佐渡)는 호소가와(細川) 영지의 중신이며 배신(陪臣)이다.

지금은 덴신 겟소(傳心月叟)로 이름까지 바꾸었다고는 하나 주인인 유키무라(幸村)는 사나다 마사유키(眞田昌幸)의 아들, 그 형인 노부유끼(信幸)는 지금 도쿠가와를 섬기는 영주.

그런 유키무라의 너무나 겸손한 인삿말에 사도는 매우 황송해하며 말했다.

"손을……손을 드시지요."

그리고 연신 답례를 하였다.

"오늘은 뜻밖에 뵙게 되었습니다. 소문은 늘 듣고 있었습니다만 건강하신 모습을 뵈니 대단히 기쁘게 생각됩니다."

사도가 말하자

"노인께서도 더욱."

유키무라는 손님이 황송해하는 것을 보고 몸가짐을 편히 하면서 말을 이었다.

"주군 다다도시(忠利) 공께서도 별탈 없이 지난 번 에도에서 귀국하셨다지요. 무사히 도착하셨다니 다행으로 압니다."

"예, 올해는 마침 조부이신 후지다카님이 산조 구루마 거리(車町) 별장에서 돌아가신 지 3년이 되는 해입니다."

"벌써 그렇게 됩니까."

"그래서 겸사겸사 귀국하셨지요. 이 사도는 이제 후지다카 공, 다다오키 공, 그리고 지금의 다다도시 공──삼대의 주군을 받들어 온 골동품이 됐습니다."

봄비 331

 이쯤 이야기가 무르익었을 무렵, 주객은 함께 '하하하하' 하고 웃으며 어쩐지 세상사를 떠난 한가한 사람들처럼 친숙해졌다. 마중 나갔던 다이스케로서는 처음 알게 된 손님이었으나, 유키무라와 사도는 오늘이 초면이 아닌 모양이었다. 세상 이야기를 나누는 동안에
 "요즘 화상을 만나십니까. 하나조노(花園) 묘심사(妙心寺)의 구도화상(愚堂和尙)을."
 유키무라가 물었다.
 "아니, 전혀 무소식이오. ……그렇지, 유키무라님을 처음 뵌 곳이 구도화상의 선실(禪室)이었지요. 아버님 마사유키님과 함께——저는 묘심사 경내에 춘포원(春浦院)을 세우라는 주군의 명령으로 그때는 늘 가 있었지요. ……아니, 꽤 오래 된 일이군. 유키무라님도 그땐 젊으셨지."
 사도가 지나간 날을 그리운 추억으로서 이야기하자, 유키무라도 거들었다.
 "그 무렵은 곧잘 난폭자들이 성질을 고치기 위해 구도화상 방에 모여들었지요. 화상도 역시 영주나 낭인, 부자나 젊은이를 가리지 않고 상대해 주셨지요."

"더구나 세상의 낭인과 젊은이를 사랑하셨지요. 화상이 자주 하신 말씀이 있었지. 떠돌이 낭인은 부랑배다. 참된 낭인이란 마음에 고민을 품으면서도 의지 굳은 절개를 가진 자들이야. ……참된 낭인은 명리(名利)를 찾지 않고 권세에 아부하지 않으며, 세상에 나가서는 개인을 위해 정치를 굽히지 않으며 의(義)에는 사심이 없고, 몸은 흰구름처럼 구애됨이 없으며, 행동은 비처럼 빠르게, 그리고 가난을 즐길 줄을 알아 목적을 쉬 달성 못하더라도 불평을 하지 않는다고 하시며……."
"잘도 기억하고 계시군요."
"그렇지만 그렇게 참된 낭인은 푸른 바다의 진주처럼 귀하다고도 한탄하셨지요. 그러나 또한 지난날의 역사를 찾아보면 국난(國難)이란 어려움을 맞아 사심을 버리고 일신의 구국을 위해 자신의 목숨을 초개처럼 버린 무명 낭인들이 얼마나 많은지 알 수 없지요. 그리하여 이 나라 땅 속에는 무수한 무명 낭인의 백골이 나라를 떠받치는 기둥이 되어 있는데……오늘날의 낭인은 어떤가 하는 말씀도 하셨지요."
사도는 그러면서 유키무라의 얼굴을 지그시 쏘아보았다. 그러나 유키무라는 그 시선을 태연히 받으며 대꾸했다.
"그렇지요. 그 말씀으로 문득 생각이 났습니다마는, 그 무렵 구도화상 슬하에 있던 자로서 사쿠슈의 낭인인 미야모토 아무개라는 연소한 자가 있었는데 노인께서는 기억이 없으십니까?"

5

"사쿠슈 낭인 미야모토라니요?"
사도는 유키무라의 질문을 혼잣말로 되풀이했다.
"무사시 말씀이오?"
"그래, 그래. 미야모토 무사시. ──무사시라고 하더군요."
"그가 어떻게 됐나요?"
"당시엔 아직 20살도 못된 소년이었으나 어딘지 중후한 풍모가 있고 언제나 때 묻은 옷차림으로 구도화상의 선실 한구석에 앉아 있었습니다만."
"호, 그 무사시가 말이지요."
"그러면 기억하고 계시는군요."
"아니, 아니."

사도는 고개를 저으며 말을 이었다.
"제 마음에 든 것은 불과 얼마 안 되지요. 그것도 에도에 있을 때 이야긴데."
"에도에 있습니까, 지금?"
"실은 주군의 분부도 있어서 남몰래 찾고 있는데 아무리 찾아도 거처를 알 수가 없습니다."
"그놈은 장래성이 있다, 그놈의 선은 장차 물건이 될 것이라고 구도화상이 말씀하신 적이 있어서 은근히 눈여겨 보고 있었는데, 그러는 동안에 홀연히 떠난 지 몇 년이 지나──늙은 소나무 밑 시합에서 그의 이름을 전해 들었을 때 역시 화상의 눈은 틀림없구나 하는 생각을 했었지요."
"저는 또 그러한 이름과는 달리 에도에 있을 무렵 시모우사의 호텐 벌판이란 곳에서, 농민을 육성하고 황무지를 개간하고 있는 보기 드문 갸륵한 낭인이 있다는 말을 듣고 만나보고 싶은 생각으로 찾아보았더니 이미 거기엔 없지 않겠습니까. 그런데 뒷날 듣고 보니 그 자가 바로 미야모토 무사시라고 하기에 여지껏 마음에 두고 있지요."
"어쨌든 내가 아는 범위 내에서는 그 사나이야말로 화상께서 늘 말씀하시던 참된 낭인, 말하자면 바다의 진주였는지도 모르지요."
"주인께서도 그렇게 생각하시오?"
"구도화상의 이야기를 하다 보니 문득 생각난 것이지만, 어딘가 마음 한 구석에 남을 만한 사나이지요."
"실은 그런 다음, 제가 주군 다다도시 공에게 추천은 했으나 바다 속 진주를 좀처럼 만날 수가 있어야지요."
"무사시라면 나도 추천하고 싶소."
"하지만 그 정도의 인물이라면 직업에 있어서도 단순히 녹봉만을 바라는 것이 아니라 자신이 지향하는 일의 보람에 희망을 걸고 있을 거요. 호소가와 가문의 초청보다도 구도산에서 초청해 주기를 기다리고 있는지도 모르지요."
"예?"
"하하하하."
사도는 곧 웃음으로 지워 버렸다.
그렇지만 지금 조심성없이 유키무라에게 한 사도의 말은 반드시 조심성없는 말이라고만은 할 수 없었다.
나쁘게 말한다면 집주인의 속셈을 살피려던 칼끝을 퍼뜩 내보인 것이라고도 할 수 있다.
"……농담의 말씀을."
유키무라도 웃음만으로는 넘길 수 없었던지 한마디 했다.
"뭘요, 지금으로서는 젊은 하인 하나도 쓸 수 있는 몸이 못되는데 어떻게 이름난 낭인들을 구도산으로 청하겠습니까. 하기야 앞으로라도 그럴 수 없겠지만."
핑계가 되는 줄 알면서도 그만 말을 덧붙이고 말았다. 사도는 이때다 싶어 말꼬리를 잡고 늘어졌다.
"아니, 그렇게 감추지 마시오. 세키가하라 싸움 때 호소가와 가문은 동군에 가담하여 도쿠가와 쪽이라는 기치가 이미 분명하며——또 그대는 고다이코님의 유자이신 히데요리님이 유일하게 믿고 의지하는 분이라는 것도 세상 사람에게 숨길 수가 없는 일. ……아까 문득 본 벽에 걸린 족자만 보아도 평소의 마음가짐이 갸륵하다는 것을 느끼고 있었지요."
그는 벽에 걸린 히데요리의 글씨를 뒤돌아보면서 싸움터는 싸움터고 여기는 여기지 하며 가슴을 툭 터 놓는 것이었다.

6

"그런 말씀을 하시니, 이 유키무라는 구멍이 있다면 들어가고 싶은 심정이오."

그는 사도의 말이 뜻밖에도 매우 난처한 듯이 말했다.

"히데요리 공의 글씨는, 다이코님의 얼굴이라 생각하라고 오사카성에 계시는 어떤 분이 일부러 주신 것이라 소홀히 할 수도 없고 해서 걸어놓았습니다만……다이코님도 계시지 않는 오늘로서야."

그는 고개를 떨군 채 잠시 말을 그쳤다가 다시 이었다.

"변천하는 세상은 어쩔 수 없지요. 오사카의 운이 어떻게 되어 갈 것인지. 에도의 위세가 어디까지 갈 것인지 슬기로운 사람이 아니더라도 지금은 누구의 눈에도 뻔한 정세. 그렇다고 해서 갑자기 절개를 굽혀 두 주군을 섬길 수는 없다는 것이 유키무라의 가련한 말이오니, 웃어 주십시오."

"아니, 자신이 그렇게 말씀하셔도 세상에서는 쉬 납득하지 않을 겁니다. 노골적으로 털어놓고 말씀드린다면, 요도기미나 히데요리 공으로부터 해마다 막대한 수당을 비밀히 공급받으시고 이 구도산을 중심으로 하여 그대가 손만 한 번 들면 5, 6000의 낭인이 즉시 무기를 들고 모여들 만큼 길러놓은 자들이 많이 있다던데……."

"하하하하, 근거 없는 말씀. ……사도님, 사람은 자기 이상으로 자신을 높이 평가받는 것만큼 괴로운 것이 없습니다."

"그러나 세상에서 그렇게 생각하는 것도 무리가 아니지요. 젊으실 때부터 다이코님이 가까이 두시고 남보다 각별히 사랑하시던 그대인지라 그 은혜도 있거니와 또한 사나다 마사유키의 차남 유키무라는 당대의 구스노키냐, 공명(孔明)이냐 하고 촉망받고 있지 않습니까?"

"그만두십시오. 그런 말을 들으니 몸이 죄어드는 것 같습니다."

"그럼, 잘못 들은 말일까요?"

"바라건대 부처가 계시는 산기슭에 여생의 뼈를 묻고, 풍류의 맛은 모르지만 하찮은 논이나 더 갈아 자식에게서 손자나 보고 가을에는 새모밀, 봄에는 성성한 채소국을 상에 놓고 피비린내 나는 싸움 이야기는 소나무를 스치는 바람 소리로나 들으며 장수하고 싶소이다."

"아니, 진심이시오?"
"요즈음 노자(老子)와 장자(莊子)에 대한 책을 틈 있는 대로 읽다 보니, 이 세상은 즐겨야 하는 것이지 인생을 즐기지 않고서야 무슨 인생이냐 하는 깨달음을 얻고 있습니다. ……아마 경멸하실 테지만."
"……허허."
곧이듣지는 않지만 곧이듣는 척하고 일부러 어처구니없다는 듯한 표정을 지어 보였다.
——이러는 동안에 벌써 한 시간 남짓.
주객 사이에는 몇 번인가 연달아 차가 다시 따라지고 그때마다 다이스케의 아내인 듯한 여인이 나와 알뜰히 마음을 쓰고는 물러갔다.
사도는 과자 접시에서 보리과자 튀김 하나를 집어 들고
"꽤나 실없이 지껄이며 대접을 받았소. ……누이노스케, 슬슬 떠나기로 할까."
마루 끝을 돌아보고 말하자
"아니 아니, 조금만 더."
유키무라가 만류했다.
"며느리와 아들 놈이 저쪽에서 메밀과 보리를 찧어 무언가 준비하는 모양이오. 산가(山家)이기 때문에 별로 대접할 것은 없지만 아직 해도 있으니 가무로 여관에서 주무신다면 천천히 가셔도 괜찮습니다. 우선 잠깐."
그러자 다이스케가 말했다.
"아버지, 저리로 드시지요."
"다 됐나?"
"예."
"방도."
"준비가 다 됐습니다."
"그래 그럼……."
유키무라는 손님에게 권하며 마루를 따라 앞선다.
모처럼의 호의, 사도는 쾌히 뒤따라갔으나 그때 문득 수상스러운 소리가 뒤편 대밭 너머에서 들려왔다.

7

그 소리는 베 짜는 소리인 듯도 했으나 베틀보다는 소리가 클 뿐 아니라 돌아가는 율동도 달랐다.
대밭을 앞에 둔 뒷방에는 주인과 손님 상에 메밀국수가 나왔다.
술병도 곁들였다.
"서투른 솜씨입니다만."
다이스케가 말하고 수저를 권했다. 아직도 사람 앞에서는 익숙지 않은 며느리가
"한 잔 드세요."
술병을 기울였다.
"술보다."
사도는 술잔을 엎어 놓고
"이쪽이 더 좋소."
메밀국수 앞으로 다가앉는다.
억지로 권하지 않고 다이스케와 며느리는 적당한 시간에 물러갔다. 그 사이에도 베틀 같은 소리가 연신 귓가를 울려왔으므로
"저건 무슨 소린가요?"
물었다.

　유키무라는 손님 말을 듣고서야 비로소 손님 귀에 거슬린다는 사실을 깨달은 듯이 대답했다.
　"아, 저 소리 말입니까. 저건 부끄러운 말씀이지만 생활에 보태려고 가족과 길러낸 하인들에게 만들게 하고 있는 끈 공장인데 끈 짜는 목차가 돌아가는 소리지요. ……저희들은 직업이라 조석으로 들어 익숙해 있지만 손님에게는 성가신 일이지요. ……곧 사람을 보내 목차를 멈추게 하지요."
　유키무라가 손벽을 쳐서 다이스케의 아내를 부르려 하는 것을 보고
　"아니, 그렇게까지 할 건 없습니다. 일 방해까지 하면서 앉아 있기는 괴롭습니다. 그만, 그만."
　사도는 말했다.
　이 뒷방은 안채의 가족들이 있는 곳과 가까운 모양으로 드나드는 사람들의 목소리와 부엌에서 나는 소리, 그리고 어디선가 돈을 세는 소리 등이 들려 앞채 별실과는 상당히 분위기가 달랐다.
　'이상하다? ……이렇게까지 하지 않으면 먹지 못할 만큼의 환경일까?'
　사도는 수상쩍어했으나 오사카성에서의 도움이 전혀 없다면 몰락한 영주의 말로는 이런 것일까 하는 생각도 드는 것이었다. 가족은 많고 농사에는 익숙지 않고 갖고 있던 것은 모두 팔거나 해서 탕진해 버린다.

봄비 339

이것저것 궁리를 하기도 하고 망설이기도 하면서 사도는 메밀국수를 먹었다. 그렇지만 메밀국수 맛에서 유키무라의 인간성을 음미할 수는 없었다. 통털어

'막연한 사나이──'

이런 느낌이 들었다. 10년 전 구도화상 슬하에서 알게 되었던 무렵의 인상과는 어딘지 좀 달라 보였다.

그러나 이편에서 혼자 씨름을 하고 있는 동안에 유키무라는 자기를 통해서 호소가와 가문의 의사(意思)나 근황 등을 잡담 꼬투리에서까지 냄새 맡고 있는지도 모른다.

──살피는 것 같은 말은 그의 입에서 추호도 내비치지 않았지만.

그러고 보니, 자기가 어떤 볼일로 고야산에 왔는지 그것마저도 유키무라는 물으려고 하지 않았다.

사도가 산에 올라온 것은 물론 주군의 명령에 의한 것이었다. 고(故) 호소가와 후지다카 공은 다이코가 살아 있을 때에 모시고 청암사에 온 적이 있었고, 산 위에 오래 머물면서 한여름 동안 노래와 서책 저술을 한 일도 있으므로 청암사에는 그 무렵, 그대로 보존되고 있는 후지다카 공의 친필책이나 서예 도구의 유물들이 이것저것 아직 남겨져 있었다. 그 정리와 인수 문제를 의논하기 위해 이번 3주기를 앞두고 보젠 고쿠라에서 일부러 홀가분하게 왔던 것이다.

──그런 일도 유키무라는 묻지 않았다. 마중 나온 다이스케가 말한 바와 같이 문 앞을 지나는 길손에게 차 한 잔을 대접하는 것이 숨길 길 없는 그의 진의였고 또한 호의라고밖에는 생각할 수가 없었다.

8

수행한 누이노스케는 아까부터 마루 끝에 다소곳이 앉아 있기는 했으나 안으로 들어간 주인이 걱정되어 불안해서 견딜 수가 없었다.

아무리 표면상으론 환대하고 있는 것 같아도 이곳은 적편의 집이기 때문이다. 도쿠가와 가문으로서는 마음놓을 수 없는 거물로 요주의 인물로서 첫째가는 사람의 집이었다.

기슈의 영주 아사노 나가아키라(淺野長晟)는 그 때문에 도쿠가와 가문으로부터 특별히 구도산의 감시를 명령받고 있다는 말도 들었다. 상대가 거물

인 데다가 포착할 수 없는 유키무라라는 인물이어서 애를 먹고 있다는 소문도 늘 듣고 있던 터라

"……어지간히 하고 가시면 좋을 텐데."

누이노스케는 걱정이 되는 것이었다.

이 집에 어떤 흉계가 있는지도 모르며 또한 그러한 일이 없다고 하더라도 감시관인 아사노 가문으로부터 도쿠가와 쪽에 호소가와의 중신이 숨은 여행 도중에 들렀다고 보고만 하더라도 도쿠가와 측에서는 불쾌하게 여길 것이다.

간토와 오사카 사이는 사실상 그렇게도 험악했다.

그런 일들을 모르실 사도님도 아닐 텐데.

──이런 생각을 하며 누이노스케는 안쪽으로만 눈길을 돌리며 살피고 있었는데, 마침 마루 끝의 개나리와 황매화 나무꽃이 크게 흔들린다 싶자 어느 틈에 시커멓던 하늘에서 처마 끝을 스치며 후두둑 빗방울이 떨어졌다.

그는 문득

"이때다──"

생각하며 마루에서 내려와 마루를 따라 사도가 대접을 받고 있는 방 쪽으로 걸어가 말했다.

"비가 내릴 것 같습니다. 나으리, 가시려면 지금 떠나셔야 되겠는데요."

말을 건네자 아까부터 이야기에 붙잡혀 일어나지 못하고 있던 사도는 속으로 눈치 빠른 녀석, 하며 금방 대답했다.

"아, 누이노스켄가. ……뭐, 비가 내려? 지금 떠나면 젖진 않겠지. 자아, 그럼 곧 실례하기로 하자."

유키무라에게 인사를 하고 성급히 일어나자, 그는 하다못해 하룻밤이라도 하고 붙들 셈이었으나, 주종의 심정을 짐작했음인지 억지로 권하지 않고 다이스케와 며느리를 불러

"손님에게 도롱이를 드려라. 그리고 다이스케는 가무로까지 전송해 드리고 오너라──"

분부했다.

"예."

다이스케는 도롱이를 가지고 왔다. 그것을 빌려 걸치고 사도는 문 앞을 떠났다.

　재빠른 구름이 센조 골짜기(千丈谷)와 고야의 산봉우리에서 하늘을 달려 왔으나 비는 아직 대단치 않았다.
　"안녕히 가십시오."
　유키무라와 그 가족들은 대문까지 손님을 전송했다.
　사도도 정중히 인사를 하고 나서 유키무라에게는
　"언젠가 다시, 비오는 날일지 바람 부는 날이 될는지는 모르나 뵐 날이 있겠지요. 안녕하시기를——"
　말했다.
　유키무라는 싱긋 웃으며 끄덕였다.
　머잖아 또.
　머잖아 또.
　서로간에 마상에서 긴창을 든 모습을 그때 문득 마음 속으로 그리면서 중얼거렸을 것이다. 그러나 담 너머 살구꽃은 가는 봄을 애석히 여기는 듯 보내는 집주인과 떠나는 손님의 도롱이에 우수수 떨어져서 점점이 꽃잎을 뿌렸다.
　다이스케는 전송해 가는 길 도중에

"별로 많이 내릴 비는 아닙니다. 늦봄철에 흔한 일로 산 속에는 하루 한 번씩 꼭 이런 비구름이 지나가지요."
말했다.
그러나 구름에 쫓기듯 발걸음을 재촉하여 서둘러가는데 이윽고 가무로 여인숙 근처에서 저쪽으로부터 달려오는 한 필의 말을 탄 흰 옷차림의 행각승과 마주쳤다.

9

말잔등에는 가마니가 덮여져 있다. 그리고 꽁꽁 묶은 사나이의 몸을 안장에 붙들어 매고 양켠에는 나뭇단을 달아 매었다.
행각승은 앞서 달리고 행상꾼인 듯한 남자가 두 사람, 한 사람은 고삐를 쥐고 또 한 사람은 가느다란 대나무로 말 엉덩이를 갈기면서 서둘러 오는 것이었다.
마주치자마자, 순간 다이스케는 깜짝 놀라 일부러 동행인 나가오카 사도에게 뭔가 말을 걸었으나 그 시선을 눈치채지 못한 행각승은
"오, 다이스케님."
흥분된 목소리로 불렀다.
다이스케는 모르는 척했으나 사도와 누이노스케는 이상한 얼굴을 지으며 바로 걸음을 멈추고
"다이스케님, 누가 부르고 있군요."
가르쳐 주면서 눈길을 떼지 않았다.
그는 할 수 없이 말을 건넸다.
"오오, 린쇼보(林鐘坊) 스님, 어디 가시오?"
태연히 가까이 가자 행각승은
"기미 고개에서 곧장——지금부터 산의 저택으로 바로 갈까 해서."
큰소리로 말을 꺼냈다.
"지난번 전갈을 받았던 수상한 간토 놈을 나라에서 발견했기에 기미 고개 마루에서 간신히 생포했지요. 여느 놈과는 달리 엄청나게 센 놈입니다. 겟소님 앞에 데려다 놓고 족치면 어쩌면 이놈의 입에서 간토 쪽의 정보 활동 비밀이……."
가만히 있으려니 묻지도 않은 일까지 물 쏟듯이 자랑스러운 얼굴로 지껄여

대므로 다이스케는 시치미를 뗐다.
"이봐, 린쇼보 스님. 무슨 소릴 하는지 모르겠는데."
"보십시오, 말 잔등을. 이 말등에 비끄러맨 놈이야말로 간토 쪽의 첩자로서……."
"에이, 바보 같이."
견디다 못해 눈치나 표정으로는 어쩔 수가 없었는지 다이스케는 일갈했다.
"길거리에서——더군다나 내가 모시고 있는 이 손님이 누구신 줄 아나? ——부젠 고쿠라 호소가와 가문의 중신 나가오카 사도님이야. 터무니없는 말을……아니, 농담도 어지간히 해야지."
"예?"
린쇼보는 그제야 시선을 다른 곳으로 돌렸다.
사도와 누이노스케는 귀가 먹은 듯한 얼굴로 이쪽 저쪽을 바라보고 있었으나, 그 동안에도 빠른 구름은 머리 위를 지나가고 비 섞인 바람이 불어올 때마다 사도가 걸치고 있는 도롱이가 백로 털처럼 바람에 부풀어 올랐다.
——저 자가 호소가와 가문의?
린쇼보는 입을 다물자 몹시도 뜻밖인 듯 놀라움과 의심을 가득 담아 곁눈

질을 하고서

"……어떻게?"

낮은 소리로 살며시 다이스케에게 묻는 것이었다.

두세 마디, 뭔가 속삭여 주고 다이스케는 곧 이쪽으로 왔으나 이를 기회 삼아 나가오카 사도는

"이젠 여기서 돌아가시지요. 더 가시면 오히려 죄송해서."

억지로 다이스케와 헤어져 인사도 하는 둥 마는 둥 총총히 떠났다.

다이스케는 할 수 없다는 듯이 그 자리에 선 채 전송을 했으나 그 시선은 말과 행각승 쪽으로 돌리고는

"어리석게도!"

꾸짖고서 말을 이었다.

"눈을 똑똑히 뜨고 장소와 사람을 가려서 말을 해야지. 아버님 귀에 들어가기만 하면 예사로 끝날 일이 아니야."

"옛……설마했던 것이."

행각승은 면목 없다는 듯이 사과했다. 그가 바로 사나다의 심복 부하 도리우미 벤조(鳥海辨藏)라는 자로써 이 근처에서는 그를 모르는 사람이 없었던 것이었지만.

항구

1

'나는 미쳤을까?'

이오리는 이따금 그러한 공포에 사로잡혔다. 물웅덩이가 있으면 자기 얼굴을 비춰 보고

'얼굴은 알 수 있겠구나.'

얼마간 마음을 달래었다.

어저께부터 걷고 있다. 어디를 걷고 있는지 짐작도 할 수가 없다. 낭떨어지의 밑바닥을 기어올라오고 나서부터 계속 걷고 있는 것이다.

"오너라!"

발작적으로 하늘을 향해 갑자기 소리치거나

"제기랄!"

땅을 노려보다가 그 기력이 빠지면 팔을 굽혀 눈물을 닦곤 했다.

"아저씨."

곤노스케(權之助)를 불러본다.

역시 이 세상에는 이미 없으리라고 생각했다. 모함에 빠져 살해되었다고 생각했다. 그 부근에 흩어져 있던 곤노스케의 유품을 보고 나서부터 이오리는 그렇게 생각하고 말았다.

"……아저씨이, 아저씨이."

다감한 소년의 영혼은 헛일인 줄 알면서도 부르지 않을 수가 없었다. 어저께부터 계속 걸어왔기 때문에 다리가 아파 그런지도 모르겠다.

그 발에도, 귀언저리에도, 손에도, 피가 묻어 있다. 옷이 찢어져 있다. 그러나 아무것도 돌아보려고 하지 않는다.

"여기가 어딜까?"

이따금 제정신으로 돌아올 때는 몹시 허기를 느낄 때였다. 무언가 먹긴 먹었으나 무엇을 먹었는지 기억도 없다.

그저께 밤에 묵었던 금강사나 혹은 그전에 있던 야규 마을이 생각난다면 걸어가는 데에 짐작도 가겠지만, 이오리의 머리에는 낭떠러지 이전의 기억은 아직 아무것도 되살아나지 않는 모양이었다.

막연하게

'살아 있다——'

그렇게 느끼고 갑자기 외톨이가 된 몸이 살아갈 길을 찾아 헤매는 꼴이었다.

'후두둑' 하고 무지개처럼 눈 앞을 가로막는 것이 있었다. 꿩이었다. 등꽃 향기가 났다.

이오리는 그 자리에 앉아

'여기가 어디일까?'

다시 한 번 생각했다.

문득 그는 의지할 것을 발견했다. 대일여래님의 미소이다. 대일여래님은 구름 저편에도, 산봉우리에도, 골짜기에도, 어디에든 있는 것이라고 그는 생각했기 때문에 잔디 위에 털썩 주저앉아

'저의 갈 길을 가르쳐 주세요.'

합장을 했다.

눈을 감았다.

잠시 후 얼굴을 드니 산과 산 사이에 아득히 바다가 보였다. 희미하게 푸른 안개처럼 보였다.

"……애."

아까부터 그 뒤에 서서 의아한 듯이 바라보던 여인들이 있다. 딸과 어머니이리라. 두 사람 다 가벼운 여행 차림이었다. 산뜻한 모습이었으며 남자 동행인은 없는 것 같았다. 이 근처에 사는 양갓집 사람으로서 신사 참배나 절 참배, 아니면 심심풀이로 하는 봄나들이 같아 보였다.

"······왜요?"

이오리는 부인과 딸의 얼굴을 물끄러미 돌아다보았다. 아직 어딘지 눈길이 허해 보였다.

딸은 어머니를 보고

"왜 저럴까요?"

속삭였다.

부인은 고개를 갸우뚱하더니 이오리 곁에 다가와 손과 얼굴에 묻은 피를 보고 눈살을 찌푸리면서

"아프지 않니?"

물었다.

이오리가 고개를 가로 젓자 부인은 딸을 돌아보며 말했다.

"알기는 아는 모양이야."

2

어디서 왔는가.

태생은 어디인가.

이름은 무어라고 하는가.

그리고 대관절 이런 데 앉아서 무엇을 빌고 있는가——하고 부인과 그 딸에게 연거푸 질문을 받고서야 이오리는 제 정신으로 돌아왔다.

"예, 기미 고개에서 동행하던 사람이 살해되었어요. 그리고 나는 낭떠러지에서 기어올라와 어저께부터 어디로 가야 할까 하고 망설이다가 대일여래님이 생각나서 빌었더니 저쪽에 바다가 보였어요."

처음에는 기분 나빠 하던 딸도 이오리의 말을 듣자 오히려 어머니로 보이는 부인 이상으로 동정심을 보였다.

"저런, 가엾게도! 어머니, 사카이까지 이 애를 데리고 갈까요? 어쩌면 마침 나이도 알맞고 하니 가게에서 써 줄지도 모르지 않아요."

"그건 그렇지만 이 애가 따라올까."
"따라오겠지요……그렇지?"
이오리가 고개를 끄덕였다.
"그럼, 따라와. 그 대신 이 짐을 좀 들고 가자."
"응……."
아직도 어딘가 낯이 선지 동행을 하여 걸으면서도 얼마 동안 이오리는 무슨 말을 해도 그저 '응'이라고만 대답할 뿐이었다.

그러나 그것도 그다지 오랫동안은 아니었다. 산을 내려가 마을 길을 벗어나자 이윽고 기시와다의 거리에 닿았다. 아까 이오리가 산에서 본 바다는 이즈미노우라(和泉浦)였던 것이다.

사람들이 많은 거리를 걸어가는 동안 이오리는 그 모녀들에게 익숙해져서 말을 하기 시작했다.
"아주머니네 집은 어디예요?"
"사카이란다."
"사카이라면 이 근처인가요?"
"아니야. 오사카 근처란다."
"오사카는 어디쯤이지요?"

"기시와다에서 배를 타고 가야 한단다."
"예, 배를 타고요?"
이것은 이오리로서는 뜻밖의 기쁨인 것 같았다. 그 기쁨에 들떠 묻지도 않은 말을 그가 지껄이는 걸 들어보면——에도에서 야마토까지 오는 동안 강을 다니는 나룻배는 몇 번이나 탔지만 바다를 다니는 배는 아직 탄 적이 없다. 내가 태어난 시모우사에도 바다는 있으나 배를 탄 적은 없다——그 배를 탈 수 있다니 정말 기쁘구나, 하며 철없는 말을 계속 지껄여댔다.
"이오리."
딸은 벌써 이름을 알고 불렀다.
"아주머니라고 부르는 것은 우스우니 어머니를 부를 때는 마님이라고 불러요. 그러고 나는 아가씨라고 불러야 해. 지금부터 버릇을 들여놓지 않으면 안 되니까."
"응."
이오리가 끄덕였다.
"'응'이라는 것도 우습구나. '응'이라는 대답이 어디 있니? 앞으로는 '예'라고 해요."
"예."
"옳지, 넌 꽤 착한 아이구나. 가게에서 부지런히 일하면 점원으로 써 주도록 할게."
"아주머니네 집은……아 참, 아니지. 마님네 댁은 대관절 무얼하는 집이에요?"
"사카이에 있는 운송점이란다."
"운송점이라니요?"
"넌 모르겠지만 배를 많이 가지고 주고쿠, 시고쿠, 규슈의 영주들에게 물건을 실어다 주기도 하고 또 항구마다 들러서 장사도 하는 상인이란 말야."
"난 또 뭐라고——장사꾼이구먼."
이오리는 갑자기 마님과 아가씨를 눈 아래로 보듯이 중얼거렸다.

3

"뭐, 장사꾼이라고?——아니, 이 애는 건방진 말버릇을 가졌구나!"

 딸은 어머니와 얼굴을 마주보며 자기들이 구해 준 것처럼 생각하고 있는 이오리의 조그만 몸뚱이를 얄미운 듯이 다시 바라보았다.
 "호호호호, 장사꾼이라면 기껏해야 떡장수나 포목장수쯤으로 알고 있기 때문이겠지."
 마님은 예사로 흘려듣고 그것을 오히려 애교로 받아들였으나, 딸은 사카이 상인의 긍지를 가지고 일단 말해 두지 않고는 마음이 풀리지 않는 것 같았다.
 그녀들의 자랑담에 의하면, 운송점은 사카이 중국인 거리의 바닷가에 있는데 큰 강과 수십 척의 배를 가지고 있다.
 그리고 가게는 사카이뿐만 아니라 나가토(長門)의 아카마가세키(赤間關)에도 있고, 사누키(讚岐)의 마루가메(丸龜)에도, 산요(山陽)의 시카마(飾磨) 항에도 지점이 있다.
 특히 고쿠라의 호소가와 가문으로부터는 영지의 용달을 명령 받고 있으므로 선박 허가도 내려져 있고, 성씨(姓氏)와 칼을 차도 좋다는 허가장이 있어, 아카마가세키의 고바야시 다로자에몬(小林太郞左衞門)이라면 주고쿠, 규슈에서 모르는 자가 없었다.

항구 351

이러한 말들을 늘어놓으며

"장사꾼이라곤 하지만 애, 온갖 종류가 있단다. 운송점이라는 것은, 막상 천하에 큰 싸움이라도 벌어져 보라지. 사쓰마님이건, 호조님이건, 영지의 배만으로는 모자라니까 평소에는 단순한 운송점이라도 여차하면 싸움을 거들어 드릴 수가 있거든."

그 고바야시 다로자에몬의 딸인 오쓰루(鶴)는 분하다는 듯이 연신 설명했다.

마님은 오쓰루의 어머니이고, 다로자에몬의 아내이기도 하며 이름은 오세이(勢)님이라고 한다는 것도 곧 알게 되어, 이오리도 말이 좀 지나쳤다고 생각했는지

"아가씨, 화났어요?"

비위를 맞춘다.

오쓰루도 오세이도 그만 웃어 버리면서 한 마디 더 덧붙였다.

"화를 내는 건 아니지만 너 같은 우물안 개구리 녀석이 너무 건방진 말을 하기 때문이지."

"미안해요."

"가게에는 지배인이며, 젊은이들, 그리고 배가 도착하면 수부와 인부들이 많이 드나드니 건방진 말을 하다가는 혼이 난단다."

"네."

"호호호호, 건방진 줄 알았더니 유순한 점도 있구나, 너는."

오쓰루는 그러면서 이오리를 노리갯감처럼 다룬다.

거리를 구부려져 들어가니 바다 내음이 바로 흘러나왔다. 기시와다의 나루터이다. 이 고장의 산물을 실은 500섬 배가 거기 도착해 있었다.

오쓰루는 손가락으로 가리키며

"저걸 타고 가는 거야."

이오리에게 가르쳐 주었다.

"저 배도 우리 배란다."

오쓰루는 자랑을 한다.

그때 그 근방의 갯가 찻집에서 오쓰루의 모습을 보고 달려오는 서너 사람이 있었다. 뱃사공과 고바야시 가게의 점원인 듯했다.

"이제 돌아오십니까?"

"기다리고 있었습니다."
그들은 마중을 나온 듯했다.
"마침 짐이 많아서 자리를 넓게 잡아드리지 못합니다만 저기 준비를 해 놓았으니 어서 들어가십시오."
앞장서 배 안으로 안내받아 갔을 때, 보니 배 한 모퉁이에 휘장을 두르고 붉은 양탄자를 깔아 배 안이라곤 여겨지지 않을 만큼 호사스러운 방이 꾸며져 있었다.

4

배는 무사히 그날 밤 사카이 포구에 도착하여 고바야시의 마님과 오쓰루님은 배가 도착한 강어귀 바로 맞은편에 있는 큰 집으로 들어갔다.
"인제 돌아오세요."
"어서 오십시오."
"오늘은 참 날씨가 좋아서."
등등 늙은 지배인으로부터 젊은이에 이르기까지 마중하는 가운데 안으로 들어가면서
"아 참, 지배인 영감."
가게와 안채 중간쯤에서 마님은 늙은 지배인인 사헤에(佐兵衞)를 돌아보고 말했다.
"거기 서 있는 아이 말인데."
"예예, 데리고 오신 구질구질한 아이 말씀입니까?"
"기시와다로 나오다가 주운 아이인데 영리할 것 같으니 가게에다 두고 써 보도록 해요."
"어쩐지 이상한 놈이 따라왔다 했더니 길에서 주운 아이로군요."
"이라도 있으면 안 되니 옷을 갈아입혀서 일단 몸을 씻고 자도록 해 줘요."
가게와 안채 중간쯤에서 그 안은 마치 무가(武家) 내전과 바깥채 같은 구별이 있어, 지배인이라 할지라도 허락이 없으면 들어가지 못한다. 하물며 주워온 뜨내기 아이에 지나지 않는 이오리로서는 그날 밤부터 가게 한 구석에 놓여졌을 뿐, 마님과 오쓰루님의 얼굴을 보는 것도 그날이 마지막이었다. 어느새 며칠이고 날이 흘러갔다.

"기분 나쁜 집인데."

구원받은 은혜보다도, 이오리로서는 상가(商家) 집의 관습이 하나하나 답답하고 불만스러웠다.

애, 애, 하고 사람을 부른다.

저것을 해라, 이것을 해라.

젊은이에서 늙은 지배인에 이르기까지 마치 강아지마냥 부려 먹는다.

그러한 인간들이 또 안채의 사람들이라든가, 손님에게는 이마가 땅에 닿도록 굽실거린다.

그러한 어른들은 또 자나깨나 돈, 돈, 돈, 하고 돈에 대한 말만 하고 있고, 일, 일, 하며 사람이면서도 일에만 쫓겼다.

"차라리 달아나 버릴까."

이오리는 몇 번이나 생각했다.

푸른 하늘이 그리웠다. 땅 위에 뒹굴었던 날의 풀 냄새가 그리웠다.

5

차라리 달아나 버릴까?

그렇게 생각하는 날에는, 이오리의 가슴에 무술 이야기며, 마음을 닦는 도(道)에 대한 이야기를 해 주던 스승 무사시의 모습과 헤어진 후의 곤노스케가 마냥 그립게 생각되었다.

그리고 자기의 친 누이라는 말을 듣고도 아직 만나지 못하는 오쓰우의 모습 등이……

그러나, 그렇게 그립게 생각하는 날과 밤이 있으면서도 소년의 한 면에는 이 센슈 경계선이라는 항구가 갖는 현란한 문화며, 이국적인 거리, 선박의 색채, 그리고 그곳에 사는 사람들의 호화로운 생활에 심상치 않은 눈길을 돌리며

"이런 세계도 있었구나.'

진심으로 놀랐다.

또, 동경과 꿈과 의욕을 품고 언젠지 모르게 날을 보낸다.

"애, 이오!"

회계실에서 지배인인 사헤에가 불렀다. 이오리는 넓은 봉당과 광 앞 길을 쓸고 있었다.

"이오!"

대답을 하지 않으므로 사헤에는 회계실에서 나와 느티나무 재목이 시꺼멓게 되어 있는 가게 앞 문지방까지 나와 고함을 질렀다.

"신출내기 꼬마 녀석, 부르는데 왜 오지 않나?"

이오리는 돌아다보며

"예, 나 말인가요?"

"나라는 놈이 어디 있어. 저라고 해."

"네."

"네가 아니야. 예라고 해. 허리를 굽히고."

"예."

"넌 귀가 없나?"

"귀야 있지요."

"왜 대답을 않나?"

"하지만 이오, 이오, 하고 부르기에 제가 아닌 줄 알았지요. 난——저는 이오라는 이름이 아니니까요."

"이오리란 꼬마 이름 같지 않으니까 이오라고 해도 돼."

"그렇습니까?"
"요 먼저도 내가 그토록 금지시켰는데 또 괴상한 걸 허리에 차고 있구나. ……그 장작개비 같은 칼을."
"예."
"그런 걸 차면 안 돼. 상가 사동 녀석이 칼을 차다니——못된 놈 같으니."
"……"
"이리 내."
"……"
"뭘 뿌루퉁하고 있어!"
"이건 아버지의 유물이어서 내놓을 수가 없어요."
"이 녀석, 이리 내라는 데도."
"저는 장사꾼이 되지 않아도 괜찮아요."
"장사꾼이라고. 이 녀석아, 장사꾼이 없으면 세상이 이루어질 수 없어. 노부나가님이 훌륭하다느니 다이코님이 어쩌니 하지만 만약 상인이 없었다면 주라쿠(聚落) 궁전도 모모야마(桃山) 궁전도 쌓을 수 없었을 게다. 외국에서 여러가지 물건도 들어오지 않을 것이고, 특히 사카이 상인은 말이다, 남만(南蠻), 루손(呂宋), 후쿠슈(福州), 아모이(廈門) 같은 데서 큰 배짱으로 장사를 하고 있단 말이다."
"알고 있습니다."
"어떻게 알고 있나?"
"거리를 둘러보면 아야마치(綾町), 기누마치(絹町), 니시키마치(錦町) 같은 데는 큰 직조 공장이 있고, 높은 둔덕에는 루손야(呂宋屋)의 성채 같은 별장이 있고 해변가에는 큰 부자들의 저택과 창고가 늘어서 있습니다. 그것을 생각하면 안채에 계시는 마님이나 오쓰루님이 자랑으로 여기고 있는 이 가게 같은 것은 아무것도 아니지요."
"이 녀석이."
사헤에는 봉당으로 뛰어내려왔다. 이오리는 빗자루를 버리고 도망을 쳤다.

6

"애들아, 저놈을 잡아라! 저놈을 잡아다오!"
사헤에는 추녀 밑에서 소리쳤다.
강가에서 짐을 져 나르는 짐꾼을 지휘하고 있던 가게 사람들이
"아, 이오로구나."
빙 둘러싸고 이오리를 붙잡자 가게 앞으로 끌고왔다.
"처치곤란한 녀석이야. 욕지거리를 하지 않나. 우리들을 업신여기지를 않나, 오늘은 한껏 혼을 내주어라."
사헤에는 발을 닦고 회계실에 들어가 앉았으나 또다시
"그리고 이오가 차고 있는 그 칼을 이리 뺏어다 둬라."
명령했다.
가게의 젊은이들은 우선 이오리의 허리에서 칼을 빼앗았다. 그리고는 뒷결박 지어 가게 앞에 산더미처럼 쌓아놓은 짐짝 위에 원숭이처럼 묶어 놓고
"남에게 웃음거리가 좀 되어 봐라."
웃으면서 가버렸다.
수치는 이오리가 가장 존중히 여기는 바이며 무사시로부터도, 곤노스케로부터도, 수치를 알라는 소리를 늘 들어왔던 것이다.
——창피하다.
자기 자신을 생각하자 이오리는 소년의 격렬한 피를 광적으로 흥분시키며

"풀어 주세요!"

외쳤다.

"이젠 그러지 않겠어요."

또 사과를 하다가, 그래도 용서를 해 주지 않자 이번에는 욕질을 하며

"바보 같은 지배인, 못난 지배인. 이따위 집엔 있지 않을 테니 밧줄을 풀어 줘! 칼을 돌려 줘."

고함을 질렀다.

사헤에는 또 다시 내려와서

"듣기 싫다!"

이오리의 입을 헝겊으로 틀어막았다.

이오리가 그 손가락을 물어 버렸으므로 사헤에는 또 젊은이들을 불러

"입을 동여 버려라."

말했다.

이제는 아무 소리도 외칠 수가 없었다.

길가던 사람들이 모두 보며 지나간다.

특히 강어귀와 중국인 거리의 강변에는 배를 탈 손님들이랑 상인들의 짐

짝, 그리고 물건을 팔러 다니는 여자들의 왕래가 빈번했다.

"……으윽……윽."

재갈을 물린 입 속으로 이오리는 소리를 냈다. 그리고 몸부림을 치고 고개를 내젓다가는 눈물을 뚝뚝 흘렸다.

그 옆에서는 짐을 실은 말이 쭈루루 오줌을 싼다. 오줌의 거품이 이오리 쪽으로 흘러내려온다.

칼도 차지 않고 건방진 소리도 하지 않을 테니 밧줄만은 풀어 주었으면 하고 이오리는 진심으로 생각했지만 그 말도 호소할 수가 없다.

그런데 그때, 이미 한여름에 가까운 염천 아래 삿갓으로 볕을 가리면서 대나무 지팡이에 삼베 옷을 걷어올려 질끈 동여 매고, 짐 실은 말 저편으로 지나가는 여인이 있다.

'……아, 이상하다?'

이오리의 눈길은 덤벼들 듯이 그 사람의 하얀 옆 얼굴에 부딪쳤다.

가슴이 덜컹하고 온몸이 화끈 달아올랐다. 정신이 아찔해지려는 순간, 그 사람의 하얀 옆얼굴은 곁눈질도 하지 않은 채로 가게 앞을 지나 뒷모습을 보이고 말았다.

"누, 누님이다! 오쓰우 누님이다!"

목을 빼며 이오리는 외쳤다. 아니, 그는 그 사람의 등 뒤를 향해 불러댔지만 목소리는 아무에게도 들리지 않았다.

7

한없이 울고 난 뒤에는 목소리도 나오지 않는다. 다만 어깨로 흐느끼고 있을 뿐이었다.

이오리는 소리를 질러도 재갈에 막혀 소리가 나오지 않자 재갈을 눈물로 적시면서

——지금 간 것은 누님인 오쓰우님이 틀림 없다!

——만날 수 있었는데 만나지를 못했다. 내가 여기 있는 것도 모르고 가버리고 말았구나.

——어디로, 어느 곳으로 갔을까?

가슴 속으로 울부짖었으나 누구 하나 돌아보는 사람도 없었다.

가게 앞은 짐 실은 배가 도착하여 점점 더 혼잡을 이루었고 오후의 한길은

항구 359

더위와 먼지 때문에 사람들의 발걸음도 빨랐다.
"여보, 여보, 사헤에님. 무엇 때문에 이 사동을 구경거리 곰새끼처럼 이런 데다 묶어 놓는 거요. 무자비한 짓 같아서 보기가 안됐구려."
주인 고바야시 다로자에몬은 사카이의 가게에 없었다. 그런데 그 사촌이라는, 곰보에다 무서운 얼굴을 했으며, 언제나 놀러 오면 이오리에게 과자 같은 것을 주는 인심 좋은 사람이 있었다. 그 남반야(南蠻屋)라는 사람이 화를 내며 말했다.
"아무리 혼을 내준다지만 이런 한길 가에 이렇게 어린 것을 묶어 놓다니 고바야시의 체면에 관계되는 일이야. 빨리 풀어 주도록 해요."
지배인인 사헤에는 이오리가 아무 짝에도 쓸모가 없다는 것을
"예예."
복종하면서도 한편으로는 끈덕지게 고자질했다.
남반야는
"그렇게도 처치곤란한 아이라면 우리 집으로 데리고 가겠어. 오늘 마님과 오쓰루에게 이야기를 해 보지."
그렇게 말하더니 듣지도 않고 안으로 들어가 버렸다.

마님의 귀에 들어가면 어쩌나 하고 사헤에는 몹시 두려워하였다. 그래서 그런지 갑자기 이오리를 대하는 태도가 부드러워졌으나 이오리의 울음은 오랏줄을 풀어주고 나서도 반나절이나 그치지 않았다.

대문이 닫히고——

가게도 문을 닫은 저녁 무렵, 남반야는 안에서 대접받았는지 약간 술기를 띠고 기분좋게 돌아가려다가 문득 봉당 구석에 이오리가 있는 것을 보았다.

"내가 너를 데리고 가려고 말을 해 봤더니 마님도 오쓰루도 아무래도 안 되겠다는 거야. 역시 네가 사랑스러운 모양이지. 그러니 꼭 참아라…… 그대신 내일부터는 다시 그런 변을 당하지 않도록 해 주지. 알겠나, 대장. 하하하하."

그는 머리를 쓰다듬으며 그렇게 말하고는 돌아가 버렸다.

거짓말이 아니었다. 남반야가 말해 준 효과이리라. 그 다음날부터 이오리에게는 가까이 있는 절간에 다니며 공부를 해도 좋다는 허락이 내렸다.

또 절간에 다니는 동안만은 칼 차는 것도 허락한다는 마님의 허락이 내렸다. 사헤에도, 다른 사람들도, 그리고 나서부터는 그다지 학대를 하지 않는다.

그러나, 이오리는 그 후부터 왠지 눈길이 침착하지 못했다. 가게에 있어도 한길을 내다보고 있는 것이다.

그리고 문득 마음 속에 있는 사람의 모습을 닮은 여인이라도 지나가면 깜짝 놀라 얼굴빛까지 변하는 것이었다. 때로는 한길까지 뛰쳐나가 바라보기도 한다.

그것은 8월도 지난 9월 초순께였다. 절간에서 돌아온 이오리는 아무 생각 없이 가게 앞에 서자마자

"아니?"

그 자리에 움츠려 서고 말았다.

그 순간 그의 얼굴색은 심상치 않게 바뀌어 갔다.

열탕

1

 마침 그날, 아침부터 고바야시 다로자에몬의 가게와 강변 앞은, 수많은 나그네의 짐짝들이 요도강(淀川)에서 회송되어 그것을 다시 모지가세키(門司關)로 가는 배에다 싣기 때문에 몹시 혼잡했다.
 짐짝에는 어느 것에나
 '부젠 호소가와 가문 내의 아무개(何某)'
 혹은
 '부젠 고쿠라 영지 무슨 조(何組)'
 이런 나무 패찰이 보이는, 그 반수 이상이 호소가와 가문 가신들의 짐짝이었다.
 ──거기 지금 이오리가 밖에서 돌아와 추녀 끝에 서자마자 깜짝 놀라 안색이 변한 까닭은, 널찍한 봉당에서 추녀 끝에 있는 걸상에까지 수많은 나들이 차림의 무사들이 앉아 보리차를 마시거나 부채질을 하고 있는 가운데 사사키 고지로의 얼굴이 퍼뜩 보였기 때문이다.
 "여보시오."

고지로는 짐짝 하나에 걸터앉아 회계실의 사헤에를 바라보면서 가슴에 부채질을 하고 있었다.
"배가 떠날 때까지 여기서 기다리자니 더워서 못 견디겠군. 배는 아직 도착하지 않았소?"
"아닙니다."
부지런히 운송장(運送狀)을 쓰고 있던 사헤에는 회계실 너머로 강어귀를 가리키며 대답했다.
"타실 배는 저기 도착해 있습니다만 짐보다 손님 쪽이 너무 빨리 오셨기 때문에 배에 있는 사람들에게 일러 지금 부랴부랴 앉을 장소를 마련하고 있습니다."
"다같이 기다릴 바에야 물 위에서 기다리는 편이 훨씬 시원하겠지. 빨리 배에 올라 쉬고 싶은데."
"예, 예, 한 번 더 제가 가서 재촉을 하겠습니다. 조금만 더 참으십시오."
사헤에는 땀을 닦을 여가도 없다는 듯이 곧 봉당에서 한길로 뛰어나갔다. 그때 그곳 짐짝 뒤에 서 있는 이오리의 모습을 흘낏 보더니
"이오가 아니냐. 이렇게 바쁜데 그런 곳에 장승처럼 서 있는 놈이 어디 있나. 손님들에게 보리차를 갖다 드리고 시원한 냉수라도 떠다 드려라."
호통을 쳤다.
"예!"
대답하는 시늉은 했으나 이오리는 성큼 그곳에서 달려나가 창고 옆에 있는 부엌 뒤로 가서 또 다시 우두커니 서 있었다.
그리고 눈은──큰 봉당 안에 있는 사사키 고지로의 모습에서 떼지 않고
'녀석……'
노려 보았다.
그러나 고지로 쪽에서는 통 눈치를 채지 못하는 것 같았다.
호소가와 가문에 포섭되어 부젠의 고쿠라에 거처를 정하고 나서부터 그 풍채와 태도는 한층 더 의젓해진 것 같았다. 얼마 안 되는 동안이지만 낭인시대 때의 날카로운 눈길은 침착한 눈으로 변하고, 원래부터 살결이 흰 얼굴에는 풍만하게 살이 쪘으며, 건드리기만 하면 젊은 혈기로써 사람을 골리려 들던 빈정거림도 이젠 그다지 보이지 않게 되었다. 통틀어 무게 있는 풍채가 됨으로써 그곳에 키워진 검(劍)의 기품이 이제야 가까스로 인격화되었다고

보아도 무방하리라.

 그러한 탓도 있으리라. 지금도 그 주위에 있는 원만한 가신들은 모두 '간류님――' 또는 '선생님' 등으로 부르고 존경을 하며 신참 사범이라고 아무도 가벼이 보는 눈치는 없었다.

 고지로라는 이름을 없앤 것은 아니지만, 그 무거운 임무와 풍속에 어울리지 않는 나이가 된 탓인지 호소가와 가문으로 간 뒤부터는 이름을 간류라 불렀다.

2

 땀을 닦아가며 사헤에는 배에서 돌아와
 "많이 기다리셨지요. 배 중간 좌석은 아직 마련되어 있지 않아 좀 더 기다려 주셔야 하겠으나 이물(배의 머리) 쪽에 앉을 분들은 어서 배로 옮겨 주십시오."
알렸다.
이물 쪽에 앉을 패들은 졸개와 젊은 무사들이다. 저마다 자기의 짐을 둘러메고
 "그럼, 먼저 실례하겠습니다."
 "간류 선생님, 먼저 실례하겠습니다."
한 떼의 사람들이 가게 안에서 줄줄 떠나간다.
간류 사사키 고지로와 그 밖에 6, 7명만이 뒤에 남았다.
 "사도님이 아직 안오셨군."
 "곧 도착하시겠지."
남은 패들은 모두 나이가 들었으며 옷차림을 보더라도 영지의 요직에 있는 자들 뿐인 듯하다.
 이 호소가와 가문의 가신 일행은 지난 달 육로로 고쿠라를 떠나 교토에 들어가 산조 구루마 거리(三條車町)에 있는 옛 영지 저택에 묵으며, 거기서 세상을 떠난 고 다다오키 공(公)의 3년상을 치르고 생전에 다다오키 공과 친했던 공경들과 지기들에 대한 인사, 그리고 고인의 문고(文庫)와 유물의 정리를 모두 마치고서 어저께 요도강 배로 내려와 오늘은 바다 여행을 떠나 처음으로 밤을 보내려는 여정(旅程)에 있는 사람들이었다.
 지금 생각해 보니 지난 늦은 봄, 고야산에서 내려와 구도산에 다녀간 나가

오카 사도의 주종은, 그 8월의 행사를 준비하기 위해 그로부터 교토에 들러서 자기의 경력과 오랜 연고 관계상 모든 행정에 대한 일을 끝내느라고 오늘까지 그곳에 머물러 있었던 것이리라.

"저녁 해가 비쳐 드는군요. 여러분, 간류님께서도 좀더 안쪽에서 쉬도록 해주십시오."

사헤에는 회계실로 돌아오고 나서도 줄곧 마음을 쓰며 비위를 맞추었다.

간류는 석양을 등지면서 부채로 몸을 털면서 말했다.

"몹시 파리가 많군."

부채로 몸을 털면서

"목이 타는군. 조금 전의 그 뜨거운 보리차를 한 잔 더 주었으면 좋겠는데."

"예, 예, 더운 차로는 점점 더 더우시겠죠. 지금 곧 시원한 우물물을 떠오게 하겠습니다."

"아니, 여행중엔 냉수를 일절 마시지 않기로 하고 있소. 뜨거운 물이 좋소."

"얘!"

사헤에는 앉은 채 목을 빼고 부엌 쪽을 들여다보며

"거기에 있는 건 이오가 아니냐. 무얼 하고 있나. 간류님에게 더운 물을 갖다 드려라. 여러분에게도 드리고."

열탕 365

소리쳤다.

그리고 사혜에는 다시 운송장과 여러 가지 일에 바빠 고개를 숙이려다가 대답이 없는 것을 깨닫고 또 한 번 소리칠 작정으로 얼굴을 드니——이오리는 소반에 대여섯 개의 찻잔을 얹어 눈을 그곳에다 못박고 조심조심 봉당으로 들어오는 것 같았다.

그래서 사혜에는 다시 그것에는 무관심하게 되어 운송장을 계속 썼다.

"더운 물을 가져왔습니다."

이오리는 한 무사 앞에서 절을 하고 차례로

"물을 드십시오."

또 절을 했다.

"아니, 나는 필요 없소."

이오리가 들고 있는 소반에는 아직도 두 개의 찻잔이 남았다.

"드십시오."

이오리는 마지막으로 간류 앞에 서서 소반을 돌렸다. 간류는 아직도 깨닫지 못하고 무심하게 손을 뻗쳤다.

3

간류는 깜짝 놀라 내밀던 손을 도로 뺐다. 집으려던 찻잔이 뜨거웠기 때문은 아니다. 손이 거기까지 가기도 전에 소반을 받쳐들고 섰는 이오리의 눈과 그의 눈이 불꽃을 튕긴 듯이 딱 마주친 것이었다.

"앗, 너는!"

간류의 입술이 이렇게 놀란 소리를 내자 이오리는 그것과는 반대로 깨물고 있던 입술을 약간 늦추며

"아저씨, 요 먼저 만났을 때는 무사시 들판이었지요?"

히죽이 웃어 보였던 것이다. 어려서 아직 자잘한 이빨을 보이면서.

그 건방진 대담성에

"무엇이!"

간류가 저도 모르게 점잖지 못한 말을 다시 내뱉으려 한 찰나였다.

"알고 있나!"

들고 있던 소반을——거기 얹힌 찻잔도 뜨거운 물도 함께——간류의 얼굴을 향해 확 동댕이쳤다.

"아!"

간류는 앉은 채 얼굴을 피하며 순간 이오리의 팔목을 움켜잡고 나서

"아이 뜨거!"

한 쪽 눈을 감으면서 분연히 일어섰다.

찻잔도 소반도 뒤로 날아 봉당 구석에 있는 기둥에 맞아 하나는 깨어졌으나 쏟아지는 뜨거운 물방울이 얼굴, 가슴, 바지에까지 끼얹어졌던 것이다.

"앗, 뜨거!"

"이놈이!"

때아닌 두 사람의 외침과 찻잔 깨지는 소리가 한꺼번에 그 자리에 있던 사람들을 놀라게 했다. 이때 이오리의 몸은 간류의 다리 밑으로 동댕이쳐진 고양이 새끼처럼 내던져졌다.

이오리가 일어나려 하였다.

"이놈!"

간류는 이오리의 등을 꽉 짓밟으며

"여보시오!"

소리쳤다. 한쪽 눈을 누르면서

"이놈은 이집 사동이요? 아무리 어리다고는 하나 용납할 수 없는 놈이야

——지배인, 이놈을 잡으시오."

깜짝 놀란 사헤에가 뛰어내려와 붙잡을 여유도 없었다. 간류의 다리 밑에 엎으러져 있던 이오리는

"무엇이!"

어떻게 뽑았던지 언제나 그 사헤에로부터 금지당하고 있던 칼을 뽑아 들고 밑에서 간류의 팔꿈치를 노렸다.

간류는 또다시

"아, 이놈이."

공처럼 이오리의 몸을 차 던지고는 한 걸음 뒤로 물러섰다.

사헤에가 그곳에

"바보 같은 놈!"

절규하며 뛰어든 것과 이오리가 벌떡 일어나는 것이 동시였다.

이오리는 미친 듯이 외쳤다.

"무엇이!"

이오리는 연신 지껄여대며 사헤에의 손이 자기 몸에 닿자 확 뿌리치며

"꼴 좋다! 못난 것이!"

간류의 얼굴을 향해 그렇게 욕질을 하고는 바깥으로 훽 달아나고 말았다.

——그러나, 추녀 끝에서 두 칸도 못달아나서 이오리는 곧 엎어지고 말았다. 간류가 봉당 안에서 거기 있던 막대기를 집어 이오리의 발 밑으로 던졌기 때문이다.

4

사헤에는 젊은이들과 협력하여 이오리의 두 손을 잡고 창고 옆에 있는 부엌 쪽으로 끌고 갔다.

간류가 그곳으로 와서 하인을 시켜 젖은 바지와 어깨를 닦게 하고 있었기 때문이다.

"당치도 않은 실례를 했습니다."

"무어라 사과 말씀을 드려야 할지요."

"제발 너그럽게……."

이구동성으로 말하면서 이오리를 그 자리에 꿇어 앉혀놓고 사헤에를 비롯하여 가게의 젊은이들은 온갖 사죄의 말을 늘어놓았다. 그러나 간류는 귀가

없는 것같이 거들떠보지도 않고 하인이 짜 온 수건으로 얼굴을 닦으며 태연히 있었다.
 젊은이들에게 두 손이 뒤틀리어 땅바닥에 얼굴을 박고 있는 이오리는 그 동안에도 괴로워하며
 "놓아 줘. 놓아 줘요."
 몸부림치며 외쳤다.
 "달아나지 않아. 달아나지 않는단 말야. 나도 무사의 자식인데 각오하고 한 일을 무엇 때문에 달아난단 말이야!"
 간류는 머리를 쓰다듬고 옷매무새를 고친 다음에 그쪽을 보고
 "놓아 줘라."
 오히려 뜻밖으로 여기며 사혜에와 젊은이들은 그 관대한 얼굴을 서로 바라보며 물었다.
 "……옛?"
 온화하게 말했다.
 "놓아 줘도 괜찮겠습니까?"
 "그러나."
 거기에 못질을 하듯이 간류는 말을 뚝 그쳤다.
 "어떤 일을 해도 사과하면 용납되는 것이라고 생각게 해서는 오히려 이 소년의 장래를 위해서 도움이 되지 않는다."
 "예."
 "물론 하찮은 아이 녀석이 한 일이니 이 간류는 손을 대지 않겠지만, 그대들이 이대로 있을 수 없다고 생각한다면, 규명하는 것으로써 그 뜨거운 가마솥의 물을 한 국자 퍼서 꼭대기에서부터 뒤집어씌워 줘라. 생명에는 관계 없겠지."
 "……아, 저 물 국자로요?"
 "아니면 이대로 놓아주어도 상관 없다고 생각한다면 그래도 좋고……."
 "……."
 사혜에도 젊은이들도 얼굴을 마주보며 차마 망설이고 있더니
 "어떻게 이대로 가만둘 수가 있겠습니까? 도대체 요즈음 말썽만 부리는 아이 새끼라, 죽이신다고 해도 어쩔 수 없는 것을 그 정도의 처벌로써 용서해 주신다니 고마운 일이지요……이 녀석, 누구의 탓도 아니다. 우리를

원망하지 마라."

저마다 말한다.

미친 듯이 설칠지도 모른다. 거기 있는 새끼를 가져오너라. 두 손을 묶어라, 무릎을 묶어라——하고 부산하게 떠들어대기 시작하자 이오리는 그들의 손을 뿌리치고

"뭘 하는 거야!"

말했다.

그리고 다시 땅바닥에 주저앉아

"각오하고 한 일이니까 달아나지 않는다고 말하지 않았나. 나는 그 무사에게 뜨거운 물을 끼얹어 줄 이유가 있어 끼얹은 거야. 그 보복으로 나에게 뜨거운 물을 끼얹겠다면 끼얹어 봐. 상인이라면 사과하겠지만 나는 사과할 까닭이 없어. 무사의 자식이 그 정도의 일로 울 것 같으냐?"

"말 다 했나?"

사헤에는 팔을 걷어붙이고 큰 솥의 뜨거운 물을 국자 가득히 퍼서 이오리의 머리 위로 서서히 들고 왔다.

'……음!'

이오리는 입을 꾹 다문 채 두 눈을 확 부릅뜨고 그것을 기다렸다.

──그러자 어딘가에서
"눈을 감아라, 이오리! 눈을 감지 않으면 눈이 찌그러진다!"
주의를 주는 자가 있었다.

5

"누굴까?"
소리나는 쪽을 돌아볼 틈도 없이 이오리는 주의받은 대로 눈을 감았다.
그리하여 꼭대기에서 퍼부어질 끓는 물을 기다리면서──그 의식도 털어 버리고──어느덧 무사시의 초가집에서 어느날 무사시에게서 들었던 가이센(快川) 스님의 이야기를 상기했다.
고슈의 무사들이 크게 따르던 선승으로서 오다, 도쿠가와의 연합군이 골짜기로 쳐들어가 산문에 불을 질렀을 때 그 누상에서 조용히 불꽃에 몸을 태우면서
'마음을 멸각(滅却)시키면 불 또한 시원하도다.'
한마디 남기고 죽은 사람이다.
눈을 감으면서 이오리는
'뭐야, 한 국자의 끓는 물쯤.'
생각했다.
그러나 다시
'아, 이렇게 생각하는 것이 벌써 틀렸어.'
깨닫고 머리 속에서부터 온몸을 조용히 허(虛)로 돌려 형태는 있지만 미망도 번뇌도 없는 무아의 그림자가 되려 했다.
그러나 소용 없는 일이었다.
이오리는 그렇게 될 수가 없었다. 차라리 이오리가 좀더 어렸으면 혹시 될 수 있었으리라. 아니면, 좀더 나이가 들었더라면 혹시 그곳에 도달할 수 있었을지도 모른다. 그러나 그는 벌써 너무 철이 들어 있었다.
이제야……이제야.
이마에서 주루루 떨어지는 땀도 끓는 물방울로 여겨졌다. 얼마 안 되는 한 순간이 백 년처럼 길었다. 이오리는 눈을 뜨고 싶어졌다.
그러자──
"오, 노인이오."

뒤에서 간류의 목소리가 났다.

끓는 물 국자를 들고 이오리의 머리 꼭대기에서 쏟아부으려던 사헤에도, 주위에 있는 젊은이들도 한길 저쪽에서

'이오리, 눈을 감아라!'

주의를 주는 사람 쪽으로 저도 모르게 눈을 돌렸다. 이오리에게 뒤집어 씌울 물을 들고 잠시 망설였던 것이다.

"대단한 일이 시작되었군."

노인이라 불린 사람은——길 저편에서 이쪽으로 발길을 옮겨오고 있다. 젊은 무사 누이노스케 한 사람을 데리고, 고동색 삼베옷에 여름이고 겨울이고 똑같아 보이는 바지를 입고 땀을 유난히 흘리는지 번들번들한 얼굴을 한 영지의 중신인 나가오카 사도였다.

"이것 참, 엉뚱한 장면을 보여 드리게 되었군요. 하하하하, 혼을 내 주고 있습니다."

점잖지 못한 일이라고 생각하지는 않을까. 간류는 영지의 선배에게 스스로 그렇게 생각되었던 것인지 얼버무리듯이 웃으며 말했다.

사도는 이오리의 얼굴만을 물끄러미 바라보며 말했다.

"흠, 혼을 내주기 위해서란 말이지……이유가 있는 일이라면 벌을 주는 것도 좋겠지. 자, 자, 해보시오. 나도 구경을 합시다."

끓는 물 국자를 든 채 사혜에는 간류의 얼굴을 옆눈으로 보았다. 간류는 상대가 소년이니만큼 자기 입장이 불리하게 보인다는 것을 즉시 깨닫고 말했다.

"그만하면 됐어. 이젠 이놈도 혼이 났겠지. 사혜에, 물 국자를 치워."

그러자 이오리는 아까부터 저도 모르게 눈을 뜬 채 공허하게 바라보고 있더니 노인의 얼굴을 향해

"아, 저는 무사님을 알고 있어요. 무사님은 시모우사의 덕원사로 곧잘 말을 타고 오신 일이었지요!"

매달리다시피 하며 외쳤다.

"이오리, 기억하고 있었나?"

"아! ……어떻게 잊겠어요. 덕원 사에서 나에게 과자를 주셨지요."

"너희 선생님인 무사시라는 분은 어떻게 되었나……요즈음은 그 선생님 곁에 있지 않느냐?"

물음을 받자 이오리는 갑자기 코를 훌쩍이며 코와 주먹 사이에서 뚝뚝 눈물을 흘렸다.

6

사도가 이오리를 안다는 것은 간류에게도 뜻밖이었다.

그러나 그 나가오카 사도는 자기가 호소가와 가문에 종사하기 전부터 자기가 있는 지금 위치에 미야모토 무사시를 추천하고 있었던 자이며, 더욱 그 뒤에도 주군과의 약속을 완수해야 한다면서 틈이 있을 때마다 무사시의 거처를 찾고 있다는 것을 알고 있었다. 그러므로

'언젠가 이오리를 통하여 무사시를 알았든가 무사시를 찾다가 이오리를 알았든가, 어쨌든 그러한 연고이겠지.'

간류는 짐작했다.

그러므로 간류는

'이 소년을 어떻게 아시오?'

하고 굳이 물어볼 생각이 나지 않았다. 그러한 실마리에서 사도와의 사이에 무사시의 이름이 화제에 오른다는 것은 좋지 못하기 때문이었다.

그러나 좋고 나쁘고 간에 언젠가 한 번은 무사시와 서로 만날 날이 틀림없

이 올 것이라는 것을 간류는 예기하고 있었다. 그것은 또 자기와 무사시와의 종래의 경력이 왠지 모르게 그렇게 되어 왔을 뿐만 아니라, 주군인 다다도시도 이야기했었고 중신인 나가오카 사도도 이야기하고 있는 바였다.

아니, 그가 부젠 고쿠라에 착임하고 보니 그러한 기대를 과연 주고쿠, 규슈의 백성들 사이에도, 각 영지의 검객들 사이에서도 가지고 있다는 것이 뜻밖일 정도였다.

향토적인 관계도 있으리라. 무사시의 고향도 자기가 태어난 땅도 다 같은 주고쿠였고, 또 무사시의 명성도 자기 이름도 에도에서 생각하는 것과는 상상 이상으로 고향 땅과 서국(西國) 일대에 화제가 되어 있었던 것이다.

특히 호소가와 가문의 영지에서도, 소문으로 전해 듣는 무사시를 높이 평가하는 자와 새로 부임해 온 간류 사사키 고지로가 훌륭하다는 자가 은연중에 대립하고 있었다.

그 한편에 간류를 호소가와 가문에 알선한 같은 중신인 니와마 가쿠베에(岩間角兵衞)가 있다. 그러므로 이 공기는 크게 말해서 천하의 검객들에 관한 흥미에서 일어나고도 있으나, 그 참다운 원인은 노신인 이와마 파와 역시 노신인 나가오카 파와의 대립이 자아낸 것이라고 보는 자도 있었다.

어찌 되었건 간류가 사도에게 어떤 감정을 품고 있으며, 사도가 간류에게 호의를 갖고 있지 않다는 것은 명백한 일이다.

"준비가 다 됐습니다. 중앙 선실에 타실 분들도 언제든지 좋으니 배를 타 주십시오."

그때, 마침 요행히도 뱃사공이 간류를 맞으러 왔으므로

"노인, 한 걸음 먼저 실례하겠소."

사도에게 말하며 다른 가신들을 데리고 허둥지둥 배 쪽으로 떠나갔다.

사도는 뒤에 남아서 말했다.

"배가 떠나는 것은 저녁때겠군."

"예, 그렇습니다."

지배인인 사헤에는 아직도 이 자리의 처리가 다 되지 않은 것 같은 두려움을 느끼고 가게 봉당에서 어물어물하며 말했다.

"그럼, 아직——좀 쉬었다 가도 시간은 있겠군."

"시간이 있고말고요. 차라도 한 잔 드시고 가시지요."

"끓는 물 국자로 말인가?"

"처, 천만의 말씀."

사헤에는 몹시 빈정거리는 말을 들은 듯하여 머리를 긁적거렸으나 그때 가게와 안채 사이의 휘장을 들치고 오쓰루가 얼굴을 내밀며

"사헤에님, 잠깐……."

작은 소리로 불렀다.

7

가게 앞에서는 무엇하니 잠시 안채의 다실까지 와 주십사——라고 사헤에에게서 안내를 받고

"그럼, 실례하기로 하지. 나를 만나고 싶다는 것은 이 집 부인인가?"

"인사 말씀을 드리고 싶다는군요."

"무슨 인사말인가?"

"아마……."

사헤에는 거기서도 머리를 끄덕이며 송구스러워하면서

"이오리를 무사하게 해 주셔서 주인을 대신하여 인사 말씀을 드리려는 것이겠지요."

"오, 이오리라고 하니, 그 애한테도 할 이야기가 있다. 이리 불러다오."

"예, 알겠습니다."

정원은, 과연 사카이 상인이 사치를 다한 것이라 창고 하나를 사이에 둔 것이지만 가게 앞의 더위나 떠들썩함과는 달리 별천지같이 조용하다.

연못도 나무들도 싱싱하게 물에 젖어 있고 물소리가 아련하게 귓가를 흘러간다.

다실에는 양탄자를 깔고 다과와 담배를 갖추어 놓았으며, 향로에 향을 살라놓고 부인인 오세이와 딸 오쓰루는 손님을 맞았는데, 나가오카 사도는

"이 흙투성이에 짚신 차림을 용서하시오."

그곳에 걸터앉아 차를 마셨다.

오세이로부터 새로이

"조금 전의 일에 대해 무어라고 인사 말씀을 드려야 할지······."

고용인들의 무지한 소행과 이오리에 대해서 사과와 아울러 인사말을 하였다.

사도는

"뭘요. 그 아이는 사정이 있어 내가 전에 본 일이 있는 아이요. 여기 와 있었던 것이 다행이었소. 그보다도 어떻게 해서 이 집에 신세를 지게 되었는지, 아직 이오리한테서 듣지 못했는데······."

이렇게 물었다.

부인은 야마토 신사에 참배하러 갔다 오는 도중 우연히 눈에 띄어 주워온 사연을 이야기하고, 사도는 또 이오리의 스승 미야모토 무사시라는 자를 인년 내내 찾고 있다는 등의 말을 하기도 했다.

"조금 전에 저 애가 끓는 물을 뒤집어쓰게 되어 많은 사람들 가운데 앉아 있는 것을 한길 건너에서 가만히 보니 꽤 태연자약하게 있는지라 남몰래 탄복하였는데, 저런 성미의 아이를 상가(商家)에서 키우다가는 오히려 그 성미를 버리게 될지도 모르오. 차라리 나에게 주지 않겠소. 내가 고쿠라에 데리고 가서 직접 키워 보고 싶은데요."

사도로부터 간청을 받자

"더 바랄 수 없는 좋은 일이지요."

오세이도 동의를 했고 오쓰루도 기뻐하며 곧 이오리를 불러오려고 자리에서 일어섰다. 그 이오리는 아까부터 가까이 있는 나무 뒤에 서서 그 의논하는 말을 죄다 듣고 있었던 모양이다.

"싫으냐?"

모두들이 의사를 물었다. 물론 싫을 리가 없었다. 꼭 고쿠라로 데리고 가 달라고 했다.

배 떠나는 시간은 얼마 남지 않았다.

오쓰루는 사도가 거기서 차를 마시고 있는 동안 옷이며 바지며, 삿갓, 각반 등 여러 가지로 자기 아우라도 떠나 보내는 듯이 부지런히 채비를 차렸다. 이오리는 난생 처음으로 하카마(袴)라는 겉옷을 입고 어엿한 무사의 수행원이 되어 곧 배를 탔다.

저녁 노을 구름 아래, 검은 돛을 달고 배는 바다 길로 고쿠라를 향했다.

오쓰루님의 얼굴——

사헤에의 얼굴, 수많은 전송자의 얼굴, 사카이 거리——

이오리는 삿갓을 흔들었다.

무가선생(無可先生)

1

오카사키(岡崎)의 어물전 옆골목.
그곳의 한 골목길 어귀에 판자가 둘러쳐진 것을 보니 가난한 낭인의 거처인양.

    동몽도장(童蒙道場)
    쓰기 읽기 스승
    무가(無可)

글방인 모양이다.
그러나 그 선생의 자필인 듯한 간판의 글씨는 매우 서툴렀다. 그것을 곁눈으로 흘깃 보고 씁쓸히 웃으며 지나가는 식자도 있으리라. 그렇지만 무가 선생은 굳이 부끄러워하지 않는다. 묻는 자가 있으면
'나도 아직 어린아이에게 배우는 중이니까 말이야.'
이렇게 말한다는 것이다.

골목 끝은 대나무 숲이었다. 대나무 숲 저편은 말터였으므로 날씨가 좋은 날에는 먼지가 몹시 일었다. 이른바 미카와 무사의 정예(精銳) 혼다(本多) 가문의 가신들이 기마 훈련에 여념이 없는 것이었다.

그래서 먼지가 끊임없이 난다.

무가 선생은 그 때문인지 언제나 그쪽이 밝은 데도 추녀 밑에 발을 내리고 있어서 좁은 방은 더욱 컴컴했다.

물론 홀몸이다.

방금 낮잠을 자다가 깨어났는지 우물가에서 두레박 소리가 나더니 얼마 안 있어

'딱!'

대밭 속에서 큰소리가 났다. 대를 베는 소리였다.

굵은 대나무 하나가 쓱 넘어졌다. 얼마 후에 무가 선생은 통소를 만들기에는 조금 굵기도 하고 짧기도 한 마디 하나를 잘라 숲에서 나왔다.

쥐색 두건에 같은 쥐색 홑옷에다 작은 칼 한 자루. 그러면서도 나이는 젊다. 그렇게 수수한 차림이지만 아직 서른 살도 못된 것 같았다.

대 한 마디를 우물가에서 씻어 문자(文字) 그대로인 뒷골목 방으로 들어오자 허술한 벽 구석에 판자 한 장을 놓고 누구의 솜씨인지 조상의 그림 하나가 걸려 있는 앞에다 대나무 토막을 놓았다.

꽃병이 된 것이다.

잡초에 휘감긴 메꽃이 아무렇게나 꽂혔다.

──나쁘진 않군. 그러면서 자기도 눈여겨보는 모양이다.

그리고 나서 책상 앞에 앉아 무가 선생은 글씨 연습을 하는 것이었다. 저수량(褚遂良)의 해서(楷書) 교본과 대사류(大師流)의 탁본(拓本)이 놓여 있었다.

"……."

이곳에 살기 시작한지 1년 남짓 된다. 일과를 부지런히 한 탓이리라. 간판 문자보다도 훨씬 늘었다.

"옆집 선생님."

"예."

그는 대답을 한 뒤 붓을 놓고,

"이웃집 아주머니요? 오늘도 올라오시지요."

"아니, 아니. 올라 갈 짬이 있어야지……뭘까요? 지금 큰소리가 난 것 같은데."
"하하하, 내가 한 장난이지요."
"아이들을 맡은 선생이 장난을 하다니 될 일입니까?"
"정말 그렇군요……."
"뭘 하셨수?"
"대를 베어 봤지요."
"그렇다면 좋지만 난 또――무슨 일이 일어났나 하고 가슴이 덜컥 내려앉았지요. 우리집 주인이 하는 말이 돼서 믿진 못하지만, 어쩐지 이 근처를 자주 낭인들이 어슬렁거린다는데 당신 목숨을 노리는 것 같다……고 해서 말이지요."
"괜찮습니다. 제 모가지 같은 건 서푼의 가치도 없으니까요."
"그렇게 태평스럽게 말하지만 까닭 모를 원한으로 죽은 사람도 있으니까 말이에요. ……조심하셔야지요. 나는 괜찮지만 이웃집 처녀들이 싫어하니까요."

2

이웃집은 붓장수 집이었다.
남편도 아낙도 친절한 사람이었으며 더구나 아낙은 홀몸인 무가 선생을 위해서 때로는 요리법도 가르쳐 주고 때때로 세탁이나 옷을 기워주기도 했다. 그것까진 좋았으나 무가 선생을 난처하게 만드는 것은, 툭하면
'좋은 색시감이 있는데…….'
이렇게 말하곤 하는 것이었다.
또 번번이 덮어놓고 시집오고 싶어한다는 혼처를 들고 와서는 물었다.
"대관절 무슨 까닭에 장가를 안 드나요. 설마 여자가 싫은 건 아니겠지?"
때때로 이렇게 따져들어 무가 선생으로 하여금 대답이 궁하도록 몰아붙인다.
그렇지만 이것은 그 아낙의 허물만이 아니라 무가 선생 자신도 나쁘다는 생각이 드는 것은
"나는 반슈 낭인, 친척도 없는 몸으로 학문에 약간의 뜻을 두어 교토와 에도에서 공부를 좀 했으니 앞으로 이 고장에서 좋은 서당이나 차리고 편히 살고 싶소."

 이 따위의 말로 되는 대로 꾸며댄 일이 있었기 때문에, 나이도 알맞고 인품도 좋은 데다 우선 고지식하고 얌전하니……하고 이웃집 부부가 냄비, 솥 다음으로 마누라를 생각하는 것도 무리가 아니었으며, 때때로 외출하는 무가 선생의 모습을 보고 시집가고 싶다, 시집보내고 싶다면서 붓장수 부부에게 중매를 부탁하는 자들이 많았던 것이다.

 그 밖에도.

 무슨 제사, 무슨 춤, 추석이니 뭐니 하고――가난한 생활을 부산하고 화려하게――슬픔의 장례식이나 병자의 간호에 이르기까지 한식구처럼 떠들썩하게 살아가는――뒷골목 생활의 재미다.

 그 속에서 혼자 살며

 '재미있구나.'

 무가 선생은 작은 책상 하나를 놓고 세상을 바라보며 세상을 배우고 있는 모양이었다.

 그러나 이러한 세상에는 무가 선생 같은 사람만이 아니라 또 어떤 인간이 살고 있는지도 알 수가 없었다. 세월이 세월이니만큼.

 얼마 전까지 오사카의 야나기 말터 뒷골목에 유무(幽夢)라는, 머리를 박박 깎은 글씨 선생이 살고 있었는데, 도쿠가와 측에서 신원을 조사해본 결과 놀랍게도 그가 전 도사노가미 조소카베 모리치카(土佐守 長曾我部盛親)——였다. 그때 큰 소동이 일어났었는데 그것이 세상에 알려졌을 때는 하룻밤 사이에 그의 모습이 보이지 않았다고 한다.

또 나고야 네거리에서 점을 치고 있는 사나이를 수상하다고 보고 역시 도쿠가와 측에서 조사해 보니 세키가하라의 잔당 모오리 가쓰나가(毛利勝永)의 가신 다케다 에이오(竹田永翁)였단다.

구도산의 유키무라, 떠돌이 검객 고토 모도쓰구(後藤基次) 등 도쿠가와 측의 신경에 거슬리는 자는 모두 세상을 피하여 될 수 있는 대로 사람 눈에 뜨이지 않는 생활을 하는 것을 원칙으로 삼고 있다.

물론 그러한 거물만이 숨어 사는 것이 아니고 쓸데없는 자들도 그 이상으로 우글거리는 것이 세상이고, 그 진짜와 쓸모없는 것이 뒤섞여 구분조차 할 수 없을 정도로 이웃해 살고 있는 것에 뒷골목의 신비가 있다.

무가 선생에 대해서도, 요즘 누가 말하기 시작했는지도 모르나 무가라고 부르지 않고 무사시라고 부르는 자가 가끔 있어서

"저 젊은 분은 미야모토 무사시라는 자로, 글방 같은 것은 어쩌다가 임시로 하는 것이지, 사실은 일승사 소나무 밑에서 요시오카 일문을 상대로 맞아 이겨낸 검술의 명인이래."

누가 부탁하지도 않은 말을 하고 다니는 자가 있었다.

"설마?"

이러는 자도 있고

"그럴까……?"

또 이렇게 무가 선생을 보는 것이 이제 말한 이웃집 사람들의 견해이고, 이따금 밤을 틈타 뒤편 대밭이나 골목 어귀에서 남몰래 살피고 있는 것을 이웃집 아낙네가 자주 그에게 주의를 주는, 그의 생명을 노리는 그 누군가의 눈초리였다.

3

그러한 위험이 끊임없이 신변을 노리고 있는 것을 무가 선생 자신은

'뻔한 것들…….'

대수롭지 않게 생각하는지 오늘도 이웃집 아낙네에게 금방 주의를 들었는

데도 밤이 되자
"이웃집 내외분, 또 잠시 집을 비울 테니 부탁하오."
이 말을 던지고 나가 버렸다.
붓장수 부부는 문을 열어젖히고 저녁을 먹고 있었기 때문에 그 모습이 처마 끝을 지나갈 때 힐끗 보였다.
무늬 없는 쥐색 홑옷에 대나무로 엮은 삿갓을 썼고, 나갈 때는 크고 작은 칼을 찼으나 하카마도 입지 않은 평복 차림.
가사나 바랑을 걸쳤다면 그대로 거지중이라고나 할 만한 모습이었다.
붓장수 아낙네는 혀를 차면서 중얼거렸다.
"대체 어디를 가는 걸까, 저 선생님은. 아이들 공부는 점심 전에 끝나고, 점심때부터는 낮잠을 자고 밤만 되면 박쥐처럼 나다니니."
주인은 웃으며 대꾸했다.
"홀몸이 아닌가. 어쩔 수 없지. 남의 밤나들이까지 질투를 하자면 한이 없지."
그가 골목에서 빠져나가자 오카사키의 밤은, 땀이 배는 더위가 가시지 않았는데도 여름밤의 불빛이 하늘거리고 사람들의 흐름 속에서 퉁소 소리가 들린다. 또 벌레 광우리 속에서 벌레 소리도 나고 유녀들의 노래 소리며, 수박 장수, 절인 생선 장수의 외치는 소리, 그리고 밤나들이 나온 나그네들. 과연 에도와 같은 신개척지다운 소란과는 달리 안정된 성내 거리 풍경이었다.

"어머, 선생님이 가신다."

"무가 선생."

"시치미를 뚝 떼고 가시는데."

거리 처녀들이 눈짓을 하면서 속삭였다. 그 중에는 절을 하는 처녀도 있었다. 무가 선생의 행선지는 그 근처에서도 이야기 거리였다.

그러나 그는 곧장 걸어갔다. 왕조 시대의 먼 옛날로부터, 이 근처는 야하기(矢矧) 여관의 유녀에게서 분냄새 전통을 이어 지금도 오카사키 창녀의 이름은 도카이도(東海道)의 명물이었으나 그 네거리로 굽어드는 눈치도 없다.

이윽고 서쪽 성 밖까지 가버린다. 그러자 넓은 어둠 속에서 콸콸 힘차게 흘러내리는 물소리가 들리며 더위도 단숨에 사라진다. 길이가 208칸이라는 그 다리 난간 첫 기둥에

'야하기 다리'

이렇게 씌어진 글을 별빛으로도 읽을 수 있었다.

무가 선생이 그곳에 도착하자 약속이나 한 듯이 거기서 기다리고 있던 바싹 마른 중이 물었다.

"무사시님이오?"

무가 선생은 가까이 다가가서 웃는 얼굴로 마주보았다.

"오오, 마타하치냐?"

분명 한쪽 사람은 혼이덴 마타하치다. 에도 시 행정소 앞에서 매 백 대를 맞고 쫓겨난——그때와 같은 모습의 마타하치였다.

무가(無可)라는 것은 무사시의 가명이었다.

야하기 다리 위.

별빛 아래.

두 사람 사이에는 옛날의 묵은 원한도 없다.

"선사는?"

무사시가 묻자

"아직 여행에서 돌아오시지 않았는데 소식도 없어."
마타하치가 대답했다.
"오래 걸리는군."
중얼거리면서 두 사람은 나란히 야하기 다리를 사이좋게 건너갔다.

4

건너편 소나무 언덕에 오래된 선사(禪寺)가 있다. 그 근방을 하치조산(八帖山)이라고 부르는 까닭인지 절 이름도 같았다.
"어때, 마타하치? 선 수행이란 꽤 고되지?"
산문을 향하여 어두운 언덕길을 올라가면서 무사시가 말했다.
"힘들어……."
마타하치는 솔직하게 시퍼런 머리를 늘어뜨리며 대답했다.
"몇 번이나 도망가려고 생각도 해봤고, 이렇게도 괴로움을 겪지 않고서는 사람이 될 수 없다면 차라리 목이라도 맬까 하는 생각이 들 때도 있었어."
"넌 아직 구도화상께 부탁해서 입문한 제자가 아니니까 그 정도는 이제 수행의 초보야."
"그러나——덕분에 요즘에는 약한 마음이 들면 이래서는 안 되겠다고 스스로 자신을 매질할 수 있게 됐지."
"그것만이라도 수행의 보람이 있는 게 아닌가."
"괴로울 때에는 언제나 네 생각을 해. 너도 해낸 것을 내가 못할 리가 있나 하고 말이야."
"그렇지. 내가 해낸 일, 네가 못할 리가 없지."
"그것과, 한 번 죽은 것을——다쿠안 스님에게 구원을 받은 목숨이라고 생각하고, 또 에도 시 행정소에서 백 번이나 매를 맞은——그때의 괴로움을 회상하고서는——뭘, 이까짓 것 하고 지금의 수행의 괴로움과 아침 저녁으로 싸우고 있어."
"괴로움을 이긴 바로 다음에는 고생보다 더한 쾌감이 있지. 고통과 쾌감으로 살아가는 인간에게는 아침 저녁으로 시시각각 늘 두 가닥의 물결이 교대로 닥치는 거야. 그 한쪽에 교활하게 기대어 다만 편하게만 살려고 하면 인생도 없고 살아가는 쾌감도 맛도 없는 거야."
"……조금은 알 수 있을 것 같아."

"하품 한 번만 해도 말이야——괴로움 속에 빠진 사람의 하품과 게으른 사람의 그것과는 전혀 달라. 수많은 사람 가운데는 이 세상에 삶을 갖고 있으면서도 하찮은 하품의 맛조차 모르고 벌레처럼 죽어가는 인간이 많이 있어."

"절에 있으면 주위 사람에게도 여러 가지 이야기를 많이 듣게 돼. 그것이 꽤 좋더군."

"빨리 선사님을 만나 너에 대해서 부탁드리고 뭔가 도(道)에 대해 물어볼 것도 있는데……."

"대체 언제 돌아오실까? 1년이나 소식이 없으니."

"1년은커녕 2년이든 3년이든 유유자적한 흰 구름처럼 거처조차도 알 수 없는 예는 선승(禪僧)으로선 흔한 일이지. 모처럼 이 땅에 발을 디디고 왔으니 4년이든 5년이든 돌아오실 날을 기다릴 각오로 있어."

"그 동안엔 너도 오카사키에 있어 주겠나?"

"그럼, 있어 주지. 뒷골목에 살면서 세상 밑바닥의 잡다한 생활과 접촉하는 것도 한 가지 수행. 공연히 선사가 돌아오는 것을 헛되이 기다리는 것만은 아니지. 나도 수행하는 셈치고 도시 생활을 하고 있는 것이니까."

산문이라곤 하나 아무 광채도 없는 초가 지붕에 본당도 초라한 절이었다.

마타하치 도신(又八道心)은 광 옆에 있는 침실로 친구를 이끌었다.

아직 그는 정식으로 이 절 사적(士籍)에 들어 있지 않기 때문에 선사가 돌아올 때까지 거기서 거처하게 되어 있었다.

무사시는 가끔 찾아와 날이 샐 때까지 이야기를 하다가 돌아가곤 했다. 물론 두 사람은 옛정을 회복하였고, 마타하치가 모든 것을 버리고 이렇게 되기까지에는——그가 에도 땅을 떠나고 나서부터의 이야기가 남아 있기는 하지만.

무위(無爲)의 껍질

1

이야기는 거슬러 올라간다.

지난 해──막부에 종사하겠다는 소망을 끊어버리고 상주관(上奏官) 집 병풍에 무사시 들판의 그림을 그려놓은 다음 에도 땅을 떠난 무사시는 그때부터 어떤 길을 걸어왔는가.

때로는 홀연히 모습을 나타내고 때로는 바람처럼 사라지며 산봉우리에 노는 흰구름처럼 무사시의 발걸음은 좀처럼 정해지지 않았다.

그의 걸음에는 확실한 한 가지 목적과 일정한 법칙이 있는 것 같았으나 또한 없는 것 같기도 했다.

그 자신은 곁눈질도 하지 않고 오로지 한 길로 걸어오는 것 같으나 옆에서 보고 있노라면 자유스럽고 거침없이 제 마음대로 길을 가거나 멈추거나 하는 듯이 보이는 것이었다.

무사시 들을 서쪽으로 벗어나 사가미 강(相模川)까지 가서 아쓰기(厚木)에서 보면 오야마 산(大山) 단자와(丹澤) 등의 산이 바로 눈 앞에 육박해 오는 것이었다.

거기서부터 얼마 동안 그가 어디서 어떻게 살았는지는 알 수가 없다.

문자 그대로 봉발구면(蓬髮垢面)의 모습으로 그는 약 두 달 후에 산에서 내려왔다. 무언가 어떤 문제를 풀기 위해서 산으로 들어간 모양이었으나 겨울철의 눈(雪)에 쫓겨 내려온 그의 얼굴에는 산에 들어가기 전보다도 더욱 괴로움이 깃들어 보였다.

풀리지 않는 것이 차례차례로 그의 마음을 학대하는 것이었다. 한 가지를 풀면 또 한 가지의 문제에 봉착했다. 그리고 칼이나 마음이 공허해졌다.

'안 되겠다.'

때때로 스스로 탄식하며 자기 자신을 돌보지 않는 때도 있었다. 그리고

'차라리……'

평범한 안일함을 상상해 보기도 했다.

'오쓰우는?'

곧 그녀 생각을 한다.

오쓰우와 함께 안일한 생활을 즐길 셈이라면 금방이라도 이루어질 것 같은 생각이 드는 것이었다. 그리고 100석이나 200석의 봉록을 찾을 마음만 먹는다면 그것도 어디든지 있다는 생각을 했다.

그러나 다시 돌이켜

──이것으로 부족이 없는가.

자신에게 물어 보면 그는 결코 그러한 생애의 약속을 감수할 수가 없었다.

"게으른 놈! 뭘 망설이나?"

이렇게 자기를 꾸짖고 오르기 힘든 봉우리를 바라보며 더욱 허우적댔다.

때로는 비열하고 한심스러운 아귀와 같은 번뇌 속으로, 또 때로는 맑은 산봉우리의 달처럼 고고한 자신을 혼자 즐기는 청결한 마음이 되어 보기도 하면서──조석으로 흐렸다가는 개고, 개었다가는 흐리는 그의 마음은, 그의 젊은 피는 너무나도 다감했고 한이 많았고 또 뒤숭숭했다.

이러한 마음속의 밝고 어두운 망상과 마찬가지로 형태에 나타나는 그의 검도 아직 자기 자신이

'됐어.'

이렇게 생각할 만한 영역에는 미치지 못하는 것이었다. 그 길이 멀고 미숙한 것은 자신이 너무나 잘 알고 있기 때문에 때때로 망설임과 고민이 무섭게 몰려오는 것이었다.

산으로 들어가면 마음이 맑아질수록 사람 사는 마을이 그립고 여인이 생각나고 공연히 젊은 피가 미칠 듯이 설렜다. 나무 열매를 먹고 폭포를 뒤집어쓰고 아무리 육체를 괴롭혀 보아도 오쓰우를 꿈꾸며 끙끙 앓게 되는 것이었다.

그는 두어 달 가량 그렇게 지내다 그만 산에서 내려와 버렸다. 그리고 후지사와의 유행사(遊行寺)에서 며칠 머물고 가마쿠라로 돌아왔다가 그곳에 있는 절에서 뜻밖에도 자기 이상으로 괴로움에 번민하고 있는 사나이를 만났던 것이다. 그것은 옛친구인 마타하치였다.

2

마타하치는 에도에서 쫓겨나 가마쿠라에 와 있었다. 가마쿠라에는 절이 많다고 들었기 때문이었다.

그 역시 다른 의미에서 괴로워하고 있었다. 이젠 두 번 다시 자기가 걸어온 나태한 생활로 돌아갈 생각은 없었다.

무사시는 마타하치에게

"늦지 않다. 지금부터라도 자기를 다시 단련시켜 세상에 나가면 되지 않나――자기 자신을 단념해 버린다면 벌써 인생은 그 뿐이야."

격려하며――또한 덧붙여 말했다.

"그렇지만, 이런 말을 하는 나 자신도 실은 지금 뭔가 벽에 맞부딪쳐 어쩌면 나는 틀렸을까 하고 의심스러운 허무감에 사로잡혀서 아무것도 할 생각이 없어졌어. 나는 이러한 무위(無爲)의 병에 3년에 한 번이나 2년에 한 번은 꼭 걸리게 되는데, 그때마다 이래선 안 되겠다고 자신을 매질하고 격려하여 무위의 껍데기를 차던지고 뛰쳐나오면 또 새로운 앞길이 열려오지. 그리고 나서 또 3년이나 4년쯤 지나면 막힌 벽을 만나 무위의 병에 걸려 버린단 말이야……."

정직하게 무사시는 고백을 하고 또 다시 마타하치를 향해 이야기를 했다.

"그런데 이번의 무위병은 좀 심하다. 도저히 해결되지 않는군. 껍질 안과 밖 사이의 어둠에서 허우적거리고 있는 무위 속에서 세월을 보내는 이 괴로움……그러자 문득 생각난 분이 있어. 그 분의 힘을 빌릴 수밖에 없다고. 실은 산에서 내려와 그 분의 소식을 듣기 위해 이 가마쿠라로 왔는데."

　무사시가 말하는 생각난 분이라는 자는 그가 아직 열아홉, 스무 살의 철없이 길을 찾아 헤매고 있던 시절——교토 묘심사(妙心寺)의 선실(禪室)에 부지런히 다녔던 때가 있었는데——그 무렵 계몽해준 전법산(前法山)의 구도화상(愚堂和尙), 별칭 도쇼쿠(東寔)라는 선사였다.
　그 소리를 듣자 마타하치는
　"그런 화상님이라면 꼭 나를 소개시켜 다오. 그리고 나를 제자로 삼아 달라고 부탁해 줘."
　이렇게 말했다.
　과연 마타하치에게 그러한 본심이 있는지 없는지에 대해 무사시도 처음엔 의심했으나 마타하치가 에도에 나가서 겪은 여러 가지 고생한 이야기를 듣고는——그렇던가. 그렇게까지 어려운 일을 겪었다면 그렇기도 하겠지. 알았어. 꼭 제자로 삼아 달라는 부탁을 해 보지——하고 무사시는 확약을 하고 함께 가마쿠라의 선종(禪宗) 절간을 찾았으나 아무도 아는 이가 없었다.
　그리고 구도화상이 몇 년 전에 묘심사를 떠나 간토를 경유하여 오우(奧羽) 지방을 여행하고 있다는 소식이 있었으나 바람처럼 다니는 사람인지라, 때로는 고미즈노(後水尾) 천황 가까이 나가 천황 앞에서 선을 강의하는가

하면, 어떤 때에는 제자를 한 사람도 데리지 않고 변두리 시골길을 가다가 길이 막혀 하룻밤, 밥 한끼에 고통을 겪기도 한다는 사람들의 말이었다.
"오카사키에 있는 팔첩사(八帖寺)에 가서 물어 보시오. 거기에는 자주 들르시니까요."
어떤 절에서 이런 말을 듣고 '그럼 그곳으로' 하고 무사시와 마타하치는 오카사키로 왔지만 구도화상은 역시 없었다. 그렇지만 재작년에 어슬렁 나타나 무쓰에서 돌아오는 길에 다시 들를 것같이 말하더라는 이야기였다.
"그럼, 몇 년이라도 돌아오실 때까지 기다리자."
그래서 무사시는 거리에 임시 거처를 정하여 살고 마타하치는 광 뒤편에 있는 판잣집을 빌려 화상이 나타나기를 벌써 반 년 이상이나 기다리는 것이다.

3

"판잣집 안에 모기가 많아서."
마타하치는 모닥불을 연신 피웠으나 그래도 못 견디겠다는 듯한 눈으로 말했다.
"무사시, 밖으로 나갈까. 모기는 밖에도 있겠지만 조금은……."
그 사이에도 눈을 비볐다.
"음, 어디든지."
무사시는 앞서 나갔다. 이렇게 올 때마다 조금이라도 마타하치의 마음에 무언가 모자라는 것을 보태 주고 가면 무사시의 기분도 홀가분해지는 것이었다.
"본당 앞으로 가자."
한밤중이라서 거기에는 아무도 없었다. 큰 문도 닫혀 있었다. 바람도 잘 통한다.
"……칠보사 생각이 나는군."
계단에 발을 뻗고 마루에 걸터앉으면서 마타하치가 중얼거렸다. 두 사람은 얼굴을 마주치기만 하면 나무 열매나 풀 이야기에서도 곧 고향의 추억이 입에 오르는 것이었다.
"……음."
대답하는 무사시에게도 같은 추억이 솟아오른다. 그러나 그럴 뿐으로 두 사람 다 추억담을 꺼내지는 않았다.

언제나 그랬다.

고향 이야기가 나오면 자연히 오쓰우가 두 사람의 머리속에 떠올랐다. 그리고 마타하치의 어머니 일이니, 뭐니, 괴로운 추억들만이 떠올라 지금의 우정을 혼란하게 하는 것이었다.

지금에 와서는 마타하치도 그것을 두려워하는 듯한 눈치였다. 무사시도 은근히 피했다. 그렇지만 마타하치는 이날 밤만은 웬일인지 좀더 거기에 대해서 이야기하고 싶은 듯했다.

"칠보사가 있는 산은 여기보다 높았지. 바로 그 기슭에는 야하기 강처럼 요시노 강이 흐르고 있었어. 다만 여기엔 천 년 묵은 삼나무가 없지."

그런 말을 하면서 무사시의 옆 모습을 눈여겨보고 있다가 갑자기 생각난 듯이 말했다

"여봐, 무사시. 언젠가는 말하자, 부탁하자고 생각하면서도 여태껏 꺼내지 못했는데, 너에게 꼭 승낙을 얻을 일이 있어. 들어주겠나?"

"내게? ……무슨 일일까. 뭘 말인가? ……말해 봐."

"오쓰우에 관해서야."

"뭐?"

무위의 껍질 393

"오쓰우를……."

 마타하치는 말을 꺼내면서 감정이 복받쳐 혀가 굳어져 버렸다. 그리고 곧 울 것같이 되었다.

 무사시의 얼굴빛에도 동요가 엿보였다. 서로가 언급하지 않으려던 것을 마타하치 쪽에서 난데없이 끄집어내었으니 얼른 그 뜻을 짐작할 수가 없었다.

 "나와 너는 마음을 터놓고 이렇게 하룻밤 이야기로 지새우고 있지만 오쓰우는 지금 어떻게 하고 있을까. 아니, 어떻게 되었을까. 요즘 때때로 생각을 하면서 마음 속으로 '미안하다! 미안하다'고 빌고 있어."

 "……."

 "나는 너무나 오랫동안 오쓰우를 괴롭힌 것 같아. 한동안은 악귀처럼 쫓아다니고, 에도에서는 한 집에 둔 일도 있었지만 결코 내게 마음을 주지 않았어. ……생각해 보면 세키가하라 싸움에 나간 후부터 오쓰우에게 나는 나뭇가지에서 떠나 땅에 떨어진 꽃이었어. 지금의 오쓰우는 다른 땅에서 난 다른 가지에 피어 있는 꽃이야."

 "……."

 "이봐, 다케조. 아니 무사시. ……부탁이니 오쓰우를 아내로 삼아 다오. 오쓰우를 구해 줄 사람은 너밖에 없어. ……이것도 옛날의 마타하치라면 이런 말을 할 수가 없겠지만, 나는 지금부터, 오늘날까지의 세월을 회복하기 위해 부처님의 제자가 되려고 결심한 처지야. 이젠 깨끗이 잊었다. ……그렇지만 아직 마음에 걸린다. 제발 부탁이니 오쓰우를 찾아내어 오쓰우의 소원을 성취시켜 다오."

4

 그날 밤, 이미 밤도 자정을 훨씬 넘기어 아침으로 가는 4시경.

 묵묵히 솔바람 속 어둠을 뚫고 팔첩사 산문에서 기슭으로 내려가는 무사시의 모습이 보였다.

 팔짱을 끼고.

 머리를 숙인 채.

 그가 스스로 말하는 것처럼 무위와 공허의 괴로움이 발치를 휘감고 있기나 한 것 같은 걸음으로——

　방금 본당에서 헤어진 마타하치의 목소리가, 솔바람에 날려간 다음에도 언제까지나 귓가에서 떠나지 않았다.
　——제발 부탁이니 오쓰우를.
　진지하게 말하던 마타하치의 그 목소리와 표정이.
　자기에게 그렇게 말한 마타하치도 말을 꺼낼 때까지는 며칠이나 고민을 했을 것이다. 괴로웠을 것이다. 짐작이 간다.
　그러나 그보다도 더욱 꼴사나운 괴로움과 망설임이 자기에게 있는 것을 무사시는 부정할 수가 없었다.
　……제발 부탁이니——
　두 손을 모아 빌다시피 하던 마타하치는, 그때까지의 못된 길에서 빠져나와 그 뒤부터는 오히려 고민에서 해탈된 시원스러움에 눈물겨워하며 슬픔과 법열(法悅)의 불가사의한 두 쾌감 속에서 지금까지와는 다른 삶의 보람을 뱃속의 태아처럼 더듬고 있는 심정일 것이리라.
　마타하치가 얼굴을 마주보고 그 말을 끄집어 냈을 때, 무사시는
　'그건 못해!'
　뿌리칠 수가 없었다.

'오쓰우를 아내로 삼을 뜻은 없다. 전에는 너의 약혼자였다. 참회와 진심을 보여 주고 네가 오쓰우와의 사이를 회복해라!'
이런 말은 더더구나 할 수 없었다.
그러면 무어라고 대답했는가.
무사시는 시종 아무 말도 못했던 것이다.
무슨 말을 하든 간에 자기 말은 거짓말이 되기 때문이었다.
그리고 가슴속에 도사리고 있는 진정한 말은 솔직히 부끄러워서도 할 수가 없었던 것이다.
그와는 반대로 오늘밤의 마타하치는 필사적이었다.
오쓰우의 일부터 해결해 놓지 않고서는 부처의 제자가 되어도 다른 수행을 해도 모든 것이 허사가 되어 버린다.
그렇게 말했다.
그리고 또 다시
'네가 나에게 수행을 권했지 않나. 그만큼 나를 친구로 생각해 준다면 오쓰우도 구해 다오. 그것은 나를 구해 주는 것도 되지 않나?'
칠보사 시대의 어린 동무 시절로 돌아가 끝내는 엉엉 우는 것이었다.
무사시는 그의 그러한 모습을 보고
'네 살인가 다섯 살부터 보아 왔지만 이렇게도 순진한 사나이인 줄은 몰랐다——'
마음 속에서 그 필사적인 말에 감동을 받았다.
그와 동시에
'나의 이 추함. 내 고민……'
자신이 오히려 부끄러워져서 헤어지고 말았던 것이다.
헤어지면서 마타하치가 옷소매를 잡고 마지막 소원처럼 또 말하자——무사시는 비로서
'생각해 보지……'
말했으나 마타하치가 당장에 대답을 요구했기 때문에 마침내
'생각하게 해 줘.'
간신히 한때의 여유를 얻어 산문을 나온 것이다.
——비겁한 놈!
무사시는 스스로 조소하면서도 더욱더 무위(無爲)의 어둠 속에서 헤어나

지 못하는 요즘의 자신이 딱하게 생각되었다.

5

무위의 괴로움은 무위의 고민을 맛본 자가 아니고는 알 수가 없다. 안락은 모든 사람이 원하는 바이지만 무위란 안락안심(安樂安心)의 경지와는 크게 다르다.

하려고 해도 아무것도 안 되는 것이었다. 피투성이처럼 허우적거리면서, 머리도 눈도 멍멍해지는 심정이었다. 병인가 하면 육체에는 아무런 변화도 없다.

벽을 향해 머리를 부딪친 채 물러설 수도 없고 나아갈 수도 없다. 박지도 못하고 빼지도 못하는 공간에 얽매여 끝이 없는 느낌이다. 그 결과 자신을 의심하고 멸시하고 스스로 운다.

――한심한 자신.

무사시는 화를 내 본다. 모든 반성을 자신에게 집중시켜 본다.

그러나 어쩔 수가 없었다.

무사시 들판에서 이오리를 버리고 곤노스케와 헤어지고 또다시 에도의 모든 친지들과 결별하고 바람처럼 떠난 것도 어렴풋이 이러한 증세의 전조였다는 것을 알고 있기 때문에

――이래서는 안 되겠다.

오로지 이 껍질을 차 부수고 나온 것이 아니었던가.

그리고 반 년 이상. 정신을 차려보니 부서지고 없어졌어야 할 껍질이 여전히 공허한 자신을 둘러싸고 있다. 모든 신념을 상실하고 매미의 허물과도 비슷한 자기의 그림자가 오늘밤도 하늘하늘 어두운 바람 속을 걷고 있는 것이다.

오쓰우 일.

마타하치가 한 말.

그런 일조차도 지금의 그로서는 해결할 수가 없다. 생각에 생각을 거듭해도 정리가 안 되는 것이었다.

야하기 강물이 폭넓게 눈에 보이기 시작했다. 여기까지 오자 새벽처럼 주위가 은은히 밝아왔다. 삿갓 가장자리를 강바람이 울리고 간다.

그 센 강바람 속에 섞여 무언가 '피융!' 하고 소리내어 스쳐가는 것이 있

었다. 무사시의 몸에서 다섯 자도 떨어지지 않은 공간을 꿰뚫고 지나갔으나, 무사시의 그림자는 그보다도 빨라 이미 그 근처의 땅 위에서는 보이지 않았다.

'꽝!' 하고 야하기 강이 동시에 울렸다. 총소리의 음파임이 틀림없었다. 상당히 화력이 큰 탄약으로 먼 곳에서 쏘았다는 사실은 지나가는 소리와 폭발음 사이에 숨을 두 번이나 들이쉴 만한 여유가 있는 것만으로도 알 수 있었다.

무사시는 어떻게 되었을까? 하고 보니 무사시는 야하기 다리 밑으로 재빨리 뛰어내려 박쥐가 붙은 듯이 납작하게 몸을 도사리고 있다.

"……?"

이웃집 붓장수 내외가 언제나 염려해 주던 말이 생각났다. 그러나 무사시로서는 이 오카사키에 자기를 적대시하는 자가 있다는 사실조차 이상했다.

누구인지 알 수가 없었다.

그렇다.

오늘밤은 그걸 한 번 확인해 볼까. 몸을 교각에 바싹 붙인 순간 그가 생각해낸 것이었다. 그래서 언제까지나 숨을 죽인 채 도사리고 있었다.

시간이 꽤 흘렀다. 그러는 동안 두세 명의 사나이가 팔첩사 언덕 위에서 솔방울처럼 바람에 날리듯이 달려왔다. 그리고 짐작한 대로 무사시가 아까 서 있던 근처의 땅 위를 휘둘러보는 모양이었다.

"이상하다?"

"안 보이는데…… ?"

"조금 더 다리 쪽이 아니었나?"

이미 저격의 목표가 시체로 변한 줄 알고 화승도 내버리고 총만 들고 온 모양이었다.

총신의 놋쇠가 번쩍번쩍 빛났다. 그것은 전장에 들고 나가도 좋을 만큼 훌륭한 물건이었다. 총을 안고 있는 사나이도 다른 두 사람의 무사도 검은 옷을 입었으며 눈만 드러내고 있었다.

역습

1

어떤 자일까?

그 자리에 나타난 두세 명의 사람 그림자로써는 짐작이 가지 않았다. 그러나, 언제 어느 때라도 자기 생명에 대한 적에의 태세는 무사에게 갖추어져 있었다.

무사시뿐만 아니라 지금 세상에 살아 있는 사람에게는 모두가 늘 그런 경계심이 있었다.

살벌하고 무질서한 난세의 여풍은 아직도 완전히 다스려졌다고는 할 수 없다. 사람들은 음모나 감시 속에서 살고 있기 때문에, 지나친 경계심으로 의심이 많아져 아내에게까지 마음을 놓지 못하고 부모 형제마저 사이가 벌어지던 무렵의——사회악이 아직도 사람들 속에 도사리고 있었다.

하물며 오늘날까지 무사시의 칼날 속에서 죽은 자, 또는 그 때문에 사회에서 패배하고 사라진 자는 상당한 수에 달했다. 그러한 패배자의 연고자에다 일문 그리고 그 가족까지 합하면 얼마만한 숫자가 될는지 모른다.

물론 적당한 시합, 또는 잘못이 저편에 있고 무사시에게는 없는 경우의 결과라 할지라도──진 쪽에서는 어디까지나 무사시를 적으로 볼 것이다. 예를 들면 마타하치의 어머니가 가장 좋은 예이다.

 그러므로 이러한 시대에 이 길에 뜻을 둔 자에게는 쉴새없이 생명의 위험이 따랐다. 그렇기 때문에 한 가지 위험을 베어내면 다시 그것이 다음의 위험을 낳게 되고 적을 만들었다. 그러나 수행(修行)하는 몸으로서는 이 위험에 단련이 되었고 적은 꾸준한 스승이라고도 할 수 있는 것이다.

 잠자는 동안에도 마음을 놓을 수 없는 위험 속에서 단련되고, 끊임없이 목숨을 노리는 적을 스승으로 삼는다. 더구나 검의 도는 사람을 살리고 세상을 다스리며, 자신도 부처님의 평안에 도달하여 영원히 살아 있는 기쁨을 여러 사람들과 함께 나누고자 하는 소원임에 다를 바 없는 것이다. 어려운 도를 닦는 도중에 이따금 피로하여 허무감에 사로잡혀 무위(無爲)에 빠져 있을 때──불현듯 칼을 갈고 닦던 적이 그림자를 나타낸 것 같았다.

 야하기 교각 밑에──

 무사시는 지금 납작하게 몸을 도사리고 있었는데, 그 순간 그의 온몸에서는 요즘의 타성과 미망(迷妄)이 싹 가시어졌다.

 벌거숭이가 되어 눈 앞의 위험 속에 자신을 내맡긴 생명의 시원함이었다.

 "……누굴까?"

 일부러 적을 접근시켜 적이 누구인지를 확인하려고 숨을 죽이고 있노라니 그 그림자는 기대했던 무사시의 시체가 근처에 보이지 않자 깜짝 놀란 모양으로, 그들도 역시 그늘에 숨어 사람이 없는 한길과 다리 밑을 오히려 으스스한 기분으로 다시 살피고 있는 것 같았다.

 그 동작으로, 무사시가 누굴까 하고 느낀 까닭은 무섭도록 민첩한 것과, 시꺼멓게 모습을 감추고는 있으나 칼과 감발의 차림새로 보아, 부랑자이거나 예사 들무사로는 보이지 않았기 때문이었다.

 이 근처의 무사라면 오카사키의 혼다 가문, 나고야의 도쿠가와 가문일 텐데 그자들이 자기를 해치려는 까닭을 알 수가 없었다. ──이상하다, 사람을 잘못 봤는지도 모르겠다.

 아니, 사람을 잘못 본 것이라면 오래 전부터 골목 어귀를 엿보거나 뒤편 대밭에서 눈을 번뜩이거나 하는 자가 있다고 이웃집 부부까지 눈치를 챈 사실이 이상하다. 역시 무사시를 무사시로 알고서 기회를 노리고 있는 자들임에 틀림없다.

"아하……다리 건너에도 동료들이 있구나."

가만히 보고 있노라니, 그늘에 숨어 들었던 세 사람이 그 자리에서 화승에 불을 붙여서 강 건너 편을 향해 그 화승을 흔들어댔다.

2

다리 건너에도 총을 가지고 숨어 있는 적의 동료가 있다면 적은 상당한 준비를 하고

'오늘 밤에는 기필코…….'

벼르고 있는 모양이다.

무사시가 팔첩사로 나다니는 것도 몇 날 밤이나 계속되었고 이 다리로 자주 지나다녔기 때문에 적은 그것을 확인하고 지형의 이점과 배치에 대해서도 충분히 준비를 해 둘 여유가 있었을 것이다.

그러므로 교각 그늘에서 무사시는 쉽사리 떠날 수가 없었다.

뛰어나가자마자 '탕' 하고 총알이 날아올 것은 뻔한 노릇이었다. 그러나 적을 내버리고 곧장 다리를 달려서 건넌다는 것은 더욱 위험한 일이라 할 수 있다.

그렇다고 해서 언제까지나 가만히 꿇어 엎드려 있는 것만도 상책이 아니다. 적은 건너편의 동료들과 화승으로 서로 신호를 교환하고 있기 때문에 사태는 시간이 흐를수록 그에게 불리해져 가는 것으로 봐야 하기 때문이다.

그러나 무사시는 한순간, 벌써 대처할 방도를 세웠다. 병법이 아니라도 모든 이치란, 그것을 이론이 되도록 만드는 것은 평상시의 일이고 실제로 일을 당할 때에는 언제나 순간의 결단이 필요한 것이기 때문에, 그것은 이론으로 생각할 일이 아니었다. '육감'이었다.

평소의 이론도 '육감'의 줄기를 이루고 있기는 하지만 그 지성(知性)이 느리기 때문에, 사실상 다급해진 경우에는 쓸모없는 지성이 되어 버려 이로 인해 패하는 일이 종종 있다.

'육감'은 무지한 동물에게도 있으므로 무지성의 영력과 혼돈되기 쉽다. 지식과 훈련으로 연마된 자의 그것은 이론을 초월하여 순식간에 이론의 궁극에 도달하므로 실수 없이 당면한 문제를 판단하는 것이다.

더욱이 검에 있어서는.

지금의 무사시와 같은 입장에 선 경우에 있어서는.

무사시는 몸을 굽힌 채 거기서 큰소리로 적에게 말했다.
"숨어 있어도 화승이 보인다. 쓸데없는 노릇이다. 이 무사시에게 볼일이 있다면 여기까지 걸어 오너라. 여기 있다."

강바람이 심해서 소리가 들렸는지 안 들렸는지는 몰랐으나, 그 대답에 대신하여 바로 제2탄이 무사시의 소리가 난 근처를 노리고 날아왔다.

물론 무사시는 이미 그곳에 없었다. 다리 기둥을 따라 아홉 자나 위치를 바꾸고 있었는데, 총알과 반대로 그는 적이 숨어 있는 어둠 속을 향해서 몸을 날렸다.

다음 총알을 장전하여 화승 불을 탄약에 옮길 여유가 없었기 때문에 적 세 사람은 몹시 당황하였다.

"아!"

"엇, 이놈!"

칼을 뽑아들고 달려든 무사시를 세 방향에서 맞았으나 그것마저도 간신히 해낸 노릇이라 동료끼리 연락이 끊어졌다.

무사시는 세 사람 속으로 끼어들자 정면에 있는 자를 한칼에 베어 쓰러뜨리고 왼편 사나이를 왼손으로 뽑아든 작은 칼로 옆으로 후려쳤다.

역습 403

한 사람은 도망치기 시작했으나 몹시 당황했던 모양으로 교각 끝에 걸려 부딪혔다가 그대로 야하기 다리 위를 쓰러질 듯이 달려가 버렸다.

3

그러고 나서, 무사시는 보통 걸음으로 난간 기슭에 몸을 바싹 기대고 다리를 건너갔으나 아무 일도 일어나지 않았다.

얼마 동안 오는 자를 기다리듯이 멈추어 섰으나 별일이 없었다.

집에 돌아와 그는 잠을 잤다.

그러자 다음 다음날.

무가 선생으로서 글씨 배우는 아이들 틈에 섞여 자기도 책상 앞에 앉아 붓을 놀리고 있느라니

"실례하오……."

처마 끝에서 들여다보며 찾는 무사가 있었다. 두 사람이었다. 좁은 봉당 어귀에는 아이들 신발이 가득하다면서 문도 없는 뒤로 돌아와 마루 끝에 섰다.

"무가님, 계신가요? 우리들은 혼다 가문의 가신으로서 어떤 분의 심부름으로 온 사람인데."

아이들 틈에서 무사시는 얼굴을 쳐들어 대답했다.

"무가는 전데요."

"귀하가 무가라는 가명을 쓰고 있는 미야모토 무사시님이오?"

"예?"

"숨기지 마시오."

"사실 무사시임엔 틀림없소만 심부름온 용건은?"

"이곳의 무사 우두머리 와타리 시마(亘志摩)님을 아시는지요?"

"글쎄요, 모르는 분인데."

"저쪽에서는 잘 알고 계시오. 그대는 두세 번 오카사키에서 노래 모임에 얼굴을 내민 일이 있지요?"

"사람들의 권유로 노래 모임에 갔었지요. 무가라는 것은 가명이 아니라 노래 모임에서 문득 생각이 나서 붙인 아호(雅號)요."

"아, 아호입니까? 그거야 뭐든 관계 없소만 와다리님이 노래를 좋아하시기 때문에 가신들 가운데 노래 짓는 사람들이 많지요. 하룻밤 조용히 말씀을 나누고 싶다는 전갈이신데 오실 수 있겠소?"

"노래 초청이라면, 달리 알맞은 풍류객이 있겠지요. 어쩌다가 이곳 노래 모임에 끌려가긴 했지만 원래 그런 멋을 모르는 야인이기 때문에."
"아니, 뭐 노래 자리를 벌여 글귀를 겨루자는 건 아닙니다. 와다리님께서는 귀하를 알고 계시오. 그래서 만나고 싶으시다는 것이며 또 검술에 관한 이야기라도 들으며 이야기를 나누고 싶다──고 하시는 것인 줄로 아오."
글씨를 배우던 아이들이 모두 손을 멈추고 선생님과 뜰에 서 있는 두 사람의 무사를 근심스러운 얼굴로 번갈아보았다.
무사시는 가만히 앉은 자리에서 심부름 온 사람을 바라보았으나 결심이 된 모양으로 말했다.
"좋소. 초청을 하시니 폐를 끼치기로 하지요. 날짜는?"
"지장이 없으시다면 오늘밤에라도."
"와다리님의 저택은 어디쯤?"
"아니, 오시겠다고만 하시면 그 시간에 가마를 보내 드리지요."
"그렇다면 기다리겠소."
"그럼……"
심부름 온 두 사람은 얼굴을 마주 바라보고 끄덕이며

"돌아가겠습니다. 무사시님, 수업 중에 실례가 많았습니다. 그럼, 틀림 없이 그 시간까지 준비하시기를."
말을 마친 다음 되돌아갔다.
붓장수 아낙네가 옆집 부엌에서 얼굴을 내밀고 불안스러운 듯이 들여다보았다.
무사시는 손님이 돌아가자
"얘들아, 옆에서 이야기하는 데 정신을 뺏겨서 손을 멈추면 안 돼. 자아, 공부해라. 선생님도 한다. 남의 이야기나 매미 소리 따위는 귀에 들어오지 않을 만큼 하는 거야. 어릴 때 게으름을 피우면 이 선생님처럼 커서도 글씨 연습을 해야 한단 말이야."
먹투성이가 된 아이들의 손과 얼굴을 휘둘러 보고 웃으며 말했다.

4

황혼 무렵――
무사시는 나들이 준비를 하였다.
하카마(袴)까지 입고.
"그만두어요. 뭐라고 해서든지 거절을 하는 게……."
이웃집 아낙네가 마루에 와서 말렸다. 끝내는 울 듯이 하며.
그러나 그러는 동안에 마중나온 가마는 골목 어귀까지 와 버렸다. 허술한 거리의 가마가 아니다. 번쩍번쩍 칠을 한 가마였다. 거기다 무사 두 사람, 하인 한 사람이 딸려 있었으므로 무슨 일인가 하고 이웃 사람들은 눈이 휘둥그레졌다.
가마 옆에 사람들이 들끓었다. 무사시가 무사들의 마중을 받으며 거기에 올라타자 글방 선생님이 굉장한 출세를 한 것이라고 그럴 듯하게 소문을 퍼뜨리는 자도 있었다.
아이들은 아이들끼리 수군거렸다.
"선생님은 굉장한 분이야."
"저런 가마는 높은 사람이 아니면 타지 못하는 거야."
"어딜 가시는 걸까."
"다시 돌아오시지 않을 건가."
"야, 비켜 비켜."

앞을 헤치며
"서둘러."
가마꾼에게 말했다.

하늘이 빨갰다. 거리 사람들이 쑤군대는 목소리도 저녁 노을에 물들어 있다. 사람들이 흩어진 다음 이웃집 아낙네는 오이씨인지 불은 밥알인지가 섞인 설거지 물을 뿌렸다.

그럴 때, 젊은 제자를 거느린 스님이 찾아왔다. 가사만으로도 한눈에 알 수 있는 선가(禪家)의 중이었다. 매미처럼 새까만 살갗에 움푹 들어간 동그란 눈이 높은 이마 밑에서 번쩍번쩍 했다. 40이나 50정도의 나이인 듯. 이러한 선종(禪宗) 스님의 나이는 범상한 눈으론 잘 알 수 없다.

몸이 자그마한 데다 살이 조금도 없다. 깡마른 몸이다. 그러나 목소리는 굵었다.

"이봐, 이봐."
스님은 데리고 온 흰 오이 같은 제자를 뒤돌아보고 물었다.
"마타하치라고 했나. 이보오, 마타하치."
"예예."

근처의 처마 밑으로 눈길을 주어 살피면서 오던 마타하치는 황급히 매미 같은 얼굴을 한 스님 앞으로 나와 머리를 숙였다.
"모르겠나?"
"지금 찾고 있습니다."
"한 번도 온 일이 없나?"
"예, 언제나 산으로 먼저 찾아오니까 그만."
"물어 봐. 이 근처에서."
"예, 그러지요."
마타하치는 걸음을 옮기자마자 곧 되돌아와서
"구도님, 구도님."
"왜 그래?"
"찾았습니다."
"찾았어?"
"바로 저기 골목 어귀에 간판이 있었지요? 동몽도장(童蒙道場), 글씨 사범 무가라고."
"음, 거긴가."
"가 보지요. 구도님께서는 여기서 기다리시겠습니까."
"뭐, 나도 가지."

그저께 밤, 무사시가 그런 이야기를 하고 헤어졌기 때문에 어제도 오늘도 어떻게 된 일일까 하고 걱정을 하고 있는 마타하치에게 큰 기쁨이 찾아왔다.

목메이게 기다리고 있던, 두 사람이 고대하고 있던 도쇼쿠 구도화상이 어슬렁 먼지를 뒤집어쓴 채 팔첩사에 나타난 것이다.

오자마자 마타하치로부터 무사시의 이야기를 듣더니 화상은 기억하고 있는 모양이었다.

"만나지. 불러와. 아니, 그도 이제는 의젓한 사나이. 이쪽에서 찾아가자."

화상은 팔첩사에서는 조금 쉬었을 뿐 곧 마타하치에게 안내를 시켜 거리로 내려온 것이었다.

5

와타리 시마는 오카사키의 혼다 가문 안에서도 중신의 반열에 끼는 자라는 것을 알고 있다. 그러나 무사시는 그 인물에 대해서 전혀 아는 바가 없었다.

——대체 무엇 때문에 자기를 만나자고 사람을 보낸 것일까?
 거기에 대해서는 그는 알 만한 실마리가 없었다. 굳이 찾아본다면 어제 야하기 근처에서 가신인 듯한 검은 옷의 비겁자를 베었기 때문에 그것을 끌어대어 뭔가 시비를 걸려는 것이 아닐까.
 아니면, 평소에 자기를 노리고 있던 어떤 자가 어쩔 수가 없어 끝내 와타리 시마라는 배후 인물을 드러내고 정면에서 어떻게 해 보려는 함정일까.
 어떻게 되었건 좋은 일 같지는 않았다. 그런데도 불구하고 몸을 내맡기고 가는 바에는 무사시에게도 각오가 있을 것이다.
 그 각오는?
 만일 묻는 자가 있다면 그는
 '임기응변(臨機應變).'
 한 마디로 대답할 것이다. 가 보지 않고서는 알 수 없는 것이다. 공연한 병법상의 추리는 이런 경우 금물이다. 경우에 따라 순간의 결심을 하는 수밖에는 도리가 없는 것이다.
 그러한 변고가 가는 도중에 일어날 것인지.
 그것도 미지수이다.
 바다 속을 흔들리며 가는 것처럼 가마 밖은 캄캄하여 솔바람 소리가 들릴 뿐이었다. 오카사키 성의 북쪽 바깥 일대에는 소나무가 많았다. 그렇다면 그 근처를 지금 지나가는구나.
 "……."
 무사시는 각오가 있는 사람 같지도 않은 자세였다. 눈을 반쯤 감고 꾸벅꾸벅 가마 안에서 졸았다.
 '삐걱' 하고 문 열리는 소리.
 가마를 멘 하인의 발걸음이 늦추어지고 집안 사람들의 소리가 어렴풋이 들려왔으며 사방에 비치는 불그림자가 부드러웠다.
 "……다 왔나?"
 무사시는 가마 밖으로 나왔다. 정중히 맞아들이는 하인들은 묵묵히 그를 넓은 객실로 안내했다. 발을 걷어치우고 사방 문들이 열어젖혀져 여기에도 파도 소리 같은 솔바람이 불어와 여름도 잊을 만큼 시원한 대신 촛대의 불이 너무나 심하게 너울거렸다.
 "와타리 시마(亘志摩)요."

주인은 곧 나타났다.

50정도나 될까. 보기에 건강하고 경박한 티가 없다. 전형적인 미카와(三河) 무사이다.

"무사시입니다."

인사를 나눈다.

"……편히 앉으시지요."

시마는 인사를 하고, 그러면——하는 듯한 얼굴로 말했다.

"지난 밤, 저희 가문 중의 젊은 무사를 두 사람, 야하기 다리에서 베셨다지요……사실인가요?"

느닷없이 묻는 소리였다.

생각할 겨를도 없다. 그리고 무사시로서도 그것을 감출 생각은 추호도 없다.

"사실입니다."

그렇다면——지금부터 어떻게 나올 것인가. 무사시는 시마의 눈동자를 응시했다. 두 사람의 맑은 얼굴에 촛대의 불빛이 명멸했다.

"거기에 대해서."

시마는 무겁게 입을 열어
"사과를 드리겠소. 무사시님, 우선 용서해 주시오."
그는 약간 머리를 숙였다.
그러나 무사시는 그 인사를 아직도 솔직하게 받아들일 수가 없었다.

6

오늘 바로 얼마 전에 자기 귀에 들어온 소식이라고 와타리 시마는 전제해 놓고
"번 당국에 사망 신고가 있었소. 야하기 근처에서 살해되었다는 거요. 조사를 시켜 봤더니 상대가 귀하라는구려. 귀공의 이름은 벌써 듣고 있었지만 이 성 아래 거리에 사시는 줄은 그때에야 비로소 알았지요."
이야기를 꺼내기 시작했다.
거짓은 아닌 것 같았다. 무사시도 일단 믿고서 듣기 시작했다.
"그래서, 왜 귀공을 암살할 계획을 했는지 엄중히 조사를 해 본 결과, 이 가문에서 손님 대접을 받는 도군류(東軍流)의 병법가로서 미야케 군베에(三宅軍兵衛)라는 자가 있는데, 그의 제자들과 가신 4, 5명이 공모한 일이라는 사실을 알았소."
"……흐음."
아직도 무사시는 무슨 영문인지 모르겠는 듯한 얼굴.
그러나 그것도 차츰 풀려갔다. 와타리 시마의 이야기로 명백하게 드러났다.
미야케 군베에의 심복 제자 가운데는 옛날 교토의 요시오카 가문에 있었던 자들이 있고, 또 혼다 가문의 가신 가운데도 요시오카류의 제자들이 몇 십 명이나 있다.
이런 자들 사이에
'요즘 성 아래 거리에서 무가라고 이름을 바꾸고 있는 낭인은 교토의 연대사 벌판, 삼십삼칸당, 일승사 마을 등지에서 요시오카 일족을 망하게 하고 드디어는 요시오카 가문 자체가 송두리째 단절되도록 한 미야모토 무사시라는데.'
소문이 나돌게 되어 그들은 아직도 무사시에게 깊은 원한을 품은 자들이 '눈에 거슬린다.'

'죽여 버릴 수 없을까.'
이런 속삭임이 오가던 끝에 끝내
'죽여 버려라.'
결론이 되어 꽤 끈기 있게 노리고 있던 끝에 어젯밤과 같이 실패로 돌아간 것이라는 말이었다.

요시오카 겐포의 이름은 아직도 존경을 받고 있다. 여러 나라를 다니는 동안 그 이름이 들리지 않는 곳이 없다. 그것만으로도 번창했을 때에 얼마나 많은 제자들을 여러 나라에 두고 있었는가를 짐작할 수가 있다.

혼다 가문에도 그 검술을 배운 자가 몇십 명이나 된다는 것은 사실이리라. 무사시는 사건의 진상을 알게 됨과 동시에 자기를 원망하고 있는 사람들의 기분도 알 수 있을 것 같았다. 그러나 그것은 무사시로서가 아니라 인간의 단순한 감정으로서다.

"그래서 그들의 잘못된 생각과 부끄러워해야 할 비열함을 오늘 성내에서 엄하게 꾸짖어 두었소. 그런데 손님으로 계신 미야케 군베에님께서 자신의 제자도 섞여 있었다는 것을 몹시 죄송해하시면서 꼭 그대를 만나 한 마디라도 사과를 하시겠다고 하오. ……어떻소. 거북스럽지 않으시다면 여기에 불러 소개하고 싶은데."
"군베에님께서 모르셨던 일이라면 그렇게까지 하실 것 없습니다. 병법자 된 몸으로서는 어젯밤 같은 일은 흔히 있는 일이니까요."
"아니, 그렇긴 하나."
"사과니 뭐니 하시지 말고 다만 병법에 대해서 이야기를 나누는 상대라면 일찍부터 이름을 듣고 있는 미야케님이니, 뵙는 것에 이의가 없습니다만."
"실은 군베에님도 그걸 바라고 있소. 그럼, 곧."
와타리 시마는 곧 가신을 시켜 그 뜻을 전하게 했다.
미야케 군베에는 벌써 와서 다른 방에서 기다리고 있었던 모양으로 잠시 후 제자 서너 명을 데리고 들어왔다. 제자라고는 하나 물론 의젓한 혼다 가문의 가신들이다.

7

위기는 가셨다. 아무튼 일단은 그렇게 보였다.
와타리 시마로부터 미야케 군베에와 그밖의 사람들이 소개되자 군베에는
"아무쪼록 어젯밤의 일은 물에 흘려 버리시도록."
그는 제자의 잘못을 사과하였고 그때부터 좌석은 아무런 격의 없이 무사도 이야기와 세상 이야기에 들떴다.
무사시가
"도군류는, 좀처럼 세상에서 같은 유파의 사람을 볼 수가 없는데 귀하께서 창시하신 것입니까?"
물었다.
"아니, 내가 창시한 것이 아니오."
군베에는 대답했다.
"제 스승은 에치젠 사람 가와사키 가기노스케(川崎鑰之助)께서 조슈의 하쿠운산(白雲山)에 들어가 한 유파를 개척했다고 기록되어 있지만, 실은 텐다이종(天台宗) 승려인 도군(東軍) 스님이라는 분으로부터 배운 것입니다."
그리고 무사시의 모습을 새삼스럽게 거듭 거듭 들여다보면서
"평소 들은 이름만으로는 더 나이가 드신 줄 알았는데 이렇게 젊으시다니 뜻밖이오. 이 기회에 꼭 한 수 배우고 싶은데요."

청했다.
무사시는
"언젠가 기회가 있으면……."
가볍게 피하고
"길을 잘 몰라서."
시마에게 작별 인사를 하려 하자 아니, 아니, 아직 멀었소, 돌아 가실 때는 거리까지 전송을 하겠다고 말했다.
군베에는 또다시 말을 이었다.
"실은 제자 두 명이 야하기 다리에서 귀하에게 베였다는 소리를 듣고 곧 달려가 그 시체를 봤습니다만, 두 시체의 위치와 두 사람이 받은 칼자국에 아무래도 납득이 가지 않는 점이 있었소. ……그래서 도망친 제자 하나에게 물었더니 자세히는 보지 못했으나 분명히 그대의 두 손에 동시에 두 개의 칼이 쥐어져 있었던 것 같다고 하던데, 그렇다면 세상에도 보기 드문 유파요. 이도류(二刀流)라고 하는 것일까요?"
무사시는 미소를 지으며 말했다. 아직 의식적으로 두 개의 칼을 쓴 적은 없었다. 언제나 칼은 하나만 쓰고 있는 것으로 생각하고 있으며, 하물며 이도류니 하며 자칭한 적은 오늘날까지 한 번도 없었다고.

그러나 군베에들은
"이 무슨 겸손의 말씀을."
곧이듣질 않았다.
그리고 두 칼을 쓰는 법에 대하여 여러 가지 질문을 하면서 대관절 어떻게 단련을 하고 어느 정도의 역량이 있으면 두 칼을 자유롭게 사용해 낼 수 있는가 따위의 유치한 소리를 체면도 없이 묻는 것이었다.
무사시는 돌아가고 싶어서 못 견딜 지경이었다. 이런 사람일수록 자기네들이 한 질문에 만족을 얻지 못하면 돌려보내 줄 것 같지 않았으므로, 문득 도코노마에 걸려 있는 두 자루의 총을 주인 와타리 시마에게 좀 빌리자고 말했다.

8

주인의 허락을 받고서 무사시는 도코노마에서 두 자루의 총을 내려 좌석 중앙까지 가지고 나왔다.
"……?"
무엇을 할 것인가 하고 사람들은 궁금해하면서 지켜보았다. 두 칼을 쓰는 법에 대한 질문을 두 자루의 총으로 어떻게 대답할 것인가 하고.
무사시는 총대롱 쪽을 두 손으로 거머잡으면서 한쪽 무릎을 세우고
"칼이 둘이든 하나든 마찬가지. 두 손이 있다 할지라도 몸은 하나. 모든 일에 있어 이치는 한가지이며 진리의 궁극에 있어서는 어떤 유파라 할지라도 다를 바가 없는 것입니다. 그걸 잠시 보여 드리자면."
무사시는 두 손에 쥔 총을 보여 주고
"실례."
하더니 갑자기 기합 소리를 지르며 그 두 자루의 총을 윙윙 휘둘러댔다.
무서운 바람이 일더니 무사시의 팔굽이 그리는 두 자루 총의 소용돌이는 마치 실꾸리가 도는 것같이 보였다.
"……"
왠지 모르게 사람들은 정신을 빼앗겨 버리고 얼굴이 새하얗게 질렸다.
무사시는 이윽고 무릎을 거두고 총을 본래의 위치로 갖다놓자 그 기회에
"실례했습니다."
미소를 보였을 뿐, 두 개의 칼 사용법에 대해서는 아무런 설명도 없이 그대로 자리를 떠나 돌아와 버리고 말았다.

　넋을 잃는 바람에 잊어버렸는지 돌아갈 때에는 누군가 딸려 보내겠다고 말해 놓고도 그가 대문을 나서도 아무도 따라나서는 자가 없었다.
　그 대문을 뒤돌아보니——
　캄캄한 어둠 속에 울리는 솔바람 소리뿐, 무언가 무상념(無想念)을 남기고 있는 듯이 객실의 등불이 깜빡였다.
　"……."
　무사시는 어쩐지 마음이 놓였다. 칼날의 포위망 속을 헤치고 나왔다기보다도 오늘 밤의 상대는 호랑이 굴이었다. 형태도 없고 적의도 알 수 없는 상대였던만큼 실은 그도 준비할 계책이 없었던 것이다.
　그리고 사람들에게 무사시라고 알려졌고 또 사건을 일으킨 이상 오카사키에는 더이상 오래 머무를 수가 없다. 오늘밤에라도 떠났으면 좋을 것 같다——
　"마타하치와의 약속도 있는데, 어떻게 하면 좋을까?"
　혼자 염려를 하면서 솔바람이 불어대는 어둠속을 걷노라니 오카사키 거리의 불빛이 대로 끝에 반짝반짝 보이기 시작할 무렵 길가의 사당에서
　"오, 무사시님, 마타하치요. 걱정을 하면서 기다리고 있었지."

뜻밖에도 마타하치가 말을 걸어오며 그의 무사함을 기뻐했다.
"어떻게 여기에?"
무사시는 의심스러웠다.
그러나 문득 사당 마루에 걸터앉은 사람을 보자……그는 마타하치의 자세한 설명을 들을 틈도 없이 가까이 다가가
"화상님이 아니십니까?"
그 발치에 엎드렸다.
구도화상은 그의 등으로 눈길을 보내며 잠시 사이를 두고
"오래간만이군."
말했다.
무사시도 얼굴을 들어
"퍽 오래되었습니다."
똑같은 말을 했다.
그러나 그 간단한 말 속에는 만감이 곁들여 있었다.
무사시로서는 자기가 근래에 부닥치고 있는 무위에서 자기를 구해줄 사람은 다쿠안과 이분밖에 없다고 몹시 기다리던 구도화상이었기 때문에, 마치 어두운 밤에 달을 바라보듯이 구도화상의 모습을 우러러보았다.

9

마타하치도 구도화상도 무사시가 오늘밤 무사하게 돌아올지 어떨지 불안스레 기다리고 있었던 것이다. 어쩌면 무사시는 와타리 시마의 저택에서 못 돌아오는 것이나 아닐까 하고 염려하면서 그것을 확인하기 위해서 시마의 저택까지 가는 도중이었다.
저녁 무렵이다.
길이 엇갈려 무사시가 나간 직후에 찾아갔을 때, 이웃집 붓장수 아낙네가 평소 무사시의 신변에 염려될 만한 곡절이 있었다는 사실과 어제 무사들이 찾아왔더라는 일 등을——자세히 들려주었기 때문에
'그렇다면.'
거기서 돌아올 것을 기다리고만 있을 수도 없었으므로 무슨 방법이 없을까 하고 와타리 시마의 저택 부근을 목표로 예까지 온 것——이라고 마타하치가 말했다.

역습 417

　무사시는 그 말을 듣고
　"그런 염려를 하실 줄은 몰랐습니다. 감사합니다."
　그의 친절에 깊이 감사했으나 그대로 구도화상의 발치에 꿇어엎드린 채 언제까지나 몸을 일으키지 않고 있었다.
　그리고 이윽고
　"스님!"
　힘차게 불렀다. 구도화상의 눈을 똑바로 쳐다보았다.
　"왜 그러나?"
　구도화상은 무사시의 눈이 자기에게 무엇을 요구하고 있는가를 어머니가 자식의 눈을 읽듯이 곧 눈치채고 있었으나
　"왜 그러나?"
　거듭 물었다.
　무사시는 납작하게 엎드려 두 손을 짚고 말했다.
　"묘심사로 참선하러 가서 처음 법고서부터 벌써 10년 가까이 되었습니다."
　"그렇게 됐나?"
　"세월은 10년이 흘렀습니다만, 저는 몇 자의 땅을 걸어왔는지 돌이켜보니 제 스스로도 의심스러워집니다."

"여전히 젖비린내 나는 소릴 하는군. 뻔하지."
"분한 생각이 듭니다."
"무엇이!"
"언제까지나 수행이 되지 않는 것이."
"수행, 수행, 하고 있는 동안에는 수행이 되지 않을걸."
"그렇다고 해서 수행길을 떠나면."
"당장 틀려 가겠지. 그리고 처음부터 사리를 가리지 못하는 무지한 자보다도 더욱 처치곤란한 인간 쓰레기가 되어가는 법이지."
"놓으면 미끄러져 떨어지고, 오르려고 애를 쓰건만 올라갈 수 없는 절벽 중간에서 저는 지금 허우적대고 있습니다. 뵙게 되기를 지금까지 얼마나 기다렸는지 모릅니다. 어떻게 하면 될까요? 어떻게 하면 지금의 혼미와 무위에서 벗어날 수 있겠습니까?"
"그런 건 나도 모른다. 자기 힘으로 해야지."
"다시 한 번 저를 마타하치와 함께 슬하에 두시어 꾸짖어 주십시오. 그렇지 않으면 일갈하시어 허무의 꿈이 깨어날 만큼 따끔한 매질을 해 주십시오……스님, 부탁입니다."

거의 얼굴이 땅바닥에 닿을 만큼 무사시는 꿇어엎드린 채 소리쳤다. 눈물은 흐르지 않았지만 목소리는 흐느끼고 있었다. 고민의 흐느낌이 듣는 이의 귓전을 비통하게 때렸다.

그렇지만 구도화상의 감정은 조금도 움직이는 것 같지 않았다. 잠자코 사당 툇마루에서 일어나며
"마타하치, 가자."
말하고는 먼저 걷기 시작했다.

10

"스님."
무사시는 일어나 붙들었다. 그리고 구도화상의 옷소매를 붙든 채 또 한 마디의 답을 요구했다.
그러자——
구도화상은 묵묵히 고개를 저어 보였다. 그러나 그래도 무사시가 손을 놓지 않으므로 이렇게 말했다.

"아무것도 없다."
말을 끊고는
"무엇이 있겠나. 줄 것 또한 무엇이 더 있겠나. ……있는 것은 오직 꾸짖음뿐이다."
주먹을 휘둘렀다.
정말로 때려줄 것 같은 얼굴이 되었다.
"……"
무사시는 옷소매를 놓고 무언가 말을 하려고 했으나 구도화상은 성큼성큼 앞으로 발을 떼어놓으며 뒤돌아보지도 않았다.
"……"
무사시가 멍하니 그 등을 바라보고 있자 마타하치가 빠른 말로 그를 위로하였다.
"선생님은 말 많은 게 싫으신 모양이다. 절에 나타나셨을 때 내가 임자 일과 내 뜻을 이야기하고 제자로 삼아 주실 것을 부탁드렸더니 자세히 듣지도 않고──그래, 그럼 당분간 내 짚신 끈이나 매어 봐라, 하고 말씀하셨어. ……그러니 너도 군소리는 그만두고 가만히 뒤따라 가는 거야. 그래서 기분이 좋으실 때를 기다려 뭐든 몇 번이라도 물어보면 되지 않겠나."

──그러자 저만치서.
구도화상이 발을 멈추고 마타하치를 불렀다. 마타하치는
"예!"
큰소리로 대답했다.
"알겠나, 그렇게 해."
이 말을 남기고 마타하치는 황급히 구도화상의 뒤를 쫓아갔다.
구도화상은 마타하치가 마음에 든 모양이었다. 제자로서 허락받고 있는 그가 무사시는 무척 부러웠다. 그리고 마타하치와 같은 단순함과 솔직함이 없는 자기자신이 반성되는 것이었다.
"그렇다, 설사 무슨 말을 듣더라도."
무사시는 순간 온몸이 불타오름을 느꼈다.
화를 내며 휘두르는 그 주먹에 맞더라도 한 마디 가르침을 받지 않으면 또다시 어느 날에 다시 만날 수 있으랴.
몇만 년인지 모르는 유구한 천지의 흐름을 두고 보면 60년이나 70년의 인생은 마치 번갯불이 번뜩하는 순간처럼 짧은 시간이다. 그 짧은 일생 동안에 만나기 힘든 사람을 만나는 것만큼 거룩한 일도 없다.
"그 거룩한 인연을."
무사시는 눈에 뜨거운 눈물이 가득 괸 채 멀어져 가는 구도화상의 그림자를 쏘아보았다. 그리고 그 기회를 이제는 놓치지 않겠다고 생각했다.
어디까지나!
한 마디의 대답을 얻을 때까지.
무사시는 덮어놓고 뒤쫓아갔다. 그리고 구도화상이 걸어가는 쪽으로 그도 역시 걸음을 재촉하며 뒤따라갔다.
알고 가는지 모르고 가는지──.
구도화상은 팔첩사에는 돌아가지 않았다. 아마도 그는 두 번 다시 팔첩사에 돌아갈 생각이 없을 것이며 이미 물과 구름을 거처로 삼고 있는 심경이었으리라. 도카이도로 나가 교토 방면으로 향하는 것이었다.
구도화상이 여인숙에 묵으면 무사시는 그곳 처마 밑에서 잤다.
아침이 되어 마타하치가 스승의 짚신 끈을 매고 일어서는 모습을 보았을 때, 무사시는 친구 일을 생각하고 무척 기뻤으나 구도화상은 무사시의 모습을 보고도 말도 걸어 주지 않았다.

그러나 무사시는 벌써 그런 일에 마음을 쓰지 않게 되었다.
오히려 구도화상에게 방해가 되지 않도록 하기 위해 멀리 떨어져서 날로 스승을 사모하면서 따라갔다.
──그날밤, 그대로 오카사키에 남겨 둔 뒷골목 집도, 그곳의 책상도, 대나무 마디를 잘라 꽃을 꽂은 꽃병도, 그리고 옆집 아낙네며 이웃집 처녀들의 눈길, 영지 가신들의 얽히고설킨 원한 등도 지금은 모든 것을 잊어버린 채.

원(圓)

1

교토로 교토로 길은 가까워진다.

아마도 구도화상은 교토를 향해 걷는 것 같았다. 하나조노(花園) 묘심사는 그들의 총본산이기도 하니까.

그러나, 그 교토에는 언제 도착할 것인지, 선사의 여행은 제멋대로여서 알 수가 없다. 비에 갇혀 여인숙에서 나오지 않은 날, 무사시가 살펴 보니 마타하치에게 뜸을 뜨게 하였다.

미노 땅까지 왔다.

그곳 대선사(大仙寺)에서는 7일 동안이나 머물렀다. 히코네(彦根)의 절에서도 며칠인가 묵었다.

선사가 여인숙에 묵으면 가까운 여인숙에, 절이라면 절 산문에, 무사시는 어디서든지 잤다. 그리고 오로지 선사의 입에서 한 마디 가르침을 얻을 기회를 기다렸다. 아니, 그 기회를 뒤쫓아다니는 것이었다.

호반의 절 산문에서 자던 날 밤, 무사시는 가을을 느꼈다. 어느새 가을이었다.

보니, 자기 모습은 마치 거지와 같이 되었다. 마구 자란 머리털도 선사의 마음이 풀릴 때까지 빗질을 않기로 마음먹었고, 목욕도 하지 않았으며 수염도 깎지 않은 팔뚝과 가슴은 꺼끌꺼끌하여 소나무 껍질을 만지는 것 같았다.

불면 떨어질 것 같은 별들, 가을의 소리. 거적 한 장을 잠자리로 삼고서 무사시는

"나는 얼마나 어리석은 놈인가."

자신의 광적인, 지금의 기분을 냉정하게 조소했다.

대체 무엇을 알려고 하는 것일까. 무엇을 선사에게서 구하고 있는 것일까.

이렇게까지 추궁해 가지 않으면 사람은 살 수 없는 것일까.

미련한 자기 몸에 달라붙어 사는 이까지도 가련했다.

선사는 말했다. 가르침을 요구하는 자기에게 분명히 거절했다.

아무것도 없다고.

그런 사람에게 없는 것을 억지로 달라고 요구하는 것은 무리한 일이다. 아무리 따라다녀도 선사는 길 가의 개 정도로밖에 봐 주지 않으나 원망할 길도 없다.

무사시는 더벅머리 사이로 달을 쳐다보았다. 산문 위에는 어느 틈에 가을 달이 비친다.

아직도 모기가 있다.

무사시의 살갗은 이제 모기의 침에도 무감각이었다. 그러나 물린 자리에는 피가 나와 그것이 수없이 깨알만한 종기가 된다.

"아아, 모르겠다!"

단 한 가지 무언가 모르는 것이 있다. 그것만 풀 수가 있다면 응결되어 있는 칼이나, 또 다른 모든 것이 환히 단번에 풀릴 것 같다. 어쩔 도리가 없다.

만일 자기의 도(道) 수업이 여기서 끝장나 버린다면 오히려 죽는 것이 더 낫다고 생각했다. 살아온 보람을 찾을 수 없다. 드러누워도 잠이 오지 않았다.

그렇다면, 그 모르는 것은 대체 무엇인가. 검법의 연구인가. 그것뿐만이 아니다. 처세법인가. 그런 것도 아니다. 오쓰우의 문제인가. 아니다. 사랑만으로 사나이가 이렇게 말라빠질 수가 있을까.

모든 것을 포함한 큰 문제이다. 하지만 또 큰 하늘과 땅에 비한다면 겨자

씨 한 알 정도의 조그만 일인지도 모른다.

　무사시는 거적을 몸에 두르고 도롱이 벌레처럼 돌 위에 누웠다. 마타하치는 어떻게 자고 있을까. 괴로움을 괴로워하지 않는 마타하치와 괴로워하기 위해서 괴로움을 쫓고 있는 자기——를 비교하며 문득 그가 부러워지는 것이었다.

　"……?"

　무엇을 보았는지 무사시는 벌떡 일어나 산문 기둥을 바라보았다.

2

　산문 기둥에 걸려 있는 몇 줄의 글씨를 무사시는 지그시 쏘아보았다. 달빛으로 읽어 볼 수 있는 그 두 기둥의 문구를 훑어보았다.

　　그대들에게 원컨대, 사물의 근본을 알라.
　　흰 구름은 백 길 높이에 있는 큰 공(功)을 느꼈고
　　언덕은 흰구름의 유훈(遺訓)을 탄식했도다.
　　이러한 전례가 있나니
　　그릇되어 잎을 따거나
　　가지를 꺾는 일 없도록 하여라.

　"……."

　이것은 가이산 다이토(開山大燈)의 유훈 속에 있는 글인 것 같다.

　——그릇되어 잎을 따거나 가지를 꺾는 일 없도록 하여라.

　이 부분을 무사시는 마음속으로 알뜰히 거듭거듭 읽었다.

　가지와 잎——

　그렇다. 얼마나 지엽적인 자질구레한 일에 고민하고 있는 사람들이 많은가.

　'나도.'

　그 점을 돌이켜보니 무사시는 갑자기 일신이 홀가분해지는 것을 느꼈다.

　왜 칼과 몸이 일체가 되지 못하는 것일까. 어째서 곁눈질을 하며 이렇게 마음이 깨끗해지지 못하는 것일까.

　그 일은?

이 일은?

쓸데없는 우유부단이다. 도를 닦아 가는데 무슨 까닭에 곁눈질을 하는가.

이렇게는 생각하지만 도를 닦는 길이 막혀 있기 때문에 우유부단이 생기는 것이다. 나뭇잎을 따고 가지를 꺾는 어리석은 초조감에 쫓기어 마음에 미망(迷妄)이 생기는 것이다.

어떻게 하여 그 막히는 길을 타개하느냐. 핵심으로 들어가 핵심을 부수느냐.

스스로 비웃어 본다,
십 년 간의 행각을.
떨어진 갓을 쓴 여윈 몸으로 절간 문을 두들기노라.
원래부터 불제자에 자식이 많은 자 없나니
밥 한 그릇에 차 한 잔을 마시려면
또 다시 가사를 입는도다.

이것은 구도화상이 스스로를 비웃은 한 구절이다. 무사시는 지금 그 시가 생각났다. 자기도 꼭 그 나이 무렵이었다. 처음으로 묘심사에 구도화상을 사모하여 찾아갔더니 그는 대뜸 물었다.

'너 무슨 생각으로 나를 찾아왔느냐?'

그러더니 발길질이라도 할 것 같은 큰소리로 호통을 치며 쫓아냈다. 그 뒤 구도화상의 마음에 드는 점이 있었던지 허락이 내려 제자가 되었는데, 어느 때 앞의 이 시구를 보이며

'수행, 수행하고 있는 동안에는 수행이 안 될걸.'

웃음을 샀던 것이다.

스스로 비웃어 본다. 10년 간의 행각을 하고 구도화상은 이미——10년 전에 자기를 가르쳤다. 더군다나 그로부터 10년이 지난 지금도 아직 도를 닦지 못하고 방황하고 있는 자기를 보고

'구제하기 어려운 어리석은 놈.'

정이 떨어졌는지도 모른다.

무사시는 멍청히 서 있었다. 자지도 않고 산문 둘레를 돌며——

그러자 갑자기 이 한밤중에 절에서 나가는 자가 있었다. 산문을 나갈 때에 문득 바라보니 마타하치를 거느린 구도화상이었다.

여느 때와는 달리 빠른 걸음으로.

본산에 무언가 급한 볼일이라도 생겨 교토로 서둘러 가는 것인지. 절 사람들의 전송도 거절하고 세다 다리를 곧장.

무사시도 물론

"늦어선 안 돼."

하얀 달빛 아래 그들의 그림자를 쫓아 끝없이 따라나섰다.

3

집들은 모두 잠들었다. 낮에 본 오오쓰의 그림 가게도 혼잡한 여관들도 약방 간판도 문이 닫혀 있어 인기척 없는 심야의 거리를 오직 달빛만이 무한히 밝았다.

오오쓰 거리.

거기도 순식간에 지나고.

길은 가파른 오르막길이 되었다. 삼정사(三正寺)와 세희사(世喜寺)는 밤안개로 자욱이 덮여 있었다. 만나는 사람도 없는 길.

이윽고 고갯마루에 올라섰다.
"......"
앞서 가던 구도화상이 멈추어 섰다. 마타하치에게 무언가 말을 걸고 달을 바라보며 한숨 돌리는 모습이었다.
벌써 교토는 눈 아래 있었다. 뒤돌아보면 비와 호수가 한눈에 내려다보이는 높이. 그러나 하늘에 걸린 달 외에는 모두가 같은 색깔이다. 시꺼멓게 운모(雲母)처럼 빛나는 밤안개 속의 호수였다.
무사시는 한 걸음 늦게 그곳으로 올라왔다. 뜻밖에도 구도화상과 마타하치가 발길을 멈추고 있었으므로 그 그림자를 가까이에서 보았을 때 왠지 모르게 흠칫했다.
구도화상도 말이 없고.
무사시도 말이 없었다.
그러나 이렇게 시선을 마주본 것은 실로 몇십 일 만인가.
무사시는 순간
'지금——'
생각했다.

벌써 교토는 눈 앞에 있다. 묘심사의 선동(禪洞) 깊숙이 숨어버린다면 다시 또 몇십 일을 기다려야 할지 모르는 일이다.

"……스님!"

무사시는 드디어 외쳤다.

그러나 너무나도 골똘히 생각을 거듭하고 있었기 때문에 말이 막히어, 어린아이가 부모에게 하기 거북한 말을 하려는 때와 같이 조심스러워 그의 앞으로 나가려 해도 오금이 떨어지질 않았다.

"……?"

뭐냐――하고 물어 주지도 않는다.

마치 옻칠을 하여 말라버린 듯한 구도화상의 얼굴에는 눈만이 하얗게 그를 미워하기나 하는 것처럼 무사시의 그림자를 쏘아볼 뿐이었다.

"저어, 스님……."

두 번째로 외쳤을 때 무사시는 벌써 전후를 분별하지 못했다. 다만 이글거리며 타는 불덩어리가 구르는 것처럼 구도화상의 발치로 가

"한 마디, 한 마디만……."

땅에 엎드렸다.

그리고 지그시――무사시는 온몸을 귀로 하여 그의 한 마디를 듣는 자세로 있었으나 언제까지나 대답이 없었다.

무사시는 기다리다 못해 오늘밤에는 기어이 품고 있는 의문을 풀려고 한다는 말을 하려 하였다.

"알고 있다."

구도화상은 비로소 입을 열어 말했다.

"마타하치로부터 매일 밤 듣고 있기 때문에 다 알고 있다……. 여자에 대한 일도."

마지막 한 마디에 무사시는 물을 끼얹힌 듯한 심정이었다. 얼굴도 들 수가 없었다.

"마타하치, 막대기를 빌려 다오."

구도화상은 그렇게 말하고 마타하치가 주운 막대기를 받아들었다. 무사시는 머리 위로 떨어질 서른 대의 매를 각오하고 눈을 감고 있었으나 막대기는 그의 머리로 내려쳐지지 않고 그가 앉아 있는 둘레를 한 바퀴 돌았다.

구도화상은 막대기 끝으로 땅 위에 큰 원을 그렸던 것이다. 무사시의 모습

은 그 원 속에 있었다.

4

"가자."

그는 막대기를 버렸다.

그리고 구도화상은 마타하치를 재촉하여 성큼성큼 가 버렸다.

무사시는 또 다시 남겨졌다. 오카사키에서의 경우와는 달리 일이 이쯤되고 보니 그도 분연해졌다.

수십 일 동안 진심으로 참담한 고행을 하며 가르침을 받으려는 자에게 너무나도 자비심이 없다. 무정스러웠다. 아니, 이것은 사람을 너무 놀리는 것이다.

"……땡땡이 중놈."

저편을 바라보고 무사시는 입술을 깨물었다. 언젠가 아무것도 없다고 말한 것처럼 아무것도 없는 머리를——텅빈 머리를, 마치 무언가 있는 듯이 꾸미는 중놈의 상습적인 수작인 모양이다.

"좋아. 어디 두고 보자."

더는 부탁하지 않겠다고 생각했다. 세상에 믿을 만한 스승이 있다고 생각한 것부터가 잘못이었다고 후회도 되었다. 자기의 힘——이외에는 길이 없는 것이다. 그러면 그렇지, 그도 사람, 자기도 사람, 무수한 선철(先哲)들도 모두 사람——이제는 의지하지 않겠다.

우뚝 섰다. 분노가 그렇게 시킨 것처럼 우뚝 섰다.

"……."

그리고 또 달 저편을 바라보고 있었으나 간신히 눈에서 이글대던 불길이 사라지자 시선은 절로 자기 모습과 발치께로 돌아왔다.

"……아니?"

그는 그 자리에 선 채 몸을 돌렸다.

동그란 선 한가운데 서 있는 자신을 발견한 것이다.

——막대기를.

아까 구도화상이 말하던 것이 생각났다. 그 막대기 끝을 땅에 댄 채 자기 주위를 돈 것 같았는데 이 동그라미를 그렸던 것인가——하고 비로소 정신이 들었다.

"무슨 뜻의 원일까?"

무사시는 그곳에서 한 치도 움직이지 않고 생각했다.

원(圓)——

원——

아무리 보아도 둥근 선은 어디까지나 둥글다. 끝없이 굽힘 없이 한없이, 망설임도 없이 둥글다.

이 원을 펼쳐 본다면 바로 그대로 하늘과 땅. 이 원을 줄여 보면 거기에 자기라는 한 점이 있다.

자기도 원, 천지도 원. 두 개의 물체일 수가 없다. 하나이다.

——에잇!

무사시는 원 가운데 서서 오른손으로 칼을 뽑아 응시했다. 그림자는 마치 무슨 글자처럼 땅에 비쳤으나 천지의 원은 엄숙하게 원을 허물어뜨리지 않는다. 두 개의 다른 물체가 아닌 이상에는 자기 몸도 마찬가지 이치일 테지만——다만 그림자가 다른 모양으로서 비친다.

"그림자다."

무사시는 그렇게 보았다. 그림자는 자신의 실체(實體)가 아니다.

막힌 것같이 느끼고 있던 수행길의 벽도 역시 그림자였다. 막혔다고 생각하고 망설이던 마음의 그림자였다.

"에잇——"

그는 허공을 후려쳤다.

왼손에 뽑아든 단검 그림자의 형태는 달라 보이지만 천지의 형상은 변하지 않는다. 칼은 둘이나 하나——그리고 원이다.

"아……."

눈이 확 트인 것 같았다. 바라보니 달이 있다. 둥그런 달무리는 그대로 칼의 모습이기도 했고 세상을 살아가는 마음의 본체라고도 할 수 있었다.

"오!……스님!"

무사시는 갑자기 질풍처럼 달리기 시작했다. 구도화상의 뒤를 쫓아.

그러나 벌써 구도화상에게서 아무것도 구할 생각은 없었다. 다만 한시라도 빨리 원망했던 잘못을 사과하고 싶었다.

그러나 그만 두었다.

"그것도 지엽(枝葉)의 일……."

그가 게아게(蹴上) 근처에 멍청하니 서 있는 사이에 교토 거리 거리의 지붕, 가모(加茂) 강의 물이 안개 속에서 어슴푸레 밝아오기 시작했다.

식마염색(飾磨染色)

1

 무사시, 마타하치 등이 오카사키를 떠나 가을과 더불어 교토 쪽으로 옮겨 가고 있을 무렵, 이오리는 나가오카 사도를 따라 부젠을 향해 바닷길을 가고 있었으며 사사키 고지로 역시 그 배를 타고 있었다.
 오스기 노파는 지난 해 고지로가 에도에서 고쿠라로 향할 때 도중까지 동행하였다가 집안일 정리와 조상 공양을 위해 일단 미마사키의 고향으로 돌아갔다.
 다쿠안도 에도를 떠나 요즈음은 다지마의 고향에 있지 않을까 하는 소문이었다.
 그리하여 사람들의 발자취와 거처는 이 가을에 이 정도로 대충 알게 되었으나 아직도 전혀 알 수 없는 것은 나라이의 다이조가 도망간 전후로 해서 소식을 끊은 조타로.
 아케미는 어떻게 되었는지.
 그리고 당장 죽었는지 살았는지 걱정스러운 것은 구도산으로 끌려간 무소 곤노스케의 신상인데, 이것은 이오리의 말을 들어 보면, 나가오카 사도에게 말하면 그의 교섭 하나로 어떻게든지 구원의 길이 있을 것이라고 했다.
 물론 그 전에 '간토의 첩자'라는 혐의로 구도산 무리들의 손에 살해돼 버렸다면 구원이고 교섭이고 이미 여지가 없는 일이지만, 총명한 유키무라(幸村) 부자의 눈에 띄었다면 그런 혐의는 이미 풀려 어쩌면 지금쯤 자유의 몸이 되어 오히려 이오리의 신상을 염려하며 찾아다니고 있는지도 모른다.
 ──오히려 여기에 한 사람.
 몸은 무사하나 염려스러운 운명의 사람이 있다. 아까 말한 그들 중 누구를 제쳐놓고서라도 우선 그녀에 대하여 이야기해야 될 것이다.
 말할 것도 없이 그것은 오쓰우. 무사시가 있는 까닭에 희망을 가지고 살며, 오로지 여인의 길을 여인답게 살아가려는 여인. 야규 성을 떠난 후 시집갈 나이도 훌쩍 지난 외로운 몸을 나그네들의 눈이 수상쩍게 훑어보는 가운데 또다시 여행길에서 헛되이 세월을 보내는 오쓰우. 대체 오쓰우는 이 가을을 어디서, 무사시가 본 달을 바라보고 있는지, 그것이 알고 싶었다.
 "오쓰우님, 계시오?"
 "네──있습니다만, 누구십니까?"
 "만베에(萬兵衛)요."
 그 만베에가, 조개껍질이 하얗게 붙어 있는 싸리 울타리 너머로 얼굴을 내밀었다.
 "어머, 아사야(麻屋) 어른이시군요."
 "늘 부지런하시네요. 모처럼 일하고 있는데 방해를 해서 안됐지만 조금 할 말이 있어서."
 "네, 들어오세요. 그 문을 미시고."
 오쓰우는 머리에 쓰고 있던 수건을 염색물이 든 푸른 손으로 집어내듯이 살며시 걷어내린다.
 여기는 반슈의 시카마(飾磨) 바닷가로 시카마강(志賀磨川) 물이 바다로 흘러들어가는, 삼각형 모양으로 되어 있는 강어귀의 어촌.
 그러나 오쓰우가 지금 있는 곳은 어부의 집이 아니라, 사방의 소나뭇가지나 바지랑대에 널려 있는 염색한 베를 보아도 곧 알 수 있듯이 시카마 염색이라고 세상에서 부르는 감색 염색을 직업으로 하는 작은 염색집 뜰이었다.

2

이렇게 작은 규모의 염색집이 이 바닷가 부락에는 몇 채나 있었다.
염색법은 절구 염색이라고 하며 염료에 젖은 남색 베를 절구에 넣어 몇 번이나 절구 공이로 찧는 것이었다.
공이로 베를 찧는 일은 젊은 처녀들의 일로서 그때의 노랫소리는 염색집 울타리 안에서 바닷가까지 흘러나갔다. 젊은 사공들 가운데 사랑하는 처녀를 가진 사람은 그 노래 소리만으로도 알 수 있다고——마을 사람들은 자주 말하였다.
그러나, 오쓰우는 노래를 부르지 않는다.
오쓰우가 이곳으로 온 것은 이 여름이었다. 공이를 쥐는 손도 아직 익숙지 못했다. 지금 생각하면——이번 여름 무더운 날, 센슈 사카이의 고바야시 다로자에몬(小林太郎左衞門)의 가게 앞을 곁눈질도 않고 지나간 나들이 차림의 여인은——그때 이오리가 힐끗 본 여인은——역시 오쓰우였는지 모른다.
바로 그때, 오쓰우는 사카이 항구에서 아카마가세키(赤間關)로 가는 배를 타고 그 배가 시카마에 기항할 때 이 땅에 내렸으니까.
——그렇다면 얼마나 애석한 일인가.
운명에 눈이 어두운 인간의 가련함.
오쓰우가 타고 온 그 배는 운송점 다로자에몬의 소유인 것이 틀림없다.
날짜는 달랐으나 그 다음에 같은 사카이 항구를 떠난 다로자에몬의 배에는 호소가와 가문의 가신들이 모두 탔다.
그리고 그 뱃길을 나가오카 사도도, 이오리도, 간류 사사키 고지로도 지나갔다.
고지로나 사도는 얼굴을 마주쳤더라도 모르고 지났을 테지만 어떻게 해서 이오리와 만나지 못했을까. 어떤 배라도 시카마를 들러서 가는데.
'친누나!'라고 그렇게까지 애타게 찾고 있는 이오리를——같은 항구를 들르면서도.
아니, 그보다도 만날 수가 없었다는 것이 옳으리라. 호소가와 가문의 가신들이 탔기 때문에 배 가운데 자리와 뱃전 자리에는 휘장을 둘러쳤고, 여느 장사꾼, 농사꾼, 도사, 승려, 광대 같은 일반 사람들 자리는 칸막이가 되어 있어 들여다볼 수도 없었으며, 시카마에 들러 오쓰우가 배에서 내린 것도 새벽 무렵인 아직 어두웠던 시간이라 이오리로서는 알 리가 없었다.

시카마는 유모의 고향이었다.

오쓰우가 이곳으로 온 사실로 미루어 보아, 봄에 야규 성을 떠나 에도로 내려갔을 무렵에는 벌써 무사시도 다쿠안도 없었고 간신히 야규 가문과 호조 가문을 찾아 무사시의 소식을 알아내어 또다시 그 사람을 만나리라는 일념으로——줄곧 여행을 계속하며, 봄과 여름을 보내어 오다가 끝내는 여기까지 온 것으로 보인다.

이곳은 히메지 성에 가까웠으며 또한 오쓰우가 자란 고향 미마사카와 요시조 마을과도 그다지 멀지 않은 곳이었다.

칠보사에서 자라고 있을 무렵의 유모는 이시카마의 염색집 아낙이었다. 생각이 나서 찾아와 몸은 의탁했으나 고향에 가까운 곳이라 통 밖으로 나가지를 않았다.

유모는 벌써 50이 가까운 데도 자식이 없었다. 게다가 가난한 사람이라 그냥 놀며 얻어먹기도 뭣하여 절구 찧는 일을 거들면서, 어쩌면 여기서 멀지 않은 주고쿠 대로의 빈번한 왕래에서 무사시의 소식을 알 수나 없을까 하고, 오랜 세월 '만나지 못하는 사랑'을 가슴에 숨기고 염색집 뜰의 가을 햇빛 아래서 묵묵히 날마다 생각에 잠겨 절구질을 하고 있는 것이다.

그런 무슨 일인지 이야기가 있다면서 찾아온 만베에. 이웃집 삼가게의 주인이었다.
'무슨 일일까?'
오쓰우는 퍼렇게 물감이 든 손을 시냇물에다 씻고 땀이 밴 아름다운 이마도 닦았다.

3

"아주머니는 마침 안 계십니다만 앉으시지요."
안채 마루로 안내하자 만베에는 손을 흔들며
"아니, 아니, 오래 머물 것 없어. 난 바쁜 몸이야."
그대로 선 채 말했다.
"오쓰우님의 고향은 사쿠슈의 요시노 마을이라지?"
"네."
"나는 오랫동안 다케야마 성의 미야모토 마을에서부터 시모노쇼(下庄) 근처까지 자주 삼을 사러 다녔는데, 얼마 전에 어떤 곳에서 문득 소문으로 들었는데 말이야."
"소문, 누구의 무슨?"
"오쓰우님 말이지."
"어머나!"
"그런데……."
만베에는 히죽히죽 웃으면서 말을 이었다.
"미야모토 마을의 무사시라는 자의 이름도 나오고 말이지."
"네, 무사시님의?"
"얼굴빛이 변하는군. 하하하……."
가을 해가 만베에의 머리에서 번쩍번쩍 빛난다. 더운 모양인지 만베에는 머리 위에 접은 수건을 얹고서
"오긴님을 알지?"
땅바닥에 쪼그리고 앉았다.
오쓰우도 남색 물이 든 베통 곁에 몸을 쪼그리고 앉았다.
"오긴님이라니, 저어……무사시의 누님 되시는?"
"그렇지."

만베에는 크게 끄덕였다.
"그 오긴님을 사요(佐用)의 미카즈키 마을(三日月村)에서 만났을 때 오쓰우님 이야기가 나왔는데 말이야. 깜짝 놀라더군."
"제가 이 집에 있다는 것을 말씀하셨나요?"
"그렇지. 뭐, 나쁠 건 없겠지. 언젠가 이집 아주머니로부터도 부탁을 받았지. 만일 미야모토 마을 근처에 가서 무사시의 소문을 듣거든 뭐든지 듣고 오라고. ……그래서 좋은 분을 만났다 싶어 길가이긴 하나 이쪽에서 말을 걸었지."
"오긴님은 지금 어디에 계시지요?"
"히라다(平田) 아무개라던가 이름은 잊었지만 미카즈키 마을의 향사댁에 있다고 하더군."
"친척이라던가요?"
"아마……그럴 테지. 그건 그렇고 오긴님은, 여러 가지 이야기가 많다, 은근히 할 말도 있다, 아니, 뭣보다도 보고 싶다면서 길가인 것도 잊고 금방이라도 울 듯이……."
오쓰우도 불현듯 눈시울이 뜨거워졌다. 사랑하는 사람의 누님이라, 말만

들어도 보고 싶을 뿐만 아니라 고향에 있을 때의 추억들이 순식간에 가슴에 치밀어오르는 것이리라.

"그래서, 마침 길 도중이라 편지도 쓰지 못하지만 꼭 가까운 시일에 미카즈키 마을의 히라다 댁으로 찾아와 달라고 전해 주지 않겠는가, 이쪽에서 가고 싶은 생각은 태산 같지만 그렇게 못하는 사정이 있어서라고 하시었어."

"그럼, 내게?"

"그렇지. 자세한 말은 하지 않았지만 무사시님으로부터는 때때로 소식이 온다고 하더군."

오쓰우는 그 말을 듣자 두 말 없이 '당장에라도' 하고 마음을 정했으나 여기 온 후부터 여러 가지로 염려를 해 주고 의논 상대도 되어 주는 유모에게 말 한 마디 없이 대답을 할 수가 없어서

"갈지 못 갈지, 밤까지 대답을 드리러 가겠습니다."

만베에에게 대답을 해 두었다.

만베에는 꼭 가 보라고 권하면서 내일이라면 장사 일로 자기도 사요(佐用)까지 가니까 안성맞춤이라고 했다.

싸리 울타리 밖은 가을 햇빛 아래 기름을 쏟아부은 듯한 바다가 나른한 물결 소리를 되풀이하고 있었다.

그러자 울타리에 등을 기대고 앉아 바다를 앞으로 바라보며 무릎을 끼고 아까부터 조용히 생각에 잠겨 있는 젊은 무사가 있었다.

4

젊은 무사는 열여덟 아홉. 아직 스무 살은 넘지 않았을 것 같다.

늠름한 옷차림이다.

여기서 불과 시오리밖에 안 되는 히메지 사람이겠지. 히메지 성주 이케다 가문의 가신 아들임에 틀림없으리라.

낚시질이라도 나왔는지.

그러나 다래끼도 낚싯대도 안가졌다. 염색집 싸리 울타리에 기댄 채 아까부터 모래가 많은 언덕에 앉아 때때로 모래를 쥐고 장난을 한다. ……그런 것을 보면 어딘가 어린애 같았다.

"그럼, 오쓰우님."

 울타리 안에서 만베에의 목소리가 났다.
 "저녁때 대답을 해 주겠소? 나는 아침 일찍 떠나니 간다고 하면 준비도 해야 하니까."
 철썩철썩 모래 사장을 치는 물결 소리 외에는 텅빈 듯이 조용한 대낮이다. 만베에의 목소리는 굵다랗게 들렸다.
 "네, 저녁때까지는. ……친절하게도, 감사합니다."
 낮은 오쓰우의 목소리도.
 사립문을 열고 만베에가 나가자 그때까지 울타리 뒤에 앉아 있던 젊은 무사는 벌떡 몸을 일으켜 만베에의 뒷모습을 바라본다.
 ──무언가 확인하려는 듯이 또렷한 시선으로.
 그렇지만 그 얼굴은 은행 잎 모양의 망갓으로 가려져서 얼굴 표정에 어떤 감정이 담겨졌는지는 옆에서 볼 수가 없었다.
 다만.
 수상한 것은 만베에를 보낸 다음에도 또다시 연신 울타리 안을 살피는 것이었다.
 "……"
 쿵 쿵──절구공이 소리가 벌써 울려온다. 오쓰우는 아무것도 모르는 양으로 만베에가 돌아가자 또다시 절구공이를 들고 절구 안에 있는 물든 베를 찧었다.
 이웃 염색집 뜨락에서 똑같은 절구공이 소리와 처녀들의 노래가 한가로이 흐른다.
 오쓰우의 절구질은 아까보다도 힘이 있어 보였다.

　　나의 사랑은
　　옷감에 물들이듯
　　서로 만나야만 무르익으리.
　　시카마 베 염색의
　　빛깔은 아니건만.

 노래를 부르지 않는 오쓰우는 사화집(詞花集)엔가 어딘가에 있던 그런 노래를 마음속으로 흥얼거리고 있었다.
 소식이 그곳으로 와 있다니 오긴님을 만나 보면 그리운 사람의 소식도 분명 들을 수 있으리라.
 여자는 여자끼리. 오긴님에게라면 자기의 심정을 말할 수도 있다. 무사시님의 친누님, 분명히 동생처럼 생각하고 들어 주실 것이다.
 정신 없이 절구질을 하였다.
 그러나 오래간만에 마음이 밝아져서 호리카와(堀川) 시집(詩集) 백수(百首) 중의

　　하리마 바다
　　언제나 원망스레
　　지나쳤건만
　　오늘 묵게 되누나,
　　만나는 솔밭.

 이 노래 속 주인공의 마음처럼 언제나 끝도 없이 슬픈 파도만 친다고 바라보던 바닷빛마저도, 오늘은 밝고 찬란히 속눈썹 아래 빛나며 희망을 더욱 물결치게 하는 것 같았다.

오쓰우는 다 찧어진 베를 높은 바지랑대에다 널고 문득 외로운 마음을 달래면서 만베에가 열어젖혀 놓고 간 사립문에서 살며시 밖으로 나가 모래 사장을 바라보았다.
——순간.
저쪽 물가를 갓을 쓴 그림자가 천천히 걸어갔다. 맑은 바닷바람을 옆으로 맞으며.
"⋯⋯?"
아무런 뜻도 없이 오쓰우는 지켜보았다. 별로 이렇다 할 생각이 있어서가 아니었다. 달리 눈길을 보낼 만한 새 한 마리 보이지 않는 바다였기 때문이다.

5

염색집 유모와도 의논하고 만베에와도 약속을 했는지, 이튿날 새벽
"그럼, 아무래도 폐가 되겠지만."
오쓰우는 삼베 가게의 처마 밑에서 만베에를 만나 그를 따라 시카마 어촌에서 여행길을 나섰다.
여행이라고는 하나 시카마에서 사요 땅의 미카즈키 마을까지의 노정이다. 여자의 걸음이라도 하루 밤만 묵으면 넉넉히 닿을 수 있는 곳이다.
히메지 성을 북녘 하늘로 멀리 바라보면서 다쓰노(龍野) 대로로.
"오쓰우님."
"네."
"다리는 튼튼하신 모양이로군."
"네, 여행에는 비교적 익숙해 있으니까요."
"에도까지 가셨다지요? 여자 혼자서 대담하게."
"그런 일까지 염색집 아주머니가 말하던가요?"
"다 들었지. 미야모토 마을에도 소문이 나 있었고."
"부끄럽습니다."
"부끄러울 것 있나. 좋아하는 사람을 그렇게 따르고 있는 심정은 안타깝다고 할까. 그러나, 오쓰우님, 오쓰우에겐 안됐지만 무사시는 좀 무정한 것 같소."
"그럴 리가 없어요."

"원망스럽게도 여기지 않나. 참, 더욱 딱하군."
"그분은 오직 수행하는 일에만 열중하고 있는 거예요. ……그것을 단념 못하고 있는 제가."
"나쁘단 말인가?"
"미안하다고 생각해요."
"흐음……. 우리집 마누라에게 들려주고 싶군. 여자는 그래야지."
"오긴님은 아직도 시집을 안 가시고 친척 집에 계신가요?"
"글쎄……어떤지."
만베에는 말꼬리를 돌렸다.
"저기 찻집이 있군. 좀 쉬었다 갈까."
대로 옆 찻집으로 들어가 차를 마시고 도시락을 펼치고 있노라니 지나치던 마부와 짐꾼들이 서로 낯이 익은 듯 말을 걸었다.
"여, 시카마 양반."
"오늘은 한다(半田) 도박장에 오지 않겠나. 요전번에는 만베에에게 뺏겼다고 모두들 분해하던데."
이런 따위의 말을 만베에에게 던졌다.

"오늘은 말이 필요 없어."

만베에는 동문서답을 해놓고 갑자기 당황해하며

"오쓰우님, 가 볼까."

추녀 밑을 나왔다.

마부들은 놀려대듯이

"어쩐지 점잖다 싶었더니 오늘은 몹시도 예쁜 여자와 동행을 하는군."

"이 녀석, 마누라에게 일러줄 테다."

"하하하, 대답도 안 하는군."

뒤에서 지껄여댔다.

시카마의 아사야 만베에의 집은, 가게는 보잘 것 없었으나 근방의 삼을 사들여 그것을 어부들 딸이나 아낙네들에게 집안 일거리로 나누어 주어 돛대줄이나 그물 등을 제작하여, 어찌 되었건 만베에는 의젓이 나으리라 불리는 자인데, 그 만베에가 길거리의 짐꾼들에게 친구처럼 허물없이 불리는 것은 이상스러운 일이었다.

만베에는 창피스러웠는지 두세 마장 걷고 나서 오쓰우의 의심에 대답하는 듯이

"고약한 놈들, 산에서 짐을 실어낼 때마다 늘 고용해 주니 실없는 농담만 해대는군."

중얼거렸다.

그러나 그 마부들보다도 그가 좀더 경계해야 할 인물이 지금 쉬었다 온 찻집 근처에서 뒤따라오는 것을 만베에는 보지 못했다.

어제 바닷가에 있던——망을 쓴 젊은 무사였다.

풍문

1

지난 밤은 다쓰노(龍野)에서 자고, 만베에(萬兵衞)의 친절은 도중에서도 아무런 변화가 없었다.

그리고 오늘.

사요(佐用)의 미카즈키(三日月) 마을에 도착한 것은 벌써 산마루에 해도 기울고 어쩐지 서늘한 가을 저녁이 몸을 감싸는 듯한 무렵이었다.

"만베에님."

피곤한지, 말없이 앞서 걷는 동행을 부르며

"여기는 벌써 미카즈키지요. 저 산을 넘으면 미야모토 마을."

오쓰우는 뒤에서 혼잣말을 내뱉았다.

"그렇지, 정말."

만베에도 발길을 멈추고 말했다.

"미야모토 마을도, 칠보사도, 바로 저 산 너머야. 반갑지?"

"……"

오쓰우는 끄덕이지 않았다. 노을 지는 하늘에 시꺼멓게 이어진 산의 파도를 그저 지켜보기만 했다.

　그 자리에 있어야 할 사람이 없는 산하(山河)는 너무나도 쓸쓸하다. 다만 너무나도 자연스러울 뿐이다.

　"조금만 더. 오쓰우님, 피곤하지?"

　만베에는 다시 걷기 시작한다. 오쓰우는 뒤따르며 대답했다.

　"천만에요. 만베에님이야말로."

　"뭘, 나야. 늘 장삿일로 다니는 길인걸."

　"오긴님이 계시다는 향사 댁은?"

　"저기."

　그는 손가락으로 가리키며

　"오긴님도 잔뜩 기다리고 계실 거요. 아무튼 이제 한 달음에."

　발걸음이 빨라진다.

　이윽고 시냇가에 이르르니 여기저기에 집이 있었다.

　여기는 다쓰노 대로의 한 역참이므로 동네라고 할 만큼 홋수는 없었지만 음식점, 마부 대기소, 싸구려 여인숙 따위가 몇 채 양편에 보였다.

　거기도 지나치고

　"조금 오르막길이야."

　만베에는 산 쪽을 향해서 돌계단을 오르기 시작한다.

　삼나무에 둘러싸인 마을 신사의 경내가 아닌가. 오쓰우는 추운 듯이 지저귀는 새소리에 문득 뭔가 자신이 위험한 선에 들어선 것같이 여겨져서 물었다.

　"만베에님, 길을 잘못 드시지나 않았나요? 이 근처에는 집이 보이지 않는데."

　"아니, 오긴님에게 전하고 오는 동안에 적적하겠지만 신사 마루에서 쉬었으면 해서……."

　"불러온다는 건……?"

　"말하는 걸 잊었었지만 오긴님의 말씀이, 찾아올 때는 집에 혹시 거북한 손님이라도 있으면 안 되니까…… 하는 것이었어. 집은 이 숲을 빠져나간 저쪽 밭. 곧 안내하러 올 테니까 잠시 기다려요."

　벌써 삼나무 숲 속은 어둡다.

　만베에의 그림자는 그곳을 가로지른 샛길을 서둘러 가 버렸다.

사람을 의심할 줄 모르는 오쓰우라지만 그래도 아직 만베에의 거동에 대하여 의심할 줄을 몰랐다.

오쓰우는 시키는 대로 신사 마루에 앉아 저녁 하늘을 지켜보았다.

"……"

하늘은 저물어가고 있다.

문득 주위를 돌아보니 어두운 가을 바람이 휘몰아친다. 사당 마루를 굴러가는 낙엽 두세 개가 사뿐히 날아 무릎 위에 내려앉는다.

그 잎 하나를 손가락 사이에 끼어 돌리면서 오쓰우는 끈기 있게 기다렸다.

어리석다고 할까, 순진하다고 할까. 마치 소녀와도 같은 오쓰우의 그런 모습을 보고 그때 누군가 사당 뒤에서 껄껄거리며 웃는 자가 있었다.

2

"……?"

오쓰우는 깜짝 놀라 사당 마루에서 뛰어내렸다.

좀처럼 의심하는 일이 없는 오쓰우이니만큼 의외의 사실에 부닥치게 되면 남보다 놀라움이 더 했으며 겁도 많았다.

"오쓰우, 꼼짝 마라!"

사당 뒤에서 웃음 소리가 사라진 다음 순간――똑같은 장소에서 이렇게 날카로운――뭐라 표현할 수 없는 무시무시한 노파의 쉰 목소리가 들려왔던 것이다.

"……앗!"

오쓰우는 자기도 모르게 두 손으로 귀를 막았다.

그만큼 무엇인가에 놀랐다면 도망치면 될 텐데 그렇게도 하지 못하고 우뚝 선 채 벼락이라도 만난 듯이 벌벌 떨고 있을 뿐이었다.

그때 사당 뒤에서는 벌써 몇 명의 사람이 나와 사당 앞에 섰다.

눈을 가려도 귀를 막아도 오쓰우에게는 단 한 사람만이 무섭도록 크게 보였다. 악몽 속에서 자주 보이는 머리칼이 흰 노파였다.

"만베에, 수고했소. 사례는 뒤에 하지. 그런데 여보게들, 저것이 비명을 지르기 전에 입을 틀어막아 시모노쇼 저택까지 빨리 끌고 가시오."

오스기 노파는 오쓰우를 가리키며 지옥 형벌을 명령하는 염라대왕처럼 말했다.

　그밖의 네댓 사람은 모두 시골 무사 차림의 사나이였는데 노파의 일족인 모양이었다. 노파의 한 마디에 '오오' 큰소리로 대답하고는 먹이를 다투는 이리 떼처럼 오쓰우에게 달려들어 공 모양으로 꽁꽁 묶어
"지름길로 가자."
"가자!"
달리기 시작하는 것이었다.
　오스기 노파는 히죽이 웃으며 보내 놓고서 한 걸음 뒤처졌다. 만베에에게 약속한 대금을 주기 위해서이리라.
　노파는 띠 사이에 준비해 온 돈을 주고서
"잘도 데리고 나왔군. 잘 될지, 어떨지 걱정을 하고 있었는데."
침이 마르게 칭찬을 하고 못을 박았다.
　만베에는 받은 돈을 헤아려 보고 역시 만족스러운 얼굴로 대꾸했다.
"뭘요, 제 공이 있나요. 할머니의 계획이 잘 들어맞은 것이지요……그리고 오쓰우 년은 할머니가 고향에 돌아와 있으리라곤, 꿈에도 생각을 못했을 테니까요."
"속이 후련하다. 봤지, 금방 오쓰우가 놀라는 꼴을."
"어처구니없어 도망도 못 가고 질려버린 모양이지요. 핫하하하……그렇지만 생각해 보면 죄스러운 일을 했습니다."

"뭘, 무엇이 죄가 되나. 나로서야."

"아니, 뭐 그 원망스러운 이야기는 지난번에도 들었으니까요."

"그렇군, 나도 이러고 있을 순 없지……얼마 있다가 시모노쇼의 집으로 놀러 와요."

"그럼, 할머니. 그쪽 샛길은 길이 나쁩니다. 조심하셔서."

"임자도 사람들 앞에서 입을 조심해요."

"예예, 입은 아주 무거운 만베에지요. 그런 건 안심하세요."

그는 말하면서 헤어져 더듬더듬 어두운 돌계단으로 접어들었다 싶자 순간 꽥 한 마디 비명을 지르고 땅바닥에 쓰러졌다.

오스기 노파는 뒤돌아보고

"어떻게 된 거야? 만베에, 만베에……."

살펴보았다.

3

대답이 있을 턱이 없었다. 만베에는 이미 이 세상의 숨을 쉬지 못하고 있는 것이다.

"……아, 앗?"

노파는 숨을 삼키며 만베에가 쓰러진 쪽에서 쓱 나타난 사람을 노려보았다.

"……누, 누구냐?"

"……."

"누구냐? ……이름을 대라!"

노파는 깡마른 목소리로 악을 쓰며 외쳤다.

이 노파의, 나이에 어울리지 않는 허세와 공갈병은 아직도 낫지 않은 모양이었다. 그렇지만 상대는 그 수에 익숙한 모양으로 어둠 속에서 천천히 어깨를 흔들었다.

"나요……할멈."

"뭐?"

"모르겠나?"

"모르겠다. 들은 적도 없는 목소리. 강도겠지."

"허허허, 도둑이라면 당신 같은 가난뱅이 할멈에게 눈독을 들이겠나."

풍문 449

"뭐라고…… 그럼, 내게 눈독을 들였단 말인가?"
"그렇다."
"……내게?"
"군소리 말아. 만베에 따위 놈을 베기 위해서 일부러 미카즈키까지 뒤쫓아 오지는 않아. 할멈에게 따끔한 맛을 보여 주기 위해서야."
"헤에?"
노파는 성대가 찢어질 듯한 소리를 지르고 휘청거렸다.
"사람을 잘못 봤겠지. 임자는 누구야. 난 혼이덴 가문의 과부 오스기라는 사람이오."
"오우, 듣고 보니 반갑군. 내 원한을 이제야 풀겠군. 할멈! 내가 누군 줄 아나. 이, 조타로를 잊었나?"
"……에잇……조……조타로라고?"
"3년이 지나면 어린아이도 3살이 되는 거야. 할멈은 늙은 나무, 나는 새파란 나무, 미안하지만 이제 코흘리개 취급은 안 돼."
"오, 오, 정말 너는 조타로로구나."
"잘도 오랫동안 스승님을 괴롭혔지. 스승 무사시님은 할멈을 나이 든 사람이라고 생각하기 때문에 상대를 하지 않고 피해 다니기만 했어. 그걸 그런 줄도 모르고 에도까지 나가서 나쁜 소문을 퍼뜨리고 원수 취급을 하여 출세길을 방해했지."

"……"

"또 있어. 그런 집념으로 오쓰우님도 기회가 있을 때마다 괴롭혔지. 이제 어지간히 잘못을 깨닫고 고향에 처박힌 줄만 알았더니——또 아사야 만베에를 꼬드겨서 오쓰우님을 어떻게 하려고?"

"……"

"미워해도 미워해도 끝이 없는 할멈. 단칼에 베어 버리는 건 쉽지만 이 조타로도 지금은 떠돌이 아오키 단자에몬의 자식이 아니야. 아버지 단자에몬도 이제는 히메지 성에 복귀하여 봄부터는 이전대로 이케다 가문의 가신. ……어쩌다가 아버지에게 폐를 끼쳐서는 안 되니 목숨만은 살려 두겠지만."

조타로는 앞으로 나섰다.

'살려는 두지만'이라고 말했으나 오른손에 들고 있는 칼날은 아직 칼집으로 돌아가지 않았다.

"……?"

노파는 한 걸음 한 걸음 뒤로 물러서면서 도망칠 틈을 노렸다.

4

틈을 발견했는지 노파는 삼나무 숲 속 샛길로 후닥닥 뛰기 시작했으나 놓치지 않으려는 조타로의 도약에

"어딜 가나."

목덜미를 잡혀 '윽' 신음하며 입을 벌리고 소리쳤다.

"왜 이래?"

나이는 들었지만 고집 있는 기질이 튀어나와 돌아보자마자 칼을 뽑아 조타로의 옆구리를 옆으로 후려쳤다.

조타로도 이젠 옛날의 어린 아이가 아니다. 몸을 피하면서 노파의 몸을 밀어 던졌다.

"이, 이 새끼가. 이럴 테냐?"

풀덤불 속으로 목을 박아넣으며 노파는 소리쳤다. 머리를 땅에 부딪히면서도 노파의 머릿속에서 조타로가 어린 아이라는 생각은 없어지지 않았다.

"뭐라고?"

조타로도 소리쳤다. 그리고 밟으면 꺾어질 것 같은 노파의 등뼈 위를 발로 밟고 허우적대는 손을 가볍게 비틀어올렸다.

그에게는 아직 버둥거리는 노파를 불쌍하게 보아 줄 아량 따위는 없는 것이다. 어린아이의 시대를 벗어나 몸만은 컸지만 덩치가 커졌다는 사실만으로 어른이 됐다고는 할 수 없었다.

벌써 열여덟인가 아홉. 듬직한 청년임에는 틀림없으나 기분은 아직도 젖비린내가 난다. 거기다 오래 묵은 원한이라고도 할 수 있는 증오감이 쌓여 있는 것이다.

"어떻게 해 버릴까?"

끌고 가서 신사 앞에다 내동댕이 치고는 아직도 기가 꺾이지 않는 가냘픈 노파의 몸뚱이를 밟아 죽여서는 곤란하겠지. 그렇다고 살려 두기에는 화가 난다. 이 노파의 처치를 두고 조금 망설였다.

아니, 그러는 동안에도 앞서 노파의 지시로 시모노쇼의 저택인가로 손발이 묶여 끌려간──오쓰우의 몸이 더욱 걱정되는 것이었다.

당초에──라고 말하면 무슨 연유라도 있는 것 같지만 오쓰우가 시카마의 염색집에 있다는 것을 우연히 그가 알게 된 것은 아버지 단자에몬과 함께 가까운 히메지에 정주하게 된 덕분이며, 올가을에 해변 행정관소까지 심부름을 갔다 올 일이 빈번하여 몇 번인가 왕래하는 동안에 문득 울타리 틈새로 보고

'몹시 닮은 사람——'

주의를 기울였기 때문에 이와 같이 그녀에게 위험이 닥쳐오자 우연히도 마주치게 된 것이었다.

하느님의 이끄심이라고 조타로는 뜻밖의 기회에 감사했다. 동시에 오쓰우에 대한 끝없는 노파의 박해를 골수에 사무치도록 미워하며 잊지 못했던 수많은 원한까지 새삼스럽게 되살아나는 것이었다.

'이 노파를 죽이지 않으면 오쓰우님은 안심하고 살아갈 수가 없다.'

이런 생각에 미치자 일시 살의도 우러났으나 아버지 단자에몬이 모처럼 옛 주군 밑에 복귀한 처지이고——원래가 말이 많은 산골 향사의 일족과 일을 벌였다가는 좋지 않다고——이 정도로 어른답게 고려도 하여 아무튼 실컷 노파를 혼내 주고 그러고서 오쓰우를 구하면 되리라는 생각을 했다.

"음, 좋은 곳이 있군. 할멈, 이리 와."

조타로가 할멈의 앞섶을 거머쥐고 일으키려 하자 노파는 땅바닥에 엎드린 채 일어나려 하지 않으므로

"에이, 귀찮아."

끌어안고 사당 뒤로 갔다.

거기에는 이 사당을 지을 때 깎아내린 벼랑 단면이 있고 그 밑에 간신히 사람이 들어갈 만한 동굴이 있었다.

5

사요(佐用)의 마을인 모양으로 건너편에 불이 하나 보였다. 산도, 뽕밭도, 강변도 오직 넓은 흑암이었다. 그리고 지금 넘어온 뒤편의 미카즈키 고개도.

발로 자갈을 밟으며 귓가에 사요강(佐用川) 물소리를 듣고서

"이봐, 잠깐."

뒤따르던 한 사람이 앞서가는 두 사람을 불러세웠다.

두 사람은 새끼줄로 손을 뒤로 묶은 오쓰우를 죄수처럼 몰아세우고 있었다.

"곧 뒤따라 오겠다던 할머니가 왜 아직 안 오지?"
"음, 그러고 보니 벌써 나타났어야 할 텐데."
"고집만 부렸지, 할머니 걸음으로는 샛길 오르막이 좀 힘들거야. 시간이 걸리겠지."
"이쯤에서 한숨 돌리고 갈까. 그렇지 않으면 사요까지 가서 쌍둥이 찻집에서 쉬면서 기다릴까?"
"어차피 기다릴 바에야 쌍둥이 찻집에서 한 잔 하자.……이런 짐도 끌고 가는 판이니까."
그러고서 세 사람이 물빛을 따라 얕은 곳을 찾아 건너가려고 할 때였다.
"여봐라!"
멀리 어둠 속에서 소리가 났다.
모두들 돌아보며
─무얼까?
귀를 기울이자 두 번째 소리가 좀더 가까운 곳에서 또다시 들려왔다.
"할머니일까?"
"……아니, 다른데."

"누굴까?"

"남자 목소리야."

"우리들을 부른 건 아닐 테지."

"그렇지. 우리들을 부를 리가 있나. 할머니가 저런 소리를 낼 리도 없고."

가을의 시냇물은 칼날처럼 차다. 철썩철썩 물속으로 쫓기고 있는 오쓰우의 발에는 더욱 찬 기운이 스며들었다.

그러자 뒤에서.

후닥닥 재빠른 발소리가 났다. 귓가에 그 소리가 들렸을 때 벌써 뒤따라 온 누군가의 그림자는 세 사람 바로 옆에서 재빨리

"오쓰우님!"

외치며 물보라를 덮어씌우고는 건너편까지 단숨에 건너가 버렸다.

"——앗!"

뒤집어쓴 물방울에 부르르 몸을 떨면서 세 사람의 향사는 오쓰우를 둘러싼 채 얕은 강물 속에서 우뚝 서 버렸다.

먼저 달려가 강을 건넌 조타로는 그들이 오르려고 하는 물가에 막아서서

"잠깐."

두 팔을 벌렸다.

"아, 어떤 놈이냐, 네놈은?"

"아무 놈도 아니다. 오쓰우님을 어디로 데리고 가나?"

"알고 보니 오쓰우를 도로 뺏으러 온 놈이로구나."

"물론."

"실없이 까불면 목숨이 없다!"

"임자들은 오스기 노파의 일족일 테지. 노파의 분부다. 오쓰우님을 내 손에 넘겨라."

"뭐, 할머니의 분부라고?"

"그렇다."

"거짓말 마라!"

향사들은 조소를 보냈다.

"거짓말이 아니다. 이걸 봐."

조타로는 막아선 채 휴지에 쓰인 노파의 글씨를 들이댔다.

실패다, 어쩔 수가 없다.
오쓰우의 몸을 일단
조타로의 손에 돌려주고
내 몸을 찾아주기 바람.

"……뭐야, 이건?"
서로 읽어 보고 이맛살을 찌푸린 시골 무사들은 조타로의 모습을 발치로부터 훑어보며, 그동안에 젖은 발을 물에서 빼올려 시냇물 기슭에 모였다.
"읽어 보면 알겠지. 글을 읽을 줄 모르나?"
"시끄럽다. 이 속에 있는 조타로란 네놈인 모양이군."
"그렇다. 나는 아오키 조타로."
"아……조타로!"
갑자기 오쓰우가 찢어질 듯이 소리치며 앞으로 쓰러지려 했다.
아까부터 오쓰우의 눈은 그의 모습을 응시했다. 반신반의 놀랍기도 하여 몸을 뒤틀고 있었으나, 조타로 자신이 조타로라는 이름을 대자 너무나 놀라워 자기도 모르게 소리를 지른 것이었다.

"아, 재갈이 풀린다. 꽁꽁 묶어 둬!"

조타로와 말을 주고받던 향사가 뒤로 가서 또다시

"과연 이건 할머니의 필적이 분명하다. 그 할머니가 내 몸을 되찾아달라고 했는데 어떻게 된 거냐."

핏대를 올리며 따지고 들자 조타로는

"인질로 잡아 두었지."

시치미를 떼고

"오쓰우님을 건네 주면 노파의 거처를 알려 주겠다. 어쩔 테냐?"

이렇게 말했다.

과연 '그래서 아무리 할머니를 기다려도 뒤따라오지 않았구나' 하고 세 사람은 얼굴을 마주 쳐다보았으나 그렇게 말하는 조타로의 아직도 젖비린내 나는 나이를 얕보고 소리쳤다.

"농담 마라. 어디 있는 새파란 친구인지는 모르지만 우리들을 누군 줄 아나. 히메지의 가신이라면 시모노쇼 혼이덴 가문을 알고 있을 텐데."

"귀찮다! 하겠나, 안 하겠나? 그것만 듣고 싶다! 싫다면 노파의 몸은 내버려 둘거야. 산 속에서 굶어 죽이는 게 좋겠지."

"이놈이!"

달려들어온 하나가 조타로의 손목을 뒤틀고 한 사람은 칼 손잡이를 거머쥐고 벨 것 같은 시늉을 해 보였다.

"미친 소리를 하면 모가지를 날려 버릴 테다. 할머니를 어디다 감추었나?"

"오쓰우님을 돌려주겠나?"

"못 줘."

"그럼, 나도 말하지 않는다."

"어떻게 해도?"

"그러니까 오쓰우님을 돌려달란 말야. 그러면 서로가 다치지 않고 일이 끝나지."

"쳇, 이 새파란 녀석이!"

손은 그대로 뒤튼 채 발을 걸어 앞으로 쓰러뜨리려고 하였다.

"이게!"

조타로는 반대로 그의 힘을 이용하여 그 사나이를 어깨 너머로 내던져 버렸다.
그러나 순간
"앗……."
조타로는 엉덩방아를 찧고 오른편 허벅다리를 눌렀다.
내던진 사내가 칼을 뽑으면서 휙 후려친 것이었다.

7

조타로는 사람을 메다꽂을 힘은 있었으나 요령은 몰랐다.
던져진 상대도 살아 있는 이상 그저 던져진 채 있을 리가 없었다. 대뜸 칼을 뽑으려 할 것이고 손을 못 쓰더라도 다리에 달라붙을 가능성이 있다.
적을 내던지는 데는 던지기 전에 우선 그러한 궁리가 있어야 하는 데도, 개구리를 메다치듯이 발치에 내던져놓고 몸을 물리려 하지 않았기 때문에
'해치웠다.'
생각한 순간 허벅다리를 베여 그도 역시 함께 부상을 입고 주저앉고 만 것이다. 그러나 다행히도 상처가 가벼웠던 모양으로 조타로는 벌떡 일어났으며 상대편도 일어서자마자
"베지 마라."
"붙잡아라."
다른 향사 두 사람이 소리지르고 정면의 상대와 힘을 합쳐 세 곳에서 조타로에게 달려들었다.
조타로를 베어 버리면 오스기 노파를 어디에다 인질로 두었는지 알 길이 없어지기 때문이리라.
마찬가지로 조타로도 역시 이곳에서 귀찮은 향사들의 피를 보는 것은 피할 셈이었다. 번거로운 소문도 피하고 아버지에게 폐를 끼치지 않기 위해서도.
그러나 사건의 동기란 그런 상식적인 생각으로 처리되지 못하는 데에 있다. 한 사람과 셋의 격투는 당연히 한 사람 쪽에서 분노를 터뜨리게 마련이고 조타로의 피 역시 다분히 혈기가 심했다.
상대 세 사람에게
"조그마한 녀석이."
"이 건방진 놈."

"이래도 또."

얻어맞고 내질리고 차이고 그 자리에 뒤틀려 엎어질 것같이 되자

"뭐라고."

이번에는 그가 먼저 당한 역습과 같이 갑자기 칼을 뽑아들자 올라 타려는 사내의 배를 찔렀다.

"……으, 흑!"

매실 짠지 통에 손을 쑤셔넣은 것처럼 손 끝에서 어깻죽지까지 새빨갛게 물들자 조타로는 아무것도 생각할 수가 없었다.

"이놈, 너도냐?"

일어나자마자 또 한 명의 면상을 후려갈겼다. 뼈에 닿은 칼날이 옆으로 누워 비스듬히 찔려 들어갔기 때문에 칼날에서 물고기 토막만큼이나 살점이 날랐다.

"이런, 해, 했구나!"

소리쳤으나 상대는 칼을 뽑을 틈도 없었다. 너무나도 자기 세 사람의 힘을 과신하고 있었던 만큼 당황도 심했다.

"이놈들, 이놈들!"

풍문 459

조타로는 주문을 외우듯이 칼날을 휘두를 때마다 고함치면서 나머지 두 사람을 적으로서 상대하며 쳐들어갔다.

그에게는 검술이 없다. 이오리처럼 무사시로부터 바른 검법을 배우지 못했기 때문이었다. 그러나 피를 뒤집어쓰고도 놀라지 않은 것과 칼날을 잡고서도 나이에 어울리지 않게 대담하고 난폭한 것은, 아마도 그가 2, 3년 동안 함께 암흑에서 행동해 온 나라이 다이조의 훈련에 힘입은 것이리라.

향사들 쪽은 두 사람이라고는 하나 벌써 한 사람은 부상을 입고서 미친 듯이 흥분했다. 조타로의 허벅다리에서도 붉은 피가 사방으로 튀었으며 문자 그대로 베고 베이는 수라장이었다. 내버려두면 서로 죽든가 아니면 조타로가 두 동강이 난다. 오쓰우는 정신없이 강변을 달려가 결박된 두 손을 버둥거리면서 어둠을 향하여 신의 구원을 청하였다.

"도와 주세요. 누구든지 도와 주어요. 저기 칼 싸움을 하고 있는 어린 무사를!"

8

그렇지만 아무리 외치고 뛰어도 사방은 이미 어두워 강물 소리와 허공 속을 불어가는 바람 소리만이 오쓰우에게 응답할 뿐이었다.

그러자 마음이 약한 그녀도 자기에게 힘이 있다는 것을 깨달았다.

남의 구원을 청하기 전에 왜 자기 힘을 보태지 않았는가 하고 불현듯 생각해냈던 것이다.

"쓱쓱."

오쓰우는 강변에 앉아 바위 모서리에다 묶은 새끼 줄을 비벼댔다. 그것은 향사들이 길가에서 주운 새끼줄이었기 때문에 금방 툭 끊어졌다.

그러자 오쓰우는 두 손으로 작은 돌을 주워 곧장 조타로와 두 사람의 향사들이 칼부림을 하고 있는 쪽으로 뛰어갔다.

"조타로!"

소리 지르면서 조타로와 마주선 상대의 얼굴을 향해 하나를 던졌다.

"나도 있어요! 이젠 괜찮아!"

또 한 개.

"……에잇! 조타로, 마음 든든히!"

'휭' 하고 또 한 개…….

　그러나 돌은 세 개 모두가 상대의 누구에게도 맞지 않고 모두 헛날아 버렸다.
　오쓰우는 급히 다시 다음 돌을 주웠다.
　——그러자 향사 하나가
　"앗! 이년이."
　조타로의 앞에서 두 발가량 뛰어나와 오쓰우의 등을 칼등으로 후려치려고 했다.
　——안 되겠다!
　조타로가 다가갔다.
　그리고 그 향사가 머리 위에서 칼을 내리치려는 순간에
　"이 놈이!"
　조타로의 주먹이 그의 등으로 바로 날아갔다.
　곧장 내지른 칼이 상대의 등을 찌르고 바로 빠져나가 칼받이와 주먹께에서 멈추었다.
　그야말로 무서운 활동이었으나 조타로의 칼이 시체에서 빠지지 않았다. 그가 당황하고 있는 동안에 또 한 사람의 향사가 달려들면 어떻게 될 것인가.

결과는 뻔하다.
 그렇지만 남은 향사의 한 사람은 먼저 부상을 입은 데다 힘으로 믿고 있었던 자기편들이 비참한 죽음을 했기 때문에 그 역시 당황하였다.
 ──보아하니 다리가 부러진 소금쟁이처럼 그 사나이는 휘적휘적 도망을 쳤다. 그것을 보자 조타로는 정신이 났다. 발로 밟고 힘을 주어 칼을 뽑아들었다.
 "기다려!"
 당연한 기세다.
 거기다 이젠 될 대로 되라는 심정도 있었다. 쫓아가서 한칼에 베어 죽이겠다고 달려가기 시작했다. 그러자 오쓰우가 무작정 달려들며 소리쳤다.
 "그만둬요. ……그만둬. 도망가는 자를……저렇게 부상을 입었는데!"
 그 소리, 자기 골육을 편들기나 하는 것 같은 진지한 태도에 조타로는 깜짝 놀랐다. 이렇게까지 자기를 괴롭힌 자를 왜 편드는가 하고 그 심리를 의심했다.
 "그보다도 여러 가지 그 뒤의 이야기를 듣고 싶어. 나도 얘기하고 싶고……조타로, 한시라도 빨리 여기서 피해야지."
 ──그렇다.
 조타로도 그 말에는 이의가 없었다. 여기는 벌써 사누모(讚甘)의 산 속이다. 만일 큰일 났다고 시모노쇼에 소식이 전해진다면 혼이덴 가문 친척들이 사방에 소리를 질러 온 동리가 습격해 올 것은 뻔한 사실이었다.
 "달릴 수 있어요, 오쓰우님?"
 "네, 괜찮아!"
 두 사람은 먼 옛날의 어린 처녀와 아이 때를 생각하면서 어둠을 뚫고 숨이 닿도록 달렸다.

9

 미카즈키 역참에서 잠들지 않은 집은 한 집인가 두 집뿐.
 그 중 불이 켜진 한 집은 역참에 단 한 집밖에 없는 여인숙이었다.
 광산에 드나드는 금 매매 상인, 다지마로 넘어가는 실장수, 행각승들이 안채에서 한바탕 떠들어대더니 저마다 잠든 모양으로 불은 안채에서 떨어진 비좁은 아래채밖에 남아 있지 않았다.

 나이 어린 사나이를 데리고 사랑의 도피 행각을 하는 자라고 잘못 보았으리라. 그곳은 여관집 노인이 누에고치를 삶는 솥이니 물레를 놓고 혼자 자는 곳이었으나 오쓰우와 조타로를 위해서 일부러 비워 주었던 것이다.
 "……조타로. 그럼, 너도 무사시님을 못 만났군?"
 그 뒤의 이야기를 하나하나 그에게서 듣고 오쓰우는 슬픈 듯이 말했다.
 조타로는 오쓰우도 기소 대로에서 뿔뿔이 헤어지고 난 뒤 여태껏 그분을 못만나고 있다는——뼈아픈 회고담을 듣고 어쩐지 말을 잇기도 괴로운 심정이 되는 것이었다.
 "그렇지만 오쓰우님, 그렇게 한탄할 건 없어요. 바람결에 들은 소식이지만 요즘 히메지에 이런 소문이 있어요."
 "네……어떤 소문?"
 오쓰우의 지금 심정으로서는 지푸라기라도 움켜잡지 않을 수 없었다.
 "무사시님이 가까운 날에 히메지에 올지도 몰라."
 "히메지에……그게 정말이에요?"
 "소문이니까 어느 정도까지 믿어야 좋을지는 모르지만 번에서는 거의 정말처럼 말하고들 있는걸. ——호소가와 가문의 사범 사사키 고지로와의 시합 약속을 지키기 위해 근일 고쿠라로 내려갈 것이라고."
"그런 소문은 나도 들었지만 누가 꺼낸 말인지 따져 보니 무사시의 소식은 어디 있는지조차 아는 사람이 없어요."
"아니, 번에서 퍼지고 있는 이야기로는 좀더 정말 같은 근거가 있어요. ……그럴 것이 호소가와 가문과 연고가 깊은 교토의 묘심사에서 무사시가 있는 곳이 알려져 호소가와 가문의 중신 나가오카 사도님을 통해서 무사시님에게 고지로가 시합장을 보냈다는데."
"그럼, 그 날이 박두했나요?"
"글쎄, 그 내용에 대해서는 어느 날인지, 어디서인지 전혀 몰라요. 그러나 교토 가까이에 계시다면, 부젠의 고쿠라로 내려가기 위해 반드시 히메지 성을 지날 것 아니야?"
"그러나, 배 편도 있으니."
"아니, 분명."
조타로는 고개를 저으며 말했다.
"배로 가시지 않을걸요. 왜 그런가 하면 히메지건 오카야마건 산요(山陽) 땅의 여러 영주들은 무사시가 통과하거든 꼭 붙들어서 하룻밤 묵게 하자. 그리하여 사람됨을 보자. 그리고 넌지시 직업을 가질 뜻이 있는지 없는지 속을 떠보자……하는 생각으로 기다리고 있을 거요. 당장 히메지의 이케다 가문에서도 다쿠안 스님에게 편지를 하고 묘심사에 문의하기도 하는가 하면, 성내의 파발군에게 분부하여 만일 무사시 비슷한 자가 지나가거든 곧 알리도록 시켜 둔 모양이니까."
그 말을 듣자 오쓰우는 오히려 '아아' 하고 탄식 소리를 내면서
"그러면 더욱 그렇지. 무사시님이 육로로 오실 턱이 없지. 무사시님이 제일 싫어하시는 소동이 성마다에서 기다리고 있다면야——"
절망조로 소리쳤다.

10

소문만이라도 기뻐하리라 싶어 조타로는 말했던 것인데 오쓰우의 말을 듣고 보니 무사시가 히메지에 들르리라는 기대는 허무한 자기 나름대로의 공상에 지나지 않는다.
"——그럼, 조타로. 교토 하나조노의 묘심사에 가면 확실한 소식을 알 수

있겠네요?"
"그야 알 수 있겠지만 역시 소문이니까."
"전혀 근거 없는 소리는 아닐 테지."
"한번 가 볼 셈이야?"
"그래요. 듣고 보니 내일이라도 떠나고 싶어."
"아니, 잠깐."
 조타로는 이전과는 달리 오쓰우에 대해서도 지금은 보통 남들이 하는 정도의 충고를 한다.
"오쓰우님이 무사시님과 만나지 못하는 것은 그처럼 무언가 조그마한 소문이라도 듣거나, 그림자라도 비치면 당장에 그것을 믿고 찾아가기 때문이 아닐까. 두견새의 모습을 보려면 소리가 나는 쪽으로 먼저 눈을 돌려야 할 텐데, 오쓰우는 뒤로 뒤로 가다가 길을 잃어버리는 것 같은데……."
"그야, 그럴지도 모르지만 이론대로 마음을 가질 수 없는 게 사랑이겠지요."
 오쓰우는 조타로에게 뭐든지 말을 할 수 있었다.
 그렇지만 사랑이란 말을 내뱉고는 조타로를 새삼스레 바라보고 흠칫 놀랐다. 조타로의 얼굴이 빨갛게 물들었기 때문이었다.
 이미 조타로는 사랑이란 말을 공 굴리듯이 주고받을 수 있는 상대가 아니었다. 남의 사랑보다도 그 자신이 이로 인해 괴로워하는 나이가 되어 있었다.
 그래서 갑자기
"고마워. 잘 생각해 보고 하지."
 오쓰우가 말머리를 돌렸다.
"그렇게 해요. 그리고 아무튼 일단은 히메지로 돌아가."
"그래."
"꼭 우리집에 와 줘요. 아버지와 내가 있는 저택으로."
"……."
"아버지도 말을 해 보니 오쓰우님에 대해서는 칠보사에 있을 무렵의 일까지 알고 계시던데요. ……왠지는 모르지만 한 번 만나고 싶다, 이야기도 하고 싶다고 말씀을 하셨으니까."
 오쓰우는 대답이 없었다. 꺼져 가는 등잔불 심지를 보다가 문득 눈길을 돌려 갈라진 추녀 사이로 밤하늘을 쳐다보면서 소리쳤다.

"……아아, 비가."

"비가 와요? 내일은 히메지까지 걸어가야 할 텐데."

"아니, 도롱이만 있다면 가을비쯤이야."

"많이 내리지 않았으면 좋겠는데."

"……엇, 바람이!"

"문을 닫아야지."

조타로는 일어나서 덧문을 끌어당겼다. 갑자기 후텁지근해지며 오쓰우가 지닌 여인의 체취가 가득해지는 듯했다.

"오쓰우님, 편안히 누워서 자요. 나는 이대로……."

조타로는 목침을 당겨서 창 밑에서 벽을 향해 옆으로 누웠다.

"……."

오쓰우는 앉은 채 혼자 빗소리를 듣고 있었다.

"잠을 자 둬야지. 오쓰우님, 아직도 안 자우?"

잠이 오지 않는지 등을 돌린 채 조타로는 그러고서 얇은 이불을 얼굴까지 뒤집어썼다.

관음(觀音)

1

비는 처량하게 엉성한 추녀 끝을 때린다.

바람도 심해졌다.

산골 마을이고 가을 날씨인지라 아침까지는 갤는지도 모른다.

오쓰우는 그런 일들을 생각하면서 아직 띠도 끄르지 않은 채 앉아 있다.

얼마동안 잠이 오지 않아 이불 속에서 꾸물거리던 조타로는 어느새 잠이 들었다.

뚝뚝……하고 어디선가 비 새는 소리가 들렸다. 빗발이 뚜둑뚜둑 덧문을 때린다.

"조타로"

오쓰우는 문득 말을 걸었다.

"좀 일어나요, 조타로."

몇 번이나 불러도 깰 것 같지 않았다. 굳이 깨우는 것도 뭣하다 싶어 오쓰우는 곧 망설였다.

문득 그를 깨워서 묻고 싶었던 것은 오스기 노파의 일이었다.

노파의 일당들에게 강변에서도 말했고, 도중에서도 하는 말을 잠깐 들었지만 이 심한 빗속에 조타로가 노파에게 가한 처치는 너무나도 혹독하다. 불쌍한 생각이 들었다.
 '이 비바람에 젖어 추울 거야. 나이가 많은 몸이니 어쩌면 아침까지 죽을는지도 모른다. 아니, 며칠 동안이나 사람들에게 알려지지 않는다면 굶어 죽을 거야.'
 고생을 많이 해서 그런지 노파의 몸까지도 걱정되기 시작하였다. 오쓰우는 원수로 생각지도 않고 미운 생각도 없이 빗소리, 바람 소리가 심해질수록 가슴이 아파왔다.
 '그 할머니는 속까지 나쁜 분은 결코 아닌데.'
 오쓰우는 천지를 향해 노파를 변명해 보기도 했다.
 '이쪽에서 진실을 다하면 진실은 언젠가는 어떤 사람에게나 통하는 법. ……그렇지, 조타로가 나중에 화를 낼는지는 모르지만.'
 오쓰우는 끝내 무슨 일을 결심한 듯이 덧문을 열고 밖으로 나갔다.
 바깥은 어두웠다. 빗발만이 하얗게 튀고 있었다.
 봉당에서 짚신을 끌고 벽에 걸린 대나무 갓을 머리에 쓰고 나서 오쓰우는 옷자락을 걷어붙였다.
 도롱이를 걸치고─
 후두둑……추녀 끝의 빗물을 맞고 나갔다. 그리 멀지도 않았다. 여인숙 마을 옆의 신사가 있는 높은 돌계단 산으로.
 저녁때 아사야 만베에와 함께 올라간 기억이 있는 돌계단인데, 그새 비는 폭포수로 변했다. 다 올라가니 삼나무 숲이 윙윙 울부짖고 있었다. 아래편 여인숙 마을보다 바람이 훨씬 세차다.
 "어디 있을까? 할머니는."
 자세하게 듣지는 않았다. 다만 어딘가 이 근처에서 혼을 내 주었다고 조타로는 말했었는데─
 "혹시?"
 사당 안을 들여다보았다. 또 마루 밑이 아닌가 싶어 불러 보았다.
 대답도 없고 모습도 보이지 않았다.
 사당 뒤로 돌아갔다. 그리고 노한 바다의 물결 같은 나무들의 울부짖음에 몸을 날려 움직이지 못하고 멈추어서자

"이봐──요, 누구든 와 주어요. ······누구, 이 근처에 사람이 없소······ 음음."
신음 소리가──그것도 비바람에 끊어지면서 들려왔다.
"오오, 할머니다. 할머니, 할머니."
오쓰우도 이쪽에서 바람을 향해 소리를 질렀다.

2

부르는 소리는 비바람에 날려 어두운 허공으로 사라졌으나 그래도 오쓰우의 마음은 보이지 않는 어둠 속에 있는 사람에게 전해졌는지
"아이구, 아이구, 거기 누구 없나요! 사람 좀 살려 줘요. 여기요, 여기. ──사람 좀 살려 주어요."
노파의 목소리가 오쓰우의 소리에 대답하듯이 토막토막 잘라지면서 어디선가 들려왔다.
물론 그것도 노도 같은 삼나무 숲의 비바람에 뒤섞여 온전한 말이 되어 들려오지는 않았으나 노파가 필사적으로 외치고 있는 것만은 오쓰우의 귀로도 금시 알 수 있었다.
외치는 소리도 다 쉬어서
"······어딥니까? 어디예요? ······할머니, 할머니."
오쓰우는 사당 주변을 맴돌았다.
그러는 동안에──
사당에서 삼나무 그늘을 돌아 스무 발자국 가량 떨어진 산 속, 사당으로 올라가는 어귀의 깎아낸 벼랑길 한쪽에 곰의 굴 같은 동굴이 보였다.
"아······이런 곳에?"
가까이 다가가서 안을 들여다보니 노파의 음성은 분명 그 동굴 속에서 새어 나오는 것이었다.
그러나 굴 입구에는 오쓰우의 힘으로는 끄덕도 하지 않을 것 같은 커다란 바위가 서너 개나 쌓여 출입구를 막고 있었다.
"누구시오! ······거기 나타난 분은 누구신가요. 불쌍하게 여기시고 구해 주십시오. 인간답지 않은 사람 때문에 이 어려운 변을 당한 가련한 할멈을!"
노파는 바깥의 사람 그림자를 바위 틈으로 발견하자 이렇게 미친 듯이 소리쳤다.

반은 울 것같이 반은, 호소하는 것같이, 그리고 생사지경인 어둠 속에서 평소 신앙하는 관음의 환각을 그리며 오로지 살고 싶은 한마음으로 기도하는 것이었다.
"반가워라, 반가워라. 할멈의 신심(信心)을 늘 불쌍하게 여기시고 이 큰 어려움 속에 모습을 보이시어 구원하기 위해 내려오셨나요. 대자대비, 나무아미타불 관세음보살. 나무아미타불 관세음보살."
그것으로——
노파의 목소리는 뚝 끊어졌다. 착한 사람이다.
생각건대 노파는 한 집안의 가장으로서, 또한 어머니로서, 인간으로서, 자기는 흠 없는 선인이라고 믿고 있는 것이다. 자신의 행위는 모두가 선한 것이라고 생각하는 것이다. 자기를 지켜주지 않는 신불이 있다면 신불 쪽이 나쁘다고 생각할 만큼 노파는 자신을 선(善)의 화신이라고 생각하는 것이다.
——그러기에 이 비바람 속에 관세음보살의 화신이 내려와도 오스기 노파로서는 조금도 이상할 것이 없었다. 당연히 이렇게 되지 않으면 안 되는 것이었다.
그러나 그 환각이, 환각이 아니라 실제로 누군가가 굴 밖에 다가오자 노파는 긴장이 풀려서 '아아' 하고 실신한 것이 아닐까.

".......?"

굴 밖에 있던 오쓰우는 그처럼 미칠 것 같던 노파의 소리가 갑자기 멎자 혹시나 하고 걱정이 되기 시작했다. 서둘러 굴 입구를 헤치려고 필사적인 힘을 냈지만 그녀의 힘으로써는 그 바위를 조금도 움직일 수가 없었다. 대나무로 만든 갓도 끈이 끊어져 날아가 버려 검은 머리가 도롱이와 함께 비바람에 날렸다.

3

어떻게 해서 이렇게 큰 바위를 조타로가 혼자서 움직였을까 싶을 정도였다. 몸으로 밀어보기도 하고 두 손으로 힘껏 움직여 보아도 굴 입구는 한 치도 열리지 않는다.

오쓰우는 맥이 빠져서

'조타로도 너무 심하군.'

원망스럽기까지 했다.

자기가 왔기에 망정이지, 만일 이대로 내버려 두었다면 노파는 굴 속에서 미쳐 죽었을 것이다. 그건 그렇지만 갑자기 소리가 없어지다니 벌써 거의 죽은 것이나 아닐까.

"할머니, 기다리세요. ……마음을 든든히 가지시고! 지금, 곧 구해 드릴 테니까."

바위 틈에 얼굴을 갖다 대고 소리쳤으나 그래도 대답이 없었다.

물론 굴 속은 온통 암흑이어서 노파의 그림자도 보이지 않는다.

──그렇지만 아련히.

혹우악나찰(或遇惡羅刹)
독룡제귀등(毒龍諸鬼等)
염피관음력(念彼觀音力)
시실불감해(時悉不敢害)
약악수위요(若惡獸圍繞)
이아조가포(利牙爪可怖)
염피관음력(念彼觀音力)

관음 471

　노파가 외우는 관음경 소리가 그곳에서 난다. 노파의 눈과 귀에는 오쓰우의 목소리도 모습도 보살의 음성이 들렸다.
　노파는 합장하고 마음을 완전히 놓고서 눈물을 흘리면서 떨리는 입술로 관음경을 외우고 있었던 것이다.
　그러나 오쓰우에게는 신통력(神通力)이 없다. 쌓여 있는 세 개의 바위를 하나도 움직일 수가 없었다. 비는 그치지 않았고 바람도 멎지 않아 이윽고 오쓰우가 걸친 도롱이도 찢어져서 손, 가슴, 어깨 모두가 비와 진흙으로 범벅이 될 뿐이었다.

4

　그러는 사이에 노파도 문득 이상스러운 생각이 들었는지 바위 틈으로 얼굴을 가져와 밖을 내다보며
　"누구냐? 누구냐?"
　소리쳤다.
　기진맥진하여 어찌할 바를 몰라 비바람 속에서 몸을 움츠리고 있던 오쓰우는 대답했다.

"오, 할머니세요? ——오쓰우에요. 아직도 그 목소리는 힘이 있는 것 같군요."
"뭐라고?"
의심스러운 듯이 다시 물었다.
"오쓰우라고?"
"네."
"……."
잠시 사이를 두고 또 물었다.
"오쓰우라니?"
"네…… 오쓰우입니다."
노파는 비로소 깜짝 놀라 무엇엔가 얻어맞은 것처럼 스스로의 환각에서 깨어나 소리쳤다.
"어, 어떻게 해서 네가 여길 왔느냐? ……아 아, 그러고 보니 조타로 놈이 뒤를 쫓아."
"지금 구해 드리겠어요. 할머니, 조타로를 용서해 주세요."
"나를 구하러 왔다고……?"

"네."

"네가⋯⋯나를?"

"할머니, 모든 것을, 지난 일은 부디 물에 흘려보내세요. 저 또한 어릴 때 신세를 진 것을 잊어버리지 않고 있습니다. 또 그 뒤에 미워하신 것이나 꾸중도 결코 원망스럽게 생각하지 않습니다. 처음부터 제 잘못이었으니까요."

"그럼, 눈을 떠서 지난 잘못을 뉘우치고 옛날과 같이 혼이덴 가문의 며느리로 돌아오겠단 말인가?"

"아니, 아니에요."

"그럼, 뭣하러 여길?"

"다만 할머니가 불쌍해서 못 견디겠기에."

"그것을 은혜로 입고 이전 일은 잊어 달라는 건가?"

"⋯⋯."

"부탁하지 않겠다. 누가 너에게 구해 달라고 했나. 만일 이 할멈에게 은혜를 입혀 주면 원한을 풀려니 하고 생각한다면 큰 잘못이야. 설사 고생의 구렁텅이 바닥에 있더라도 할멈은 목숨이 아까워서 고집을 꺾진 않아."

"하지만 할머니, 나이 잡수신 분이 이런 꼴을 당하는 것을 어찌 보고만 있겠어요."

"말은 잘하는구나. 너도 조타로와 한통속이 아니냐. 공모해서 할멈을 이렇게 만든 건 너와 조타로 놈이지. 만일 이 굴에서 나가기만 하면 반드시 복수는 하고야 말 테다."

"언젠가는――언젠가는――할머니께서 반드시 제 마음을 아실 날이 있을 거예요. 어쨌든 이런 곳에 계시면 또 병이 나실 거예요."

"실없는 소리 마라. 이년, 너 조타로와 짜고서 나를 조롱하러 왔지."

"아니, 아니에요. 두고 보셔요. 저의 일편단심으로 반드시 노여움을 풀어 드릴 테니까요."

오쓰우는 다시 일어나 바위를 밀었다. 움직이지 않는 바위를 울면서 밀었다.

그러나 힘으로는 절대로 움직이지 않던 바위가 그때 눈물로 움직여졌다. 세 개의 바위 중 하나가 '덜컹' 하고 땅에 떨어졌다.

그리고 다시 뒤에 있던 바위도 뜻밖에 가볍게 움직여 굴 입구가 간신히 트였다.

 오쓰우가 흘리는 눈물의 힘만이 아니라 노파의 힘도 안에서 보태어졌기 때문이다. 그리하여 노파는 자기 힘으로써 뚫어낸 듯이 핏대를 세우며 굴 밖으로 달려나왔다.

5

 일편단심의 정성이 통했다.
 바위가 치워졌다.
 기쁘다!
 오쓰우는 밀어낸 바위와 함께 휘청거리면서 마음속으로 외쳤다.
 그러나, 노파는 굴에서 튀어나오자마자 대뜸 오쓰우의 옷깃으로 달려들었다. 이 세상에 되살아난 첫째 목적이 바로 이것이었다는 듯이.
 "어머나, 할머니!"
 "시끄러워!"
 "왜, 왜 그러세요?"
 "뻔하지 않나?"
 노파는 힘껏 오쓰우를 땅바닥에 끌어다 앉혔다.
 역시 그렇게 될 것은 뻔한 일이었다. 하지만 오쓰우로서는 이러한 결과는 생각하지 못했다. 사람에게 주는 진심은 진심으로 보답받는 것이라고 누구에게나 한결같이 믿어 의심치 않는 오쓰우로서는 이러한 결과는 너무도 뜻밖이었음이 분명하다.
 "자아, 가자!"
 노파는 오쓰우의 옷깃을 거머쥔 채 빗물이 흐르는 땅바닥에서 질질 끌었다. 빗발은 조금 약해졌으나 그래도 노파의 하얀 머리에서 반짝반짝 빛나며 쏟아지고 있다.
 오쓰우는 끌려가면서도 두 손을 모으고 울부짖었다.
 "할머니, 할머니, 용서해 주세요. 속이 후련할 때까지 매는 맞겠습니다만 이렇게 비를 맞으시면 할머니의 몸으로선 나중에 지병을 앓게 되십니다."
 "뭐라고, 뻔뻔스럽게 이렇게 되고서도 동정의 눈물을 바라나?"
 "도망가지 않겠어요. 어디든 갈 테니까 손을 ……아아, 숨막혀."
 "당연하지."

"노, 놓아 주세요.……수, 숨……."
목구멍이 막히는 것이었다.
오쓰우가 자기도 모르게 노파의 손을 떨쳐 떼어내고 일어나려 하자
"놓칠 줄 아나."
노파의 손이 또다시 와락 검은 머리채를 잡았다.
문득 허공을 향한 하얀 얼굴에 비가 내리쳤다. 오쓰우는 눈을 감고 있었다.
"에잇, 너 때문에 얼마나 오랫동안 고생을 했는지!"
노파는 욕을 퍼부으면서 오쓰우가 뭐라 말하려고 허우적거리면 허우적거릴수록 검은 머리를 질질 끌어대며 밟기도 하고 때리기도 했다.
그러나——그러는 동안에 노파는 '아뿔싸' 하는 얼굴로 갑자기 손을 놓았다. 털썩 쓰러진 채 오쓰우는 숨조차 쉬지 않았다.
어지간히 당황하여
"마타하치야, 오쓰우야."
노파는 그녀의 하얀 얼굴을 들여다보고 불렀다. 비로 씻긴 얼굴은 죽은 고기처럼 차디찼다.

"……죽어 버렸구나."

노파는 혼잣말처럼 망연히 중얼거렸다. 죽일 의사는 없었다. 어디까지나 오쓰우를 용서할 뜻은 없었지만 그렇다고 이렇게까지 할 셈도 아니었다.

"……그렇다. 아무튼 일단 집으로 돌아가서."

노파는 그대로 떠나려다가 다시 문득 뒤돌아보고 오쓰우의 찬 몸을 굴 속으로 안아 옮겼다.

입구는 좁았으나 안은 생각한 것보다 넓었다. 먼 옛날 도를 닦는 수도자가 앉아 있던 자리였던 듯한 곳도 보였다.

"어이구, 굉장하군."

노파가 다시 거기서 기어나가려고 할 때 굴 입구에는 마치 폭포같이 비가 쏟아진다. 굴 속까지 하얗게 물보라가 날아들어왔다.

6

나가려면 언제든지 나갈 수 있는 몸이 아닌. 이렇게 세찬 비가 오는데 굳이 젖어가면서 갈 것도 없었다.

"곧 날이 샐 테지."

그런 생각으로 노파는 굴 속에 멍하니 앉은 채 폭풍우가 갤 때까지 기다렸다.

그렇지만 칠흑 같은 어둠 속에서 오쓰우의 차디찬 몸과 함께 있는 것이 노파는 무서웠다. 희고 차디찬 얼굴이 힐책하듯이 줄곧 자기를 보고 있는 것 같았다.

"뭐든지 정해진 일이야. 부처가 되어 다오. ……원망하지 말아라."

노파는 눈을 감고 작은 소리로 경을 외우기 시작했다. 경을 외우고 있는 동안에는 가책도 잊고 두려움도 피할 수가 있었다.

몇 시간이나 그렇게 하였다.

쩍쩍쩍 참새 소리가 귓가에 울려온다.

노파는 눈을 떴다.

동굴 입구가 보였다. 밖에서 비쳐드는 흰 광선이 선명하게 울툭불툭한 땅바닥을 보이고 있다. 날이 새면서부터 비바람도 말끔히 멎은 모양이었다. 굴 입구에는 금빛 찬란한 햇빛이 반사되어 빛난다.

"무얼까?"

관음 477

일어나면서 노파는 문득 눈 앞에 떠오른 글씨에 주의를 빼앗겼다. 그것은 동굴 벽에 새겨져 있는 누군가의 기원문이었다.

덴몬 13년, 덴진 산성(天神山城)의 싸움 때 우라가미(浦上)님의 군세에 모리 긴사쿠(森金作)라는 16살난 아들을 보내 놓고 두 번 다시 만날 수 없는 슬픔에 겨워 여러 절간의 부처님을 찾아 헤매다가 지금 여기에 관음보살 한 분을 모시고 보니 어미된 몸으로서는 눈물의 씨가 되나, 긴사쿠를 위해서는 명복을 빌기 위해 꿇어 엎디노라. 오랜 세월이 흐른 뒤 혹시 찾아오는 분이 계시다면 가련히 여기시고 염불이나 외워 주소서. 올해 긴사쿠가 간 지 스물한 돌을 맞아 공양드리노라.

시주(施主) 아이다(英田) 마을
긴사쿠의 어미

풍화 작용으로 군데군데 읽어지지 않는 곳도 있었다. 덴몬 에이로쿠 시대라면 오스기 노파로서는 옛날이라는 기억밖에 없다.

그 무렵, 이 근처 일대의 아이다(英田)나 사누모(讚甘)나 가쓰다(勝田)의

여러 군사들은 아마코(尼子) 씨의 침략을 받아 우라가미 일족은 여러 성에서 패전의 운명에 처해 있었다. 노파가 어렸을 때의 기억에도, 밤이나 낮이나 성의 불타 오르는 연기로 하늘이 어두웠으며, 밭이나 길가, 그리고 농가가 있는 근처까지 군사들과 말의 시체가 며칠이나 내버려진 채 있었다.

긴사쿠라는 16살난 아들을 그 싸움터에 보내 놓고 그 길로 두 번 다시 만나지 못한 어머니는 21년이나 지난 후까지도 슬픔을 잊지 못하여 아들의 명복을 빌면서 여러 곳을 헤매어 다니며 죽은 자식의 공양에 힘을 기울인 모양이다.

"……그럴 수 있을 것이다."

마타하치라는 자식을 가진 노파로서는 같은 어미된 그 사람의 마음을 뼈저리게 이해할 수 있었다.

"나무아미타불……"

노파는 바위 벽을 향하여 두 손을 모으고 소리라도 낼 듯이 눈물을 흘렸다. 그리고 한동안 울다가 정신을 차리니 그 눈물의 합장 밑에 오쓰우의 얼굴이 보였다. 이미 이 세상의 아침 빛도 모르고 차가운 사람이 되어 누워 있었다.

7

"오쓰우……잘못했다. 이 할멈이 잘못했다. 용서해 다오. 요, 용서를……해 다오."

──무슨 생각을 했든지.

노파는 갑자기 오쓰우의 몸을 안아 일으키고 소리쳤다. 뉘우치는 빛이 노파의 얼굴에 가득했다.

"두렵구나, 두려워. 자식 때문에 천지를 못 본다더니 이를 두고 한 말인가. 자기 자식을 귀여워한 나머지 남의 자식에게는 악귀가 되어 있었던가……오쓰우야, 네게도 부모가 있었겠지. 부모로서 본다면 이 할멈은 자식의 원수지. 마귀로다……아아, 내 모습이 야차처럼 보이겠지."

동굴 안이라 노파의 목소리는 은은히 울려 다시 그의 귓가로 되돌아왔다.

이 자리에는 사람도 없고 세상의 눈도 없고 또 체면도 없다.

있는 것은 어두움. 아니, 관세음보살의 빛뿐이다.

"마귀나 야차처럼 보이는 나를, 생각해보면 너는 오래 동안 기특하게도 원

망도 하지 않았을 뿐 아니라 이 동굴까지 와서 할멈을 구하려고,……오, 지금 생각하면 네 마음은 진실했었다. 그걸 나쁘게만 생각하고 은혜를 원수로 미워한 것도 모두 이 노파의 마음이 비뚤어져서 그랬다. ……용서해 다오, 오쓰우."
그리고 끝내는 끌어안은 오쓰우의 얼굴에 자기 얼굴을 바싹 갖다 대고
"이렇게도 상냥한 여자가 내 자식 가운데 있었던가. ……오쓰우야, 다시 한 번 눈을 뜨고 나의 사과하는 모습을 봐 다오. 부디 한 번 더 입을 열어 할멈을 실컷 욕하고 마음을 풀어다오, 오쓰우야."
오쓰우를 향해 이렇게 뉘우치는 가슴속에 이날 이때까지의 모든 경우에서의 자기 모습이 모두 참회의 대상이 되어 또렷이 떠오른다. 하염없이 흐느끼며
"용서해 다오. 용서해 다오."
노파는 오쓰우의 등에 눈물에 젖은 채 엎드려 그대로 함께 죽을까 하는 생각까지 했다.
"아니, 슬퍼만 할 게 아니라 그 동안에 빨리 치료를 하면 다시 살아날 수 있을지도 모른다. 살아나기만 한다면 아직도 청춘이 만리 같은 오쓰우니까."

노파는 오쓰우의 몸을 무릎에서 끌어내리자 기다시피 하여 굴 밖으로 뛰쳐나갔다.

"아!"

갑자기 아침 햇빛을 보고 눈이 부셨던 모양이다. 두 손으로 얼굴을 감싸며

"마을 사람들!"

불렀다.

노파는 부르면서 달리기 시작했다.

"마을 사람들, 마을 사람들. 좀 와 주오."

그러자 삼나무 숲 저편에서 누군가가 와글와글 떠드는 소리가 들리고 이어

"있었구나. 할머니가 무사하게 저기 있다."

소리치는 자가 있었다.

쳐다보니 혼이덴 가문 일족——친척들이 10명 가량이었다.

지난 밤 사요 강변에서 피투성이가 되어 돌아간 향사 하나가 위급한 소식을 전했으므로, 밤새 내리는 빗속을 뚫고 할머니의 거처와 안부를 찾아 나온 사람들인 모양으로 모두들 도롱이를 걸치고 물에서 기어나온 듯이 젖어 있었다.

"오오, 할머니."

"무사하셨군요."

달려온 사람들이 안도의 빛을 띠고 좌우에서 위로하는 것을 노파는 기뻐하는 표정도 없이 소리쳤다.

"내가 아니야. 나 같은 건 아무래도 괜찮아! 빨리 저 굴 안에 있는 여자를 치료해 다오. 살려 다오. ……기절한 지 벌써 오래되었으니까 빨리 하지 않으면……빨리 약을 쓰지 않으면……."

노파는 마치 정신나간 사람처럼 저편을 가리키고 꼬부라진 혀로 말하면서 이상하게도 온 얼굴을 눈물로 적시는 것이었다.

세상의 물결

1

다음 해의 일이었다. 자세히 말하면 이 해 게이초 17년 4월로 접어들 무렵이다.

센슈(泉州) 사카이(堺) 항구에서는 그날도 아카마가세키(赤間關)로 다니는 배에 손님과 짐이 실리고 있었다.

순항 도매상인 고바야시 다로자에몬(小林太郎左衛門)의 가게에서 쉬고 있던 무사시는 이윽고 배가 뜬다는 소식을 듣자 의자에서 일어나

"──그럼."

송별하는 사람들에게 인사를 하고 추녀 밑으로 나왔다.

"안녕히."

한결같이 그런 인사를 하면서 전송나온 사람들은 무사시를 둘러싸고 선창가 모래 사장까지 걸어갔다.

혼아미 고에쓰의 얼굴이 보인다.

하이야 쇼유는 병으로 인해 나오지 못했으나 아들 쇼에키(紹益)가 나왔다.

쇼에키는 아름다운 신혼의 아내를 데리고 왔다. 그 아내의 아름다움은 사람의 눈길을 끌 만했다.

"저건 요시노(吉野)가 아닌가."

"야나기 거리의?"

"그렇지, 오기야(扉屋)의 기녀 요시노."

사람들은 옷소매를 끌며 속삭였다.

무사시는 쇼에키에게서

"제 아냅니다……."

소개를 받았지만 이전의 기녀 요시노라고는 소개 받지 않았다.

그리고 얼굴 기억도 없었다. 오기야의 요시노라면 눈 내리는 밤, 모란 나무를 피우며 대접을 받은 적이 있었다. 그녀의 비파 소리에도 귀를 기울였다.

그러나 무사시가 알고 있는 그 사람은 초대인 요시노였고 쇼에키의 아내인 여인은 2대째의 요시노였다.

꽃이 지고 꽃이 피는 유곽 거리의 세월은 몹시도 흐름이 빠르다

그날 밤의 눈도 그 모란 장작불도 지금은 꿈결과도 같았다. 그때의 초대 요시노는 지금 어디서 누구의 아내가 되어 있는지, 고독하게 지내고 있는지, 소문도 못 들었고 그녀를 아는 사람도 없다.

"세월이 빠르군요. 처음 뵈었을 때부터 생각하면 벌써 7, 8년이 흘렀소."

고에쓰도 뱃머리까지 걸으면서 문득 중얼거리는 것이었다.

"……8년."

무사시도 세월의 흐름에 몹시 감개무량했다. 오늘의 배로 떠나는 길이 어쩐지 인생의 한 매듭 같이도 생각되었다.

각설하고.

그날, 그를 이 자리에 전송한 사람들 가운데는 이상 두 사람의 옛 지기를 비롯하여 묘심사의 고도화상 문하에 줄곧 있었던, 혼이덴 마타하치와 교토 산조 구루마 거리(車町) 호소가와 저택의 무사 2, 3명.

그리고 가라스마루 미쓰히로의 대리로서 수행자를 거느린 공경 무사 일행.

그리고 반년 가까운 교토 체재 중에 알게 된 사람들과 그가 거듭 거절해도 그의 사람됨과 검술을 따르며 그를 스승으로 부르는 자들이 무려 2, 30명 이

상이나 될까. 아무튼 무사시로서는 난처할 만큼의 사람들이 전송 행렬에 끼어 무리를 이루었다.
그리하여──
전송을 받는 무사시는 말하고 싶은 사람과는 오히려 말을 나눌 틈도 없이 홀로 배에 오르고 말았던 것이다.
행선지는 부젠의 고쿠라.
그리고 그의 사명은 호소카와 가문 나가오카 사도의 주선으로 사사키 고지로와 해묵은 숙제였던 시합의 약속을 실천하기 위해서였다.
물론 이 이야기가 구체적으로 결정되기까지는 중신 나가오카 사도의 주선과 서간 교섭이 있었고, 무사시가 지난 가을부터 교토의 혼아미 고에쓰 집 행랑채에 있다는 사실이 알려진 후에도 약 반 년이나 걸려서 간신히 결정된 것이었다.

2

간류 사사키 고지로와 언젠가 한 번은 마지막 대면을 피하기 어려우리라는 것은 무사시도 미리부터 예기하고 있었던 일이었다.
──드디어 그날이 왔다.
그러나, 무사시는 이렇게 화려한 인기 속에서 그 자리에 임하리라는 것은 꿈에도 예기치 않았었다.
오늘의 출발만 해도 그렇다. 이렇게 거창한 전송 같은 건 마음속으로 천만 부당하게 생각한다. 생각하면서도 거절할 수 없는 것이 세상 사람들의 호의였다.
무사시는 두려운 것이다. 이해 있는 사람들의 호의에는 옷깃을 여미지만 그런 기대가 천박해져서 이기라는 물결에 실리는 것이 두렵게 생각되었다.
자칫하면, 자기도 평범한 사나이니만큼 교만해질는지 모른다.
대체 이번의 시합만 해도 그렇다. 누가, 이렇도록 절박한 날을 오게 만들었는가. 생각해 보면 고지로도, 자기도 아닌 것 같았다. 오히려 주위 사람들이라는 생각이 들었다.
언제인지도 모르게 두 사람을 대치시키고 두 사람을 시합시키려는 데에 세상 사람들이 먼저 흥미를 느끼고 기대를 걸고
'하는 모양이야.'

말하고,
'한다.'
단정을 내리고 드디어는
'어느 날.'
아직 소문만 떠도는 판국에 날짜까지 정해지는 것이었다.

이렇게 세평의 대상이 된 것을 무사시는 은근히 후회하였다. 이렇게 되면 자기의 명성이 선전될 것은 틀림없으나, 그는 지금 결코 그런 것을 구하고 있는 것이 아니었다. 오히려 좀더 혼자 숨어서 혼자 묵념하는 것이 필요하다. 그렇다고 해서 염세가의 비뚤어진 마음은 더욱 아니다. 행동과 연구의 일치를 위해서. 그리고 구도화상의 가르침을 받은 다음부터는 더더욱 도(道) 수행의 길이 멀다는 사실을 그는 통감하고 있었다.

'그렇긴 하나.'
무사시는 다시 생각해 본다.
세상의 은혜라는 것을.
살아 있다는 것, 그것이 벌써 세상의 은혜였다.
오늘.

이 출발에 입고 있는 검은 명주옷은 고에쓰의 어머니가 손수 지어 준 것이다. 손에 든 새 갓과 짚신. 그밖의 하나라도 세상 사람들의 손이 가지 않은 물건이란 없다.

하물며 제대로 농사를 짓거나 베를 짜지도 않으면서 농사꾼들이 만든 것을 먹고 입는 몸은 분명 세상의 은혜로 살아가고 있는 것이다.

'무엇으로 보답할까?'

뜻을 거기다 둘 때에 그는 세상에 대하여 겸양한 마음을 가질지언정 귀찮게 여긴다는 것은 죄송한 일이라고 생각했던 것인데——그러나 그 호의가 너무나도 자기 진가에 대해 과대했을 때 그는 세상을 두려워하지 않을 수가 없었다.

주고 받는 작별 인사.

그리고 바다 여행에 무사하라는 기원.

휘날리는 깃발 속에서 인사를 하는 가운데 전송하는 자, 전송을 받는 자 사이에 눈에 보이지 않는 시간이 흘렀다.

"안녕히."

"잘 가요."

배는 밧줄을 풀고, 무사시는 배 위로, 사람들은 해변에 남아 서로 말을 주고 받는 사이에 큰 돛은 푸른 하늘에 날개를 폈다.

그러자 한 발 처져서

"아뿔싸!"

배 떠난 자리로 달려온 나그네가 있었다.

3

막 항구를 떠난 배는 저만치 보이는데 조금 늦게 왔기 때문에 타지 못한 청년은 동동 발을 굴렀다.

"아, 늦었구나! 이럴 줄 알았더라면 잠을 자지 않았을 건데."

미치지 않는 배 그림자를 바라보고 있는 눈에는 다만 못 탔다는 것만이 아닌, 더 절실한 한이 서려 있었다.

"혹시 곤노스케님이 아니신가요?"

배가 떠난 다음에도 해변에 서성거리고 있는 사람들 속에서 고에쓰가 그 모습을 보고 가까이 오면서 말을 걸었다.

무소 곤노스케는 그 손에 들고 있던 몽둥이를 옆구리에 끼고 물었다.
"오오, 당신은."
"언젠가 가와치의 금강사에서 뵈었지요……."
"그렇지요. 잊지 않았습니다. 혼아미 고에쓰님."
"무사하시니 더욱 반갑소. 실은 어렴풋이 소문을 듣고 생사를 염려하고 있었습니다."
"누구에게 들었습니까?"
"무사시님한테."
"예, 선생님에게서? ……이상하다. 어떻게 된 일일까."
"당신이 구도산 패에게 잡혀 아무래도 첩자 혐의로 살해되었는지도 모른다는 소식이 고쿠라에서 들려왔지요. 호소가와 가문의 중신 나가오카 사도님의 편지로."
"그렇긴 하나 선생님이 아신다는 것은?"
"오늘 아침 떠나시기 전날까지 무사시님은 제 집의 행랑채에 계셨지요. 그 거처가 고쿠라로 알려지고 고쿠라에서도 자주 편지가 오가는 사이에 동행인 이오리님도 지금은 나가오카님 댁에 있는 모양으로."
"예? ……그럼, 이오리는 무사합니까?"
곤노스케는 오늘 이 순간 처음으로 그것을 알게 된 모양으로 오히려 망연

세상의 물결 487

한 얼굴이 되는 것이었다.

"아무튼 여기서는."

고에쓰에게 이끌려 가까운 해변의 찻집 의자를 빌려 서로 이야기를 하고 보니 곤노스케가 뜻밖으로 여긴 것도 무리가 아니었다.

겟소 덴신——구도산의 유키무라는 그때 곤노스케를 한 번 보자마자 과연 곧 곤노스케의 사람됨을 알아 주었다.

그리하여 그의 오랏줄은

'부하의 과실.'

그 자리에서 유키무라의 사죄와 함께 풀리고 전화위복(轉禍爲福)으로 오히려 한 사람의 지기를 얻게 되었다.

그로부터 기이(紀伊)의 산길 벼랑에서 떨어진 이오리의 몸을 유키무라는 부하의 힘을 모아 찾아 주었으나 막연하여 오늘날까지 생사도 알 수가 없었다.

단층 계곡에 시체가 보이지 않았으므로

'살아 있다.'

확인은 했으나, 그것으로서는 곧 만날 무사시를 볼 면목이 없는 것이다.

때마침 항간에는 가까운 시일에 무사시와 호소가와 가문의 고지로가 일전(一戰)의 약속을 이행한다는 소문이 있어서 무사시가 교토 근처에 있다는 것은 짐작했지만, 아무튼 그를 대할 면목이 없어 곤노스케는 그런 말을 들을 수록 더욱 이오리를 찾기 위해 초조했던 것이다.

——그러자. 그 무사시가 드디어 고쿠라를 향해 떠난다는 사실을 어제 구도산에서 들었다.

'그렇다면 만나 보도록 하자.'

그런 결심을 하고 염치 불구하고 만날 작정으로 길을 서둘러 왔던 것인데, 배 시간이 확실치 않아 한 발 늦어 못만나게 되었으니 유감천만——이라고 거듭거듭 곤노스케는 말하는 것이었다.

4

고에쓰는 위로를 하였다.

"아니, 그렇게까지 후회할 건 없소. 다음 배편까지는 날짜가 걸릴 테니 육로로 쫓아가 고쿠라에서 무사시님을 만나거나, 나가오카 가문을 찾아가 이오리님과 합류하거나 하면……."

곤노스케는

"물론 곧 육로로 갈 셈입니다만 고쿠라에 도착할 때까지라도 선생님과 함께 있으면서 신변 시중을 들고 싶었었지요."

이렇게 괴로운 심정을 말하고

"그뿐 아니라, 이번 출발은 아마 선생님으로서도 생애의 결정을 짓는 일이라고 생각됩니다. 평소 수행에 여념이 없으신 무사시님이니만큼 만의 하나라도 간류에게 지는 일은 없겠습니다만——승패는 알 수가 없는 것. 반드시 수행을 쌓은 자가 이기고 교만한 자가 지리라고도 할 수 없습니다. 거기에 인간의 힘을 초월한 승패의 운이 있는 것이고, 또 그것은 병가(兵家)에 흔히 있는 일이니까요."

"그러나 그 침착한 태도로 볼 때 자신이 있는 것 같습니다. 염려하실 건 없겠지요."

"그러리라고 생각은 합니다만 소문을 들으니 사사키 고지로라는 자는 아주 보기 드문 천재인 것 같더군요. 호소가와 가문에 들어간 뒤로부터는 조석으로 단련하는 것이 여간 아니라는 말을 들었습니다."

"교만한 천재와 평범하게 쉼 없이 닦은 사람과 어느 쪽이 이기는가의 시합

세상의 물결 489

이겠지요."

"무사시님도 평범하다고는 여겨지지 않는데요."

"아니, 결코 천부의 재질은 아닐 거요. 그 재질을 스스로도 믿고 있는 것 같지는 않소. 그 사람은 자기의 평범한 소질을 알고 있기 때문에 끊임없이 갈고 닦으려 하는 거요. 사람에게 보이지 않는 괴로움을 겪고 있소. 그것이 어느 때인가 번쩍 하고 빛나기 시작하면 사람은 곧 천부의 재능이라고 합니다. 애쓰지 않는 사람이 스스로의 나태를 위로하는 핑계로 그러는 것이지요."

"……정말 감사합니다."

곤노스케는 자기가 꾸중을 듣고 있는 듯한 느낌이었다. 그리고 그렇게 말하는 고에쓰의 태평스런, 넓은 얼굴을 바라보면서

'이 사람도.'

짐작되는 바가 있었다.

보기에는 한가한 예술인다운, 아무 날카로움도 없는 눈동자이지만, 일단 그가 창조하는 예술을 향했을 때의 눈빛은 이렇지 않으리라고 여겨진다. 잔물결 하나 일지 않는 날의 잔잔한 호수와 비를 머금었을 때의 호수 정도의 차이가 있는 게 아닐까 하고.

"고에쓰님, 아직 돌아가시지 않으시렵니까."

그때 젊은 몸을 가사로 싼 사나이가 찻집을 들여다보고 물었다.

"오, 마타하치님이오?"

고에쓰는 의자를 떠나면서

"그럼, 동행이 기다리고 있으므로."

곤노스케에게 인사를 남기자 곤노스케도 함께 자리에서 일어났다.

"어디로 가든 오사카까지는."

"그렇군요. 시간만 있으면 밤배라도 타고 요도강으로 해서 돌아가고 싶습니다만."

"그럼, 오사카까지 함께 가지요."

곤노스케는 육로로 곧장 부젠 땅 고쿠라까지 갈 셈인 모양이었다.

젊은 아내를 딸린 하이야의 아들과 호소가와 영지의 수비장수 등 그밖의 사람들도 저마다 한패가 되어 같은 길을 먼저 가기도 하고 뒤에서 오기도 하였다.

마타하치의 오늘과 지난날의 신상에 관한 것도 길을 가며 이야깃거리가 되었다.

"아무쪼록 무사시가 이겼으면 좋겠는데. 사사키 고지로는 보통내기가 아닌 데다 굉장한 칼솜씨를 가지고 있으니 말이야."

마타하치는 때때로 근심스러운 듯이 중얼거렸다. 고지로가 무섭다는 것을 그는 잘 알고 있었던 것이다.

황혼——.

세 사람은 벌써 오사카의 혼잡 속을 걸어가고 있으나 정신을 차리고 보니 어느 틈엔가 마타하치가 보이지 않았다.

5

"어디로 갔을까?"

고에쓰와 곤노스케는 길을 되돌아가며 해 저무는 거리를 찾아다녔다.

마타하치는 어떤 다리 옆에 멍청하게 서 있었다.

"무얼 보고 있을까?"

두 사람이 그의 모습을 멀리로 지켜보고 있느라니, 마타하치의 눈은 강변에서 저녁 준비를 하느라고 솥이며 야채며 쌀을 씻고 있는 이 부근 일자형 집 아낙네들의 왁자지껄한 무리에게 쏠려 있는 것 같았다.

"왜 저러고 있을까?"

예삿일이 아닌 듯한 얼굴을 멀리에서도 짐작할 수 있었으므로 일부러 두 사람은 잠시 그를 마음대로 내버려 둔 채 말도 걸지 않고 기다렸다.

"……아아, 아케미다. ……아케미가 틀림없어."

마타하치는 그 자리에 우뚝 선 채 신음하듯이 내뱉었다.

강변의 아낙네들 속에서 그는 아케미의 모습을 발견했던 것이다.

우연이라는 생각도 들었으나 우연이 아닌 듯한 생각도 든다.

일시적이나마 에도에서 살 때 아내라고 불렀던 여자이다. 그때는 이승의 깊은 인연 따위는 물론 생각도 않았으나, 세월을 보내고 또한 검은 옷에 몸을 감싸고 나서부터는 그러한 장난에 가까운 일도 장난으로 생각할 수 없는 죄업을 가슴에 간직하고 있었다.

그렇지만 아케미의 모습은 몹시 변해 있었다.

그 변한 모습을 지나치던 다리 위에서 단번에 알아보고 곧

'앗, 아케미!'
 충격을 받을 만한 자는 아마 자기밖에 없으리라고 생각했다. 우연이 아니다. 생명과 생명의 교류는, 같은 땅 위에서 숨쉬고 있는 이상 언젠가는 이렇게 되는 것이 사실이다.
 그것은 고사하고.
 몹시 변한 아케미에게서는 바로 일 년 남짓 전의 아름다움이나 모습은 찾을 길이 없었다. 때문은 띠로 등에 두 살가량 된 아기를 업고 있었다.
 아케미가 낳은 아기!
 마타하치의 가슴에는 먼저 그것이 '덜컹' 하고 울려왔던 것이다.
 아케미의 얼굴은 몰라보리만큼 말라 있었다. 거기다 머리도 먼지를 뒤집어 쓴 채 하나로 묶었으며, 멋도 없는 짧은 무명옷을 입고 팔에 묵직한 광주리를 걸치고, 입성 사나운 행랑집 아낙네들의 야유 섞인 입씨름 속에서 물건을 파느라고 허리를 굽신대는 것이었다.
 광주리 안에는 팔다 남은 해초니, 대합이니, 전복들이 보였다. 등에 업힌 아기가 때때로 울므로 광주리를 밑에 내려놓고는 아기를 어르다가 울음을 멈추면 또 아낙네들에게 팔아 달라고 사정을 하는 듯이 보였다.

'……아, 저 아이는?'

마타하치는 두 손으로 자기 볼을 꾹 눌렀다. 마음속으로 세월을 헤아려 보았다. 두 살이라면 아아, 에도 시절이다.

──그렇다면.

스키야 다리 들판에서 행정관들에게 가마니에 앉아 함께 매 백 대를 맞은 끝에 동서로 추방된 그때──벌써 그녀의 육체에는 지금의 저 아기가 깃들어 있었던 것이다.

"……."

흐릿한 석양이 강물에서 반사되어 마타하치의 얼굴 위에 흔들거려 온 얼굴이 눈물로 젖은 듯이 보였다.

자기 뒤쪽 한길에서 사람들이 분주하게 오가는 것도 그는 잊고 있었다. 이윽고 아무것도 모르는 아케미가 팔리지 않는 광주리의 물건을 팔에 걸고 다시 터벅터벅 강가를 걸어가는 것을 보자 그는 모든 것을 잊고서

"여봐아!"

손을 쳐들고 뛰기 시작했다.

고에쓰와 곤노스케는 거기서 비로소 가까이 달려가며

"마타하치님, 뭐요? 어떻게 된 거요?"

불렀다.

6

마타하치는 흠칫하여 뒤돌아보고 동행에게 걱정을 끼친 것을 비로소 깨달은 모양이었다.

"앗, 죄송합니다……실은, 저어."

실은──하고 말은 꺼냈으나 사실을 남에게 전하는 데는 급한 대로 몇 마디 말로 해서는 좀처럼 알아줄 것 같지도 않았다.

더군다나 지금 문득 마음속에 떠오르는 그의 기분은 그 자신으로도 설명하기에 힘겨운 일이었다.

그러니 자연히 말하는 것이 두서가 없을 수밖에 없다. 마타하치는 목구멍에 치밀어오르는 착잡한 감정 속에서 가장 잡히기 쉬운 것만을 말했다.

"저어, 사정이 좀 있어서 갑자기 저는 환속(還俗)하기로 했습니다. 하긴 아직 스님에게서 정식으로 승려의 인정을 받지 못한 몸이니 환속을 하나

마나 원래 그대로입니다만.”
 “에……환속을 한다고?”
 마타하치로서는 조리 있게 말을 했다고 생각했지만 냉정히 듣고 있는 자에게는 도무지 말에 두서가 없게 들렸다.
 “그건 또 무슨 사정인가. 어쩐지 표정이 좀 이상하다 했지만.”
 “상세한 말씀은 드릴 수도 없고, 말씀드려도 남들이 들으면 어처구니없는 일로 생각하겠지만 전에 같이 지내던 여자를 저기서 만났습니다.”
 “아하, 옛날에 정들었던 여자를.”
 질린 듯한 얼굴이 되는 두 사람에게, 그러나 그는 진지했다.
 “그렇습니다. 그 여자가 어린애를 업고 있으므로 세월을 헤아려 보니 아무래도 제가 낳게 한 자식임에 틀림없습니다.”
 “정말이오?”
 “예, 아기를 업고 강변에서 물건을 팔러 다니더군요.”
 “아니, 마음을 가라앉히고 잘 생각해 보오. 언제 헤어진 여자인지는 모르나 정말로 자기 자식인지, 어떤지.”
 “의심해 볼 것도 없어요. 어느 틈에 저는 아비가 되어 있었던 겁니다. ……몰랐어요. 미안합니다. ……갑자기 지금 마음에 가책을 받았습니다. 저는 저 여자를 저렇게 비참한 장사를 하게 내버려 둘 수가 없습니다. 또한 자식에 대해서도 아비의 책임을 다 해야만 합니다."

"……."

고에쓰는 곤노스케와 얼굴을 마주보며 다소의 불안을 느끼면서도

"그럼, 허튼 말은 아니로군."

중얼거렸다.

마타하치는 법의를 벗어 염주와 함께 고에쓰의 손에 맡기고 부탁의 말을 했다.

"정말로 죄송합니다만 이것을 묘심사의 구도화상에게 돌려 주십시오. 그리고 지금 그 말을 그대로 전해 주시고 마타하치는 오사카에서 일단 아비가 되어 일하겠노라고 전해 주시지 않겠습니까?"

"괜찮을까. 그런 일로 이것을 돌려 드려도."

"스님은 늘 제게 말씀하셨습니다. 사회로 돌아가고 싶으면 언제든지 가라고."

"흐음……."

"그리고 수행이란, 절에서도 못할 건 없으나 인간 사회에서 하는 수행이 어렵다. 더러운 것, 추한 것을 꺼려 해서 절에 들어와 깨끗함을 찾는 자보다 거짓, 더러움, 망설임, 투쟁, 이러한 추악 속에서 살더라도 더럽혀지지 않는 수행이야말로 참된 수행이라고 말씀하셨습니다."

"음, 과연."

"그래서 벌써 일 년 남짓 곁에서 모셨습니다만 제게는 아직도 법명을 주시지 않았지요. 오늘날까지 마타하치로 지내왔습니다. ──뒷날, 또 언제든지 제가 모르는 일이 생기면 스님을 찾아가겠습니다. 아무쪼록 그렇게 전해 주십시오."

마타하치는 말을 끝내자 강변으로 뛰어내려 벌써 저녁 안개 속에 침침하게 보이는 사람 그림자를, 이것인가 저것인가 하고 뒤쫓아갔다.

기다리는 배

1

깃발 같은 붉은 저녁 구름이 한 가닥 날아간다. 고요한 바다 밑을 문어가 기는 것이 보일 만큼 오늘 저녁은 물도 하늘도 몹시 맑다.

이러한 시카마(飾磨) 바다로 흘러드는 강 어귀에 대낮 무렵부터 조그만 배를 대 놓고 곧 다가올 황혼에 외롭게 밥 짓는 연기를 올리고 있는 한 가족이 있다.

"춥지 않나. ……바람이 차가워졌는데."

오스기 노파는 풍로 불에 나무를 지피면서 배 바닥을 향해 말한다.

그 배의 천막 그늘에는 사공 아낙네로 보이지 않는 연약한 병자가 다발로 묶은 머리를 목침에 얹고 흰 얼굴 절반을 이불 속에 감추고 누워 있었다.

"……아니오."

병자는 살며시 얼굴을 젓는다.

그리고 조금 몸을 일으켜, 죽을 끓일 쌀을 씻어 풍로에 올리고 있는 노파의 모습을 향해 두 손 모아 빌듯이 하며

"할머니, 할머니야말로 얼마 전부터 감기 기운이 있으시지 않아요. 제 일

은 너무 염려하시지 마세요."
말한다.
"뭘."
노파는 뒤돌아보고 말한다.
"너야말로 그처럼 일일이 걱정을 하지 마라. ……이봐, 오쓰우. 얼마 있으면 그 사람이 탄 배도 올 테니까 죽이라도 먹고 힘을 내어 기다려야지."
"감사합니다."
오쓰우는 문득 눈물이 글썽해져 포장 그늘에서 바다를 바라보았다.
문어 낚싯배니, 짐 실은 배니, 몇 척의 배 그림자가 보였지만 오쓰우가 기다리는 사카이 항에서 떠나 부젠으로 가는 배편은 아직 돛그림자도 보이지 않는다.
"……."
노파는 풍로에 냄비를 걸고 불구멍을 들여다보고 있다. 죽은 곧 부글부글 끓기 시작했다.
구름은 차츰차츰 짙어져 간다.
"저런, 늦는군그래. 늦어도 저녁때까지는 도착한다던데."
파도도 일지 않고 바람도 없건만, 하고 노파도 배를 연신 기다리다 지쳐 앞 바다를 물끄러미 바라보며 중얼거렸다.
말할 것도 없이.
오늘 저녁때 이곳에 기항할 예정인 배라는 것은 바로 어제 사카이 항구를 출항한 다로자에몬의 배로서 거기에는 고쿠라로 내려가는 미야모토 무사시가 편승했다고——빠르게도 사요 대로에 널리 알려졌다.
소문을 듣자마자, 히메지 번(藩) 아오키 단자에몬의 아들 조타로(城太郎)는 곧 심부름을 보내 사누모(讚甘)의 혼이덴 가(本位田家)에 전갈을 보냈다.
통지를 받은 노파는 그 기쁜 소식을 가지고 또다시 마을의 칠보사로 달려갔다. 오쓰우는 거기서 요양하고 있었다.
지난 해, 가을도 저물 무렵 폭풍우 치던 날 밤, 사요산의 암굴에 노파를 구하러 갔다가 되레 노파의 심한 매에 못이겨 기절해 버렸던 그날 새벽부터 계속——의식은 되찾았으나 건강은 전처럼 좋아지지 않았다.
'용서해 다오, 속이 시원할 때까지. 이 할멈을 어떻게 하든지…….'

그 후 노파는 오쓰우의 얼굴을 볼 때마다 참회의 눈물을 흘리면서 말했다.
오쓰우는 오쓰우대로
'고맙다.'
여기며 그것을 오히려 괴롭게 생각하여 자기는 이전부터 이러한 병이 있었으니 결코 노파의 탓이 아니라고 위로를 했다.
사실 오쓰우는 전에 이러한 병을 앓은 적이 있었다. 몇 년 전 교토 가가스마루 미쓰히로의 저택에 있을 무렵, 몇 달인가를 병으로 누운 적이 있는데 이번에도 아침 저녁의 용태가 그때와 비슷했다.
저녁때가 되자 미열이 나고 가벼운 기침이 뒤따랐다. 눈에 보이지 않을만큼 몸은 야위고 그 아름다운 용모는 더욱 아름다워져서 오히려 그 지나친 아름다움은 마주 말을 주고받는 자로 하여금 문득 걱정되게끔 만들 정도였다.

2

그러나——
오쓰우의 눈동자는 언제나 기쁨과 희망에 넘쳐 있었다.
기쁨으로서는
'오스기 할머니가, 나의 마음을 이해해 주셨을 뿐 아니라 그와 동시에 무사시님이나 그밖의 모든 사람들에게도 자신의 과실을 깨닫고 다시 태어난 것처럼 상냥한 할머니가 되어 주셨다——'
이 사실을 눈으로 보았으며, 또한 살아 있는 희망으로는
'가까운 날에……'
어쩐지 마음에 기다리던 사람과 만날 날이 가까워진 느낌을 갖고 있었다.
노파 역시 그때부터
'오늘까지의 나의 죄와 잘못으로 너를 불행하게 만든 보상으로서 무사시에게 내가 두 손을 짚고 비는 한이 있더라도 틀림없이 너를 보살펴 주도록 부탁하겠다.'
그렇게 말하고서 일족 사람들에게는 물론 마을 사람 누구에게나 오쓰우와 마타하치의 옛날의 헌 문서는 깨끗이 없애고, 앞으로 오쓰우의 남편이 될 사람은 무사시가 아니고서는 안 된다고 자기 입으로 말할 만큼 변했다.
무사시의 누이 오긴은, 노파가 아직 이런 생각을 갖기 전에 오쓰우를 불러내기 위해서 거짓으로 사요 마을 부근에 있는 것처럼 말했으나, 사실은 무사

시가 집을 나간 후 하리마의 친척 집에 한때 몸을 의탁했다가 거기서 시집을 갔다는 것이며, 그 후에 소식은 알 수가 없었다.

그래서——칠보사로 돌아가, 옛날부터 아는 이로는 역시 누구보다도 노파와의 관계가 제일 깊었다. 노파는 조석으로 칠보사에 와 병문안을 하면서

'약을 마셨나. ——먹은 것은. ——오늘 기분은?'

온 정성을 다하여 병간호를 해 주고 또 용기를 불어넣어 주곤 했다.

또 어떤 때는 진심으로

'그 굴에서 만일 네가 그대로 소생하지 않았으면 나도 그 자리에서 죽을 셈이었다.'

이렇게 말했다.

거짓말을 잘하는 사람인지라 오쓰우도 처음에는 노파가 참회하는 것을 보고 언제 또 변덕을 부릴지 모른다고 생각했으나 날이 갈수록 노파의 정성은 더욱 짙어갈 뿐이었다.

때로는

'이렇게 좋은 분인 줄은 미처 생각 못했다.'

오쓰우마저 이전의 노파와 지금의 오스기가 같은 사람이라고는 생각되지 않을 정도였으므로 혼이덴 가문의 친한 사람들이나 마을 사람들도

'어떻게 해서 저렇게 변하셨을까.'

기다리는 배 499

모두들 말하는 것이었다.

그 중에서 누구보다도 행복을 느끼게 된 것은 노파 자신이었다.

만나는 자, 말을 나누는 자, 가까운 사람들 모두가 자기에게 이전과는 전혀 다르게 대해 주기 때문이었다. 웃는 얼굴로 맞고 웃는 얼굴로 반겨지며, 좋은 노인이라고 존경을 받는 행복을 60이 넘어서야 노파는 비로소 알게 된 것이다.

어떤 자는 불쑥
'할머니는 요즘 얼굴까지도 좋아지셨어.'
솔직하게 말했다.
'그럴지도 모르지.'
노파는 살며시 거울을 꺼내들고 자기 얼굴을 들여다보았다.
지그시 세월을 느끼게 된다. 고향을 떠날 무렵에는 아직도 반 이상이나 섞여 있던 검은 머리가 한 가닥도 남기지 않고 하얗게 세어 있었다.
마음속의 얼굴도.
얼굴 모습도.
순박하고 하얀 것으로 되돌아간 것처럼 노파의 눈에 비치는 것이었다.

3

'사카이 항구를 떠나는 초하룻날의 다로자에몬의 배를 타고 무사시님은 고쿠라로 가시는 모양.'
미리 무사시가 통과할 때는 곧 알려주겠다던 히메지의 조타로에게서 이와 같은 소식이 오자
"어떻게 하지?"
물을 것까지도 없지만 오쓰우에게 의향을 물으니 오쓰우는 물론
"가겠어요."
대답한다.
저녁 무렵에는 언제나 미열이 나서 조심조심 이불 속으로 몸을 넣지만 걷지 못할 만큼 중한 병은 아니었다.
'그렇다면.'
바로 칠보사를 떠나 가는 도중, 오스기 노파는 오쓰우를 자기 자식처럼 돌보며 하룻밤을 아오키 단자에몬의 저택에서 쉬고

　'부젠으로 드나드는 배라면 시카마에는 꼭 들르게 되어 있소. 하루 저녁은 짐을 부리기 위해 묵게 될 거요. 가신들도 마중을 나가지만 임자들은 사람 눈에 뜨이지 않게 강어귀의 작은 배 안에 타고 있는 게 좋을 거요. ——만날 기회는 우리 부자가 좋도록 만들어 주겠소.'

　단자에몬의 이 말을 듣고서

　'아무쪼록.'

　그날, 점심 무렵 시카마 포구에 도착하여 강 어귀에 있는 배에다 오쓰우를 쉬게 하였다. 그리고 이전 오쓰우의 유모였던 사람 집에서 여러가지 물건을 날라오게 하면서 다로자에몬의 배가 들어오는 것을 눈이 빠지게 기다리고 있었다.

　마침 그 유모라는 사람의 염색 가게 울타리 근처에는 그밖에도 무사시의 통과를 미리 기다리며 그를 위해서 장도를 축하할 겸 하루 저녁 자리를 마련하고 또 그의 인품을 보려는 히메지 번 사람들이 20여 명이나 가마를 가지고 마중나와 있었다.

　그 중에는 아오키 단자에몬도 있고 아오키 조타로도 있었다.

　히메지의 이케다 가문과 무사시는 같은 고향이라 무사시의 어린 시절의 기억을 더듬어 볼 때 깊은 인연이 있었다.

　'당연히 그는 영광스러워할 거야.'

기다리는 배　501

마중 나와 있는 이케다 가문의 가신들은 모두 그런 생각을 갖고 있었다.
단자에몬이나 조타로도 그 견해에는 변함이 없었다.
그러나 단 한 가지 오쓰우의 모습을 그들에게 보여 오해를 하게 해서는 안 된다. 무사시도 난처해할지도 모른다. 그런 생각으로 일부러 오쓰우와 오스기 노파만은 강 어귀의 작은 배 안에 멀리 떨어져 있게 한 것이었다.
그러나 어찌 된 영문인지 해가 저물어 바다가 어두워지고 저녁 노을은 사라져 어느 사이엔지 저녁 어스름이 다가오고 있건만, 아직 배 그림자는 보이지 않았다.
"늦는 모양인가?"
누군가가 모두들을 둘러본다.
"그럴 리가 없는데."
자기 책임이기나 한 것처럼 대답한 것은, 교토의 저택에 있다가 무사시가 배편으로 초하룻날 떠난다는 사실을 듣자마자 말을 달려와서 소식을 전한 가신이었다.
"배가 떠나기 전에, 사카이의 고바야시에게 심부름을 보내어 확인까지 했는데……."
"오늘은 바람도 없는데 늦을 까닭이 있나, 곧 오겠지."
"바람이 없으니까 돛단배가 늦는 거겠지."
선 채로 기다리다 지쳐 모래땅에 주저앉는 자도 있었다. 하얀 저녁 별이 어느새 하리마 앞바다의 하늘을 뒤덮었다.
"아, 보인다!"
"보인다!"
"저 돛단배인 모양이다."
"오오, 과연!"
그제야 사람들은 와글거리기 시작하며 선창가로 줄줄 걸어갔다.
조타로는 강 어귀로 달려가 그 아래 있는 지붕 있는 배를 향해 큰소리로 알렸다.
"오쓰우님, 할머니. 나타났어요, 무사시님이 타신 배 그림자가!"

4

오늘밤에 기항하는 다로자에몬(太郞左衞門)의 배. 몹시도 기다리던 무사

시(武藏)가 탄 배. 그 배인 듯 싶은 것이 지금 앞바다에 나타났다는 소식에 작은 배의 포장이
"뭐……나타났다고?"
흔들렸다.
"어디?"
노파가 일어난다.
오쓰우도 정신 없이 따라 일어선다.
"위험해."
노파는 당황하여 뱃전을 붙들고 일어서려는 오쓰우를 붙들어 안았다.
그리고 함께 일어나
"오, 저것인가?"
숨을 삼키고 지켜보았다.
별빛 아래 검은 날개를 펴고 잔잔한 밤바다 위를 한 척의 큰 돛단배가 지켜보는 두 사람의 눈동자 속으로 미끄러져 들어오듯 점점 가까워진다.
조타로는 기슭에 서서 손으로 가리키며 말했다.
"저거야……저기."

"조타로님."
노파는 손을 놓으면 그대로 작은 뱃전에서 훌렁 떨어져 버릴 것 같은 오쓰우의 몸을 꼭 껴안고서 말했다.
"미안하지만 서둘러 이 배의 노를 잡아 저 배 밑으로 저어가 주지 않겠소. 조금이라도 빨리 만나게 해 주고 싶소. 말을 하게 해 주고 싶소. 오쓰우를 데리고 가서 무사시님에게."
"아니, 할머니. 그렇게 서둘러도 도리가 없어요. 지금 가신들이 저쪽에서 줄지어 기다리고 있고, 금방 선박 담당 한 사람이 무사시님을 마중 나갔어요."
"그럼, 그렇게 남의 눈치만 보고 있다가는 오쓰우와 만나게 할 틈도 없을 텐데. 내가 어떻게든지 말을 꾸며대기로 하지. 가신들에게 둘러싸여 손님으로서 가 버리기 전에 단 한 번이라도 먼저 만나게 해 주고 싶소."
"야단났군요."
"그러니까 염색소 집에서 기다리는 것이 좋았었는데, 임자가 가신들의 눈을 두려워하는 바람에 이런 작은 배에 숨어 있었으니 오히려 더 형편이 나빠지지 않았나?"
"아니 아니, 그렇지 않아요. 세상 입은 귀찮은 것. 중대한 장소에 가시는 데 실없는 소문이라도 날까 하고 아버지가 염려해서 그렇게 한 것뿐입니다. ……그러니까 아버지께 의논드려서 무사시님을 여기까지 모시고 올 테니까 그때까지 답답하시더라도 기다려 줘요."
"그럼, 꼭 이리로 무사시님을 모셔 오겠소?"
"마중 나간 작은 배에서 무사시님이 올라오면 우선 염색소 마루를 빌려 가신들과 함께 쉬실 거예요. ……그 동안 잠시 모시고 오지요."
"기다리겠소. 꼭 부탁하오."
"그렇게 해 주세요. ……오쓰우님도 그동안 좀 누워 있는 게 좋겠어요."
조타로는 갑자기 바쁜 듯이 선창가로 달려갔다.
노파는 오쓰우를 살며시 포장 그늘 잠자리로 안아 옮기고
"누워 있어."
위로했다.
목침에 얼굴을 갖다대고 오쓰우는 흐느껴 울었다. 지금 갑자기 몸을 움직인 것이 좋지 않았는지 아니면 너무나 바닷냄새가 역겨웠는지──

"또 기침이 나오는군."

노파는 오쓰우의 얄팍한 등을 쓰다듬어 주면서, 그 고통을 덜어 줄 셈으로 연신 무사시가 곧 올 것이라고 말했다.

"할머니, 이젠 괜찮아요. 감사합니다. 죄송해요, 그만 쉬세요."

기침이 멎자 오쓰우는 헝클어진 머리를 매만지면서 문득 자기 모습을 훑어 보았다.

5

꽤 시간이 흘렀다. 그러나 기다리는 사람은 좀처럼 오지 않는다.

노파는 오쓰우를 혼자 배에 남겨두고 기슭으로 올라갔다. 조타로가 안내해 올 무사시의 그림자를 거기에 서서 기다리는 모양이었다.

오쓰우도 곧 무사시가 이 자리에 올 것이라고 생각하니 자기도 모르게 가슴이 설레어 조용히 누워 있을 수가 없었다.

목침과 이부자리를 포장 구석으로 밀어젖히고 옷깃을 여미기도 하며 띠를 고쳐 매기도 한다. 사랑을 알게 된 열일여덟 살 무렵의 흥분이나 지금의 흥분이나 오쓰우에게는 아무런 변화도 없는 것 같았다.

작은 배 뱃머리에는 횃불이 걸려 있었다. 강 어귀의 밤경치 속에서 횃불은 환하게 타오르며 오쓰우의 가슴에도 빨갛게 타올랐다.

오쓰우는 지금 자기 병을 잊고 있다. 작은 배 가장자리로 흰 손을 내밀어 빗을 적셔 머리를 빗어 올렸다. 그리고 손바닥에 흰 분가루를 풀어 표나지 않게 화장을 했다.

오쓰우는 사람들에게서 들은 적이 있다.

무사도, 잠을 자고 난 뒤라든가 건강이 좋지 않을 때는, 부득이 주군 앞으로 나가거나 사람을 만날 때는 세수를 하고 나서 재빨리 연지를 바르고 상쾌한 얼굴로 대면을 한다는 마음가짐을.

"……한데 뭐라고 말할까?"

오쓰우는 또 무사시와 만났을 때의 일이 얼마간 걱정되었다.

말을 하자면 평생을 두고 해도 다하지 못할 만큼 많다.

그러나 언제든지 만나기만 하면 아무 말도 못했다.

'무엇하러 왔나?'

그이가 또 화를 낼지도 모른다. 겁이 난다.

　때가 때인지라 세상에 두루 알려져 천하의 이목을 끌며 지금 사사키 고지로와 시합하러 가는 도중이 아닌가. 그의 기질, 그의 신념으로 볼 때 자기와 만난다는 것 따위는 조금도 기뻐해 줄 것 같지도 않다.
　그러나──그러니만큼 그녀로서는 더욱 중요한 기회였다. 상대인 고지로에게 무사시가 패하리라고는 생각되지 않으나 예기치 않은 패배가 없으리라는 법도 역시 없다. 아니, 그보다도 어느 편이 이길 것인가 하는 세상 소문에 의하면 무사시가 세다는 자, 고지로가 뛰어나다는 자가 각각 반반씩이었다.
　만일 오늘과 같은 기회를 두고도 이대로 두 번 다시 이 세상에서 만날 수 없는 불행이──있다고 한다면 후회는 백 년이 지나도 지워지지 않으리라.
　하늘에서는 한 쌍의 새, 땅에서는 연리지(連理枝)가 되리라──라고 내세를 빌었던 한나라 황제의 회한을 가슴속으로 노래삼아 되풀이하며 울다 지쳐 죽은들 무슨 소용이란 말인가.
　──무어라 꾸짖더라도.
　오쓰우는 자신의 병고를 가벼운 듯이 꾸미면서 여기까지 왔지만 이렇게 드디어 그 사람과 만나는 시간이 가까이 닥쳐오고 보니 가슴이 아플 만큼 두근거렸다. 무사시가 어떻게 생각할까 하는 두려움으로 만난 다음의 말도 생각나지 않는 것이었다.

  기슭에 올라서서 서성거리는 노파는 노파대로 오늘밤 무사시를 만나면 우선 무엇보다도 쌓인 원한과 오해를 모두 풀고 마음의 무거운 짐을 벗어야 되겠다. 그리고 그 증거로서 무사시가 무슨 소리를 하든지 간에 오쓰우의 평생을 그에게 맡겨야만 한다. 두 손을 짚고 비는 한이 있더라도 그렇게 해 주지 않고서는 오쓰우에게 미안하다. 이런 생각을 혼자 마음속으로 다짐하면서 강물 위의 어둠을 바라보고 있노라니

  "──할머니."

  조타로의 그림자가 달려오면서 불렀다.

6

  "몹시 기다렸어. 조타로님. 그런데 무사시님은 곧 이리로 오시나?"

  "할머니, 분해."

  "뭐, 분하다니?"

  "들어 봐요. 사정이 이렇게 됐어요."

  "사정 얘긴 나중에 해도 돼. 대체 무사시님은 이리로 오나, 못 오나."

  "안 와요."

  "뭐? 안 온다고?"

  노파는 망연히 그렇게 말하고 오쓰우와 함께 낮부터 잔뜩 기다렸던 마음의 긴장이 일시에 무너진다. 눈으로 볼 수 없을 정도로 실망의 빛을 얼굴에 나타냈다.

  ──그래서 몹시 말하기 거북한 듯이 조타로가 잠시 후 설명하는 말을 들어 보면……

  실은 그때부터 한동안 같은 영지의 가신들과 함께 큰 배에서 무사시가 타고 올 작은 배를 기다리고 있었다. 그런데 언제까지나 소식도 없고 작은 배도 오지 않았다.

  그렇지만 다로자에몬의 배 그림자가 앞바다에 정박해 있는 것이 눈에 보였기 때문에 무슨 사정이 있어 늦어지는 것이려니 하고 모두 바닷가에 서서 기다렸다. 이윽고 앞 바다로 마중 나갔던 선박 담당의 작은 배가 노를 저어 오는 모양이었다.

  이제 나타나는구나──

 그렇게 생각한 것도 짧은 동안의 일, 바라보니 작은 배 위에는 무사시의 모습이 보이지 않았다. 어찌된 까닭인가 하고 물었다.
 '이번 배에는 이 시카마에서 내리는 손님이 없으므로 얼마 안 되는 짐은 앞바다에서 기다리던 사공이 가져가고 배는 곧장 여기서 무로쓰(室津)로 돌아간다.'
 이런 말을 그 배에서 전해 왔다는 것이다. 그래서 작은 배에 탔던 사람이 다시
 '이 배에 미야모토 무사시라는 분이 타고 계실 거요. 저희들은 히메지 번의 가신인데 하룻밤은 주무실 줄로 알고 다른 사람까지 많은 사람들이 바닷가까지 마중을 나와 있소. 잠시라도 이 작은 배에 오르게 해 주실 수 없을까요?'
 그렇게 청했더니 사공의 전달을 듣고 곧 무사시의 모습이 뱃전에 나타났다. 무사시는 작은 배를 향해 말하기를
 '모처럼의 호의이긴 하나 이번에는 아시다시피 중대한 일로 고쿠라까지 가는 도중이며 배도 오늘밤 안으로 무로쓰로 가야 한다니 아무쪼록 여러분에게 잘 전해 주시기를.'
 이렇게 해서 할 수 없이 되돌아와 작은 배가 보고하고 있는 동안, 다로자에몬의 배는 다시금 돛을 올리고 지금 시카마 앞바다를 금방 떠났다는 것이다.

조타로는 이렇게 자세한 사정을 말하고 나서 다시 말을 이었다.
"어쩔 수 없는 일이라고 가신들도 모두들 돌아갔어요. 그런데 할머니는 어떻게 하시겠어요?"
그 역시 실망의 바닥에 떨어진 듯 힘없이 말했다.
"뭐야. 그럼, 다로자에몬의 배는 벌써 이 포구를 떠나 무로쓰로 갔단 말인가?"
"그렇지요. ……저기, 할머니에겐 보이지 않나요. 지금 모랫바닥 끝의 솔밭 사이를 빠져 서쪽으로 가는 배가 다로자에몬의 배.……저 뱃전에 무사시님이 서 있는지도 모르지요."
"아……저 배인가?"
"……섭섭하지만."
"이봐요, 조타로님. 그야 임자의 실수지, 왜 마중 나가는 배에 같이 타고 가서."
"새삼 그런 말씀을 하신대도."
"아이고, 배를 바로 눈 앞에 보고서도 분하게 됐군. ……오쓰우에게 뭐라고 하지. 조타로님, 난 말 못하겠소. 임자가 자세한 사정 얘기를 해 줘요. ……그렇지만 여간 마음을 놓게 하지 않으면 병을 악화시킬지도 몰라."

7

조타로가 말하러 가지 않아도, 노파가 괴로운 심정을 감추고 전하지 않더라도, 그 자리에서 두 사람이 나눈 말소리를 작은 배의 포장 그늘에서 귀를 바싹 기울이고 있던 오쓰우는 벌써 다 들었다.
철썩……철썩…….
뱃전을 두드리는 강 어귀의 조용한 밤물결에 가슴이 아파 흘러넘치는 눈물을 어찌할 바 몰랐다.
그러나…….
오쓰우는 오늘밤의 불운을 조타로나 노파처럼 유감스럽게는 생각하지 않았다.
'오늘밤에 만나지 못하면 다른 날에, 여기서 말할 기회가 없다면 또 다른 물가에서.'
홀로 지닌 10년 간의 맹세는 조금도 변하지 않는다.

기다리는 배 509

오히려 무사시님이 도중 길에 내려서 들르지 않는 심정을
'그렇기도 하리라.'
그와 같은 심정을 가질 수 있었다.
듣고 보니 간류 사사키 고지로라는 자는 지금 주고쿠, 규슈에 걸쳐 모두가 인정하는 명수, 그 방면에 있어서 패자(霸者)라고 할 수 있다.
무사시를 맞아 자웅을 결정하자는 것인 이상 그 자신 필승의 신념이 서 있음이 틀림없었다. 아무리 무사시라 할지라도 이번 규슈 행은 결코 평안한 뱃길이 아닐 것이다. 오쓰우는 자신을 원망하기 전에 그런 생각을 했다. 그런 생각을 하고는 또다시 끊임없이 눈물에 잠기는 것이었다.
"……저 배에, 저 배 위에서 무사시님은."
이 순간 솔밭이 있는 모래밭 저편으로, 서쪽으로 사라져 가는 돛대 그림자를 지켜보며 줄줄이 흐르는 눈물에는 아랑곳없이 오쓰우는 작은 뱃전에서 모든 것을 잊고 있었다.
——문득.
오쓰우는 눈물 속에서 그녀 자신도 깨닫지 못하는 무서운 힘을 불러일으키고 있었다.

그것은 병도 모든 고난도, 그리고 긴 세월마저도 뚫고 나온 굳센 한 줄기의 의지(意志)였다.
연약한──육체고 마음이고 보기만 해도 연약해 보이는 그녀의 어느 구석에 그토록 굳센 의지가 숨어 있었던가 싶으리만큼 그녀의 볼은 빨갛게 상기되어 오는 것이었다.
"할머니──조타로님!"
갑자기 오쓰우가 배에서 불렀다.
두 사람은 기슭 바로 위로 다가와서
"오쓰우님."
뭐라고 말을 꺼낼까 망설이며 침통한 목소리로 조타로가 대답했다.
"들었어요. 배의 사정으로 무사시님이 오시지 않은 걸 지금 두 분의 이야기로……."
"들었나요?"
"네, 슬퍼해도 도리가 없지요. 또 실없이 슬퍼하고 있을 때도 아니에요. 이럴 바에는 차라리 고쿠라까지 가고 싶어요. 그리고 시합 광경을 똑똑히 보고 싶군요. 만일의 일이 없다고 어떻게 말할 수 있겠어요. 그런 경우에는 뼈라도 가지고 돌아올 각오예요."
"──그렇지만, 그렇게 병든 몸으로는."
"병……."
오쓰우는 그때까지 자기가 병자라는 사실을 송두리째 잊고 있었다. 그러나 조타로의 그런 주의를 듣고서도 그녀의 의지는 육체를 초월하여 드높이 건강한 신념 속에서 호흡했다.
"염려하지 마세요.……이젠 아무렇지도 않은걸요. 아니, 조금쯤 아파도 시합이 어떻게 되는가를 보지 않고서는……."
죽지 않겠어요!
꺼낸 말의 마지막 한 마디는 마음속에 눌러둔 채 부지런히 매무새를 고치로 뱃전에 매달려 기듯이 기슭으로 올라왔다.
"……."
조타로는 두 손으로 감싼 채 얼굴을 뒤로 돌려 버렸고 노파는 소리내어 울부짖었다.

기다리는 배 511

매와 여인과

1

 예전에 게이초 5년의 전란까지는 가쓰노성(勝野城)이라고 하며 모리 가쓰노부(毛利勝信)의 거성(居城)이었던 고쿠라에, 그 뒤 성의 흰벽과 망루가 증축되어 성의 위용은 훨씬 정비되었다.
 호소가와 다다오키, 다다도시, 이렇게 이미 고쿠라 성도 2대에 걸친 영주의 도성이 되었다.
 간류 사사키 고지로는 거의 하루 걸러큼씩 등성하여 다다도시 공을 비롯한 가신들에게 검술을 가르쳤다.
 ──도미다 세이겐(富田勢源)의 도미다류에서 비롯하여 가네마키 지사이(鐘卷自齋)를 거쳐 그에 이르러 자기의 창의와 두 스승의 연구를 통합하여 이룬──간류라 일컫는 일차의 검법은, 그가 부젠에 온 지 몇 년도 안 되는 사이에 영지의 여기저기서 배우고자 성 아래 와서 1년 혹은 2년씩 유학을 하여 그의 문하생으로 들어와 스승의 인가를 얻어서 돌아가려는 자가 몹시 많았다.
 그의 한몸에 중망(衆望)이 집중되면서부터 주군인 다다도시도

"훌륭한 사람을 얻었다."
기뻐하고 있다.
그리고 모든 가신들이 한결같이
"훌륭한 인물이다."
말했다.
그것이 정평으로 되어 갔다.
우지이에 마고시로(氏家孫四郞)는 신카게류를 써서 그가 부임해 오기 전까지 사범역으로 있었는데, 거성(巨星) 고지로의 빛으로 말미암아 마고시로의 존재는 어느 틈에 있는 것인지 없는 것인지조차 모르게 되고 말았다.
고지로는 다다토시에게 청을 올려
"마고시로님을 아무쪼록 잘 봐 드리도록 해 주십시오. 평범한 검법이긴 합니다만 저같이 젊은 검술가보다는 어딘가 경험을 쌓은 장점도 있으니까요."
칭찬하여 사범 근무를 우지이에 마고시로와 격일제로 하겠다는 것을 그의 입으로 제의했다.
또 어떤 때는
"고지로는 마고시로의 검술을 평범하나 경험을 쌓은 장점이 있다고 하고, 마고시로는 고지로의 검법을 도저히 자기 따위는 미치지 못하는 천성적인 명수라고 하니 어느 편이 나은지 한 번 시합을 시켜 보라."
이런 다다토시의 말에
"알았습니다."
여부를 말할 수도 없이 쌍방이 목검을 들고 영주 앞에서 겨루었을 무렵 고지로가 기회를 엿보아
"졌습니다."
먼저 목검을 내던지고 마고시로의 발치에 앉자 마고시로도 역시 당황해서
"아니, 겸손의 말씀. 도저히 저따위는 귀하를 적수로 싸울 수가 없소."
서로 승리를 양보한 일도 있었다.
이러한 일이 더욱더
"과연 간류 선생."
"훌륭하시다."
"기품이 있다."

"깊이를 알 수 없는 분이야."

이렇게 사람들의 신망을 모았고, 지금은 그가 하루 걸러 말을 타고 7명의 창을 든 수행 무사를 거느리고 등성하는 길에서도 그의 모습을 본 자는 일부러 말 앞으로 다가와 인사를 하고 갈 만큼 존경받는 존재가 되었다.

──그러나.

그렇게까지 자기보다 못한 우지이에 마고시로에게 관용을 보인 그도

'──무사시도 요즘에는.'

실없이 옆에 있는 자들이 미야모토 무사시라는 말을 꺼내어 교토 가까이나 동부 지방에서의 평판을 좋게 전하면

'아아, 무사시 말인가.'

고지로는 금시에 도량이 좁은 사람이 험담을 하듯이 쌀쌀한 말투가 되었다.

'그 친구도 요즘은 세상에 꽤 알려져서 이도류니 하며 자칭하고 있다더군. 원래 재간이 있는 사나이라 교토, 오사카 근처에서는 좀처럼 맞상대를 할 자가 없을 것이거든.'

언제나 비방도 칭찬도 아니게, 표정에 나타내지 않으려고 억제하며 말하는 것이었다.

2

때로는 또 하기노(萩之) 골목에 있는 고지로의 저택으로 찾아오는 무예수업자들이

"아직 한 번도 만나 보지는 못했으나 무사시님의 이름은 이름뿐만이 아니라 쓰카하라 보쿠덴 이후 야규 가문을 중흥시킨 세키슈우사이를 빼고는 당대의 명인──명인이라고 하는 것이 과찬이라면 달인(達人)이라 해도 무방하리라고 칭찬하는 사람이 많은 것 같습니다만."

그와 무사시와의 오래 묵은 감정따위는 생각지도 않고 신이 나서 말했다.

'그럴까. 하하하……'

간류 고지로는 그 안색을 감추지 못하며 씁쓸히 냉소하며 말했다.

"세상은 소경투성이니까, 그를 명인이라고 부르는 자도 있겠지. 달인이라고 부르는 자도 있을게고……그러나 그러니만큼, 실은 세상의 병법이라는 것이 질에 있어서 저하되고 기풍(氣風)이 떨어져서 다만 약삭빠른 매명가

 (賣名家)만이 횡행하는 시대라는 것을 증명하고 있는 게 아닐까. 남들은 모르나 이 고지로의 눈으로 본다면 그가 언젠가 교토에서 이름을 판── 요시오 무사시가 일문과의 시합, 더군다나 열두세 살 난 아이를 일승사 마을에서 베어 죽인 일 따위는 그 잔인성, 그 비열함──비열하다고만 말해서는 모를 테지만, 그때 그는 혼자였고 요시오카 편이 인원이 많았던 것만은 틀림없었지만, 그는 재빨리 도망을 치고 있었던 거야. 그밖에 그의 성장 과정을 보나 그의 야망을 보더라도 경멸할 인물이라고 나는 보고 있어. ……하하하, 병법으로 살아가는 달인이라면 찬동할 수 있지만 검술 그 자체의 달인이라고는 나는 생각할 수 없는데. 세상 사람들이란 어리숙하단 말이야."
 그리고…….
 말하던 자가 그 이상으로 따져들며 무사시를 칭찬하면 고지로는 그것이 마치 자기를 조소하거나 멸시하는 말이거나 한 듯이 얼굴을 붉히면서
 "무사시는 잔인하고, 게다가 싸울 때에는 비굴해. 병법자로서 알아줄 필요가 없는 인물."
 이런 식으로 말하여 상대방이 시인하기 전에는 그치지 않을 정도의 반감을 내보였다.
 이런 점에서 그를

매와 여인과 515

'한 인격자.'

이렇게 존경하던 가신들도 은근히 그의 인격을 의심하고 있었으나 얼마 후에

'무사시와 사사키님은 뭔가 오래 묵은 원한이 있는 사이란다.'

이 말을 전해 주는 사람의 이야기와 또

'가까운 시일에 주군의 명으로 두 사람의 시합이 있다네.'

이런 말이 나돌기 시작하자 과연, 하고 지난날의 의심도 수긍이 갔고, 영지 사람들의 이목은 이 몇 달 동안 그 시합날과 그간의 과정에 집중되어 있었던 것이다.

이렇게 성 안팎으로 소문이 퍼지면서부터 하기노 골목에 있는 고지로의 저택에 기회 있을 때마다 조석으로 부지런히 다니는 사람은 중신의 한 사람인 이와마 가쿠베에였다.

에도에 있을 무렵, 그를 주군에게 추천한 관계로 지금에 이르러서는 한집안처럼 교제하고 있는 가쿠베에.

오늘도 역시.

4월 초.

벌써 벚꽃은 겹벚꽃도 다 지고 뜨락의 못그늘에는 철쭉꽃이 빨갛게 피어 있었다.

"계신가——"

가쿠베에가 찾아와 안내하는 졸개를 따라 안방으로 들어갔다.

"오오, 이와마님이오."

그러나 거실에는 그림자뿐, 주인인 사사키 고지로는 뜨락에 서 있었다.

매를 주먹 위에 앉혀 놓고서.

그리고 잘 길들인 매는 그 주둥이 앞에 놓인 손바닥의 먹이를 얌전하게 주워 먹는다.

3

주군 다다도시(忠利)의 명령으로 무사시와의 시합이 결정된 후 얼마 안 되어 주군의 배려도 있고 이와마 가쿠베에(岩間角兵衛)의 주선도 있어서

'당분간 격일제 사범의 일은 하지 않아도 좋다.'

조용한 심신의 휴양을 허락받아 그때까지 매일 저택에서 한가한 시간을

즐기고 있는 그였다.
"고지로님, 오늘 말이오. 드디어 어전 회의에서 시합 장소를 결정했소. 그래서 당장 알리러 왔는데."
가쿠베에는 선 채로 말했다.
졸개가 서원 쪽에서
"이리로."
자리를 마련하고 권한다.
가쿠베에는 그자에게 '음' 하고 고개를 끄덕이기만 하고
"처음에는 기쿠노나가(聞長) 해변으로 할까, 무라사키강(紫川) 강변으로 할까 하고 여러 곳이 논의되었으나, 그런 장소들은 좁아서 설사 대울타리를 치더라도 수많은 구경꾼들의 혼잡을 막을 수 없으리라고 해서 말이오……."
"딴은……."
고지로는 주먹 위의 매에게 먹이를 주면서 그 눈과 주둥이 모양을 들여다보았다. 세상의 소란이나 그런 회의에 대해서는 초연해서 관심조차 없는 듯이.

매와 여인과 517

――모처럼 내 일처럼 생각하고 들려주려고 왔는데 싶어 가쿠베에는 다소 맥이 풀린다.
"서서는 이야기를 할 수 없는데, 우선 올라가지 않겠나……."
오히려 손님인 그쪽에서 권했다.
"잠깐, 기다려 주시기를……."
간류는 아직도 여념이 없이 대꾸했다.
"손바닥 위에 있는 먹이만 먹이고……."
"하사하신 매로군."
"예, 지난 가을 매사냥 때에 손수 내리신 아마유미(天弓)라는 매인데 낯익어 갈수록 귀여워지는군요."
손바닥에 남은 먹이를 버리고 붉은 끈을 거두고서
"다쓰노스케(辰之助), 매장에 갖다 넣어둬라."
뒤에 서 있던 나이 어린 제자를 돌아보고 주먹에서 주먹으로 매를 건네주며 명했다.
"예."
다쓰노스케는 매를 들고 매장 쪽으로 물러갔다. 저택 안이 꽤 넓어 동산 저편은 솔나무로 둘러싸여 있었다. 담 밖은 바로 이다쓰(到津)의 강기슭으로 부근에는 가신들의 저택도 많았다.
서원에 앉자
"실례를."
고지로가 말했다.
"아니, 뭘 집안 일인데. 여기 오면 내 집이나 아들집 같거든."
가쿠베에는 더욱 허물이 없어진다.
그러자 과년한 시녀가 산뜻한 옷맵시로 차를 날라왔다.
고지로는 힐끗 손님을 쳐다보고 말했다.
"좋은 차는 못됩니다만."
가쿠베에는 고개를 저었다.
"야아, 오미쓰(光)냐. 언제 보아도 예쁘구나."
그러면서 찻잔을 들자 오미쓰는 목덜미까지 빨개지면서 대꾸했다.
"농담의 말씀을."
그녀는 도망치듯이 손님의 눈길을 피해 장지문 그늘로 숨어 버렸다.

"매도 낯 익으면 귀엽긴 하나 천성이 사나운 새지. ……아마유미보다도 오미쓰 쪽이 옆에 두기 좋겠지. 저 아이 신상에 대해서도 한번 임자 생각을 터놓고 듣고 싶은데."
"이와마님 댁에 언젠가 남몰래 오미쓰가 찾아간 일은 없습니까?"
"비밀로 해 달라고 했으나 별로 감출 것도 없지. 실은 내게 의논하러 왔었는데."
"망할 것이. 제게는 입을 싹 씻고 오늘까지 아무 말도 없습니다."
고지로는 흰 장지문을 흘낏 노려보고 말했다.

4

"화낼 것 없어. 무리도 아니야."
이와마 가쿠베에는 그렇게 달래어 고지로의 눈길이 부드러워지는 것을 보고서
"여자의 몸으로서는 오히려 염려하는 것이 당연하겠지. 임자의 마음을 의심하는 건 아니나 이대로 있다가 어떻게 될까 하고 장래 일을 생각하는 것은 누구든 있는 일."
"그럼, 오미쓰한테서 모든 이야기를 들으셨겠지만……. 어쨌든 면목이 없습니다."
"뭘……."
고지로가 다소 부끄러워하는 것을 가쿠베에는 얼버무려 버리고──
"남녀 사이엔 있을 수 있는 일이지. 어차피 임자도 아내를 맞아 일가문을 이루어야지. 큰 저택에 살게 되고 많은 제자와 종도 부리고 있으니까 말이야."
"그러나 일단 하녀로서 저택에 됐던 여자이니만큼 세상에 대한 체면도."
"그렇다고 해서 새삼스레 오미쓰를 버릴 수는 없잖겠나. 그것도 아내로서 부족한 여자라면 다시 생각할 문제지만 혈통도 좋지 않은가. 더구나 듣고 보니 에도의 오노 다다아키의 질녀라지 않나."
"임자가 그 다다아키의 도장에 단신 시합하러 가서, 다다아키로 하여금 오노파 일도류의 쇠퇴를 각성케 했다던가 하는 사건이 있었을 때──우연히 친해졌다고 들었는데."
"그렇습니다. 부끄러운 일이라, 은인인 귀하에게 감추게 되면 더욱 괴롭겠

지요. 언젠가는 털어놓으려고 한 일. ……말씀과 같이 오노 다다아키님과 시합한 다음, 돌아가는 길에 벌써 밤이 되었기에 저 처녀가──그때는 아직 숙부 다다아키님 곁에서 시중을 들고 있던 지금의 오미쓰가──초롱불을 들고 쥐엄나무 고개의 어두운 길을 거리까지 바래다 주었었지요."
"음……그런 이야기였지."
"별 뜻 없이, 전혀 생각도 없이 길 가는 도중에 농담으로 한 말을 진실로 듣고 그 다음 다다아키가 세상을 떠난 후 저를 찾아왔습니다."
"아니, 그만하면 됐어. ……사정은 그 정도로 말이야. 하하하"
가쿠베에는 면구스러운 듯한 얼굴로 손을 흔들었다.
그러나 그러고 나서 얼마 못되어 에도의 시바 이사라고를 떠나 이 고쿠라로 옮겨올 때까지도 그러한 여성이 그의 그늘에 있다는 사실을 가쿠베에는 바로 얼마 전까지도 몰랐었기 때문에 자신의 소홀함에 놀랐을 뿐만 아니라 고지로의 그 방면의 재주와 솜씨 그리고 용의주도함에 대해서도 실은 혀를 내둘렀다.
"어쨌든 그 일은 내게 맡겨 주오. 좌우간 지금으로서는 갑자기 장가를 들겠다고 피로(披露)하는 것도 우스우니──무사히 시합을 끝낸 다음에 할

"다쓰노스케, 매를 내 와라."

그는 사냥 차림을 하고 아마유미를 주먹 위에 얹어 가지고 아침 일찍 저택을 빠져 나가기로 결정했다. 이건 좋은 생각이었다고 스스로 생각했다.

기후가 좋은 4월 상순, 주먹 위에 매를 앉히고 산과 들을 걷는 것은 걷는 일만으로도 크게 기운이 솟았다.

호박색 눈동자를 잔뜩 긴장시키고 노획물을 하늘에서 쫓아다니는 매의 모습을 고지로의 눈이 또 쫓는다.

노획물을 매가 발톱으로 채면 희끗희끗 새털이 하늘에서 날아 내려왔다. 간류는 숨도 쉬지 않는 것이었다. 그 자신이 매가 되어 있었다.

"……그렇지, 저것이다."

그는 매를 스승으로 삼아 깨닫는 바가 있었다. 날이 갈수록 그의 얼굴에는 자신만만한 빛이 떠올랐다.

그러나 저녁때 저택에 돌아와 보면 오미쓰의 눈은 언제나 부어 있었다. 그것을 화장으로 감추고 있느니만큼 고지로의 가슴은 더욱 아팠다. 결단코 무사시에게 지지 않는다는 굳은 자신이 있으면서도 오미쓰의 그런 모습을 보면

'……나와 헤어진다면.'

문득 죽은 후의 일들이 생각되는 것이었다.

그리고 또한 묘하게 생각지도 않은 죽은 어머니의 일 같은 것이 생각나는 것이었다.

'이젠 며칠 남지 않았군.'

이 생각을 하는 밤마다 그의 눈 앞에는 호박색 매의 눈과 근심으로 부어오른 오미쓰의 눈이 번갈아 보였으며, 그 사이로 어머니의 모습이 명멸하는 것이었다.

13일 전

1

아카마가세키도 그렇다. 모지가세키, 고쿠라 성 아래는 물론이었다. 요 며칠 동안에 여객들 중에서 떠나는 자는 적고 머무는 자가 많았으며 어느 여관도 만원이라 여관집 앞에 있는 말뚝은 말들로 혼잡을 이루었다.

    포고령
1. 오는 13일 오전 8시, 부젠 나가토의 후나지마 섬에서
 영지 가신 간류 사사키 고지로는 시합을 명받았음.
 상대는 사쿠슈 낭인 미야모토 무사시임.
2. 당일 시내에서는 불조심을 엄히 할 것.
 쌍방 가운데 어느 편이든 편을 들거나 조력하기 위해 바다는 건너지 못함.
 유람선, 객선, 어선도 마찬가지로 바다를 왕래할 수 없음.
 단 오전 10시까지임. 이상

                                           게이초 19년 4월

여러 곳에 팻말이 세워졌다.

선착장에, 네거리에, 게시 장소에.

그 자리에 나그네들이 모여 있었다.

"13일이라면 벌써 내일 모레가 아닌가."

"먼 곳에서 일부러 오는 자들도 많대. 머물렀다가 선물 이야깃거리나 삼게 구경하고 갈까."

"바보 같으니. 십 리나 떨어진 후나지마 섬에서의 시합을 이곳에서 어떻게 볼 수가 있나."

"아니, 가자시산(風師山)에 올라가면 후나지마 섬가의 솔나무까지 훤히 보이지. 똑똑히는 안 보일지라도 그 날의 선박 경계나 부젠, 나가토 양쪽 해변의 어마어마한 광경을 볼 수만 있더라도."

"날이 개었으면 좋겠는데."

"아니, 이 정도라면 비는 안 오겠어."

항간에는 벌써부터 13일 시합에 대한 소문뿐이었다.

유람선, 그밖의 배들도 10시까지는 해상 왕래를 금지하라는 포고령이 내렸다. 따라서 선창가 여관 주인들은 실망했지만, 그래도 여객들은 당일 경치를 구경하면서 관망하기 좋은 곳을 마음에 정해 놓고 잔뜩 기다리고 있었다.

11일 정오 무렵이었다.

젖먹이 아기를 얼르면서 모지가세키에서 고쿠라로 들어가는 성 입구의 싸구려 식당 앞을 오가는 여인이 있었다. 바로 얼마 전 오사카의 강변에서 마타하치가 문득 발견하고 뒤쫓아가서 만난 아케미였다.

낯선 하늘이 아기에게도 쓸쓸했는지 좀처럼 울음을 그치지 않자——

"졸리나? 자장, 자장, 자장. 오오, 착해라, 우리 아기 잘도 자지……."

아케미는 젖꼭지를 물리고 다리를 들썩거렸다. 이제는 체면도 염치도 아무것도 없이 오직 자식만이 있을 뿐이었다.

변하기도 무척 변했다고, 이전의 아케미를 아는 자는 생각할 것이다. 그러나 아케미 자신에게는 이런 변화도, 지금의 생활도, 아무런 부자연스러움이 없는 듯한 모습이었다.

"오오, 아기가 잠들었나, 아직도 울고 있나? 이봐, 아케미."

식당에서 나와 이렇게 부른 것은 마타하치였다.

법의를 되돌려주고 속세로 나온 것은 바로 얼마 전의 일. 곧 기르기 시작한 중머리를 두건으로 감고 감색의 소매 없는 웃옷. 그때 바로 부부가 함께 오사카를 떠났으나 도중에 여비도 떨어졌으므로, 엿장수 자루를 차고 아이의 젖이 되는 아내의 식량을 한 푼, 두 푼 벌면서 오늘에야 간신히 고쿠라에 도착하였다.

"자아, 내가 대신 안아 주지. 빨리 밥을 먹고 와. 젖이 안 나오지 않나. 많이 먹고 와, 많이."

아기를 안아들고 마타하치는 식당 밖을 어슬렁거리며 자장가를 불렀다.

그러자 지나치던 나그네 차림의 시골 무사가

"아니?"

마타하치를 지켜보다가 되돌아왔다.

2

아기를 안은 마타하치도

"오, 오……?"

발걸음을 멈춘 나그네 무사에게 시선을 보냈으나 누군지, 어디서 만났는지, 얼른 생각이 나지 않았다.

"몇해 전, 교토 구조(九條)의 솔밭에서 만난 이치노미야 겐파치(一宮源八)요. 그때는 행각승 차림이었으니까 잊어버리신 것도 무리가 아니리다."

시골 무사는 그렇게 말했다.

그래도 아직 마타하치로서는 명확한 기억을 되살릴 수가 없었으나 이치노미야 겐파치가 이어서 말했다.

"그때 임자가 고지로님의 이름을 팔아 가짜 고지로 행세를 하며 돌아다니실 때 제가 정말 사사키 고지로님으로 믿고서……."

"아아, 그때의!"

생각이 나서 커다랗게 소리 질렀다.

"그렇지. 그때의 행각승이오!"

"이건 정말!"

그러면서 절을 하자 모처럼 잠이 들려던 아기가 또다시 울기 시작했다.

"오오, 착하지. 아가야, 울지 마라, 울지 마. 까꿍——"

대화는 그것 때문에 중단되어 버렸다. 이치노미야 겐파치는 갈길을 서두르며 물었다.

"그런데 이 성내에 사시는 사사키님의 저택이 어디쯤인지 모르시나?"
"글쎄요, 모르겠는데요. 저도 실은 금방 이곳에 도착했으니까."
"그럼, 역시 무사시와의 시합을 보러?"
"아니……별로, 저……."
싸구려 식당을 나온 하인 두 사람이 지나치면서 겐파치에게 말한다.
"고지로님의 저택은 무라사키 강 바로 옆으로 우리 주인 저택과 같은 골목입니다. 거기로 가신다면 안내해 드리지요."
"아아, 고맙소. ……그럼, 마타하치님, 안녕히 가시오."
겐파치는 허둥지둥 하인을 따라가 버린다.
그 나들이 차림의, 때와 먼지가 몹시 심한 모습을 전송하면서
"멀리 조슈에서 왔을까?"
그리고 이런 생각을 하니 모레로 박두한 이번 시합이 얼마나 전국 방방곡곡에 널리 알려져 있는가 하는 것을 짐작할 수 있었다.
그 일과 몇 년 전——
저 겐파치가 찾아다니던 주조류의 인가 목록을 입수해서 가짜 고지로가 돼서 떠돌아 다니고 있을 무렵의 자기 모습이, 이제 와서 생각해 보니 한심

하기도 하고 얼마나 게으르고 염치 없는 짓이었던가 싶어 몸이 떨릴 만큼 괴로운 추억이었다.
 그 무렵의 자신과 그리고 오늘의 자신을 생각해 보는, 그것을 깨달을 만큼 진보는 있었다.
 '나도……이런 머저리라도 눈을 다시 뜨게 되니 조금씩 변하는구나.'
 밥을 먹는 사이에도 아기의 울음 소리가 귓가를 울려 부리나케 식당 밥을 먹은 아케미가 추녀 밑에서 달려나와 말했다.
 "미안해요. 업을 테니까 등에 올려주세요."
 "이제 젖은 다 먹였나?"
 "졸린 것이겠지요. 업으면 잘 것 같아요."
 "그래……어이차."
 마타하치는 아기를 아케미의 등에 업었다. 그리고 그는 다시 엿장수 자루를 어깨에 걸쳤다.
 사이 좋은 부부 엿장수. 오가는 눈들이 모두 뒤돌아보고 간다. 자기들 가족이 만족스럽지 못한 자가 많으므로 어쩌다가 길가에서 이러한 광경을 보면 몹시 부러운 모양이다.
 "착한 아기로군. 몇 살이지. ……허허, 웃는군."
 걸어가면서 뒤따라오던 기품 있게 생긴 짧은 머리의 노파가 아케미의 등을 들여다보고 얼러 준다. 어지간히 아기를 좋아하는 부인인 모양으로 동행하던 하인에게까지 귀여운 웃음을 보라고 하는 것이었다.

3

 어딘가 싸구려 여인숙이라도 있을까 싶어, 아기를 가진 마타하치와 아케미가 뒷골목으로 돌아가려 하였다.
 "그쪽으로 가시오?"
 뒤따라오던 기품 있는 나그네 노파는 미소를 머금으며 작별 인사를 보내고 생각난 듯이
 "당신들도 여행하는 분인 모양인데 사사키 고지로의 저택이 어디쯤인지 모르시나요?"
 묻는다.
 그건 바로 앞서 묻고 간 무사가 있다. 무라사키 강 옆이라고 합디다──

하고 마타하치가 가르쳐 주자 노파는 가볍게
"고맙소."
동행인 하인을 재촉하여 곧장 앞으로 사라졌다.
마타하치는 이들을 보내놓고서
"……지금쯤, 우리 어머니는 어떻게 지내고 계시는지?"
은근한 투로 중얼거렸다.
자식을 가지고 나서 그도 비로소 요즘에야 뭔가 느껴지는 것 같았다.
"여보, 가십시다."
등에 업은 아기를 얼르며 아케미는 뒤에서 기다렸다. 그러나 그래도 마타하치는 망연히 저편으로 사라지는 어머니와 같은 연배의 노파를 바라보았다.

오늘은 매도 고지로도 저택에 있었다. 지난밤부터 몰려온 손님이 뜨락을 메우고 있다. 이러니 주인은 매사냥에도 나갈 수가 없었다.
"아무튼 대경사야."
"고지로 선생의 명성도 이로써 드디어 결정되는 것이다."
"경사스런 일이라 해도 과언이 아니겠지."

"그러나 적은 무사시. 그 점, 충분히 자중해 주셔야지."

큰 현관에나 옆 출입구에도 먼 곳에서 온 손님들의 짚신으로 가득했다.

일부러 교토, 오사카에서 왔다는 자. 또 주고쿠 방면 사람. 더 멀리 에치젠의 조코사 마을(淨敎寺村)에서 왔다는 손님도 있었다.

집사람만으로는 손이 모자라 이와마 가쿠베에의 가족이 와서 함께 접대를 하고 있었다. 그리고 가신들 가운데서도 평소 고지로에게 배우고 있는 사람들이 번갈아 여기에서 숙식하며 모레 13일을 기다렸다.

"모레라고는 하나 내일 하루뿐이지."

대체로 여기에 와 있는 연고자나 여러 유파의 검객들을 보니 무사시의 인물을 직접 알든 모르든 간에 공연히 무사시를 적대시하지 않는 자가 없었다.

더욱이 요시오카의 유파에 속하는 자들은 여러 지방에 걸쳐 무척 많은 수가 퍼져 있는데, 일승사 마을의 원한은 지금까지도 그 사람들의 가슴에 그대로 남아 있었다.

그밖에 무사시가 10년 동안 한눈 한번 팔지 않고 살아오는 사이, 무사시 자신도 모르는 적이 꽤 많이 생겼다. 그 모두라고는 할 수 없지만 일부 사람들은 어떤 기회에 무사시의 반대측에 있는 고지로의 문하생으로 들어가기도 했다.

"조슈에서 오신 손님입니다."

젊은 무사가 또 한 사람의 손님을 현관으로부터 많은 사람이 있는 넓은 방으로 안내해 들어왔다.

"저는 이치노미야 겐파치라고 하는 자로……."

손님은 모두에게 소박하게 절을 하고 모르는 사람들 속에 공손히 섞여들었다.

"허, 조슈에서?"

사람들은 먼 길을 온 그를 위로하듯이 겐파치를 바라보았다.

겐파치는 조슈 하쿠운산(白雲山)에서 받아온 부적을 신전에 모셔 놓으라고 제자에게 주었다.

"기도까지 하시고……."

즐비하게 앉은 자들은 그 기특한 뜻에 더욱 힘을 얻어

"13일은 날이 맑을 거야."

처마 밑으로 하늘을 내다보며 말했다.

11일도 벌써 저물어 석양 노을이 새빨갰다.

4

넓은 방에 모여 있는 수많은 손님 가운데 한 사람이 말했다.
"여보시오, 죠슈에서 오셨다는 이치노미야 겐파치님이라 하셨나? 고지로 선생님을 위해서 승리의 기도까지 드리고 먼 길을 오셨다니 기특하신 일이오. 그런데 선생님과는 어떤 연분이신가요?"
질문을 받자 겐파치는 말했다.
"저는 죠우슈 시모다의 구사나기 가문의 가신입니다. 구사나기 가문의 돌아가신 주군 덴키마키 지사이 선생님의 생질이오. 그래서 고지로님과는 어릴 때부터 아는 처지라."
"아, 고지로 선생님은 소년 무렵 주조류의 가네마키 지사이님 밑에 계셨다지요?"
"이토 잇토사이님과도 동문이었지요. 그 잇토사이님보다도 고지로님의 칼이 더 날카롭다고 저희들도 자주 들었습지요."
겐파치는 그러고 나서, 고지로가 스승인 지사이가 내리는 인가 목록을 사양하고 독자독창적(獨自獨創的) 유파를 세우겠다는 대망을 일찍부터 품고 있었다느니, 소년시절부터 지지 않는 성미였던 일화 따위를 물어오는 대로 이야기하고 있는데
"선생님은? ……선생님은 여기 안 계십니까?"
안내하는 젊은 무사가 나타나서 말했다.
많은 사람 가운데서 찾아도 보이지 않으므로 방으로 찾으러 가려 하자 손님들이
"뭐요, 무슨 일이오?"
물었다.
"예, 이와쿠니에서 왔는데 '고지로를 만나게 해 주오' 하며 친척인 것 같은 할머니가 방금 현관에 도착하셨습니다."
안내역은 바쁜 듯이 할 말만 끝내고서 발길을 옮겨 다음 방을 들여다보고 또 다음 칸을 찾아 고지로의 모습을 쫓고 있었다.
"글쎄, 옆방에도 보이지 않는데."
그러면서 중얼거리고 있는데 그 근처를 치우고 있던 하녀 오미쓰가

"매장에 계십니다."
가르쳐 주었다.

5

저택에 가득한 손님들을 내버려두고 고지로는 혼자 매장에 들어가 횃대에 앉은 매와 말없이 마주보고 있었다.
고지로는 매를 주먹 위에 놓고 쓰다듬으면서 먹이를 주기도 하고 빠지는 깃을 털어 주기도 한다.
"선생님."
"누구냐?"
"현관 당번입니다. 지금 밖에 멀리 이와쿠니에서 어떤 할머님이 찾아오셨습니다. 고지로를 만나면 알게 될 것이라고만 하셔서."
"노할머니가?⋯⋯글쎄, 누굴까? 내 어머님은 이미 이 세상에 계시지 않는데⋯⋯. 어머니 동생인, 이모님이겠지."
"어디로 드시게 할까요?"
"만나고 싶지 않은데. ⋯⋯이런 때에는 누구도 만나고 싶지 않아. ⋯⋯그렇지만 이모님이라면 어쩔 수 없지. 내 거실로 안내해 드려라."
고지로는 안내가 사라지자
"다쓰노스케."
그는 밖을 향해 불렀다.
그의 시동처럼 늘 가까이 있는 제자인 다쓰노스케는
"예, 부르셨습니까?"
매장 안으로 들어와 고지로의 뒤에 한쪽 무릎을 꿇었다.
"오늘은 11일. 드디어 모레로 닥쳐왔군."
"가까이 다가왔습니다."
"내일은 오래간만에 등성하여 주군께 인사를 드리고 마음을 조용히 하여 하룻밤 기다리고 싶다."
"그런데 너무 손님이 들끓습니다. 내일은 일절 손님과의 면회를 피하고 조용히 일찍 주무시지요."
"그렇게 하고 싶군."
"큰 방의 손님들도, 예찬하는 건 좋지만 어지간히 하고 사양을 해 주었으면 좋겠습니다만."
"그런 소릴 하면 안 돼. 그들은 고지로를 편들 생각으로 가까이, 또는 멀리서 온 사람들이야. ……하지만 승패는 때의 운. ──운만도 아니겠지만 병가(兵家)의 흥망도 마찬가지지. 만일 고지로가 죽거든 내 문갑 속에 유서가 두 통 있으니 한 통은 이와마님에게, 또 한 통은 오미쓰에게 네 손으로 전해 다오."
"유서 같은 건……."
"무사의 교양이야. 당연한 일이지. 그리고 당일 아침에는 수행자 한 명의 동행은 허락되어 있으니까 후나지마 섬까지 너도 함께 가자. ──알겠나?"
"수행을 시켜 주시어 감사합니다."
"아마유미도."
횃대에 앉은 매를 보고 말했다.
"네 주먹에 앉혀서 섬까지 데리고 가자. 바다 위로 10리나 되는 뱃길이니 위로가 될 거야."
"알았습니다."

"그럼, 이와쿠니의 이모님에게 인사하고 올까."

고지로는 나갔다. 그러나 그런 사람과 만나는 일이 지금의 신경으로는 몹시도 귀찮은 듯이 보였다.

이와쿠니의 이모는 벌써 단정히 앉아 있었다. 저녁 노을의 구름은 달구었던 칼이 식은 것처럼 시뻘겋게 되었고 방 안에는 환히 불이 켜져 있었다.

"어서 오십시오."

말석으로 물러앉아 고지로는 머리를 깊숙이 숙였다. 어머니가 세상을 떠나신 뒤로 거의 이 이모의 손에 자랐다.

어머니는 자식에게 무른 점이 있었지만 이 이모는 추호도 그런 데가 없었다. 다만 한결같이 언니의 아들이며 사사키 가문의 가명을 걸머질 고지로에 대해서 떨어져 있으면서도 끊임없이 그 장래를 지켜보고 있던 유일한 친척이었다.

6

"고지로님, 듣자하니 이번에는 드디어 평생의 대사(大事)에 임한다고 이와쿠니의 고향에서도 굉장한 소문. 가만히 있으려야 있을 수가 없어서 임

534 대망 21 무사시 4

자의 얼굴을 보려고 나왔소. 이토록 훌륭하게 출세를 하였으니 기쁘군!"
 대대로 전해 내려오는 칼 한 자루를 메고 고향을 떠난 소년 무렵의 그의 모습과, 지금의 당당한 풍모를 갖춘 그를 속으로 비교하면서 감개무량한 듯이 이와쿠니의 이모는 말했다.
 고지로는 머리를 숙여 인사를 했다.
 "10년이라는 긴 세월, 전혀 소식을 드리지 못한 죄를 용서해 주십시오. 사람 눈에는 출세로 보일는지 모르나 고지로는 아직 이 정도로써 만족할 수 없습니다. 그래서 그만 고향에도."
 "아니, 뭐. 임자의 소식은 바람결에도 잘 들려왔기 때문에 소식이 없어도 안부는 알려져 있지."
 "그만큼, 이와쿠니까지 소문이 나 있습니까."
 "있다뿐인가. 이번 시합은 벌써부터 알려져서 무사시에게 패한다면 이와쿠니의 수치이며 사사키를 자칭하는 일족들의 불명예라고 야단들이야. 더구나 기쓰가와 번의 손님인 가다야마 히사야스(片山久安)님은 문하생들을 많이 데리고 고쿠라까지 온다지 않나."
 "허어, 시합을 보려고?"
 "그렇지만 게시판에 의하면 모레는 일체 배를 못낸다는 포고령. 분명히 낙담하고 있는 패들도 많겠지. ……오오, 다른 일만 말하다 보니 잊었었네!

13일 전 535

고지로님, 임자에게 주려고 선물을 하나, 받아 줘요."
 나들이 보따리를 끌러 이모는 차곡차곡 개킨 속옷 한 벌을 꺼냈다. 그것은 하얀 무명천에 하치만 대보살, 마리지천(摩利支天)의 이름을 새기고, 또 양쪽 소매에다 필승의 부적이라는 범(梵)자를 백 사람의 손으로 수놓은 속옷이었다.
 "감사합니다."
 그는 받들어 받고 말했다.
 "피곤하시지요? 복잡하니까 그대로 이 방에서 편히 쉬시지요."
 고지로는 이를 기회로 이모를 남겨놓고 다른 방으로 갔다. 그러자 거기에도 손님이 있어서
 "이건 오도코야마(男山) 하치만의 부적입니다. 그날 품 속에 넣으시고."
 그러면서 손에 쥐어 주는 사람도 있고, 일부러 사슬 갑옷을 보내 주는 사람도 있다. 또는 부엌에는 큰 도미와 술병이 어디서부터인지 날라져 와 있어서 고지로는 좀처럼 몸둘 곳이 없었다.
 그러한 성원자들은 모두 그를 이기게 하려고 염려하고 있는 자들임에는 틀림없으나, 십중 팔구까지 고지로의 승리를 믿고 고지로의 출세를 기대하면서 그와의 앞날의 교제에 자기의 희망을 얼마간 걸고 있는 사람들이었다.
 '만일 내가 낭인이었다면.'
 고지로는 문득 씁쓸한 느낌도 들었다. 그러나 이렇게까지 자기를 믿게 한 자는 그 누구도 아닌 자기 자신이었다.
 '이겨야 한다.'
 그는 생각했다. 그렇게 생각하는 것이 벌써 시합에 임하는 마음에는 해로운 일이라는 것을 알면서도 역시 어느 사이엔지 마음 속으로
 '이겨야 한다! 이겨야 한다!'
 남몰래 아니, 자기마저 의식하지 않은 가운데 바람이 이는 못 수면의 잔물결처럼 끊임없이 마음속으로 되풀이되었다.
 밤이 되었다.
 누가 찾아와 누구에게 알려주었는지 큰 방에 모여 술을 마시거나 밥을 먹고 있던 많은 사람들 사이에
 "어제 무사시가 도착했단다."
 "배를 타고 와서 모지가세키에 내려 성내에 모습을 나타냈다는데."

"그럼, 아마도 나가오카 사도 저택에 들어앉았을 거야. 누가 나중에 사도의 저택으로 가 보는 게 어때."

이 따위 소리가 마치 오늘밤에 대사가 닥친 것처럼 어머어마하게 그러나 은밀히 전해지고 있었다.

말짚신

1

벌써 고지로의 저택에 소문으로 전해진 바와 같이.

무사시의 모습을, 그날 저녁에는 벌써 그 땅에서 발견할 수 있었다.

무사시는 해상 여행을 거쳐 며칠 전에 아카마가세키에 도착한 모양이었으나 누구를 만나도 그를 아는 자는 없었으며, 또 그 자신도 어딘가에 틀어박힌 채 몸을 쉬고 있었던 모양이다.

그날 11일 날에는 건너편인 모지가세키로 건너가 이윽고 고쿠라 성내로 들어와서 중신 나가오카 사도의 저택을 방문하여 도착 인사를 하고 또 당일의 결투 장소와 시간에 대해 알았다는 뜻을 일단 전한 다음 바로 현관에서 돌아갈 작정이었다.

안내하러 나왔던 나가오카 가문의 부하는 그의 말을 들으면서도 이 사람이 과연 무사시인가 싶은 듯 뚫어져라 바라보더니 말했다.

"인사를 와 주셔서 감사합니다. 주인은 아직 성에서 나오시지 않았습니다. 곧 오시리라고 생각합니다. 부디 올라오셔서 쉬시면서……."

"고맙습니다만, 지금 드린 전언만 부탁하면 달리 별 용건이 없으니까요."

"하지만 모처럼 오셨는데. ……나중에 주인께서 얼마나 섭섭하게 생각하실는지 모릅니다."
안내하던 가신은 돌려보내고 싶지 않다는 듯이 붙들며
"그럼, 잠깐만 기다려 주십시오. 사도님께서는 안 계시지만 일단 안으로."
이 말을 남기고 급히 안으로 달려갔다.
그러자 곧 복도를 퉁퉁거리며 달려오는 발소리가 났다.
──그런가 싶자 순간
"선생님!"
마루 끝에서 뛰어내리며 무사시의 가슴에 뛰어든 소년이 있다.
"오오, 이오린가?"
"선생님……."
"공부하고 있나?"
"예."
"많이 컸구나."
"선생님!"
"뭐야?"
"선생님, 내가 여기 있는 걸 아셨어요?"
"나가오카님의 편지로 알았지. 그리고 순항선 도매상 고바야시 다로자에몬의 집에서도 들었다."
"그래서 놀라지 않는군요."
"음, ……이 집에서 신세를 지고 있다면 너를 위해서는 마음이 푹 놓이니까 말이야."
"……."
"뭘 슬퍼하나?"
무사시는 머리를 쓰다듬으며 말을 이었다.
"일단 신세를 진 이상에는 사도님의 은혜를 잊지 말아야 해."
"예."
"검술뿐만 아니라 학문도 해야 돼. 평소에는 무슨 일이든지 동료들보다 겸손하고, 일이 있을 때에는 남이 싫어하는 일도 자진해서 해야 한다."
"……예."
"네게는 어머니도 없고 아버지도 없다. 육친이 없는 몸은 세상을 차게 보거나 비뚤어지게 보기 쉽다. ……그렇게 되어서는 안 돼. 따뜻한 마음으로 사람들 속에서 살아가는 거야. 남의 온정은 자기 마음이 따뜻하지 않으면 알 수가 없는 거야."

"……예, 예."

"너는 똑똑하긴 하지만 들에서 자랐기 때문에 흥분하면 사나운 기질이 있다. 삼가야 돼. 아직 어린 나무인 네게는 긴 인생이 있으니 아무튼 목숨을 아껴라. 일이 있을 때 나라를 위해 무사도를 위해서 버릴 수 있도록 목숨을 아끼는 거야. 사랑하고 아끼며 깨끗이 가졌다가 깨끗하게……."

이오리의 얼굴을 가슴에 안고 말하는 무사시의 말에는 어딘지 이승에서의 마지막 말처럼 절실한 것이 있었다.

예민한 소년은 그렇지 않아도 가슴이 가득 메이는 데다 목숨이라는 말이 나왔으므로 불현듯 훌쩍이면서 무사시의 가슴에서 울음을 터뜨렸다.

2

나가오카 가문에서 자라면서 옷차림도 깨끗하고 앞머리도 말쑥하게 빗은 이오리는 하인 같지 않게 버선도 하얀 것을 신고 있었다.

무사시는 그것을 보기만 해도 그의 신상에 대해서는 마음이 놓였다. 그것을 확인한 이상 '쓸데없는 말은 말 것을' 하고 가볍게 후회하면서

"울지 마라."

꾸짖었으나 이오리는 울음을 그치지 않았다. 무사시의 옷가슴은 그의 눈물로 젖을 뿐이었다.

"선생님……."

"남들이 웃는다. 뭘 우냐?"

"그래도 선생님은 모레 후나지마 섬으로 가시지요?"

"가야지."

"이겨 줘요. 다시 못 만나게 되면 싫어요."

"하하하하, 이오리. 너는 모레의 일을 생각하고 울고 있느냐?"

"그래도 많은 사람들이 고지로님에게는 못당하리라, 무사시도 실없는 약속을 했다고 그러는걸요."

"그럴 거야."

"꼭 이길 수 있을까요? 선생님, 이길 수 있을까요?"

"염려 마라, 이오리."
"그럼, 염려 없겠지요?"
"지더라도 깨끗이 지겠다고 생각할 뿐이다."
"못 이길 것 같으면 선생님, 지금이라도 먼 나라로 가 버리면."
"세상 소문에는 진실이 있어. 사실, 네가 말한 대로 실없는 약속이긴 하다. 그렇지만 일이 이쯤 되어 도망하면 무사도가 썩는다. 무사도의 부패를 보이면 나 하나의 수치가 아니야. 세상 사람들의 마음을 타락시키게 된다."
"그래도, 선생님. 목숨을 아끼라고 내게 가르쳐 주셨잖아요."
"그랬지. 그러나 네게 이 무사시가 가르쳐 준 것은 모두가 나의 단점뿐, 나의 나쁜 점, 내가 못한 것, 부족하여 후회하고 있는 것을 ——너만은 그렇게 되지 말라고 가르친 거야. 무사시가 후나지마 섬의 흙이 되거든 더더욱 나를 본보기로 삼아 실없는 일에 목숨을 버리지 마라."
한이 없는 인정에 그 자신도 사로잡힐 것만 같아 이오리의 얼굴을 억지로 가슴에서 떼어내고
"안내하는 분에게도 부탁드렸지만 사도님이 돌아오시거든 부디 잘 말씀

드려다오. 다시 후나지마 섬에서 뵙겠다고 말이야."
문께로 떠나려 했다. 이오리는 스승의 삿갓을 거머쥐고
"선생님! ……선생님!"
아무말도――못한다.
그저 고개를 떨구고 한 손으로 스승의 갓을 잡은 채 또 한 팔은 굽혀 얼굴에서 떼지 않고서 가만히 언제까지나 어깨를 들먹이고 있다.
그러자 옆 중문이 조금 열리며 누가 물었다.
"미야모토 선생님이십니까. 저는 이 집에 있는 누이노스케입니다만, 이오리님이 이별을 서러워하는 모양, 무리도 아닌 것 같습니다. 달리 급한 일도 계실 테지만 하룻밤이라도 주무실 수 없을까요?"
그는 부탁했다.
"오, 이것 참."
머리를 숙이고
"감사하신 말씀입니다만 후나지마 섬의 흙이 될는지도 모르는 몸이 하루이틀의 인연을 여기저기 남기면 떠나는 몸이나 뒤에 남는 사람들이나 오히려 번거로운 일인 것만 같아서."
"사양이 지나치십니다. 돌아가시게 한다면 저희들이 주인에게 꾸중을 들을는지도 모릅니다."
"자세한 말씀은 사도님께 다시 편지로 드리겠습니다. 오늘은 도착 인사차 왔을 뿐이니 잘 말씀드려 주십시오."

3

'이보시오!'
부르는 소리가 난다.
사이를 두고 또 누군가가
'이보시오!'
금방 나가오카의 저택에 인사를 마치고 무사집 골목에서 나룻터로 나와 이다쓰(到津) 바닷가로 내려간 무사시의 뒷모습을 향해서――그 소리의 주인공들이 손을 흔들었다.
4, 5명의 무사.
호소가와 가문의 가신인 줄을 단번에 알 수 있었다. 그리고 모두 나이든

사람들이었다. 백발의 노무사도 섞여 있다.

　무사시는 모르고 있다.

　그는 묵묵히 바닷가에 서 있었다.

　해는 기울기 시작하여 고기잡이 배의 잿빛 돛이 황혼의 바다에 잔잔히 깔려 있었다. 이 근처에서 해상 약 10리라는 후나지마 섬은 바로 옆에 있는 그보다 큰 히코지마 섬 그늘에 가려 흐릿하게 보인다.

　"무사시님."

　"미야모토님이 아닌가요?"

　나이 지긋한 가신들은 달려와 그의 바로 뒤까지 왔다.

　먼 곳에서 불렀을 때 무사시는 한 번 뒤돌아보고 그 사람들이 오는 것을 알고 있었지만, 모두가 낯선 사람들뿐인지라 자기를 부르는 것으로는 생각지 않았던 것이다.

　"……누굴까?"

　무사시가 고개를 갸우뚱하자 그 중에서도 가장 연장자인 노무사가 말했다.

　"잊으셨을 거요. 우리들을 모르는 것도 무리가 아니오. 나는 우쓰미 마고베에노조(內海孫兵衞丞)라 하며, 원래 임자의 고향인 사쿠슈 다케야마 성의 신멘 가문에서 육인(六人) 패라고 불렸던 자요."

　이어서 다음 사람이

"나는 고야마 한다유(香山半太夫)."
"나는 이도 가메에몬노조(井戶龜右衞門丞)."
"후나히키 모쿠에몬노조(船曳杢右衞門丞)."
"기나미 가가시로(木南加賀四郞)."
통성명을 하고
"모두가 임자와 같은 고향 사람들. 그리고 이 가운데서 우쓰미 마고베에노조와 고야마 한다유 두 노인은 임자의 아버지 신멘 무니사이님과 지극히 친숙했던 친구들이었지요."
"……오오, 그러면……."
무사시는 친근감을 보조개에 나타내 보이며 그 사람들에게 머리를 숙였다. 과연 그렇게 듣고 보니 이 사람들에게는 독특한 사투리가 있었다. 더군다나 그 사투리는 대뜸 자기의 소년 시대를 추억케 하는 그리운 고향의 흙냄새까지 지니고 있는 발음이었다.
"인사가 늦었습니다. 물으시는 바와 같이 저는 미야모토 마을 무니사이의 아들로 어릴 때 이름을 다케조라고 한 자입니다만……어떻게 고향 분들이 이렇게 함께 여기에 오셨습니까?"
"세키가하라 싸움이 끝난 후 아는 바와 같이 주인집 신멘 가는 멸망하고, 우리들도 낭인이 되어 규슈로 도피. ……이 부젠 땅으로 와서 한때는 말짚신을 만들며 연명을 해 가던 중 그 후 행운을 만나 이 호소가와의 선대 주군 다다오키님의 눈에 들어 지금은 이 번에서 일하고 있는 몸이오."
"아, 그렇습니까. 뜻하지 않은 곳에서 아버지의 친구분들을 이렇게 만나 뵙게 되다니!"
"우리들도 뜻밖이오. 서로가 반가운 일이지. ……그렇긴 하나 그 모습을 한 번만이라도 죽은 무니사이님에게 보여 주고 싶소."
한다유, 마고베에노조 등은 서로 돌아보며 또 거듭거듭 무사시의 모습을 고쳐 보고 있더니──
"오오, 용건을 잊었었군. 실은 금방 중신댁에 들렀더니 임자가 왔다가 바로 돌아갔다지 않나. 이거, 큰일났다 싶어 황급히 뒤쫓아온 걸세. ──그것은 사도님과도 합의를 한 일로서 임자가 고쿠라에 도착하면 꼭 하룻밤만이라도 우리들과 함께 하루 저녁 연회 자리를 벌이려고 기다리고 있었던 거야."

모쿠에몬노조가 말하자 한다유도
"글쎄 냉정하게 현관에서 인사만 하고 돌아가는 법이 어디 있나. 자아, 오시오, 무니사이의 아드님."
손을 잡아끌 듯이 하며 아버지 친구라는 격을 내세워 두말 못하게 하려는 말투로 벌써 앞서 걷는 것이었다.

4

거절도 못하게 되어 끝내 무사시는 함께 걷기 시작했으나
"아니, 역시 사양하겠습니다. 호의를 무시하는 것 같습니다만."
어정거리며 사퇴하자 사람들은 입을 모아 한마디씩 했다.
"왜 그러나? 모처럼 우리 고향 사람들이 임자의 중대사를 맞아 축하연을 벌이려는 것인데."
"사도님의 생각도 그렇다오. 사도님에게도 미안하지 않나."
"아니면, 뭔가 불만이 있나?"
모두들 조금 감정이 상한 모양이었다. 더욱이 부친 무니사이와 막역한 친구였다는 우쓰미 마고베에노조는
'그런 법이 어디 있나.'
그런 눈치였다.

"결코 그런 뜻이 아닙니다만."

무사시는 은근히 사과를 했으나 그것만으로는 끝나지 않아 '이유는?' 하고 따져들어 오자, 무사시는 하는 수 없이——

"항간의 소문은 아무것도 아닙니다만, 이번 시합 때문에 호소가와 가문의 두 중신 나가오카 사도님과 이와마 가쿠베에님이 대립한 듯이 보이고 그 두 세력의 가신들도 대립하고 있어, 한쪽은 고지로를 둘러싸고 더욱 더 주군의 총애를 기대하고, 나가오카님은 그를 배척하여 자신의 파벌을 크게 하려고 한다는 실없는 소문을 도중에 들었습니다."

"허허……."

"아마도 항간의 풍설, 소인배들의 억측이겠지요. 그러나 백성의 입은 무섭습니다. 일개 낭인의 몸에는 아무런 지장이 없습니다만, 번의 정사에 관여하는 나가오카님과 이와마님에게는 추호라도 그러한 의심을 백성들에게서 받게 해 드려서는 안 됩니다."

"참, 과연!"

노인들은 큰 소리로 대답하고서——

"그래서 임자는 사도님 댁에 드는 것을 꺼려 했었군."

"아니, 그건 핑계이지요."

무사시는 미소를 머금으며 다시 말을 이었다.

"실은 원래부터 야인인지라 마음대로 있고 싶어서 그렇습니다."

"그 심정 잘 알겠소. 깊이 생각하면, 아니 땐 굴뚝에 연기 안 난다고 그게 사실인지도 모르지. 우리들은 모르는 일이지만."

무사시의 깊은 사려에 사람들은 감탄을 했다. 그러나 그대로 헤어지는 것도 섭섭하다고 하며 그들은 이마를 맞대고 무언가 의논을 하더니 이윽고 기나미 가가시로가 대표로 나서서 다음과 같은 뜻을 전했다.

"실은 매년, 오늘 4월 11일에 우리들이 모이는 회합이 있는데, 10년 동안 한 번도 빠진 일이 없소. 이것은 동향(同鄕) 6명으로 인원수도 제한하여 남을 청하지 않는 모임이지만 임자라면 한 고향 사람, 더구나 아버님 무니 사이의 친구분들도 이 자리에 계시니 모셔도 좋지 않을까 하고 금방 의논을 했는데, 폐가 되시겠지만 그 자리에라도 와 주실 수 없겠소. 그 자리라면 중신의 집과는 사정도 다르고 세상 눈도 없을 것이며 소문날 것도 없으니까요."

또한 덧붙여서 말했다.

"아까는, 만일 임자가 이미 나가오카님 댁에 와 계시다면 우리들의 회합은 나중으로 연기할 셈으로 혹시나 싶어 그 집에 들러 물어본 것인데 아무래도 나가오카님 댁에 주무시는 것을 피하실 셈이면 오늘밤은 아무쪼록 이쪽 회합에 참석해 주시오——"

5

무사시도 이번만큼은 거절할 수가 없어
"그렇게까지 말씀하시니."
승낙하자 그들은 매우 기뻐하며
"그럼, 당장에."
즉석에서 무언가 타합을 하더니 무사시 옆에 기나미 가가시로 한 사람만을 남기고 나머지 사람들은
"그러면 나중에 모임 장소에서 다시 뵙기로 합시다."
그 자리에서 각각 일단 집으로 돌아갔다.

무사시와 가가시로는 근처의 찻집 문턱에서 해가 저물기를 기다렸다. 이윽고 밤이 되자 별하늘 아래 가가시로의 안내로 거리에서 오 리 가량 되는 이다쓰 다리 옆까지 갔다.

이곳은 성내 변두리 대로 길목으로서 가신들의 저택도 없고 요정도 보이지 않았다. 다리 옆에는 나그네나 마부를 상대로 하는 보기에도 초라한 목노 주점과 여인숙의 불빛이 추녀와 함께 풀 속에 묻혀 있는 듯이 보일 뿐이었다.

이상한 곳인데?

무사시는 의심하지 않을 수 없었다. 어쨌든 아까 그 사람들은 고야마 한다유, 우쓰미 마고베에를 비롯하여 그 나이나 점잖은 모습으로 보더라도 모두 상당한 위치의 가신들인데, 일 년에 한 번 모인다는 회의장 자리를 이렇게 불편한 촌구석으로 마련한다는 것은 이상했다.

——흐음, 그렇다면 그러한 구실 아래 뭔가 모의를 하고 있는 것이 아닐까. 아니, 그렇기로서니 그 사람들에게선 하등 살기를 느낄 수가 없었는데.

"——무사시님, 벌써 모두 와 있습니다. 이리로 오시지요."

무사시를 다리 옆에 세워 두고 강변을 내려다보던 가가시로는 그런 말을 하면서 밑의 오솔길을 찾아 자기가 앞장서 간다.

말짚신

"아, 배 안이로군."

자신의 지나친 의심에 고소를 품으며 뒤따라 강변으로 내려갔으나 어찌된 영문인지 가까이에는 배 같은 것이 보이지 않았다.

그러나 가가시로를 포함한 6명의 가신들은 이미 와 있었다.

보아하니 자리란 것은 강변에 깐 두세 장의 가마니밖에 없다. 그 가마니 위에 아까의 고야마, 우쓰미 두 노인을 필두로 이도 가메에몬노조, 후나히키 모꾸에몬노조, 아사카 하치야타(安積八彌太) 등이 단정히 앉아 있었다.

"이런 자리로 모신 것이 실례이긴 하나 계절도 좋고 일 년에 한 번 있는 우리 회합에 동향 무사시가 오신 것도 무슨 인연이겠지요. ……우선 이 자리에 앉으시기를."

그에게도 한 장의 가마니를 권하며 아까 바닷가에서 보이지 않았던 아사카 하치야타를 소개하였다.

"이 자도 사쿠슈 낭인의 한 사람, 지금은 호소가와 가문의 말당번 일을 맡고 있는 자지요."

그 겸손한 태도가 도코노마에 은(銀) 장지문을 앞에 둔 객실에서 접대하는 것이나 다름이 없었다.

무사시는 더더욱 의심스러웠다.

풍류 취미일까. 아니면, 사람 눈을 피할 필요가 있는 모임일까. ——아무튼 한 장의 가마니 자리에 초청을 받아도 손님은 손님이므로 무사시는 삼가는 자세로 점잖게 앉아 있었다. 이윽고 연장자인 우쓰미 마고베에가

"여보, 손님. 편히 않으십시오. 그리고 가져온 도시락과 술도 있습니다만 그것은 나중에 대접하기로 하고, 우리들 회합의 절차를 먼저 집행하기로 하겠습니다. 오래 걸리지 않을 테니 잠시 거기서 기다려 주십시오."

이렇게 말했다.

그리고 그들은 아래옷을 걷어붙이고 함께 책상다리를 한 다음 각자가 가지고온 듯한 짚단을 풀어 말짚신을 만들기 시작하였다.

6

만들고 있는 것은 말짚신이었으나 그것을 만드는 가신들의 모습은 경건했다. 말도 하지 않고 곁눈질도 하지 않으며 근엄할 뿐 아니라 무서우리만큼 엄숙했다.

손바닥에 침을 뱉어 가며 짚을 간추리고 두 손바닥으로 새끼를 꼬는 힘에는 무언지 곁눈질로도 느낄 수 있는 열의가 깃들어 보인다.

"…… ?"

무사시는 묘한 감흥에 젖어 있었으나 그들이 하는 일을 이상스럽게 여기거나 의심할 생각은 없었다.

말없이 보고만 있었다.

"다 되었나?"

이윽고 고야마 한다유 노인이 물으며 다른 사람들을 둘러보았다.

노인은 벌써 한 켤레의 말짚신을 완성하였다.

"다 됐어요."

다음은 기나미 가가시로.

"저도."

아사카 하치야타도 완성된 말짚신 한 켤레를 고야마 노인 앞으로 내밀었다.

차례차례로 만들어 내놓는 말짚신이 여섯 켤레가 되었다.

이윽고 사람들은 먼지를 털어내고 옷을 고쳐 입은 다음 여섯 켤레의 말짚신을 소반에 올려놓더니 소반을 여섯 사람의 한복판에 놓았다.

　그리고 또하나의 소반에는 잔이 놓여 있고 그 옆 소반에는 술병이 올려져 있었다.
　"자아, 모두들."
　연장자인 우쯔미 마고베에노조 노인부터 새삼스러운 인사가 시작되었다.
　"우리들로서는 잊지 못할 게이초 5년, 그 세키가하라 싸움으로부터 어언 13년이 되었소. 뜻밖에도 생명을 오래 부지하여 오늘 이렇게 생을 누림은 오로지 영주 호소가와 공의 보호에 의하는 바, 그 은혜를 자손에 이르기까지 잊어서는 안 되리라."
　"예……."
　모두들 약간 시선을 내리깔고 옷깃을 여민 채 마고베에노조 노인의 말을 들었다.
　"——어쨌든 지금 망했다고는 하나 옛 영주 신멘 가문 대대의 은혜도 잊어서는 안 되겠소. ——또한 더더욱 우리들이 이 땅에 와서 유랑하던 시절에 몹시 초라했던 것도 더위를 넘기는 것처럼 잊는다면 너무도 죄송스런 일이오. ……이 세 가지 일을 잊지 않기 위한 매년의 모임, 우선 올해도 아무 탈 없이 모두 모이게 된 것을 아울러 축하하는 바이오."
　"예, 마고베에노조님, 인사 말씀을 하신 바와 같이 주군의 자비하신 사랑,

초라했던 옛날과 달리 오늘의 처지가 된 은혜——우리 모두 잊지 않고 있습니다."

모두들 그렇게 말했다.

사회자 격인 마고베에노조는 말했다.

"그럼, 절을."

여섯 사람은 자세를 가다듬어 두 손을 짚고서, 거기서 바라보이는 밤하늘에 하얗게 떠오른 고쿠라 성을 향해 머리를 숙였다.

다음으로 옛 주군의 땅, 그리고 서로서로의 조상의 땅——사쿠슈 방향을 향해 똑같이 절을 했다.

마지막으로는 자기들이 만든 말짚신을 향해 두 손을 짚고서 정성을 다하여 엎드려 절을 했다.

"무사시님, 우리는 지금 이 강변 위에 있는 신사에 가서 참배하고 이 말짚신을 바치고 오리다. 이로서 식순서는 모두 끝나오. 끝나거든 실컷 마시면서 이야기를 나눌 테니 조금만 더 기다려 주오."

한 사람은 말짚신을 소반에 받쳐들고 앞서 걷고 다섯 사람은 그 뒤를 따라 신사 경내로 들어갔다. 말짚신은 대로를 향한 신사의 돌문 앞 나무에 비끄러매놓고 참배를 한 다음 다시 강변 자리로 되돌아왔다.

이윽고 술자리가 벌어졌다.

——술자리라고는 하나 음식은 겨우 고구마 삶은 것이나, 죽순 조린 것, 기껏해야 마른 물고기 등으로서 이 근처 농가에서의 대접 정도로 검소한 것이었지만. 그러나 호탕스런 웃음과 담화, 자리는 점점 더 흥겨워지는 것이었다.

7

흉금을 터놓고 술잔이 돌고 분위기가 흥겨워지자 무사시는 비로소 입을 열었다.

"정다우신, 그리고 희귀한 회합에 때마침 와서 끼게 되어 저도 무척 흥겹습니다. 그러나 아까부터 하시는 일들, 말짚신을 만들어 그것을 소반에 담아 절을 하고, 또 고향의 성쪽을 향해 다시 절을 하시니 이건 대체 어떤 뜻입니까?"

"잘 물으셨소. 궁금하게 생각하시는 것도 무리가 아니지요."

 우쓰미 마고베에노조는 기다리고 있었던 것처럼 이런 이야기를 했다.
 게이초 5년, 세키가하라 싸움에서 패한 신멘 가문의 무사들은 대부분 규슈로 피했다.
 이 여섯 사람들도 패잔병의 한무리였다.
 물론 밥을 먹고 살아갈 길도 없고 그렇다고 해서 친척들을 찾아 수치스럽게 머리를 숙일 수도 없었으며, 또한 아무리 굶기로서니 도둑질도 할 수 없는 노릇이라, 모두가 이 대로 다리목에서 허술한 창고를 하나 빌려, 창자루에 못이 박인 손으로 말짚신을 만들었다.
 약 3년 동안, 왕래하는 마부들에게 자기들이 만든 말짚신을 팔아 간신히 호구지책으로 삼아왔는데
 "저 패들은 어딘가 이상하다. 예사 사람이 아닐 거야."
 마부들이 지껄인 소문이 이윽고 성내까지 전해져서 당시의 군주 다다오키의 귀에 들어갔다.
 그래서 조사를 해 보니 옛 신멘 이가노카미의 가신들로서 육인(六人)패라고 불리던 무사라는 사실을 알게 됐고, 딱한 자들이니 포섭해 쓰자는 분부가 내려졌다.

교섭차 나온 호소가와 가문의 가신이

"뜻을 받들어 나왔소만 봉록에 관해서는 말씀이 없었으므로 우리 중신들이 협의한 결과 여섯 분에 대해 1000섬을 드리고자 하는데 어떠신지?"

이 말을 하고 돌아갔다.

여섯 사람은 다다오키의 인자한 뜻에 감격하여 울었다. 세키가하라의 패잔병이라면 그대로 쫓아내주기만 해도 관대하다고 할 형편이었다. 그것을 여섯 사람에게 1000섬이나 녹을 주겠다니 마다할 이유가 없었다.

그런데 가메에몬노조의 모친이

"거절해라."

의견을 내어놓았다.

가메에몬노조의 모친 말씀은 이러했다.

"다다오키님의 인자하심은 눈물 날 정도로 기쁘다. 한 홉의 녹봉이라 할지라도 말짚신을 만드는 몸으로서는 황송해서 몸둘 바 없으리라.──그러나 임자들은 초라하게 되었을망정 신멘 이가노카미의 옛 가신으로 무사들 위에 앉았던 자들. 6명이 1000섬의 녹으로 기꺼이 청에 응했다고 한다면 말짚신을 만들고 있던 일이 실로 치사한 일이 되어 버릴 거요. 또 다다오키님의 은혜에 보답하기 위해서는 목숨을 아끼지 않고 충성을 바쳐야 할 각오를 해야 할 테니 구걸하듯 여섯 명이 무더기로 한 녹봉을 받는다는 것은 응할 수가 없소. 임자들은 출사하더라도 우리 아들은 내보낼 수가 없소."

이리하여 모두가 거절하자 변의 사자는 사실 그대로를 주군에게 전했다.

다다오키 공은 그 말을 듣자

"중신인 우쓰미 마고베에노조에게 1000섬, 다른 사람에게는 한 사람에 200섬씩이라고 다시 전해 주어라."

다시 명했다.

이렇게 하여 여섯 사람의 출사가 결정되어 드디어 주군을 배알하기 위해 등성을 하게 되었다. 그때 여섯 사람의 빈한한 생활을 목격해 온 사자들이

"등성할 때 입을 옷들이 없을 테니 수당을 미리 좀 주셔야 할 줄 압니다만."

마음을 써주어 그렇게 말했다. 다다오키 공은 웃으며 말했다.

"가만히 둬 보아라. 모처럼의 무사들을 맞이하면서 이쪽에서 사서 수치를 당할 건 없잖겠나."

과연, 말짚신을 만들고 있긴 했으나 등성하는 여섯 사람은 반듯하게 의복을 갖추고 저마다 크고작은 칼도 격에 맞게 차고 있었다.

8

이상과 같은 마고베에노조의 이야기를 무사시는 흥미진진하게 들었다.
"우선 이렇게 해서 우리들 여섯 사람이 포섭되었소이다. 생각건대 이 모두가 천지의 은혜요, 조상의 은혜, 주군의 은혜가 아니겠소. 그 은혜를 잊으려야 잊을 수도 없지만 또한 한때 목숨을 이어준 말짚신의 은혜도 잊을 수가 없소이다. 그리하여 뒷날을 경계하고 호소가와 가문에 포섭된 이 달의 오늘을 기념하기 위해 매년 이 날을 회합일로 정하고 이같이 가마니 자리에서 세 가지 은혜를 마음속에 새로이 하면서 초라한 술자리를 벌여 크게 기뻐하고 있는 겁니다."
마고베에노조는 그렇게 덧붙이고서 무사시에게 잔을 건넸다.
"우리들 이야기만 한 것을 용서해 주오. 술도 하찮은 것이고 안주조차 없어도 마음가짐만은 이러한 자들이오. 모레의 시합은 아무쪼록 깨끗이 해주오. 뼈는 우리가 수습하겠소. 하하하하······."
무사시는 잔을 받아 들고 대꾸했다.
"감사합니다. 고루(高樓)의 미주(美酒)보다 훌륭한 잔. 그 마음가짐을 본받겠습니다."
"무슨 말씀. 우리 같은 자를 본받다간 말짚신이나 만들게 되오."
조약돌 섞인 흙이 뚝 위에서 풀 사이로 조금 미끄러져 내려왔다. 돌아다보니 박쥐와도 같은 사람 그림자가 얼른 숨어 버린다.
"누구냐!"
기나미 가가시로가 뛰어올라갔다. 칼을 거머쥐고 또 한 사람이 뒤따랐다.
뚝 위에 올라가 밤안개 속을 멀리 바라보고 있다가 이윽고 큰 소리로 웃으면서 밑에 있는 무사시와 친구들을 향해 말했다.
"고지로의 제자인 모양이오. 이런 곳에 무사시님을 청해서 우리들이 이마를 맞대고 있으니까 후원할 대책이라도 꾸미고 있는 줄 안 것이 아닐까. 황급히 달아나 버렸는데."
"하하하하······. 그런 의심이야, 저쪽에서 본다면 무리도 아니지."
이들은 어디까지나 소탈했지만, 오늘밤의 성내 공기가 어떻게 움직이고

있는지 무사시는 문득 궁금해졌다.

——오래 앉아 있을 건 없다. 한 고향이라는 연고가 있으니만큼 더욱더 조심을 해야 한다. 이러한 무사들에게 너무 폐를 끼쳐서는 안 된다.

무사시는 그런 생각이 들자 그들에게 뜻밖의 호의에 감사드리고 한 발 앞서 즐거운 강변의 좌석을 표연히 떠났다.

표연히.

과연 바람같이 표연히 왔다가 간 무사시였던 것이다.

다음날.

벌써 12일이다.

당연히 무사시가 어딘가 고쿠라 성 아래 거리에 머물며 대기하고 있는 줄로만 아는 나가오카 사도는 손을 나누어 그의 숙소를 찾고 있었다.

"왜 붙들어놓지 않았나?"

집사와 안내역들은 나중에 주인 나가오카 사도에게서 단단히 꾸중을 들었던 것이다.

지난밤 이다쓰 강변에서 무사시를 맞아 술을 마셨다는 여섯 사람의 동료들도 사도의 말을 듣고는 그를 찾아다녔다.

그러나 알 수가 없었다.

말짚신 555

"큰일났구나!"

내일 시합을 앞두고 사도는 하얀 눈썹에 초조감이 가득했다.

고지로는 그날.

오래간만에 등성하여 주군으로부터 간곡한 말과 잔을 하사받고서 의기양양하게 말을 타고 저택으로 물러갔다.

저녁 무렵, 성 아래 거리에는 무사시에 대한 여러 가지 뜬소문이 전해졌다.

"겁이 나서 도망갔겠지."

"도망쳤음이 분명해."

"아무리 찾아도 전혀 모습이 보이지 않는데."

해 뜰 무렵

1

도망쳤을 것이다.

도망갔음이 틀림없어.

있을 법한 일이다.

나타나지 않는 무사시의 모습에 대해 소문이 분분히 나도는 가운데 13일 날이 밝았다.

나가오카 사도는 잠이 오지 않았다.

'설마?' 하는 생각은 들었지만, 그렇지 않으리라고 믿던 사람이 흔히 어떤 일을 앞두고 순간적으로 표변하는 수가 있다.

"주군 앞에 체면상."

사도는 항복을 생각했다.

무사시를 추천한 것은 자신이다. 영주의 이름으로 시합을 열게 된 오늘, 무사시가 행방을 감추는 사건이 만일 일어난다면 사도는 자결하는 수밖에 다른 방도가 없었다. 할복까지 진지하게 생각하면서 사도는 오늘도 맑은 아침 하늘을 우러러 보았다.

"……내가 어리석었던가?"

사도는 체념을 한 듯 중얼거리면서 방안 청소가 끝날 때까지 이오리를 데리고 뜨락을 거닐었다.

"지금 돌아왔습니다."

무사시를 찾아 어젯밤부터 돌아다니던 젊은 누이노스케가 피로에 지친 얼굴빛으로 옆문에서 나타났다.

"어떻게 됐나?"

"알 수가 없습니다. 성 아래 거리의 여관에는 도무지 비슷한 자도."

"사원에도 물어봤나?"

"시내의 사원, 도장 등 무예자들이 있을 만한 장소에는 아사카님, 우쓰미님 등이 손을 나누어 조사하고 온다고 하셨는데, 그 여섯 분들은."

"아직 돌아오지 않았는데……."

사도의 이마에는 수심이 짙었다.

뜨락 나무 사이로 푸른 바다가 내다보인다. 하얀 물보라를 일으키는 바다 물결이 그의 가슴까지 넘실거리며 육박해 오는 것이었다.

"……"

매화나무 푸른 잎 사이를 사도는 묵묵히 거닐었다.

"알 수 없다."

"어느 곳에도 보이질 않는다."

"이럴 줄 알았더라면 지난밤 헤어질 때에 분명히 행선지를 물어둘 것을."

이도 가메에몬노조(井戶龜右衛門丞), 아사카 하치에이타, 기나미 가가시로(木南加賀四郞) 등 밤새껏 쏘다닌 사람들도 이윽고 홀쭉해진 얼굴로 나란히 돌아왔다.

마루에 걸터앉아 사람들은 실없는 쑥덕공론에 흥분하고 있었다. 시각은 박두해 올 뿐이었다.

――이른 아침 사사키 고지로의 저택 문 앞을 지나치면서 곁눈으로 보았다는 기나미 가가시로의 말에 의하면, 지난 밤부터 그곳에는 약 2,300명의 지기들과 제자들이 몰려들어 대문을 열어놓고, 큰 현관에 용담꽃 문장을 새긴 장막을 치고, 정면에는 금병풍을 둘렀으며, 새벽에는 성 아래 거리에 있는 신사 세 군데에 제자들이 대리 참배를 하여 오늘의 필승을 기하고 있는 그러한 왕성한 광경이었다고 한다.

그에 비해서!

사람들은 입 밖으로 내뱉지는 않으나 참담한 피로감을 서로의 얼굴에 나타내고 있었다. 그저께 밤의 여섯 사람만 하더라도 무사시의 고향이 자기들과 같다는 사실 한 가지만으로 영주나 세상을 대할 낯이 없는 느낌이었다.

"이젠 그만. ······이젠 더이상 찾아도 소용이 없다. 모두들 돌아가시오. 당황하면 당황할수록 꼴보기 흉하오."

사도는 그런 말을 하여 사람들을 억지로 돌려보냈다. 기나미 가가시로나 아사카 하치에이타 등은

"아니, 찾아야겠소. 설사 오늘이 지나더라도 악착같이 찾아내어 베어 죽이겠소."

흥분하여 돌아가며 말했다.

사도는 말끔히 청소된 방으로 들어가 향로에 향을 피웠다. 그것은 언제나 하는 일이었으나

"······그럼, 각오를 하시는 걸까?"

누이노스케는 충격을 받았다.

그러자 여태껏 뜨락에 혼자 서서 바다를 바라보고 있던 이오리가 불쑥 그에게 말했다.

"누이노스케님, 시모노세키의 순항선 도매상인 고바야시 다로자에몬의 집에도 찾아가 봤어요?"

2

어른의 상식에는 한계가 있지만 소년의 착안에는 한계가 없는 법이다.

이오리의 말에

"아아, 그렇구나······참."

사도와 누이노스케는 정확하게 목표를 지적받은 것 같은 기분이 들었다. 어쩌면? 아니, 이 이상? 무사시가 있을 만한 거처로서는 그곳밖에 더 생각할 데가 없었다.

사도는 이맛살을 펴며 말했다.

"누이노스케, 실수를 했구나. 당황하지 않는다면서도 당황했던 거야. 곧 네가 가서 모시고 오너라."

"예, 알았습니다. 이오리님, 잘도 생각이 났군."

"나도 같이 가요."
"나으리, 이오리님도 함께 가겠다는데요?"
"음, 다녀와. 잠깐, 무사시님에게 몇 자 쓸 테니까."
사도는 편지를 썼다. 그리고 구두로도 그 뜻을 일러 주었다.
시합 시간 8시까지 상대방인 고지로는 영주의 배를 타고 후나지마 섬으로 갈 예정이다.
지금부터라면 아직 시간이 충분하다. 귀하께서도 나의 저택으로 와서 준비를 하고, 내 배를 제공하겠으니 그걸 타고 영광의 자리로 가심이 어떠실지.

사도의 그러한 뜻을 받들어 누이노스케와 이오리는 중신의 이름으로 선박 행정관을 시켜 급히 배를 내게 했다.
곧 시모노세키에 이르렀다.
시모노세키의 순항 도매상 고바야시 다로자에몬의 가게는 잘 알고 있다. 가게 사람에게 물어보았다.
"누군지는 모르나 얼마 전부터 안채 쪽에 젊은 무사 한 분이 머무르고 계신 것 같습니다."

"아아, 역시 이 집에."

노이노스케와 이오리는 얼굴을 마주보고 빙긋 웃었다. 안채는 바로 가게의 부두 창고와 잇닿아 있었다. 주인인 다로자에몬을 만나 물었다.

"무사시님께서 이 댁에 머무르고 계십니까?"

"예, 계십니다."

"그 말씀을 들으니 비로소 안심이 됩니다. 지난밤부터 중신께서 얼마나 걱정을 하셨는지 모릅니다. 곧 안내해 주시면 감사하겠습니다만."

다로자에몬은 안채로 들어갔다가 곧 되돌아와서 말했다.

"무사시님은 아직 방에서 주무시는데요······."

"예?"

자기도 모르게 질린 얼굴이 되었다.

"깨워 주십시오. 그러고 있을 때가 아닙니다. 언제나 이렇게 늦잠을 주무십니까?"

"아니요. 어젯밤은 저와 마주 앉아 늦게까지 세상 이야기로 흥겨워했기 때문이지요."

하녀를 불러 누이노스케와 이오리를 객실로 들게 해 놓고 다로자에몬은 무사시를 깨우러 갔다.

무사시는 곧 두 사람이 기다리고 있는 객실에 나타났다. 충분히 수면을 취한 그의 눈동자는 어린 아기의 눈처럼 맑았다.

그 눈가에 미소를 깃들이면서 무사시는

"이렇게 일찍이──무슨 일로?"

이렇게 말하며 앉았다.

그 인사말에 누이노스케는 맥이 빠지는 것을 느꼈으나 곧 나가오카 사도의 편지를 내놓고 또 구두로도 덧붙였다.

"이것 참, 죄송합니다."

무사시는 편지에 머리를 숙이고 봉을 뜯었다. 이오리는 그 모습을 뚫어질 듯이 쏘아보았다.

"······사도님의 뜻은 감사합니다만."

무사시는 편지를 다 읽고 나서 편지를 말면서 힐끗 이오리의 얼굴을 훔쳐보았다. 이오리는 당황해서 고개를 숙였다. 눈에서 눈물이 흘러나왔기 때문이다.

3

무사시는 답장을 쓰고
"자세한 말씀, 편지에 있으니 사도님께 잘 말씀드려 주시기를."
말했다.

그리고 후나지마 섬에는 자신이 때를 보아 나가겠으니 염려 마시도록 하라는 말을 덧붙였다.

할 수 없이 두 사람은 답을 가지고 곧 떠났다. 떠나올 때까지 이오리는 한 마디 말도 하지 않았다. 무사시도 한 마디 하지 않았다. 그러나 말없는 가운데 사제의 정은 말 이상으로 통하고 있었다.

두 사람이 돌아오기를 잔뜩 기다리고 있던 나가오카 사도는 무사시의 답장을 손에 들자 우선 마음을 놓고 이맛살을 폈다.

편지에는

  제 일에 대하여 귀하의 배를 후나지마 섬까지 보내 주시겠다는 뜻을 들자옵고 마음을 써주시는 데 대해 거듭거듭 감사를 드립니다.
  하오나 이번의 나와 고지로는 적대 관계에 있는 사이이며 고지로가 귀하의 주군 배로 가게 되는데, 제가 귀하의 배로 가게 된다면 귀하께서 주군에 대하여 입장이 난처해지리라 생각되오니, 이에 대해 제 염려는 하지 않으시는 것이 좋으리라고 생각됩니다.
　이 말씀을 직접 드려야 할 터이나 승낙하지 않으실 것 같아 일부러 말씀드리지 않고 이곳으로 왔던 것입니다. (중략)
　이곳의 배로도 능히 맞추어 갈 수 있사오니 그리 아시기 바랍니다.
4월 13일 미야모토 무사시

　사도님 앞

이렇게 씌어 있었다.
"······"
사도는 묵묵히 읽고 나서도 글귀를 다시 들여다보았다.
　겸손의 아름다움, 갸륵한 사려, 아무튼 빈틈없는 회답이구나 하고 감탄을 하는 모양이었다.
　이와 함께 사도는 지난밤부터 가졌던 자신의 초조가 이 회답을 앞에 놓고 보니 낯간지럽게 여겨졌다. 겸손한 마음을 지닌 주인공에 대하여 조금이라도 의심한 것이 스스로 부끄러웠다.
"누이노스케."
"예."
"무사시님의 이 편지를 가지고 곧 우쓰미 마고베에노조님과 그밖의 분들에게 돌아가며 보여 드리고 오너라."
"알았습니다."
물러가려 하자 장지문 그늘에 앉아 있던 집사가
"나으리, 일이 끝나셨으면 오늘 입회하실 채비를 빨리 하셔야 할 텐데요."
재촉했다.
사도는 태연히 말했다.
"알고 있다. 아직 시간도 이르다."
"이르긴 합니다만 역시 오늘의 입회역이신 이와마 가쿠베에님은 벌써 배를 준비하셔서 조금 전에 바닷가를 떠나셨는데요."
"남이야 어떻게 하든 덤비지 않아도 돼. 이오리, 잠깐 이리 오너라."
"예······무슨 일입니까?"
"넌 사나이지?"
"예, 예."

"어떤 일이 있더라도 울지 않을 자신이 있나. 어때?"

"울지 않습니다."

"그렇다면 나를 따라 후나지마 섬으로 가자. 형편에 따라서는 무사시님의 뼈를 주워 가지고 돌아오게 되는지도 모른다.……갈 테냐? ……울지 않고 견디겠나?"

"가겠습니다.……꼭 울지 않고."

그 목소리를 뒤에다 남겨놓고 누이노스케는 문 밖으로 달려나갔다. 그때 담 그늘에서 그를 부르는 초라한 나그네 여인이 있었다.

4

"잠깐 기다려 주십시오.……나가오카님의 부하님."

여인은 아이를 업고 있었다.

누이노스케는 급했다. 그러나 나그네 여인의 차림새가 수상스러운 듯 눈을 크게 뜨며 물었다.

"뭐요, 여자분?"

"실례합니다. 이런 몰골이라 현관에 들어서는 것이 조심스러워서."

"그럼, 문 앞에서 기다렸단 말이오?"

"네……오늘로 박두한 후나지마 섬의 시합을 앞두고 어제부터 무사시가 도망갔다느니……하는 거리 소문을 들었습니다마는 그게 사실입니까?"

"바, 바보 같은 소리!"

어젯밤부터의 울분을 일시에 뱉어냈다.

"그런 무사시님인지 아닌지 여덟 시가 되면 알 수 있지. ──금시 내가 무사시를 만나 답장까지 받아왔는데."

"네? ……만나셨어요? 어디에서?"

"당신은……누구요?"

"네……."

그녀는 고개를 숙이고 대답했다.

"무사시님을 잘 압니다만."

"흠……그럼, 역시 밑도 끝도 없는 소문을 염려하고 있었나. 그럼, 지금 급하게 나가는 길이지만 무사시의 회답을 잠깐 보여 주지. 염려 마시오. 봐요, 이렇게……."

　누이노스케가 그것을 들려 주자 그 뒤로 다가와 함께 눈물 젖은 눈으로 훔쳐보는 사나이가 있었다.
　누이노스케가 문득 알아차리고 자기 어깨 뒤를 뒤돌아보니 사나이는 쑥스러운 듯이 절을 하고 황급히 눈물을 닦았다.
　"누구요? ……임자는?"
　"예, 이 여자의 동행입니다."
　"남편 되시오?"
　"감사합니다. 무사시님의 반가운 글귀를 보니 어쩐지 만나본 것 같습니다. ……그렇지, 여보."
　"정말 이제 안심했습니다. 욕심 같아서는 시합 장면을 꼭 보고 싶어요. 설사 바다를 격해 있더라도 우리들의 정성이 미칠 겁니다."
　"오오, 그럼 저 해변 언덕에라도 올라가서 멀리나마 섬을 바라보시오. 오늘은 날씨가 무척 잘 개었으니까 후나지마 섬 해변이 아련히 보일는지도 모르지."
　"급하신 발길을 멈추게 해서 죄송합니다. 그럼 실례를."
　아기를 업은 나그네 내외는 성 아래 거리 변두리인 마쓰야마(松山) 산을

해 뜰 무렵　565

향해 발길을 서둘렀다.
 누이노스케는 급히 가다가 문득 뒤돌아서서 황망히 불러세웠다.
 "여보 여보, 당신들의 이름이 뭔지, 지장이 없다면 들려주오."
 부부는 뒤돌아보고 또 정중히 멀리서 절을 했다.
 "무사시님과 같은 사쿠슈 태생 마타하치라고 합니다."
 "아케미라고 해요."
 누이노스케는 끄덕이자 곧 날쌔게 심부름 길을 달렸다.
 한동안 바라보고 있던 그들은 서로 마주보고 말없이 성 밖으로 걸음을 재촉했다. 고쿠라와 모지가세키 사이의 마쓰야마 산으로 숨을 헐떡이며 올라갔다.
 바로 정면에 후나지마 섬이 보인다. 몇 개의 섬이 보인다. 아니, 해협 건너 나가도의 산마루까지가 오늘은 산뜻하게 보이는 것이었다.
 두 사람은 갖고 온 멍석을 깔고 바다를 향해 나란히 앉았다.
 철썩 철썩……하는 벼랑 아래의 파도 소리 속에 그들 세 식구의 머리 위로 솔잎이 우수수 떨어졌다.
 아케미는 아기를 내려 젖꼭지를 물리고, 마타하치는 지그시 무릎 위에다 손을 얹었다. 그는 말도 하지 않고 아기도 얼르지 않고 오로지 바다의 푸르름 속을 들여다볼 뿐이었다.

그 사람 이 사람

1

누이노스케(縫殿介)는 서둘렀다.

주인 나가오카 사도(長岡佐渡)가 오늘 아침 후나지마(船島) 섬으로 출발하기 전까지 돌아오려고.

명 받은 여섯 사람의 저택을 돌아다니며 무사시의 답장 내용을 알려 주고 어디서도 차 한잔 마시지 않고 서둘러 되돌아오는 길이었다.

"앗, 고지로의……?"

누이노스케는 그 급한 발길을 자기도 모르게 멈추었다.

앞에 보이는 바닷가에는 아침 일찍부터 고지로의 수많은 가신들이 오늘 시합의 입회니 검시니, 또 만일의 경우에 대비한 경비니 하며, 경호 우두머리에서 졸개에 이르기까지 몇 패로 나뉘어서 연달아 후나지마 섬을 향해 떠나가는 것이었다.

──지금도.

선박 행정관인 가신이 한 척의 작은 배를 대기시켜 놓고 있었다. 조선장(造船場)에서 갓 나온 새 배였다.

누이노스케는 그것이 영주가 고지로에게 특별히 내린 배라는 것을 한눈에 알 수 있었다.

배에 별다른 특징은 없었으나 그 근처에서 서성대고 있는 백 명 이상의 사람들은 모두가 평소 고지로와 친숙한 자들 아니면 낯선 사람들뿐이어서 금방 알아볼 수가 있었다.

"오오, 나오셨군."

"나타나셨다."

누이노스케도 바닷가 솔밭 그늘에서 저편을 바라보고 있었다.

사사키 고지로는 타고 온 말을 해변 감독관 휴게소에다 매어 놓고 잠시 동안 거기서 쉬고 있었던 모양이다.

관리들의 전송을 받으며 고지로는 애용하는 말을 부탁하였다. 그리고 수행자로 제자 다쓰노스케 한 사람을 데리고 모래 사장을 밟으며 배가 있는 곳으로 걸어갔다.

"……."

사람들은 고지로의 모습이 가까이 다가오자 조용히 줄지어 있다가 그의 앞길을 터주었다.

사람들은 고지로의 화려한 옷차림을 황홀한 듯 바라보며 자기들까지 벌써 흥분한 듯 부르르 전율을 느꼈다.

고지로는 무늬 있는 흰 명주 속옷에 눈이 부시도록 환한 붉은 겉옷을 걸쳤다. 그리고 아래에는 포도빛으로 염색된 가죽옷을 입었다.

발에는 물론 짚신을 신었으나——조금 젖어 보이는 듯했다. 작은 칼은 늘 차는 것이었지만, 큰 칼은 등성하게 된 뒤부터 삼가서 차지 않던 예의 이름 없는——그러나 비젠 나가미쓰라고 불리는——애도(愛刀) 바지랑대를 오래간만에 허리에 길다랗게 가로 찼다.

그 칼은 길이가 석 자를 넘었으므로 보기만 해도 잘 들 것 같아 배웅하는 사람들의 눈을 휘둥그렇게 했다. 장검은 조금도 어색하지 않고 그의 뛰어난 골격과 붉은 옷과 살결이 흰 풍부한 두 볼과 잘 어울린다. 그리고 눈썹 하나 까딱 않는 침착한 태도와 그 아름다움에——뭔가 장중함을 느끼게 하였다.

사람들의 말소리와 고지로의 말소리는 파도 소리와 바람에 휩쓸려 누이노스케가 있는 근처까지는 들려오지 않았다. 그러나 고지로의 얼굴에는 생사를 결정하는 장소로 가는 자라고는 보이지 않을 만큼 부드러운 미소가 먼 곳에서도 밝게 보였다.

고지로는 그 웃음을 가능한 한 지기들과 벗들에게 골고루 보내 주었다. 이윽고 그는 술렁대는 성원자들에게 둘러싸여서 배에 올랐다.

제자인 다쓰노스케도 올랐다.

선박 담당 행정관인 가신이 두 사람 올라타 한 사람은 뱃전에 걸터앉고 한 사람은 노를 잡는다.

그리고 또 하나의 수행자는 다쓰노스케의 주먹 위에 앉은 매 아마유미였다. 배가 기슭을 떠날 때 일제히 환성을 보내는 사람들 소리에 놀란 모양인지 아마유미는 푸드득 한 번 날개를 커다랗게 폈다.

2

바닷가에 서 있는 사람들은 언제까지나 그곳에서 떠나지 않았다.

이에 답하여 고지로도 배 안에서 환송객들을 바라보았다.

노를 젓는 자도 배를 빨리 몰지 않고 천천히 물결을 헤치고 간다.

"그렇지, 시간이 다 됐구나. 저택의 어른에게도 빨리……."

누이노스케는 제정신으로 돌아와 서 있던 소나무 그늘에서 급히 돌아가려 했다.

그때 문득 눈치챈 것이 있었다. 그가 몸을 의지하고 있던 소나무에서 여섯 일곱 그루째의 같은 소나무 둥치에 바싹 몸을 기댄 채 혼자 흐느끼고 있는 여인이 있었다.

멀리 까마득히――바다의 푸르름 속으로 사라져 가는 작은 배를――아니, 고지로의 모습을 바라보고는 구슬프게 나무 그늘에서 오열하는 것이었다.

고지로가 고쿠라에 정착한 다음 짧은 세월 동안 그를 곁에서 섬겨온 오미쓰였다.

"……."

누이노스케는 눈길을 돌렸다.

그리고 오쓰우가 놀라지 않도록 발소리를 죽여가며 바닷가에서 거리로 나아갔다. 불현듯 마음에 걸리는 것을 느끼면서.

"누구에게나 표리가 있는 법. 화려한 모습 뒤에는 수심에 눈물겨워하는 사람이 있는 것……."

　누이노스케는 중얼거리면서 눈을 피해 슬퍼하는 한 사람의 여성과, 이미 앞바다로 희미하게 사라져가는 고지로의 배를 또 한 번 뒤돌아보았다.
　바닷가에 모였던 사람들은 삼삼오오 물가에서 흩어졌다. 저마다 입을 모아 고지로의 침착함을 칭찬하고 오늘 시합의 필승을 그에게 기대하면서──.

　"다쓰노스케(辰之助)!"
　"예!"
　"아마유미(天弓)를 이리로."
　고지로는 왼편 주먹을 내밀었다.
　다쓰노스케는 자기 주먹에 앉혀 두었던 매를 고지로의 손으로 옮겨놓고 조금 물러앉았다.
　배는 지금 후나지마 섬과 고쿠라 사이를 노저어 간다. 해협의 조류는 이제야 빨라졌다. 하늘도 물도 맑게 갠 날이었으나 파도는 꽤 높았다.
　뱃전에서 물보라가 뛸 때마다 매는 털을 곤두세우며 처절한 자세를 취했다. 오늘 아침에는 길들여진 이 매에게서도 살기가 느껴졌다.

"성으로 돌아가."

고지로는 매의 발고리를 풀고 매를 주먹에서 하늘로 날렸다.

매는 사냥터에서처럼 하늘로 날아오르자 도망가는 갈매기에게 달려들더니 흰 털을 떨구었다. 그러나 주인이 다시 부르지 않자 이윽고 어디론가 사라져 버렸다.

고지로는 매의 행방을 보지 않았다. 매를 놓아 주고 나서 고지로는 곧 몸에 지니고 있던 신불 부적이니, 편지 조각이니, 또 이와쿠니의 이모가 정성 들여 지어온 범자 속옷까지, 원래 자기 것이 아닌 것은 모두 물결 속에 던져 떠내려 보냈다.

"시원하구나!"

고지로는 중얼거렸다.

지금 절대의 세계로 향해가는 그의 감정에는 '그 사람, 이 사람' 하고 떠오르는 인정과 사슬은 모두 마음을 흐리게 하는 것으로밖에 생각되지 않았다.

자기를 이기게 하려고 빌어 주는 수많은 사람들의 호의도 무거운 짐이었다. 신불의 부적도 그는 방해가 된다고 생각했다.

인간, 발가벗은 자기 자신.

이것 하나밖에 지금 믿을 것이 없다는 것을 깨닫는다.

"……"

바닷바람은 말없는 그의 얼굴을 스쳐간다. 그 눈동자에 후나지마 섬의 소나무와 잡목이 이룬 녹음이 시시각각으로 가까워진다.

3

한편——

같은 상황은 해협 건너편 아카마가세키에 있는 무사시 쪽에도 당연한 일로서 박두해 오고 있다.

이른 아침.

나가오카의 심부름으로 누이노스케와 이오리 두 사람이 왔다가 무사시의 편지를 갖고 떠나간 다음, 무사시가 묵고 있는 순항선 도매상 주인 고바야시 다로자에몬은 해변 창고 사이의 골목을 돌아 가게 앞에 나타나

"사스케(佐助), 사스케 없나?"

사스케를 찾는다.

사스케는 많은 고용인들 가운데서도 눈치가 빠른 젊은이로 안채에서 애지중지했으며 틈이 있으면 가게 일도 거들곤 했다.

"일찍 나오셨습니다."

주인이 나타나자 계산대에서 내려온 지배인은 우선 아침 인사를 했다.

"사스케를 찾으십니까. 예, 예, 조금 전까지 저기 있었는데요."

그리고 다른 젊은 패를 향해

"사스케를 찾아 오너라. 사스케를——. 큰 어른께서 부르신다, 빨리."

이렇게 일렀다.

그러고서 지배인은 가게 사무에 대해서, 또 짐 운반과 배선(配船) 따위의 일을 주인에게 보고하듯이 지껄이기 시작했으나 다로자에몬은

"나중에, 나중에."

손을 내저었다.

귓가의 모기를 쫓듯이 얼굴까지 흔들고 그는 전혀 무관한 일을 물었다.

"누구라도, 가게로 무사시님을 찾아온 사람은 없었나?"

"예. 아, 안채 손님 말씀입니까? 아니, 오늘 아침에도 찾아온 분이 계셨

습니다."
"나가오카님의 심부름꾼 말이지?"
"예."
"그밖에는?"
"글쎄요……."
지배인은 볼을 만지며 대답했다.
"제가 만난 건 아닙니다만 지난 밤 큰 문을 닫고 났을 때 누추한 차림으로 눈이 날카로운 나그네가 참나무 지팡이를 짚고 불쑥 들어와서――무사시님을 뵙고 싶다, 선생께서는 배에서 내리시자 이 집에 머물고 계시다는 말을 들었는데――하며 한참 동안 돌아가지 않았다는군요."
"누가 지껄였나? 그렇게도 무사시님의 신변에 대해서는 입을 놀리지 말라고 했는데."
"아무튼 젊은 녀석들은 오늘 일이 있으니만큼 그런 분이 우리집에 머물러 계신 사실이 어쩐지 자기 자랑이나 되는 듯이 그만 입을 놀린 모양입니다. 엄하게 주의를 주었는데도."
"그건 그렇고, 지난밤의 참나무 지팡이를 든 나그네 분은 어떻게 했지?"
"소베에(總兵衞)님이 나가서, 잘못 들으신 모양입니다, 하고――끝까지 무사시님이 안 계시다고 우겨대자 간신히 돌아갔답니다. 그때 누군지 대문 밖에는 그밖에도 두세 사람이나――여자도 섞여 있었답니다."
그때 선창가 배다리 쪽에서
"사스캡니다. 큰 어른, 무언가 볼일이 있습니까?"
이런 소리가 들렸다.
"오오, 사스켄가. 별다른 일은 아니지만 네게는 오늘 큰 임무를 부탁했었지. 다짐을 줄 건 없지만 알고 있지?"
"예, 잘 알고 있습니다. 이러한 임무는 뱃사람으로서 평생에 두 번 다시 없는 일이라고 생각해서 오늘 꼭두새벽부터 일어나 물을 뒤집어쓰고 새 무명 천으로 배를 감고 기다리고 있지요."
"그럼, 어젯밤에도 말해 두었지만 배 준비는 잘 되어 있나?"
"별로 준비랄 것까진 없습니다만 많은 작은 배들 가운데서 가장 빠르고 깨끗한 걸 골라서 소금을 뿌려 배 밑바닥까지 씻어 두었습니다. 언제든지 무사시님의 준비만 끝나면 모실 수 있습니다."

4

다로자에몬은 또
"그래, 배는 어디다 매어 두었나?"
물었다.
사스케가 '늘 쓰는 선창 기슭에' 하고 대답하자 다로자에몬은 잠시 생각하더니 말했다.
"거기에서는 출발하실 때 사람 눈에 뜨인다. 어디까지나 남의 눈에 뜨이지 않게 떠나겠다는 것이 무사시님의 생각이시니까, 어디든 다른 장소로 돌려 줬으면 좋겠네."
"알겠습니다. 그럼, 어디로 갖다 댈까요?"
"집 뒤뜰에서 두 마장 가량 동쪽으로 떨어진 해변, 저 헤이케 소나무가 있는 근처의 바닷가라면 사람 왕래도 드물고 눈에 띄지도 않을 거야."
그런 분부를 내리는 사이에도 다로자에몬은 어쩐지 마음이 놓이지 않는 모양이었다.
가게도 여느 때와는 달리 오늘은 몹시 한산했다. 한밤중까지 배 왕래가 금지되어 있는 탓도 있을 것이다. 또한 건너편의 모지가세키나 고쿠라와 함께 나가토(長門) 영지 일대에서도 모든 사람들이 후나지마 섬의 오늘 시합을 마음에 두고 있는 탓도 있으리라.

그렇게 생각하고 거리를 내다보니 어디를 향해 가는지 수많은 사람들이 붐빈다. 가까운 영지의 사동(使童)들, 낭인, 유학자인 듯한 사동(使童), 대장장이, 칠장이, 갑옷 만드는 기술자, 승려로부터 잡다한 장사꾼, 농사꾼에 이르기까지, 그 가운데는 쓰개치마나 여자용 삿갓을 쓴 여인들도 섞이어 같은 방향으로 흘러간다.

"빨리 와!"

"울기만 하면 내버리고 간다!"

어부 아낙네들인 모양이다. 아이를 업기도 하고 손으로 끌기도 하며 금방 무슨 일이 날 것같이 와글거리면서 지나간다.

"이 정도니……!"

다로자에몬도 무사시의 심경을 알 수 있을 것 같았다.

아는 척하는 자들의 실없는 칭찬이나 헐뜯는 소리도 귀가 아픈 판국에 이렇게 많은 사람떼가 남의 생사와 승부를 단순한 흥밋거리로 삼아 구경하러 가는 것이다. 더구나 시합이 시작되려면 아직 여유가 충분히 있건만.

그리고, 배의 출항 금지령이 내려 물론 바다로 나가지 못하는 데다, 멀리 육지와는 길이 끊어져 있는 후나지마 섬이 설령 산이나 언덕에 올라간다 해도 보일 리가 만무한 데도.

그러나 사람들은 가고 있다. 그리고 남들이 가고 있으니 집에 가만히 있을 수 없게 된 사람들이 까닭 없이 나서서 줄줄 따라가는 것이다.

다로자에몬은 잠시 밖으로 나가 한 바퀴 그러한 분위기를 접하고 곧 되돌아왔다.

그의 거실도, 무사시가 자고 난 방도, 벌써 말끔히 아침 청소가 끝났다. 바다로 향한 문을 열어젖히자 방 천정에 파문의 소용돌이가 일렁인다. 집 뒤는 바로 바다였다.

파도에서 반사되어 온 아침 햇살이 빛무늬를 이루며 벽에도 장지문에도 하늘하늘 노닐고 있다.

"이제 돌아오세요?"

"오, 오쓰루냐?"

"어디 가셨나 하고 여기저기 찾아다녔어요."

오쓰루가 따라준 찻잔을 들고 다로자에몬은 조용히 바다를 내다보았다.

"……."

오쓰루도 가만히 지켜보고 있다.

다로자에몬이 눈에 넣어도 아프지 않을 만큼 귀여워하는 이 외동딸은 지난번까지 센슈사카이 항구 지점에 있었으나 마침 무사시가 올 때에 같은 배로 아버지 곁으로 돌아왔다. 오쓰루는 앞서 이오리를 잘 돌봐준 일이 있었으므로, 무사시가 이오리의 소식을 잘 알고 있는 것은 배 안에서 이 처녀로부터 무언가 이야기를 듣고 있었기 때문인지도 모른다.

5

또, 이렇게도 상상되는 것이다.

무사시가 이곳 고바야시 다로자에몬의 저택에 앞서부터 몸을 담은 것도, 그러한 연고로 이오리가 신세를 진 인사를 위해 배에서 내려 다로자에몬의 저택에 들렀다가 다로자에몬과 친숙해졌기 때문이 아니었을까.

그러나 어찌 되었건, 무사시가 머무는 동안에는 아버지의 분부로 오쓰루가 그의 신변 시중을 들었다.

당장에 지난 밤에도 무사시가 아버지와 밤늦게까지 이야기하는 동안 오쓰루는 다른 방에서 열심히 바느질을 하였다.

그것은 무사시가

"시합 당일은 아무런 준비도 필요 없습니다만 새 무명 속옷과 띠만은 갖추어 두고 싶습니다."

이 말을 어쩌다가 한 일이 있기 때문에 속옷뿐만 아니라, 검은 명주옷과 띠도 새로 기워 오늘 아침까지 시침실만 뽑으면 되도록 모두 갖추어 두었던 것이다.

혹시——

다로자에몬만이 가진 어버이의 가벼운 심정이었지만

'딸은 그를 사랑하고 있는 게 아닐까. 만일 그렇다면 오늘 아침의 오쓰루 심정은?'

문득 그렇게 지나친 생각도 해 보는 것이었다.

아니, 지나친 생각이 아닐는지도 모른다. 오늘 아침 오쓰루의 미간에는 어딘지 모르게 그런 심정의 빛이 어려 있었다.

지금도, 아버지 다로자에몬에게 차를 따라 주고 나서 아버지가 묵묵히 바

다를 내다보자 그녀도 언제까지나 말없이 수심에 찬 듯 바다의 푸르름을 응시하고 있다. 그리고 눈동자에는 바닷물이 넘실대듯이 눈물이 고이는 듯했다.

"오쓰루……."

"네……."

"무사시님은 어디 계시느냐. 아침 진지는 드렸나?"

"벌써 끝내셨어요. 그리고 방문을 닫고서."

"슬슬 준비하시는 건가."

"아아니, 아직……."

"뭘 하고 계시지?"

"그림을 그리고 계시는 것 같아요."

"그림을…… ?"

"네."

"……아, 그래. 공연한 청을 했었구나. 언젠가 그림 이야기가 나왔을 때 뒷날의 추억이 될 만한 그림이라도 하나 그려 달라고 내가 부탁을 했더니."

"어제, 후나지마 섬까지 동행하는 사스케에게도 한 장 유물로 그려 주겠다고 하셨어요……."

"사스케에게까지……."

다로자에몬은 혼잣말로 중얼거리고 나서 갑자기 자기가 태연하게 있을 수 없을 것 같은 성급한 느낌이 들었다.

"이러고 있는 동안에도 시간은 임박해 오고, 보이지도 않는 후나지마 섬의 시합을 구경하려고 저렇게 많은 사람들이 야단 법석을 하며 가고 있는데……."

"무사시님은 마치 잊으신 것 같은 얼굴을 하고 계세요."

"그림 따위는 문제가 아니야. ……오쓰루, 네가 가서 이젠 그런 일은 내버려 두시라고 잠깐 말씀을 드리고 오너라."

"……하지만 저는."

"말 못하겠단 말이냐?"

다로자에몬은 그때에야 확실히 오쓰루의 심정을 알아차렸다. 아버지와 딸에게는 한피가 흐르고 있다. 그녀의 슬픔과 아픔은 그대로 다로자에몬의 핏속으로 울려오는 것이었다.

그러나 아버지의 얼굴은 태연스러웠다. 오히려 꾸짖듯이

"못난 것, 뭘 어물거리고 있어……."

그리고 몸소 무사시가 있는 방의 장지문 쪽으로 걸어갔다.

6

그 방은 잠잠하게 문이 닫혀 있었다.

무사시는 붓, 벼루, 접시 따위를 놓고 조용히 앉아 있다.

이미 완성된 한 폭의 화선지에는 버드나무에 백로가 그려져 있다.

그러나 앞에 놓인 종이에는 한 획도 붓이 가 있지 않았다.

흰 종이를 앞에 놓고 무사시는 무엇을 그릴까 생각하고 있는 모양이다.

아니, 화상(畵想)을 포착하려는 이념이나 기교보다도 먼저 화심(畵心), 그 자체가 되려고 자기 자신을 조용히 정돈하고 있는 모습이었다.

흰 종이는 무(無)의 천지라고 볼 수 있다. 한 획을 그린 먹은 순식간에 무에서 유(有)를 만들어낸다. 비를 부르거나 바람을 일으키는 것도 자유자재다. 그리고 그곳에는 붓을 든 사람의 마음이 영원히 그림으로 되어 남는다. 마음에 사악(邪惡)이 있으면 간특함이──좋은 칭찬을 받고자 하는 마음이 있으면 또 그 마음의 흔적이 숨길 수 없이 남게 된다.

　사람의 육체는 사라져도 먹은 없어지지 않는다. 종이에 담겨진 마음의 모습은 언제까지 호흡하게 될지 헤아릴 수가 없는 것이다.
　무사시는 그런 일도 문득 생각한다. 그러나 그러한 생각도 화심을 방해한다. 백지와 같은 무의 경지로 돌아가고 싶다. 그리고 붓을 쥔 손이 나도 아니고 남도 아니게, 마음이 마음 그대로 휜 천지에서 행동하는 것을 기다리고 있는 것 같은 심정——
　"……."
　그 모습으로 좁은 방은 꽉 차 있었던 것이다.
　이곳에는 거리의 소음도 없고 오늘의 시합도 남의 일만 같다.
　다만 가운데 뜨락의 대나무가 가끔 아련한 설렘을 보일 뿐——.
　"……저어."
　소리도 없이 그의 뒤에 있는 미닫이가 조금 열렸다.
　주인 다로자에몬이었다. 살며시 그 자리를 살펴보았건만 너무나도 조용한 그의 모습에 말을 걸기가 어려워서
　"……무사시님, 저어…… 모처럼 즐기고 계신데 방해가 돼서 죄송합니다만."

그 사람 이 사람　579

다로자에몬이 보기에도 무사시의 그러한 태도는 자못 그림을 즐기고 있는 모습으로 보였던 것이었다.
무사시는 정신을 차리고
"오, 주인 어른이시오. …… 자아, 들어오십시오. 그렇게 문지방에서 무얼 삼가십니까."
말한다.
"아니, 오늘 아침은 그렇게 하고 있을 수 없잖습니까. …… 곧 시간이 다 가오는데요."
"알고 있습니다."
"속옷이니 휴지, 수건 등 준비하실 것은 갖추어 옆방에 갖다 두었으니 언제든지."
"감사합니다."
"……그리고, 저희들에게 주실 작정인 그림이라면 그만두시지요. ……성공하시고 후나지마 섬에서 돌아오신 다음에 천천히 그리셔도."
"염려하지 마십시오. 어쩐지 오늘 아침 맑은 기분이어서, 이런 때에……."
"그래도 시간이."
"알고 있습니다."
"……그럼, 준비하실 때는 불러 주십시오. 저쪽에서 기다리고 있겠습니다."
"죄송합니다."
"뭘요, 천만에."
오히려 방해가 될까 싶어 다로자에몬이 물러가려 하자
"아, 주인 어른."
무사시 쪽에서 불러 세우고 이렇게 물었다.
"요즈음 바다의 썰물 밀물 시간은 어떻게 되어 있습니까? 오늘 아침에는 썰물인지 밀물인지요."

7

조수의 간만은 다로자에몬으로서는 직업상 직접적인 관계가 있었으므로 질문을 받자 곧
"예, 요즘은 아침 여섯 시부터 여덟시까지 물이 빠지고──그렇군요, 이

제 슬슬 밀물이 들기 시작할 무렵입니다."

무사시는 끄덕이며

"그렇습니까."

중얼거리더니 또다시 흰 화선지를 향한 채 말이 없었다.

다로자에몬은 살며시 미닫이를 닫고 돌아갔다. 다른 사람의 일이 아니라 마음에 걸리긴 하지만 어쩔 수가 없다. 자기도 마음을 가라앉히려고 본래의 위치에 잠시 앉아 보았지만 '시간이, 시간이' 하는 생각에 미치면 태연히 앉아 있을 수가 없었다.

끝내 몸을 일으키어 바다가 보이는 마루 쪽으로 나가 보았다. 바다의 파도는 사나운 흐름처럼 움직였다. 방 바로 밑의 기슭으로도 순식간에 바닷물이 불어난다.

"아버지."

"오쓰루냐, 뭘 하고 있느냐?"

"이제 나가실 시간이 되었다 싶어 무사시님의 짚신을 뜨락 쪽으로 갖다 놓고 왔습니다."

"아직 멀었어."

"어떻게 되었나요?"

"아직 그림을 그리고 계시다. ······괜찮을까, 저렇게 태평스럽게."

"그래도 아버지는 말리러 가셨었지 않아요."

"가긴 갔었지만, 그 방에 가 보니 묘하게도 말리는 것이 좋지 않을 것 같은 생각이 들어서 말이야."

그러자 어디선가

"다로자에몬님, 다로자에몬님."

집 밖에서 부르는 소리가 들려왔다.

뜨락 밑 기슭에 호소가와 가문의 배가 한 척 와 있었다. 그 배 위에 우뚝 선 무사가 불렀던 것이다.

"오, 누이노스케님이시군."

누이노스케는 배에서 내리지 않았다. 마루에 다로자에몬의 모습이 보인 것을 반기며

"무사시님은 떠나셨나요?"

물었다.

다로자에몬이

"아직."

대답하자 누이노스케는 다급한 목소리로

"그럼, 조금이라도 빨리 준비해서 빨리 출발하시도록 전해 주십시오. 벌써 상대방인 사사키 고지로님은 주군의 배로 섬을 향해 떠나셨으며 주인 나가오카 사도님도 금방 고쿠라를 떠나셨으니까요."

"알았습니다."

"부디 비겁하다는 말을 듣지 않도록, 노파심으로 한 말씀을——"

말을 마치자 갈 길을 서둘러대듯이 배는 곧 머리를 돌려 노를 저어 떠났다.

그렇지만 다로자에몬도, 오쓰루도 안채의 고요한 방을 뒤돌아보았을 뿐 그대로 잠시 동안을 몹시도 지루하게 느끼면서 마루 끝에 앉아 기다렸다.

그러나 언제까지나 무사시가 있는 방문은 열리지 않았다. 아무런 기척도 없었다.

두 번째 배가 뒤편 해변으로 오더니 가신 한 사람이 뛰어올라왔다. 이번 심부름은 나가오카 저택의 하인이 아니고 후나지마 섬에서 직접 나온 무사

였다.

8

미닫이 소리에 무사시는 눈을 떴다. 그래서 오쓰루가 일부러 소리를 내어 부를 필요가 없었다.

재촉하는 인편이 두 번이나 배로 왔었다는 사유를 말하자 무사시는

"그렇습니까?"

싱긋이 웃으며 끄덕이기만 했다.

말없이 어딘가로 나갔다. 물통에서 물소리가 들렸다. 한참 자고 난 얼굴을 씻고 머리라도 매만지는 모양이었다.

그동안 오쓰루는 무사시가 있던 다다미 위로 눈길을 떨구었다. 아까까지 백지였던 화선지 위에는 진한 먹이 묻어 있었다. 얼핏 보아선 구름처럼 보이는 것뿐이었지만 눈여겨보니 파묵산수화(破墨山水畵)였다.

그림은 아직 젖어 있었다.

"오쓰루님."

옆 방에서 무사시가 부른다.

"그 그림은 주인 어른께 드려 주오. 또 하나는 오늘 수행해 주는 사스케에게 나중에 주십시오."

"감사합니다."

"뜻밖에 신세를 졌는데 아무 인사도 할 수가 없소. 그림은 유품 대신에."

"부디 오늘밤에도 다시 어제처럼 아버지와 함께 같은 불빛 아래서 말씀을 나누시도록."

오쓰루는 마음을 다해서 말했다.

다음 방에서 옷 입는 소리가 났다. 무사시가 몸치장을 하고 있는 듯이 여겨졌다. 장지문 너머에서 소리가 없어졌다 싶더니 무사시의 목소리는 이미 저쪽 방에서 아버지 다로자에몬과 뭔가 두세 마디 주고받는 듯이 들려왔다.

오쓰루는 무사시가 준비를 하던 방으로 들어갔다. 그가 벗어놓은 속옷과 겉옷은 그 자신의 손으로 깨끗이 개켜져서 구석의 휴지통 위에 놓여져 있었다.

표현할 수 없는 적막감이 오쓰루의 가슴속에 치밀어 올라왔다. 오쓰루는 아직 그 사람의 체온이 남겨져 있는 겉옷 위로 얼굴을 가져갔다.

"……오쓰루, 오쓰루."
이윽고, 아버지가 부르는 소리였다.
오쓰루는 대답하기 전에 살며시 눈썹과 볼을 손바닥으로 쓰다듬었다.
"……오쓰루! 뭘 하고 있나. 떠나신다. 이제 떠나신단 말이야."
"네."
오쓰루는 정신 없이 달려나갔다.
무사시는 벌써 짚신을 신고 뜨락 어귀까지 나가 있었다. 그는 어디까지나 사람 눈에 뜨이는 것을 피했다. 거기서부터 기슭을 따라 조금 걸어가면 사스케의 작은 배가 벌써부터 기다리고 있다.
가게와 안채 사람 네댓 명이 다로자에몬과 함께 문 어귀에서 무사시를 전송했다. 오쓰루는 아무 말도 못했다. 다만 무사시의 눈동자가 자기 눈동자를 바라 보았을 때에 말없이 함께 고개를 숙였다.
"안녕히."
마지막으로 무사시가 말했다.
고개를 숙인 채 아무도 머리를 들지 못했다. 무사시는 사립문 밖으로 나가 조용히 닫고 또 한 번 말했다.
"그럼, 편히……."

사람들이 머리를 들었을 때에 이미 무사시는 저쪽을 향하여 바람 속을 걷고 있었다.

뒤돌아볼까――뒤돌아볼까――하고 다로자에몬을 비롯한 남은 사람들은 마루와 뜨락 울타리에서 지켜보고 있었지만 무사시는 뒤돌아보지 않았다.

"저런 것인가, 무사라는 것은 정말로 깨끗한 거로군!"

누군가가 중얼거리는 말이었다.

오쓰루는 바로 그 자리에서 사라져 보이지 않았다. 그 사실을 알자 다로자에몬도 곧 안채로 모습을 감추고 말았다.

다로자에몬의 저택 뒤편에서 해변을 따라 한 마장 가량 걷노라면 큰 소나무가 한 그루 서 있다. 헤이케 소나무라고 이 근처에서 불리는 소나무――

뱃머리를 돌려놓고 고용인 사스케는 아침 일찍부터 거기서 기다리고 있었다. 무사시의 모습이 그 근처까지 가까이 다가오자 누군가

"오!……선생님."

"무사시님."

후다닥 발치께로 뒹굴어오듯이 달려오는 자들이 있었다.

9

한 걸음――

문지방을 넘어선 무사시에게는 오늘 아침 이미 머릿속에 아무것도 없었다.

다소 있었던 생각은 모두 시꺼먼 먹에 담아 이미 화선지에다 묵화로써 내뱉아 버렸다.

――그 그림을 스스로도, 오늘 아침에는 기분 좋게 잘 그려졌다고 생각했다.

그리고 후나지마 섬으로.

조수에 몸을 맡기고 건너가겠다는 심정에는 여느 때와 아무런 변함이 없었다. 오늘 저편으로 건너가서 다시 이 바닷가로 돌아올 수 있는지 없는지. 지금의 이 한 걸음 한 걸음이 저승으로 가고 있는 것인지, 또한 금생(今生)의 기나긴 길을 걷고 있는 것인지――그런 것도 생각해 보지 않았다.

언젠가 스물두 살 때 이른봄, 일승사의 결전 장소에 한 자루 칼을 들고 갔을 때처럼――그렇게 만신(滿身)의 모골(毛骨)이 곤두선 비장감도 없고 감상도 없다.

 그때의 백여 명이 넘은 많은 적이 강적이냐, 오늘의 단 한 사람의 상대가 강적이냐 하면, 오합지졸인 백 명보다도 단 한 사람인 사사키 고지로 편이 훨씬 더 두려운 건 물론이었다. 오늘이야말로 무사시로서는 일생에 두 번 다시 있을까 말까 한 대난(大難)임에 틀림없다. 일생의 대사(大事)임이 틀림없다.
 그렇지만 지금——자기를 기다리고 있는 사스케의 작은 배를 보고 아무 생각 없이 서두르려는 발치에, 자기를 향해 '선생님'이라고 부르고 또 '무사시님'이라고 부르며 뒹굴어 엎드린 두 사람을 보자 그의 잔잔한 마음은 순간 흔들렸다.
 "오오, 곤노스케님이 아니오? 할머니도……어떻게 이 자리에?"
 놀라워하는 목소리로 말하는 그의 눈 앞에 여행으로 때묻은 무소 곤노스케와 오스기 노파가 모래밭에 파묻히듯이 주저앉아 두 손을 땅에 짚었다.
 "오늘의 시합, 평생의 큰 일로 알고……."
 곤노스케의 말에 이어 노파도 말했다.
 "전송하러 왔지요. ……그리고 또 나는 임자에게 오늘날까지의 잘못을 사과하러 왔습니다!"
 "아니, 할머니가 이 무사시에게 사과라니요?"

"용서해 주오! ……무사시님. 오랫동안의, 이 할멈의 잘못 생각을."
"……예?"
오히려 이상하다는 듯이 무사시는 오스기 노파의 그러한 얼굴을 지켜보고
"할머니, 그건 또 어떤 심정으로 제게 말씀하시는 겁니까?"
이렇게 물었다.
"아무 말도 않겠소."
노파는 가슴께에 두 손을 모아 지금의 자기 심정을 외형으로 나타내 보였다.
"지난 일들을, 일일이 말한다면 뉘우칠 일이 한이 없지만 모든 것을 물에 흘려 보내주오. 무사시님, 용서해 주시오. 모두……자식 때문에 저지른 내 잘못이었소."
"……."
그 얼굴을 지그시 들여다보고 있던 무사시가 너무나 고마워 갑자기 무릎을 꿇는다. 그러고는 노파의 손을 잡고 절을 한 채 한동안 얼굴을 들지 못한 것은——가슴이 메어지면서 눈물이 솟았기 때문이리라.
노파의 손도 와들와들 떨렸고 무사시의 손도 잘게 떨렸다.
"아, 무사시로서 오늘은 얼마나 좋은 날인지. 그 말씀을 듣고 나니 지금 죽어도 한이 없을 것 같은 심정입니다. 분명히 무언가 진실을 본 기쁨, 할머니의 말씀을 믿겠습니다. 덕분으로 오늘의 시합에 후련한 기분으로 임할 수 있을 것 같습니다."
"그럼, 용서해 주겠소?"
"뭘요. 그렇게 말씀하시면 무사시야말로 옛날로 돌아가 할머니 앞에 몇 번이나 사과를 드려야 할지요."
"……아, 기쁘오. 아, 이것으로 내 몸과 마음도 가벼워졌소. 하지만 무사시님, 또 한 사람, 세상에서 가련한 사람 하나를 꼭 임자가 구해 줘야겠소."
노파는 그렇게 말하고 무사시의 시선을 이끌듯이 뒤돌아보았다.
바라보니 저편 소나무 밑에 아까부터 꼼짝 않고 쭈그리고 앉은 채, 고개를 들지 않고 피어 있는 달개비 꽃 같은 갸날픈 여인의 모습이 있었다.

10

말할 것도 없었다. 그것은 오쓰우였다. 오쓰우는 끝내 이곳까지 왔다. '끝

내 왔다' 하는 모습이었다.

손에는 여인들이 쓰는 갓을 들고.

지팡이를 들고 병든 몸으로.

그리고 불타는 것도 가슴에 품고 있었다. 그 무서운 불길 같은 것도, 그러나 놀랄 만큼 수척해진 육체 속에 감추어져 있었다. 무사시가 본 순간에도 맨먼저 그것을 직감했다.

"……아, 오쓰우……."

의연히 그는 그녀 앞으로 가 섰다. 그곳까지 묵묵히 걸어간 것마저도 잊었다. 저만치 떨어진 곤노스케와 노파는 일부러 다가오지 않았다. 오히려 몸을 감추어 이 바닷가를 그와 그녀 두 사람만의 것으로 만들어 주고 싶은 심정이었다.

"오쓰우……님이군."

그것이 무사시가 한껏 내뱉은 말이었다.

그 세월의 공간을 단순한 말로써 이어붙이기에는 너무나도 한이 많았다.

더구나 묻는 말에 대답하는 것마저도 지금은 할 수 있는 여유가 전혀 없는 시점이다.

"몸이 편치 않은 모양인데……어떻소?"
이윽고 한 마디 했다. 불쑥 앞뒤도 없는 말이었다. 긴 시구 가운데 한 구절만을 집어내어 외우듯이.
"……네."
오쓰우는 감정이 벅차 올라 무사시의 얼굴에 눈길도 보낼 수 없었다. 그러나 생이별이 될는지 이제 사별할 것인지 모르는 이 중요한 순간을 실없이 떠들어대거나 헛되이 보내서는 안 되겠다……. 오쓰우는 스스로 조심하는 모양으로, 지그시 이념 속에서 애써 자기를 냉정하게 지킨다.
"일시적인 감기인지, 아니면 오래된 병인지? 어디가 아프오?……그리고 요즘은 어디 있었소? 어디에 몸을 의탁하고 있소?"
"칠보사로 돌아가 있어요. ……지난해 가을 무렵부터……."
"뭐, 고향에?"
"네……."
비로소 그녀의 눈동자는 무사시를 지그시 바라본다.
눈은 깊은 호수처럼 젖었다. 속눈썹이 가까스로 흘러넘치려는 눈물을 막아 준다.
"고향……고아인 제게는 남이 말하는 고향은 없어요. 있는 건 마음의 고향뿐입니다."
"그래도, 할머니도 이젠 임자에게 친절히 대해 주는 모양이니 무엇보다도 무사시는 기쁘오. 조용히 병을 요양해서 당신도 행복하게 되어 주시오."
"지금 행복해요."
"그런가. 그 말을 들으니 나도 조금은 마음을 놓고 갈 수가 있겠소. ……오쓰우."
무릎을 꿇었다.
노파와 곤노스케의 시선을 느끼고 그녀는 움츠린 몸을 더욱 도사렸으나 무사시는 누가 보고 있는 것조차도 잊고 있었다.
"여위었구려."
무사시는 끌어안을 듯이 등으로 손을 돌려 뜨거운 입김을 뿜으며 그녀의 얼굴로 자기 얼굴을 가져가
"……용서해 주오, 용서를. 무정한 놈이라고 해서 반드시 박정한 놈만은 아니오. 당신만이……."

"알고 있어요."
"그렇지만 단 한 마디라도 말씀해 주시오. ……아, 아내라고 한 말씀!"
"뻔한 일을. 말하면 오히려 쑥스러운 것."
"그래도……그래도……."
오쓰우는 어느 사이엔가 온몸으로 흐느끼고 있었다. 갑자기 있는 힘을 다해서 무사시의 손을 잡고 소리쳤다.
"죽어도 오쓰우는. 죽어도……."
무사시는 묵묵히 크게 끄덕여 보였으나 가냘프면서도 무섭도록 강한 그녀의 손가락을 하나하나 빼어 떨치고 벌떡 일어섰다.
"무사의 아내는 출진 때에 슬퍼하는 게 아니오. 웃으며 날 보내 주오. 이것이 마지막일지도 모르는 남편의 출진이라면 더더구나!"

11

옆에 사람이 있었다.
그러나 잠시 동안의 그들 대화를 방해할 자는 없었다.
"그럼."
무사시는 오쓰우의 등에서 손을 떼었다. 오쓰우는 이미 울고 있지 않았다. 아니, 억지로 미소를 보이려고까지 했다.
"……그럼."
무사시가 일어난다.
오쓰우도 휘청거리며 일어났다. 옆에 서 있는 나무를 의지하고.
"안녕히."
무사시는 성큼성큼 큰 걸음으로 물가까지 걸어갔다.
오쓰우……는 목구멍까지 치밀어올라온 마지막 말을 그의 등을 향해서도 끝내 하지 못했다. 그것은 무사시가 등을 돌린 순간
'이제는 울지 않으리.'
눌렀던 눈물이 줄줄이 흘러내려 무사시의 모습마저도 보이지 않게 되었기 때문이다.
물가에 서니 바람이 세차다.
무사시의 머리털을, 옷깃을, 소금내가 짙은 바닷바람이 휙휙 때리면서 지나갔다.

"사스케!"

배를 향해 부른다.

사스케는 비로소 뒤돌아보았다.

아까부터 사스케는 무사시가 온 사실을 알고 있었으나 배 안에서 엉뚱한 곳을 바라보고 있었다.

"오……무사시님, 이제 떠나도 괜찮습니까?"

"그래, 배를 좀더 기슭으로 대 다오."

"예, 곧."

사스케는 밧줄을 풀고 삿대를 뽑아 배를 좀더 가까이 댔다.

무사시의 몸이 훌쩍 그 뱃전에 뛰어올랐을 때였다.

"아, 위험해요. 오쓰우님!"

소나무 그늘에서 소리가 났다.

조타로였다.

오쓰우와 함께 히메지에서 따라온 아오키 조타로였다.

조타로도 한 번 스승인 무사시를 만났으면——하고 왔으나 아까부터의 광경 때문에 나타날 기회를 잃고 나무 그늘에서 역시 엉뚱한 방향으로 시선을 보낸 채——서 있었던 모양이다.

그런데 지금, 무사시가 배에 오르는 순간 무엇을 생각했는지 오쓰우가 물을 향해 마구 달려갔다. 조타로는 행여나 해서 '위험하다!' 자기도 모르게 소리쳤던 것이다.

그가 자기 나름의 억측으로 위험하다고 소리쳤기 때문에 곤노스케와 노파도 오쓰우의 심정을 순간적으로 잘못 생각했던지

"앗……어디로."

"성급하긴."

좌우에서 황급히 달려들어 세 사람이 꼭 붙들어 버렸다.

"아니, 아니에요."

오쓰우는 조용히 고개를 저어 보였다.

어깨로 숨을 쉬고 있긴 했으나, 결코 그와 같이 성급한 짓은――하고 웃어 보이면서 안고 있던 사람들에게 마음놓으라고 애걸했다.

"어떻게……어떻게 할 셈인가……?"

"앉게 해 주세요."

물소리는 잔잔했다.

사람들은 살며시 손을 놓았다. 그러자 오쓰우는 물가에서 그리 멀지 않은 모래 땅에 쓰러지듯이 주저앉았다.

그러나 헝클어진 옷과 머리를 말끔히 손질하더니 무사시가 탄 뱃머리를 향해

"걱정 말고……다녀오십시오."

손을 짚고 말했다.

노파도 앉았다.

곤노스케도――조타로도――그녀를 따라 앉았다.

조타로는 이때 끝내 한 마디도 스승과 말을 할 수가 없었지만, 자기가 이야기할 수 있는 시간만큼 그 시간을 오쓰우에게 더 준 것이라고 생각하니 후회되는 마음은 조금도 나지 않았다.

어가수심 (魚歌水心)

1

바닷물은 한창 밀려오고 있었다.
해협의 물길은 격류처럼 빠르다.
바람은 등으로 불어온다.
아카마가세키를 떠난 그의 작은 배는 가끔 흰 물보라를 뒤집어썼다. 사스케는 오늘의 노 젓는 일을 명예스럽게 생각하고 있었으므로, 노를 젓는 모양에까지 그런 기색이 나타나 보였다.
"꽤 걸리겠지?"
나아가는 방향을 바라보면서 무사시가 말한다.
무사시는 배 중간쯤에서 책상 다리를 하고 너부죽이 앉았다.
"뭘요, 이 바람과 파도라면 별로 오래 걸리지 않습니다."
"그래?"
"그런데 꽤 시간이 지난 것 같습니다."
"음."
"여덟 시는 벌써 지났습니다."

"그렇겠지. 그럼, 후나지마 섬에 닿는 것은?"
"열 시쯤이 되겠지요. 아니 열 시가 조금 넘을는지도 모릅니다."
"그만하면 알맞겠지."
그날——
고지로도 바라보고, 그 또한 바라보고 있던 하늘은 어디까지나 푸르렀다. 그리고 나가도의 산에 흰구름이 기폭처럼 흐르고 있을 뿐 하늘은 맑았다.
모지가세키의 마치야(町屋), 가자시(風師), 두 산의 모습도 분명히 바라보였다. 그 근처에 무리지어 올라가 있는 사람들이 개미 떼처럼 까맣게 보였다.
"사스케."
"예."
"이걸 가져도 괜찮을까?"
"뭡니까?"
"배 바닥에 있는 노 조각인데."
"그런 것——필요는 없습니다만 뭘 하시려고요?"
"꼭 알맞겠는데."
무사시는 노 조각을 거머쥐었다. 한 손으로 눈 앞에 들고 수평으로 바라본다. 약간 물기를 머금고 있으므로 무겁게 느껴진다. 노 한쪽이 쪼개져서 쓰지 않고 버려 두었던 것인 모양이다.
무사시는 작은 칼을 뽑아 그것을 무릎 위에 놓고 마음에 들 때까지 다듬었다. 아무런 잡념도 없는 모습이다.
사스케가 오히려 걱정이 되어 몇 번이나 아카마가세키 바다를——헤이케 소나무 근처를 목표 삼아——뒤돌아보았건만 이 사람은 추호도 걱정되는 것 같지가 않다.
대체 시합에 임하는 자들은 모두가 이런 심정이 되는 것일까.
사스케 같은 장사꾼이 보는 견지에서는 너무나도 냉정한 것 같았다.
노를 다 깎은 모양으로 무사시는 옷에 묻은 나무 부스러기를 털며
"사스케."
또 부른다.
"뭐, 걸칠 게 없겠나. 도롱이 같은 것이라도 좋은데."
"춥습니까?"

"아니, 뱃전에서 물보라가 튀어서 등에 걸치고 싶은데."
"제가 밟고 있는 판대기 밑에 솜옷 한 벌이 있습니다만."
"그런가? 그럼, 빌리세."
무사시는 사스케의 솜옷을 꺼내어 등에 걸쳤다.
아직 후나지마 섬은 아른아른 멀리 보였다.
무사시는 휴지를 꺼내어 꼬기 시작했다. 몇십 개인지 모르게 꼬아 댄다. 그리고 두 가닥으로 다시 꼬아 길이를 재보고 멜빵에 둘렀다.
종이끈 멜빵은 몹시 만들기 어렵다고 들었는데 사스케가 보는 바로는 아주 대수롭지 않게 보였고 또 그 만드는 솜씨가 빠른 것과 멜빵 위에 걸친 품이 어찌나 산뜻한지 눈을 휘둥그렇게 떴다.
무사시는 그 멜빵 띠에 물이 튀지 않도록 다시 솜옷을 위에서부터 내려쓰며
"저건가, 후나지마 섬은?"
벌써 가까이 보이는 섬을 가리키며 묻는다.

2

"아니, 저건 히코지마 섬(彦島)입니다. 후나지마 섬은 좀더 가야 보일 겁니다. 히코지마 북동쪽으로 대여섯 마장쯤 떨어진 모래사장처럼 편편한 섬인데……."
"그런가. 이 근처에 섬이 여러 개 보이길래 그 중 어느 것인가 했지."
"무쓰레 섬(六連島), 아이지마 섬(藍島), 시라시마 섬(白島) 등——그 중에서도 후나지마 섬은 더 작은 섬이지요. 이사키(伊崎)와 히코지마 섬 사이가 흔히 말하는 온도(音渡)해협이지요."
"서쪽은 부젠 땅 다이리(大里) 포구인가?"
"그렇습니다."
"생각이 난다. 이 근처의 바닷가와 섬은 겐랴쿠(元曆) 난리 때 요시쓰네 님과 다이라 도모모리(平知盛) 경의 싸움터였지."
대관절 이런 이야기를 하고 있어도 괜찮은 것일까. 자기가 노 젓는 배가 앞으로 나아감에 따라 사스케는 아까부터 절로 몸에 소름이 끼치고 흥분되어 가슴이 두근거려서 견딜 수가 없었던 것이다.
자기가 시합하는 것이 아니다——그러면서도 어쩔 수가 없었다.

　오늘의 시합은 어차피 사느냐, 죽느냐의 싸움이다. 지금 태우고 가는 사람을 돌아올 때 태우고 올 수 있을 것인지 어떤지——태워도, 그게 비참한 시체일는지도 모르는 것이다.
　사스케로서는 알 수가 없었다. 무사시의 너무나도 담담한 모습이.
　하늘을 흘러가는 한 조각의 구름.
　물 위를 흘러가는 일엽편주 위의 사람.
　똑같은 것 같기도 했다.
　그러나 사스케의 눈에도 그렇게 보일 만큼 무사시는 이 배가 목적지까지 가는 동안 아무것도 생각할 일이 없었다.
　무사시는 오늘날까지 권태라는 것을 모르고 살아왔는데, 오늘 이 배 안에서는 다소 지루하고 답답함을 느꼈다.
　노도 깎았고 종이 띠도 만들었으며——그리고 생각할 아무것도 없었다.
　문득.
　뱃전에서 새파란 바다의 흐르는 물을 들여다본다. 깊다. 끝없이 깊었다.
　물은 살아 있다. 무궁한 생명을 가지고 있는 것 같다. 그러나 일정한 형태를 가지고 있지 않다. 일정한 형태에 사로잡혀 있는 동안에 사람은 무궁한 생명을 누릴 수가 없다. 참된 생명의 유무는 이 형태를 없이한 다음에 있는 것이라고 생각한다.

목전의 죽음이나 삶도 그러한 눈으로 보면 하나의 물거품에 지나지 않는 것이다. 그러나 그렇게 초연한 생각이 문득 뇌리를 스치는 것만으로도 온몸의 털이 곤두서는 것이었다.

그건 때때로 찬 물보라가 덮쳐오기 때문만은 아니었다.

마음은 생사를 초월한 듯 의연해해도 육체는 예감한다. 근육은 긴장한다. 두 개는 일치되지 않는 것이다.

마음보다도 근육과 털구멍이 그것을 잊고 있을 때 무사시의 머릿속에도 물과 구름의 그림자밖에 없었다.

"나타났다!"

"오오——이제야 겨우."

후나지마 섬이 아니다. 거긴 히코지마 섬의 데시마치(勅使待) 포구였다.

약 3, 40명 가량 되는 무사들이 어촌 해변에 떼지어 서서 아까부터 해변을 바라보고 있었던 것이다.

이자들은 모두 사사키 고지로의 문하생이었으며 그 태반이 호소가와 가문의 가신들이었다.

고쿠라 성 아랫거리에 팻말이 붙자 당일의 선편 왕래 금지가 실시되기 전에 앞질러 섬으로 온 것이었다.

'만일 스승 고지로가 패하는 경우에는 무사시를 섬에서 살려서 돌려 보내지 말자.'

비밀히 맹약을 맺은 패들이 영주의 포고령을 무시하고 이틀 전부터 후나지마 섬에 올라 오늘을 기다리고 있었던 것이다.

그러나 오늘 아침이 되어.

나가오카 사도, 이와마 가쿠베에 등, 행정관과 그리고 경비 무사들이 그곳에 상륙함에 이르러 곧 이들에게 발견되어 호된 꾸지람을 듣고 후나지마 섬에서 바로 이웃섬인——히코지마 섬의 데시마치로 쫓겨난 자들이었다.

3

그날의 금령(禁令)에 따라 시합에 입회하는 관리들 편에서는 그러한 조치를 취했지만, 그러나 가신들의 8할까지는 의당히 같은 소속에 있는 고지로

가 이겼으면 하고 빌었고, 또 스승을 생각한 나머지 그러한 행동으로 나오게 된 문하생들에게 속으로는 동정도 하였다.

 그래서 일단, 임무 수행상 그들을 후나지마 섬에서 내쫓기는 했으나 바로 이웃인 히코지마 섬으로 옮겨갔다는 것은 불문에 부쳐둘 셈이었다.

 그리고, 시합이 끝나면——

 만일 고지로 쪽에서 지게 되는 경우에 그것도 후나지마 섬에서라면 곤란하지만 후나지마 섬에서 무사시가 떠난 다음이라면 스승 고지로의 원수를 갚는다는 뜻으로 어떠한 행동을 하든지——그것은 자기네들이 알 바 아니다——라는 것이 조치를 취한 관리들 측의 거짓없는 속셈이었다.

 히코지마 섬으로 옮겨간 고지로의 제자들도 또한 그것을 꿰뚫어보고 있었다. 그래서 그들은 어촌의 배들을 주워 모아 데사마치 포구에 뱃머리를 돌려 대기시켜 두었다.

 그리고 시합 광경을 바로 그곳으로 알려 줄 전령을 산 위에 세워 놓고, 만일의 경우에는 바로 3, 40명이 저마다 해상으로 나가 무사시의 귀로를 차단하고 육로로 추적하여 죽이든가 경우에 따라서는 그의 배를 뒤집어 바다 속으로 수장해 버리자고 미리 짜 놓고 있었던 것이다.

"무사신가?"

"무사시다."

서로 불러대며 그들은 높은 언덕으로 올라가거나 손을 이마에다 대고 한낮의 태양이 번쩍번쩍 반사하는 바다 위로 시선을 모았다.

"선박 왕래는 오늘 아침부터 금지되어 있다. 무사시의 배가 틀림없어."

"혼자인가?"

"혼자인 모양이다."

"뭔가 뒤집어쓰고 멍하니 앉아 있군."

"옷 밑에 경무장이라도 했겠지."

"아무튼 수배를 해 둬라."

"산엔 갔나? 망 보러……."

"올라가 있어. 걱정 마라."

"그럼, 우리들은 배로."

언제든지 밧줄만 끊으면 배를 몰고 나갈 수 있도록 3, 40명이나 되는 사람들이 와글와글 저마다 안으로 숨어들었다.

배에는 긴 창이 한 자루씩 감추어져 있었다. 어마어마하게 갖춘 형태는 고지로보다도 그리고 무사시보다도 이 사람들 속에서 볼 수 있었다.

무사시가 나타났다!

이것은 그 자리뿐만 아니라 같은 시간에 후나지마 섬에도 전달되었다.

여기서는 파도 소리, 소나무가 우는 소리, 잡목이나 대나뭇잎이 흔들리는 소리 가운데 온 섬이 아침부터 아무도 없는 듯했다.

기분 탓인지 조용한 살기가 감도는 가운데 그 소리가 들렸다. 나가도 영지의 산마루에서 퍼져나온 흰 구름에 이따금 태양이 가리워져서 온 섬이 어두워졌다 싶다가도 다음 순간 환하게 해가 비치곤 했다.

섬은 가까이 가 보아도 몹시 작았다.

북쪽에 조금 가파른 언덕이 있고 소나무가 많았다. 거기서부터 남쪽으로 아늑한 품속 같은 평지가 바로 얕은 물가로 이어지며 바다에 잠겼다. 그 품속 같은 언덕 평지에서 해변에 이르는 곳에 오늘의 시합 장소가 마련되었다.

감독관 이하 졸개에 이르기까지 물가에서 꽤 떨어진 곳 나무 사이로 포장을 치고 침묵을 지켰다. 고지로는 영지 소속으로 있는 자이고 무사시는 의지할 곳도 없는 자이므로, 그러한 것이 상대방에게 위협이 되지 않도록 마음을 써서 삼가고 있는 듯한 진용이었다.
 그러나 약속 시간이 벌써 두 시간이나 지나버렸다는 사실.
 두 번이나 이곳에서 빠른 배편으로 독촉을 했다는 사실 때문에 정숙한 가운데서도 다수 초조와 반감을 아울러 품고 있는 터였다.
 "무사시님이 나타났습니다!"
 소리를 지르면서 물가에 서서 바라보고 있던 가신이 멀찌감치 떨어진 의자와 포장 있는 곳을 향해서 달려갔다.

4

 "왔나?"
 이와마 가쿠베에는 저도 모르게 말하고 의자에서 몸을 일으켰다.
 그는 오늘의 입회인으로서 나가오카 사도와 함께 파견된 관리이지, 그 자신이 오늘의 무사시를 상대하는 사람은 아니었다.
 그러나 그렇게 말한 감정은 자연의 발로였다.
 그 옆에서 대기하고 있던 하인이나 하급 무사들도 모두 똑같은 안색으로
 "오! 저 작은 배로군."
 일제히 일어섰다.
 가쿠베에는 공평한 영지의 관리로서 곧 자신의 잘못을 깨달았던지
 "가만 있어."
 주위 사람들을 나무랐다.
 자기도 천천히 자리에 앉았다. 그리고 조용히 고지로가 있는 쪽을 곁눈질해 보았다.
 고지로의 모습은 보이지 않았다. 다만 산복숭아나무가 네댓 그루 있는 사이로 용담 문장이 그려진 포장이 펄럭였다.
 포장 옆에, 푸른 대로 만든 손잡이가 달린 물 국자를 곁들인 새 물통이 한 개 놓여 있다.
 조금 일찍 섬에 도착한 고지로는 상대가 오는 시간이 늦으므로 그 물통의 물을 마시고 그 포장 밖에서 쉬고 있었는데 지금은 보이지 않았다.
 그 포장을 끼고 조금 저편 끝의 언덕 너머에는 나가오카 사도의 대기소가 있었다.
 한 무리의 경호 무사와 그의 부하들, 그리고 그의 동행으로서 이오리가 옆

에 대기하고 있었다.
"지금 무사시님이 나타났습니다!"
외치면서 해변 쪽에서 한 사람이 달려와 경비 무사 속으로 뛰어들자 이오리의 얼굴빛은 입술까지 하얗게 변했다.
앞만 뚜렷이 바라본 채 까딱도 않던 사도의 전립(戰笠)이 자기 옷자락을 들여다보는 듯이 옆을 보더니——
"이오리."
낮은 소리로 불렀다.
"……예!"
이오리는 손끝으로 땅을 짚고서 사도의 전립 속을 들여다보았다.
발끝에서부터 떨려오는 것 같은 온몸의 전율을 어쩔 수가 없었다.
"이오리——"
다시 한 번 그의 눈을 향해 엄숙하게 부르고 사도는 이렇게 일렀다.
"잘 봐 두어라. 멍청해 있다가 놓쳐서는 안 돼. 오늘은 무사시님이 목숨을 걸고 네게 가르쳐 준다고 생각하고 보고 있어야 해."
"……."
이오리는 끄덕였다.

그리고 말 들은 대로 눈을 화등잔처럼 부릅뜨고 물가를 향했다.

해변까지 한 마장 남짓은 되리라. 물가의 하얀 물보라가 눈에 완연했으나 사람들의 모습은 조그마하게 보일 뿐이었다. 시합을 한다고 해도 실제의 동작, 호흡 등을 자세히 목격할 수는 없다.

그러나 사도가 잘 봐 두라고 훈계한 것은 그러한 말단의 기술에 대한 것이 아닐 것이다. 사람과 천지의 미묘한 한순간의 작용을 보라고 한 것이리라. 그리고 또 이런 장소에 임하는 무사의 마음가짐을, 후학을 위해서 멀리서나마 잘 봐 두라는 말일 것이다.

바람결에 풀이 일렁거린다. 새파란 벌레가 때때로 날아다닌다. 아직 날개가 약한 나비가 풀잎을 떠났다가 다시 풀잎에 앉았다가 어디론가 사라져간다.

"아, 저기."

물가로 서서히 다가오는 작은 배가 이오리의 눈에도 보였다. 시간은 정해진 시간보다도 약 두 시간 지난──열한 시쯤 되었다.

적막한 섬 안은 대낮의 햇빛 아래 조용했다.

그때 대기소 바로 뒤편에 있는 언덕에서 누군가가 내려왔다. 사사키 고지로였다. 잔뜩 기다리고 있던 고지로는 언덕 위에 혼자 앉아 있었던 모양이다.

좌우 입회인의 의자를 향해 절을 한 고지로는 물가를 향해 조용히 풀을 밟으며 걸어가는 것이었다.

5

해는 중천에 가까웠다.

작은 배가 섬 가까이 들어오자 다소 후미진 탓인지 물결은 잔잔해지고 얕은 바닷물 속이 파랗게 비쳐 보였다.

"어디쯤에?"

노 젓는 손을 늦추면서 사스케는 바닷가를 둘러보며 물었다.

바닷가에는 사람이 없었다.

무사시는 뒤집어쓰고 있던 솜옷을 벗어던지며

"곧장──"

말했다.

　배는 곧장 앞으로 나아갔다. 그러나 사스케의 노 젓는 손에는 아무래도 힘이 주어지지 않았다. 사람의 모습도 보이지 않는 고요한 섬에서는 재주직박구리가 소리 높이 울어댔다.
　"사스케."
　"예."
　"얕군, 이 근처는."
　"꽤 멀리까지 얕은 곳입니다."
　"억지로 저어 넣을 필요는 없어. 바위에 배 바닥이 상하면 안 돼. 바닷물도 얼마 안 있으면 썰물이 될 테니."
　"⋯⋯?"
　사스케는 대답을 잊은 채 섬 속 풀밭으로 날카로운 눈길을 보냈다.
　소나무가 보였다. 기름지지 못한 땅 사정을 그대로 드러내고 있는 가늘고 키만 큰 소나무다. 그 나무 그늘에 붉은 소매 없는 겉옷자락이 펄럭이고 있었다.
　──와 있었구나! 기다리고 있었군.
　고지로의 모습이 저기에.

어가수심　603

손끝으로 가리키려고 했지만 무사시의 모습을 살펴보니 무사시의 눈도 벌써 그곳으로 가있다.
　눈동자를 거기로 보내면서 무사시는 띠 속에 끼고 온 감빛 물들인 수건을 뽑아 네 겹으로 접어 연신 바닷바람에 날리는 머리를 쓰다듬어 올려 이마에 띠를 둘렀다.
　작은 칼은 앞에 차고 큰 칼은 배 안에 두고 갈 작정인 듯 튀는 물 방울에 젖지 않도록 하기 위해 멍석을 씌워서 배 바닥에 놓았다.
　오른손에는 노를 깎아 만든 목검을 쥐었다. 그리고 배에서 일어서자 사스케에게 말했다.
　"이제 됐다."
　그렇지만 기슭 모래사장까지는 물 위로 스무 발자욱이나 거리가 있다. 사스케는 그 말을 듣고 두 번 세 번 크게 노를 저었다.
　배는 갑자기 쓱쓱 돌진하다가 얕은 곳에 부딪힌 모양이다. 배 밑이 쳐들리더니 쿵하고 소리를 냈다.
　좌우의 아래 옷자락을 높이 치켜들더니 무사시는 바닷물 속으로 가볍게 뛰어내렸다.
　물방울이 튀기지 않을 만큼 무릎이 잠길 정도의 물 속으로.
　철벅!
　철벅!
　철벅…….
　꽤 빠른 걸음으로 무사시는 땅을 향해 걷기 시작했다.
　들고 있는 목검 끝도 그가 차내는 물거품과 함께 바닷물을 갈라내고 있다.
　다섯 걸음.
　――또 열 걸음.
　사스케는 노를 뽑은 채 그 뒷모습을 정신없이 바라보았다. 털구멍으로부터 머릿속까지 소름이 끼쳐 어쩔 수가 없었던 것이다.
　바로 그때.
　흠칫 그는 숨막히는 듯한 표정이 되었다. 저편의 가느다란 소나무 그늘에서 붉은 깃발이라도 흘러나오는 것처럼 고지로의 모습이 달려오고 있다. 칠을 한 큰 칼의 칼집이 햇빛을 반사시켜 은빛 여우꼬리처럼 빛나 보였다.

……철벅, 철벅, 철벅!

무사시의 발은 아직도 바닷물 속을 걷고 있다.

빨리!

그가 바라고 있던 것도 허사로 돌아가고, 무사시가 해변에 오르기 전에 고지로의 모습은 물가까지 달려와 있었다.

'아뿔싸' 사스케는 더는 눈을 뜨고 볼 수가 없었다. 자기 몸뚱이가 두 동강이나 난 것처럼 배 밑바닥에 엎드려 떨었다.

6

"무사시냐?"

고지로가 먼저 말했다.

그는 선수를 쳐서 물가에 우뚝 섰다.

대지를 차지하고 한 걸음도 적에게 양보하지 않으려는 듯이.

무사시는 바닷물 속에서 걸음을 멈춘 채 조금 미소를 머금은 얼굴로 말했다.

"고지로로군."

노로 다듬은 목검 끝을 물결에 씻고 있다.

물에 내맡기고 바람에 내맡긴 오직 하나의 그 목검이 있을 뿐인 모습이었다.

그러나——

감색 머리띠로 인해 다소 치켜진 눈꼬리는 벌써 여느 때의 그 모습이 아니었다. 쏘는 듯한 눈길이란 더 약한 표현일 것이다. 무사시의 눈은 끌어당긴다. 호수처럼 깊이. 적으로 하여금 자기의 기력이 의아스러울 정도로 끌어당긴다.

쏘는 눈은 고지로의 것이었다. 두 눈동자 속을 무지개가 스쳐가듯이 살기 어린 광채가 타오르고 있다. 상대를 꼼짝 못하게 하려고 한다.

눈은 창(窓)이라고들 한다. 생각건대 두 사람의 두뇌 속의 생리적 상태가 바로 고지로의 눈동자였으리라. 또한 무사시의 눈동자였으리라.

"무사시!"

"……."

"무사시! 무사시!"

　두 번 불렀다.
　앞 바다에 메아리쳐 온다. 두 사람의 발치에서 바닷물이 출렁거리고 있다. 고지로는 대답을 않는 상대에 대해 기를 쓰고 소리치지 않을 수 없었다.
　"겁이 났느냐, 술책이냐? 어쨌든 비겁하다고 본다. 약속 시간이 이미 두 시간이나 지났다. 고지로는 약속을 어기지 않고 아까부터 여기서 기다리고 있었다!"
　"……."
　"일승사 때고 삼십삼칸당 때고 고의적으로 약속 시간을 어겨 적의 허점을 찌르는 것은 본디 네가 잘 쓰는 병법의 버릇이다. 그러나 오늘은 그런 수에 넘어갈 고지로가 아니야. 후세에 웃음거리가 되지 않도록 깨끗이 죽을 각오를 하고 오라. ──자아, 오라, 무사시!"
　말을 던지자마자 고지로는 손잡이를 높이 쳐들어 옆에 끼고 있던 바지랑대를 확 뽑자 왼손에 남겨진 칼집을 바다에 던져 버렸다.
　무사시는 못 들은 것처럼 묵묵하고 있더니 그의 말이 끝나기를 기다려──그리고도 해변을 부딪치는 파도 소리의 틈을 타서 상대의 폐부에 대고 갑자기 말했다.
　"고지로, 네가 졌다!"

"뭣이?"
"오늘 시합은 이미 승부가 정해졌다. 네가 졌단 말이야."
"닥쳐! 무얼 가지고?"
"이길 사람이라면 무엇 때문에 칼집을 내버리겠는가. 칼집은 너의 천명을 내던져 버렸다."
"이 녀석, 미친 소리!"
"아까운 노릇이다. 고지로 죽을 텐가? 빨리 죽고 싶어서 서두르는 거냐!"
"더, 덤벼라!"
"오냐!"
무사시는 대답했다.
무사시의 발치에서 물소리가 일어났다.
고지로도 한 발 물속으로 풍덩 들어서면서 바지랑대를 쳐들어 무사시의 정면을 향해——태세를 갖추었다.
그러나 무사시는 한 줄기 흰 물거품을 수면에 비스듬히, 그리고 철벅철벅 바닷물을 차면서 고지로가 서 있는 왼편 기슭으로 달려 올라간다.

7

무사시가 물을 헤치고 해변으로 비스듬히 올라가는 것을 보고 고지로는 해변을 따라 그를 쫓아갔다.
무사시의 발이 물을 떠나 해변의 모래땅을 밟는 것과 고지로의 칼이—— 아니, 튀는 물고기 같은 온몸이
"에잇!"
적의 몸뚱이를 향해 전력을 다하여 쳐들어 간 것은 거의 동시였다.
바닷물에서 나온 발은 무거웠다. 무사시는 아직도 싸울 태세를 갖추지 못한 순간인 것 같았다. 긴 칼 바지랑대가 자기 위로 윙——하고 날아왔다——고 그렇게 느꼈을 때, 그의 몸은 아직도 물가에서 달려 올라간 채 다소 몸이 앞으로 구부정해 있었다.
그러나, 노를 깎아 만든 목검은 오른편 겨드랑이에서 등으로 감추듯이 하여 두 손에 꽉 쥐어져 있었다.
"……으음!"
무사시의 소리 없는 무언가가 고지로의 얼굴을 스쳐갔다.

 꼭대기서부터 쳐내려갈 것 같았던 고지로의 칼은, 머리 위에서 소리만 냈을 뿐 무사시 앞으로 약 아홉 자 가량 다가서자 오히려 자기 쪽으로 몸을 홱 비켜 버렸다.
 불가능하다는 것을 알았기 때문이다.
 무사시의 몸은 바위처럼 보였다.
 "……."
 "……."
 당연히 두 사람의 위치는 그 방향이 달라졌다.
 무사시는 본디 섰던 그 자리였다.
 물 속에서 두세 걸음 올라온 채 파도가 밀려오는 해변에 서서 바다를 배경으로 고지로를 향해 자세를 갖추었다.
 고지로는 그 무사시를 정면으로 보고——그리고 전면의 망망대해에 대해 긴 칼 바지랑대를 두 손으로 쳐들고 있었다.
 "……."
 "……."
 이렇듯 두 사람의 생명은 지금 완전히 싸움 속에서 호흡하고 있다.
 물론 무사시도 무념(無念).

고지로도 무상(無想).

싸움의 자리는 진공이었다.

그러나 파도 소리 외에도——

그리고 풀잎이 나부끼는 저편 대기소 근처에서는 이곳 진공 속에 있는 두 생명을 수많은 자들이 숨도 쉬지 않고 지켜보고 있었을 것이 틀림없다.

고지로를 위해서는 그를 아끼고 그를 믿는 많은 인정과 기도가 있었다.

또한 무사시에게도 있었다.

섬에서는 이오리와 사도.

아카마가세키의 해변에는 오쓰우와 오스기 노파와 곤노스케가.

고쿠라의 솔밭 언덕에는 마타하치와 아케미도.

그 여러 사람들이 이곳에 시선도 미치지 못하는 곳에서 오로지 하늘에 기원을 드리고 있었다.

그러나 이 장소에서는 그러한 사람들의 기도나 눈물은 아무 도움이 되지 않았다. 그리고 우연이나 신의 도움도 없었다. 있는 것은 오로지 공평무사(公平無事)한 푸른 하늘뿐이었다.

그 푸른 하늘과 같은 몸으로 된다는 것이 참된 무념무상(無念無想)의 모습이라고나 할까. 목숨을 갖는 자로서, 쉽사리 되기 힘든 것은 당연한 일이다. 하물며 칼날과 칼날이 맞서고 있는 곳에서는.

"——"

"——"

문득, 이놈! 하고 분격했다.

온몸의 털이 마음의 상태와는 달리 바늘처럼 곤두서는 것이다.

근육, 살, 손톱, 발톱, 머리털——생명에 딸려 있는 것은 속눈썹 하나에 이르기까지 모두 적을 대하고 적을 공격하려고 하며, 그리고 자신의 생명을 지니고 있는 것이었다. 그 가운데서 마음만이 천지와 함께 맑아지려 한다는 것은 폭풍우 속에서 연못의 달그림자만이 흔들리지 않고 있으려 애쓰는 것보다도 어려운 일이었다.

8

꽤 오래 된 것 같은——그러나 사실은 극히 짧은——밀려오는 파도 소리가 다섯 번이가 여섯 번이나 났을 동안이었을까.

이윽고——라고 할 만한 시간도 되기 전이다.

커다란 목소리가 그 한순간의 정적을 깨뜨렸다. 그것은 고지로 쪽에서 발한 소리였지만 거의 동시에 무사시의 몸에서도 났다.

바위에 부딪친 노도처럼 두 사람의 소리가 생명의 물보라를 튕겨올린 순간에 중천의 태양이라도 베어버릴 것 같은 높이에서 긴 칼 바지랑대의 칼날은 가느다란 무지개를 그리면서 무사시의 정면으로 날아갔다.

무사시의 왼쪽 어깨가——

그 순간 앞으로 구부정하며 피했다. 허리 위의 상반신도 평면에서 비스듬히 위치를 바꾸었을 때 그의 오른발은 조금 뒤로 물러가 있었다. 그리고 두 손에 쥔 목검이 바람을 일으키며 움직인 것과 고지로의 장검이 바람처럼 그의 미간을 향해 쳐들어온 사이, 거기에 차이라 할 만한 차이는 볼 수가 없었다.

"……"

"……"

확 어울렸던 한 순간 뒤는, 두 사람의 숨결이 해변의 물결보다도 더욱 거칠었다.

무사시는 해변에서 열 걸음쯤 떨어져 바다를 옆으로 두고 풀쩍 물러선 적을 목검 끝으로 노렸다.

목검은 정안(正眼)의 태세로 잡혔으며 바지랑대 긴 칼은 상단(上段)의 태세로 돌아가 있었다.

그러나 두 사람의 간격은 서로 부딪친 한 순간에 무척 멀리 떨어져 갔다. 창과 창으로 겨누어도 미치지 않을 만큼 떨어졌던 것이다.

고지로는 첫 공격에서 무사시의 머리털 하나도 베지 못했지만 지리적인 이점은 뜻대로 고쳐 차지했던 것이다.

무사시가 바다를 등지고 움직이지 않았던 것은 이유가 있었다. 대낮의 햇빛이 바닷물에 강하게 반사되어 그것을 마주보고 있는 간류에게 있어서 매우 불리했던 것이다. 만일 그 위치 그대로 무사시의 수세(守勢)에 대해 그냥 대치하고 있었다면 분명히 무사시보다도 먼저 정신과 눈이 지쳐버렸을는지 모른다.

――좋아!

생각한 대로 지형을 차지한 그는 벌써 무사시의 전위(前衛)를 깨뜨리기나 한 것 같은 용기를 품었다.

그러자 고지로의 발이 서서히 잔걸음으로 다가갔다.

간격을 좁혀가는 동안에 적의 몸 어디에 허점이 있는가를 보았다. 자기의 확고부동한 태세를 갖추기 위해 그것은 당연한 발의 움직임이었다.

그러나 무사시는 자기 쪽에서 성큼성큼 앞으로 나온다.

고지로의 눈 속에 목검 끝을 찌르듯이 정안의 태세로 다가오는 것이었다.

그 태연한 태도에 섬뜩하여 고지로가 잔걸음을 멈추었을 때 무사시의 모습이 보이지 않는 것 같았다.

노로 만든 목검이 '윙' 하고 허공을 날았던 것이다 여섯 자에 가까운 무사시의 몸뚱이가 넉 자 정도로 오그라져 보였다. 발이 땅에서 떠나자 그 모습은 허공 속에 있었다.

"앗!"

고지로는 머리 위의 장검으로 힘껏 허공을 후려쳤다.

그 칼 끝에서 무사시의 이마에 매어져 있던 감빛 수건이 두 동강으로 갈라져 확 날았다.

고지로의 눈에, 그 감빛 머리띠는 무사시의 목인 것처럼 보이며 날아갔다. 피처럼 보이기도 하면서 자기 칼 끝에서 뎅강 떨어져 나갔던 것이다.

'싱긋' 하고 고지로의 눈은 그것을 기뻐했는지도 모른다.
 그러나 그 순간 고지로의 두개골은 노로 다듬은 목검 아래 자갈처럼 바스라지고 있었다.
 해변의 모래사장과 풀밭 사이에 쓰러진 뒤의 얼굴을 보니 고지로는 자신이 졌다는 얼굴을 하고 있지 않았다. 입가에서 피가 펑펑 쏟아졌지만 무사시의 목을 바다 속으로 베어 던지기나 한 것처럼 자못 만족스러운 죽음의 미소를 그 입가에 띄우고 있었다.

9

 "아아!"
 "고지로님이!"
 저편 대기소 쪽에서 그런 소리가 왁자지껄 흘러나왔다.
 넋을 잃고.
 이와마 가쿠베에도 일어서고 그 주위 사람들은 처참한 얼굴로 우뚝 일어섰다. 그러나 바로 옆의 나가오카 사도나 이오리들이 있는 대기소의 한패가 태연자약해 있는 것을 보자 짐짓 평온을 가장하면서 가쿠베에도 주위 사람들도 지그시 부동의 자세를 취하였다.
 그러나 감출 길 없는 패색과 얼빠진 참담한 심정이 고지로의 승리를 믿고 있던 사람들을 휩쌌다.
 "……?"
 그런데도 여전히 미련과 번뇌는 그러한 광경을 현실로 보면서도 자기들이 잘못 본 것이나 아닐까——하고 의심하듯이 침을 삼키며 한동안 넋을 잃었다.
 섬 안은 한순간 다음의 한순간도 사람 하나 없는 듯이 잠잠했다.
 무심한 솔바람과 나부끼는 풀잎 소리가 다만 인간의 무상감(無常感)을 불러일으킬 뿐이었다.
 ——무사시는 한 조각 구름을 보고 있었다. 문득 쳐다본 것이다. 제정신으로 돌아와서.
 지금은 구름과 자신과의 구별을 또렷이 의식하였다. 끝내 돌아오지 못한 자는 적인 간류 사사키 고지로.
 발걸음으로 열 걸음쯤 앞에 그 고지로는 앞으로 엎어져 있다. 풀 속에 얼

굴을 모로 박고 꽉 쥐고 있는 장검 손잡이에는 아직도 집착의 힘이 보인다. 그러나 괴로운 듯한 얼굴은 결코 아니다.

그 얼굴을 보면 고지로가 자기 힘을 다해서 선전(善戰)했다고 하는 만족을 알 수 있었다. 싸움에 임하여 힘껏 싸운 자의 얼굴에는 모두 이러한 만족감이 나타나는 것이다. 거기에 분하다는 유감을 남긴 것 같은 그림자는 추호도 보이지 않는다.

무사시는 칼에 베어 떨어진 자기의 감빛 머리띠에 시선을 던지고 오싹함을 느꼈다.

"평생 동안에 두 번 다시 이런 적을 만날 수 있을까?"

그것을 생각하자 돌연 고지로에 대한 애정과 존경심이 용솟음쳤다.

동시에 적에게서 받은 은혜도 생각했다. 검을 들었을 때의 강함——단순한 투사로서는, 고지로는 자기보다 훨씬 높은 곳에 있었던 용자(勇者)임에 틀림없다. 그 때문에 자기가 높은 자를 목표로 삼을 수 있었다는 것은 은혜가 된다.

그러나 그 높은 자에 대해 자기가 이길 수 있었다는 것은 무엇이었던가.

기술인가, 하늘의 도우심인가.

'아니다'라고는 곧 말할 수 있으나 무사시로서도 알 수가 없었다.
 막연한 말 그대로 표현한다면 힘이나 하늘의 도움 이상의 것이다. 고지로가 믿고 있던 것은 기술이나 힘의 검이었고, 무사시가 믿고 있던 것은 정신의 검이었다. 그 정도의 차이밖에 없었다.
 "……."
 묵묵히 무사시는 열 걸음쯤 걸었다.
 고지로의 몸 곁에 무릎을 꿇었다.
 왼손으로 고지로의 호흡을 살며시 살폈다.
 희미한 숨결이 아직 있었다. 무사시는 순간 이마를 폈다.
 "치료에 따라서는."
 그의 생명에 일루의 희망을 발견했기 때문이었다. 그와 동시에 우연한 시합이 이 아까운 적을 이 세상에서 없애지 않고 끝나게 되었구나 싶어 마음이 홀가분해졌다.
 "……안녕히."
 고지로에게도.
 저편 입회석 쪽에도.
 그 자리에서 두 손을 짚고 절을 하고 나자, 무사시의 모습은 한 방울의 피도 묻지 않은 목검을 거머쥔 채 재빨리 북쪽 해변으로 달려가 거기 대기해 있던 작은 배를 훌쩍 올라탔다.
 어디를 향해 가서 어디에 그 작은 배가 닿았는지.
 히코지마 섬에 대비하고 있던 고지로의 제자들이 그를 도중에서 만나 스승 고지로의 복수전을 했다는 이야기는 끝내 남겨지지 않았다.
 살아 있는 동안에는 사람에게서 증오나 애정, 또는 집착을 제거할 수가 없다.
 시간은 흘러가도 감정의 파문은 계속 굽이쳐 간다. 무사시가 살아 있는 동안에는 그를 좋게 보지 않는 자들이 그때의 그의 행동을 비방하여 이런 소리를 하는 것이었다.
 "그때 도망쳐 돌아가는 꼴로 봐서는 무사시도 꽤나 당황했던 거야. 왜 그러냐 하면 고지로에게 마지막 한칼을 찌르는 걸 잊고 간 걸 보더라도 알 만한 게 아닌가."
 파도소리는 세상에 늘 있는 것.

물결치는 대로 제멋대로 송사리 떼들은 노래를 하고 춤을 춘다. 그러나 그 누가 알랴, 백 자 깊이의 물 속 마음을.
 그 물의 깊이를.

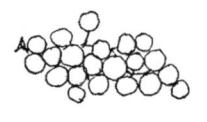

요시카와 에이지를 생각한다

영화 '미야모토 무사시'―우치다 토무(內田吐夢)

1년에 한 작품, 5부작을 5년에 걸쳐 제작하기로 함.
요시카와 선생은 잠시 생각에 잠겨 있다가 맑은 눈을 빛내며 쾌히 승낙했다.
"좋습니다."
"고맙습니다!"

나는 안도의 한숨을 쉬었다. 그 시절, 무사시는 라디오 방송에서 온 국민의 사랑을 받는 대작이었다.

영화제작을 허락하실까? 소문에, 선생은 영화제작을 당분간 허락하지 않을 것이라는 말을 듣고 있었으니, 선생의 허락이 떨어졌을 땐 그야말로 기쁘기 그지없었다. 그와 동시에 떠오른 생각은, 앞으로 5년간은 숨이 막힐 정도로 일에 파묻혀 지내야한다는 것이었다.

선생을 두 번째 뵙는 날, 시나리오는 반쯤 완성되어 있었다. 5년간 무사시와 동고동락을 하기에 앞서 한 마디 조언을 해달라고 부탁드렸다. 그 말이 떨어지자마자 선생은 말씀하셨다.
"무사시의 훌륭함은 방에서 죽음을 맞이한 것입니다. 무사시는 일생동안 목숨을 건 검술 대결을 수십 차례 겪었음에도 천수를 누렸지요. 그의 '오륜서'에 다음과 같은 문장이 있어요.

'나의 행동을 후회하지 않는다.'

내면의 격렬함을 나타내는 것입니다. 무사시는 간류(巖流) 섬에서 사사키 고지로(佐佐木 小次郎)를 쓰러뜨린 후, 더 이상의 싸움을 피하기 위해 니토류(二刀流)를 가르치며 전국을 떠돌게 되죠. 그때부터는 내면의 성숙을 위해 검술을 사용한 겁니다."

'니토류는 공격을 위한 검이 아닌, 방어를 위한 검'이라는 가르침을 주시려고 한 말씀이다. 그때 선생의 눈빛을 지금도 잊을 수가 없다.

무사시의 실력이라면 한 사람을 쓰러뜨리는데 검을 두 자루나 썼을 리가 없다. 1대 1 대결의 경우, 한 자루의 검 또는 목검을 사용했다. 때와 장소, 상대의 수에 따라 검을 사용하지 않고 땅을 교묘히 이용하여 적을 막아내기도 했다.

요시카와 선생을 세 번째 뵈었을 때는 검이 아닌 무사시의 예술적 재능에 대해 대화를 나누었다. 선생이 소장하고 있는 한 폭의 그림을 나는 무릎을 꿇고 바라보았다.

"……우치다 씨, 강렬한 먹색은 무사시 그림의 특징입니다. 묵의 힘이지요! 먹을 갈고 갈아 진한 색을 내는 겁니다."

나는 또 하나의 가르침을 얻었다.

'퇴고를 거듭한 시나리오'

'갈고 닦은 연출력'

요시카와 선생께는 무사시 제1부밖에 보여드리지 못했다. 영원한 작별을 고하고 떠나신 것이다. 나머지 4부를 보여드리지 못한 아쉬움 보다는 무릎을 꿇고 가르침을 받을 스승이 안 계시다는 것이 더 큰 슬픔으로 남았다.

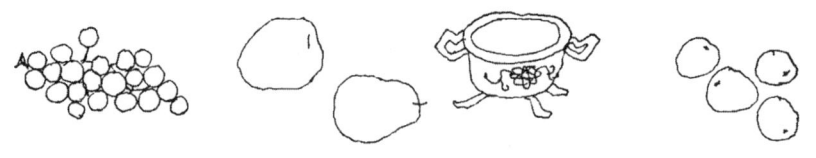

완벽한 작품―시바타 렌자부로(柴田錬三郎)

이제 시대소설의 주인공은 누가 새로운 마음을 불어넣느냐에 따라 그 모습이 크게 바뀔 테지만, 아류가 여기저기 속출해도 최초의 주인공이 갖는 가치는 영원히 변하지 않는 법이다.

'미야모토 무사시(宮本武藏)'는 작가 요시카와 에이지를 통해 새로운 생명을 부여받아 시대소설의 새 시대를 열었다.

나는 《미야모토 무사시》를 4번이나 읽었다.

신문에 연재될 때, 군대에 들어갔을 때, 태평양전쟁 후 1번, 그리고 검술소설을 쓰게 되었을 때 영업적 연구심에서 읽었다.

즉 각각 다른 환경에서 읽었던 것이다. 신문연재 중에 나는 좀 건방진 문학청년이었으며, 군대에 있을 때는 결사적 용기를 가진 자였으며, 전쟁 후에는 저널리스트로 일하다가 작가가 되었다.

그러므로 읽는 법도 다 달랐는데, 책이 주는 재미는 20년 전이나 지금이나 조금도 다르지 않다.

무사시는 참으로 대단한 작품이며, 또한 흔하지 않은 작품이다. 내 경우만 보더라도 일생동안 두 번 세 번 다시 읽는 작품은 그렇게 많지 않다.

나는 외모에 상관없이 낯을 가리는 편인데, 나를 4번이나 빠져들게 했던 대작가를 만난다는 것이 솔직히 말해 두려웠다.

만약 골프를 하지 않았다면 요시카와 님과 친해지는 기회를 갖지 못했을 것이다. 더욱이 그가 형이 아버지한테 말하는 것 같은 넉살 좋은 말투를 하리라곤 꿈에도 생각지 못했다.

골프 덕분에 요시카와 님과 친해진 뒤로 봄바람 속에 앉은 듯한 편안한 기분을 느꼈으며, 《미야모토 무사시》 속에 흐르는 휴머니즘의 원천을 보았다.

나 같은 사람은 아무리 애를 써도 20년에 걸쳐 4번이나 읽게 만들 작품은 쓰지 못할 거라는 사실을 깨달았다.

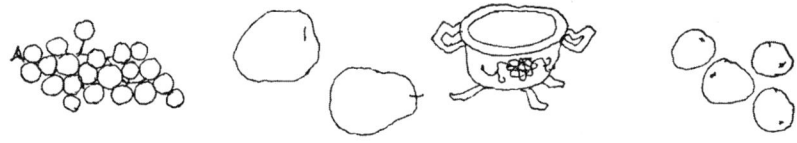

 어떤 작품이든 작가의 인격을 투영한다. 속임수도 통하지 않는 것이다.
 요시카와 님은《미야모토 무사시》를 44세 때부터 쓰기 시작했다. 나는 그 나이를 벌써 넘겼으나 국민문학을 집필하는 능력을 갖고 있지 못하니 그것만으로도 부끄럽다.
 이 작품을 읽고 나서 무사시의《오륜서(五輪書)》를 읽어보니 작가가 단 몇 줄의 글에서 신선한 묘사를 이끌어냈다는 것을 알 수 있었다.
 이를테면《오륜서(五輪書)》에서 병법을 니토류(二刀類)라 이름 짓는 대목이 나오는데, 다수의 강적을 상대로 싸우고 있을 때 무사시가 자신도 모르는 사이에 검 두 자루를 휘둘렀다 한다. 적의 공격을 받자 살려는 본능이 일어나 어느새 몸에 지닌 무기를 모조리 손에 잡아드는 처절한 광경이다. 무사시는 그 피투성이의 경험을 몇 줄 안 되는 말로 남겼으며, 후세의 작가가 그것을 문장으로 엮어 현실의 것으로 바꾸었다. 몇 줄 안 되는 기록을 토대로 작가가 얼마나 뛰어난 상상력을 발휘하느냐에 따라 시대소설의 재미가 더해진다. 또 시대소설이 계속해서 읽히는 까닭이기도 하다.
 작가의 진정한 창조력은 이를 두고 하는 말이다. 내가 쓰는 검호(劍豪) 소설은 어차피 기술사(奇術師)의 기만에 지나지 않는다. 검호소설은 쓰쿠에 류노스케(机龍之助)에서 시작되어《미야모토 무사시》로 끝나고 있다 할 수 있으리라.

요시카와 에이지(吉川英治) — 이시하라 신타로(石原愼太郎)

 요시카와 에이지는 여러 생각을 떠올리게 한다. 요시카와 님과 개인적으로 알게 된 것은 아쿠타가와 상 수상 파티에서지만, 그 이전 소년 시절에 읽었던《천병동자(天兵童子)》《신주천마협(神州天馬俠)》《미야모토 무사시(宮本武藏)》등은 내 문학정서의 일부를 만들었다.

특히 전쟁 직후 책이 귀했을 때 친구 집에 탁구를 치러 갔다가 그 집 서재에서 《미야모토 무사시》의 전권을 발견하고는, 그것을 빌려서 등에 메고 2킬로미터쯤 떨어진 집까지 가져와 읽었던 기억이 난다.

읽을 책이 없고 활자에 굶주려있었던 소년 시절, 그때 읽었던 《미야모토 무사시》는 《미야모토 무사시》 이상의 강한 인상을 남겼다.

그것은 책 이상의 일본적인 뛰어난 정감과 스토이시즘의 상쾌함을 내뿜으며 독특한 구도적 인생을 보여주었다.

그 이후 나는 요시카와 님의 작품에서 멀어져 《신헤이케이모노가타리(新平家物語)》를 읽은 정도이지만 현실에서 종종 요시카와 님을 만나면서, 그의 문학의 근간을 이루는 것은 일본주의도 로맨티즘도 스토이시즘도 아닌, 요시카와 님의 인간에 대한 옵티미즘이라는 것을 알았다.

요시카와 님의 문학에 나오는 인물은 아무리 악역이라도 인간의 나약함을 지닌, 결국 선한 인간이다. 인간을 그런 식으로 보는 것이 요시카와 문학의 한계라고 할지 모르나, 어쨌든 그런 인간관이 수많은 독자의 마음을 사로잡는 것이리라. 요시카와 님을 마주 대하고 있으면 그가 이런 작품을 쓴다는 것을 생생하게 느끼게 된다.

그는 자신을 꾸미지 않고 약한 점은 약하게, 강한 점은 강하게 놔두었다. 그처럼 누구에게나 사랑받은 인물은 없을 것이다.

이는 요시카와 에이지의 인격에 대한 공감보다, 요시카와 에이지라는 존재를 일상의 갖가지 성가신 인간관계 속에서 일종의 안식처로, 쇼크 업 소버로 생각해서 그와 함께 있을 때는 마음을 열고 편히 있었다는 말인지도 모른다.

아프리카 밀림지대에서 먹느냐 먹히는냐 사투를 벌이는 동물들이 연못이나 강가에서는 누가 누구를 공격하는 일 없이 편안히 물을 마신다는 묵약(默約) 같은 것인지도 모른다.

요시카와 님이기에 그런 일이 무리 없이 가능했던 것이다.

　대형 출판사 사장과 인사를 할 때나, 다른 문단 사람을 만날 때나, 신참내기인 나와 얼굴을 마주할 때나, 요시카와 님은 늘 똑같은 미소를 지으며 '여어!' 인사를 했다. 그렇게 마음을 터놓는 요시카와 님을 보며 우리는 저마다의 입장을 떠나서 똑같이 마음을 터놓을 수 있었다. 그리고 요시카와 님과 함께 하는 시간만큼은 서로가 완전히 대등한 인간이 되었다.
　내게는 요시카와 작품에 나오는 어떤 인물보다도 요시카와 에이지라는 인물이 매력적으로 다가왔고 강한 존재감을 느끼게 했다. 그것은 작가에게 있어 결코 부끄러운 일이 아니다. 오히려 인생적, 인간적, 존재론적 의미가 있다고 생각한다.

　요시카와 님의 사람됨을 말하는 에피소드는 무수히 많다. 그리고 많은 사람들이 되풀이해서 그 에피소드를 전한다. 내가 본 요시카와 님의 이미지는 이렇다.
　수상 파티에서 처음 만났을 때 테이블 건너편에 앉아있던 요시카와 님은 열심히 이야기하느라 손수건을 꺼내놓는 것을 잊은 모양이었다. 한 번 입을 닦은 종이냅킨으로 눈가를 문지르고 그것을 다시 테이블 위에 놓았다. 이 모습은 처음으로 발을 들여놓은지라 문단의 분위기에 잔뜩 긴장하고 있던 나의 마음을 부드럽게 녹여주었다. 이 일로 나는 요시카와 님뿐만 아니라 문단이라는 세계에 친밀함을 느끼게 되었다.
　지금은 이 세상에 안 계신 아버지와 함께 교토여행 갔던 것을 신문에 쓴 적이 있는데, 골프장에서 요시카와 님은 내 글을 칭찬해주었다.
　'참 좋은 문장이다. 아름다운 추억이야. 그런 아버지가 계시다니 부럽군. 나는 자네 나이에 가난으로 고생을 했거든.'
　마지막에 덧붙인 한 마디에서 나는 요시카와 님의 성의 있는 마음을 보았다.
　적어도 이 사람은 문장과 자신의 인생을 함께 생각하는구나, 그렇게 느꼈

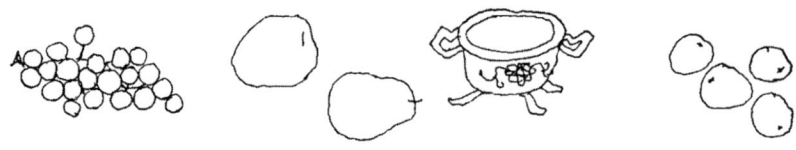

다. 그것은 문학자 요시카와 에이지에 대한 공감을 불러일으켰다.

문단뿐만 아니라 일본 전체에서 점점 그런 '인간'이 사라져 가고 있다.

격려의 달인—시로야마 사부로(城山三郎)

나는 요시카와 님과 몇 번밖에 만나지 못했다. 그러니 요시카와 작품과의 만남에서부터 이야기를 시작하는 게 좋을 듯 싶다.

전쟁 중 상업학교 학생이었던 나는 제강공장에 동원되어 하루종일 뻘건 철 덩어리와 씨름했다. 당연히 책은 구하기 어려워 소설다운 소설을 발견할 수도, 소설에 대한 이야기를 할 수도 없었다.

작은 기업을 경영하시던 아버지가 요시카와 작품 애독자였기 때문에, 나의 비밀스런 즐거움은《다이코기(太閤記)》,《미야모토 무사시(宮本武藏)》를 읽거나 라디오 방송을 듣는 일이었다.

공습경보로 방송이 중단되면 순식간에 어둠 속으로 빨려들어가는 것만 같았다.

태평양 전쟁 뒤 나는 처음으로 여러 문학을 접하면서 문학에 심취하기 시작했다. 그러는 가운데 아버지를 그리워하는 마음에서 그랬는지 요시카와 작품 세계에 향수를 느끼기 시작했다. 나는 다음 권을 기다리며《신헤이케이 모노가타리(新平家物語)》를 읽어내려갔다. 아마〈주간아사히(週刊朝日)〉였던 것 같은데, 독자서평 모집에 투고한 게 뽑혀서 전질을 상품으로 받은 적이 있다. 나와 매스컴 세계와의 첫 대면이었다.

그 후 10년 정도 지나, 나는 나오키상을 받았다. 문단의 생생한 목소리를 알지 못하는 나는 요시카와 님의 선평을 반복해서 읽었다. 생각지도 않은 칭찬의 말씀을 들어 감격했는데, 요시카와 님은 '근래에는 보기 드문 소질을 가진 작가로 생각된다……' 과분한 칭찬을 해주셨다.

수상했다고는 하지만 전혀 알지 못하는 세계. 나에게는 참으로 마음 든든한 말씀이었다.

나는 은근히 자신감을 가졌다. 심사위원들이 이렇게 확실히 보증해주는구나, 스스로를 위로하고 격려하며 문학 세계로 빠져들어갔다.

작가는 칭찬 속에서 자란다는 말이 있다. 그런 의미에서 보면 요시카와 님은 나의 소중한 은인이다.

아버지는 내가 수상한 일을 누구보다 기뻐하셨다. 요시카와 작품의 올드팬이었던 아버지는 사인을 받아줄 수 없겠느냐고 부탁하셨다.

나는 좀 당황스러웠다. 아버지가 내게 처음 하신 부탁이다. 효도다운 효도를 못해본 나는 아버지가 기뻐하신다면 그렇게 해드리겠노라고 생각했다.

나는 조심스런 마음으로 아카사카의 요시카와 님 집을 찾아갔다. 요시카와 님은 기분좋게 부탁을 들어주셨다.

'아버지가 건강하시다니 참 행복하겠군.'

요시카와 님은 잠시 먼 곳을 바라보며 말했다. 일찍 돌아가신 자신의 아버지를 생각하는 듯 했지만 얼른 다시 나를 보며 '아버지께 잘 해드리게' 격려해주었다.

따뜻함이 넘치는 말이었다.

그때 받은 사인은 곱게 포장되어 거실에 걸려있다.

그 후 졸저 《납치》 출판기념회가 긴자 도큐호텔에서 열렸다. 나는 나오키상 수상 후에도 문단에 나가지 않고 치가사키에 틀어박혀있었다. 선배와 친구들이 그런 내가 걱정되어 마련해준 자리인데 이때 요시카와 님에게 발기인이 되어주십사 부탁을 했다.

요시카와 님은 파티에 조금 늦게 도착했다.

《납치》의 모델이 된 실업가 요코이 히데키(横井英樹)씨의 힘찬 연설이 끝나고 마이크를 넘겨받은 요시카와 님은 '회장을 잘못 들어왔나 생각했다' 하며 웃음 띤 얼굴로 말문을 연 뒤 따뜻한 격려사를 해주었다.

파티에 참석한 인원은 많지 않았지만 마음 따뜻한 참석자들과 어울리며 기분이 좋아져 축하주를 마시며 담소했는데, 나는 요시카와 님이 언제 돌아갔는지도 몰랐다.

그런데 아내가 호텔 현관까지 배웅해드렸다고 나중에 말해서 안심을 했다. 내게 그 보고를 하는 아내는 얼굴에 미소가 가득했다. 요시카와 님께서 '참 좋은 부인을 두었다' '열심히 하라'며 웃는 얼굴로 악수까지 한 뒤 차에 오르셨다는 것이다.

이번에는 아내가 요시카와 님에게 단단히 인정을 받은 모양이다. 아내는 내가 문학을 지망한다는 사실을 몰랐다. 지방 대학교수의 아내가 될 생각으로 결혼했는데 작가의 아내로 변모되는 바람에 자신감을 잃고 있었던 것이다.

작가뿐만 아니라 아내들도 칭찬 속에서 자라는가보다. 어쨌든 오늘날까지 큰 실수 없이 작가의 아내로서 가정을 든든히 지켜주고 있다. 그리고 무슨 일이 있으면 꼭 출판기념회 밤 요시카와 님에게서 받은 확인을 들먹인다. 나는 쓴웃음을 지으면서도 아내와 나, 모두 요시카와 님의 말씀에 힘입었음을 생각한다.

마음 따뜻한 요시카와 님은 과묵하면서도 남을 격려하는 데 달인이었다. 나뿐만 아니라 무수히 많은 사람들이 요시카와 님의 사람됨과 작품에서 큰 힘을 얻었을 것이다.

딱 한 번—이케나미 쇼타로(池波正太郎)

하세가와 신(長谷川伸)이 이런 말을 한 적이 있다.

'예전에 요시카와 에이지와 강연여행을 갔었지. 아마 고시엔 호텔에 숙박했던 것 같은데, 이튿날 아침 요시카와가 우리가 있는 방에 와서 겨우 끝났

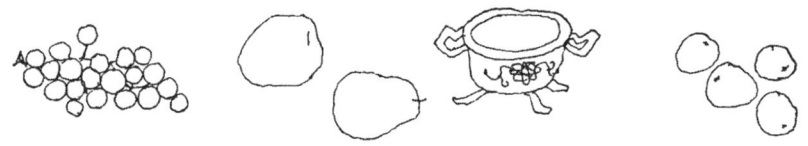

어. 뭐가 끝났느냐면 전날 밤부터 아침까지 쓴 《미야모토 무사시(宮本武藏)》 최종회를 완성한 거야. 그때의 요시카와 얼굴은 잊을 수가 없지. 길고 길었던 고생……, 장기간 혼신의 힘을 다 들여서 무사시를 썼는데 드디어 끝냈다는 기쁨이 피곤한 얼굴에 가득 배어있었어. 그 다음은 말없이 차를 마셨지. 그렇게 필설로는 다할 수 없는 작가의 얼굴은 처음 보았어.'

그때는 하세가와 님도 요시카와 님도 건강했었다. 그리고 나는 아오키상 후보에만 연달아 오를 뿐 수상은 하지 못하고 있었다.

나는 전부 여섯 번 후보에 올랐는데 마지막 여섯 번째에 아오키상을 받았다. 제1회 때의 후보작은 신슈 마쓰시로번의 가문소동을 그린 《온다모쿠(恩田木工)》였는데, 나오키상 심사위원이었던 요시카와 님은 이 소설을 매우 마음에 들어했다. 내가 계속해서 상을 못 타자 '1회 때 수상했더라면 좋았을 걸……' 아쉬워했다는 말을 주위 사람들을 통해 들었다. 내 세대라면 누구나 요시카와 소설 팬일 것이다. 만난 적은 없으나 존경하는 분으로부터 이런 말을 들었을 때 나는 크게 힘을 낼 수 있었다.

여섯 번째 후보에 오른 끝에 나오키 상을 수상하자, 요시카와 님은 가루이자와에서 축전을 보내왔다.

그리고 이듬해…….

데라우치 다이키치(寺內大吉)님이 나오키 상을 받았을 때의 축하파티에서 나는 처음으로 요시카와 님을 만났다.

"처음 뵙겠습니다."

인사를 하자 요시카와 님은 미소를 지으며 이렇게 말했다.

"아니, 난 처음이 아닌데."

"예?"

"호즈미 미하루 님의 수상 파티 때 먼발치에서 자네 모습을 본 적이 있네."

"그러셨습니까?"

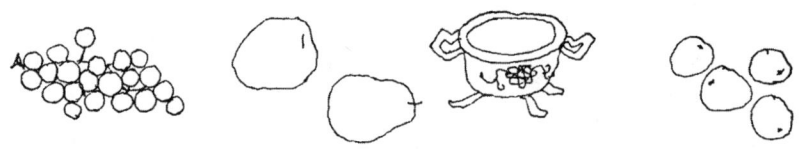

"그때 혹시 자넨가 생각했지. 아무튼 상을 받아서 기쁘네."

요시카와 님은 크게 고개를 끄덕였다. 그러고는 내 눈을 응시하면서 열심히 하라며 말 한마디 한마디에 힘을 주었다.

그때의 온후한 얼굴은 지금도 내 마음속에 자리잡고 있다.

그날 밤 요시카와 님은 갑자기 몸 상태가 안 좋아져 집에 돌아갔는데, 그때 이미 병이 꽤 진행되었다는 말을 나중에 스기모토 소노코(杉本苑子)로부터 들었다.

그 뒤 요시카와 님을 만나지 못한 채 그의 장례일을 맞이하게 되었다. 그때 조문객들과 찍은 사진이 한 주간지에 실렸는데 많은 선배들 뒤에서 나는 얼굴만 삐죽 내밀고 있었다.

나는 자신의 슬픈 얼굴을 그때 처음으로 보았다.

요시카와 님에 대한 추억 — 오오카 쇼헤이(大岡昇平)

요시카와 님은 대선배이다. 나는 《나루토 비첩(鳴門秘帖)》에서 《미야모토 무사시(宮本武藏)》까지 아주 재미있게 읽었다. 요시카와 님과 친해진 것은 골프 덕분이었다.

이미 많은 사람이 썼을 테지만, 요시카와 님이 부인과 함께 잔디밭을 걷는 모습은 참으로 아름다워 다른 사람의 마음까지 편하게 해주었다.

요시카와 님은 보잘것 없는 내 골프 실력을 편들어 주었다. 많은 골프모임을 소개해 준 사람은 친하게 지내던 시시분로쿠(獅子文六)가 아니라 한 두 번 만났을 뿐인 요시카와 님이었다.

요시카와 님은 젊은 시절의 숱한 고생이 얼굴에도 말에도 늘 따뜻함으로 나타나있었다.

요시카와 님과는 1961년 재일한국인 소년 이진우의 범죄 사건을 계기로

친해졌다. 지금 이 사건을 기억하는 사람은 별로 없겠지만, 범죄를 저지른 뒤 소년이 보인 비정상적인 행동은 당시의 매스컴을 크게 흔들어 놓았다.

1심, 2심 모두 무거운 극형 판결이 내려졌다. 그때 나는 모지(某紙)의 칼럼에 사건을 쓴 것을 계기로, 《조선사(朝鮮史)》의 하타다 다카시(旗田巍)가 벌이는 구조운동에 참여하고 있었다.

그러는 가운데 요시카와 님의 도움이 필요해졌다. 나는 요시카와 님의 동참을 이끌어내달라는 하타다의 부탁을 받고 양쪽의 다리 역할을 했다.

요시카와 님의 명성과 지위를 생각할 때 이런 데 참가하는 것은 신중에 신중을 기해야 한다. 일반인들에게는 범죄에 대한 공포심이 있어 당연히 범죄자를 처벌하기 원한다.

'당신 딸을 폭행해서 죽여버리겠다'는 협박장을 몇 통이나 받았을 정도이다. 요시카와 님을 그런 공포와 혼란 속으로 끌어들일 수는 없었다. 하지만 구조 운동이 경제적 어려움에 봉착했기 때문에 더 이상 방법이 없었다. 나는 이름을 밝히지 않는다는 약속을 달아 요시카와 님에게 도와달라는 내용의 편지를 보냈다.

요시카와 님은 흔쾌히 승낙했다. 요시카와 님은 전부터 마사키 아키라(正木亮)의 사형폐지 운동 '형벌과 사회개량 모임'에 참여하고 있었던 터였다.

일본에서의 사형폐지운동은 실로 미미한 수준이다. 미국 몇 개 주에서는 벌써 폐지되었고, 영국은 시험적 폐지기간을 둔 뒤 단순 범죄에 대해서는 완전히 폐지했다.

극형은 일부 사람들의 생각과는 달리 범죄 예방에 크게 도움이 되지 않는다. 사형폐지 전후의 범죄건수에 변동이 없는 것만 봐도 잘 알 수 있다. 자기가 받을 형벌을 생각하면서 범죄를 저지르지는 않기 때문이다.

살인자를 벌하기 위해 국가가 나서서 살인을 저지르는 모순. 재판도 인간이 하는 일이므로 오판할 가능성이 있다. 사형이 집행된 뒤 진짜 범인이 나타난들 무슨 소용이 있겠는가.

　카뮈를 비롯한 많은 사형폐지론자들이 국가 권력으로 피할 수 없는 죽음을 내리는 잔학함에 대해 지적했다.
　이 지면은 사형폐지를 주장하는 공간은 아니지만, 아무튼 요시카와 님의 생각도 그러했던 것이다. 단, 사형폐지가 실현되기 위해서는 국민 전체가 납득할 수 있어야 한다.
　요즈음 청소년의 흉악범죄가 늘어나서 실현 가능성은 더 멀어졌다고 요시카와 님은 말했다.
　사형폐지 찬성이냐 반대냐 하는 문제는 개개인의 성격과 사상 전반에 관계되는 일이다.
　사형폐지론자의 마음속에는 죄의식이 있어 행여 처벌받을까 두려워 그런다고 주장하는 사람도 있다. 하지만 악인은 죽여버리면 그만이라는 처벌욕구를 노골적으로 표현하는 사람이야말로 내면의 죄의식을 간파당하는 게 두려워 강한 척하는 것이 아닐까.
　요시카와 님의 사형폐지 찬성은 인간의 나약함에 대한 연민과 위로에서 나온 것이었다. 그의 언행은 늘 조용하고 삼가는 데가 있었으며 따뜻했다. 잔혹한 칼싸움 장면에도 요시카와 문학에는 늘 구원이 담겨 있다.

지은이
요시카와 에이지(吉川英治)

그린이
야노 교손(矢野橋村)
이시이 쓰루조(石井鶴三)

옮긴이
박재희 창춘사도대학일문학전공 김문운 니혼대학일문학전공
김영수 와세다대학일문학전공 문호 게이오대학일문학전공
유정 조지대학일문학전공 추영현 서울대학교사회학전공
허문순 경남대학불교학전공 김인영 숙명여대미술학전공

대망 21 무사시 4
지은이 요시카와 에이지/책임편집 박재희 추영현 김인영
1판 1쇄/1979. 12. 1
2판 1쇄/2005. 8. 8
2판 12쇄/2020. 7. 6
발행인 고정일/발행처 동서문화사
창업 1956. 12. 12. 등록 16-3799
서울 중구 마른내로 144(쌍림동)
☎ 546-0331~6 (FAX) 545-0331
www.dongsuhbook.com

＊

이 책은 저작권법(5015호) 부칙 제4조 회복저작물 이용권에 의해 중판발행합니다.
이 책의 한국어 大멸상표등록권 문장권 의장권 편집권은 저작권 법에 의해 보호받으므로
무단전재 무단복제 무단표절 할 수 없습니다.
이 책의 법적문제는 「하재홍법률사무소 jhha@naralaw.net」에서 전담합니다.

＊

사업자등록번호 211-87-75330
ISBN 978-89-497-0360-2 04830
ISBN 978-89-497-0351-0 (2세트)